STEVEN ERIKSON

Der Krieg der Schwestern

Buch

Tavore, die Mandata von Imperatrix Laseen, ist in Aren, der letzten von den Malazanern beherrschten Festung im Reich der Sieben Städte, gelandet, um sich nun mit einer hoffnungslos unterlegenen kleinen Armee den Horden des Wirbelwinds und seiner Seherin Sha'ik entgegenzustellen. Doch Sha'ik hat in ihrer Oase im Herzen der Raraku ganz andere Probleme: Zum einen sind da ihre miteinander rivalisierenden Unteranführer, zum anderen verursacht ihr die Aussicht auf die Konfrontation mit ihrer Schwester, der Mandata, im wahrsten Sinne des Wortes Albträume. Doch keine der beiden im großen Spiel der Mächte auf unterschiedlichen Seiten stehenden Schwestern ahnt etwas von jenen Geschehnissen, die bereits vor einigen Jahren jenseits des Meeres, auf den sturmzerzausten Höhen des Laederon-Plateaus begonnen haben – und die jetzt von entscheidender Bedeutung im Ringen um die Macht sein werden ...

Autor

Steven Erikson, in Kanada geboren, lebte viele Jahre in der Nähe von London, ehe er kürzlich in seine Heimat nach Winnipeg zurückkehrte. Der Anthropologe und Archäologe legte 1999 nach einer sechsjährigen akribischen Vorbereitungsphase seinen weltweit beachteten Debütroman »Die Gärten des Mondes« vor.

Bereits erschienen:

DAS SPIEL DER GÖTTER: 1. Die Gärten des Mondes (24932), 2. Das Reich der Sieben Städte (24941), 3. Im Bann der Wüste (24940), 4. Die eisige Zeit (24997), 5. Der Tag des Sehers (24998), 6. Der Krieg der Schwestern (24271), 7. Das Haus der Ketten (24292), 8. Kinder des Schattens (24298)

Demnächst erscheint:

DAS SPIEL DER GÖTTER: 9. Gezeiten der Nacht (24403)

Weitere Bände sind in Vorbereitung.

Steven Erikson

Der Krieg der Schwestern

Das Spiel der Götter 6

Roman

Ins Deutsche übertragen
von Tim Straetmann

BLANVALET

Die Originalausgabe erschien unter dem Titel
»House of Chains. A Tale of the Malazan Book of the Fallen.«
(Books 1 & 2)
bei Bantam Press London.

Umwelthinweis:
Alle bedruckten Materialien dieses Taschenbuches
sind chlorfrei und umweltschonend.

2. Auflage
Deutsche Erstveröffentlichung Februar 2004
bei Blanvalet, einem Unternehmen der
Verlagsgruppe Random House GmbH, München.
Copyright © by Steven Erikson 2002
Copyright © der deutschsprachigen Ausgabe 2004
by Verlagsgruppe Random House GmbH
Umschlaggestaltung: Design Team München
Umschlagillustration: Agt. Luserke/Strommen
Redaktion: Sigrun Zühlke
UH · Herstellung: Peter Papenbrok
Satz: deutsch-türkischer fotosatz, Berlin
Druck und Einband: GGP Media GmbH, Pößneck
Printed in Germany
ISBN-10: 3-442-24271-1
ISBN-13: 978-3-442-24271-9

www.blanvalet-verlag.de

*Für Mark Paxton MacRae, für den KO-Schlag.
Dies alles ist für dich, mein Freund.*

Danksagung

Der Autor möchte seinem Kader von Lesern danken: Chris Porozny, Richard Jones, David Keck und Mark Paxton MacRae. Und wie immer Clare und Bowen. Simon Taylor und der Mannschaft bei Transworld. Und dem fantastischen (und geduldigen) Team von Tony's Bar Italia: Erica, Steve, Jesse, Dan, Ron, Orville, Rhimpy, Rhea, Cam, James, Dom, Konrad, Darren, Rusty, Phil, Todd, Marnie, Chris, Leah, Ada, Kevin, Jake, Jamie, Graeme und Dom. Ein Dankeschön auch an Darren Nash (denn der Schaum steigt immer) und Peter Crowther.

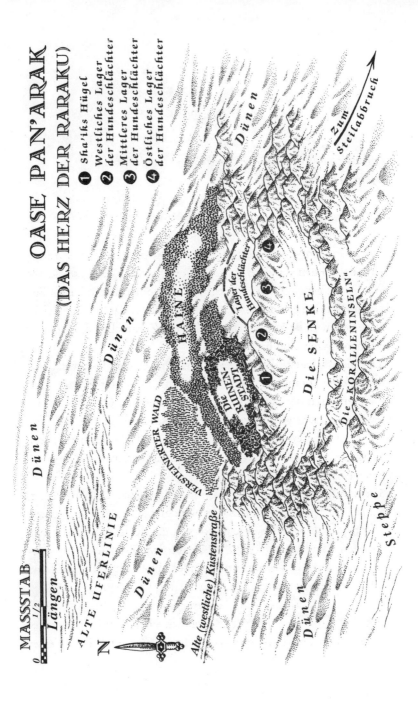

Prolog

Am Rande des Entstehenden, am 943sten Tag der Suche
Im Jahre 1159 von Brands Schlaf

Grau, aufgedunsen und narbenübersät lagen die Leichen entlang des salzverkrusteten Ufers, so weit das Auge reichte. Das verwesende Fleisch – wie Treibholz vom ansteigenden Wasser aufgetürmt, das an den Rändern wogte, sich hob und senkte – wimmelte von schwarz gepanzerten, zehnbeinigen Krabben. Die münzgroßen Kreaturen hatten gerade erst begonnen, sich über das mehr als reichhaltige Festmahl herzumachen, welches das Zerbrechen des Gewirrs vor ihnen ausgebreitet hatte.

Das Meer spiegelte den Farbton des tief hängenden Himmels. Trübes, fleckiges Zinngrau oben und unten, nur unterbrochen vom dunkleren Grau des Schlicks und den schmierigen Ockertönen der dreißig Ruderschläge entfernt gelegenen, kaum sichtbaren Obergeschosse der Häuser einer überschwemmten Stadt. Die Stürme waren weitergezogen, die Wasser hatten sich inmitten der Trümmer einer ertrunkenen Welt beruhigt.

Klein und untersetzt waren ihre Einwohner gewesen. Mit breiten, flächigen Gesichtszügen und langen blonden Haaren, die sie offen getragen hatten. Ihre Welt war kalt gewesen, das ließ sich aus ihrer dick wattierten Kleidung schließen. Aber mit dem Zerbrechen des Gewirrs hatte sich alles grundlegend geändert. Die Luft war schwül und feucht und roch jetzt faulig, nach Verfall und Verwesung.

Das Meer war einst – in einer anderen Sphäre – ein Fluss gewesen, eine gewaltige, breite, sich wahrscheinlich über Kontinente erstreckende Arterie aus frischem Wasser, schwer mit dem Schlamm einer

Ebene beladen, die dunklen Tiefen das Heim großer Welse und wagenradgroßer Spinnen, die Untiefen von Krabben und Fleisch fressenden, wurzellosen Pflanzen wimmelnd. Wie ein Sturzbach hatte sich der Fluss in diese weite, flache Landschaft ergossen. Tage, Wochen, Monate.

Stürme, die durch den lebhaften Zusammenprall tropischer Luftströmungen mit dem hier herrschenden, gemäßigten Klima entstanden waren, hatten die Flut mit heulenden Winden vorangetrieben, und noch vor den unaufhaltsam steigenden Wassermassen kamen tödliche Seuchen und rafften diejenigen hinweg, die bis dahin noch nicht ertrunken waren.

Irgendwie hatte der Riss sich irgendwann in der vergangenen Nacht wieder geschlossen. Der Fluss aus einer anderen Sphäre war in sein ursprüngliches Bett zurückgekehrt.

Das Ufer vor ihm verdiente diese Bezeichnung eigentlich nicht, doch Trull Sengar fiel kein anderes Wort ein, als er daran entlanggezerrt wurde. Der Strand bestand nur aus Schlick und Schlamm, der vor einer riesigen Mauer aufgehäuft war, die sich von Horizont zu Horizont zu erstrecken schien. Die Mauer hatte der Flut widerstanden, auch wenn jetzt an der anderen Seite Wasser hinunterlief.

Leichen zu Trulls Linken, ein jäher Absturz von sieben, vielleicht auch acht Mannslängen zu seiner Rechten, die Krone der Mauer selbst etwas weniger als dreißig Schritt breit; dass sie ein ganzes Meer zurückhielt, gemahnte an Zauberei. Die breiten, flachen Steine unter seinen Füßen waren schlammverschmiert, doch sie trockneten bereits in der Hitze; bräunliche Insekten tanzten auf ihrer Oberfläche und sprangen davon, wenn Trull Sengar und seine Häscher herankamen.

Trull hatte immer noch Schwierigkeiten mit dieser Bezeichnung. Seine *Häscher*. Ein Wort, mit dem er kämpfte. Schließlich waren sie seine Brüder. Seine Verwandten. Gesichter, die er sein ganzes Leben lang gekannt hatte, Gesichter, die er hatte lächeln und lachen sehen, Gesichter, in denen er – manchmal – seinen eigenen Kummer wie in einem Spiegel gesehen hatte. Er hatte immer an ihrer Seite gestanden, hatte alles miterlebt – die ruhmreichen Triumphe ebenso wie die seelenzerreißenden Verluste.

Häscher.

Jetzt gab es kein Lächeln. Kein Lachen. Die Gesichter derjenigen, die ihn hielten, waren kalt und starr.

So weit ist es mit uns gekommen.

Der Marsch endete. Hände stießen Trull Sengar zu Boden, ohne auf seine blauen Flecken zu achten, auf die Schnittwunden und Abschürfungen, aus denen immer noch Blut troff. Aus einem unbekannten Grund waren von den Bewohnern dieser Welt schwere eiserne Ringe in die Mauerkrone eingelassen und fest im Herzen der gewaltigen Steinblöcke verankert worden. Die Ringe zogen sich in gleichmäßigen Abständen – etwa alle fünfzehn Schritt – über die gesamte Länge der Mauer, so weit Trull sehen konnte.

Jetzt bekamen diese Ringe eine neue Aufgabe.

Ketten wurden um Trull Sengar geschlungen, Hand- und Fußschellen um seine Handgelenke und Knöchel gelegt und festgehämmert. Ein beschlagener Gurt wurde schmerzhaft eng um seine Taille gezurrt, die Ketten wurden durch eiserne Schlaufen geführt und dann straff angezogen, um ihn neben einem eisernen Ring festzubinden. Ein mit Scharnieren versehener, aufklappbarer Spanner wurde an seinem Kiefer befestigt, sein Mund gewaltsam geöffnet, die Platte hineingeschoben und über seiner Zunge arretiert.

Dann folgte das Scheren. Ein Dolch beschrieb einen Kreis auf seiner Stirn, gefolgt von einem groben Schnitt, um den Kreis zu brechen. Die Messerspitze drang dabei so tief ein, dass sie seinen Knochen ankratzte. Asche wurde in seine Wunden gerieben. Sein langer Zopf wurde mit groben Schnitten, die aus seinem Nacken eine blutige Masse machten, abgesäbelt. Dann wurde eine dickflüssige, widerliche Salbe in die ihm noch verbliebenen Haare geschmiert und in seine Kopfhaut einmassiert. Binnen weniger Stunden würden ihm auch die restlichen Haare noch ausfallen, und er würde für immer kahl bleiben.

Das Scheren war etwas Absolutes, ein unwiderruflicher Akt der Trennung. Er war jetzt ein Ausgestoßener. Für seine Brüder hatte er aufgehört zu existieren. Er würde nicht betrauert werden. Seine Taten würden genau wie sein Name aus der Erinnerung getilgt werden. Seine Mutter und sein Vater würden einfach ein Kind weniger zur Welt gebracht haben. Bei seinem Volk war dies die grässlichste aller Strafen – weit schlimmer als eine Hinrichtung.

Doch Trull Sengar hatte kein Verbrechen begangen.

So weit ist es nun also mit uns gekommen.

Sie standen über ihm, begriffen vielleicht erst jetzt, was sie getan hatten.

Eine vertraute Stimme brach das Schweigen. »Wir werden jetzt von ihm sprechen, und wenn wir diesen Ort verlassen, wird er aufgehört haben, unser Bruder zu sein.«

»Wir werden jetzt von ihm sprechen«, intonierten die anderen, und dann fügte einer von ihnen hinzu: »Er hat dich verraten.«

Die erste Stimme war kühl. Der Sprecher ließ sich nichts von seiner hämischen Freude anmerken, die er, wie Trull Sengar wusste, wohl empfand. »Du sagst, er hat mich verraten.«

»Das hat er, Bruder.«

»Welchen Beweis hast du dafür?«

»Seine eigenen Worte.«

»Bist nur du es, der behauptet, solch Worte des Verrats gehört zu haben?«

»Nein, auch ich habe es gehört, Bruder.«

»Und ich.«

»Und was hat unser Bruder zu euch gesagt?«

»Er hat gesagt, dass du dich von uns abgewandt hast.«

»Dass du nun einem verborgenen Herrn dienst.«

»Dass dein Ehrgeiz uns allen den Tod bringen wird –«

»Unserem ganzen Volk.«

»Dann hat er also gegen mich gesprochen.«

»Das hat er.«

»Mit seinen eigenen Worten hat er mich angeklagt, unser Volk zu verraten.«

»Das hat er.«

»Und – habe ich das getan? Lasst uns über diese Vorwürfe nachdenken. Die Südlande stehen in Flammen. Die Armeen der Feinde sind geflohen. Die Feinde knien jetzt vor uns und betteln darum, unsere Sklaven werden zu dürfen. Aus dem Nichts wurde ein Reich geschmiedet. Und unsere Macht wächst weiter. Aber ... um noch stärker zu werden, was müsst ihr, meine Brüder, da tun?«

»Wir müssen suchen.«

»Ja. Und wenn ihr findet, was gesucht werden muss?«

»Müssen wir es übergeben. Dir übergeben, Bruder.«

»Begreift ihr, wie wichtig das ist?«

»Ja, das begreifen wir.«

»Könnt ihr das Opfer ermessen, das ich bringe – für euch, für unser Volk, für unsere Zukunft?«

»Ja, das können wir.«

»Doch – sogar als ihr gesucht habt, hat dieser Mann, euer ehemaliger Bruder, gegen mich gesprochen.«

»Das hat er.«

»Schlimmer noch, er hat mit seinen Worten die neuen Feinde verteidigt, auf die wir gestoßen waren.«

»Das hat er. Er hat sie die Reinen Verwandten genannt und gesagt, dass wir sie nicht töten sollten.«

»Und ... wenn sie tatsächlich die Reinen Verwandten gewesen wären, dann ...«

»Wären sie nicht so leicht gestorben.«

»Also?«

»Er hat dich verraten, Bruder.«

»Er hat uns alle verraten.«

Es wurde still. *Oh, jetzt möchtest du sie alle an deinem Verbrechen teilhaben lassen. Und sie zögern.*

»Er hat uns alle verraten – das hat er doch, Brüder?«

»Ja.« Das Wort kam rau, leise und undeutlich – ein Chor aus Unsicherheit und Zweifel.

Längere Zeit sprach niemand ein Wort. Dann, wild, mit kaum gezügelter Wut: »Also, *Brüder*. Sollten wir auf diese Gefahr denn nicht Acht geben? Auf diesen bedrohlichen Verrat, dieses Gift, diese Seuche, die unsere Familie auseinander reißen will? Wird sie sich ausbreiten? Werden wir noch einmal hierher kommen? Wir müssen Acht geben, Brüder. Auf uns selbst. Aufeinander. Nun haben wir von ihm gesprochen. Und nun ist er fort.«

»Er ist fort.«

»Er hat niemals existiert.«

»Er hat niemals existiert.«

»Dann lasst uns diesen Ort verlassen.«

»Ja, lasst uns gehen.«

Trull Sengar lauschte, bis er das Knirschen ihrer Stiefelsohlen auf den Steinen nicht mehr hören, die Erschütterungen ihrer Schritte allmählich nicht mehr spüren konnte. Er war allein, unfähig, sich zu bewegen, und konnte nur den schlammverschmierten Stein unter dem Eisenring sehen.

Das Meer ließ die Leichen immer wieder raschelnd ans Ufer treiben. Krabben flitzten hin und her. Wasser sickerte weiter durch den Mörtel, flüsterte dem zyklopischen Wall mit der Stimme murmelnder Geister etwas zu, und strömte auf der anderen Seite hinunter.

In seinem Volk herrschte seit langem die Überzeugung – vielleicht die einzig echte Überzeugung –, dass die Natur nur einen einzigen, ewig währenden Kampf focht. Gegen einen einzigen Feind. Und dass dies zu verstehen bedeutete, die Welt zu verstehen. Jede Welt.

Die Natur hat nur einen einzigen Feind.

Und der heißt Ungleichgewicht.

Die Mauer hielt das Meer zurück.

Und dieser Satz hat zwei Bedeutungen. Könnt ihr das nicht erkennen, meine Brüder? Zwei Bedeutungen. Die Mauer hält das Meer zurück.

Für den Augenblick.
Dies war eine Flut, die man nicht leugnen konnte. Die Sintflut hatte gerade erst begonnen – das war etwas, was seine Brüder nicht verstehen konnten, was sie vielleicht niemals verstehen würden.

Zu ertrinken war etwas Alltägliches bei seinem Volk. Es fürchtete sich nicht vor dem Ertrinken. Und so würde Trull Sengar ertrinken. Bald.

Und er vermutete, dass es nicht mehr lange dauern würde, bis sein ganzes Volk es ihm gleichtäte.

Sein Bruder hatte das Gleichgewicht zerschmettert.

Und die Natur wird das nicht hinnehmen.

Buch Eins

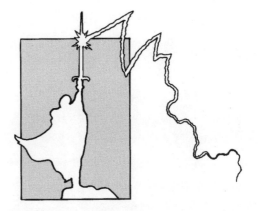

Gesichter im Fels

Je langsamer ein Fluss ist, desto röter strömt er dahin.

Sprichwort der Nathii

Kapitel Eins

Kinder aus einem dunklen Haus
wählen schattige Pfade.

Volkstümliches Nathii-Sprichwort

Der Hund hatte eine Frau, einen alten Mann und ein Kind angefallen, bevor die Krieger ihn in eine verlassene Darre am Rande des Dorfs trieben. Niemals zuvor hatte das Tier Anlass zu Zweifeln an seiner Loyalität gegeben. Es hatte die Lande der Uryd mit grimmigem Eifer bewacht, eins mit seinen Verwandten in ihren harten, aber gerechten Pflichten. Es hatte keinerlei Wunden am Körper, die hätten eitern und so dem Geist des Wahnsinns Zugang zu seinen Adern erlauben können. Auch war der Hund nicht von der schäumenden Krankheit befallen, seine Stellung in der zum Dorf gehörenden Meute nicht herausgefordert worden. Tatsächlich schien es nichts, überhaupt nichts zu geben, das als Ursache seiner plötzlichen Wandlung in Frage gekommen wäre.

Die Krieger hefteten das Tier mit ihren Speeren an die gerundete Rückwand der Darre und stachen auf das um sich schnappende, jaulende Biest ein, bis es tot war. Als sie ihre Speere zurückzogen, sahen sie, dass die Schäfte zerbissen und mit Blut und Sabber verschmiert waren; sie sahen Zahnabdrücke im beschädigten Eisen.

Sie wussten, dass Wahnsinn im Verborgenen bleiben, dass er tief unter der Oberfläche hausen konnte wie ein schleichender Beigeschmack, der Blut in etwas Bitteres verwandelte. Die Schamanen untersuchten die drei Opfer; zwei waren bereits an ihren Wunden gestorben, doch das Kind klammerte sich ans Leben.

In einer feierlichen Prozession wurde der Junge von seinem Vater zu den Gesichtern im Fels getragen, wurde auf der Lichtung vor den Sieben Göttern der Teblor niedergelegt und dort zurückgelassen.

Er starb kurze Zeit später. Allein mit seinen Schmerzen, im Angesicht der harten, in die Klippe gemeißelten Gesichter.

Dieses Schicksal kam nicht überraschend. Schließlich war das Kind zu jung gewesen, um beten zu können.

All dies war natürlich schon vor Jahrhunderten geschehen.

Lange bevor die Sieben Götter die Augen öffneten.

Das Jahr Urugals, des Gewobenen
Im Jahre 1159 von Brands Schlaf

Es waren ruhmreiche Geschichten. Von brennenden Bauernhöfen, von Kindern, die unzählige Meilen hinter den Pferden hergeschleift wurden. Die Trophäen jenes Tages, der nun schon so lange zurücklag, befanden sich im Langhaus seines Großvaters und bedeckten dort die niedrigen Wände. Verkohlte Schädeldecken, zerbrechlich aussehende Kieferknochen. Fetzen von merkwürdigen Kleidern aus irgendeinem unbekannten Material, zerrissen und rauchgeschwärzt. Kleine Ohren, die an jeden Pfosten genagelt waren, der sich zum strohgedeckten Dach hinaufreckte.

Beweise dafür, dass es den Silbersee wirklich gab, dass er tatsächlich existierte, jenseits der waldbestandenen Berge, unterhalb verborgener Pässe, eine Woche – oder vielleicht auch zwei – von den Landen des Uryd-Clans entfernt. Selbst der Weg dorthin war gefährlich, denn er führte durch Gebiete, die von den Clans der Sunyd und der Rathyd gehalten wurden, eine Reise, die für sich betrachtet schon wert war, zur Legende zu werden. Sich lautlos und ungesehen durch feindliche Lager zu bewegen, Herdsteine zu verrücken, um den Feinden die schlimmste aller Beleidigungen zuzufügen, den Jägern und Spurensuchern Tag und Nacht zu entgehen, bis die Grenzlande erreicht und schließlich durchquert waren – und dahinter dann ein unbekanntes Land und unvorstellbare Reichtümer.

Karsa Orlong lebte in den Geschichten seines Großvaters, sog sie ein wie die Atemluft. Sie standen wie eine Legion, trotzig und wild, vor dem farblosen, leeren Vermächtnis von Synyg – Pahlks Sohn und Karsas Vater. Synyg, der sein Leben lang nichts getan hatte, als einfach nur in seinem Tal Pferde zu züchten, und der kein einziges Mal in feindliche Lande gezogen war. Synyg, der die größte Schande seines Vaters und auch seines Sohnes war.

Gewiss, Synyg hatte mehr als einmal seine Pferde gegen Plünderer aus anderen Clans verteidigt, und er hatte sie gut verteidigt, mit rühmlicher Wildheit und bewundernswertem Können. Aber etwas anderes war von denen, in deren Adern das Blut der Uryd floss, auch nicht zu erwarten. Urugal der Gewobene war das Gesicht im Fels, das ihrem Clan zugeordnet war, und Urugal zählte zu den wildesten der sieben Götter. Die anderen Clans hatten allen Grund, die Uryd zu fürchten.

Zweifellos hatte Synyg auch seinen einzigen Sohn meisterhaft in den Kampftänzen unterrichtet. Karsas Fertigkeiten im Umgang mit der Klinge aus Blutholz waren weit größer, als sein Alter hätte vermuten lassen. Er zählte zu den besten Kriegern des Clans. Während die Uryd den Gebrauch des Bogens verachteten, konnten sie hervorragend mit Speer und Atlatl umgehen, mit der gezackten Wurfscheibe und dem Schwarzen Seil, und Synyg hatte seinem Sohn auch im Umgang mit diesen Waffen zu einer beeindruckenden Geschicklichkeit verholfen.

Allerdings war diese Art von Ausbildung genau das, was von jedem Vater im Uryd-Clan erwartet wurde. Daher waren all diese Dinge für Karsa kein Grund, stolz auf seinen Vater zu sein. Die Kampftänze waren schließlich nichts anderes als Vorbereitungen. Ruhm war in all dem zu finden, was darauf folgte – in den Kämpfen, den Raubzügen, der bösartigen Fortführung von Fehden.

Karsa würde nicht tun, was sein Vater getan hatte. Er würde

nicht ... *nichts* tun. Nein, er würde auf den Spuren seines Großvaters wandeln. Er würde ihnen viel genauer folgen, als irgendjemand sich vorstellen konnte. Der Ruf des Clans zehrte viel zu sehr von der Vergangenheit allein. Dass die Uryd allen anderen Teblor überlegen waren, hatte sie selbstgefällig gemacht. Pahlk hatte diese Tatsache mehr als einmal vor sich hin gemurmelt, in den Nächten, in denen seine Knochen von alten Wunden schmerzten und die Schmach, dass sein Sohn so war, wie er war, besonders bitter schmeckte.

Wir werden zu den alten Wegen zurückkehren. Und ich, Karsa Orlong, werde der Anführer sein. Delum Thord begleitet mich. Genau wie Bairoth Gild. Wir alle sind in unserem ersten Jahr der Narben. Wir haben tollkühne Taten vollbracht. Haben Feinde erschlagen. Pferde gestohlen. Die Herdsteine der Kellyd und der Buryd verrückt.

Und jetzt, an Neumond im Jahr deines Namens, Urugal, werden wir uns zum Silbersee hinabschlängeln. Um die Kinder zu erschlagen, die dort leben.

Er blieb weiter auf seinen Knien auf der Lichtung hocken, den Kopf vor den Gesichtern im Fels geneigt, und er wusste, dass Urugals Antlitz, hoch oben an der Felswand, den wilden Wunsch widerspiegelte, der sich auf seinen eigenen Zügen abzeichnete; und dass die Gesichter der anderen Götter, die alle ihre eigenen Clans besaßen – außer Siballe, die die Ungefundene war –, voller Hass und Missgunst auf Karsa hinabstarrten. Schließlich kniete keines ihrer Kinder vor ihnen, um solch kühne Eide zu schwören.

Karsa vermutete, dass alle Clans der Teblor unter Selbstzufriedenheit litten. Die Welt jenseits der Berge wagte es nicht, unbefugt hier einzudringen, hatte es jahrzehntelang nicht versucht. In die Lande der Teblor kamen keine Besucher. Genauso wenig hatten die Teblor ihrerseits mit dunklem Hunger über die Grenzlande hinausgeblickt, wie sie es vor Generationen oft getan hatten. Der letzte Mann, der einen Raubzug in fremdes Gebiet angeführt hatte, war sein Großvater gewesen. Zu den Ufern des Silbersees, an denen Bauernhöfe wie verfaulte Pilze kauerten und Kinder wie Mäuse hin und her huschten.

Damals waren es zwei Bauernhöfe gewesen, mit einem halben Dutzend Außengebäuden. Jetzt würden es mehr sein, glaubte Karsa. Drei, vielleicht auch vier Höfe. Selbst Pahlks Tag des Gemetzels würde im Vergleich zu dem, was Karsa, Delum und Bairoth anrichten würden, blass erscheinen.

Das schwöre ich, geliebter Urugal. Ich werde dir einen Berg von Trophäen bringen, wie sie noch niemals die Krume dieser Lichtung geschwärzt haben. Vielleicht sogar genug, um dich vom Stein zu befreien, so dass du wieder in unserer Mitte schreiten wirst – ein Überbringer des Todes all unseren Feinden.

Das schwöre ich, Karsa Orlong, der Enkel von Pahlk Orlong. Und solltest du Zweifel haben, Urugal, so wisse, dass wir noch in dieser Nacht aufbrechen werden. Die Reise wird beginnen, sobald die Sonne untergegangen ist. Und so wie die Sonne eines jeden Tages die Sonne des nächsten Tages gebiert, so wird sie auf drei Krieger aus dem Uryd-Clan herabschauen, die ihre Streitrosse durch die Pässe führen, hinab in die unbekannten Lande. Und die Kinder am Silbersee werden nach mehr als vier Jahrhunderten erneut bei der Ankunft der Teblor erzittern.

Langsam hob Karsa den Kopf, ließ den Blick über die verwitterte Oberfläche der Klippe wandern, suchte das grobe, tierische Gesicht Urugals inmitten seiner Verwandten. Der Blick aus den leeren Augenhöhlen schien auf ihn gerichtet zu sein, und Karsa glaubte, Begeisterung in den Teichen aus Dunkelheit erkennen zu können. Tatsächlich war er sich dessen sicher und würde es Delum und Bairoth gegenüber als Tatsache hinstellen – und gegenüber Dayliss, so dass sie ihren Segen sprechen würde, denn er wünschte sich ihren Segen, ihre kalten Worte ... *Ich, Dayliss, die noch einen Familiennamen finden muss, segne dich, Karsa Orlong, auf deinem entsetzlichen Raubzug. Mögest du eine Legion Kinder erschlagen. Mögen ihre Schreie deine Träume nähren. Möge ihr Blut dich nach mehr dürsten lassen. Mögen Flammen den Pfad deines Lebens ständig begleiten. Mögest du zu mir zurückkehren, mit tausend Toten auf deiner Seele, und mich zu deinem Weibe nehmen.*

Vielleicht würde sie ihn tatsächlich so segnen. Es wäre ein erster, jedoch unbestreitbarer Ausdruck ihres Interesses an ihm. Nicht an Bairoth – sie spielte nur mit Bairoth, wie es jede junge, unverheiratete Frau zu ihrem Vergnügen tun würde. Ihr Messer der Nacht blieb natürlich in der Scheide, denn Bairoth fehlte jeglicher kalter Ehrgeiz – eine Schwäche, die er vielleicht abstreiten würde, die sich jedoch in der Tatsache, dass er nicht anführte, sondern nur folgte, offenbarte, und damit würde Dayliss sich nicht zufrieden geben.

Nein, wenn er zurückkehrte, würde sie ihm, Karsa, gehören – es würde der Höhepunkt seines triumphalen Raubzugs zum Silbersee sein. Für ihn, einzig und allein für ihn, würde Dayliss ihr Messer der Nacht zücken.

Mögest du eine Legion Kinder erschlagen. Mögen Flammen den Pfad deines Lebens ständig begleiten.

Karsa richtete sich auf. Nicht der leiseste Windhauch raschelte in den Blättern der Birken, die die Lichtung umgaben. Die Luft war drückend, eine Luft aus dem Tiefland, die sich im Gefolge der Sonne ihren Weg hinauf ins Gebirge gesucht hatte, und nun, da die Sonne sank, auf der Lichtung vor den Gesichtern im Fels gefangen war. Wie ein Atemzug der Götter, der schon bald in den faulenden Boden einsickern würde.

Karsa hatte nicht den geringsten Zweifel daran, dass Urugal gegenwärtig war, dicht hinter der steinernen Haut seines Gesichts, wie er es immer gewesen war. Angezogen durch die Macht von Karsas Schwur, durch das Versprechen einer Rückkehr zu ruhmreichen Tagen. Genau wie die anderen Götter. Beroke Sanfte Stimme, Kahlb der Schweigende Jäger, Thenik der Zerschmetterte, Halad von den Folterqualen, Imroth die Grausame und 'Siballe die Ungefundene – sie alle waren einmal mehr erwacht und lechzten nach Blut.

Und ich habe diesen Pfad gerade erst eingeschlagen. Frisch im achtzigsten Jahr meines Lebens angekommen, endlich wirklich ein Krieger. Ich habe die ältesten Worte gehört, das Geraune von dem Einen, der die Teblor vereinen wird, der alle Clans miteinander verbinden, sie hinab in die Tieflande führen und so den Krieg der Völker beginnen wird. Dieses Geraune ist die Stimme des Versprechens – und diese Stimme ist die meine.

Verborgene Vögel kündeten vom Anbruch der Abenddämmerung. Es war Zeit zu gehen. Delum und Bairoth erwarteten ihn im Dorf. Und Dayliss, schweigend, doch festgelegt auf die Worte, die sie zu ihm sprechen würde.

Bairoth wird schrecklich wütend sein.

Noch lange, nachdem Karsa gegangen war, hing die warme Luft über der Lichtung. In der weichen, sumpfigen Erde lösten sich die Abdrücke seiner Knie und Mokassins nur langsam auf, und die allmählich verblassenden Strahlen der Sonne beschienen selbst dann noch die rauen Gestalten der Götter, als die Lichtung schon längst von Schatten beherrscht wurde.

Sieben Gestalten erhoben sich aus dem Boden, mit faltiger, von dunkelbraunen Flecken übersäter Haut über verwitterten Muskeln und schweren Knochen, mit Haaren, rot wie Ocker, aus denen abgestandenes, schwarzes Wasser troff. Einigen fehlten Gliedmaßen, andere standen auf zersplitterten, zerschmetterten oder verdrehten Beinen. Der einen fehlte ein Unterkiefer, während bei einer anderen der linke Wangenknochen und die Stirn flach gehämmert waren, so dass keine Augenhöhle mehr vorhanden war. Alle sieben waren auf irgendeine Weise nicht mehr heil. Sie waren unvollkommen. Fehlerhaft.

Irgendwo hinter der Felswand war eine versiegelte Höhle, die einige Jahrhunderte lang ihr Grab gewesen war – eine kurze Gefangenschaft, wie sich jetzt herausstellte. Keine der Gestalten hatte erwartet, dass sie erlöst werden würden. Zu stark verletzt, um noch bei ihren Verwandten zu bleiben, waren sie zurückgelassen worden, wie es bei ihrem Volk Brauch war. Die Strafe für Versagen war Aussetzung, eine Ewigkeit der Unbeweglichkeit. War das Versagen ehrenhaft gewesen, wurden ihre empfindungsfähigen Überreste unter offenem Himmel zurückgelassen, an Aussichtspunkten, von denen sie die Welt betrachten konnten, so dass sie Frieden im Vorbeiziehen der Äonen finden mochten. Doch das Vesagen dieser sieben war nicht ehrenhaft gewesen, und so war die Dunkelheit eines Grabes ihre Strafe gewesen. Wobei sie deshalb jedoch keine Bitterkeit verspürt hatten.

Jenes dunkle Geschenk kam später, von außerhalb ihres unerleuchteten Gefängnisses – und mit ihm eine Gelegenheit.

Man musste nur einen Eid brechen und jemand anderem Treue schwören. Die Belohnung hieß Wiedergeburt und Freiheit.

Ihre Verwandten hatten diesen Ort, an den sie verbannt worden waren, mit in den Fels gehauenen Abbildern gekennzeichnet – Abbildern, die ihnen glichen, deren leere, blinde Augenhöhlen angesichts der Aussicht, die die Verbannten niemals genießen konnten, einer Verhöhnung gleichkamen. Sie hatten ihre Namen gesprochen, um das Ritual des Bindens zu vollenden, und diese Namen dräuten an diesem Ort mit einer Macht, die den Verstand der Schamanen des Volkes verdrehte, das in diesen Bergen und auf dem Plateau mit dem alten Namen Laederon Zuflucht gefunden hatte.

Die Sieben standen stumm und reglos auf der Lichtung, während es immer dunkler wurde. Sechs warteten darauf, dass einer von ihnen sprach, doch dieser eine hatte keine Eile. Freiheit war reines Frohlocken, und auch wenn sie auf diese Lichtung begrenzt war, dauerte das Gefühl immer noch an. Nicht mehr lange, dann würden auch die letzten Ketten zerbrechen – die begrenzte Sichtweite aus den in den Fels gemeißelten Augenhöhlen. Der Dienst für den neuen Herrn versprach Reisen; sie würden eine ganze Welt entdecken und zahllose Wesen töten können.

Schließlich sprach Urual, dessen Name Bemooster Knochen bedeutete und der bei den Teblor als Urugal bekannt war. »Er wird genügen.«

Sin'b'alle – Flechten-Statt-Moos –, die 'Siballe die Ungefundene war, verbarg den Zweifel in ihrer Stimme nicht. »Du setzt zu viel Vertrauen in diese gefallenen Teblor. *Teblor.* Die wissen ja nicht einmal, wie sie wirklich heißen.«

»Sei froh, dass sie es nicht wissen«, erwiderte Ber'ok; seine Stimme war ein raues Krächzen, das aus einer zerquetschten Kehle drang. Da sein Hals verrenkt war und sein Kopf sich zu einer Seite neigte, war er gezwungen, den ganzen Körper zu drehen, um das steinerne Gesicht anzusehen. »Auf alle Fälle hast du deine eigenen Kinder, Sin'b'alle, und die sind die Hüter der Wahrheit. Was die anderen angeht, so ist es für unsere Ziele am besten, wenn die vergessene Geschichte auch weiterhin vergessen bleibt. Ihre Unwissenheit ist unsere größte Waffe.«

»Tote Esche spricht die Wahrheit«, meinte Urual. »Wir hätten ihren Glauben nicht so sehr verdrehen können, wären sie sich ihres Erbes bewusst.«

Sin'b'alle zuckte geringschätzig die Schultern. »Der mit Namen Pahlk hat auch ... *ausgereicht*. Deiner Meinung nach, Urual. Einer, der es wert schien, meine Kinder zu führen, so hat es ausgesehen. Doch er ist gescheitert.«

»Das war unser Fehler, nicht seiner«, brummte Haran'alle. »Wir waren ungeduldig, haben zu sehr auf unsere Kraft vertraut. Den Eid zu brechen hat uns viel von unserer Macht geraubt –«

»Doch was hat unser neuer Meister uns von seiner Macht gegeben, Geweih des Sommers?«, wollte Thek Ist wissen. »Gerade mal ein Tröpfchen.«

»Und was erwartest du?«, fragte Urual ruhig. »Er erholt sich von seinen Qualen wie wir uns von den unseren.«

Jetzt sprach Emroth, und ihre Stimme war weich wie Seide. »Dann glaubst du also, Bemooster Knochen, dass dieser Enkel von Pahlk uns den Pfad in die Freiheit bereiten wird.«

»Ja, das glaube ich.«

»Und wenn wir erneut enttäuscht werden?«

»Dann werden wir von neuem beginnen. Mit Bairoths Kind in Dayliss' Bauch.«

Emroth zischte. »Das bedeutet, dass wir noch einmal ein Jahrhundert warten müssen! Verdammt sollen diese langlebigen Teblor sein!«

»Ein Jahrhundert ist nichts –«

»Nichts, und doch alles, Bemooster Knochen! Und du weißt ganz genau, was ich meine.«

Urual musterte die Frau, die höchst treffend Skelett mit Fängen genannt wurde, was an ihre Neigungen als Wechselgängerin erinnerte – und an den Hunger, der vor langer Zeit so offensichtlich zu ihrer aller Versagen geführt hatte. »Das Jahr meines Namens ist wiedergekehrt«, sagte er. »Wer von uns hat je einen Clan der Teblor so weit auf unseren Pfad geführt wie ich? Du, Skelett mit Fängen? Du, Flechten-Statt-Moos? Du, Speerbein?«

Niemand antwortete.

Schließlich gab Tote Esche ein Geräusch von sich, das ein leises Lachen hätte sein können. »Wir sind wie Rotes Moos – wir schweigen. Der Weg *wird* geöffnet werden. So hat es uns unser neuer Herr versprochen. Er wird seine Macht finden. Uruals erwählter Krieger besitzt bereits ein gutes Dutzend Seelen in seiner Kette des Schlächters. *Teblor-Seelen*, was das angeht. Erinnert euch außerdem daran, dass Pahlk seinen Raubzug allein unternommen hat. Karsa dagegen wird zwei vortreffliche Krieger an seiner Seite haben. Sollte er sterben, ist da immer noch Bairoth – oder Delum.«

»Bairoth ist zu klug«, schnaubte Emroth. »Er schlägt Pahlks Sohn, seinem Onkel, nach. Und was noch schlimmer ist – sein Ehrgeiz gilt nur seinen persönlichen Zielen. Er gibt vor, Karsa zu folgen, doch er hält seine Hand in Karsas Rücken.«

»Und meine ist in seinem«, murmelte Urual. »Es ist fast Nacht. Wir müssen in unser Grab zurück.« Der uralte Krieger drehte sich um. »Skelett mit Fängen, bleibe dicht bei dem Kind in Dayliss' Bauch.«

»Ich nähre sie schon jetzt an meiner Brust«, versicherte Emroth.

»Es ist ein Mädchen?«

»Nur äußerlich. Was ich in sie hineinlege, ist weder Mädchen noch Kind.«

»Gut.«

Die sieben Gestalten kehrten in die Erde zurück, als die ersten Sterne der Nacht blinzelnd am Himmel über ihren Köpfen erwachten. Blinzelnd erwachten und auf eine Lichtung herabblickten, auf der keine Götter hausten. Auf der niemals Götter gehaust hatten.

Das Dorf lag am steinigen Ufer des Laderii, eines von den Bergen gespeisten, reißenden Stroms aus bitterkaltem Wasser, der auf seinem Weg hinunter zu einem weit entfernten Meer ein Tal durch den Nadelwald schnitt. Die Häuser waren auf Fundamenten aus Felsblöcken errichtet, mit Wänden aus grob behauenen Zedernstämmen, die Dächer dick mit Matten bedeckt, bucklig und von Moos überwuchert. Überall am Ufer standen Gittergestelle, an denen Unmengen von Fisch zum Trocknen aufgehängt waren. Hinter einer Einfriedung aus Bäumen war der Wald gerodet worden, um Weiden für die Pferde zu schaffen.

Vom Nebel gedämpftes Feuerlicht flackerte durch die Bäume, als Karsa das Haus seines Vaters erreichte, wobei er an dem Dutzend Pferde vorbeikam, die still und reglos auf der Lichtung standen. Die einzige Bedrohung für sie waren Plünderer, denn diese Tiere wussten sich ihrer Haut mit Hufen und Zähnen zu wehren, und die Bergwölfe hatten schon vor langer Zeit gelernt, den großen Pferden aus dem Weg zu gehen. Gelegentlich kam ein Bär mit rostfarbenem Halsstreifen aus seinem Schlupfwinkel in den Bergen heruntergetrottet, aber das fiel normalerweise mit dem Zug der Lachse zusammen, und die Bären zeigten dann wenig Interesse, die Pferde, die Dorfhunde oder die furchtlosen Krieger herauszufordern.

Synyg war in der Übungs-Koppel und striegelte Havok, sein hoch geschätztes Streitross. Karsa konnte die Wärme des Tieres spüren, als er näher kam, obwohl es kaum mehr als eine schwarze Masse in der Dunkelheit war. »Rotauge streift noch immer ohne Zaumzeug herum«, sagte er grollend. »Du willst also nichts für deinen Sohn tun?«

Sein Vater striegelte Havok weiter. »Rotauge ist zu jung für so eine Reise; das habe ich dir doch schon gesagt —«

»Aber er gehört mir, und daher werde ich ihn reiten.«

»Nein. Ihm fehlt es an Unabhängigkeit, und bisher waren die Pferde von Bairoth und Delum nie dabei, wenn du ihn geritten hast. Du wirst ihm einen Dorn in die Nerven jagen.«

»Dann soll ich also zu Fuß gehen?«

»Ich gebe dir Havok, mein Sohn. Er ist heute Abend leicht gelaufen und trägt noch immer das Zaumzeug. Geh und such deine Ausrüstung zusammen, bevor er zu sehr abkühlt.«

Karsa sagte nichts. Er war tatsächlich erstaunt. Er drehte sich um und ging zum Haus. Sein Vater hatte seinen Packsack in der Nähe des Eingangs an einen Firstbalken gehängt, um ihn trocken zu halten. Sein Blutholzschwert hing in seinem Wehrgehenk daneben; es war frisch eingeölt, das Kriegswappen der Uryd frisch auf die breite Klinge gemalt. Karsa zog die Waffe herunter und schnallte sich den Gurt so um, dass der lederumwickelte, zweihändige Griff des Schwertes über seine linke Schulter ragte. Der Packen würde – am Steigbügelgurt befestigt – auf Havoks Schultern ruhen, wobei Karsas Knie allerdings den größten Teil des Gewichts übernehmen würden.

Ein Sattel gehörte nicht zu dem Geschirr, das die Teblor für ihre Pferde verwendeten; ein Krieger saß direkt auf dem Pferderücken, mit hochgezogenen Knien, die Hauptlast seines Gewichts gleich hinter den Schultern seines Reittiers. Zu den Trophäen aus dem Tiefland gehörten auch Sättel, und es hatte sich gezeigt, dass es eine deutliche Gewichtsverlagerung nach hinten gab, wenn sie den kleineren Tiefland-Pferden aufgelegt wurden. Doch ein wahres Streitross mochte kein zusätzliches Gewicht auf der Hinterhand, denn es wollte rasch auskeilen können. Außerdem musste ein Krieger den Hals und den Kopf seines Reittiers schützen – mit dem Schwert und – wenn nötig – mit den gepanzerten Unterarmen.

Karsa kehrte zu seinem Vater und Havok zurück.

»Bairoth und Delum erwarten dich an der Furt«, sagte sein Vater.

»Und Dayliss?«

Karsa konnte das Gesicht seines Vaters nicht sehen, als der tonlos

erwiderte: »Dayliss hat Bairoth ihren Segen gegeben, nachdem du dich zu den Gesichtern im Fels aufgemacht hattest.«
»Sie hat Bairoth gesegnet?«
»Das hat sie.«
»Es scheint, als hätte ich sie falsch eingeschätzt«, sagte Karsa und kämpfte gegen ein ungewohntes Gefühl, das ihm die Kehle zuschnüren wollte.
»Das kann leicht geschehen, schließlich ist sie eine Frau.«
»Und du, Vater? Wirst du mir deinen Segen geben?«
Synyg reichte Karsa den Zügel und wandte sich um. »Pahlk hat das bereits getan. Das muss dir genügen.«
»Pahlk ist nicht mein Vater!«
Synyg verharrte in der Dunkelheit. Er schien nachzudenken, dann sagte er: »Nein, das ist er nicht.«
»Dann wirst du mich also segnen?«
»Was soll ich denn deiner Meinung nach segnen, mein Sohn? Die Sieben Götter, die eine Lüge sind? Den Ruhm, der hohl ist? Wird es mir gefallen, wenn du Kinder erschlägst? Werden mir die Trophäen gefallen, die du dir an den Gürtel binden wirst? Mein Vater, Pahlk, ist in einem Alter, da er seine eigene Jugend hell erstrahlen sehen will. Mit welchen Worten hat er dich gesegnet, Karsa? Dass du das, was er erreicht hat, übertreffen sollst? Das kann ich mir nicht vorstellen. Denke sorgfältig über seine Worte nach, und ich nehme an, du wirst feststellen, dass sie mehr für ihn bestimmt waren als für dich.«
›»Ich, Pahlk, der Entdecker des Pfades, dem du folgen wirst, segne deine Reise.‹ Das waren seine Worte.«
Synyg schwieg einen Augenblick lang, doch als er jetzt sprach, konnte sein Sohn das grimmige Lächeln aus seinen Worten heraushören, obwohl er es nicht sehen konnte. »Wie ich gesagt habe.«
»Mutter hätte mich gesegnet«, schnappte Karsa.
»Wie eine Mutter es tun muss. Aber ihr Herz wäre schwer gewesen. Geh denn also, mein Sohn. Deine Kameraden warten auf dich.«
Mit einem wütenden Knurren schwang sich Karsa auf den breiten

Rücken des Streitrosses. Havok wandte den Kopf angesichts des unvertrauten Reiters und schnaubte.

Aus dem Zwielicht erklang Synygs Stimme. »Es gefällt ihm nicht, Wut zu tragen. Beruhige dich, mein Sohn.«

»Ein Schlachtross, das sich vor Wut fürchtet, ist so gut wie nutzlos. Havok wird sich eben an den gewöhnen müssen, der ihn jetzt reitet.« Bei diesen Worten legte Karsa ein Bein zurück und wendete das Streitross mit einem Schnalzen des einzigen Zügels. Eine leichte Bewegung der Zügelhand schickte das Pferd vorwärts auf den Pfad.

Vier Blutpfähle, die jeweils für eines von Karsas geopferten Geschwistern standen, waren am Rand des Pfades aufgereiht, der ins Dorf führte. Im Gegensatz zu vielen anderen hatte Synyg die geschnitzten Pfähle ungeschmückt gelassen; er hatte nur die Schriftzeichen eingeritzt – die Namen seiner drei Söhne und der einen Tochter, die er den Gesichtern im Fels gegeben hatte –, gefolgt von einem kleinen Spritzer seines Blutes, das kaum den ersten Regen überdauert hatte. Und es wanden sich auch keine Zöpfe die mannshohen Pfähle hinauf und vereinten sich an der Spitze zu einem gefiederten, mit Darm verknoteten Schopf; stattdessen rankten nur Reben um das verwitterte Holz, und die abgeflachte Spitze war voller Vogelkot.

Karsa wusste, dass seine Geschwister mehr als dieses Gedenken verdient hatten, und er nahm sich vor, im Augenblick des Angriffs ihre Namen auf den Lippen zu führen – so dass er töten würde, während ihre Schreie noch durch die Luft gellten. Seine Stimme würde ihre Stimme sein, wenn es so weit war. Sie hatten schon viel zu lange unter der Missachtung ihres Vaters gelitten.

Der Pfad weitete sich, flankiert von alten Baumstümpfen und niedrig wachsendem Wacholder. Voraus schimmerte der fahle Schein von Feuerstellen inmitten dunkler, flacher, kegelförmiger Häuser durch den Dunst, der vom Holzrauch stammte. Nah bei einer dieser Feuergruben warteten zwei berittene Gestalten. Eine dritte stand, in Felle gehüllt, etwas abseits. *Dayliss. Sie hat Bairoth Gild gesegnet und ist nun gekommen, um sich von ihm zu verabschieden.*

Karsa ritt zu ihnen herüber, wobei er Havok lässig dahintrotten ließ. Er war der Anführer, und das würde er deutlich machen. Schließlich warteten Bairoth und Delum auf ihn – und wer von ihnen dreien war zu den Gesichtern im Fels gegangen? Dayliss hatte einen Gefolgsmann gesegnet. War Karsa zu zurückhaltend gewesen? Aber das war die Bürde derjenigen, die befehligten. Das hätte sie doch verstehen müssen. Es ergab alles keinen Sinn.

Ohne ein Wort brachte er sein Pferd vor ihnen zum Stehen.

Bairoth war zwar nicht so groß wie Karsa oder gar Delum, aber deutlich schwerer. Er hatte etwas Bärenhaftes an sich, was ihm selbst schon lange klar geworden war, so dass er es nun selbstbewusst zur Schau trug. Er rollte die Schultern, als würde er sie für ihre Reise lockern, und grinste. »Ein verwegener Anfang, Bruder«, sagte er mit dröhnender Stimme, »das Pferd deines Vaters zu stehlen.«

»Ich habe es nicht gestohlen, Bairoth. Synyg hat mir sowohl Havok als auch seinen Segen gegeben.«

»Dann muss dies eine Nacht der Wunder sein. Und ist auch Urugal aus den Felsen getreten, um deine Stirn zu küssen, Karsa Orlong?«

Dayliss stieß bei diesen Worten ein Schnauben aus.

Wenn er tatsächlich durch die Welt der Sterblichen geschritten wäre, hätte er nur einen von uns dreien vor sich stehen sehen. Auf Bairoths Stichelei erwiderte Karsa nichts. Er richtete langsam den Blick auf Dayliss. »Du hast Bairoth gesegnet?«

Sie zuckte gleichgültig mit den Schultern.

»Ich trauere«, sagte Karsa, »um deinen Mangel an Mut.«

Das brachte ihm einen wütenden Blick ein.

Lächelnd wandte sich Karsa wieder zu Bairoth und Delum um. »»Die Sterne kreisen. Lasst uns reiten.‹«

Aber Bairoth ignorierte seine Worte; anstatt die rituelle Antwort zu geben, knurrte er: »Eine schlechte Entscheidung, deinen verletzten Stolz an ihr auszulassen. Dayliss wird mein Weib werden, wenn wir zurückkehren. Sie anzugreifen heißt mich anzugreifen.«

Karsa erstarrte zur Bewegungslosigkeit. »Aber Bairoth«, sagte er leise und sanft, »ich greife an, wo ich will. Mangel an Mut kann sich wie eine Seuche ausbreiten – hat sich ihr Segen bei dir in einen Fluch verwandelt? Ich bin der Kriegsführer. Ich ermutige dich, mich herauszufordern – jetzt gleich, noch ehe wir unsere Heimat verlassen.«

Bairoth zog die Schultern hoch, beugte sich langsam nach vorn. »Es ist nicht Mangel an Mut«, knurrte er, »der meine Hand ruhig hält, Karsa Orlong –«

»Ich bin erfreut, das zu hören. ›Die Sterne kreisen. Lasst uns reiten.‹«

Bairoth machte ein finsteres Gesicht, als er unterbrochen wurde, und einen Augenblick sah es so aus, als wollte er noch mehr sagen, doch dann hielt er inne. Er lächelte und entspannte sich wieder. Dann warf er Dayliss einen Blick zu und nickte, als bekräftigte er stumm ein Geheimnis, und intonierte: »›Die Sterne kreisen. Führe uns zum Ruhm, Kriegsführer.‹«

Delum, der die ganze Zeit schweigend und mit ausdruckslosem Gesicht zugesehen hatte, sprach nun ebenfalls. »›Führe uns zum Ruhm, Kriegsführer.‹«

Mit Karsa an der Spitze ritten die drei Krieger durch das Dorf. Die Ältesten des Stammes hatten sich gegen die Reise ausgesprochen, daher kam niemand heraus, um sie aufbrechen zu sehen. Aber Karsa wusste, dass alle hörten, wie sie vorbeiritten, und er wusste auch, dass sie es eines Tages bedauern würden, dass alles, was sie von diesem Aufbruch mitbekommen hatten, gedämpftes Hufgetrappel gewesen war. Nichtsdestotrotz wünschte er sich sehnlichst zumindest noch einen Zuschauer außer Dayliss. Nicht einmal Pahlk war aufgetaucht.

Und doch habe ich das Gefühl, als würden wir beobachtet. Vielleicht von den Sieben. Von Urugal, der bis zu den Sternen emporgestiegen ist, der auf den Strömungen des Himmelsrades reitet und jetzt auf uns herabschaut. Höre mich, Urugal! Ich, Karsa Orlong, werde für dich tausend Kinder erschlagen! Tausend Seelen, um sie dir zu Füßen zu legen!

Ganz in der Nähe jaulte ein Hund unruhig im Schlaf, wachte aber nicht auf.

Auf der Nordseite des Tals, oberhalb des Dorfes direkt an der Baumgrenze, standen dreiundzwanzig stumme Zeugen des Aufbruchs von Karsa Orlong, Bairoth Gild und Delum Thord. Geisterhaft warteten sie in der Dunkelheit zwischen den breitblättrigen Bäumen und verharrten noch reglos, als die drei Krieger schon längst auf dem östlichen Pfad außer Sicht waren.

Sie waren als Uryd geboren worden – und dann geopfert worden. Blutsverwandte von Karsa, Bairoth und Delum. In ihrem vierten Lebensmonat waren sie alle den Gesichtern im Fels übergeben worden, waren von ihren Müttern bei Sonnenuntergang auf der Lichtung abgelegt worden. Sie hatten die Umarmung der Sieben erhalten sollen, doch sie waren alle verschwunden, bevor die Sonne wieder aufgegangen war. Sie waren allesamt einer neuen Mutter übergeben worden.

Sie waren 'Siballes Kinder, damals und jetzt. 'Siballe, die Ungefundene, die einzige Göttin unter den Sieben, die keinen eigenen Stamm hatte. Und daher hatte sie sich einen geschaffen, einen geheimen Stamm, der von den sechs anderen genährt wurde. Sie hatte ihnen von ihren persönlichen Blutsbanden erzählt – um sie mit ihren ungeopferten Verwandten zu verbinden. Sie hatte ihnen auch von ihrer eigenen, ganz besonderen Aufgabe erzählt, von dem Schicksal, das auf sie – und nur auf sie – wartete.

Sie nannte sie ihre Gefundenen, und das war auch die Bezeichnung, unter der sie sich selbst kannten, der Name ihres eigenen verborgenen Stammes. Sie hausten ungesehen inmitten ihrer Verwandten, niemand in den sechs Stämmen ahnte etwas von ihrer Existenz. Es gab ein paar, wie sie wussten, die vielleicht einen Verdacht hegten – aber dieser Verdacht war auch schon alles. Männer wie Synyg, Karsas Vater, der die Erinnerungs-Blutpfähle mit Gleichgültigkeit wenn nicht gar Verachtung behandelte. Solche Männer stellten normalerweise keine echte Bedrohung dar, obwohl gelegentlich härtere Maßnahmen erforderlich wurden, wenn sich eine echte Gefahr abzeichnete. So wie bei Karsas Mutter.

Die dreiundzwanzig Gefundenen, die verborgen unter den Bäumen am Rande des Tals Zeuge wurden, wie die drei Krieger ihre Reise begannen, waren durch das Blut die Brüder und Schwestern von Karsa, Bairoth und Delum, doch sie waren auch Fremde, so wenig Bedeutung dies im Augenblick auch haben mochte.

»Einer wird es schaffen.« Diese Worte kamen von Bairoths ältestem Bruder.

Delums Zwillingsschwester zuckte zur Antwort die Schultern. »Wir werden da sein, wenn dieser eine zurückkehrt.«

»Das werden wir.«

Es gab noch ein Merkmal, das allen Gefundenen gemeinsam war. 'Siballe hatte ihre Kinder mit einer üblen Entstellung gekennzeichnet: von der Schläfe bis hinunter zum Unterkiefer fehlten ihren Gesichtern auf der linken Seite Fleisch und Muskeln, was ihre Ausdrucksfähigkeit deutlich minderte. Auf dieser Seite waren ihre Gesichtszüge zu einer nach unten gezogenen Grimasse erstarrt, als würden sie ständig Entsetzen empfinden. Auf eine seltsame Weise hatte dieser körperliche Makel ihren Stimmen auch die Modulation genommen – vielleicht hatte sich aber auch nur 'Siballes eigene tonlose Stimme auf überwältigende Weise ausgewirkt.

Der Mangel an Intonation ließ die hoffnungsvollen Worte in ihren Ohren irgendwie falsch klingen – so falsch, dass jene, die sie gesprochen hatten, verstummten.

Einer würde es schaffen.

Vielleicht.

Synyg rührte weiter in dem Eintopf über dem Kochfeuer, als sich die Tür hinter ihm öffnete. Ein leises Schnaufen, ein nachgezogener Fuß, das Klappern eines Gehstocks gegen den Türrahmen. Dann eine raue, anklagende Frage.

»Hast du deinen Sohn gesegnet?«

»Ich habe ihm Havok gegeben, Vater.«

»Warum?« Irgendwie schaffte es Pahlk, gleichzeitig Verachtung, Widerwillen und Misstrauen in ein einziges Wort zu legen.

Synyg drehte sich immer noch nicht um, während er hörte, wie sein Vater sich mühsam zu dem Stuhl begab, der der Feuerstelle am nächsten stand. »Havok hat eine letzte Schlacht verdient, eine, von der ich weiß, dass ich sie ihm nicht bieten werde. Darum.«

»Also ist es so, wie ich gedacht habe.« Pahlk ließ sich mit einem schmerzerfüllten Grunzen auf den Stuhl sinken. »Du hast es für dein Pferd getan, nicht für deinen Sohn.«

»Hast du Hunger?«, fragte Synyg.

»Diese Geste werde ich dir nicht abschlagen.«

Synyg gestattete sich ein schwaches, bitteres Lächeln, griff dann nach einer zweiten Schüssel und stellte sie neben seine eigene.

»Er würde einen Berg zum Einsturz bringen«, knurrte Pahlk, »wenn er dadurch deine Gleichgültigkeit erschüttern könnte.«

»Was er tut, tut er nicht für mich, Vater. Er tut es für dich.«

»Er erkennt, dass nur der wildeste Ruhm das erreichen kann, was bitter nötig ist – die Schande hinwegzuspülen, die du uns bereitest, Synyg. Du bist der zottelige Busch zwischen zwei hoch aufragenden Bäumen, Kind des einen und Erzeuger des anderen. Darum hat er die Arme nach mir ausgestreckt, ja ausgestreckt – ärgerst du dich dort im Schatten zwischen Karsa und mir? So ein Pech aber auch, dabei hattest du immer die Wahl.«

Synyg füllte beide Schüsseln und richtete sich auf, um eine seinem Vater zu geben. »Die Narbe um eine alte Wunde spürt nichts«, sagte er.

»Nichts zu spüren ist keine Tugend.«

Lächelnd setzte Synyg sich auf den anderen Stuhl. »Erzähl mir eine Geschichte, Vater, so wie du es früher getan hast. In jenen Tagen nach deinem Triumph. Erzähl mir noch einmal von den Kindern, die du getötet hast. Von den Frauen, die du niedergemetzelt hast. Erzähl mir von den brennenden Gehöften, von den Schreien des Viehs und der Schafe, die in den Flammen gefangen waren. Ich will diese Feuer noch einmal sehen, neu entfacht in deinen Augen. Rühre in der Asche, Vater, wirble sie auf.«

»Wenn du in letzter Zeit den Mund aufmachst, Sohn, höre ich immer nur diese verdammte Frau.«
»Iss, Vater, sonst beleidigst du noch mich und mein Heim.«
»Ich werde essen.«
»Du warst immer ein aufmerksamer Gast.«
»Das ist wahr.«
Die beiden Männer sprachen nicht mehr miteinander, bis sie ihr Mahl beendet hatten. Dann stellte Synyg seine Schüssel ab, stand auf und griff nach Pahlks Schüssel. Er drehte sich um und warf sie ins Feuer.

Die Augen seines Vaters weiteten sich.

Synyg starrte auf ihn hinunter. »Keiner von uns beiden wird Karsas Rückkehr erleben. Die Brücke zwischen dir und mir ist nun endgültig abgebrochen. Wenn du noch einmal an meine Tür kommst, Vater, werde ich dich töten.« Er packte Pahlk mit beiden Händen und zog ihn vom Stuhl hoch, zerrte den verdutzten alten Mann zur Tür und warf ihn kurzerhand hinaus. Der Gehstock flog hinterher.

Sie reisten auf dem alten Pfad, der sich parallel zum Rücken der Berge dahinzog. Hier und da machten alte Felsrutsche den Weg unkenntlich; Fichten und Zedern waren mit ins Tal gerissen worden, und an diesen Stellen hatten Büsche und breitblättrige Bäume Halt gefunden und erschwerten das Fortkommen. Zwei Tage und drei Nächte voraus lag das Herrschaftsgebiet der Rathyd, und von allen Teblor-Stämmen waren die Rathyd diejenigen, mit denen die Uryd die meisten Fehden ausfochten. Raubzüge und grausame Morde verflochten beide Stämme in einer Kette aus Hass miteinander, die Jahrhunderte in die Vergangenheit zurückreichte.

Aber Karsa hatte nicht vor, das Territorium der Rathyd ungesehen zu durchqueren. Er wollte mit dem Schwert einen blutigen Pfad der Rache durch wirkliche und vermeintliche Beleidigungen schlagen und dadurch seinem Namen anderthalb Dutzend oder mehr Teblorseelen hinzufügen. Die beiden Krieger hinter ihm, das wusste er genau, glaubten, dass die Reise, die vor ihnen lag, eine Reise voller Heimlichkeit und List sein würde. Schließlich waren sie nur zu dritt.

Aber Urugal ist mit uns in dieser, seiner Zeit. Und wir werden uns in seinem Namen ankündigen, und zwar mit Blut. Wir werden die Hornissen aus ihrem Nest aufscheuchen, und die Rathyd werden den Namen Karsa Orlong kennen und fürchten lernen. Genau wie die Sunyd.

Die Schlachtrosse bewegten sich vorsichtig über das lockere Geröll eines erst kürzlich abgegangenen Erdrutschs. Im vergangenen Winter hatte es eine Menge Schnee gegeben – mehr als in allen Wintern zuvor, an die Karsa sich erinnern konnte. Lange bevor die Gesichter im Fels erwacht waren und den Ältesten in Träumen und Trancen kundgetan hatten, dass sie die alten Geister der Teblor besiegt hatten und nun Gehorsam verlangten – und lange bevor die Seelen der Feinde zu nehmen das Wichtigste für die Teblor geworden war –, hatten die Knochen des Felsens, das Fleisch der Erde, das Haar und das Fell von Wald und Lichtung das Land und das dort lebende Volk beherrscht, und der Atem dieser Geister war der Wind einer jeden Jahreszeit gewesen. Hoch oben in den Bergen kam und ging der Winter mit heftigen Stürmen, den heftigen Bemühungen der Geister in ihrem ewigen, wechselseitigen Krieg. Sommer und Winter waren gleich: trocken und starr, doch Ersterer verriet Erschöpfung, während Letzterer einen eisigen, zerbrechlichen Frieden brachte. Passenderweise betrachteten die Teblor den Sommer mit Sympathie für die vom Kampf erschöpften Geister, während sie den Winter – wegen der Schwäche der aufgestiegenen Kämpfer – verabscheuten, denn in der Illusion von Frieden lag kein Wert.

Keine zwanzig Tage mehr, dann würde der Frühling vorüber sein. Die Stürme in der Höhe ließen nach; sie wurden seltener und waren längst nicht mehr so wild. Obwohl die Gesichter im Fels schon vor langer Zeit die alten Geister vernichtet hatten und ihnen das Vergehen der Jahreszeiten anscheinend gleichgültig war, betrachtete Karsa sich und seine zwei Gefährten insgeheim als Vorboten eines letzten

Sturms. Ihre Blutholzschwerter würden ein Echo uralter Wut auf die ahnungslosen Rathyd und Sunyd niederfahren lassen.

Sie ließen die Stelle, an der kürzlich der Felsrutsch abgegangen war, hinter sich. Vor ihnen wand sich der Pfad in ein schmales Tal mit einer Hochlandwiese hinab, die offen im hellen Sonnenlicht dalag.

Bairoth meldete sich hinter Karsa zu Wort. »Wir sollten auf der anderen Seite dieses Tals unser Lager aufschlagen, Kriegsführer. Die Pferde brauchen eine Pause.«

»Dein Pferd braucht vielleicht eine Pause, Bairoth«, erwiderte Karsa. »Du hast zu viele Nächte voll üppiger Gelage auf den Rippen. Aber ich vertraue darauf, dass diese Reise wieder einen Krieger aus dir machen wird. Dein Rücken hat in letzter Zeit zu viel Stroh gesehen.« *Während Dayliss dich geritten hat.*

Bairoth lachte, erwiderte aber sonst nichts.

»Mein Pferd braucht ebenfalls eine Pause, Kriegsführer«, rief Delum. »Die Lichtung dort vorne würde sich gut als Lagerplatz eignen. Hier gibt es Kaninchenpfade, und ich würde gern meine Schlinge auslegen.«

Karsa zuckte die Schultern. »Dann halten mich also zwei beschwerte Ketten fest. Die Kriegsschreie eurer Bäuche machen mich fast taub. So sei es denn. Wir werden hier lagern.«

Sie wollten kein Feuer machen, daher aßen sie die Kaninchen, die Delum gefangen hatte, roh. Früher einmal wäre das eine ziemlich gefährliche Sache gewesen, denn Kaninchen trugen oft Krankheiten in sich, die nur durch Kochen abgetötet werden konnten – und die meisten davon waren tödlich für die Teblor. Doch seit die Gesichter im Fels erschienen waren, gab es bei den Stämmen keine Krankheiten mehr. Sicher, Wahnsinn plagte sie noch immer, doch das hatte nichts damit zu tun, was gegessen oder getrunken wurde. Manchmal, so hatten die Ältesten erklärt, erwies sich die Bürde, die einem Mann von den Sieben auferlegt wurde, eben als zu gewaltig. Der Verstand musste stark sein, und Stärke lag im Glauben. Für einen schwachen Mann, für einen Mann, der voller Zweifel war, konnten Regeln und Riten zu einem Käfig werden, und Gefangenschaft führte zu Wahnsinn.

Sie saßen um die kleine Grube herum, die Delum für die Kaninchenknochen gegraben hatte, und sprachen kaum, während sie aßen. Über ihnen verlor der Himmel allmählich seine Farbe, und das Rad der Sterne begann seine Wanderung. In der hereinbrechenden Finsternis lauschte Karsa, wie Bairoth einen Kaninchenschädel aussaugte. Er wurde immer als Letzter fertig, denn er ließ nichts übrig und pflegte am nächsten Tag auch noch die dünne Fettschicht unter der Haut abzunagen. Schließlich warf Bairoth den leeren Schädel in die Grube und lehnte sich zurück, wobei er sich die Finger leckte.

»Ich habe über die Reise nachgedacht, die vor uns liegt«, sagte Delum. »Durch die Lande der Rathyd und Sunyd. Wir sollten keine Pfade benutzen, auf denen wir uns gegen den Himmel oder auch nur vor dem nackten Fels abzeichnen. Deshalb sollten wir die tiefer liegenden Pfade nehmen. Doch das sind diejenigen, die uns am nächsten an die Lager heranbringen werden. Ich glaube, wir sollten in Zukunft nur noch nachts reisen.«

»Das ist auch besser, um tollkühne Taten zu vollbringen«, sagte Bairoth nickend. »Um Herdsteine umzuwerfen und Federn zu stehlen. Vielleicht können uns ein paar einsame schlafende Krieger ihre Seelen geben.«

Karsa ergriff das Wort. »Wenn wir uns bei Tag verstecken, sehen wir wenig Rauch, der uns verraten würde, wo die Lager sind. Bei Nacht weht der Wind in Wirbeln, so dass er uns nicht helfen wird, die Feuerstellen zu finden. Die Rathyd und die Sunyd sind keine Narren. Sie werden keine Feuerstellen unter Überhängen oder vor Felswänden errichten – wir werden keine Lichtflecken auf Steinen sehen, die uns willkommen heißen. Außerdem sehen unsere Pferde tagsüber besser und sind trittsicherer. Wir werden am Tag reiten«, schloss er.

Sowohl Bairoth als auch Delum schwiegen daraufhin ein paar Herzschläge lang.

Dann räusperte sich Bairoth. »Wir werden uns inmitten eines Krieges wiederfinden, Karsa.«

»Wir werden wie ein Pfeil der Lanyd in seinem Flug durch den Wald sein, der bei jedem Zweig, Ast oder Stamm die Richtung ändert. Wir werden in einem brausenden Sturm Seelen sammeln, Bairoth. Ein Krieg? Ja. Hast du Angst vor dem Krieg, Bairoth Gild?«

»Wir sind zu dritt, Kriegsführer«, sagte Delum.

»Stimmt, wir sind Karsa Orlong, Bairoth Gild und Delum Thord. Ich habe vierundzwanzig Kriegern gegenübergestanden und sie alle erschlagen. Ich tanze besser als alle anderen – wollt ihr das etwa leugnen? Selbst die Ältesten haben voller Ehrfurcht davon gesprochen. Und du, Delum, ich sehe achtzehn Zungen an dem Riemen um deine Hüfte. Du kannst die Spur eines Geists lesen und noch aus zwanzig Schritt Entfernung einen Kieselstein rollen hören. Und Bairoth – in den Tagen, in denen du nur Muskeln mit dir herumgetragen hast, hast du da nicht einem Buryd mit bloßen Händen das Rückgrat gebrochen? Hast du nicht ein Schlachtross niedergerungen? Diese Wildheit schlummert nur in dir, und unsere Reise wird sie von neuem zum Leben erwecken. Wenn wir drei andere wären, irgendwelche Krieger ... ja, dann würden wir im Dunkeln die windigen Wege entlanghuschen und Herdsteine umwerfen und Federn stehlen und die Kehlen von ein paar schlafenden Feinden zerschmettern. Das wäre genug Ruhm für irgendwelche anderen Krieger. Aber für uns? Niemals. Euer Kriegsführer hat gesprochen.«

Bairoth grinste Delum an. »Lass uns zum Himmel aufschauen und das Rad der Sterne betrachten, Delum Thord, denn dieser Anblick wird uns nicht mehr oft vergönnt sein.«

Karsa stand langsam auf. »Du hast deinem Kriegsführer zu folgen, Bairoth Gild. Du hast ihn nicht in Frage zu stellen. Dein schwindender Mut droht uns alle zu vergiften. Glaube an den Sieg, Krieger, oder kehre auf der Stelle um.«

Bairoth zuckte die Schultern, lehnte sich zurück und streckte die fellumwickelten Beine aus. »Du bist ein großer Kriegsführer, Karsa

Orlong, hast aber traurigerweise keinerlei Humor. Ich vertraue darauf, dass du tatsächlich den Ruhm finden wirst, den du suchst, und dass Delum und ich zwar nur als kleinere Monde scheinen werden – aber scheinen werden wir trotzdem. Uns genügt das. Du solltest aufhören, das in Frage zu stellen, Kriegsführer. Wir sind hier, mit dir –«

»… und ihr stellt meine Weisheit in Frage!«

»Weisheit ist etwas, über das wir bisher noch nicht gesprochen haben«, entgegnete Bairoth. »Wir sind Krieger, wie du gesagt hast, Karsa. Und wir sind jung. Weisheit ist eine Eigenschaft alter Männer.«

»Ja, der Ältesten«, schnappte Karsa, »die unsere Reise nicht segnen wollten!«

Bairoth lachte. »Das ist eine Wahrheit, die wir kennen, und diese Wahrheit müssen wir unverändert und bitter in unseren Herzen tragen. Aber bei unserer Rückkehr werden wir herausfinden, dass sich die Wahrheit während unserer Abwesenheit verändert hat, Kriegsführer. Der Segen wird schließlich doch gegeben worden sein. Warte nur ab.«

Karsas Augen weiteten sich. »Die Ältesten werden *lügen*?«

»Natürlich werden sie lügen. Und sie werden von uns erwarten, dass wir ihre neue Wahrheit akzeptieren, und das werden wir auch – nein, das müssen wir, Karsa Orlong. Der Ruhm unseres erfolgreichen Raubzugs muss dazu dienen, die Menschen zusammenzuschließen – ihn für uns zu behalten wäre nicht nur selbstsüchtig, sondern möglicherweise sogar tödlich. Denk darüber nach, Kriegsführer. Wir werden in unser Dorf zurückkehren und die Geschichte unserer Reise mitbringen. Klar, wir werden ohne Zweifel ein paar Trophäen dabei haben, um die Geschichte zu beweisen, aber wenn wir den Ruhm nicht mit den anderen teilen, werden die Ältesten dafür sorgen, dass unsere Erzählungen vom Gift des Unglaubens verunreinigt werden.«

»Vom Gift des Unglaubens?«

»Ja. Sie werden uns glauben, aber nur, wenn sie an unserem Ruhm teilhaben können. Sie werden uns glauben, aber nur, wenn wir im Gegenzug ihnen glauben, ihrer Umdeutung der Vergangenheit – dass sie den Segen, der nicht erteilt wurde, sehr wohl erteilt haben, dass alle Dorfbewohner Spalier gestanden haben, als wir losgeritten sind. Sie waren alle da, oder zumindest werden sie es uns erzählen, und schließlich werden sie es selbst glauben, wird sich der Anblick tief in ihr Gedächtnis eingegraben haben. Verwirrt dich das noch immer, Karsa? Wenn dem so ist, dann sollten wir lieber nicht von Weisheit sprechen.«

»Die Teblor spielen keine Spiele der Täuschung«, knurrte Karsa.

Bairoth musterte ihn einen Augenblick lang und nickte. »Das ist wahr, das tun sie nicht.«

Delum warf Erde und Steine in die Grube. »Es ist Zeit zu schlafen«, sagte er und stand auf, um ein letztes Mal nach den Pferden zu sehen.

Karsa beäugte Bairoth. *Sein Geist ist wie ein Pfeil der Lanyd im Wald, aber wird ihm das helfen, wenn wir unsere Blutholz-Schwerter blankgezogen haben und auf allen Seiten Kriegsschreie gellen? So etwas geschieht, wenn Muskeln sich in Fett verwandeln und einem Stroh am Rücken klebt. Dich mit Worten zu schlagen wird dir nichts bringen, Bairoth Gild, außer vielleicht, dass deine Zunge nicht ganz so schnell am Gürtel eines Rathyd-Kriegers vertrocknen wird.*

»Mindestens acht«, murmelte Delum. »Und vielleicht ist ein Jugendlicher dabei. Es sind in der Tat zwei Feuerstellen. Sie haben den grauen Bären gejagt, der in Höhlen haust, und schleppen eine Trophäe mit.«

»Das bedeutet, dass sie vollkommen von sich überzeugt sind.« Bairoth nickte. »Das ist gut.«

Karsa blickte Bairoth stirnrunzelnd an. »Warum?«

»Es geht darum, in welcher geistigen Verfassung unsere Feinde sind, Kriegsführer. Sie werden sich unbesiegbar fühlen, und das wird sie sorglos machen. Haben sie Pferde, Delum?«

»Nein. Graue Bären kennen das Geräusch von Hufen zu gut. Sofern sie Hunde dabei hatten, hat keiner überlebt, um mit ihnen nach Hause zurückzukehren.«

»Noch besser.«

Sie waren abgestiegen und kauerten jetzt nahe am Waldsaum. Delum war vorausgeschlichen, um das Lager der Rathyd auszukundschaften. Es bewegte sich kein einziges Blatt, als er sich anschlich – um kniehohe Baumstümpfe herum, durch die hohen Gräser und das Gebüsch auf dem Hang unter den Bäumen.

Die Sonne stand hoch am Himmel, die Luft war trocken und heiß, und es regte sich nicht das geringste Lüftchen.

»Acht«, sagte Bairoth. Er grinste Karsa an. »Und ein Jugendlicher. Er sollte zuerst dran glauben.«

Damit die Überlebenden das Gefühl der Scham kennen lernen. Er erwartet, dass wir verlieren. »Überlasst ihn mir«, sagte Karsa. »Mein Angriff wird wild sein und mich bis zur anderen Seite des Lagers tragen. Die Krieger, die dann noch aufrecht stehen, werden sich allesamt zu mir umdrehen. Und dann werdet ihr beide angreifen.«

Delum blinzelte. »Du willst, dass wir von hinten zuschlagen?«

»Um ihren zahlenmäßigen Vorteil auszugleichen, ja. Und dann werden wir uns jeweils unseren Duellen widmen.«

»Wirst du zur Seite ausweichen und dich ducken, während du zwischen ihnen hindurch wirbelst?«, fragte Bairoth. Seine Augen glitzerten.

»Nein, ich werde zuschlagen.«

»Dann werden sie dich binden, Kriegsführer, und du wirst es nicht schaffen, die andere Seite zu erreichen.«

»Ich werde nicht gebunden werden, Bairoth Gild.«

»Sie sind zu neunt.«

»Dann sieh mich tanzen.«

»Warum setzen wir eigentlich unsere Pferde nicht ein, Kriegsführer?«, fragte Delum.

»Ich habe keine Lust mehr, noch länger zu reden. Folgt mir, aber langsam.«

Bairoth und Delum wechselten einen schwer zu deutenden Blick, dann zuckte Bairoth die Schultern. »Dann werden wir deine Zeugen sein.«

Karsa zog sein Blutholz-Schwert und schloss beide Hände um den lederumwickelten Griff. Das Holz der Klinge war dunkelrot, fast schwarz, durch die glasige Politur sah es aus, als schwebte das aufgemalte Kriegswappen einen Fingerbreit über der Klinge. Die Schneide der Waffe war beinahe durchscheinend; hier war das Blutöl, das in die Maserung gerieben worden war, ausgehärtet und hatte das Holz ersetzt. Es gab keine Kerben und Scharten entlang der Schneide, sie war nur hier und da leicht gewellt, wo der Schaden sich selbst repariert hatte, denn Blutöl erinnerte sich an den ursprünglichen Zustand und duldete weder Kerben noch Scharten. Karsa streckte die Waffe vor sich aus, glitt dann durch das hohe Gras vorwärts und beschleunigte seine Schritte zum Tanz, während er ging.

Als er den Wildschweinpfad erreichte, der in den Wald führte, wie Delum erklärt hatte, beugte er sich tiefer herunter und glitt auf die festgetretene Erde, ohne seine Schritte zu verlangsamen. Die breite, sich verjüngende Schwertspitze schien ihn vorwärts zu führen, als schlüge sie lautlos und unfehlbar einen eigenen Pfad durch die Schatten und das Licht. Er wurde noch schneller.

In der Mitte des Rathyd-Lagers hockten drei der acht Erwachsenen um eine dicke Scheibe Bärenfleisch, die sie gerade aus einem Hirschfell gewickelt hatten. Zwei andere saßen in der Nähe, die Waffen quer über die Oberschenkel gelegt, und rieben das zähflüssige Blutöl in die Klingen. Die restlichen drei standen weniger als drei Schritte von der Mündung des Wildwechsels entfernt und sprachen miteinander. Der Jugendliche befand sich auf der gegenüberliegenden Seite.

Karsa war in vollem Lauf, als er die Lichtung erreichte. Auf kurze Distanzen – siebzig Schritt oder weniger – konnte ein Teblor mit einem galoppierenden Schlachtross mithalten. Seine Ankunft war wie der Einschlag eines Blitzes. Gerade eben noch ruhten sich acht Krieger und ein Jugendlicher auf einer Lichtung aus, da trennte im nächsten Augenblick ein einziger horizontaler Hieb zwei der stehenden Krieger den oberen Teil des Schädels ab. Haare und Knochen flogen durch die Luft, Blut und Hirn spritzten dem dritten Rathyd ins Gesicht. Der taumelte rückwärts und drehte sich nach links, wo er den Rückschwung von Karsas Schwert gerade noch sah, bevor es unter sein Kinn glitt und dort verschwand. Seine weit aufgerissenen Augen nahmen das Durcheinander in sich auf, ehe die Schwärze über ihn hereinbrach.

Immer noch in Bewegung machte Karsa einen großen Satz, um dem Kopf des Kriegers auszuweichen, der über den Boden hüpfte und wegrollte.

Die Rathyd, die ihre Schwerter eingeölt hatten, waren aufgesprungen und hatten ihre Waffen erhoben. Sie rannten auseinander und jagten auf Karsa zu, um ihn von zwei Seiten anzugreifen.

Er lachte und wirbelte herum und sprang mitten zwischen die drei Krieger, die nichts als Schlachtermesser in ihren blutigen Händen hatten. Er hielt das Schwert knapp vor sich und duckte sich tief. Drei kleine Klingen fanden ihr Ziel, fuhren durch Lederschichten und Haut und gruben sich in Muskeln. Sein Schwung trug Karsa durch das Gewühl, und er nahm die Messer mit, wirbelte herum und zog sein Schwert durch ein Armpaar, dann hoch in eine Achselhöhle, riss die Schulter mitsamt dem Schulterblatt weg – eine geschwungene Platte aus purpurfarbenem Knochen, von einem Adergeflecht überzogen und mit einem Gewirr von Bändern an einem zuckenden Arm hängend, der in hohem Bogen davonflog.

Ein Krieger tauchte mit einem Schnauben ab, und stämmige Arme legten sich um Karsas Beine. Immer noch lachend, schlug der Kriegsführer der Uryd mit seinem Schwert nach unten; der Knaufstein zertrümmerte dem Angreifer die Schädeldecke. Die Arme zuckten und ließen los.

Ein Schwert zischte von rechts auf seinen Nacken zu. Karsa blieb leicht geduckt, als er herumwirbelte, um die Klinge mit seiner eigenen Waffe abzublocken. Ein tiefes, dröhnendes Geräusch rollte über die Lichtung, als die beiden Schwerter aufeinander prallten.

Er hörte die Schritte des Rathyd, der sich ihm von hinten näherte, spürte, wie die Klinge, die auf seine linke Schulter zielte, die Luft zerschnitt, und ließ sich blitzschnell nach rechts fallen. Er brachte sein Schwert in einer Kreisbewegung herum und streckte noch im Fallen die Arme aus. Die Klinge wischte über den wilden Abwärtshieb des Kriegers hinweg und an ihm vorbei, durchtrennte ein paar dicke Handgelenke, grub sich in einen Unterleib, bewegte sich vom Bauchnabel zum Brustkorb und brach schließlich ins Freie.

Er rollte sich weiter, während er stürzte, holte sich dabei den Schwung zurück, der von Fleisch und Knochen gebremst worden war, folgte mit einer Drehung der Schultern der Klinge, die unter ihm hindurchglitt, und wirbelte dann zur anderen Seite. Der Hieb fuhr knapp über den Boden, trennte den linken Fuß des letzten Rathyd über dem Knöchel ab. Dann krachte Karsa mit der rechten Schulter auf den Boden. Er rollte sich ab, sein Schwert zuckte kreuzweise über seinen Körper, lenkte einen abwärts geführten Hieb ab, ohne ihn ganz abzublocken – brennender Schmerz fraß sich in seine rechte Hüfte – dann war er außerhalb der Reichweite des Kriegers. Der Mann schrie auf und versuchte unbeholfen, sich zurückzuziehen.

Karsa vollendete seine Rolle und kam sofort wieder in die Hocke; Blut rann sein rechtes Bein hinunter, und er spürte stechende Schmerzen in seiner linken Seite, im Rücken unterhalb des rechten Schulterblatts und in seinem linken Oberschenkel, wo noch immer die Messer steckten.

Er stellte fest, dass er sich genau gegenüber dem Jugendlichen befand.

Nicht älter als Vierzig, noch nicht voll ausgewachsen, mit dünnen Gliedmaßen, wie es bei den Unfertigen häufig der Fall war. Augen, in denen sich Entsetzen spiegelte.

Karsa winkte ihm zu und wirbelte dann herum, um auf den einbeinigen Krieger loszugehen.

Der Mann schrie mittlerweile frenetisch, und Karsa sah, dass Bairoth und Delum ihn erreicht hatten und sich ihrerseits an dem Spiel beteiligten, indem sie ihm den anderen Fuß und beide Hände abhackten. Der Rathyd lag mit zuckenden Gliedern zwischen ihnen auf dem Boden, und sein Blut spritzte auf das zertrampelte Gras.

Karsa warf einen Blick über die Schulter und sah, dass der Jugendliche in Richtung der Bäume davonrannte. Der Kriegsführer lächelte.

Bairoth und Delum begannen, den zappelnden Rathyd hin und her zu jagen, wobei sie immer wieder Stücke von seinen zuckenden Gliedmaßen abschlugen.

Sie waren wütend, das wusste Karsa. Denn er hatte ihnen nichts übrig gelassen.

Ohne sich weiter um seine beiden Kameraden und ihre brutale Folter zu kümmern, zog er das Schlachtermesser aus seinem Oberschenkel. Blut quoll aus der Wunde, aber es spritzte nicht heraus, was bedeutete, dass keine Schlagader verletzt worden war. Das Messer in seiner linken Seite war an den Rippen entlanggerutscht und steckte flach unter Haut und ein paar Muskelsträngen. Er zog die Waffe heraus und warf sie weg. Das letzte Messer, das tief in seinen Rücken eingedrungen war, war schwerer zu erreichen, und er brauchte ein paar Versuche, bis er das verschmierte Heft vernünftig zu fassen bekam und herausziehen konnte. Wäre die Klinge länger gewesen, hätte sie sein Herz erreicht. Doch so würde diese Verletzung wahrscheinlich nur die lästigste der drei allesamt unbedeutenden Wunden sein. Der Schwerthieb, der seine Hüfte und einen Teil seiner Pobacke verletzt hatte, war schon etwas ernster. Er musste sorgfältig genäht werden und würde sowohl das Reiten wie das Gehen für ein Weilchen ziemlich schmerzhaft machen.

Der Blutverlust oder ein tödlicher Schwerthieb hatte den zerstückelten Rathyd zum Schweigen gebracht, und Karsa hörte Bairoths schwere Schritte näher kommen. Ein weiterer Schrei verkündete, dass Delum die anderen Gefallenen untersuchte.

»Kriegsführer.« Bairoths Stimme klang gepresst vor Wut.

Karsa drehte sich langsam um. »Bairoth Gild.«

Das Gesicht des massigen Kriegers war dunkel angelaufen. »Du hast den Jugendlichen entkommen lassen. Jetzt müssen wir ihn jagen, was nicht einfach sein wird, denn dies hier ist sein Land, nicht das unsere.«

»Er sollte entkommen«, entgegnete Karsa.

Bairoth blickte ihn finster an.

»Du bist doch der Schlaue unter uns«, erklärte Karsa, »warum verwirrt dich das so?«

»Er wird sein Dorf erreichen.«

»Ja.«

»Und von dem Angriff erzählen. Dass es drei Uryd-Krieger waren. Das wird sie wütend machen. Und zu fieberhaften Vorbereitungen führen.« Bairoth nickte leicht, als er fortfuhr. »Ein Jagdtrupp bricht auf, macht sich auf die Suche nach drei Uryd-Kriegern. Die zu Fuß sind. Davon ist der Jugendliche überzeugt. Denn hätten die Uryd Pferde gehabt, hätten sie sie natürlich auch benutzt. Drei gegen acht – das wäre sonst glatter Wahnsinn. So beschränkt sich der Jagdtrupp in jeder Hinsicht selbst. Drei Uryd-Krieger, zu Fuß.«

Delum hatte sich zu ihnen gesellt und sah Karsa ausdruckslos an.

»Delum Thord soll sprechen«, sagte Karsa.

»Das werde ich, Kriegsführer. Du hast dem Jugendlichen ein Bild in seine Gedanken eingebrannt. Dort wird es bleiben, und die Farben werden nicht verblassen, sondern noch intensiver werden. Die Echos der Schreie werden immer lauter durch seinen Schädel hallen. Vertraute Gesichter, für immer in einem schmerzverzerrten Ausdruck erstarrt. Dieser Jugendliche, Karsa Orlong, wird erwachsen werden. Und er wird nicht damit zufrieden sein, zu folgen – er wird anführen. Er *muss* anführen. Niemand wird seine Wildheit herausfordern, das glimmende Holz seines Willens, das Öl seiner Begierde. Karsa Orlong, du hast den Uryd einen Feind erschaffen, einen Feind, neben dem alle verblassen werden, die wir in der Vergangenheit kennen gelernt haben.«

»Eines Tages«, sagte Karsa Orlong, »wird dieser Rathyd-Kriegsführer vor mir niederknien. Das schwöre ich – hier, beim Blut seiner Verwandten, schwöre ich es.«

Die Luft war plötzlich frostig. Es wurde still auf der Lichtung; außer dem gedämpften Summen der Fliegen war nichts zu hören.

Delums Gesichtsausdruck war voller Furcht.

Bairoth drehte sich um. »Dieser Schwur wird dich zerstören, Karsa Orlong. Kein Rathyd kniet vor einem Uryd. Es sei denn, du lehnst seinen leblosen Kadaver gegen einen Baumstamm. Du willst das Unmögliche versuchen – doch das ist ein Weg, der in den Wahnsinn führt.«

»Das ist nur einer von vielen Eiden, die ich geschworen habe«, sagte Karsa. »Und ich werde jeden einzelnen davon halten. Seid meine Zeugen, wenn ihr es wagt.«

Bairoth, der in der Zwischenzeit den Pelz des grauen Bären und seinen skelettierten Schädel – die Trophäen der Rathyd – gemustert hatte, blickte Karsa an. »Haben wir denn eine Wahl?«

»Solange du noch atmest, lautet die Antwort nein, Bairoth Gild.«

»Erinnere mich daran, es dir eines Tages zu erzählen, Karsa Orlong.«

»Mir was zu erzählen?«

»Wie es für uns ist, in deinem Schatten zu leben.«

Delum trat zu Karsa. »Du hast Wunden, die versorgt werden müssen, Kriegsführer.«

»Ja, aber fürs Erste nur die Schwertwunde. Wir müssen zu unseren Pferden zurückkehren und weiterreiten.«

»Wie ein Pfeil der Lanyd.«

»Ja, genau so, Delum Thord.«

»Karsa Orlong«, rief Bairoth Gild, »Ich werde deine Trophäen für dich einsammeln.«

»Ich danke dir, Bairoth Gild. Wir werden auch das Bärenfell und den Schädel mitnehmen. Das könnt ihr beide behalten.«

Delum wandte sich um und blickte Bairoth an. »Nimm du sie, Bruder. Der graue Bär passt besser zu dir als zu mir.«

Bairoth nickte zum Dank und deutete dann auf den zerstückelten Krieger. »Seine Ohren und seine Zunge gehören dir, Delum Thord.«

»So sei es denn.«

Von allen Teblor-Stämmen züchteten die Rathyd die wenigsten Pferde; dennoch gab es viele breite, abwärts führende Pfade von einer Lichtung zur anderen, auf denen Karsa und seine Begleiter reiten konnten.

Auf einer der Lichtungen waren sie auf einen Erwachsenen und zwei Jugendliche gestoßen, die sich um sechs Streitrosse gekümmert hatten. Sie hatten sie mit blankgezogenen Klingen niedergeritten und nur angehalten, um die Trophäen einzusammeln und die Pferde zusammenzutreiben, wobei jeder von ihnen zwei an die Leine genommen hatte.

Eine Stunde bevor die Dunkelheit hereinbrach, kamen sie an eine Gabelung des Pfades; sie ritten dreißig Schritt weit in den abwärts führenden Weg hinein und ließen dort die Pferde der Rathyd frei. Dann schlangen sie ihren eigenen Reittieren je ein kurzes Seil um den Hals und drängten sie mit sanftem Schlenkern des Seils, rückwärts zu gehen, bis sie wieder an der Gabelung ankamen, wo sie sich dem aufwärts führenden Pfad zuwandten. Fünfzig Schritt weiter stieg Delum ab und ging zurück, um ihre Spuren zu verwischen.

Als das Rad der Sterne über ihnen Gestalt annahm, bogen sie von dem felsigen Pfad ab und fanden eine kleine Lichtung, auf der sie ihr Lager aufschlugen. Bairoth schnitt ein paar Scheiben Bärenfleisch ab, und sie aßen. Danach stand Delum auf, um sich um die Pferde zu kümmern, rieb sie mit feuchtem Moos ab. Die Tiere waren müde, und die Uryd legten ihnen keine Fußfesseln an, damit sie auf der Lichtung umhergehen und die Hälse recken konnten.

Als Karsa seine Wunden untersuchte, stellte er fest, dass sie bereits begonnen hatten, zu verheilen. So war das bei den Teblor. Zufrieden zog er eine Flasche Blutöl hervor und machte sich daran, seine Waffe auszubessern. Delum gesellte sich wieder zu ihnen, und er und Bairoth taten es ihrem Anführer nach.

»Morgen werden wir diesen Pfad verlassen«, sagte Karsa.

»Gehen wir hinunter zu den breiteren, bequemeren, die unten im Tal verlaufen?«, fragte Bairoth.

»Wenn wir schnell sind«, meinte Delum, »können wir das Land der Rathyd an einem einzigen Tag durchqueren.«

»Nein, wir werden unsere Pferde höher führen, hinauf zu den Ziegen- und Schafspfaden«, erwiderte Karsa. »Und wir werden den ganzen Morgen zurückgehen. Dann werden wir wieder ins Tal hinunterreiten. Bairoth Gild, wenn der Jagdtrupp aufgebrochen ist, wer wird dann im Dorf bleiben?«

Der schwere Mann zog seinen neuen Umhang aus Bärenfell hervor und wickelte sich hinein, ehe er antwortete. »Jugendliche. Frauen. Alte und Verkrüppelte.«

»Und Hunde?«

»Nein, die wird der Jagdtrupp mitgenommen haben. Dann werden wir also das Dorf angreifen, Kriegsführer?«

»Ja. Und anschließend werden wir die Spur des Jagdtrupps aufnehmen.«

Delum holte tief Luft und stieß den Atemzug ganz langsam wieder aus. »Karsa Orlong, das Dorf unserer letzten Opfer ist nicht das einzige. Allein im vordersten Tal gibt es noch mindestens drei weitere Dörfer. Es wird sich herumsprechen, was geschehen ist. Sämtliche Krieger werden ihre Schwerter bereitmachen. Die Hunde werden losgelassen und in den Wald geschickt werden. Auch wenn die Krieger uns vielleicht nicht finden – die Hunde tun es.«

»Und außerdem«, fügte Bairoth brummig hinzu, »müssen wir noch drei weitere Täler durchqueren.«

»Kleine Täler«, erklärte Karsa. »Und wir durchqueren sie am südlichen Ende, mehr als einen strammen Tagesritt von ihren Mündungen im Norden und den Kernlanden der Rathyd entfernt.«

»Sie werden vor Wut schäumen, Kriegsführer«, gab Delum Thord zu bedenken, »und uns bis in die Täler der Sunyd verfolgen.«

Karsa drehte die Klinge herum, die auf seinen Schenkeln lag, um sich der anderen Seite zu widmen. »Genau das hoffe ich, Delum Thord. Beantworte mir eine Frage: Wann haben die Sunyd zuletzt einen Uryd gesehen?«

»Das muss dein Großvater gewesen sein«, sagte Bairoth.

Karsa nickte. »Und wir kennen den Kriegsruf der Rathyd gut, oder?«

»Du willst einen Krieg zwischen den Rathyd und den Sunyd anzetteln?«

»Ja, Bairoth.«

Der Krieger schüttelte langsam den Kopf. »Wir sind noch nicht einmal mit den Rathyd fertig, Karsa Orlong. Du planst zu weit im Voraus, Kriegsführer.«

»Werde Zeuge dessen, was geschehen wird, Bairoth Gild.«

Bairoth hob den Bärenschädel auf. Der Unterkiefer hing nur noch an ein paar Knorpelstreifen. Er riss ihn ab und warf ihn beiseite. Dann zog er ein Bündel Lederriemen aus seinem Packsack und fing an, die Backenknochen fest zu umwickeln, wobei er lange Enden übrig ließ, die frei herunterbaumelten.

Karsa beobachtete Bairoth voller Neugier. Der Schädel war selbst für jemanden wie Bairoth zu schwer, um als Helm zu dienen. Außerdem würde er den Knochen an der Unterseite abbrechen müssen, in der Nähe der Öffnung für das Rückenmark, wo er am dicksten war.

Delum stand auf. »Ich werde jetzt schlafen«, verkündete er und stapfte davon.

»Karsa Orlong, hast du noch ein paar Lederstreifen übrig?«, fragte Bairoth.

»Du kannst sie gerne haben«, erwiderte Karsa und stand ebenfalls auf. »Vergiss nicht, heute Nacht zu schlafen, Bairoth Gild.«

»Bestimmt nicht.«

Während der ersten Stunde Tageslicht hörten sie auf der bewaldeten Talsohle unter ihnen Hundegebell. Die Geräusche wurden schwächer, als sie auf einem hoch gelegenen, entlang der Felsen verlaufenden Pfad in die Richtung zurückgingen, aus der sie gekommen waren. Als die Sonne direkt über ihnen war, fand Delum einen Pfad, der sich abwärts wand, und sie begannen mit dem Abstieg.

Mitten am Nachmittag stießen sie auf Lichtungen voller Baumstümpfe und konnten den Rauch des Dorfs riechen. Delum stieg ab und schlich voraus.

Bereits wenig später kehrte er zurück. »Genau wie du vermutet hast, Kriegsführer. Ich habe elf Alte gesehen, dreimal so viele Frauen und dreizehn Junge – alle sehr jung. Ich nehme an, die älteren sind beim Jagdtrupp. Keine Pferde, keine Hunde.« Er kletterte wieder auf sein Pferd.

Die drei Uryd-Krieger machten ihre Schwerter bereit. Dann zogen sie ihre Flaschen mit Blutöl heraus und versprühten ein paar Tropfen um die Nüstern ihrer Streitrosse. Die Tiere warfen die Köpfe zurück und spannten die Muskeln an.

»Ich übernehme die rechte Flanke«, sagte Bairoth.

»Und ich die Mitte«, verkündete Karsa.

»Dann nehme ich also die linke Flanke«, sagte Delum. Dann runzelte er die Stirn. »Sie werden vor dir davonstieben, Kriegsführer.«

»Ich bin heute in großzügiger Stimmung, Delum Thord. Dieses Dorf wird dazu dienen, deinen und Bairoths Ruhm zu mehren. Sorgt dafür, dass am anderen Ende niemand entkommt.«

»Es wird niemand entkommen.«

»Und wenn eine der Frauen versucht, ein Haus anzuzünden, um den Jagdtrupp zurückzurufen, erschlagt sie.«

»Sie werden bestimmt nicht so dumm sein«, sagte Bairoth. »Wenn sie keinen Widerstand leisten, werden sie zwar unseren Samen tragen, aber sie werden leben.«

Die drei Uryd-Krieger lösten die Zügel von ihren Pferden und schlangen sie sich um die Hüften. Sie rutschten weiter nach vorn auf die Schultern ihrer Reittiere und zogen die Knie an.

Karsa schob den Fangriemen seines Schwerts über sein Handgelenk und ließ die Waffe einmal durch die Luft wirbeln, um ihn zu straffen. Die anderen taten es ihm nach. Havok erzitterte unter ihm.

»Führe uns, Kriegsführer«, sagte Delum.

Ein leichter Druck, und Havok setzte sich in Bewegung; nach drei

Schritten fiel er in einen ruhigen Galopp, überquerte mit großen Sprüngen die mit Baumstümpfen besetzte Lichtung. Eine leichte Gewichtsverlagerung nach links brachte sie zum Hauptweg. Als sie ihn erreichten, hob Karsa sein Schwert und zeigte es seinem Streitross. Havok ging in vollen Galopp über.

Sieben lange Sätze brachten sie zum Dorf. Karsas Gefährten waren bereits zu den Seiten hin davongeschossen, so dass sie hinter den Häusern entlang kommen würden, und überließen ihm die Hauptstraße. Er sah Gestalten direkt voraus; sie wandten die Köpfe. Ein Schrei ertönte. Kinder rannten in alle Richtungen davon.

Das Schwert zuckte herunter, glitt leicht durch junge Knochen. Karsa warf einen Blick nach rechts, und Havok änderte die Richtung; er keilte aus, schleuderte einen Alten zu Boden und zertrampelte ihn. Sie stürmten weiter voran, schlugen zu, töteten. Hinter den Häusern, jenseits der Abfallgräben, erklangen weitere Schreie.

Karsa erreichte das andere Ende des Dorfes. Er sah einen einzelnen Jugendlichen, der auf die Bäume zurannte, und trieb Havok hinter ihm her. Der Bursche hielt ein Übungsschwert in der Hand. Als er Havoks stampfende Hufe immer näher kommen hörte und ihm klar wurde, dass er es nicht mehr in die Sicherheit des Waldes schaffen würde, wirbelte er herum.

Karsas Hieb durchtrennte erst sein Übungsschwert und dann seinen Hals. Ein Stoß von Havoks Kopf ließ den enthaupteten Leichnam zusammenbrechen.

Auf diese Art habe ich einen Verwandten verloren. Er wurde von einem Rathyd niedergeritten. Der ihm Ohren und Zunge genommen und den Leichnam verkehrt herum an einem Ast aufgehängt hat. Der Kopf lag darunter. Mit Exkrementen beschmiert. Die Tat ist gerächt. Gerächt ...

Havok wurde langsamer, wendete auf der Hinterhand.

Karsa betrachtete das Dorf. Bairoth und Delum waren mit ihrem Gemetzel fertig und trieben nun die Frauen auf die Lichtung, in deren Mitte sich die Feuerstelle des Dorfs befand.

In einem gemächlichen Trott trug Havok ihn zurück in das Dorf.

»Die Frauen des Häuptlings gehören mir«, verkündete Karsa.

Bairoth und Delum nickten, und daran, wie lässig sie ihm dieses Privileg überließen, konnte er erkennen, in welch guter Stimmung sie waren. Bairoth wandte sich den Frauen zu und winkte mit dem Schwert. Eine ansehnliche Frau mittleren Alters trat vor, gefolgt von einem Mädchen, das ihr ziemlich ähnlich sah und etwa im gleichen Alter wie Dayliss war. Beide musterten Karsa ebenso ausgiebig wie er sie.

»Bairoth Gild und Delum Thord, sucht euch aus den anderen eure Ersten aus. Ich werde wachen.«

Die beiden Krieger grinsten, stiegen ab und stürzten zwischen die Frauen, um sich jeweils eine auszusuchen. Mit ihren Trophäen an der Hand verschwanden sie in verschiedenen Häusern.

Karsa schaute mit hochgezogenen Augenbrauen zu.

Die Frau des Häuptlings schnaubte. »Deine Krieger haben die Begierde der beiden sehr wohl erkannt«, sagte sie.

»Ihre Krieger – egal ob Vater oder Mann – werden von dieser Begierde nicht begeistert sein«, kommentierte Karsa. *Die Frauen der Uryd würden niemals –*

»Sie werden es nie erfahren, Kriegsführer«, sagte die Frau des Häuptlings. »Es sei denn, du erzählst es ihnen – und wie wahrscheinlich ist das? Sie werden dir keine Zeit für irgendwelche höhnischen Worte lassen, bevor sie dich töten. Oh, aber ich sehe jetzt«, fuhr sie fort und trat näher, um ihm ins Gesicht zu starren, »du hast gedacht, die Frauen der Uryd wären anders, und jetzt wird dir klar, dass das eine Lüge ist. Alle Männer sind Narren, aber nun, da die Wahrheit sich in dein Herz stiehlt, bist du es vielleicht ein bisschen weniger. Wie ist dein Name, Kriegsführer?«

»Du redest zu viel«, knurrte Karsa, dann reckte er sich. »Ich bin Karsa Orlong, der Enkel von Pahlk –«

»Pahlk?«

»Ja.« Karsa grinste. »Ich sehe, du erinnerst dich an ihn.«

»Ich war damals noch ein Kind, doch ja, er ist uns allen wohl bekannt.«

»Er lebt noch immer, und er schläft ruhig trotz der Flüche, die ihr ihm auferlegt habt.«

Sie lachte. »Flüche? Es hat nie welche gegeben. Pahlk hat sein Haupt gebeugt, um sich freies Geleit durch unser Land zu erbetteln –«

»Du lügst!«

Sie musterte ihn und zuckte dann die Schultern. »Ganz wie du sagst.«

Aus einem der Häuser ertönte der Schrei einer Frau – ein Schrei, der mehr nach Lust als nach Schmerz klang.

Die Frau des Häuptlings wandte den Kopf. »Wie viele von uns werden euren Samen erhalten, Kriegsführer?«

Karsa lehnte sich zurück. »Ihr alle. Jeder von uns wird sich elf nehmen.«

»Und wie viele Tage wird das dauern? Willst du, dass wir auch für euch kochen?«

»Tage? Du denkst wie eine alte Frau. Wir sind jung. Und wenn es notwendig werden sollte, haben wir noch Blutöl.«

Die Augen der Frau weiteten sich. Die anderen hinter ihr begannen zu murmeln und zu flüstern. Die Frau des Häuptlings fuhr herum und brachte sie mit einem Blick zum Schweigen, dann wandte sie sich erneut an Karsa. »Du hast Blutöl noch nie zuvor auf diese Weise benutzt, nicht wahr? Es stimmt, es wird ein Feuer in deinen Lenden entzünden, und du wirst erleben, wie es ist, tagelang einen Steifen zu haben. Aber du weißt nicht, was es uns Frauen antut, Kriegsführer. Ich weiß es, denn auch ich war einst jung und dumm. Selbst die Kraft meines Mannes konnte mich nicht daran hindern, meine Zähne in seinen Hals zu schlagen – die Narben trägt er noch heute. Aber da ist noch mehr. Was für dich in weniger als einer Woche vorbei ist, wird uns monatelang quälen.«

»Das heißt dann also, wenn wir eure Männer nicht töten, werdet ihr es tun, wenn sie zurückkehren«, erwiderte Karsa. »Ich bin erfreut.«

»Ihr drei werdet die Nacht nicht überleben.«

»Glaubst du nicht auch, dass es interessant sein wird zu erfahren«, fragte Karsa lächelnd, »wer von uns – Bairoth, Delum oder ich – es zuerst brauchen wird?« Er wandte sich an alle Frauen. »Ich schlage vor, dass ihr willig seid, so dass keine die Erste ist, die uns enttäuscht.«

Bairoth tauchte wieder auf, nickte Karsa zu.

Die Frau des Häuptlings seufzte und winkte ihre Tochter nach vorn.

»Nein«, sagte Karsa.

Die Frau hielt inne, plötzlich verwirrt. »Aber ... willst du nicht ein Kind zeugen? Beim ersten Mal wirst du den meisten Samen –«

»Ja, das werde ich. Bist du denn schon jenseits des gebärfähigen Alters?«

Nach einem langen Augenblick schüttelte sie den Kopf. »Karsa Orlong«, flüsterte sie, »du zwingst meinen Mann dazu, dich mit einem Fluch zu belegen – er wird Blut auf den steinernen Lippen von Imroth verbrennen.«

»Ja, das wird er wohl.« Karsa stieg ab und trat zu ihr. »Und jetzt führe mich zu deinem Haus.«

Sie wich zurück. »Zum Haus meines Mannes? Kriegsführer – nein, bitte, lass uns ein anderes Haus nehmen –«

»Das Haus deines Mannes«, sagte Karsa grollend. »Ich habe genug geredet, und du auch.«

Eine Stunde vor Einbruch der Abenddämmerung führte Karsa seine letzte Trophäe zum Haus – die Tochter des Häuptlings. Weder er noch Bairoth oder Delum hatten das Blutöl gebraucht, ein Beweis für die Fähigkeiten der Uryd, wie Bairoth behauptete, obwohl Karsa den Verdacht hegte, dass die wahre Ehre dem Eifer und dem aus der Verzweiflung geborenen Einfallsreichtum der Frauen der Rathyd gebührte; dennoch – die letzten paar hatten den Kriegern alles abverlangt.

Nachdem er die junge Frau ins dämmrige Innere des Hauses mit seinem ersterbenden Herdfeuer gezogen hatte, schlug Karsa die Tür zu und legte den Riegel vor. Sie drehte sich um und blickte ihn an, das Kinn neugierig in die Höhe gereckt.

»Mutter hat gesagt, du wärst überraschend sanft.«

Er beäugte sie. *Sie ist wie Dayliss, und doch auch wieder nicht. In der hier ist keine dunkle Ader. Das ist ... ein Unterschied.* »Zieh dich aus.«

Sie schlüpfte schnell aus ihrer Ledertunika. »Wenn ich die Erste gewesen wäre, Karsa Orlong, hätte ich deinem Samen ein Heim gegeben. Denn in meinem Rad der Zeit ist heute der Tag dafür.«

»Wärest du denn stolz gewesen?«

Sie hielt inne und blickte ihn überrascht an. Dann schüttelte sie den Kopf. »Ihr habt alle Kinder und alle Alten erschlagen. Es wird Jahrhunderte dauern, bis unser Dorf sich davon wieder erholt haben wird, vielleicht wird es das auch nie tun; denn es könnte sein, dass die Krieger vor Wut aufeinander losgehen, und dann auf uns Frauen – solltet ihr entkommen.«

»Entkommen? Leg dich da hin, wo auch deine Mutter gelegen hat. Karsa Orlong ist nicht daran interessiert, zu entkommen.« Er bewegte sich vorwärts, so dass er nun über ihr stand. »Eure Krieger werden nicht zurückkehren. Das Leben dieses Dorfes ist beendet, und in vielen von euch wird der Samen der Uryd sein. Geht zu ihnen, ihr alle, und lebt bei meinem Volk. Was dich und deine Mutter betrifft, so geht in das Dorf, in dem ich geboren wurde. Wartet dort auf mich. Erzieht eure Kinder – meine Kinder – als Uryd.«

»Du stellst kühne Forderungen, Karsa Orlong.«

Er begann, seine Lederkleider auszuziehen.

»Es sind nicht nur Forderungen, wie ich sehe«, bemerkte sie. »Dann gibt es also keinen Bedarf für Blutöl.«

»Du und ich – wir werden das Blutöl für den Augenblick aufbewahren, da ich zurückkomme.«

Ihre Augen weiteten sich, und sie lehnte sich zurück, als er über sie glitt. Mit leiser Stimme fragte sie: »Willst du denn meinen Namen gar nicht wissen?«

»Nein«, brummte er. »Ich werde dich Dayliss nennen.«
Er sah nichts von der Schamröte, die ihr junges, hübsches Gesicht überzog. Und er spürte auch nichts von der Dunkelheit, mit der seine Worte ihre Seele umkrallten.
Genau wie in ihrer Mutter fand Karsa Orlongs Samen auch in ihr eine Heimat.

Ein später Sturm war von den Bergen herabgekommen, hatte die Sterne verschluckt. Die Baumwipfel wurden von einem Wind hin und her geschüttelt, der keine Anstalten machte, tiefer herabzureichen, so dass ein Rauschen und Dröhnen über ihren Köpfen herrschte und eine merkwürdige Ruhe zwischen den Stämmen. Blitze flackerten, doch es dauerte lange, bis sich die Stimme des Donners erhob.
Sie ritten eine Stunde durch die Dunkelheit, dann fanden sie in der Nähe des Pfads einen alten Lagerplatz des Jagdtrupps. Ihre Wut hatte die Rathyd-Krieger unachtsam gemacht, denn sie hatten zu viele Spuren hinterlassen. Delum kam zu dem Schluss, dass in diesem Jagdtrupp zwölf Erwachsene und vier Jugendliche sein mussten – alle beritten –, was ungefähr ein Drittel aller kampffähigen Männer des Dorfes ausmachen musste. Die Hunde waren bereits losgelassen worden, um auf eigene Faust in Meuten zu jagen, daher befanden sich auch keine mehr bei der Gruppe, die die Uryd nun verfolgten.
Karsa war überaus zufrieden. Die Hornissen hatten das Nest verlassen, aber sie flogen blind.
Sie aßen noch einmal von dem nicht mehr ganz frischen Bärenfleisch, dann wickelte Bairoth erneut den Bärenschädel aus und begann ihn wieder mit Lederstreifen zu umwickeln, dieses Mal um die Schnauze, wobei er sie mit den Zähnen festzurrte. Die Enden, die er herunterbaumeln ließ, waren anderthalb mal so lang wie ein Arm. Jetzt wurde Karsa klar, was Bairoth da herstellte. Meist wurden zwei oder drei Wolfsschädel für diese besondere Waffe verwendet – nur ein Mann, der über Bairoths Kraft und sein Gewicht verfügte, konnte dasselbe mit dem Schädel eines grauen Bären tun. »Bairoth Gild, was

du da machst, wird zu einem leuchtenden Faden in der Legende werden, die wir weben.«

Der Angesprochene grunzte. »Legenden sind mir gleichgültig, Kriegsführer. Aber wir werden schon bald Rathyd auf Streitrossen gegenüberstehen.«

Karsa lächelte in der Dunkelheit, sagte jedoch nichts.

Ein sanfter Wind kam vom Hang herabgeweht.

Delum hob plötzlich den Kopf und stand geräuschlos auf. »Ich rieche nasses Fell«, sagte er.

Es hatte an diesem Tag noch nicht geregnet.

Karsa machte sein Schwertgehenk los und legte die Waffe auf den Boden. »Bairoth, bleib, wo du bist«, flüsterte er. »Delum, nimm deinen Messergurt mit – aber lass dein Schwert hier.« Er stand auf und winkte seinem Gefährten zu. »Führe mich.«

»Kriegsführer«, murmelte Delum. »Es ist eine Meute, die vom Sturm aus der Höhe heruntergetrieben wurde. Sie haben uns noch nicht gewittert, doch ihre Ohren sind scharf.«

»Glaubst du nicht, dass sie angefangen hätten zu heulen, wenn sie uns gehört hätten?«, fragte Karsa.

Bairoth schnaubte. »Delum, bei diesem tosenden Sturm haben sie nichts gehört.«

Aber Delum schüttelte den Kopf. »Es gibt hohe Geräusche, und es gibt tiefe Geräusche, Bairoth Gild, und ein jedes reist auf seinem eigenen Strom.« Er wandte sich an Karsa. »Und was deine Frage angeht, Kriegsführer, ist dies die Antwort: möglicherweise auch nicht, wenn sie sich unsicher sind, ob wir Rathyd oder Uryd sind.«

Karsa grinste. »Umso besser. Bring mich zu ihnen, Delum Thord. Ich habe lange über die Hundemeuten der Rathyd nachgedacht, die durch die Wälder streifen. Bring mich zu ihnen und halte deine Wurfmesser bereit.«

Havok und die anderen beiden Streitrosse hatten die Krieger während der Unterhaltung lautlos flankiert, doch jetzt blickten sie alle hangaufwärts und spitzten die Ohren.

Nach kurzem Zögern zuckte Delum die Schultern und bewegte sich tief geduckt in den Wald hinein. Karsa folgte ihm.

Nach einem guten Dutzend Schritten wurde der Hang steiler. Es gab keinen Weg, und umgestürzte Baumstämme ließen sie nur mühsam und langsam vorankommen, obwohl dicke feuchte Moospolster die Schritte der beiden Teblor-Krieger praktisch vollständig dämpften. Sie erreichten eine flachere etwa fünfzehn Schritt breite und zehn Schritt tiefe Felsplatte, die genau gegenüber eines hohen, tief zerklüfteten Vorsprungs im Felsen lag. Ein paar abgestorbene Bäume lehnten an den Felsen, grau und tot. Delum ließ den Blick über den Vorsprung schweifen und wollte dann in Richtung eines engen, mit Dreck und Laub gefüllten Einschnitts, einem Wildwechsel am linken Rand des Felsvorsprungs huschen, doch Karsa hielt ihn mit einer Hand zurück.

Er beugte sich dicht zu ihm. »Wie weit sind sie noch weg?«

»Fünfzig Herzschläge. Wir haben noch genug Zeit, hier hochzuklettern –«

»Nein. Wir bleiben hier. Geh da rechts auf den Sims und halte deine Messer bereit.«

Mit verblüfftem Gesichtsausdruck tat Delum wie ihm geheißen. Der Sims befand sich in halber Höhe des Vorsprungs. Binnen weniger Augenblicke hatte er Position bezogen.

Karsa bewegte sich auf den Wildwechsel zu. Eine abgestorbene Kiefer war von oben herabgestürzt und den Pfad entlanggerutscht; nun lag sie einen halben Schritt links davon. Als Karsa sie erreichte, versetzte er dem Stamm einen Stoß. Das Holz war immer noch fest. Schnell kletterte er hinauf und drehte sich – nachdem er die Füße fest auf ein paar Zweige gestellt hatte – so, dass er der flachen Felsplatte zugewandt war. Der Wildwechsel war nun kaum mehr als eine Armeslänge zu seiner Linken, während sich in seinem Rücken der Baumstamm und die Felswand befanden.

Dann wartete er. Er konnte Delum von seiner Position aus nicht sehen; dazu hätte er sich nach vorne lehnen müssen, doch diese Gewichtsverlagerung hätte den Baum leicht von der Felswand wegkippen und umstürzen lassen und ihn mitgerissen. Einen solchen Sturz würde Karsa kaum unbeschadet überstehen. Also musste er einfach darauf vertrauen, dass Delum begriff, was er vorhatte, und entsprechend handeln würde, wenn es an der Zeit war.

Ein paar kleine Steinchen kullerten den Wildwechsel herunter.

Die Hunde hatten mit dem Abstieg begonnen.

Karsa sog langsam und tief die Luft ein und hielt dann den Atem an.

Der Anführer der Meute würde nicht als Erster auftauchen, sondern höchstwahrscheinlich als Zweiter, ein, zwei sichere Herzschläge hinter dem Kundschafter.

Der erste Hund schlitterte in einem Schauer aus Steinen, Zweigen und Dreck an Karsas Position vorbei; sein Schwung trug ihn ein halbes Dutzend Schritte auf die flache Felsplatte hinaus, wo er stehen blieb und die Nase in die Luft reckte. Mit gesträubtem Fell bewegte er sich vorsichtig auf den Rand zu.

Ein weiterer Hund kam den Pfad herunter, ein größeres Tier, das noch mehr Dreck lostrat als das erste. Als sein narbiger Kopf und die ebenso mitgenommenen Schultern in Sicht kamen, wusste Karsa, dass er den Anführer der Meute gefunden hatte.

Das Tier erreichte die Felsplatte.

Im gleichen Augenblick drehte der Kundschafter den Kopf.

Karsa sprang.

Er streckte die Arme aus, packte den Anführer am Hals, warf das Tier auf den Rücken und drückte es zu Boden; seine linke Hand schloss sich um die Schnauze, seine rechte packte die fuchtelnden, um sich tretenden Vorderbeine knapp über den Pfoten.

Der Hund steigerte sich unter ihm in echte Raserei, doch Karsa ließ nicht los.

Noch mehr Hunde kamen den Pfad heruntergeschlittert, schwärmten beunruhigt und verwirrt über die Felsplatte aus.

Das Knurren des Anführers war zu einem Winseln geworden.

Scharfe Zähne hatten sich in Karsas Handgelenk gegraben, bis er es geschafft hatte, seinen Würgegriff etwas höher anzusetzen. Das Tier wand sich noch immer unter ihm, aber es hatte bereits verloren, und das wussten sie beide.

Genau wie der Rest der Meute.

Karsa blickte schließlich auf und musterte die Hunde, die ihn umgaben. Als er den Kopf hob, wichen alle zurück – alle bis auf einen. Ein junger, stämmiger Rüde, der sich tief auf den Boden duckte, während er langsam vorwärts kroch.

Zwei von Delums Messern bohrten sich in seinen Körper, das eine in die Kehle, das andere knapp hinter der rechten Schulter. Mit einem erstickten Gurgeln brach der Hund zusammen und blieb still liegen. Die anderen Mitglieder der Meute wichen noch weiter zurück.

Der Anführer war unter Karsa zur Bewegungslosigkeit erstarrt. Der Krieger fletschte die Zähne und beugte sich langsam nach vorn, bis seine Wange sich auf einer Höhe mit der Hundeschnauze befand. Dann flüsterte er dem Tier ins Ohr: »Hast du den Todesschrei gehört, mein Freund? Das war dein Herausforderer. Das müsste dir doch eigentlich gefallen, oder? Du und deine Meute – ihr gehört jetzt mir.«

Noch während er in sanftem, beruhigendem Tonfall sprach, lockerte er langsam den Würgegriff um die Kehle des Hundes. Einen Augenblick später lehnte er sich zurück, verlagerte sein Gewicht zur einen Seite, zog seinen Arm ganz zurück und ließ dann die Vorderbeine des Hundes los.

Das Tier mühte sich auf die Beine.

Karsa stand auf, trat dicht an den Hund heran; er lächelte, als er sah, wie das Tier den Schwanz hängen ließ.

Delum kletterte vom Felssims herunter. »Kriegsführer«, sagte er, während er zu ihnen trat, »ich bin Zeuge dieses Geschehens.« Er sammelte seine Messer wieder ein.

»Delum Thord, du bist sowohl Zeuge wie auch Beteiligter, denn ich habe deine Messer gesehen, und sie kamen genau zur rechten Zeit.«

»Der Rivale des Anführers hat geglaubt, seine Chance wäre gekommen.«

»Und du hast es sofort erkannt.«
»Wir haben jetzt eine Meute, die für uns kämpfen wird.«
»Ja, Delum Thord.«
»Ich werde vorausgehen, zu Bairoth. Die Pferde müssen beruhigt werden.«
»Wir werden dir etwas Zeit geben.«
Am Rand der Felsplatte blieb Delum stehen und wandte sich noch einmal zu Karsa um. »Ich fürchte die Rathyd nun nicht mehr, Karsa Orlong. Genauso wenig wie die Sunyd. Ich glaube nun, dass Urugal tatsächlich auf dieser Reise mit dir ist.«
»Dann wisse dies, Delum Thord. Ich werde mich nicht damit zufrieden geben, der beste Kämpfer der Uryd zu sein. Eines Tages werden alle Teblor vor mir niederknien. Das hier, unsere Reise zu den Außenlanden, ist nur ein Auskundschaften des Feindes, dem wir eines Tages gegenüberstehen werden. Unser Volk hat viel zu lange geschlafen.«
»Karsa Orlong, ich zweifle nicht an dir.«
Das Grinsen, mit dem Karsa diese Worte beantwortete, war kalt. »Aber du hast es einst getan.«
Daraufhin zuckte Delum einfach nur mit den Schultern, dann drehte er sich erneut um und ging hangabwärts.
Karsa untersuchte sein zerbissenes Handgelenk, blickte dann auf den Hund hinunter und lachte. »Du hast den Geschmack von meinem Blut in deinem Maul, Bursche. Urugal eilt nun, um dein Herz zu umfangen, und so sind wir beide, du und ich, vereint. Komm, geh an meiner Seite. Ich werde dich Nager nennen.«
Die Meute bestand aus elf ausgewachsenen und drei halbwüchsigen Hunden. Sie folgten Karsa und Nager, ließen ihren gefallenen Verwandten zurück – als unbestrittenen Herrscher über die Felsplatte unterhalb der Klippe. Bis die Fliegen kämen.

Gegen Mittag stiegen die drei Uryd-Krieger und ihre Meute auf ihrem nach Südosten führenden Weg durch die Lande der Rathyd ins Zentrum der drei kleinen Täler hinab. Die Mitglieder des Jagdtrupps, dem sie auf der Spur waren, waren anscheinend schon ganz verzweifelt darüber, dass sie bei ihrer Suche so weit hatten reisen müssen. Außerdem wurde ihnen klar, dass die Krieger vor ihnen jede Berührung mit anderen Dörfern in diesem Gebiet vermieden hatten. Dass sie noch immer nichts erreicht hatten, war zu einer quälenden Schande für den Jagdtrupp geworden.

Karsa war ein bisschen enttäuscht darüber, aber er tröstete sich damit, dass die Geschichte ihrer Taten sich dennoch verbreiten würde; es würde auf alle Fälle ausreichen, ihre Rückreise durch das Gebiet der Rathyd noch tödlicher und interessanter zu machen.

Delum schätzte, dass der Jagdtrupp kaum mehr als einen drittel Tag voraus war. Die Jäger hatten ihr Tempo verlangsamt, Späher ausgesandt, die nach einer Spur suchen sollten, die noch gar nicht existierte. Karsa gestattete sich allerdings bei diesem Gedanken keine Häme; schließlich gab es noch zwei andere Jagdtrupps aus dem Rathyd-Dorf, die wahrscheinlich zu Fuß unterwegs waren und sich entsprechend vorsichtig bewegten, so dass sie auf ihrem Weg keine Spuren hinterließen. Sie konnten jederzeit den Pfad der Uryd kreuzen.

Die Hundemeute blieb dicht an ihrer dem Wind zugewandten Seite, rannte ohne Anstrengungen neben den dahintrottenden Pferden her. Bairoth hatte einfach nur den Kopf geschüttelt, als Delum ihm von Karsas Heldentat erzählt hatte; von Karsas Zielen hatte ihm Delum merkwürdigerweise nichts erzählt.

Sie erreichten die Talsohle, auf der überall Felsblöcke zwischen Birken, Schwarzfichten, Espen und Erlen herumlagen. Die Überreste eines Flusses sickerten durch das Moos und die verrottenden Baumstümpfe und bildeten schwarze Teiche, denen man nicht ansehen konnte, wie tief sie waren. Viele dieser Dolinen waren zwischen Felsen und umgestürzten Bäumen verborgen. Karsa und seine Begleiter verlangsamten deutlich ihr Tempo, als sie vorsichtig tiefer in den Wald eintauchten.

Kurze Zeit später kamen sie zum ersten der schlammverschmierten, hölzernen Laufgänge, die die Rathyd dieses Tals vor langer Zeit gebaut hatten und immer noch leidlich in Ordnung hielten. Gras, das üppig aus den Fugen wuchs, zeigte deutlich, dass dieser Weg nur noch selten benutzt wurde, doch er führte in eine Richtung, die den Uryd-Kriegern gelegen kam, und daher stiegen sie ab und führten ihre Pferde auf den erhöhten Weg.

Er ächzte und schwankte unter dem Gewicht von Pferden, Teblor und Hunden.

»Am besten verteilen wir uns und gehen zu Fuß«, sagte Bairoth.

Karsa kauerte sich hin und untersuchte die grob behauenen Baumstämme. »Das Holz ist immer noch gesund«, bemerkte er.

»Aber die Pfähle sind auf Schlamm gebaut, Kriegsführer.«

»Nicht auf Schlamm, Bairoth Gild, auf Torf.«

»Karsa Orlong hat Recht«, sagte Delum und schwang sich wieder auf sein Streitross. »Der Weg mag schwanken, aber die Kreuzstreben darunter werden dafür sorgen, dass er sich nicht verzieht. Wir reiten in der Mitte. In einer Reihe hintereinander.«

»Es hat nicht viel Sinn, diesen Weg zu nehmen, wenn wir dann wie Schnecken auf ihm entlangkriechen«, sagte Karsa zu Bairoth.

»Aber es besteht doch das Risiko, dass wir viel besser zu sehen sein werden, Kriegsführer.«

»Dann sollten wir machen, dass wir so schnell wie möglich vorankommen.«

Bairoth verzog das Gesicht zu einer Grimasse. »Ganz wie du sagst, Karsa Orlong.«

Mit Delum an der Spitze ritten sie im leichten Galopp in der Mitte des Laufgangs dahin. Die Meute folgte ihnen. Zu beiden Seiten waren abgestorbene Birken die einzigen Bäume, die bis in Augenhöhe der berittenen Krieger reichten. In ihren kahlen schwarzen Ästen hingen unzählige Raupennester. Der raschelnde Baldachin der staubgrünen Blätter der lebenden Bäume – Espen und Erlen und Ulmen – reichte ihnen nur bis zur Brust. In einiger Entfernung gab es ein paar größere Schwarzfichten. Die meisten sahen aus, als wären sie tot oder im Sterben.

»Der alte Fluss kehrt zurück«, kommentierte Delum. »Dieser Wald ertrinkt allmählich.«

Karsa grunzte. »Dieses Tal stößt auf andere Täler, die alle in nördlicher Richtung bis hinauf zur Buryd-Spalte verlaufen. Pahlk war einer von den Alten der Teblor, die sich dort vor sechzig Jahren versammelt haben. Der Fluss aus Eis, der die Spalte ausgefüllt hatte, war plötzlich gestorben und hatte zu schmelzen begonnen.«

Bairoth, der hinter Karsa ritt, meldete sich zu Wort. »Wir haben niemals erfahren, was die Alten aller Stämme dort oben entdeckt haben, oder ob es war, was sie gesucht hatten.«

»Ich habe gar nicht gewusst, dass sie irgendwas Besonderes gesucht haben«, murmelte Delum. »Der Tod des Eisflusses war in Hunderten von Tälern zu hören gewesen, so auch in unserem. Sind sie nicht einfach nur zur Spalte gereist, um zu sehen, was geschehen war?«

Karsa zuckte die Schultern. »Pahlk hat mir von zahllosen Tieren erzählt, die jahrhundertelang im Eis eingefroren gewesen waren und nun plötzlich inmitten der zerschmetterten Blöcke sichtbar wurden. Fell und Fleisch waren aufgetaut, der Boden und der Himmel wimmelten von Krähen und Berggeiern. Es gab Elfenbein, doch es war größtenteils zu übel zugerichtet, um noch irgendetwas wert zu sein. Der Fluss hatte ein schwarzes Herz, das hatte sein Tod enthüllt, doch was auch immer sich in seinem Inneren befunden hatte, war entweder fort oder vernichtet. Aber auch so waren noch genügend Anzeichen für eine Schlacht übrig geblieben, die vor langer Zeit an jener Stelle stattgefunden haben musste. Die Knochen von Kindern. Steinwaffen, alle zerbrochen.«

»Das ist mehr als ich jemals –« Bairoth verstummte, ohne seinen Satz zu beenden.

Das Hufgetrappel ihrer Streitrosse hatte vom Laufgang widergehallt – und plötzlich mischte sich ein anderes, dumpferes Dröhnen in das Geräusch. Ungefähr vierzig Schritt vor ihnen machte der Laufgang einen Knick nach links und verschwand hinter Bäumen.

Die Hundemeute fletschte stumm und warnend die Zähne und

schnappte um sich. Karsa drehte sich um und sah, dass sich zweihundert Schritt hinter ihnen ein Dutzend Rathyd-Krieger zu Fuß auf dem Laufgang befanden, die Waffen in stummer Drohung erhoben.

Doch das Dröhnen stammte von Hufen … Karsa drehte sich wieder nach vorn und sah, dass sechs Reiter um die Biegung geschossen kamen. Kriegsschreie erfüllten die Luft.

»Macht mir Platz!«, brüllte Bairoth und trieb sein Pferd zunächst an Karsa und dann an Delum vorbei. Plötzlich war der Bärenschädel in der Luft; es schnalzte, als die Riemen sich spannten und Bairoth begann, den gewaltigen, zusammengeschnürten Schädel über seinem und dem Kopf des Pferdes mit beiden Händen herumzuwirbeln, während er die Knie bis zu den Schultern des Streitrosses hochgezogen hatte. Der herumwirbelnde Schädel erzeugte einen tiefen, brummenden Ton. Bairoths Pferd stürmte vorwärts.

Die Rathyd-Reiter waren in vollem Galopp. Sie ritten immer zu zweit nebeneinander, auf beiden Seiten weniger als eine Armlänge vom Rand des Laufgangs entfernt.

Sie waren bereits bis auf zwanzig Schritt an Bairoth herangekommen, als er den Bärenschädel losließ.

Wenn zwei oder drei Wolfsschädel auf diese Weise benutzt wurden, konnte diese Waffe Pferde zum Stolpern bringen oder Beine brechen. Doch Bairoth hatte höher gezielt. Der Schädel traf das Streitross zur Linken mit solcher Wucht, dass er ihm die Brust zerschmetterte. Blut spritzte aus Maul und Nüstern. Im Stürzen brachte es das Pferd neben ihm aus dem Gleichgewicht – nur ein leichter Tritt mit dem Huf gegen die Schulter, doch ausreichend, um das Tier einen wilden Schwenk vollführen und seitlich den Laufgang hinunterstürzen zu lassen. Knochen brachen. Der Rathyd-Krieger flog über den Kopf seines Pferdes hinweg.

Der Reiter des ersten Pferdes landete mit Knochen zerschmetternder Wucht auf dem Laufgang, direkt vor den Hufen von Bairoths Streitross. Und diese Hufe stampften blitzschnell immer wieder auf den Kopf des Mannes, verwandelten ihn in eine blutige Masse.

Der Angriff kam ins Stocken. Ein anderes Pferd stürzte mit schrillem Wiehern über das wild auskeilende Tier, das den Laufgang blockierte.

Bairoth stieß den gellenden Kriegsschrei der Uryd aus und trieb sein Reittier vorwärts. Ein mächtiger Satz trug sie über das erste Streitross, das zu Boden gegangen war. Der Rathyd-Krieger des anderen gestürzten Pferdes versuchte, von seinem Tier wegzukriechen, und hatte gerade noch genug Zeit, aufzublicken und zu sehen, wie Bairoths Klinge seinen Nasenrücken erreichte.

Plötzlich war Delum hinter seinem Kameraden. Zwei Messer schossen durch die Luft, flogen rechts an Bairoth vorbei. Ein helles Klirren ertönte, als die schwere Klinge eines Rathyd-Schwerts herumgerissen wurde, um eines der beiden Messer abzublocken, gefolgt von einem feuchten Keuchen, als das zweite Messer sich in die Kehle des Mannes bohrte.

Nun waren noch zwei Feinde übrig, einer für Delum und einer für Bairoth, was bedeutete, dass die Duelle jetzt beginnen konnten.

Nachdem Karsa das Ergebnis von Bairoths Attacke gesehen hatte, riss er sein Pferd herum. Das Schwert glitt in seine Hände, die Klinge zuckte durch Havoks Gesichtsfeld, und dann jagten sie den Laufgang zurück – der Bande entgegen, die sie verfolgte.

Die Hundemeute spritzte nach beiden Seiten davon, um den donnernden Hufen auszuweichen, und raste dann hinter Pferd und Reiter her.

Vor Karsa waren acht Erwachsene und vier Jugendliche.

Ein barscher Befehl schickte die Jugendlichen zu den Seiten des Laufgangs und hinunter. Die Erwachsenen wollten sich Platz verschaffen, formten voller Selbstvertrauen mit gezogenen Waffen ein V, das zu Karsas Seite hin offen war und sich über die gesamte Breite des Laufgangs zog. Der Kriegsführer der Uryd lachte wild auf.

Sie wollten, dass er in die Mitte des V ritt – eine Taktik, bei der er zwar seine Geschwindigkeit beibehalten konnte, gleichzeitig jedoch seine und die Flanken seines Pferdes angreifbar machen würde. Geschwindigkeit bedeutete viel in dem Kampf, der gleich beginnen würde. Die Erwartungen der Rathyd stimmten bestens mit den Absichten eines Angreifers überein – wäre der Angreifer nicht Karsa Orlong gewesen. »Urugal!«, brüllte er und richtete sich hoch über Havoks Schultern auf. »Sei mein Zeuge!« Er reckte sein Schwert mit der Spitze nach vorn über den Kopf seines Streitrosses und heftete den Blick auf den Rathyd-Krieger am äußersten linken Ende des V.

Havok spürte, dass Karsa seine Aufmerksamkeit auf etwas anderes richtete und änderte einen Herzschlag vor dem Zusammenprall die Richtung seines Sturmlaufs; seine Hufe trommelten dicht am Rand des Laufgangs entlang.

Der Rathyd, der sich direkt vor ihnen befand, schaffte noch einen einzigen Schritt nach hinten, versuchte dabei einen beidhändig geführten Überkopfhieb auf Havoks Maul zu landen.

Karsa blockierte den Hieb mit seiner eigenen Klinge, noch während er sich herumdrehte und dabei das rechte Bein nach vorne, das linke nach hinten warf. Havok wendete und raste auf die Mitte des Laufgangs zu.

Die V-Formation war zusammengebrochen, und sämtliche Rathyd-Krieger befanden sich jetzt links von Karsa.

Havok trug ihn diagonal über den Laufgang. Karsa brüllte seine Begeisterung heraus, während er wieder und wieder zuschlug und zustach; seine Klinge traf ebenso oft auf Fleisch und Knochen wie auf eine andere Waffe. Havok warf sich herum, ehe er die gegenüberliegende Kante erreichte, und schlug mit den Hinterhufen aus. Mindestens einer traf, und ein zerschmetterter Rathyd flog von der Brücke.

Dann war die Hundemeute heran. Mit lautem Knurren stürzten sie sich auf die Rathyd-Krieger, die sich fast alle umgedreht hatten, als sie auf Karsa losgegangen waren. Jetzt boten sie den rasenden Hunden ihre ungeschützten Rücken. Schreie erfüllten die Luft.

Karsa riss Havok herum. Erneut warfen sie sich in das brodelnde Gewühl. Zwei Rathyd hatten es geschafft, sich aus dem Kampf mit den Hunden zu lösen; von ihren Klingen tropfte Blut, während sie sich auf dem Laufgang zurück in die Richtung bewegten, aus der sie gekommen waren.

Karsa stieß ein herausforderndes Gebrüll aus und raste auf sie zu. Und war schockiert, als er sah, wie sie vom Laufgang sprangen.

»Blutleere Feiglinge! Ich war Zeuge! Eure Jugendlichen waren Zeugen! Diese verdammten Hunde waren Zeugen!«

Er sah sie wieder auftauchen; ihre Waffen waren verschwunden, sie taumelten und stolperten durch den Sumpf.

Delum und Bairoth kamen zu ihm und stiegen ab, um mit ihren Schwertern an dem blutigen Wahnsinn teilzuhaben, mit dem die noch lebenden rasenden Hunde an den gefallenen Rathyd rissen.

Karsa zog Havok zur Seite, den Blick noch immer auf die fliehenden Krieger gerichtet, zu denen sich mittlerweile die vier Jugendlichen gesellt hatten. »Ich bin Zeuge! Urugal ist Zeuge!«

Nager, dessen grauschwarzes Fell unter Unmengen von Blut und anderen Flüssigkeiten kaum noch zu erahnen war, stellte sich japsend neben Karsa. Seine Muskeln zuckten, doch es waren keine Wunden zu sehen. Karsa warf einen Blick über die Schulter und sah, dass noch vier weitere Hunde übrig waren, während ein fünfter ein Vorderbein verloren hatte und nun etwas abseits einen roten Kreis auf den Laufgang hinkte.

»Delum, binde dem da das Bein ab – wir werden die Wunde gleich ausbrennen.«

»Welchen Nutzen könnte ein dreibeiniger Jaghund haben, Kriegsführer?«, fragte Bairoth, der schwer atmete.

»Selbst ein dreibeiniger Hund hat Ohren und eine Nase, Bairoth Gild. Eines Tages wird er fett und mit grauer Nase vor meinem Herd liegen, das schwöre ich. Und nun – ist einer von euch verwundet?«

»Nur Kratzer.« Bairoth zuckte die Schultern und drehte sich um.

»Ich habe einen Finger verloren«, sagte Delum, während er einen Lederriemen aus seinem Packen holte und zu dem verletzten Hund trat. »Aber keinen wichtigen.«

Noch einmal richtete Karsa den Blick auf die sich zurückziehenden

Rathyd. Sie hatten beinahe eine Gruppe von Schwarzfichten erreicht. Der Kriegsführer schickte ihnen ein letztes höhnisches Lachen hinterher und legte dann Havok eine Hand auf die Stirn. »Mein Vater hat die Wahrheit gesagt, Havok. Ich habe noch nie ein Pferd wie dich geritten.«

Bei seinen Worten richtete der Hengst ein Ohr auf. Karsa beugte sich nach vorn und legte seine Lippen an die Stirn des Tiers. »Wir beide, du und ich, wir werden zur Legende werden«, flüsterte er. »Zur Legende, Havok.« Er richtete sich wieder auf und musterte die Leichen, die auf dem Laufgang herumlagen. Er lächelte. »Es ist Zeit für unsere Trophäen, meine Brüder. Bairoth, hat dein Bärenschädel den Wurf überstanden?«

»Ich glaube schon, Kriegsführer.«

»Deine Tat hat uns den Sieg beschert, Bairoth Gild.«

Der schwere Mann drehte sich um und musterte Karsa aus zusammengekniffenen Augen. »Du überraschst mich immer wieder aufs Neue, Karsa Orlong.«

»So, wie deine Kraft mich immer wieder überrascht, Bairoth Gild.«

Der Krieger zögerte kurz und nickte dann. »Ich bin zufrieden damit, dir zu folgen, Kriegsführer.«

Das warst du schon immer, Bairoth Gild – und genau das ist der Unterschied zwischen uns beiden.

Kapitel Zwei

Untersucht man den Boden mit scharfen, klaren Augen, so findet man Hinweise darauf, dass dieser Jaghut-Krieg in alter Zeit, der für die Kron T'lan Imass entweder der siebzehnte oder der achtzehnte gewesen sein musste, schrecklich schief gegangen war. Der Adept, der unsere Expedition begleitete, hat keinerlei Zweifel daran gelassen, dass im Innern des Laederon-Gletschers noch ein Jaghut am Leben war. Schrecklich verwundet zwar, doch noch immer im Besitz Furcht erregender magischer Kräfte. Außerhalb der Reichweite des Eisflusses (eine Reichweite, die in all den Jahren kleiner geworden ist), sind die zerschmetterten Überreste von T'lan Imass verstreut, schrecklich missgestaltete Knochen, die bis heute – wie das ganze Gebiet – nach dem wilden, tödlichen Gewirr namens Omtose Phellack riechen.

Von den verzauberten Steinwaffen der Kron sind nur diejenigen übrig geblieben, die im Verlauf dieser Auseinandersetzung zerbrochen sind. Was zu der Überlegung führt, dass entweder Plünderer hier gewesen sein müssen oder die überlebenden T'lan Imass (einmal angenommen, es haben tatsächlich welche überlebt) sie mitgenommen haben.

Die Nathii-Expedition von 1012
Kenemass Trybanos, Chronist

»Ich glaube«, sagte Delum, während sie ihre Pferde vom Laufgang herunterführten, »dass der letzte Jagdtrupp umgekehrt ist.«

»Die Seuche der Feigheit breitet sich aus«, knurrte Karsa.

»Sie haben von Anfang an Verdacht geschöpft, dass wir ihr Land durchqueren wollen«, brummte Bairoth. »Dass unser erster Angriff nicht einfach nur ein Überfall war. Also werden sie unsere Rückkehr erwarten und wahrscheinlich noch Krieger aus anderen Dörfern herbeirufen.«

»Das beunruhigt mich nicht, Bairoth Gild.«

»Das weiß ich, Karsa Orlong, denn es gibt wohl nichts auf dieser Reise, was du nicht vorausgesehen hast. Doch wie dem auch sei, zwei weitere Täler der Rathyd liegen vor uns. Was ich gern wissen würde ... Wir werden auf Dörfer stoßen – werden wir sie umgehen oder noch mehr Trophäen sammeln?«

»Dann werden wir mit Trophäen überladen sein, wenn wir die Gebiete der Tiefländer am Silbersee erreichen«, kommentierte Delum Thord.

Karsa lachte und meinte dann: »Bairoth Gild, wir werden wie Schlangen in der Nacht durch diese Täler schlüpfen, bis wir das allerletzte Dorf erreichen. Ich habe immer noch vor, Jäger hinter uns herzuziehen – in die Gebiete der Sunyd.«

Delum hatte einen Pfad gefunden, der seitlich den Hang hinaufführte.

Karsa untersuchte die Hündin, die hinter ihnen herhinkte. Nager lief neben ihr, und Karsa kam der Gedanke, dass das dreibeinige Tier die Gefährtin des Anführers der Meute sein könnte. Er war zufrieden mit seiner Entscheidung, das verletzte Tier nicht zu töten.

Sie gelangten allmählich in höhere Gefilde, die Luft wurde plötzlich kühler. Die Lande der Sunyd lagen noch höher, ganz am östlichen Rand des Hochplateaus. Pahlk hatte Karsa erzählt, dass nur ein einziger Pass hinabführte; er sollte von einem reißenden Wasserfall gekennzeichnet sein, der den Silbersee speiste. Der Weg hinunter war trügerisch. Pahlk hatte ihn Knochenpass genannt.

Der Pfad wand sich jetzt immer häufiger um Felsblöcke, die von der Winterkälte gesprungen waren, und um umgestürzte Bäume. Mittlerweile konnten sie den Gipfel sehen, sechshundert steile Schritte weiter aufwärts.

Die Krieger stiegen von den Pferden. Karsa ging zurück und hob die dreibeinige Hündin auf. Er setzte sie auf Havoks breiten Rücken und zurrte sie mit einem Lederriemen fest. Das Tier gab keinen Laut von sich. Nager kam heran, um neben dem Streitross herzulaufen.

Sie setzten ihre Reise fort.

Als sie bis auf einhundert Schritt an den Gipfel herangekommen waren, tauchte die Sonne den Hang in blendendes, goldenes Licht; sie hatten einen breiten Sims erreicht, der durch einen spärlichen Wald aus zotteligen, windzerzausten Eichen entlang der Talseite zu verlaufen schien. Delum, der die Terasse zu seiner Rechten musterte, gab ein Grunzen von sich und sagte dann: »Ich habe eine Höhle gesehen. Da«, er deutete in die Richtung, »hinter den umgestürzten Bäumen, wo der Sims eine Ausbuchtung hat.«

Bairoth nickte. »Sieht so aus, als wäre sie groß genug, damit auch unsere Pferde hineinpassen. Karsa Orlong, wenn wir nun anfangen, bei Nacht zu reiten ...«

»Einverstanden«, sagte Karsa.

Delum überquerte die Terrasse als Erster. Nager trottete hinter ihm her; er wurde langsamer, als sie sich der Höhlenöffnung näherten, kauerte sich schließlich hin und kroch vorwärts.

Die Uryd-Krieger machten Halt; sie warteten, ob das Fell des Hundes sich sträubte und somit einen Hinweis darauf gab, dass die Höhle einen grauen Bären oder andere Bewohner beherbergte. Nach einem langen Augenblick, in dem Nager beinahe flach und völlig reglos vor dem Eingang zur Höhle gelegen hatte, stand er schließlich wieder auf und blickte zu seinen Begleitern zurück; dann trottete er in die Höhle hinein.

Die umgestürzten Bäume hatten für eine natürliche Abschirmung gesorgt und verbargen die Höhle vor jedem, der sich unten im Tal befand. Einst hatte es einen Überhang gegeben, doch der war abgebrochen, möglicherweise unter dem Gewicht der Bäume, und ein Haufen Geröll versperrte teilweise den Eingang.

Bairoth begann damit, einen Pfad freizuräumen, damit sie die Pferde hineinführen konnten. Delum und Karsa folgten Nager in die Höhle.

Hinter dem Haufen aus Geröll und Sand wurde der von trockenem Laub bedeckte Boden rasch wieder eben. Das Licht der untergehenden Sonne malte Flecken aus leuchtendem Gelb auf die Rückwand und enthüllte dabei eine gewaltige Anzahl eingeritzter Schriftzeichen. Ziemlich genau in der Mitte des kuppelförmigen Raums war ein kleiner Haufen aus Steinen aufgeschichtet.

Nager war nirgendwo zu sehen, doch die Spuren des Hundes liefen quer über den Boden und verloren sich in der Nähe der hinteren Wand im Zwielicht.

Delum trat vor, den Blick auf ein einzelnes, übergroßes Zeichen gerichtet, das sich genau gegenüber dem Eingang befand. »Das Blutsymbol da stammt weder von den Rathyd noch von den Sunyd«, sagte er.

»Aber die Worte darunter sind in der Sprache der Teblor geschrieben«, erklärte Karsa.

»Der Stil ist sehr ... verschnörkelt«. Delum runzelte die Stirn.

Karsa begann laut zu lesen. »›*Ich habe die Familien, die überlebt haben, hierher geführt. Herab von den hohen Landen. Durch die zerbrochenen Adern, die in der Sonne bluten ...*‹ Zerbrochene Adern?«

»Eis«, sagte Delum.

»Die in der Sonne bluten, na klar. ›*Wir waren so wenige. Unser Blut war trübe, und es sollte noch trüber werden. Ich erkannte, dass es notwendig war, das zu zerschmettern, was noch übrig war. Denn die T'lan Imass waren immer noch nah, und sie waren immer noch sehr wütend und wollten mit ihrem blinden Gemetzel fortfahren.*‹« Karsa zog ein finsteres Gesicht. »T'lan Imass? Diese beiden Worte kenne ich nicht.«

»Ich auch nicht«, erwiderte Delum. »Vielleicht ein feindlicher Stamm. Lies weiter, Karsa Orlong. Dein Auge ist schneller als meins.«

»›*Und so habe ich Männer von ihren Frauen getrennt, Kinder von ihren Eltern, Brüder und Schwestern von ihren Geschwistern. Ich habe neue Familien geschaffen und sie dann weggeschickt. Jede an einen anderen Ort. Ich habe die Gesetze der Isolation verkündet, wie sie uns von Icarium gegeben worden waren, dem wir einst Zuflucht gewährt hatten, und dessen Herz vor Kummer schwer geworden war,*

als er sah, was aus uns geworden war. Die Gesetze der Isolation würden unsere Rettung sein, sie würden das Blut reinigen und unsere Kinder stärken. All jenen gegenüber, die uns nachfolgen, und all jenen gegenüber, die das hier lesen, ist das meine Rechtfertigung.‹«
»Diese Worte beunruhigen mich, Karsa Orlong.«
Karsa warf Delum einen Blick zu. »Warum? Sie haben nichts mit uns zu tun. Es sind die Fantastereien eines alten Mannes. Und es sind viel zu viele Worte – es muss Jahre gedauert haben, all diese Zeichen hier einzuritzen, und nur ein Wahnsinniger würde so etwas tun. Ein Wahnsinniger, der sich hier verkrochen hat, allein, von seinem Volk davongejagt –«
Delum blickte Karsa forschend an. »Von seinem Volk davongejagt? Ja, ich glaube, du hast Recht, Kriegsführer. Lies weiter – lass uns seine Rechtfertigung hören, dann können wir selbst ein Urteil fällen.«
Schulterzuckend richtete Karsa seine Aufmerksamkeit wieder auf die Wand. »›*Um zu überleben, müssen wir vergessen. Das hat Icarium gesagt. Die Dinge, die wir erreicht hatten, die Dinge, die uns weicher gemacht hatten. Wir müssen sie aufgeben. Wir müssen unsere ...‹* das Wort da kenne ich nicht, ›*niederreißen und jeden Stein zerschmettern, so dass kein Hinweis auf das zurückbleibt, was wir einst waren. Wir müssen unsere ...‹* noch ein Wort, das ich nicht kenne, ›*verbrennen, dürfen nichts als Asche zurücklassen. Wir müssen unsere Geschichte vergessen und uns auf unsere ältesten Legenden besinnen. Legenden, die von einer Zeit erzählen, in der wir ein einfaches Leben führten. In der wir in den Wäldern lebten. In der wir jagten und im Fluss Fische fingen und Pferde züchteten. In der unsere Gesetze die Gesetze von Plünderern und Schlächtern waren, in der alles mit einem Schwerthieb entschieden wurde. Legenden, die von Fehden erzählen, von Mord und Vergewaltigung. Wir müssen zu jenen schrecklichen Zeiten zurückkehren. Um unser Blut voneinander zu trennen, um neue, kleinere verwandschaftliche Netze zu weben. Neue Fäden müssen durch Vergewaltigung entstehen, denn nur die damit einhergehende Gewalt gewährleistet, dass sie selten bleiben. Und zufällig*

entstehen. Um unser Blut zu säubern, müssen wir alles vergessen, was wir einst gewesen sind, und stattdessen nach dem suchen, was wir einst waren —‹«

»Hier unten«, sagte Delum, der sich hingekauert hatte. »Ganz hier unten. Ich erkenne ein paar Wörter. Lies das hier, Karsa Orlong.«

»Es ist dunkel hier, Delum Thord, aber ich werde es versuchen. Ah, ja. Das sind ... Namen. ›*Ich habe diesen neuen Stämmen Namen gegeben, die Namen, die mein Vater seinen Söhnen gegeben hat.*‹ Jetzt kommt eine Liste. ›*Baryd, Sanyd, Phalyd, Urad, Gelad, Manyd, Rathyd, Lanyd. Dies werden dann also die neuen Stämme sein ...*‹ Es wird zu dunkel, um noch weiterzulesen, Delum Thord. Und außerdem«, fügte er hinzu, »will ich es auch gar nicht. Diese Gedanken sind vergiftet. Es sind Fieberfantasien und Lügen.«

»Phalyd und Lanyd sind —«

Karsa stand auf. »Ich will nichts mehr davon hören, Delum Thord.«

»Der Name Icarium hat in unseren —«

»Das reicht!«, knurrte Karsa. »Es ist keinerlei Sinn in diesen Worten.«

»Wie du meinst, Karsa Orlong.«

Nager tauchte aus dem Zwielicht auf, in dem die beiden Teblor-Krieger nun einen dunkleren Spalt erkennen konnten.

Delum deutete mit dem Kopf in Richtung des Spalts. »Der Leichnam des Mannes, der diese Schriftzeichen in den Fels geritzt hat, liegt da drin.«

»Zweifellos ist er da hineingekrochen, um zu sterben«, schnaubte Karsa höhnisch. »Lass uns zu Bairoth zurückkehren. Die Pferde können hier bleiben, wo sie geschützt sind. Wir werden draußen schlafen.«

Die beiden Krieger drehten sich um und gingen zum Eingang der Höhle zurück. Hinter ihnen blieb Nager noch einen Augenblick länger neben dem Steinhaufen stehen. Die Rückwand wurde nicht mehr von der Sonne beschienen, und die Höhle hatte sich mit Schatten gefüllt. Die Augen des Hundes flackerten in der Dunkelheit.

Zwei Nächte später saßen sie auf ihren Pferden und blickten ins Tal der Sunyd hinunter. Der Plan, Rathyd als Verfolger hinter sich herzuziehen, war fehlgeschlagen, denn die letzten beiden Dörfer, durch die sie gekommen waren, waren schon lange verlassen gewesen. Die umliegenden Pfade waren zugewuchert, und der Regen hatte die Holzkohle aus den Feuerstellen geschwemmt, so dass davon nur rot umrandete, schwarze Flecken in der Erde übrig geblieben waren.

Und jetzt konnten sie zwar das Tal der Sunyd in seiner ganzen Länge und Breite überblicken, doch sie sahen kein einziges Feuer.

»Sie sind geflohen«, murmelte Bairoth.

»Aber nicht vor uns«, entgegnete Delum, »sofern die Dörfer der Sunyd genauso aussehen wie die letzten Rathyd-Dörfer. Diese Flucht liegt schon lange zurück.«

Bairoth grunzte. »Und wohin sind sie gegangen?«

Karsa zuckte die Schultern. »Nördlich von hier gibt es auch noch Täler der Sunyd. Ein Dutzend oder mehr. Und auch noch ein paar im Süden. Vielleicht hat es eine Spaltung gegeben. Eigentlich spielt das für uns keine Rolle, außer, dass wir keine weiteren Trophäen mehr einsammeln werden, bis wir zum Silbersee kommen.«

Bairoth rollte die Schultern. »Kriegsführer, wenn wir beim Silbersee ankommen, werden wir unseren Überfall dann im Licht der Sonne durchführen oder unter dem Rad der Sterne? Da das Tal hier leer vor uns liegt, könnten wir nachts lagern. Diese Pfade sind uns nicht vertraut, so dass wir im Dunkeln langsam gehen müssen.«

»Du sprichst die Wahrheit, Bairoth Gild. Unser Überfall wird bei Tageslicht stattfinden. Steigen wir zur Talsohle hinab und halten nach einem Platz für unser Lager Ausschau.«

Als die Uryd-Krieger die Talsohle erreichten und einen geeigneten Lagerplatz fanden, hatte das Rad der Sterne bereits ein Viertel seiner nächtlichen Reise zurückgelegt. Delum hatte während des Abstiegs mit Hilfe der Hunde ein halbes Dutzend Felsenhasen getötet, die er jetzt häutete und auf Bratspieße steckte, während Bairoth ein kleines Feuer entfachte.

Karsa kümmerte sich zunächst um die Pferde und setzte sich dann zu seinen beiden Kameraden an die Feuerstelle. Sie saßen da und warteten schweigend darauf, dass das Fleisch fertig wurde; der sanfte Geruch und das leise Zischen wirkten nach so vielen rohen Mahlzeiten merkwürdig unvertraut. Karsa spürte eine gewisse Mattigkeit in seinen Muskeln, und erst jetzt bemerkte er, wie erschöpft er eigentlich war.

Die Hasen waren fertig. Die drei Krieger aßen schweigend.

»Delum hat mir von den Zeichen in der Höhle erzählt«, sagte Bairoth, als sie ihre Mahlzeit beendet hatten.

Karsa warf Delum einen düsteren Blick zu. »Delum Thord hat gesprochen, obwohl er eigentlich hätte schweigen sollen. Das in der Höhle waren nichts weiter als die fiebrigen Fantastereien eines Wahnsinnigen.«

»Ich habe darüber nachgedacht«, fuhr Bairoth ungerührt fort, »und ich glaube, dass sich hinter diesen Fantastereien eine Wahrheit verbirgt, Karsa Orlong.«

»Ein sinnloser Glaube, Bairoth Gild.«

»Das würde ich nicht sagen, Kriegsführer. Die Namen der Stämme – ich stimme mit Delum überein, wenn er sagt, dass darunter auch Namen unserer Stämme waren. ›Urad‹ klingt viel zu ähnlich wie Uryd, um nur einfach ein Zufall zu sein – vor allem, wenn drei von den anderen Namen unverändert sind. Zugegeben, einer dieser Stämme ist seither verschwunden, aber selbst unsere eigenen Legenden erzählen flüsternd von einer Zeit, in der es mehr Stämme gegeben hat als jetzt. Und dann sind da noch die beiden Worte, die du nicht kanntest, Karsa Orlong. ›Große Dörfer‹ und ›gelbe Borke‹ –«

»Das waren sie nicht!«

»Das stimmt, aber es ist das, was Delum sich zusammenreimen konnte. Karsa Orlong, die Hand, die diese Worte niedergeschrieben hat, stammte von einem Ort und aus einer Zeit der Hochkultur, einem Ort und einer Zeit, da die Sprache der Teblor weitaus vielschichtiger war, als sie es heute ist.«

Karsa spuckte ins Feuer. »Bairoth Gild, auch wenn dies Tatsachen sind, wie ihr beide – du und Delum – behauptet, so muss ich dennoch fragen: Welchen Wert haben sie jetzt für uns? Sind wir ein gefallenes Volk? Das ist keine besonders große Enthüllung. Alle unsere Legenden erzählen von einem längst vergangenen Zeitalter des Ruhms, als einhundert Helden inmitten der Teblor einherschritten – Helden, neben denen sich selbst Pahlk, mein Großvater, wie ein Kind neben Männern ausnehmen würde.«

Delums vom Feuerschein beleuchtetes Gesicht offenbarte sein tiefes Stirnrunzeln, als er sich einmischte. »Und genau das bereitet mir Sorge, Karsa Orlong. Diese Legenden und ihre Geschichten von Ruhm – sie beschreiben ein Zeitalter, das sich kaum von unserem eigenen unterscheidet. Sicher, es gibt mehr Helden und größere Taten, aber im Wesentlichen ist es doch, was die Lebensweise angeht, das Gleiche. Tatsächlich scheint mir oft, als läge der eigentliche Sinn dieser Geschichten darin, einen ganz bestimmten Verhaltenskodex zu vermitteln – zu zeigen, wie ein richtiger Teblor sein sollte.«

Bairoth nickte. »Und dort oben, in den Worten, die in die Wände der Höhle eingeritzt sind, wird uns die Erklärung geboten.«

»Eine Beschreibung, wie wir sein könnten«, fügte Delum hinzu.

»Nein, wie wir *sein sollten*.«

»Das spielt alles keine Rolle«, knurrte Karsa.

»Wir waren ein besiegtes Volk«, fuhr Delum fort, als hätte er Karsas Worte nicht gehört. »Nur noch eine Hand voll – und diese wenigen waren gebrochen.« Er schaute auf, blickte Karsa in die Augen, der auf der anderen Seite des Feuers saß. »Wie viele unserer Brüder und Schwestern, die den Gesichtern im Fels gegeben wurden – wie viele von ihnen hatten einen Geburtsfehler? Zu viele Finger und Zehen, Wolfsrachen, Gesichter ohne Augen. Das Gleiche haben wir auch bei unseren Pferden und Hunden gesehen, Kriegsführer. Solche Missbildungen kommen von Inzucht. Das ist eine Tatsache. Der Alte in der Höhle, er hat gewusst, was unserem Volk drohte, also hat er eine Möglichkeit geschaffen, uns voneinander zu trennen, langsam und allmählich unser trübes Blut wieder zu reinigen – und er wurde als Verräter ausgestoßen. In jener Höhle sind wir Zeugen eines uralten Verbrechens geworden.«

»Wir sind gefallen«, sagte Bairoth. Und dann begann er zu lachen.

Delums Kopf zuckte zu ihm herum. »Und was findest du daran so lustig, Bairoth Gild?«

»Das noch zu erklären, hat nicht viel Sinn, Delum Thord.«

Bairoths Lachen hatte Karsa einen kalten Schauer über den Rücken gejagt. »Ihr habt beide die wahre Bedeutung dieser Sache noch nicht erfasst.«

Bairoth grunzte. »Die Bedeutung, von der du gesagt hast, dass es sie nicht gibt, Karsa Orlong?«

»Jene, die gefallen sind, kennen nur eine einzige Herausforderung«, erklärte Karsa. »Und zwar die, sich wieder zu erheben. Die Teblor waren einst wenige, waren einst besiegt. Sei's drum. Wir sind nicht mehr nur wenige. Und seit jener Zeit sind wir auch niemals wieder besiegt worden. Wer aus den Tieflanden wagt es, in unsere Gebiete einzudringen? Ich sage, jetzt ist die Zeit gekommen, sich dieser Herausforderung zu stellen. Die Teblor müssen sich wieder erheben.«

Bairoth grinste höhnisch. »Und wer wird uns anführen? Wer wird die Stämme einen? Das frage ich mich.«

»Halt«, grollte Delum. Seine Augen glitzerten. »Bairoth Gild, ich höre unziemlichen Neid in deinen Worten. Nach allem, was wir drei getan haben, was unser Kriegsführer bereits erreicht hat – sag mir, Bairoth Gild, verschlingen uns da die Schatten der alten Helden immer noch? Ich behaupte, dass sie es nicht tun. Karsa Orlong schreitet nun Seite an Seite mit jenen Helden dahin, und wir begleiten ihn.«

Bairoth lehnte sich langsam zurück, streckte seine Beine neben der Feuerstelle aus. »Ganz wie du sagst, Delum Thord.« Das flackernde Licht enthüllte ein breites Lächeln, das direkt an die Flammen gerichtet schien. »›Wer aus den Tieflanden wagt es, in unsere Gebiete einzudringen?‹ Karsa Orlong, wir ziehen durch ein leeres Tal. Das heißt, es gibt hier keine Teblor. Aber was hat sie vertrieben? Es könnte sein, dass die Furcht erregenden Teblor erneut von einer Niederlage heimgesucht werden.«

Eine längere Zeit sagte keiner der drei etwas; dann warf Delum einen weiteren Ast ins Feuer. »Es könnte auch sein«, sagte er leise, »dass es bei den Sunyd keine Helden gibt.«

Bairoth lachte auf. »Aber gewiss doch. Unter all den Teblor gibt es nur drei Helden. Was glaubst du – wird das reichen?«

»Drei sind besser als zwei«, schnappte Karsa, »aber wenn es nicht anders geht, werden auch zwei genügen.«

»Ich bete zu den Sieben, Karsa Orlong, dass dein Geist immer frei von Zweifeln bleibt.«

Karsa bemerkte, dass er die Hände um den Schwertgriff geschlossen hatte. »Oh, das denkst du also. Wie der Vater, so der Sohn. Beschuldigst du mich, so schwach wie Synyg zu sein?«

Bairoth musterte Karsa und schüttelte dann langsam den Kopf. »Dein Vater ist nicht schwach, Karsa Orlong. Wenn es irgendwelche Zweifel gibt, über die man hier und jetzt sprechen sollte, dann betreffen sie Pahlk und seinen heldenhaften Raubzug zum Silbersee.«

Karsa war blitzschnell auf den Beinen, das Blutholz-Schwert in den Händen.

Bairoth rührte sich nicht. »Du kannst nicht sehen, was ich sehe«, sagte er ruhig. »Karsa Orlong, in dir steckt das Potenzial, tatsächlich deines Vaters Sohn zu sein. Ich habe eben gelogen, als ich gesagt habe, ich würde beten, dass du frei von Zweifeln bleibst. Im Gegenteil, Kriegsführer. Ich bete, dass der Zweifel zu dir kommt, dass er dich mit seiner Weisheit härtet. Jene Helden in unseren Legenden waren schrecklich, Karsa Orlong; sie waren Ungeheuer, denn jede Unsicherheit war ihnen fremd.«

»Steh auf, Bairoth Gild, denn ich werde dich nicht töten, so lange dein Schwert an deiner Seite liegt.«

»Das werde ich nicht tun, Karsa Orlong. In meinem Rücken ist Stroh, und du bist nicht mein Feind.«

Delum beugte sich nach vorn und warf eine Hand voll Erde auf das Feuer zwischen den beiden Männern. »Es ist schon spät«, murmelte er, »und es könnte so sein, wie Bairoth vermutet – dass wir in diesem Tal nicht ganz so allein sind, wie wir bis jetzt geglaubt haben. Zumindest könnte es auf der anderen Seite Beobachter geben. Heute Nacht sind nur Worte gefallen, Kriegsführer. Wir sollten es unseren wahren Feinden überlassen, unser Blut zu vergießen.«

Karsa blieb stehen und starrte weiterhin düster auf Bairoth Gild hinab. »Worte«, knurrte er. »Ja, und für die Worte, die er gesprochen hat, muss Bairoth Gild sich entschuldigen.«

»Ich, Bairoth Gild, bitte um Vergebung für meine Worte. Wirst du nun endlich dein Schwert weglegen, Karsa Orlong?«

»Du bist gewarnt«, sagte Karsa. »Das nächste Mal werde ich mich nicht so leicht besänftigen lassen.«

»Ich bin gewarnt.«

Gräser und Schösslinge hatten sich des Sunyd-Dorfes bemächtigt. Die Pfade, die hinein und heraus führten, waren fast völlig unter Brombeersträuchern verschwunden, aber hier und dort konnte man Anzeichen von Feuer und Gewalt an den steinernen Fundamenten der kreisförmigen Häuser erkennen.

Delum stieg ab und fing an, in den Ruinen herumzustochern. Es dauerte nur ein paar Augenblicke, bis er die ersten Knochen fand.

Bairoth schnaubte. »Ein Überfall. Einer, bei dem keine Überlebenden übrig gelassen wurden.«

Delum richtete sich wieder auf, einen zersplitterten Pfeilschaft in den Händen. »Tiefländer. Die Sunyd haben nicht viele Hunde, sonst wären sie nicht so überrascht worden.«

»Wir werden jetzt keinen Raubzug mehr unternehmen, sondern Krieg führen«, sagte Karsa. »Wir werden nicht als Uryd zum Silbersee reisen, sondern als Teblor. Und wir werden uns rächen.« Er stieg ab und holte aus seinem Packen vier feste Ledergamaschen, die er Havok um die Beine schnallte, um das Tier vor den Dornen der Brombeeren zu schützen. Die anderen beiden Krieger folgten seinem Beispiel.

»Führe uns, Kriegsführer«, sagte Delum, als er fertig war und sich wieder auf den Rücken seines Streitrosses schwang.

»Wir werden so schnell reiten, wie es das Gelände erlaubt«, sagte Karsa und legte sich die dreibeinige Hündin über die Oberschenkel. »Wenn wir dieses Tal hinter uns gelassen haben, werden wir uns nach Norden wenden, und dann wieder nach Osten. Morgen Nacht werden wir den Knochenpass fast erreicht haben – den Weg nach Süden, der uns zum Silbersee bringen wird.«

»Und wenn wir unterwegs auf Tiefländer treffen?«

»Dann werden wir anfangen, Trophäen zu sammeln, Bairoth Gild. Aber es darf keinem die Flucht gelingen, denn unser Angriff auf das Gehöft muss völlig überraschend kommen, sonst werden die Kinder fliehen.«

Sie ritten um das Dorf herum, bis sie auf einen Pfad stießen, der in den Wald führte. Unter den Bäumen gab es weniger Unterholz, was ihnen erlaubte, langsam zu galoppieren. Kurz darauf begann der Pfad zur einen Talseite hin anzusteigen. Bei Sonnenuntergang erreichten sie den Grat. Die drei Krieger zügelten ihre dampfenden Pferde.

Sie waren am Rand des Steilabbruchs angelangt. Im Norden und Osten bildete der immer noch in goldenes Sonnenlicht getauchte Horizont eine zerklüftete Linie aus Bergen mit schneebedeckten Gipfeln, an deren Flanken sich weiße Flüsse hinunterzogen. Direkt vor ihnen – etwa dreihundert Schritt tiefer – lag eine waldbestandene Senke.

»Ich sehe keine Feuer«, sagte Delum, der den Blick über das in Schatten gehüllte Tal wandern ließ.

»Wir müssen diese Kante jetzt in nördlicher Richtung umgehen«, sagte Karsa. »Hier gibt es keine Pfade durch die Felswand.«

»Die Pferde brauchen Ruhe«, sagte Delum. »Aber wir sind hier leicht zu sehen, Kriegsführer.«

»Dann werden wir sie führen«, antwortete Karsa und stieg ab. Als er die dreibeinige Hündin auf den Boden setzte, kam Nager an ihre Seite. Karsa ergriff Havoks einzigen Zügel. Ein Wildwechsel verlief etwa dreißig Schritt weit ganz oben auf dem Grat, dann senkte er sich leicht ab – ausreichend, damit ihre Umrisse sich nicht mehr gegen den Himmel abzeichneten.

Sie zogen weiter, bis das Rad der Sterne ein Fünftel seines Weges zurückgelegt hatte; dann fanden sie direkt neben dem Pfad eine von hohen Felswänden umgebene Sackgasse, in der sie ihr Lager aufschlugen. Delum machte sich daran, das Essen vorzubereiten, während Bairoth die Pferde abrieb.

Karsa kundschaftete in Begleitung von Nager und seiner Gefährtin den Pfad aus, der vor ihnen lag. Bis jetzt hatten sie nur Spuren von Bergziegen und wilden Schafen gefunden. Der Kamm begann allmählich, unregelmäßig abzufallen, und Karsa wusste, dass irgendwo weiter vorn ein Fluss sein würde, in dem sich die Rinnsale der nördlichen Bergkette sammelten, und ein Wasserfall, der eine Kerbe in den Steilabbruch schnitt.

Beide Hunde scheuten plötzlich im Zwielicht zurück, rannten gegen Karsas Bein und wichen vor einem Felseinschnitt zu ihrer Linken zurück. Als Karsa Nager beruhigend die Hand in den Nacken legte, stellte er fest, dass das Tier zitterte. Karsa zog sein Schwert. Er sog schnüffelnd die Luft ein, konnte aber nichts Erschreckendes bemerken, und es drangen auch keine Geräusche aus dem dunklen hinteren Teil der Sackgasse. Karsa war so nah an dem Einschnitt, dass er hören würde, wenn sich dort ein atmendes Wesen verbarg.

Er schob sich vorwärts.

Eine mächtige flache Platte bedeckte fast den gesamten steinernen Grund, ließ nur eine Unterarmlänge Platz zu den Felswänden, die sich ringsum erhoben. Die Oberfläche der Platte wies keinerlei Verzierungen auf, aber der Stein selbst schien ein schwaches graues Licht zu verströmen. Karsa glitt näher heran, kauerte sich dann langsam vor der einzelnen, reglosen Hand hin, die unter der vordersten Ecke der

Platte herausschaute. Sie war ausgezehrt, aber vollständig, die Haut milchig blaugrün, die Nägel zerfranst und ausgebrochen, die Finger mit weißem Staub bedeckt.

Jedes Fleckchen Erde in Reichweite der Hand war von in einem wirren Muster kreuz und quer verlaufenden Furchen und Rillen durchzogen, die tief in den steinernen Untergrund eingegraben waren – so tief, wie die Finger reichen konnten.

Die Hand gehörte weder einem Teblor noch einem Tiefländer, wie Karsa sehen konnte; von der Größe her lag sie irgendwo dazwischen, mit markanten Knochen und schmalen, überlangen Fingern mit viel zu vielen Gelenken.

Irgendwie musste Karsas Anwesenheit bemerkt worden sein – vielleicht sein Atem, als er sich vorgebeugt hatte –, denn die Hand krampfte sich plötzlich zusammen, zuckte dann nach unten und legte sich mit gespreizten Fingern flach auf den Boden. Karsa sah, dass die Hand unmissverständliche Spuren vergangener Angriffe aufwies; in der Vergangenheit musste sie von Tieren angegriffen worden sein – von Gebirgswölfen und anderen, noch wilderen Kreaturen. An ihr war herumgekaut, gerissen und genagt worden, doch schien sie nie gebrochen worden zu sein. Wieder vollkommen reglos lag sie, flach auf den Boden gepresst, da.

Als Karsa Schritte hinter sich hörte, stand er auf und drehte sich um. Delum und Bairoth kamen mit gezogenen Waffen den Pfad entlang. Karsa ging ihnen entgegen.

»Deine beiden Hunde sind mit eingezogenem Schwanz zu uns zurückgeschlichen gekommen«, brummte Bairoth.

»Was hast du gefunden, Kriegsführer?«, fragte Delum flüsternd.

»Einen Dämon«, antwortete er. »Er ist schon eine Ewigkeit unter dem Stein da begraben. Und er ist noch immer am Leben.«

»Der Forkassal.«

»Genau. Es liegt viel Wahrheit in unseren Legenden, so scheint es.«

Bairoth ging an ihm vorbei und trat zu der Felsplatte. Er kauerte sich vor der Hand hin und musterte sie lange im Zwielicht, dann stand er wieder auf und kam zurück.»Der Forkassal. Der Dämon der Berge. Der-Eine-Der-Frieden-Begehrte.«

»Aus der Zeit der Geistkriege, als unsere alten Götter jung waren«, ergänzte Delum. »Was weißt du noch von dieser Geschichte, Karsa Orlong? Sie war kurz, eigentlich nur Bruchstücke. Die Alten haben selbst zugegeben, dass das meiste davon schon lange, bevor die Sieben erwacht sind, verloren gegangen war.«

»Bruchstücke«, stimmte Karsa zu. »Die Geistkriege waren zwei, vielleicht auch drei Invasionen, und die Teblor hatten eigentlich nichts damit zu tun. Damals waren fremde Götter und Dämonen am Werk, deren Kämpfe die Berge erbeben ließen. Nur eine Macht ist schließlich übrig geblieben –«

»Und nur in diesen Geschichten«, warf Delum ein, »wird Icarium erwähnt. Karsa Orlong, es könnte sein, dass diese T'lan Imass – von denen in dem alten Grab geschrieben stand – etwas mit den Geistkriegen zu tun hatten, und dass sie die Sieger waren, die danach gegangen und niemals zurückgekehrt sind. Es könnte sein, dass es die Geistkriege waren, die unser Volk zerstreut haben.«

Bairoths Blick war noch immer auf die Felsplatte gerichtet. Jetzt sprach er. »Der Dämon muss befreit werden.« Sowohl Karsa wie Delum drehten sich zu ihm um, sprachlos angesichts dieses Vorschlags.

»Sagt nichts«, fuhr Bairoth fort, »lasst mich erst ausreden. Es heißt, dass der Forkassal dorthin gekommen ist, wo die Geistkriege tobten, weil er danach strebte, Frieden zwischen den streitenden Parteien zu stiften. Das ist eines der Bruchstücke der Geschichte. Doch der Dämon wurde wegen seiner Bemühungen vernichtet. Das ist ein anderes Stück. Auch Icarium hat versucht, den Krieg zu beenden, aber er kam zu spät, und die Sieger wussten, dass sie ihn nicht besiegen konnten und haben es daher nicht einmal versucht. Ein drittes Bruchstück. Delum Thord, die Worte in der Höhle haben ebenfalls von Icarium gesprochen, nicht wahr?«

»Das haben sie, Bairoth Gild. Icarium hat den Teblor die Gesetze gegeben, die ihr Überleben gesichert haben.«

»Doch wenn die T'lan Imass gekonnt hätten, hätten sie auch auf ihn einen Stein gewälzt.« Nach diesen Worten verstummte Bairoth.

Karsa drehte sich um und stapfte zurück zu der Felsplatte. Ihr Leuchten war an einigen Stellen unbeständig, ein Zeichen für das Alter des Zaubers, dafür, dass die Macht, mit der die Platte ausgestattet worden war, allmählich verfiel. Die Alten der Teblor wirkten Magie, aber nur selten. Seit dem Erwachen der Gesichter im Fels erfuhren sie Zauberei im Schlaf oder in Trancezuständen. In den alten Legenden war die Rede von offener Zurschaustellung bösartiger Magie, von schrecklichen Waffen, mit Flüchen gehärtet, aber Karsa hegte den Verdacht, dass das alles nichts als kunstvolle Erfindungen waren, um den Geschichten mehr Farbe zu verleihen. Er machte ein finsteres Gesicht. »Ich verstehe diese Magie nicht«, sagte er.

Bairoth und Delum traten zu ihm.

Die Hand lag immer noch flach und reglos da.

»Ich frage mich, ob der Dämon unsere Worte wohl hören kann«, sagte Delum.

Bairoth grunzte. »Selbst wenn er es könnte, warum sollte er sie verstehen? Die Tiefländer sprechen eine andere Sprache als wir. Auch Dämonen haben wahrscheinlich ihre eigene.«

»Aber er ist gekommen, um Frieden zu bringen –«

»Er kann uns nicht hören«, stimmte Karsa zu. »Er kann nur die Gegenwart von jemandem ... oder von etwas spüren.«

Schulterzuckend hockte Bairoth sich erneut neben die Felsplatte. Er streckte die Hand aus, zögerte einen Augenblick, und legte sie dann auf den Felsen. »Der Fels ist weder heiß noch kalt. Seine Magie wirkt nicht auf uns.«

»Dann soll sie nicht beschützen, sondern nur festhalten«, meinte Delum.

»Wir drei müssten in der Lage sein, die Platte hochzuheben.«

Karsa musterte Bairoth. »Was willst du hier aufwecken, Bairoth Gild?«

Der massige Krieger blickte aus zusammengekniffenen Augen zu ihm hoch. Dann hob er die Brauen und lächelte. »Einen Friedensbringer?«

»Es liegt kein Wert im Frieden.«

»Zwischen den Teblor muss Frieden herrschen, sonst werden sie sich niemals vereinen.«

Karsa legte den Kopf schief und dachte über Bairoths Worte nach.

»Dieser Dämon könnte wahnsinnig geworden sein«, murmelte Delum. »Wie lange mag er wohl schon unter dem Felsen gefangen sein?«

»Wir sind zu dritt«, sagte Bairoth.

»Aber der Dämon stammt aus einer Zeit, in der wir besiegt waren, und wenn diese T'lan Imass den Dämon eingesperrt haben, dann deshalb, weil sie ihn nicht töten konnten. Bairoth Gild, wir drei wären keine Gegner für diese Kreatur.«

»Sie wird uns dankbar sein.«

»Das Fieber des Wahnsinns kennt keine Freunde.«

Beide Krieger blickten Karsa an. »Den Geist eines Dämons können wir nicht kennen«, sagte er. »Aber etwas sehen wir, und das ist, wie er immer noch versucht, sich zu schützen. Diese Hand da hat alle möglichen Tiere verjagt. Darin sehe ich das Festhalten an einer Absicht.«

»Die Geduld eines Unsterblichen.« Bairoth nickte. »Ich sehe das Gleiche wie du, Karsa Orlong.«

Karsa wandte sich an Delum. »Delum Thord, zweifelst du noch immer?«

»Ja, Kriegsführer, doch ich werde mich mit meiner ganzen Kraft an eurem Vorhaben beteiligen, denn ich sehe in deinen Augen, wie entschlossen du bist. So sei es.«

Ohne ein weiteres Wort stellten sich die drei Uryd auf die eine Seite der Felsplatte. Sie gingen in die Hocke und packten den Rand der Platte.

»Beim vierten Atemzug«, wies Karsa seine Kameraden an.

Der Stein hob sich mit einem knirschenden, mahlenden Geräusch; Staub rieselte herab. Ein gemeinsamer Ruck ließ ihn nach hinten kippen und gegen die Felswand krachen.

Die Gestalt hatte auf der Seite gelegen, als sie eingeklemmt worden war. Das gewaltige Gewicht der Felsplatte musste Knochen ausgerenkt und Muskeln zerquetscht haben, doch das hatte nicht gereicht, den Dämon zu besiegen, denn er hatte sich im Lauf der Jahrtausende eine grobe, ungleichmäßige Grube ausgehöhlt, die halb so lang wie sein schmaler, seltsam in die Länge gezogener Körper war. Die Hand, die unter dem Körper gelegen hatte, hatte zunächst Raum für sich selbst geschaffen und dann langsam Vertiefungen für die Hüfte und die Schulter ausgehöhlt. Die beiden nackten Füße hatten Ähnliches getan. Spinnweben und der Staub von zermahlenem Gestein bedeckten die Gestalt wie ein stumpfgraues Leichentuch, und die abgestandene Luft, die von der Stelle aufstieg, wirbelte sichtbar, während sie träge davonschlich, schwer mit einem eigentümlichen, insektenähnlichen Geruch beladen.

Die drei Krieger standen da und schauten auf den Dämon hinunter.

Bis jetzt hatte er sich noch nicht bewegt, doch sie konnten seine Fremdartigkeit auch so erkennen. Verlängerte Gliedmaßen mit zusätzlichen Gelenken, die Haut straff gespannt und blass wie Mondlicht. Eine Woge blauschwarzen Haares spross wie feine Wurzeln aus dem Kopf, der mit dem Gesicht nach unten da lag, bildete ein Geflecht über dem steinernen Fußboden. Der Dämon war nackt – und er war weiblich.

Die Gliedmaßen zuckten krampfartig.

Bairoth rückte ein bisschen näher und sagte leise in besänftigendem Tonfall: »Du bist frei, Dämon. Wir sind Teblor, vom Stamm der Uryd. Wenn du willst, werden wir dir helfen. Sage uns, was du brauchst.«

Die Gliedmaßen hörten auf zu zucken und zitterten nur noch. Langsam hob die Dämonin den Kopf. Die Hand, die eine Ewigkeit in der Dunkelheit gelegen hatte, glitt unter ihrem Körper hervor, bewegte sich tastend über den ebenen Steinboden. Die Fingerspitzen zerteilten Haarsträhnen, und diese Strähnen zerfielen zu Staub. Die

Hand blieb genauso liegen wie ihr Gegenstück. Muskeln spannten sich entlang der Arme, des Nackens und der Schultern an, und die Dämonin setzte sich mit einer ruckartigen, zitternden Bewegung auf. Sie strich sich über den Kopf, und ihr Haar fiel in schwarzen Staubschleiern ab, bis nur noch ihr kahler Schädel übrig war, glatt und weiß.

Bairoth machte schon Anstalten, ihr aufzuhelfen, doch Karsa hielt ihn mit einer blitzschnellen Geste zurück. »Nein, Bairoth Gild, sie hat schon genug Druck von außen aushalten müssen. Ich glaube nicht, dass sie berührt werden will, zumindest für lange Zeit nicht ... vielleicht nie wieder.«

Bairoth betrachtete Karsa mehrere Herzschläge lang mit seinem verschleierten Blick, dann seufzte er und sagte: »Karsa Orlong, ich höre Weisheit aus deinen Worten. Wieder und wieder überraschst du mich – nein, ich habe nicht vor, dich zu beleidigen. Ich kann kaum noch anders, als dich bewundern – also lass mir meine scharfen Worte.«

Karsa zuckte die Schultern, sein Blick richtete sich erneut auf die Dämonin. »Wir können jetzt nur warten. Kennt ein Dämon Durst? Hunger? Ihre Kehle hat seit Generationen kein Wasser mehr geschmeckt, ihr Magen seinen Daseinszweck vergessen, ihre Lungen haben sich nicht mehr mit einem vollen Atemzug gefüllt, seit die Platte auf sie gelegt wurde. Zum Glück ist es jetzt Nacht, denn die Sonne könnte wie Feuer für ihre Augen sein –« Er unterbrach sich, denn die Dämonin, die auf Händen und Knien hockte, hatte den Kopf gehoben, und nun konnten die drei Krieger zum ersten Mal ihr Gesicht sehen.

Eine Haut wie polierter Marmor, ohne jeden Makel, eine breite Stirn über riesigen mitternachtsdunklen Augen, die trocken und ausdruckslos wirkten, wie Onyx unter einer Staubschicht. Hohe, vorstehende Wangenknochen, ein breiter Mund, vertrocknet und mit feinen Kristallen verkrustet.

»In ihr ist kein Wasser«, sagte Delum. »Überhaupt keins.« Er wich zurück, drehte sich um und machte sich auf den Weg zurück zu ihrem Lager.

Die Frau ging langsam in die Hocke und stand dann mühsam auf.

Es war schwierig, einfach nur zuzusehen, aber beide Krieger hielten sich zurück, bereit, sie aufzufangen, sollte sie fallen.

Es schien, als bemerkte sie das, denn sie zog einen Mundwinkel ein winziges Stückchen hoch.

Diese eine kleine Bewegung veränderte ihr Gesicht, und die Erkenntnis traf Karsa wie ein Hammerschlag. *Sie macht sich über ihre eigene traurige Verfassung lustig. Das ist ihr erstes Gefühl, nachdem sie befreit wurde. Sie ist nicht im Vollbesitz ihrer Kräfte, aber das ... amüsiert sie. Höre meine Worte, Urugal, der Gewobene: Ich werde dafür sorgen, dass diejenigen, die sie eingesperrt haben, ihre Tat bedauern werden, sofern sie oder ihre Nachkommen noch am Leben sind. Diese T'lan Imass – sie haben in mir einen Feind gefunden. Das schwöre ich, Karsa Orlong.*

Delum kehrte mit einem Wasserschlauch zurück; seine Schritte wurden langsamer, als er sah, dass sie aufrecht stand.

Sie war hager, ihr Körper eine Ansammlung von Ecken und Kanten. Ihre Brüste waren hoch angesetzt und lagen weit auseinander, das Brustbein ragte zwischen ihnen hervor. Sie schien viel zu viele Rippen zu haben. Ihre Größe entsprach der eines Teblor-Kindes.

Sie sah den Wasserschlauch in Delums Händen, schenkte ihm jedoch keine weitere Beachtung. Stattdessen drehte sie sich um und sah auf die Stelle hinab, an der sie gelegen hatte.

Karsa konnte sehen, wie sich ihre Brust hob und senkte, doch ansonsten rührte sie sich nicht.

Bairoth sprach. »Bist du die Forkassal?«

Sie warf ihm einen Blick zu und verzog den Mund erneut zu einem schiefen Lächeln.

»Wir sind Teblor«, fuhr Bairoth fort, woraufhin ihr Lächeln etwas breiter wurde; Karsa hatte den Eindruck, als würde sie sie zwar erkennen, sei jedoch gleichzeitig auf seltsame Weise erheitert.

»Sie kann dich verstehen«, bemerkte Karsa.

Delum trat mit dem Wasserschlauch zu ihr. Sie warf ihm einen Blick zu und schüttelte den Kopf. Er blieb stehen.

Karsa sah nun, dass ein bisschen von der Staubigkeit aus ihren Augen verschwunden war, dass ihre Lippen etwas voller wurden. »Sie erholt sich«, sagte er.

»Freiheit war alles, was sie brauchte«, stimmte Bairoth ihm zu.

»Es ist wie bei den in der Sonne gehärteten Flechten, die in der Nacht weicher werden«, sagte Karsa. »Ihr Durst wird von der Luft selbst gestillt –«

Plötzlich wandte sie sich ihm zu, ihr Körper versteifte sich.

»Wenn ich dir einen Grund gegeben habe, dass du dich angegriffen fühlst –«

Bevor Karsa noch einmal Luft holen konnte, war sie über ihm. Fünf fürchterliche Schläge gegen seinen Körper, und er lag rücklings auf dem Boden; sein Rücken brannte, als würde er in einem Nest Feuerameisen liegen. In seinen Lungen war keine Luft mehr. Wogen aus purem Schmerz rasten durch seinen Körper. Er konnte sich nicht bewegen.

Er hörte Delums Kriegsschrei – der mit einem erstickten Grunzen abbrach – und dann das Geräusch eines anderen Körpers, der zu Boden fiel.

»Forkassal! Halt! Lass ihn …«, rief Bairoth von der Seite her.

Karsa blinzelte durch tränende Augen zu dem Gesicht hinauf, das sich über ihn beugte. Es kam noch näher, die Augen glänzten nun wie schwarze Teiche, die Lippen waren voll und fast purpurn im Sternenlicht.

Mit krächzender Stimme flüsterte sie ihm in der Sprache der Teblor zu: »Sie werden dich nicht in Ruhe lassen, was? Meine ehemaligen Feinde. Es hat wohl nicht ausgereicht, ihre Knochen zu zerschmettern.« Ihre Augen wurden etwas weicher. »Ein Bursche wie du hat etwas Besseres verdient.« Ihr Gesicht zog sich langsam wieder zurück. »Ich glaube, ich muss warten. Abwarten und zusehen, was aus dir wird, bevor ich entscheide, ob ich dir meinen ewigen Frieden bringen soll, Krieger.«

Bairoths Stimme erklang, vielleicht ein Dutzend Schritte entfernt. »Forkassal!«

Sie richtete sich auf und drehte sich mit außergewöhnlicher Geschmeidigkeit zu ihm um. »Ihr seid tief gesunken, dass ihr den Namen meiner Art so verdreht, ganz zu schweigen von eurem eigenen. Ich bin eine Forkrul Assail, junger Krieger – keine Dämonin. Ich werde Ruh genannt und bin eine Friedensbringerin, und ich warne dich, denn mein Wunsch, dir Frieden zu bringen, ist im Augenblick sehr stark, also nimm deine Hand von der Waffe.«

»Aber du hast Karsa und Delum niedergeschlagen«, rief Bairoth. »Obwohl wir dich befreit haben.«

Sie lachte. »Und Icarium und den verdammten T'lan Imass wird es nicht gefallen, dass ihr ihr Werk rückgängig gemacht habt. Andererseits wird Icarium sich wahrscheinlich gar nicht mehr daran erinnern, und die T'lan Imass sind weit weg. Nun gut, ich werde ihnen keine zweite Chance geben. Aber ich weiß, was Dankbarkeit ist, Krieger, und darum werde ich dir das hier geben: Der namens Karsa ist erwählt worden. Wenn ich dir auch nur das Wenige erzählen würde, das ich von seiner Bestimmung spüre, würdest du versuchen, ihn zu töten. Aber ich kann dir sagen, dass das keinen Sinn hätte, denn die, die ihn benutzen, würden einfach einen anderen erwählen. Nein. Beobachte deinen Freund. Beschütze ihn. Es wird eine Zeit kommen, da er bereit sein wird, die Welt zu verändern. Und wenn diese Zeit kommt, werde ich da sein. Denn ich bringe Frieden. Und wenn dieser Augenblick kommt, höre auf, ihn zu beschützen. Tritt zurück – so, wie du es jetzt getan hast.«

Karsa atmete schluchzend ein. Seine Lunge schmerzte. Eine Woge der Übelkeit stieg in ihm auf, er drehte sich zur Seite und erbrach sich auf Felsen und Geröll. Während er keuchte und hustete, hörte er, wie die Forkrul Assail – die Frau namens Ruh – davonging.

Einen Augenblick später kniete Bairoth neben Karsa. »Delum ist schwer verletzt, Kriegsführer«, sagte er. »Flüssigkeit quillt aus einem Riss in seinem Kopf. Karsa Orlong, ich bedauere, dass wir diese ... diese Kreatur befreit haben. Delum hatte Zweifel, doch er –«

Karsa hustete und spuckte, dann mühte er sich auf die Beine und kämpfte dabei gegen die Wogen des Schmerzes an, die von seiner zerschlagenen Brust ausgingen. »Du hast es nicht wissen können, Bairoth Gild«, murmelte er und wischte sich die Tränen aus den Augen.

»Kriegsführer, ich habe meine Waffe nicht gezogen. Ich habe nicht versucht, dich zu beschützen, wie Delum Thord es getan hat –«

»Was zur Folge hat, dass zumindest einer von uns noch gesund ist«, brummte Karsa. Auf wackeligen Beinen ging er dorthin, wo Delum quer über dem Pfad lag. Er war ein Stück durch die Luft geschleudert worden, anscheinend von einem einzigen Schlag. Schräg über seine Stirn verliefen vier tiefe Dellen, die Haut war zerfetzt, gelbliche Flüssigkeit quoll aus dem durchbohrten Knochen darunter. *Das waren ihre Fingerspitzen.* Delums Augen waren weit geöffnet, doch sein Blick war verhangen und wirr. Ganze Teile seines Gesichts waren erschlafft, als gäbe es dahinter keinen Gedanken mehr, der ihm hätte Ausdruck verleihen können.

Bairoth trat zu ihm. »Sieh, die Flüssigkeit ist klar. Es ist Gedankenblut. Mit so einer Verletzung wird Delum Thord nicht mehr vollständig zu uns zurückkehren.«

»Nein«, murmelte Karsa, »das wird er nicht. Niemand von denen, die Gedankenblut verlieren, tut das.«

»Und ich bin schuld.«

»Nein, Delum hat einen Fehler gemacht, Bairoth Gild. Bin ich tot? Die Forkassal hat mich nicht erschlagen. Delum hätte das tun sollen, was du getan hast – nichts.«

Bairoth zuckte zusammen. »Sie hat zu dir gesprochen, Karsa Orlong. Ich habe sie flüstern gehört. Was hat sie gesagt?«

»Ich habe kaum etwas davon verstanden, außer, dass der Frieden, den sie bringt, der Tod ist.«

»Unsere Legenden haben sich im Laufe der Zeit verfälscht.«

»Das haben sie, Bairoth Gild. Komm, wir müssen Delums Wunden verbinden. Das Gedankenblut wird sich in den Verbänden sammeln und trocknen und so die Löcher verkleben. Vielleicht wird dann nicht gar so viel auslaufen – und vielleicht kommt er einen Teil des Weges zu uns zurück.«

Die beiden Krieger machten sich auf den Weg zu ihrem Lager. Als sie dort ankamen, fanden sie die Hunde eng aneinander gekauert. Sie zitterten. Mitten durch die Lichtung verliefen die Spuren von Ruhs nackten Füßen. Sie führten nach Süden.

Ein scharfer, kalter Wind heulte an der Kante des Steilabbruchs entlang. Karsa saß mit dem Rücken gegen die Felswand gelehnt und schaute zu, wie Delum Thord sich auf Händen und Füßen inmitten der Hunde bewegte. Er streckte die Arme aus und zog die Tiere zu sich heran, um sie zu streicheln und zu liebkosen. Dabei gab er leise, summende Geräusche von sich, und nie wich das Lächeln aus der einen Hälfte seines Gesichts, die sich noch bewegte.

Die Hunde waren Jäger. Man konnte ihnen ansehen, wie elend sie sich fühlten, während sie das Gezerre über sich ergehen ließen; gelegentlich knurrten sie auch wütend tief in der Kehle oder schnappten sogar nach Delum Thord – was diesem aber gleichgültig zu sein schien.

Nager, der zu Karsas Füßen lag, betrachtete mit schläfrigen Blicken, wie Delum ziellos inmitten der Meute herumkroch.

Es hatte fast den ganzen Tag gedauert, bis Delum Thord zu ihnen zurückgekommen war, doch der größte Teil des Kriegers war unterwegs zurückgeblieben. Ein weiterer Tag war verstrichen, während Karsa und Bairoth gewartet hatten, ob noch mehr kommen würde, genug, um in seinen Augen ein Licht aufleuchten zu lassen, genug, um Delum Thord die Fähigkeit zu verleihen, seine Gefährten zu erkennen. Aber es hatte sich nichts verändert. Er sah sie nicht. Er sah nur die Hunde.

Bairoth war vor einiger Zeit losgezogen, um zu jagen, aber während der Tag langsam verstrich, spürte Karsa, dass Bairoth Gild eigentlich aus ganz anderen Gründen nicht im Lager sein wollte. Dass sie den Dämon befreit hatten, hatte ihnen Delum genommen – und es waren Bairoths Worte gewesen, die zu diesem bitteren Ergebnis geführt hatten. Karsa hatte wenig Verständnis für solche Gefühle, für die Notwendigkeit, sich auf irgendeine Weise selbst zu bestrafen. Schließlich war es Delums Fehler gewesen, die Waffe gegen die Dämonin zu ziehen. Karsas schmerzende Rippen legten Zeugnis von den kämpferischen Fähigkeiten der Forkrul Assail ab – sie hatte mit beeindruckender Geschwindigkeit angegriffen, schneller als jedes Wesen, das Karsa je zuvor gesehen oder dem er je gegenübergestanden hatte. Verglichen mit ihr waren die drei Teblor wie Kinder. Delum hätte das sofort erkennen müssen; er hätte nicht die Hand erheben dürfen, sondern hätte sich so verhalten müssen, wie Bairoth es getan hatte.

Stattdessen hatte der Krieger sich wie ein Narr verhalten, und jetzt krabbelte er zwischen den Hunden herum. Die Gesichter im Fels hatten kein Mitleid mit Kriegern, die sich wie Narren verhielten – warum sollte Karsa Orlong es also haben? Bairoth Gild ließ seinen Gefühlen freien Lauf, machte Bedauern und Mitleid und Geißelung zu süßem Nektar, der ihn wie einen gequälten Betrunkenen herumlaufen ließ.

Karsa war mittlerweile kurz davor, die Geduld zu verlieren. Die Reise musste wieder aufgenommen werden. Wenn irgendetwas Delum Thord zu sich selbst zurückbringen konnte, dann würde es der Kampf sein, die wilde Raserei des Blutes, die mit ihrem Feuer die Seele aufweckte.

Auf dem aufwärts führenden Pfad erklangen Schritte. Nager wandte kurz den Kopf, legte ihn jedoch gleich wieder auf die Pfoten.

Bairoth Gild trat in ihr Blickfeld, über einer Schulter den Kadaver einer wilden Ziege. Er blieb stehen, um Delum Thord zu mustern, und ließ seine Beute fallen. Dann zog er sein Schlachtermesser und kniete sich neben sie.

»Wir haben einen weiteren Tag verloren«, sagte Karsa.

»Es gibt nicht viel jagdbares Wild«, erwiderte Bairoth, während er der Ziege den Bauch aufschlitzte.

Die Hunde stellten sich erwartungsvoll im Halbkreis auf, und Delum folgte ihnen, um ebenfalls seinen Platz einzunehmen. Bairoth zertrennte Muskeln und Sehnen und begann, den Tieren die blutigen Innereien zuzuwerfen. Keines rührte sich.

Karsa stupste Nager an der Seite an, und der Hund stand auf und schritt vorwärts, gefolgt von seiner dreibeinigen Gefährtin. Nager schnüffelte an sämtlichen Gaben und entschied sich dann für die Leber der Ziege, während seine Hündin sich das Herz aussuchte. Dann trotteten sie mit ihrer Beute davon. Nun stürzten sich die anderen Hunde auf das, was noch übrig war, wobei sie schnappten und sich zankten. Delum machte einen Satz nach vorn, um einem der Hunde einen Lungenflügel aus dem Maul zu reißen, wobei er herausfordernd die Zähne bleckte. Er zog sich ein Stück zur Seite zurück und kauerte sich über seine Beute.

Karsa schaute zu, wie Nager aufstand und zu Delum Thord hinübertrottete, schaute zu, wie Delum winselnd die Lunge fallen ließ und sich flach und mit gesenktem Kopf auf den Boden duckte, während Nager einen Augenblick lang das Blut um das Organ herum aufleckte und dann zu seiner eigenen Mahlzeit zurücktrottete.

Karsa grunzte. »Nagers Meute hat ein neues Mitglied.« Als keine Antwort kam, blickte er zu Bairoth herüber, der Delum voller Entsetzen anstarrte. »Siehst du sein Lächeln, Bairoth Gild? Delum Thord hat sein Glück gefunden, und das sagt uns, dass er nicht weiter zurückkommen wird. Warum sollte er auch?«

Bairoth starrte seine blutigen Hände an, das Schlachtermesser, das im ersterbenden Licht rot erglühte. »Hast du nie Trauer verspürt, Kriegsführer?«, fragte er flüsternd.

»Nein. Er ist nicht tot.«

»Besser, er wär's!«, schnappte Bairoth.

»Dann töte ihn.«

Blanker Hass blitzte in Bairoths Augen auf. »Karsa Orlong, was hat sie zu dir gesagt?«

Karsa runzelte angesichts dieser unerwarteten Frage die Stirn und zuckte dann die Schultern. »Sie hat mich meiner Unwissenheit wegen verdammt. Aber ihre Worte konnten mich nicht verwunden, denn ich habe auf alles, was sie gesagt hat, mit Gleichgültigkeit reagiert.«

Bairoth kniff die Augen zusammen. »Du machst einen Witz aus dem, was geschehen ist? Kriegsführer, du führst mich nicht länger. Ich werde deine Flanke in deinem verfluchten Krieg nicht decken. Wir haben zu viel verloren –«

»In dir ist Schwäche, Bairoth Gild. Das habe ich schon immer gewusst. Schon seit Jahren. Du unterscheidest dich nicht wirklich von dem, was aus Delum geworden ist, und das ist es, was dich nun so quält. Hast du tatsächlich geglaubt, wir würden alle drei ohne Narben von dieser Reise zurückkehren? Hast du geglaubt, wir wären vor unseren Feinden gefeit?«

»Dann denkst *du* also –«

Karsa lachte rau auf. »Du bist ein Narr, Bairoth Gild. Wie sind wir wohl so weit gekommen? Durch die Lande der Rathyd und der Sunyd? Wie haben wir all die Kämpfe überstanden, die wir gefochten haben? Unser Sieg war kein Geschenk der Sieben. Wir haben uns unseren Erfolg selbst erarbeitet – durch unser Geschick im Umgang mit dem Schwert und durch meine Führung. Doch du hast in mir nur Tollkühnheit gesehen, wie bei einem Jugendlichen, der den Pfad des Kriegers gerade erst betreten hat. Du hast dich selbst getäuscht, und das hat dich getröstet. Du bist mir nicht überlegen, Bairoth Gild. In nichts.«

Bairoth Gild starrte ihn aus weit aufgerissenen Augen an; seine blutroten Hände zitterten.

»Und jetzt«, knurrte Karsa, »solltest du überleben, diese Reise überleben, *mich* überleben, dann, so schlage ich vor, solltest du noch einmal von neuem über den Wert der Gefolgschaft nachdenken. Dein Leben liegt in der Hand deines Anführers. Folge mir zum Sieg, Bairoth Gild, oder bleibe auf der Strecke. Wie auch immer, ich werde die Geschichte mit wahren Worten erzählen. Also – wie willst du es haben?«

Gefühle flackerten wie Lauffeuer über Bairoths breites, plötzlich bleiches Gesicht. Er holte ein halbes Dutzend Mal gequält Luft.

»Ich führe diese Meute an«, sagte Karsa leise. »Ich und niemand anderes. Willst du mich herausfordern?«

Bairoth sank langsam in die Hocke; er packte das Schlachtermesser fester. Sein Blick wurde ruhiger, seine Augen waren jetzt auf gleicher Höhe mit Karsas. »Wir lieben uns schon eine ganze Weile, Dayliss und ich. Du hattest keine Ahnung, während wir über deine unbeholfenen Versuche, um sie zu werben, gelacht haben. Tag für Tag bist du zwischen uns herumstolziert, hast geprahlt, mich herausgefordert, immer wieder versucht, mich in ihren Augen herabzusetzen. Aber wir haben insgeheim gelacht, Dayliss und ich, und wir haben die Nächte miteinander verbracht, einander in den Armen gehalten. Karsa Orlong, es könnte sein, dass du der Einzige bist, der in unser Dorf zurückkehrt – in der Tat, ich bin überzeugt davon, dass du es schaffen wirst, während mein Leben schon so gut wie zu Ende ist, aber davor fürchte ich mich nicht. Und wenn du in unser Dorf zurückkehrst, Kriegsführer, wirst du Dayliss zu deinem Weib machen. Aber eine Gewissheit wird dir bis zum Ende deiner Tage bleiben, und diese Gewissheit lautet: bei Dayliss war nicht ich derjenige, der gefolgt ist, sondern du. Und es gibt nichts, was du tun könntest, um das zu ändern.«

Karsa bleckte langsam die Zähne. »Dayliss? Mein Weib? Ich glaube nicht. Stattdessen werde ich sie vor dem Stamm öffentlich anprangern. Dass sie bei einem Mann gelegen hat, der nicht ihr Ehemann war. Sie wird geschoren werden, und dann werde ich sie für mich beanspruchen – als meine Sklavin –«

Bairoth warf sich auf Karsa, das Messer blitzte im Zwielicht auf. Da er mit dem Rücken zur Felswand gesessen hatte, schaffte Karsa es nur, sich seitwärts wegzurollen, doch ihm blieb nicht genug Zeit, um auf die Beine zu kommen, bevor Bairoth über ihm war, ihm einen Arm um den Hals legte und ihn zurückbog, während die harte Messerklinge seinen Brustkorb entlangglitt, immer weiter zu seiner Kehle hinauf.

Dann waren die Hunde über ihnen und stürzten sich auf sie. Der Aufprall der schweren Körper ging beiden durch Mark und Bein, dann Knurren und Zähnefletschen und das Zupacken von Reißzähnen, die sich durch Leder bohrten.

Bairoth schrie auf und wich zurück; sein Arm gab Karsa frei.

Karsa rollte sich auf den Rücken und sah, dass der andere stolperte; die Hunde hatten sich in seinen beiden Armen festgebissen, Nager hatte seine Zähne in Bairoths Hüfte geschlagen, die anderen Tiere warfen sich noch immer Halt suchend auf ihn. Er sah Bairoth stolpern und zu Boden stürzen.

»Weg!«, brüllte Karsa.

Die Hunde zuckten zusammen. Sie ließen los und wichen ein paar Schritte zurück, knurrten jedoch mit gefletschten Zähnen weiter. Als Karsa sich aufrichtete, sah er etwas abseits Delum kauern; sein Gesicht war zu einem wilden Lachen verzogen, seine Augen glänzten, die Hände baumelten schlaff herab, zuckten gelegentlich nur krampfhaft und griffen ins Leere. Karsas Blick wanderte an Delum vorbei – und er erstarrte schlagartig. Er zischte, die Hunde verstummten augenblicklich.

Bairoth rollte sich auf Hände und Knie, hob den Kopf.

Karsa gestikulierte und zeigte dann in eine Richtung.

Auf dem Pfad vor ihnen war flackerndes Fackellicht zu sehen. Immer noch hundert oder mehr Schritte entfernt, aber es kam langsam näher. Da kaum Geräusche aus der Sackgasse ins Freie drangen, war es unwahrscheinlich, dass die da draußen – wer auch immer sie sein mochten – etwas von ihrer Auseinandersetzung gehört hatten.

Ohne weiter auf Bairoth zu achten, machte Karsa sich in Richtung der Fackeln auf. Wenn es Sunyd waren, die sich da näherten, dann legten sie eine Sorglosigkeit an den Tag, die er mit einer tödlichen Antwort erwidern wollte. Allerdings war es wahrscheinlicher, dass sie Tiefländer waren. Nun, da er auf dem Pfad von Schatten zu Schatten glitt, konnte er sehen, dass es mindestens ein halbes Dutzend Fackeln waren – also eine ansehnliche Gruppe. Jetzt konnte er auch Stimmen hören, die widerliche Sprache der Tiefländer.

Bairoth kam an seine Seite. Er hatte ebenfalls sein Schwert gezogen. Blut tropfte aus den Wunden an seinen Armen und lief an seiner Hüfte hinunter. Karsa warf ihm einen finsteren Blick zu und winkte ihn zurück.

Bairoth schnitt eine Grimasse und blieb zurück.

Die Tiefländer waren bei der Sackgasse angekommen, in der die Dämonin gefangen gewesen war. Der Widerschein der Fackeln tanzte über die hohen Felswände. Die Stimmen wurden lauter, klangen plötzlich beunruhigt.

Karsa glitt lautlos vorwärts, bis er direkt hinter dem Teich aus Licht war. Er sah neun Tiefländer, die sich versammelt hatten, um die leere Grube in der Mitte der Lichtung zu untersuchen. Zwei von ihnen waren gut bewaffnet und mit Helmen ausgestattet; sie hielten schwere Armbrüste in den Armen und trugen Langschwerter. Diese beiden hatten am Eingang der Sackgasse Stellung bezogen und beobachteten den Pfad. Etwas abseits standen vier Männer in dunklen, erdfarbenen Roben; ihr Haar war zu Zöpfen geflochten, die nach vorn gezogen und über dem Brustbein verknotet waren; keiner von ihnen hatte eine Waffe.

Die restlichen drei sahen aus wie Kundschafter; sie trugen eng anliegende Lederkleidung und waren mit kurzen Bögen und Jagdmessern bewaffnet. Clan-Tätowierungen bedeckten ihre Stirn. Einer von diesen dreien schien den Oberbefehl zu haben, denn er sprach mit harter Stimme, als würde er Befehle geben. Die anderen beiden Kundschafter hockten neben der Grube und musterten den Steinboden.

Beide Wachen standen innerhalb des Lichtkreises, was sie praktisch blind für die Dunkelheit dahinter machte. Keiner der beiden Männer wirkte besonders aufmerksam.

Karsa packte sein Blutschwert etwas fester, richtete den Blick fest auf den Wächter, der ihm am nächsten war.

Dann griff er an.

Ein Kopf flog von den Schultern, eine Fontäne aus Blut sprühte durch die Luft. Karsas ungestüme Attacke trug ihn dorthin, wo eben noch der andere Wächter gestanden hatte – nur, dass er den Tiefländer dort nicht mehr vorfand. Fluchend wirbelte der Teblor herum, griff die drei Kundschafter an.

Diese hatten sich bereits verteilt; Klingen aus schwarzem Eisen zischten aus ihren Scheiden.

Karsa lachte. In der von hohen Felswänden umgebenen Sackgasse gab es kaum ein Fleckchen Erde, das außerhalb seiner Reichweite lag, die einzige Möglichkeit zu entkommen wäre durch ihn hindurch.

Einer der Kundschafter schrie etwas und schoss vorwärts.

Karsas hölzernes Schwert hackte nach unten, zerteilte erst Sehnen, dann Knochen. Der Tiefländer kreischte auf. Karsa trat über die zusammengesunkene Gestalt hinweg und zog seine Waffe aus der Leiche.

Die beiden übrig gebliebenen Kundschafter hatten sich noch weiter verteilt und griffen nun von zwei Seiten an. Während Karsa den einen ignorierte – und spürte, wie die breite Klinge des Jagdmessers durch seine Lederrüstung drang und an seinen Rippen entlangschrammte –, wischte er den Angriff des anderen beiseite und zerschmetterte immer noch lachend den Schädel des Tiefländers mit seinem Schwert. Ein Rückhandhieb traf den zweiten Kundschafter und schleuderte ihn gegen die Felswand.

Die vier Gestalten in den braunen Roben erwarteten Karsa; sie zeigten kaum Furcht, sondern sangen gemeinsam leise vor sich hin.

Die Luft vor ihnen funkelte seltsam, dann blitzte plötzlich Feuer auf, wogte vorwärts und hüllte Karsa ein.

Es griff ihn wütend an, wie tausend Krallenhände, die an ihm rissen und zerrten, auf seinen Körper, sein Gesicht und seine Augen einschlugen.

Karsa zog die Schultern hoch und ging hindurch.

Das Feuer barst auseinander, die Flammen entflohen in die Nachtluft. Mit einem leisen Knurren schüttelte Karsa die Nachwirkungen ab und ging auf die Tiefländer zu.

Ihre Gesichter, einen Augenblick zuvor noch ruhig, ernst und zuversichtlich, schauten nun ungläubig drein, ein Ausdruck, der sich rasch in Entsetzen verwandelte, als Karsas Schwert sie durchbohrte.

Sie starben genauso schnell wie die anderen, und wenige Augenblicke später stand der Teblor inmitten zuckender Leichname; auf seiner Schwertklinge glänzte dunkles Blut. Hier und da lagen Fackeln auf dem Steinboden, und der rauchige Feuerschein tanzte unstet über die Wände der Sackgasse.

Bairoth Gild kam in Sicht. »Der zweite Wächter ist den Pfad aufwärts entkommen, Kriegsführer«, sagte er. »Jetzt jagen ihn die Hunde.«

Karsa grunzte.

»Karsa Orlong, du hast die erste Gruppe von Kindern erschlagen. Die Trophäen gehören dir.«

Karsa griff nach unten und packte eine der Leichen zu seinen Füßen an ihrer Robe. Er richtete sich auf, hob den Leichnam hoch und musterte die schwächlichen Gliedmaßen, den kleinen Kopf und die absonderlichen Zöpfe. Das Gesicht des Toten, auf das er hinunterstarrte, war faltig, wie es das eines Teblor nach einem Jahrhunderte und Aberjahrhunderte währenden Leben sein würde, doch es war nicht größer als das eines neugeborenen Teblor.

»Sie haben gequiekt wie Säuglinge«, meinte Bairoth Gild. »Dann sind die Geschichten also wahr. Diese Tiefländer sind tatsächlich wie Kinder.«

»Aber nicht ganz«, sagte Karsa und musterte das gealterte Gesicht, das im Tod erschlafft war.

»Sie sind schnell gestorben.«

»Ja, das sind sie.« Karsa warf den Leichnam beiseite. »Bairoth Gild, das hier sind unsere Feinde. Folgst du deinem Kriegsführer?«

»In diesem Krieg werde ich ihm folgen«, erwiderte Bairoth. »Karsa Orlong, wir werden nicht mehr von unserem ... Dorf sprechen. Was zwischen uns liegt, muss warten, bis wir – vielleicht – dorthin zurückkehren.«

»Einverstanden.«

Zwei der Hunde aus der Meute kehrten nicht zurück, und im Gang von Nager und den anderen war nichts von großspurigem Siegergehabe, als sie bei Anbruch der Morgendämmerung ins Lager zurückgetrottet kamen. Überraschenderweise war der einzelne Wächter irgendwie entkommen. Delum Thord, der die Arme um Nagers Hündin geschlungen hatte – wie er es schon die ganze Nacht getan hatte –, winselte, als die Meute zurückkehrte.

Bairoth packte die Vorräte von seinem und Karsas Streitross auf Delums Schlachtross um, denn es war offensichtlich, dass Delum vergessen hatte, wie man ritt. Er würde mit den Hunden laufen.

Als sie sich zum Aufbruch bereitmachten, sagte Bairoth: »Es könnte sein, dass der Wächter vom Silbersee gekommen ist. Dass er sie vor unserem Kommen warnt.«

»Wir werden ihn finden«, knurrte Karsa. Er hockte auf dem Boden und fädelte die letzte seiner Trophäen auf einen Lederriemen. »Er kann den Hunden nur entgangen sein, indem er geklettert ist, also wird er nicht rasch vorankommen. Wir werden nach seinen Spuren Ausschau halten. Wenn er die ganze Nacht lang gerannt ist, wird er müde sein. Wenn nicht, kann er noch nicht weit sein.« Karsa richtete sich auf und hielt den Streifen mit den abgetrennten Ohren und Zungen vor sich, musterte die kleinen, verstümmelten Gegenstände noch einen Augenblick und schlang sich dann seine Trophäensammlung um den Hals.

Er schwang sich auf Havoks Rücken und griff nach dem einzelnen Zügel.

Nagers Meute bewegte sich an die Spitze, um den Pfad auszukundschaften; Delum befand sich bei ihnen, die dreibeinige Hündin hielt er in den Armen.

Sie brachen auf.

Kurz vor Mittag fanden sie Spuren des letzten Tiefländers, dreißig Schritt hinter den Kadavern der beiden fehlenden Hunde – in beiden steckte ein Armbrustbolzen. Ganz in der Nähe lag ein wirrer Haufen aus Teilen einer eisernen Rüstung, Lederriemen und Verbindungsstücken. Der Wächter hatte Ballast abgeworfen.

»Dieses Kind ist ein ziemlich kluger Bursche«, bemerkte Bairoth Gild. »Er wird uns hören, bevor wir ihn sehen, und einen Hinterhalt legen.« Sein verschleierter Blick flackerte zu Delum. »Noch mehr Hunde werden getötet werden.«

Karsa schüttelte bei Bairoths Worten den Kopf. »Er wird uns nicht auflauern, denn dann wird er sterben, und das weiß er. Wenn wir ihn einholen, wird er versuchen, sich zu verstecken. Seine einzige Hoffnung liegt in der Flucht – hinauf auf die Klippen –, und dann werden wir an ihm vorbeiziehen, und es wird ihm nicht gelingen, den Silbersee vor uns zu erreichen.«

»Dann jagen wir ihn also nicht?«, fragte Bairoth überrascht.

»Nein. Wir reiten zum Knochenpass.«

»Dann wird er uns verfolgen, Kriegsführer. Ein Feind, der in unserem Rücken frei herumläuft ...«

»Ein Kind. Diese Armbrustbolzen können vielleicht einen Hund töten, aber für uns Teblor sind sie nur Zweige. Schon unsere Rüstung wird den größten Teil der kleinen Geschosse aufhalten –«

»Er muss ein scharfes Auge haben, Karsa Orlong, wenn er zwei Hunde in der Dunkelheit töten konnte. Er wird dorthin zielen, wo unsere Rüstung uns nicht schützt.«

Karsa zuckte die Schultern. »Dann müssen wir dafür sorgen, dass er weit genug hinter uns ist, wenn wir den Pass erreichen.«

Sie zogen weiter. Der Pfad wurde breiter, während er sich in die Höhe wand; der ganze Steilabbruch stieg im nördlichen Teil an. Meile um Meile legten sie in schnellem Trab zurück, bis sie am späten Nachmittag in Nebelwolken hineinritten. Ein tiefes, tosendes Geräusch erklang direkt vor ihnen.

Plötzlich war der Pfad verschwunden.

Karsa zügelte sein Pferd inmitten der umherirrenden Hunde und stieg ab.

Die Kante fiel senkrecht ab. Jenseits davon und links von Karsa hatte ein Fluss einen mehr als tausend Schritt tiefen Einschnitt in den Felsen gegraben, hinab bis zu einer Art Felsbank, über die er dann weitere tausend Schritt in die Tiefe stürzte, in ein in dichten Nebel gehülltes Tal. Aus Spalten im Felsgestein sprühten ein Dutzend oder mehr fadendünner Wasserfälle an beiden Seiten des Einschnitts hinab. Die Szenerie wirkte – das wurde Karsa nach einem Augenblick klar – irgendwie falsch. Sie befanden sich jetzt am höchsten Punkt des Steilabbruchs, direkt an der Kante. Ein Fluss, der sich einen natürlichen Weg ins Tiefland suchte, passte nicht hierher. Und – was noch merkwürdiger war – die flankierenden Wasserfälle drangen aus Felsspalten, die ungleich hoch lagen, als ob die Berge auf beiden Seiten mit Wasser gefüllt wären.

»Karsa Orlong.« Bairoth musste schreien, um sich in dem Getöse, das aus der Tiefe zu ihnen heraufdrang, verständlich zu machen. »Irgendjemand – vielleicht ein alter Gott – hat einen Berg in zwei Hälften gespalten. Dieser Einschnitt da wurde nicht vom Wasser ausgefressen. Nein, er sieht aus, als wäre er mit einer gigantischen Axt geschlagen worden. Und die Wunde ... blutet.«

Ohne auf Bairoths Worte zu antworten, drehte Karsa sich um. Gleich zu seiner Rechten wand sich ein felsiger Pfad in die Tiefe, ein steiler, feucht glänzender Pfad aus Schiefer und Geröll.

»Ist das da unser Weg nach unten?« Bairoth trat an Karsa vorbei, warf dem Kriegsführer einen ungläubigen Blick zu. »Aber da können wir nicht runter! Er wird sich unter unseren Füßen auflösen! Unter den Hufen der Pferde! Dann werden wir in der Tat rasch nach unten kommen – indem wir wie Steine über die Klippe stürzen!«

Karsa hockte sich hin und hob einen kleinen Felsbrocken auf. Er warf ihn den Pfad hinunter. Dort, wo er zuerst auftraf, begann der Schiefer sich zu bewegen; er erzitterte und rutschte dann in einer immer größer werdenden Woge hinter dem weiter hinabtanzenden Felsbrocken her, bis schließlich alles im Nebel verschwand.

Zurück blieben grobe, breite Stufen.

Die vollständig aus Knochen erbaut waren.

»Es ist genau, wie Pahlk erzählt hat«, murmelte Karsa, ehe er sich zu Bairoth umdrehte. »Komm, unser Pfad wartet.«

Bairoths Augen waren verschleiert. »Das tut er in der Tat, Karsa Orlong. Unter unseren Füßen befindet sich eine Wahrheit.«

Karsa machte ein finsteres Gesicht. »Dies ist der Weg, der uns von den Bergen nach unten führt. Nichts weiter, Bairoth Gild.«

Der Krieger zuckte die Schultern. »Ganz wie du meinst, Kriegsführer, ganz wie du meinst.«

Mit Karsa an der Spitze begannen sie den Abstieg.

Die Knochen waren in etwa so groß wie die der Tiefländer, aber schwerer, dicker und durch und durch versteinert. Hier und da waren Geweihe und Stoßzähne zu sehen, ebenso wie kunstvoll geschnitzte Knochenhelme aus den Totenschädeln größerer Tiere. Eine Armee war erschlagen worden, dann waren ihre Knochen ausgebreitet und auf komplizierte Weise zu diesen grimmigen Stufen verzahnt worden. Die Nebel hatten schnell wieder einen Wasserschleier auf die Stufen gelegt, doch jede einzelne Stufe war fest, breit und ganz leicht nach hinten geneigt, um das Risiko auszurutschen zu verringern. Gebremst wurden die Teblor nur durch das vorsichtige Herabsteigen der Streitrosse.

Es schien, als hätte die Geröll-Lawine, die Karsa ausgelöst hatte, den Weg bis zu dem gewaltigen steinernen Sims hinab frei gemacht, wo sich der Fluss sammelte, ehe er in das darunter liegende Tal stürzte. Während der tosende Wasserwirbel zu ihrer Linken immer näher rückte und sich zu ihrer Rechten rauer zerklüfteter Fels befand, stiegen die Krieger mehr als tausend Schritt hinab, und mit jedem Schritt wurde es düsterer um sie herum.

Bleiches, geisterhaftes Licht, unterbrochen von Fetzen von dunklerem, undurchsichtigem Nebel beherrschte den Felsvorsprung, der sich auf dieser Seite des Wasserfalls erstreckte. Die Knochen bildeten eine Art ebenen Fußboden, grenzten rechts an die Felswand und schienen unter dem Fluss weiterzuführen, der nun gewaltig und monströs weniger als zwanzig Schritt entfernt zu ihrer Linken toste.

Die Pferde brauchten Ruhe. Karsa blickte Bairoth hinterher, der auf den Fluss zuritt, und warf dann einen Blick auf Delum, der nass und zitternd inmitten von Nagers Meute kauerte. Der schwache Schimmer, der von den Knochen ausging, schien einen unnatürlich kalten Lufthauch mit sich zu tragen. Alles um sie herum war irgendwie farblos und seltsam tot. Selbst die gewaltige Kraft des Flusses fühlte sich leblos an.

Bairoth kam wieder zu ihm zurück. »Kriegsführer, diese Knochen führen unter dem Fluss hindurch auf die andere Seite. Sie sind hoch aufgeschichtet, fast mannshoch – zumindest überall dort, wo ich es sehen konnte. Zehntausende müssen gestorben sein, damit dies erbaut werden konnte. Zehnmal Zehntausende. Dieser ganze Vorsprung –«

»Bairoth Gild, wir haben uns lange genug ausgeruht. Es kommen Steine von oben herunter – entweder steigt der Wächter herab, oder es gibt eine neue Lawine, um wieder zu bedecken, was wir enthüllt haben. Es muss viele solche Lawinen geben, denn die Tiefländer sind hier heraufgestiegen, und das kann nicht mehr als ein paar Tage her sein. Und doch waren die Stufen wieder vergraben, als wir angekommen sind.«

Ein plötzliches Unbehagen zeichnete sich flackernd auf Bairoths Gesicht ab, und er blickte nach oben, wo kleine Schieferbrocken vom höher gelegenen Pfad herabrieselten. Es waren mehr als noch wenige Augenblicke zuvor.

Sie holten die Pferde wieder zusammen und traten an den Rand des Vorsprungs. Der Abhang vor ihnen war zu steil, um einen Felsrutsch aufzuhalten; so weit die Teblor sehen konnten, verliefen die Stufen im Zickzack. Die Pferde scheuten davor zurück.

»Karsa Orlong, auf diesem Pfad werden wir sehr verwundbar sein.«

»Das sind wir schon die ganze Zeit, Bairoth Gild. Der Tiefländer hinter uns hat die günstigste Gelegenheit längst verpasst. Aus diesem Grunde glaube ich, dass wir ihn abgehängt haben, und dass die Steine, die wir von oben herunterfallen sehen, auf einen weiteren Felsrutsch und sonst nichts hindeuten.« Und nach diesen Worten trieb Karsa Havok vorwärts, auf die erste Stufe.

Als sie dreißig Schritt weiter unten waren, hörten sie ein schwaches Donnern von oben, ein Geräusch, deutlich tiefer als das Tosen des Flusses. Ein Steinhagel fegte in einiger Entfernung vom Klippenrand über sie hinweg. Etwas später folgte schlammiger Regen.

Sie gingen weiter, bis die Müdigkeit in ihre Glieder kroch. Die Nebel schienen schon seit einiger Zeit etwas heller geworden zu sein, doch vielleicht hatten sich ihre Augen auch nur allmählich an das Zwielicht gewöhnt. Das Rad der Sonne und das Rad der Sterne zogen ungesehen und ohne selbst zu sehen über sie hinweg. Die einzige Möglichkeit, das Verstreichen der Zeit abzuschätzen, boten ihnen Hunger und ihre Erschöpfung. Sie würden erst Halt machen, wenn sie ganz unten angekommen waren. Karsa hatte schon längst aufgehört, die Serpentinen zu zählen; was er für tausend Schritte gehalten hatte, erwies sich als weit, weit mehr. Neben ihnen stürzte der Fluss, der jetzt nur noch aus Gischt bestand, in die Tiefe, eine zischende, bitterkalte Sintflut, die alles ausfüllte und ihnen die Sicht nahm, so dass sie weder das Tal unter ihnen noch den Himmel über ihnen sehen konnten. Ihre Welt hatte sich auf zwei Dinge verengt: die endlosen Knochen unter ihren Mokassins und die nackte Felswand.

Sie erreichten einen weiteren Sims, und plötzlich waren die Knochen fort, begraben unter glucksendem, nassem Schlamm und wirren Büscheln leuchtend grüner Gräser. Überall lagen die moosbewachsenen Zweige umgestürzter Bäume herum. Der Nebel verbarg alles andere.

Die Pferde warfen die Köpfe hoch, als sie endlich auf ebenen Boden geführt wurden. Delum und die Hunde hockten sich hin; die ganze Meute war ein einziger Klumpen aus nassem Fell und nasser Haut. Bairoth stolperte zu Karsa. »Kriegsführer, ich bin beunruhigt.«

Karsa runzelte die Stirn. Seine Beine zitterten unter ihm, und er konnte nichts tun, um seine Muskeln dazu zu bringen, damit aufzuhören. »Warum, Bairoth Gild? Wir haben es geschafft. Wir sind den Knochenpass hinabgestiegen.«

»Ja.« Bairoth hustete und sagte dann: »Und in nicht allzu langer Zeit werden wir wieder an diesen Ort kommen – um hinaufzusteigen.«

Karsa nickte langsam. »Ich habe darüber nachgedacht, Bairoth Gild. Die Tiefländer schwärmen über unser Plateau. Es gibt andere Pässe, gleich im Süden unserer Lande, der Gebiete der Uryd – es muss welche geben, denn sonst wären die Tiefländer niemals bei uns da oben aufgetaucht. Unsere Heimreise wird uns am Steilabbruch entlang nach Westen führen, und wir werden diese verborgenen Pässe finden.«

»Den ganzen Weg durch das Gebiet der Tiefländer? Wir sind nur zu zweit, Karsa Orlong! Ein Überfall auf das Gehöft am Silbersee ist eine Sache, aber einem ganzen Stamm den Krieg zu erkären, das ist Wahnsinn! Wir werden den ganzen Weg gejagt und verfolgt werden – das ist unmöglich zu schaffen!«

»Gejagt und verfolgt?« Karsa lachte. »Was ist daran so neu? Komm, Bairoth Gild, wir müssen weg von diesem Fluss und einen trockenen Ort finden. Da drüben, zu unserer Linken, kann ich Baumwipfel sehen. Wir werden ein Feuer machen. Wir werden wieder wissen, wie es ist, sich warm zu fühlen und einen vollen Bauch zu haben.«

Der Sims führte sanft eine Geröllhalde hinunter, die größtenteils unter Moosen, Flechten und fruchtbarer, dunkler Erde verborgen war; dahinter erwartete sie ein Wald aus uralten Rotholzbäumen und Zedern. Am Himmel über ihnen gab es einen kleinen Flecken Blau, und hier und da waren ein paar Sonnenstrahlen zu sehen. Sobald sie im Wald waren, wurde der Nebel dünner, wurde zu modriger Feuchtigkeit, und es roch nach verrottendem Laub. Die Krieger gingen noch ungefähr fünfzig Schritt weiter, bis sie einen Streifen Sonnenlicht fanden; eine kranke Zeder war hier schon vor einiger Zeit umgefallen. Schmetterlinge tanzten in der goldenen Luft, und auf allen Seiten umgab sie das sanfte, gleichmäßige Raspeln von Kiefernbohrern. Das große, in die Luft ragende Wurzelgeflecht der Zeder hatte dort, wo der Baum früher gestanden hatte, einen kahlen Flecken Felsgestein hinterlassen. Dieser Fels war trocken und lag voll im Sonnenlicht.

Karsa begann damit, die Vorräte von den Pferden abzuschnallen, während Bairoth sich daranmachte, abgestorbenes Holz von der Zeder zusammenzusuchen. Delum fand ein moosbewachsenes, von der Sonne gewärmtes Plätzchen und rollte sich zum Schlafen zusammen. Karsa überlegte kurz, ob er ihm die nassen Kleider ausziehen sollte, doch als er sah, wie sich der Rest der Meute um Delum herumdrängte, zuckte er nur die Schultern und entlud weiter die Pferde.

Kurze Zeit später saßen die beiden Krieger nackt auf dem Felsen, während ihre Kleider in der Nähe des Feuers über Wurzeln hingen. Langsam wich die Kälte aus Muskeln und Knochen.

»Am anderen Ende dieses Tals«, sagte Karsa, »wird der Fluss breiter und bildet eine Niederung, bevor er den See erreicht. Die Seite, auf der wir jetzt sind, wird zum Südufer des Flusses. In der Nähe der Mündung gibt es eine Felsnadel, die unsere Sicht nach rechts behindert. Direkt dahinter, am südwestlichen Ufer, liegt das Gehöft der Tiefländer. Wir sind beinahe da, Bairoth Gild.«

Der Krieger auf der anderen Seite der Feuerstelle rollte die Schultern. »Sag mir, dass wir bei Tageslicht angreifen werden, Kriegsführer. Ich habe einen tiefen Hass auf die Dunkelheit entwickelt. Der Knochenpass hat mein Herz schrumpfen lassen.«

»Bei Tageslicht soll es also sein«, antwortete Karsa und entschloss sich, Bairoths letztes Geständnis nicht weiter zu beachten, denn die Worte hatten etwas in ihm zum Klingen gebracht und einen sauren Geschmack in seinem Mund hinterlassen. »Die Kinder werden auf den Feldern arbeiten und den befestigten Teil des Gehöfts nicht mehr rechtzeitig erreichen können. Sie werden uns auf sich zustürmen sehen und Entsetzen und Verzweiflung kennen lernen.«

»Das gefällt mir, Kriegsführer.«

Der Rotholz- und Zedernwald bedeckte das gesamte Tal; nirgends gab es Anzeichen von großflächigen Rodungen oder auch nur Hinweise darauf, dass hier gelegentlich Holz geschlagen wurde. In dem dichten Unterholz ließ sich kaum jagdbares Wild auftreiben, und die Tage vergingen in diffusem Zwielicht; nur an den Stellen, an denen ein Baum umgestürzt und eine Lücke im dichten Laubdach entstanden war, war es etwas heller. Die Essensvorräte der Teblor schwanden schnell dahin; die Pferde wurden bei einer Diät aus Blaublatt, Kallamoos und bitterem Wein immer dünner, und die Hunde mussten notgedrungen verrottetes Holz, Beeren und Käfer fressen.

Am Mittag des vierten Tags verengte sich das Tal, und sie waren gezwungen, näher an den Fluss heranzugehen. Bisher hatten die Teblor – um sicherzustellen, dass sie unentdeckt blieben – sich immer im dichten Wald gehalten, weit weg von dem einzigen Pfad, der am Fluss entlangführte. Aber jetzt, endlich, näherten sie sich dem Silbersee.

Sie erreichten die Mündung des Flusses, als die Abenddämmerung gerade hereinbrach und das Rad der Sterne am Himmel über ihnen erwachte. Der Pfad, der längs des mit Felsen übersäten Flussufers verlief, war erst vor kurzem in nordwestlicher Richtung benutzt worden, aber es gab keinerlei Anzeichen, dass jemand zurückgekommen war. Die Luft über dem dahinbrausenden Wasser war frisch. Dort, wo sich der Fluss in den See ergoss, hatten Sand und Geröll eine breite Insel voller Treibholz gebildet. Nebelschwaden hingen über dem Wasser, so dass die fernen Ufer im Norden und Osten des Sees kaum zu erkennen waren. An jenen Ufern reichten die Berge bis an den See, umspielten die von einer frischen Brise gekräuselten Wellen ihren Fuß.

Karsa und Bairoth stiegen ab und machten sich daran, ihr Lager aufzuschlagen, obwohl sie in dieser Nacht kein Feuer entzünden würden.

»Die Spuren stammen von den Tiefländern, die du getötet hast«, sagte Bairoth nach einer Weile. »Ich frage mich, was sie wohl an jenem Ort wollten, an dem die Dämonin eingesperrt gewesen war.«

Karsa zuckte gleichgültig die Schultern. »Vielleicht hatten sie vor, sie zu befreien.«

»Das glaube ich nicht, Karsa Orlong. Die Zauberei, die sie benutzt haben, um dich anzugreifen, war von einem Gott abgeleitet. Ich glaube, sie sind gekommen, um sie anzubeten; vielleicht konnte die Seele der Dämonin ja aus dem Körper gezogen werden, so wie bei den Gesichtern im Fels. Vielleicht war es für die Tiefländer aber auch die Heimstatt eines Orakels – oder sogar ihres Gottes.«

Karsa musterte seinen Kameraden mehrere Herzschläge lang, dann sagte er: »Bairoth Gild, in deinen Worten ist Gift. Diese Dämonin war keine Göttin. Sie war eine Gefangene des Steins. Die Gesichter im Fels sind wahre Götter. Das kann man überhaupt nicht vergleichen.«

Bairoth zog die buschigen Augenbrauen hoch. »Karsa Orlong, ich vergleiche nicht. Die Tiefländer sind närrische Kreaturen, im Gegensatz zu den Teblor. Die Tiefländer sind Kinder und anfällig für Selbsttäuschungen. Warum sollten sie die Dämonin nicht angebetet haben? Sag mir, hast du eine lebende Präsenz in jener Zauberei gespürt, als sie dich getroffen hat?«

Karsa dachte nach. »Da war ... etwas. Es hat gekratzt und gespuckt und gefaucht. Ich habe es weggeschleudert, und daraufhin ist es geflohen. Dann war es also nicht die Macht der Dämonin.«

»Nein, das war es nicht, denn sie war längst fort. Vielleicht haben sie den Stein angebetet, der sie festgehalten hat – auch in dem war Magie.«

»Aber keine lebendige, Bairoth Gild. Ich kann der Richtung, in die sich deine Gedanken bewegen, nicht folgen, und diese sinnlosen Worte ermüden mich.«

»Ich glaube«, fuhr Bairoth hartnäckig fort, »dass die Knochen des Knochenpasses von jenem Volk stammen, das die Dämonin eingesperrt hatte. Und *das* beunruhigt mich, Karsa Orlong, denn diese Knochen sehen denen der Tiefländer sehr ähnlich – sicher, sie sind dicker, aber dennoch kindlich. Tatsächlich wäre es doch möglich, dass die Tiefländer mit jenem uralten Volk verwandt sind.«

»Na und?« Karsa stand auf. »Ich will nichts mehr davon hören. Deine einzige Aufgabe ist es jetzt, dich auszuruhen, morgen früh bei Anbruch der Morgendämmerung aufzustehen und deine Waffen bereitzumachen. Denn morgen werden wir Kinder erschlagen.« Er ging hinüber zu den Pferden, die ein paar Schritte entfernt unter den Bäumen standen. Delum saß ganz in der Nähe inmitten der Hunde und hielt Nagers dreibeinige Gefährtin in den Armen. Geistesabwesend streichelte er den Kopf des Tiers. Karsa starrte Delum noch einen Augenblick an, dann drehte er sich um und machte sein Nachtlager bereit.

Das Rauschen des Flusses war das einzige Geräusch, während das Rad der Sterne langsam über den Himmel wanderte. Irgendwann in der Nacht drehte sich der Wind und trug den Geruch von Holzrauch und Vieh und – einmal – auch das schwache Gebell eines Hundes zu ihnen herüber. Karsa lag wach auf seinem Moosbett und betete zu Urugal, dass der Wind sich bei Sonnenaufgang nicht wieder drehen würde. Auf den Höfen der Tiefländer gab es immer Hunde, die aus den gleichen Gründen gehalten wurden, aus denen die Teblor Hunde hielten. Scharfe Ohren und feine Nasen, immer schnell dabei, Fremde anzukündigen. Aber diese Hunde würden Züchtungen der Tiefländer sein – kleiner als die der Teblor. Nager und seine Meute würden kurzen Prozess mit ihnen machen. Und es würde keine Vorwarnung geben ... solange sich der Wind nicht drehte.

Er hörte, wie Bairoth aufstand und zu der Stelle ging, wo die Meute schlief.

Karsa warf einen Blick hinüber und sah, dass Bairoth sich neben Delum gekauert hatte. Die Hunde hoben fragend die Köpfe und schauten zu, wie Bairoth Delum über das Gesicht strich.

Es dauerte einen Moment, bis Karsa klar wurde, was da gerade geschah. Bairoth bemalte Delums Gesicht mit der Kampfmaske in schwarz, grau und weiß, den Farben der Uryd. Die Kampfmaske war Kriegern vorbehalten, die wissentlich in den Tod ritten; es war eine Ankündigung, dass das Schwert nie wieder in die Scheide gesteckt werden würde. Doch es war ein Ritual, das traditionellerweise alternden Kriegern zugestanden wurde, die sich entschlossen hatten, einen letzten Raubzug zu unternehmen, um zu vermeiden, mit dem Stroh des Nachtlagers am Rücken zu sterben. Karsa stand auf.

Falls Bairoth ihn kommen hörte, ließ er es sich jedenfalls nicht anmerken. Tränen rannen dem massigen Krieger über das breite, derbe Gesicht, während Delum, der vollkommen reglos dalag, aus weit aufgerissenen Augen zu ihm hinaufstarrte, ohne ein einziges Mal zu blinzeln.

»Er versteht nicht, was geschieht, aber ich verstehe es sehr wohl«, grollte Karsa. »Bairoth Gild, du entehrst jeden Uryd-Krieger, der je die Kampfmaske getragen hat.«

»Tue ich das, Karsa Orlong? Jene Krieger, die alt geworden und zu einem letzten Kampf ausgezogen sind – es ist nichts Ruhmreiches in ihrer Tat, nichts Ruhmreiches in ihrer Kampfmaske. Du bist blind, wenn du etwas anderes glaubst. Die Farbe verbirgt nichts – die Verzweiflung steht ihnen unverfälscht in den Augen. Sie sind am Ende ihres Lebens angelangt und haben herausgefunden, dass dieses Leben keinen Sinn hatte. Dieses Wissen treibt sie aus den Dörfern, treibt sie in die Ferne, um dort einen schnellen Tod zu suchen.« Bairoth war mit der schwarzen Farbe fertig und fuhr nun mit der weißen fort, verstrich sie mit drei Fingern auf Delums breiter Stirn. »Sieh deinem Freund in die Augen, Karsa Orlong. Sieh genau hin.«

»Ich sehe nichts«, murmelte Karsa, erschüttert von Bairoths Worten.

»Delum sieht das Gleiche, Kriegsführer. Er sieht … nichts. Doch im Gegensatz zu dir wendet er sich nicht davon ab. Stattdessen sieht er mit voller Einsicht. Er sieht und ist entsetzt.«

»Du redest wirres Zeug, Bairoth Gild.«

»Das tue ich nicht. Du und ich, wir sind Teblor. Wir sind Krieger. Wir können Delum keinen Trost bieten, und so hält er sich an diese Hündin, an dieses Tier, dessen Augen von seinem Elend künden. Denn was er jetzt sucht, ist Trost. Tatsächlich ist es sogar das Einzige, was er sucht. Warum schenke ich ihm die Kampfmaske? Er wird heute sterben, Karsa Orlong, und vielleicht wird das Trost genug für Delum Thord sein. Ich bete zu Urugal, dass dem so ist.«

Karsa warf einen Blick zum Himmel hinauf. »Das Rad der Sterne ist fast vorübergezogen. Wir müssen uns bereitmachen.«

»Ich bin fast fertig, Kriegsführer.«

Die Pferde bewegten sich unruhig, als Karsa Blutöl in die hölzerne Klinge seines Schwerts rieb. Die Hunde waren jetzt auf den Beinen, rannten ruhelos auf und ab. Bairoth beendete seine Malerei auf Delums Gesicht und stand auf, um sich um seine eigenen Waffen zu kümmern. Die dreibeinige Hündin strampelte in Delums Armen, doch er hielt das Tier nur noch fester umklammert, bis ein leises Knurren von Nager den wimmernden Krieger dazu brachte, seinen Griff etwas zu lockern.

Karsa befestigte die Rüstung aus gekochtem Leder an Havoks Brust, Hals und Beinen. Als er fertig war, drehte er sich um und sah, dass Bairoth bereits auf seinem Pferd saß. Delums Streitross war ebenfalls gerüstet, doch es stand ohne Zaumzeug. Die Tiere zitterten.

»Kriegsführer, die Beschreibungen deines Großvaters waren bisher unfehlbar. Erzähle mir von der Anordnung des Gehöfts.«

»Ein aus Baumstämmen gebautes Haus von der Größe zweier Uryd-Häuser, mit einem oberen Stockwerk unter einem steilen Dach. Schwere Fensterläden mit Schießscharten für Bogenschützen, je eine dicke, leicht zu verbarrikadierende Tür auf der Vorder- und der Rückseite. Es gibt drei Außengebäude; eins hat eine gemeinsame Wand mit dem Haus und beherbergt das Vieh. Das zweite ist die Schmiede, während das letzte aus mit Gras bedeckter Erde erbaut ist und wahrscheinlich früher das erste Heim war, bevor das Holzhaus gebaut wurde. Es gibt außerdem noch eine Anlegestelle am Seeufer und Pfähle, um Schiffe zu vertäuen. Und schließlich wird es noch eine Koppel für die kleinen Pferde der Tiefländer geben.«

Bairoth runzelte die Stirn. »Kriegsführer, wie viele Generationen Tiefländer hat es seit Pahlks Raubzug geben?«

Karsa schwang sich auf Havoks Rücken. Er zuckte zur Antwort auf Bairoths Frage die Schultern. »Genug. Bist du fertig, Bairoth Gild?«

»Führe mich, Kriegsführer.«

Karsa lenkte Havok auf den Pfad entlang des Flusses. Die Mündung befand sich zu seiner Linken. Zu seiner Rechten ragte ein mächtiger Felsklotz mit baumbestandenem Gipfel in die Höhe, der sich über das Seeufer neigte. Zwischen der Felsnadel und dem See erstreckte sich ein breiter, mit runden Kieselsteinen übersäter Strand.

Der Wind hatte nicht gedreht. Die Luft roch nach Rauch und Mist. Die Hunde des Gehöfts blieben stumm.

Karsa zog sein Schwert und hielt die glänzende Klinge schräg vor Havoks Nüstern. Der Kopf des Streitrosses ruckte hoch. Der Trab wurde zu einem leichten Galopp, hinaus auf den kiesigen Strand, mit dem See zur Linken, während die Felswand rechter Hand zurückblieb. Hinter sich hörte er Bairoths Pferd, hörte Hufe auf Kieselsteinen trommeln – und noch weiter hinten hörte er die Hunde, Delum und sein Pferd, wobei Letzteres sich absichtlich zurückfallen ließ, um neben seinem ehemaligen Herrn zu bleiben.

Nachdem sie an der Felsnadel vorbei wären, würden sie scharf nach rechts abbiegen und binnen weniger Augenblicke über die nichts ahnenden Kinder des Gehöfts herfallen.

Leichter Galopp wurde zum Galopp.

Die Felsmauer verschwand, vor ihnen erstreckten sich ebene, bepflanzte Felder.

Galopp wurde zu vollem Galopp.

Da war das Gehöft – rauchgeschwärzte Ruinen, die hinter zahlreichen großen Getreidepflanzen kaum zu sehen waren – und direkt dahinter entlang des Seeufers und bis zum Fuß eines Berges hin sich ausbreitend – eine Stadt.

Große, steinerne Gebäude, steinerne Kais, Docks aus Holzplanken und Boote drängten sich am Ufer des Sees. Eine Steinmauer, die ungefähr so hoch war wie ein ausgewachsener Tiefländer, umschloss den größten Teil der Ansiedlung landeinwärts. Eine Hauptstraße, ein Tor, flankiert von niedrigen Türmen mit flachen Dächern. Holzrauch trieb über den Schieferdächern dahin.

Auf den Türmen waren Gestalten zu erkennen.

Noch mehr Tiefländer – mehr als man zählen konnte –, die alle hin und her hasteten, als eine Glocke zu läuten begann. Sie rannten von den Kornfeldern auf das Tor zu und warfen ihre Ackergeräte weg.

Bairoth brüllte irgendetwas hinter Karsa. Es war kein Kriegsschrei. Seine Stimme klang beunruhigt. Karsa, der den ersten Bauern schon beinahe erreicht hatte, achtete nicht weiter darauf. Er würde ein paar im Vorbeireiten erledigen, ohne dabei sein Tempo zu verlangsamen. Sollte sich doch die Meute über diese Kinder hier draußen hermachen. Er wollte die in der Stadt – diejenigen, die hinter dem sich jetzt schließenden Tor und den kümmerlichen Mauern hockten.

Das Schwert blitzte auf, schlug einem Bauern den hinteren Teil des Kopfs ab. Havok überrannte eine Bäuerin, zertrampelte die kreischende Frau unter seinen Hufen.

Das Tor schlug dröhnend zu.

Karsa lenkte Havok zu einer Stelle etwas links vom Tor, den Blick fest auf die Mauer geheftet, während er sich nach vorn lehnte. Ein Armbrustbolzen zischte an ihm vorbei, bohrte sich zehn Schritte zu seiner Rechten in die von Furchen durchzogene Erde. Ein anderer pfiff über seinen Kopf hinweg.

Kein Tiefländer-Pferd hätte diese Mauer überspringen können, aber Havok war sechsundzwanzig Handspannen hoch – er war fast doppelt so groß und schwer wie eine der Züchtungen der Tiefländer. Mit schwellenden Muskeln und angezogenen Beinen machte das riesige Streitross einen Satz und sprang anscheinend ohne große Anstrengung über die Mauer.

Und krachte dahinter mit den Vorderhufen voran in das schräge Dach einer Hütte. Schieferschindeln zersplitterten, Holzbalken brachen. Das kleine Gebäude fiel unter ihnen in sich zusammen, Hühner rannten wild durcheinander, während Havok taumelte, mit strampelnden Beinen nach einem Halt suchte und schließlich hinaus auf die schlammige, von Wagenspuren durchfurchte Straße schoss.

Ein anderes Gebäude – diesmal mit steinernen Mauern – ragte vor ihnen auf. Havok schwenkte nach rechts. Eine Gestalt erschien plötzlich im Eingang des Gebäudes, ein rundes Gesicht mit weit aufgerissenen Augen. Karsas diagonal geführter Hieb spaltete dem Tiefländer praktisch noch auf der Türschwelle den Schädel. Er drehte sich einmal um sich selbst, ehe seine Beine nachgaben.

Mit donnernden Hufen trug Havok Karsa die Straße entlang auf das Tor zu. Der Uryd konnte hören, dass es auf den Feldern und der Straße draußen ein Gemetzel gab – es schien, als wären die meisten Arbeiter außerhalb der Stadt gefangen. Ein Dutzend Wachen hatte es geschafft, das Tor mit einem Querbalken zu sichern. Sie wollten gerade ausschwärmen, um ihre Verteidigungspositionen einzunehmen, als der Kriegsführer über sie hereinbrach.

Ein eiserner Helm wurde zermalmt und vom Kopf des sterbenden Kindes gerissen, als hätte er sich in der Klinge festgebissen. Ein Rückhandhieb trennte einem anderen Kind den Arm und die Schulter ab. Havok zertrampelte einen dritten Wächter, drehte sich und trat mit der Hinterhand aus, schleuderte ein viertes Kind durch die Luft; es krachte gegen das Tor, und sein Schwert trudelte davon.

Ein Langschwert – seine Klinge in Karsas Augen so kümmerlich wie die eines langen Messers – traf seinen ledergepanzerten Oberschenkel, ging durch zwei, vielleicht auch drei der gehärteten Schichten, bevor es zurückprallte. Karsa rammte dem Tiefländer seinen Schwertknauf ins Gesicht, spürte, wie die Knochen brachen. Ein Tritt schleuderte das Kind beiseite. Gestalten wichen voller Panik vor ihm zurück. Lachend trieb Karsa Havok vorwärts.

Er hieb einen weiteren Wächter nieder, während die anderen die Straße hinunterrannten.

Etwas traf den Teblor im Rücken, gefolgt von einem kurzen, stechenden Schmerz. Karsa griff nach hinten, zog den Armbrustbolzen heraus und warf ihn weg. Er schwang sich aus dem Sattel, den Blick auf das gesicherte Tor gerichtet. Metallriegel waren über den Balken geschlossen worden, hielten die dicke Planke an Ort und Stelle.

Er ging drei Schritte zurück, senkte eine Schulter – und warf sich gegen das Tor.

Die eisernen Bolzen, mit denen die Angeln zwischen den mit Mörtel verbundenen Steinblöcken befestigt waren, wurden durch den Aufprall herausgerissen, und das ganze Tor kippte nach außen. Der Turm rechts von Karsa knirschte und sackte plötzlich ein Stück ab. Aus seinem Innern erklangen Schreie. Einzelne Steinbrocken lösten sich aus der Mauer.

Fluchend wich der Teblor auf die Straße zurück, als der gesamte Turm in einer Staubwolke zusammenbrach.

Die wirbelnde weiße Wolke hatte sich noch nicht wieder gesenkt, da kam Bairoth herangeritten; blutige Fäden hingen von seinem Blutschwert, sein Pferd setzte in einem Sprung über das Geröll hinweg. Die Hunde folgten ihm, und mit ihnen kamen Delum und sein Pferd. Delum Thords Mund war blutverschmiert, und Karsa wurde plötzlich klar, dass der Krieger einem Bauern mit seinen Zähnen die Kehle zerrissen hatte – wie ein Hund. Die Tatsache versetzte ihm einen leichten Schock.

Schlamm spritzte, als Bairoth sein Pferd zum Stehen brachte.

Karsa schwang sich wieder auf Havoks Rücken, zog das Streitross herum, um sich der Straße zuzuwenden.

Ein gutes Dutzend Männer mit Piken kam im Laufschritt herangeeilt, ihre langschäftigen Waffen wogten, die eisernen Klingen glänzten im Licht des Morgens. Sie waren immer noch dreißig Schritt entfernt.

Ein Armbrustbolzen prallte am Hinterteil von Bairoths Pferd ab; er war von einem Fenster im oberen Stockwerk eines der nahe gelegenen Häuser gekommen.

Von irgendwo außerhalb der Mauer war Hufgetrappel zu hören.

Bairoth grunzte. »Wir werden kämpfen müssen, wenn wir uns zurückziehen, Kriegsführer.«

»Uns zurückziehen?« Karsa lachte. Er deutete mit dem Kinn auf die vorrückenden Pikenträger. »Das können nicht mehr als dreißig sein, und Kinder mit langen Speeren sind immer noch Kinder, Bairoth Gild. Komm, lass sie uns auseinander jagen!«

Mit einem Fluch griff Bairoth nach seiner Bärenschädel-Bola. »Dann reite voran, Karsa Orlong, damit sie nicht sehen können, was ich vorhabe.«

Karsa fletschte vor Begeisterung die Zähne und drängte Havok vorwärts. Die Hunde schwärmten zu beiden Seiten hin aus; Delum fand ganz außen rechts seinen Platz.

Voraus senkten sich die Piken langsam, schwankten in Brusthöhe, als das Karree Halt machte, um sich zu postieren.

Die Fenster in den oberen Stockwerken öffneten sich, und Gesichter erschienen, um dem Schauspiel zuzusehen, das nun bevorstand.

»Urugal!«, brüllte Karsa, während er Havok zum Galopp trieb. »Sei mein Zeuge!« Hinter sich hörte er Bairoth, der genauso schnell vorwärts preschte, und in das Hufgetrappel mischte sich das dumpfe Surren des Bärenschädels, der immer schneller durch die Luft wirbelte.

Zehn Schritt vor den Piken brüllte Bairoth auf. Karsa duckte sich tief und lenkte Havok etwas nach links, während er ihn gleichzeitig etwas zügelte.

Etwas Schweres zischte an ihm vorbei, und als Karsa sich umdrehte, sah er, wie die riesige Bola in das Karree der Pikenträger krachte.

Tödliches Chaos. Drei der fünf Reihen lagen am Boden. Durchdringende Schreie.

Und dann waren die Hunde über ihnen, gefolgt von Delums Pferd.

Karsa riss sein Streitross erneut herum und ritt auf das zerschmetterte Karree los, kam gerade noch rechtzeitig, um sich gemeinsam mit Bairoth ins Getümmel zu stürzen. Sie mussten nur gelegentlich eine zappelnde Pike beiseite schlagen, um binnen zwanzig Herzschlägen die Kinder niederzumetzeln, die die Hunde noch nicht zur Strecke gebracht hatten.

»Kriegsführer!«

Karsa zog sein Blutschwert aus seinem letzten Opfer und drehte sich zu Bairoth um, von dem der Ruf gekommen war.

Noch ein Karree aus Soldaten, diesmal flankiert von Armbrustschützen. Fünfzig, vielleicht auch sechzig Mann stark, am hinteren Ende der Straße.

Mit finsterem Gesicht warf Karsa einen Blick zurück zum Tor. Zwanzig berittene Kinder in Plattenpanzern und Kettenhemden tauchten langsam aus dem Staub hervor; ihnen folgten noch mehr zu Fuß, einige davon mit kurzen Bögen bewaffnet, andere mit doppelschneidigen Äxten, Schwertern oder Speeren.

»Führe mich, Kriegsführer!«

Karsa starrte Bairoth wütend an. »Das werde ich, Bairoth Gild!« Er zog Havok herum. »Wir nehmen diese Seitenstraße, Richtung Seeufer – wir werden unsere Verfolger umgehen. Sag mir, Bairoth Gild, haben wir für deinen Geschmack genug Kinder erschlagen?«

»Ja, Karsa Orlong.«

»Dann folge mir!«

Die Seitenstraße war beinahe ebenso breit wie die Hauptstraße und führte kerzengerade zum See hinunter. Sie wurde von Wohngebäuden, Läden und Lagerhäusern gesäumt. In den Fenstern, den Türöffnungen und den Mündungen der Seitengässchen waren schattenhafte Gestalten zu sehen, als die beiden Teblor vorbeidonnerten. Die Straße endete zwanzig Schritt vom Ufer entfernt. Der Streifen zwischen Straße und Ufer, über den ein breiter, holzbeplankter Ladeweg zu den Docks und Piers führte, war mit Müllhaufen übersät; besonders auffällig war ein großer Haufen aus gebleichten Knochen, aus dem Pfähle ragten, an denen Totenschädel befestigt waren.

Teblor-Schädel.

Inmitten dieses Abfallstreifens standen auf jedem freien Fleckchen Erde verwahrloste Hütten und Zelte. Dutzende von Kindern tauchten daraus auf, die vor Waffen nur so strotzten. Ihre grob gewebten Kleider waren mit Teblor-Amuletten und -Skalps geschmückt, und sie musterten die näher kommenden Krieger mit harten Blicken, während sie langschäftige Äxte, Zweihand-Schwerter und schwere Hellebarden hoben. Andere trugen kräftige, doppelt geschwungene Bögen, an deren Sehnen sie überlange, mit Widerhaken versehene Pfeile gelegt hatten. Sie spannten sie und brachten sie in Anschlag.

Entsetzen und Wut zugleich veranlassten Bairoth, sein Streitross mit lautem Gebrüll zum Angriff auf diese schweigende, tödliche Kinderschar zu treiben.

Pfeile schossen heran.

Bairoths Pferd wieherte schrill, stolperte und stürzte zu Boden. Bairoth taumelte, sein Schwert flog durch die Luft, als er erst gegen eine aus jungen Bäumen errichtete Hütte prallte und dann hindurchbrach.

Noch mehr Pfeile kamen geflogen.

Karsa riss Havok scharf herum, sah zu, wie ein Pfeil an seinem Oberschenkel vorbeisurrte, und hatte dann die ersten Tiefländer erreicht. Das Blutschwert krachte gegen den bronzebeschlagenen Schaft einer Axt, der Aufprall riss dem Mann die Waffe aus den Händen. Karsas linke Hand schoss vor, um eine andere Axt aufzuhalten, die gegen Havoks Kopf geschwungen wurde. Er riss sie dem Mann aus den Händen, schleuderte sie beiseite, streckte die Hand noch weiter aus, um den Tiefländer im Genick zu packen, und riss ihn mit sich, während er weiter vorwärts sprengte. Er drückte einmal kräftig zu, und der Kopf knickte zur Seite ab, während der Körper noch zuckte und einen Pissefaden hinter sich herzog. Karsa schleuderte den Leichnam beiseite.

Plötzlich wurde Havoks Vorwärtsstürmen abrupt gebremst. Das Streitross wieherte schrill auf und begann zu taumeln. Blut schoss aus seinem Maul und seinen Nüstern, während es eine schwere Pike mitschleifte, deren eiserne Spitze sich tief in seine Brust gegraben hatte.

Das Tier stolperte und brach nach einem letzten Schwanken zusammen.

Karsa brüllte seine Wut heraus und sprang vom Rücken seines sterbenden Streitrosses. Eine Schwertspitze zischte auf ihn zu, doch der

Teblor schlug sie beiseite. Er landete auf mindestens drei unter seinem Gewicht zu Boden stürzenden Kindern und hörte unter sich die Knochen brechen, als er sich von ihnen herunterwälzte.

Dann war er wieder auf den Beinen, das Blutschwert fraß sich durch das Gesicht eines Tiefländers, trennte einen schwarzbärtigen Unterkiefer vom Schädel. Eine scharfe Klinge zog eine tiefe Furche über seinen Rücken. In einer blitzschnellen Drehbewegung schwang Karsa seine Klinge unter die ausgestreckten Arme des Angreifers. Der Hieb drang tief zwischen die Rippen bis ans Brustbein.

Er zerrte wild, riss sein Schwert wieder frei; der Körper des sterbenden Tiefländers überschlug sich mehrmals, als er an ihm vorbeiflog.

Schwere Waffen, von denen viele mit zusammengeknoteten Teblor-Fetischen versehen waren, umgaben ihn – jede begierig darauf, Teblor-Blut zu trinken. Sie behinderten einander zwar immer wieder, doch Karsa hatte trotzdem alle Hände voll zu tun, als er die Waffen beiseite schlug, um sich den Weg freizukämpfen. Er tötete zwei weitere Angreifer.

Jetzt hörte er auch andere Kampfgeräusche, ganz in der Nähe, aus der Hütte, in die Bairoth gestürzt war, und hier und da das Schnappen und Knurren der Hunde.

Bislang hatten seine Angreifer keinen Laut von sich gegeben. Nun schrien sie alle in ihrer schnatternden Sprache, und auf ihren Gesichtern lag ein entsetzter Ausdruck, als Karsa erneut herumwirbelte und – obwohl er mehr als ein Dutzend vor sich sah – angriff. Sie spritzten auseinander, doch hinter ihnen kam eine halbkreisförmige Reihe von Tiefländern mit Bögen und Armbrüsten zum Vorschein.

Sehnen surrten.

Brennender Schmerz an Karsas Hals, zwei Treffer an seiner Brust, ein anderer an seinem rechten Oberschenkel. Doch der Kriegsführer ignorierte sie alle und griff den Halbkreis an.

Noch mehr Schreie gellten, und diejenigen, die auseinander gerannt waren, setzten ihm nach, doch dafür war es zu spät. Karsas Schwert war nur noch ein verwischter Schemen, als er auf die Bogenschützen einhieb. Gestalten wandten sich zur Flucht. Starben, taumelten davon, während Blutfontänen durch die Luft spritzten. Schädel barsten. Karsa hieb sich entlang der Reihe einen Weg frei und ließ eine Spur aus teils noch zuckenden, teils bereits reglosen Körpern hinter sich zurück. Mittlerweile hatte ihn die erste Gruppe von Angreifern erreicht. Er wirbelte auf der Stelle herum, um sich ihnen entgegenzustellen, lachte über das Entsetzen in ihren winzigen, runzligen, dreckverschmierten Gesichtern und warf sich dann einmal mehr mitten unter sie.

Sie brachen ein. Warfen die Waffen weg, stolperten und strauchelten in ihrer Panik. Karsa tötete einen nach dem anderen, bis niemand mehr in Reichweite seines Blutschwerts war. Dann richtete er sich hoch auf.

Wo Bairoth gekämpft hatte, lagen die Leichen von sieben Tiefländern in einem unregelmäßigen Kreis, doch von dem Teblor-Krieger war nirgendwo etwas zu sehen. Irgendwo ein Stück die Straße entlang jaulte noch immer ein Hund, und Karsa rannte zu der Stelle, wo das Geräusch herkam.

Er kam an den mit Armbrustbolzen gespickten Kadavern des Rests der Meute vorbei, konnte Nager jedoch nicht entdecken. Sie hatten eine ganze Reihe von Tiefländern getötet, bis sie schließlich gestorben waren. Als er aufblickte, sah er Delum Thord dreißig Schritt entfernt, dicht daneben sein gefallenes Pferd und fünfzehn Schritt weiter einen Haufen Dorfbewohner.

Delum kreischte. Er hatte ein Dutzend oder mehr Pfeile und Armbrustbolzen abbekommen, knapp oberhalb seiner linken Hüfte hatte ein Speer seinen Oberkörper völlig durchbohrt. Er hatte eine Blutspur zurückgelassen, doch er kroch noch immer vorwärts, dorthin, wo die Dorfbewohner die dreibeinige Hündin umringten und mit Gehstöcken, Hacken und Schaufeln totschlugen.

Wimmernd zog Delum sich weiter vorwärts, der Speer schrammte neben ihm über den Boden, Blut strömte den Schaft entlang.

Im gleichen Augenblick, als Karsa zu laufen begann, kam eine Gestalt aus der Mündung eines Seitengässchens, rannte von hinten auf Delum zu, eine langstielige Schaufel in der Hand. Hob sie hoch.

Karsa schrie eine Warnung.

Delum drehte nicht einmal den Kopf; seine Augen waren nur auf die nun tote dreibeinige Hündin geheftet, als die Schaufel auf seinen Hinterkopf krachte.

Es gab ein lautes, knirschendes Geräusch. Die Schaufel wurde weggezogen, enthüllte eine platte Stelle aus zerschmetterten Knochen und wirren Haaren.

Delum fiel vorwärts aufs Gesicht und rührte sich nicht mehr.

Sein Mörder drehte sich um, als Karsa angriff. Ein alter Mann, den zahnlosen Mund vor Entsetzen weit aufgerissen.

Karsas Abwärtshieb spaltete ihn bis zu den Hüften hinunter.

Der Kriegsführer riss sein Blutschwert aus dem Leichnam und stürmte weiter, auf die knapp ein Dutzend Dorfbewohner zu, die noch immer um den zerschlagenen Kadaver der dreibeinigen Hündin herumstanden. Sie sahen ihn und stürzten davon.

Zehn Schritt weiter lag Nager; der große Hund ließ eine eigene Blutspur zurück, während er auf den Leichnam seiner Gefährtin zukroch, wobei er die Hinterbeine nachschleppte. Er hob den Kopf, als er Karsa sah. Ein flehender Blick heftete sich auf den Kriegsführer.

Brüllend rannte Karsa zwei Dorfbewohner über den Haufen, ließ ihre zuckenden Körper halb zertrampelt auf der schlammigen Straße zurück. Er sah einen anderen, mit einer rostfleckigen Hacke bewaffnet, zwischen zwei Häuser flitzen. Der Teblor zögerte, dann drehte er sich fluchend um und kauerte Augenblicke später neben Nager.

Die Hüfte des Hundes war zerschmettert.

Karsa blickte die Straße entlang und sah Piken schwingende Soldaten im Laufschritt heraneilen. Hinter ihnen kamen drei Berittene, die Befehle riefen. Ein schneller Blick in Richtung des Seeufers zeigte ihm, dass sich dort noch mehr Reiter sammelten; sie hatten die Köpfe in seine Richtung gedreht.

Der Kriegsführer hob Nager hoch, klemmte sich das Tier unter den linken Arm.

Dann machte er sich an die Verfolgung des Dorfbewohners mit der Hacke.

Faulendes Gemüse lag in dem schmalen Durchgang zwischen den beiden Häusern, der am hinteren Ende zu zwei eingezäunten Weiden führte. Als er auf den Pfad zwischen den beiden Zäunen kam, sah er den Mann zwanzig Schritte weiter vorn rennen. Hinter den Pferchen befand sich ein seichter Graben, der Abwasser zum See führte. Das Kind hatte ihn überquert und stürmte in ein Wäldchen aus jungen Erlen – dahinter befanden sich noch mehr Gebäude, entweder Ställe oder Lagerhäuser.

Karsa raste hinter ihm her, machte einen Satz über den Graben, Nager unter dem Arm. Die Erschütterungen verursachten dem Hund große Schmerzen, wusste der Teblor. Er überlegte kurz, ob er ihm die Kehle durchschneiden sollte.

Das Kind betrat einen Stall, noch immer die Hacke in der Hand.

Karsa folgte ihm und duckte sich tief, als er durch den Seiteneingang stürmte. Plötzlich herrschte um ihn herum Zwielicht. Es waren keine Tiere in den Ställen; das Stroh, das immer noch hoch aufgetürmt war, sah alt und feucht aus. Ein großes Fischerboot beherrschte den breiten Gang in der Mitte; es war umgedreht worden und ruhte auf Holzböcken. Zur Linken befanden sich doppelte Schiebetüren, eine von ihnen war leicht aufgeschoben, die Seile des Griffs schaukelten sanft vor und zurück.

Karsa suchte den hintersten, dunkelsten Stall und bettete Nager dort auf das Stroh. »Ich werde zurückkommen, mein Freund«, flüsterte er. »Falls ich es aber doch nicht schaffen sollte, musst du irgendwie wieder gesund werden, und dann machst du dich auf den Weg nach Hause. Nach Hause zu uns Uryd.« Der Teblor schnitt einen Lederriemen von seiner Rüstung ab, riss von seiner Gürteltasche eine Hand voll Bronzeamulette ab, die die Stammeszeichen trugen, und fädelte sie auf den Lederriemen. Er verknotete sie so fest, dass keines locker hing und somit auch kein Geräusch verursachen würde. Anschließend schlang er Nager das Behelfshalsband um den kräftigen, muskulösen Hals. Dann legte er eine Hand leicht auf die zerschmetterte Hüfte des Tiers und schloss die Augen. »Ich schenke diesem Tier die Seele der Teblor, das Herz der Uryd. Urugal, höre mich. Heile diesen großen Kämpfer. Dann schicke ihn nach Hause. Doch fürs Erste, tapferer Urugal, verberge ihn.«

Er zog die Hand zurück und schlug die Augen wieder auf. Das Tier schaute ruhig zu ihm auf. »Koste dein langes Leben aus, Nager. Wir werden uns wiedersehen, das schwöre ich beim Blute all der Kinder, die ich heute niedergemacht habe.«

Karsa packte sein Blutschwert fester, drehte sich um und verließ den Stall, ohne noch einmal zurückzublicken.

Er trottete zur Schiebetür und blickte hinaus.

Gegenüber stand ein Lagerhaus mit hohem Dach und einem mit einer Ladeplattform versehenen Heuboden unter dem mit Schieferschindeln gedeckten Dach. Aus dem Gebäude kamen Geräusche von sich schließenden Riegeln und Bolzen. Lächelnd schoss Karsa zu der Stelle, wo die Ladeketten von ihren Rollen baumelten, den Blick auf die offene Ladeluke hoch über seinem Kopf gerichtet.

Als er sein Schwert wieder hinter seiner Schulter befestigen wollte, sah er voller Überraschung, dass er förmlich mit Bolzen und Pfeilen gespickt war, und zum ersten Mal wurde ihm klar, dass viel von dem Blut, das seinen Körper bedeckte, sein eigenes war. Mit finsterem Gesicht zog er die Geschosse heraus. Dies brachte noch mehr Blut hervor, besonders von seinem rechten Oberschenkel und zwei Wunden in seiner Brust. Die mit Widerhaken besetzte Spitze eines langen Pfeils hatte sich tief in einen Rückenmuskel gegraben. Er versuchte, den Pfeil herauszuziehen, aber die Schmerzen hätten ihn beinahe ohnmächtig werden lassen. Daher benügte er sich damit, den Pfeil knapp hinter der eisernen Spitze abzubrechen. Als er das endlich geschafft hatte, fröstelte er und war schweißgebadet.

Entfernte Schreie erinnerten ihn wieder an die Soldaten und die

Stadtbewohner, die alle hinter ihm her waren, und deren Ring sich langsam um ihn schloss. Karsa packte die Ketten und machte sich daran, an ihnen emporzuklettern. Jedes Mal, wenn er den linken Arm hob, schoss ein fürchterlicher Schmerz durch seinen Rücken. Aber es war die flache Seite einer Hacke gewesen, die Nager gefällt hatte, ein zweihändig geführter Schlag von hinten – die Tat eines Feiglings. Nur das allein zählte.

Er schwang sich auf die staubigen Bretter der Plattform, stapfte leise durch die Öffnung, während er erneut sein Schwert zog.

Von unten konnte er schwere, abgehackte Atemzüge hören. Dazwischen erklang immer wieder ein leises Wimmern – eine Stimme, die zu den Göttern betete, die das Kind verehrte ... welche auch immer das sein mochten.

Karsa machte sich auf den Weg zu dem klaffenden Loch in der Mitte des Heubodens, wobei er sorgfältig darauf achtete, mit seinen Mokassins nicht zu schlurfen, damit kein Sägemehl zwischen den Bodenbrettern hindurchrieselte. Er trat an den Rand und blickte nach unten.

Der Narr kauerte direkt unter ihm – zitternd, die Hacke in der Hand – und ließ die verriegelte Tür nicht aus den Augen. Er hatte sich vor Angst nass gemacht.

Karsa packte sein Schwert andersherum, hielt es jetzt so, dass die Schwertspitze nach unten zeigte, und ließ sich dann von der Kante fallen.

Die Schwertspitze bohrte sich von oben in den Schädel des Mannes, die Klinge glitt durch Knochen und Hirn. Als Karsas volles Gewicht auf dem Boden des Lagerhauses aufkam, gab es ein lautes, splitterndes Geräusch. Sowohl der Teblor als auch sein Opfer brachen durch die Bodenbretter und stürzten hinab in den Keller. Zerschmetterte Holzbohlen prasselten rings um sie herunter. Der Keller war tief – fast so tief, wie Karsa groß war – und roch nach eingepökeltem Fisch. Im Moment war er allerdings leer.

Noch halb betäubt von dem Sturz, tastete Karsa fieberhaft nach seinem Schwert, doch er konnte es nicht finden. Es gelang ihm, seinen Kopf ein Stück weit zu heben, und er sah etwas aus seiner Brust ragen, ein rotes, halb zersplittertes Stück Holz. Er hatte sich, wie er erheitert feststellte, selbst gepfählt. Mit einer Hand tastete er weiter nach dem Schwert, auch wenn er sich ansonsten nicht bewegen konnte, doch er fand nur Holzstückchen und Fischschuppen, die, schmierig vom Salz, an seinen Fingerspitzen kleben blieben.

Über ihm waren Schritte zu hören. Blinzelnd starrte Karsa nach oben, als ein Kreis aus behelmten Gesichtern sich langsam in sein Blickfeld schob. Dann erschien das Gesicht eines anderen Kindes; dieses Kind trug keinen Helm, seine Stirn war mit einer Stammestätowierung verziert, sein Gesichtsausdruck merkwürdig freundlich. Es gab einen hitzigen, wütenden Wortwechsel, dann gestikulierte das tätowierte Kind, und alle anderen wurden still. Im Sunyd-Dialekt der Teblor sagte der Mann: »Falls du da unten stirbst, Krieger, wirst du zumindest einige Zeit frisch bleiben.«

Karsa versuchte ein weiteres Mal aufzustehen, doch der Holzschaft hielt ihn fest. Er verzog das Gesicht zu einer Grimasse und bleckte die Zähne.

»Wie heißt du, Teblor?«, fragte das Kind.

»Ich bin Karsa Orlong, der Enkel von Pahlk –«

»Pahlk? Der Uryd, der uns vor Jahrhunderten einen Besuch abgestattet hat?«

»Um Dutzende von Kindern zu erschlagen –«

Der Mann nickte ernst, während er ihn unterbrach. »Kinder – ja, es ist verständlich, dass deine Art uns so nennt. Aber Pahlk hat niemanden getötet, nicht gleich zu Anfang. Er ist vom Pass heruntergekommen, halb verhungert und im Fieber. Die ersten Bauern, die sich hier niedergelassen hatten, haben ihn bei sich aufgenommen und wieder aufgepäppelt. Erst dann hat er sie alle umgebracht und ist geflohen. Nun gut, nicht alle. Ein Mädchen ist entkommen, ist am Südufer des Sees entlang nach Orbs gegangen und hat in der dortigen Garnison erzählt – nun, sie hat ihnen alles erzählt, was sie über die Teblor wissen mussten. Mittlerweile haben uns unsere Sunyd-Sklaven natürlich noch viel mehr erzählt. Ihr seid Uryd. Wir sind noch nicht bis zu deinem Stamm gekommen – ihr habt noch keine Kopfjäger gesehen, aber das werdet ihr noch. Binnen eines Jahrhunderts wird es selbst in den abgeschiedensten Winkeln des Laederon-Plateaus keine Teblor mehr geben, da halte ich jede Wette. Die einzigen Teblor, die es dann noch gibt, werden Brandzeichen und Ketten tragen. Und auf den Fischerbooten mit Netzen hantieren, wie es die Sunyd jetzt tun. Sag mir, Karsa, erkennst du mich?«

»Du bist derjenige, der uns oberhalb des Passes entkommen ist. Der zu spät gekommen ist, um die anderen Kinder – seine Kameraden – zu warnen. Der, wie ich jetzt weiß, voller Lügen ist. Deine winzige Zunge beleidigt die Sprache der Teblor. Sie tut meinen Ohren weh.«

Der Mann lächelte. »Zu schade. Du solltest allerdings noch einmal nachdenken, Krieger. Denn ich bin alles, was zwischen dir und dem Tod steht. Vorausgesetzt, dass du nicht sowieso an deinen Wunden stirbst. Allerdings seid ihr Teblor ungewöhnlich zäh, woran meine Kameraden gerade erst wieder zu ihrem großen Entsetzen erinnert worden sind. Ich sehe keinen blutigen Schaum auf deinen Lippen, was ein gutes Zeichen ist, auch wenn das wiederum erstaunlich ist, denn du hast vier Lungenflügel, wir hingegen nur zwei.«

Eine andere Gestalt war aufgetaucht und sprach nun mit lauter Stimme auf den tätowierten Mann ein, was diesen lediglich zu einem Schulterzucken veranlasste. »Karsa Orlong von den Uryd«, rief er nach unten, »gleich werden Soldaten zu dir hinuntersteigen, um Seile an deinen Armen und Beinen zu befestigen, so dass wir dich hochziehen können. Es scheint, als ob du auf dem liegen würdest, was vom Verwalter der Stadt noch übrig ist. Das wird die Wut der Männer hier oben ein bisschen dämpfen, denn er war nicht allzu beliebt. Ich würde vorschlagen, dass du dich nicht gegen die etwas nervösen Freiwilligen des … äh … Kriegsführers wehrst, wenn du am Leben bleiben willst.«

Karsa schaute zu, wie vier Soldaten langsam an Seilen herabgelassen wurden. Er machte keine Anstalten, sich ihnen zu widersetzen, als sie seine Handgelenke, Knöchel und Oberarme grob fesselten – dazu wäre er auch gar nicht in der Lage gewesen.

Die Soldaten wurden schnell wieder hochgezogen, dann spannten sich die Seile, und Karsa wurde gleichmäßig angehoben. Er sah zu, wie der zersplitterte Holzschaft, der aus seiner Brust ragte, allmählich verschwand. Er war ziemlich weit oben, knapp oberhalb seines rechten Schulterblatts eingedrungen, hatte mehrere Muskelstränge durchbohrt und war gleich rechts von seinem Schlüsselbein wieder ausgetreten. Als er von dem Holzstück herunterglitt, überwältigte ihn der Schmerz.

Eine Hand schlug ihm ins Gesicht, um ihn aufzuwecken. Karsa öffnete die Augen. Er lag auf dem Fußboden des Lagerhauses, Gesichter waren überall um ihn herum. Alle schienen gleichzeitig auf ihn einzureden, mit ihren dünnen, kümmerlichen Stimmchen, und auch wenn er die Worte nicht verstehen konnte, hörte er doch den nackten Hass heraus, und Karsa wusste, dass er gerade verflucht wurde – im Namen von Dutzenden von Göttern, Geistern und verwesenden Vorfahren der Tiefländer. Der Gedanke erfreute ihn, und er lächelte.

Die Soldaten zuckten alle gleichzeitig zurück.

Der tätowierte Tiefländer, dessen Hand ihn aufgeweckt hatte, kauerte an Karsas Seite. »Beim Atem des Vermummten«, murmelte er. »Sind alle Uryd so wie du? Bist du derjenige, von dem die Priester gesprochen haben? Derjenige, der ihre Träume heimgesucht hat wie der leibhaftige Ritter des Vermummten? Ach, was soll's, es spielt keine Rolle, nehme ich an, denn es scheint, als wäre ihre Furcht unbegründet. Sieh dich an. Du bist halb tot, und eine ganze Stadt wartet nur darauf zuzusehen, wie dir und deinem Kameraden bei lebendigem Leib die Haut abgezogen wird. Schließlich habt ihr beide dafür gesorgt, dass es hier nicht eine einzige Familie gibt, die keinen Verlust zu beklagen hat. Du willst die Welt an der Kehle packen? Das ist nicht sehr wahrscheinlich; du wirst Oponns Glück brauchen, um die nächste Stunde zu überleben.«

Der Sturz hatte den abgebrochenen Pfeil noch tiefer in Karsas Rücken getrieben, so dass er jetzt am Schulterblatt entlangschrammte. Auf den Bodenbrettern unter ihm breitete sich eine immer größer werdende Blutlache aus.

Als ein weiterer Tiefländer auftauchte, kam eine gewisse Unruhe auf; dieser Mann war groß für seine Art, mit einem ernsten, von Wind und Wetter gezeichneten Gesicht. Er war in schimmernde Gewänder gekleidet, tief blau und mit Goldfäden bestickt, die komplizierte Muster bildeten. Der Wächter sprach lange mit ihm, obwohl der Mann selbst nichts sagte und auch sein Gesichtsausdruck sich nicht veränderte. Als der Wächter geendet hatte, nickte der Neuankömmling, machte eine Geste mit einer Hand und wandte sich ab.

Der Wächter blickte wieder auf Karsa herab. »Das war Meister Silgar, der Mann, für den ich die meiste Zeit arbeite. Er glaubt, dass du deine Verletzungen überleben wirst, Karsa Orlong, und deshalb hat er für dich eine ... eine Lektion vorbereitet.« Der Wächter stand auf und sagte etwas zu den Soldaten. Es folgte ein kurzer Wortwechsel, der mit dem gleichgültigen Schulterzucken eines Soldaten endete.

Karsa wurde noch einmal hochgehoben, wobei an jedem Arm und Bein zwei Tiefländer anpackten; die Männer mussten sich anstrengen, um ihn zu halten, während sie ihn zur Tür des Lagerhauses trugen.

Das Blut strömte langsamer aus seinen Wunden, der Schmerz zog sich hinter eine dumpfe geistige Mattigkeit zurück. Karsa starrte zum blauen Himmel hinauf, während ihn die Soldaten in die Mitte der Straße trugen; ringsum hörte er die Geräusche einer großen Menschenmenge. Er wurde hingesetzt und gegen ein Wagenrad gelehnt – und dann sah er Bairoth Gild.

Er war an einem anderen, viel größeren Speichenrad festgebunden, das seinerseits an Stützpfeilern lehnte. Der massige Krieger war mit Wunden übersät. Ein Speer war ihm in den Mund gestoßen worden und knapp unter seinem linken Ohr wieder ausgetreten; der Speerstoß hatte den Unterkiefer zerschmettert, Knochen glänzten rot inmitten von zerfetztem Fleisch. Bairoths gesamter Rumpf war mit tief eingedrungenen Armbrustbolzen gespickt.

Doch seine Augen waren klar, als sein Blick sich mit dem von Karsa kreuzte.

Stadtbewohner füllten die Straßen, wurden jedoch von einer Reihe von Soldaten zurückgehalten. Wütende Rufe und Flüche erfüllten die Luft, dann und wann unterbrochen von lautem Jammern und Wehklagen.

Der Wächter bezog zwischen Karsa und Bairoth Position, sein Gesichtsausdruck hatte etwas spöttisch Nachdenkliches. Dann wandte er sich an Karsa. »Dein Kamerad hier will uns nichts über die Uryd erzählen. Wir wollen wissen, wie viele Krieger es bei euch gibt, wie viele Dörfer es sind und wo sie sich befinden. Wir wollen auch gern mehr über die Phalyd wissen, von denen es heißt, dass sie genauso wild sind wie ihr. Aber er sagt nichts.«

Karsa fletschte die Zähne. »Ich, Karsa Orlong, lade euch ein, tausend eurer Krieger zu schicken, um gegen uns Uryd Krieg zu führen. Keiner wird zurückkehren, aber die Trophäen werden bei uns bleiben. Schickt zweitausend. Es spielt keine Rolle.«

Der Wächter lächelte. »Dann wirst du also auf unsere Fragen antworten, Karsa Orlong?«

»Das werde ich, denn was ich sage, wird euch nichts nützen –«

»Hervorragend.« Der Wächter gab einem anderen einen Wink mit einer Hand. Ein Tiefländer trat an Bairoth Gild heran, zog sein Schwert.

Bairoth grinste Karsa höhnisch an. Er knurrte etwas – ein undeutliches Gurgeln, doch Karsa verstand trotzdem. »Führe mich, Kriegsführer!«

Das Schwert fuhr herab. Glitt durch Bairoths Hals. Blut spritzte, der Kopf des massigen Kriegers zuckte zurück, rollte über eine Schulter und landete dann mit einem satten, dumpfen Geräusch auf dem Boden.

Die Stadtbewohner brachen in wildes, schadenfrohes Geschrei aus. Der Wächter trat zu Karsa. »Freut mich zu hören, dass du mit uns zusammenarbeiten willst. Das rettet dir das Leben. Wenn du uns alles gesagt hast, was du weißt, kommst du in Meister Silgars Sklavenhorde. Ich glaube allerdings nicht, dass du mit den Sunyd auf den See hinausfahren wirst. Ich fürchte, du wirst niemals mit den Netzen hantieren, Karsa Orlong.« Er drehte sich um, als ein schwer bewaffneter Soldat auftauchte. »Oh, da ist der malazanische Hauptmann. Es war wirklich Pech, Karsa Orlong, dass ihr ausgerechnet zu dem Zeitpunkt angreifen musstet, als die malazanische Kompanie auf ihrem Weg nach Bettrys hier eingetroffen ist. Nun, vorausgesetzt, der Hauptmann hat keine Einwände, wollen wir dann mit der Befragung beginnen?«

Die beiden Gräben der Sklavengrube befanden sich unter dem Fußboden eines großen Lagerhauses in der Nähe des Sees; man gelangte durch eine Falltür und eine von Schimmel überzogene Treppe zu ihnen hinunter. In dem einen Graben waren im Augenblick nur ein halbes Dutzend Tiefländer an den Baumstamm angekettet, der in der Mitte verlief, doch es gab noch freie Fesseln, die für die Sunyd gedacht waren, die irgendwann vom See zurückkehren würden. Im anderen Graben befanden sich die Kranken und die Sterbenden. Ausgemergelte Tiefländer, zusammengekrümmte Gestalten, die in ihrem eigenen Dreck hockten, manche leise stöhnend, die anderen stumm und reglos.

Nachdem Karsa die Uryd und ihre Lande beschrieben hatte, war er zu diesem Lagerhaus geschleppt und im zweiten Graben angekettet worden, dessen Seiten angeschrägt und mit feuchtem Lehm abgedichtet waren. Der Balken verlief in der Mitte, entlang der schmalen, flachen Sohle, halb versunken in blutverschmiertem Abwasser. Karsa wurde ans hinterste Ende gebracht, außerhalb der Reichweite der anderen Sklaven, und an beiden Handgelenken und Knöcheln angekettet – während bei allen anderen offenbar eine einzelne Kette ausreichte, wie er sah.

Dann ließen sie ihn allein.

Fliegen umschwärmten ihn und setzten sich auf seine kühle Haut. Er lag auf der schrägen Böschung auf der Seite. Die Wunde, in der noch immer die Pfeilspitze steckte, drohte sich zu schließen, und das musste er unbedingt verhindern. Er schloss die Augen und konzentrierte sich, bis er jeden einzelnen zerschnittenen, zerfetzten und blutenden Muskel um die eiserne Spitze herum spüren konnte. Dann begann er mit ihnen zu arbeiten, zog sie ein winziges bisschen zusammen, um die genaue Lage der Pfeilspitze herauszufinden, kämpfte dabei gegen die pulsierenden Wogen des Schmerzes an, die bei jedem neuerlichen Anspannen über ihn hinwegfluteten. Nach ein paar Augenblicken hörte er auf, entspannte seinen Körper und holte tief Luft, bis er sich von den Anstrengungen erholt hatte. Die abgeflachte eiserne Spitze lag fast parallel zu seinem Schulterblatt. Sie hatte eine Furche in den Knochen gegraben, und ihre Widerhaken waren völlig verbogen und verdreht.

Wenn sie in seinem Körper blieb, würde sie seinen linken Arm unbrauchbar machen. Er musste sie hinaustreiben.

Er konzentrierte sich erneut. Zerrissene Muskeln und Gewebe, ein Pfad durch zerhacktes, zerfetztes Fleisch.

Ihm brach am ganzen Körper der Schweiß aus, als er sich weiter konzentrierte, sich auf das vorbereitete, was kommen würde, langsam und gleichmäßig atmete.

Er zog seine Muskeln zusammen. Ein abgerissener Schrei kam ihm über die Lippen. Ein weiterer Blutschwall, dazu unbarmherzige Schmerzen. Seine Muskeln krampften sich zuckend zusammen. Etwas fiel auf die Lehmböschung und rutschte hinunter ins Abwasser.

Keuchend und zitternd blieb Karsa Orlong lange Zeit vollkommen reglos liegen. Der Blutstrom, der seinen Rücken hinabbrann, wurde dünner und versiegte schließlich ganz.

»Führe mich, Kriegsführer!«

Bairoth Gild hatte aus diesen Worten einen Fluch gemacht, auf eine Weise und als Folge eines Gedankengangs, den Karsa nicht verstehen konnte. Andererseits war Bairoth Gild vollkommen sinnlos gestorben. Nichts, was die Tiefländer tun konnten, würde die Uryd je bedrohen, denn die Uryd waren nicht wie die Sunyd. Bairoth hatte die Chance vergeben, sich eines Tages zu rächen – eine Geste, die für Karsa so verwirrend war, dass sie ihn betäubte.

Ein brutaler, wissender Schimmer in Bairoths Augen, die sich einzig und allein auf Karsa geheftet hatten, auch dann noch, als die blitzende Klinge seinen Hals schon fast erreicht hatte. Er hatte den Tiefländern nichts erzählen wollen, doch diese Art von Widerstand war ohne Bedeutung – oh, nein, sie *hatte* eine Bedeutung ... *denn Bairoth hat sich entschieden, mich im Stich zu lassen.*

Ein plötzlicher Schauder überlief ihn. *Urugal, haben meine Brüder mich verraten? Delum Thords Flucht, Bairoth Gilds Tod – soll ich wieder und wieder erleben, wie es ist, verlassen zu werden? Was ist mit den Uryd, die auf meine Rückkehr warten? Werden sie mir überhaupt folgen, wenn ich den Tiefländern den Krieg erkläre?*

Vielleicht nicht gleich zu Anfang. Nein, wurde ihm klar, es würde Auseinandersetzungen geben und die unterschiedlichsten Meinungen, und die Alten würden um die Feuerstellen des Lagers herumsitzen, mit Stöcken im schwelenden Feuer herumstochern und die Köpfe schütteln.

Bis sich die Nachricht verbreiten würde, dass die Armeen der Tiefländer im Anmarsch waren.

Dann werden sie keine andere Wahl mehr haben. Werden wir in den Schoß der Phalyd fliehen? Nein. Es wird uns nichts anderes übrig bleiben, als zu kämpfen, und alle werden dann auf mich sehen, auf Karsa Orlong, damit ich die Uryd führe.

Der Gedanke beruhigte ihn.

Er rollte sich langsam herum, blinzelte ins Zwielicht; Fliegen schwirrten um sein Gesicht.

Er musste einige Zeit im Schlamm herumtasten, bis er die Pfeilspitze mit dem Stückchen abgebrochenen Schaft gefunden hatte. Dann kauerte er sich neben den Baumstamm, um die Beschläge zu untersuchen, an denen die Ketten befestigt waren.

Es gab zwei Sätze von Ketten, einen für seine Arme und einen für seine Beine; sämtliche Ketten waren an einem langen eisernen Stab befestigt, der durch den Baumstamm getrieben und dessen Ende auf der anderen Seite flach geklopft worden war. Die Kettenglieder waren groß und kräftig, schon mit dem Gedanken an die Kraft der Teblor geschmiedet. Aber an der Unterseite des Baumstamms hatte das Holz zu faulen begonnen.

Mit Hilfe der Pfeilspitze bohrte er in dem vom Abwasser aufgeweichten Holz herum.

Bairoth hatte ihn verraten, hatte die Uryd verraten. Sein letzter Akt des Widerstands hatte nichts mit Mut zu tun gehabt. Nein, ganz im Gegenteil. Sie hatten Feinde der Teblor entdeckt. Jäger, die Trophäen von den Teblor sammelten. Das war etwas, das die Krieger aller Stämme erfahren mussten, und diese Nachricht zu überbringen, war jetzt Karsas einzige Aufgabe.

Er war kein Sunyd, das würden die Tiefländer schon allzu bald entdecken.

Das faulige Wasser hatte die Höhlung ausgefüllt. Karsa grub die voll gesogene, matschige Masse aus, so weit er mit der Pfeilspitze kam. Dann wandte er sich dem zweiten Beschlagteil zu. Er würde sich zuerst um den Eisenstab kümmern, der seine Fußketten hielt.

Es gab keine Möglichkeit festzustellen, ob draußen Tag oder Nacht war. Gelegentlich hörte er schwere Schritte auf dem Bretterboden über sich, doch sie kamen zu unregelmäßig, als dass sie auf einen festgelegten Zeitablauf hätten hinweisen können. Karsa arbeitete unaufhörlich, lauschte dabei auf das Husten und Stöhnen der Tiefländer, die ein Stück von ihm entfernt an den Baumstamm gekettet waren. Er konnte sich nicht vorstellen, was diese traurigen Kinder getan haben mussten, um auf diese Weise von ihren Verwandten bestraft zu werden. Die härteste Strafe bei den Teblor bestand in Verbannung, und sie wurde nur über solche Stammesmitglieder verhängt, die absichtlich das Überleben des Dorfes gefährdet hatten – Taten, die von Sorglosigkeit bis zum Mord an Verwandten reichten. Verbannung führte normalerweise zum Tode, doch das kam daher, dass der Geist der Bestraften in der Einsamkeit regelrecht verhungerte. Jemanden zu foltern war nicht die Art der Teblor, genauso wenig, wie jemanden lange einzusperren.

Natürlich, dachte er dann, könnte es auch sein, dass diese Tiefländer krank waren, weil ihr Geist starb. In den alten Legenden gab es Passagen, die andeuteten, dass die Teblor einst Sklaven besessen hatten – das Wort, das Konzept war ihm bekannt. Der Besitz eines anderen denkenden Wesens, mit dem man tun konnte, was man wollte. Der Geist eines Sklaven musste einfach verhungern.

Karsa hatte nicht vor, zu verhungern. Urugals Schatten schützte seinen Geist.

Er steckte die Pfeilspitze in den Gürtel, drückte den Rücken gegen die Schräge, stellte die Füße rechts und links neben dem Beschlag auf den Baumstamm und streckte langsam die Beine durch. Die Kette straffte sich. Das abgeflachte Stück auf der Unterseite des Baumstamms wurde mit einem gleichmäßigen splitternden, mahlenden Geräusch in das Holz gezogen.

Die Schellen gruben sich in seine lederumwickelten Knöchel.

Er begann den Druck zu verstärken. Ein kräftiges Knirschen ertönte, und dann rührte sich der Flansch nicht mehr. Karsa entspannte sich langsam. Ein Tritt ließ die Eisenstange auf der anderen Seite wieder zum Vorschein kommen. Nachdem er sich ein Weilchen ausgeruht hatte, versuchte er es ein zweites Mal.

Nach einem Dutzend Versuchen hatte er es geschafft, den Eisenstab drei Fingerspannen weiter zu ziehen, als er am Anfang gewesen war. Die Kanten des Flanschs waren von ihrem Kampf gegen das Holz schon ganz verbogen. Karsas Beinlinge waren durchgescheuert, und Blut glänzte auf seinen Fesseln.

Er legte den Kopf nach hinten auf den feuchten Lehm; seine Beine zitterten.

Von oben erklangen noch mehr Schritte, dann wurde die Falltür geöffnet. Das Licht einer Laterne stieg die Treppe herab, und in ihrem Schein sah Karsa den namenlosen Wächter.

»Uryd«, rief er. »Atmest du noch?«

»Komm näher«, forderte Karsa ihn mit leiser Stimme heraus, »und ich zeige dir, wie gut ich mich erholt habe.«

Der Tiefländer lachte. »Mir scheint, Meister Silgar hatte Recht. Es wird wohl einige Anstrengung erfordern, deinen Geist zu brechen.« Der Wächter blieb auf halber Höhe der Treppe stehen. »Deine Verwandten, die Sunyd, werden in ein, zwei Tagen zurückkehren.«

»Ich habe keine Verwandten, die sich in ein Leben als Sklaven fügen würden.«

»Das ist merkwürdig, denn genau das hast du getan – sonst hättest du es mittlerweile geschafft, dich umzubringen.«

»Du glaubst, ich bin ein Sklave, weil ich hier angekettet bin? Nun, dann komm doch ein bisschen näher, Kind.«

»›Kind‹. Ach ja. Du bleibst also tatsächlich bei deinem Hochmut, selbst jetzt noch, wo du uns *Kindern* auf Gedeih und Verderb ausgeliefert bist. Na egal, was soll's. Die Ketten sind nur der Anfang, Karsa Orlong. Du wirst in der Tat gebrochen werden. Hätten die Kopfjäger dich oben auf dem Plateau gefangen genommen, wäre nichts mehr von dem Stolz der Teblor in dir übrig geblieben, bis sie dich in dieser Stadt abgeliefert hätten, – und erst recht kein Widerstandsgeist. Die Sunyd werden dich dafür anbeten, dass du ein ganzes Lager voller Kopfjäger getötet hast, Karsa Orlong.«

»Wie heißt du?«, fragte Karsa.

»Warum?«

Der Uryd-Krieger lächelte im Zwielicht. »Trotz all deiner Worte fürchtest du mich noch immer.«

»Wohl kaum.«

Doch Karsa hörte die Anspannung in der Stimme des Wächters, und sein Lächeln wurde breiter. »Dann sag mir, wie du heißt.«

»Damisk. Ich heiße Damisk. Einst, während der Malazanischen Eroberung war ich ein Fährtensucher in der Grauhund-Armee.«

»Eroberung. Dann habt ihr also verloren. Welcher deiner Lebensgeister ist gebrochen worden, Damisk Grauhund? Als ich deine

Gruppe auf dem Kamm angegriffen habe, bist du geflohen – hast diejenigen, die dich angeheuert hatten, einfach ihrem Schicksal überlassen. Du bist geflohen, wie es ein Feigling tun würde, ein gebrochener Mann. Und darum bist du jetzt hier. Weil ich in Ketten liege und du außerhalb meiner Reichweite bist. Du kommst nicht, weil du mir etwas erzählen willst, sondern weil du nicht anders kannst. Du suchst die Genugtuung durch Hohn und Spott, doch du verzehrst dich innerlich und kannst darum keine echte Befriedigung empfinden. Wir beide wissen, du wirst wiederkommen. Immer und immer wieder.«

»Ich werde meinem Meister den Rat geben«, sagte Damisk mit rauer Stimme, »dass er dich den überlebenden Kopfjägern ausliefern soll, damit sie mit dir tun können, was sie wollen. Und ich werde zusehen –«

»Natürlich wirst du das, Damisk Grauhund.«

Der Mann stieg wieder die Treppe hinauf, das Licht der Laterne schwang wild hin und her.

Karsa lachte.

Einen Augenblick später wurde die Falltür wieder zugeknallt, und erneut herrschte Dunkelheit.

Der Teblor-Krieger hörte auf zu lachen, stellte seine Füße wieder auf den Baumstamm.

Eine schwache Stimme vom anderen Ende des Grabens ließ ihn innehalten. »Riese.«

Es war die Sprache der Sunyd, doch die Stimme war die eines Kindes. »Ich habe keine Worte für dich, Tiefländer«, knurrte Karsa.

»Ich bitte nicht um Worte. Ich fühle, wie du an diesem verdammten Baumstamm arbeitest, beim Vermummten. Wirst du Erfolg haben, mit dem, was du da gerade tust – was auch immer das sein mag?«

»Ich tue nichts.«

»Auch gut. Muss wohl Einbildung sein. Wir sterben hier, wir anderen. Auf schrecklichste, würdeloseste Weise.«

»Ihr müsst schreckliches Unrecht begangen haben –«

Das Lachen, das als Antwort kam, wurde zu einem keuchenden Husten. »Oh, in der Tat, Riese. In der Tat. Wir sind diejenigen, die die malazanische Herrschaft nicht hinnehmen wollten, weshalb wir unsere Waffen behalten und uns in den Hügeln und Wäldern versteckt haben. Wir haben Überfälle begangen, Hinterhalte gelegt, haben dafür gesorgt, dass wir zu einer Landplage wurden. Das war ein großer Spaß. Bis uns die Bastarde erwischt haben.«

»Ihr wart leichtsinnig.«

»Augenblick mal – habt ihr nicht gerade zu dritt und mit einer Hand voll von euren verdammten Hunden eine ganze *Stadt* angegriffen? Und du nennst mich leichtsinnig? Nun, ich nehme an, wir waren es beide, sonst wären wir nicht hier.«

Karsa verzog das Gesicht zu einer Grimasse. Er musste sich eingestehen, dass der Mann die Wahrheit sprach. »Was willst du von mir, Tiefländer?«

»Deine Kraft, Riese. Vier von uns hier drüben sind noch am Leben, obwohl ich der Einzige bin, der noch bei Bewusstsein ist ... und auch geistig noch einigermaßen gesund. Das heißt gesund genug, um das wahre Ausmaß der Schmach meines Schicksals zu begreifen.«

»Du redest zu viel.«

»Nicht mehr lange, das versichere ich dir. Kannst du diesen Baumstamm hochheben, Riese? Oder ihn ein paar Mal drehen?«

Karsa schwieg mehrere Herzschläge lang. »Was würde das bringen?«

»Es würde die Ketten verkürzen.«

»Ich möchte die Ketten nicht verkürzen.«

»Es wäre nur für eine gewisse Zeit.«

»Warum?«

»Dreh das verdammte Ding einfach, Riese. Dann wickeln sich unsere Ketten wieder und wieder drumherum, und wir arme Narren an diesem Ende werden mit der letzten Drehung untertauchen. Und dann werden wir ertrinken.«

»Du willst, dass ich euch töte?«

»Ich kann nicht umhin, deine rasche Auffassungsgabe zu loben, Riese. Noch mehr Seelen, die deinen Schatten bevölkern, Teblor – so sieht dein Volk das doch, oder? Töte mich, und ich werde ehrenvoll in deinem Schatten einherschreiten.«

»Barmherzigkeit interessiert mich nicht, Tiefländer.«

»Und wie steht's mit Trophäen?«

»Ich kann euch nicht erreichen und mir irgendwelche Trophäen nehmen.«

»Wie gut kannst du in diesem Dämmerlicht sehen? Ich habe gehört, dass die Teblor –«

»Ich kann sehen. Gut genug, um zu wissen, dass deine rechte Hand zur Faust geballt ist. Was hast du darin?«

»Einen Zahn. Er ist gerade ausgefallen. Der dritte, seit ich hier unten angekettet wurde.«

»Wirf ihn her.«

»Ich werde es versuchen. Ich fürchte, ich bin ein wenig ... mitgenommen. Bist du bereit?«

»Wirf.«

Der Arm schwankte, als der Mann ihn hob.

Der Zahn kam im hohen Bogen auf Karsa zugeflogen, doch der Teblor riss den Arm hoch und schnappte sich den Zahn aus der Luft. Er betrachtete ihn genauer und brummte dann: »Er ist verfault.«

»Deshalb ist er vermutlich auch ausgefallen. Also, was ist? Außerdem solltest du bedenken, dass du auf diese Weise Wasser in den Stamm bekommst; dadurch müsste das Holz eigentlich noch weicher werden. Womit ich natürlich nicht sagen will, dass du da drüben irgendwas vorhättest.«

Karsa nickte langsam. »Du gefällst mir, Tiefländer.«

»Gut. Und jetzt ertränke mich.«

»Das werde ich tun.«

Karsa rutschte nach unten, so dass er knietief in der fauligen Brühe stand; die frischen Wunden um seine Knöchel brannten, als sie mit dem Dreckwasser in Berührung kamen.

»Ich habe gesehen, wie sie dich runtergebracht haben, Riese«, sagte der Mann. »Keiner der Sunyd ist so groß wie du.«

»Die Sunyd sind die kleinsten unter den Teblor.«

»Ich könnte mir vorstellen, dass sie irgendwelches Tiefländer-Blut aus alten Zeiten in sich tragen.«

»Sie sind in der Tat tief gesunken.« Karsa senkte beide Arme, zerrte an den Ketten, bis seine Hände unter dem Stamm ruhten.

»Ich danke dir, Teblor.«

Karsa stemmte den Baumstamm hoch und drehte ihn, dann setzte er ihn keuchend wieder ab. »Das wird ein wenig dauern, Tiefländer, tut mir Leid.«

»Ich verstehe. Lass dir Zeit. Biltar ist schon runtergerutscht, und Alrute sieht aus, als wäre es bei ihm bei der nächsten Drehung so weit. Du machst deine Sache gut.«

Er hob den Baumstamm ein weiteres Mal, drehte ihn eine halbe Umdrehung weiter. Vom anderen Ende kamen platschende, gurgelnde Geräusche.

Dann ein Keuchen. »Fast geschafft, Teblor. Ich bin der Letzte. Ein einziges Mal noch – ich werde mich darunter rollen, so dass er mich zu Boden drückt.«

»Dann wirst du nicht ertrinken, sondern zermalmt werden.«

»Angesichts dieser Brühe ist das nun wirklich kein Grund zur Trauer, Teblor. Ich werde das Gewicht spüren, das stimmt, aber es wird mir keine sonderlich großen Schmerzen bereiten.«

»Du lügst.«

»Na und? Die Mittel sind nicht wichtig, nur das Ergebnis zählt.«

»Alle Dinge sind wichtig«, sagte Karsa und bereitete sich auf den nächsten Kraftakt vor. »Dieses Mal wird es eine volle Umdrehung, Tiefländer. Es geht jetzt leichter, weil meine eigenen Ketten kürzer sind. Bist du bereit?«

»Einen Augenblick noch«, stotterte der Mann.

Karsa hob den Baumstamm. Er grunzte angesichts des gewaltigen Gewichts, das an seinen Armen zerrte.

»Bei mir stellt sich gerade ein Sinneswandel ein –«

»Bei mir nicht.« Karsa drehte den Baumstamm. Dann ließ er ihn fallen.

Wildes Gezappel am anderen Ende; Ketten wirbelten durch die Luft, dann ertönte hektisches Husten.

Überrascht schaute Karsa auf. Eine braun verschmierte Gestalt fuchtelte mit den Armen, spuckte, trat um sich.

Karsa lehnte sich langsam zurück, wartete darauf, dass der Mann sich erholte. Eine ganze Zeit lang war vom anderen Ende des Baumstamms nichts als Keuchen zu hören. »Du hast es geschafft, dich erst rücklings drüber, dann drunter durch und herauszurollen. Ich bin beeindruckt, Tiefländer. Anscheinend bist du doch kein Feigling. Ich hätte nicht gedacht, dass es welche wie dich unter den Kindern gibt.«

»So bin ich nun mal«, krächzte der Mann, »nichts als Mut.«

»Wem hat der Zahn gehört?«

»Alrute. Und jetzt hör bitte auf zu drehen.«

»Es tut mir Leid, Tiefländer, aber ich muss den Baumstamm jetzt in die entgegengesetzte Richtung drehen, bis er wieder so liegt wie vorher.«

»Ich verfluche deine grausame Logik, Teblor.«

»Wie heißt du?«

»Torvald Nom, doch bei meinen malazanischen Feinden bin ich als Knöchelchen bekannt.«

»Und bei welcher Gelegenheit hast du die Sprache der Sunyd gelernt?«

»Nun, eigentlich ist es die alte Handelssprache. Bevor die Kopfjäger gekommen sind, waren die Nathii-Händler schon da. Der Handel zwischen den Sunyd und ihnen war für beide Seiten vorteilhaft. Und deine Sprache ist mit der der Nathii ziemlich eng verwandt.«

»Bei den Soldaten hat es wie Geschnatter geklungen.«

»Klar, es sind ja auch Soldaten.« Er schwieg einen Augenblick. »In Ordnung, diese Art von Humor kommt bei dir also nicht an. So sei es denn. Wahrscheinlich waren diese Soldaten Malazaner.«

»Ich bin zu der Überzeugung gekommen, dass die Malazaner meine Feinde sind.«

»Dann haben wir ja etwas gemeinsam, Teblor.«

»Außer diesem Baumstamm haben wir gar nichts gemeinsam, Tiefländer.«

»Wenn's dir lieber so ist. Ich sehe mich allerdings veranlasst, eine Sache richtig zu stellen: So hassenswert die Malazaner auch sein mögen – die Nathii sind heutzutage keinen Deut besser. Du wirst keine Verbündeten unter den Tiefländern finden, dessen kannst du dir gewiss sein.«

»Bist du ein Nathii?«

»Nein. Ich bin ein Daru. Aus einer Stadt weit im Süden. Das Haus Nom ist groß, und einige seiner Familien könnte man schon fast als wohlhabend bezeichnen. Tatsächlich sitzt ein Nom sogar im Rat von Darujhistan. Den hab' ich allerdings noch nie gesehen. Leider sind die Besitzungen meiner eigenen Familie etwas … äh … bescheidener. Daher meine ausgedehnten Reisen und schändlichen Tätigkeiten –«

»Du redest zu viel, Torvald Nom. Ich bin jetzt bereit, diesen Baumstamm noch einmal zu drehen.«

»Verdammt, ich hatte schon gehofft, du hättest es vergessen.«

Das Ende der eisernen Stange war mehr als zur Hälfte durch den Baumstamm, das flach gehämmerte Ende ein formloses Stück Metall. Karsas Beine wollten nicht mehr aufhören zu schmerzen und zu zittern, nicht einmal, als er die Ruhepausen immer länger ausdehnte. Die großen Wunden auf seiner Brust und seinem Rücken, die von dem Holzpfahl stammten, hatten sich wieder geöffnet, und das Blut, das gleichmäßig aus ihnen strömte, vermischte sich mit dem Schweiß, der seine Kleider schon völlig durchnässt hatte. Die Haut und das Fleisch an seinen Knöcheln waren eine einzige blutige Masse.

Torvald war, kurz nachdem der Baumstamm wieder in seine ursprüngliche Lage gebracht worden war, von Erschöpfung übermannt worden; er stöhnte leise im Schlaf, während Karsa sich weiter abmühte.

Als der Uryd sich erneut an die schräge Lehmböschung lehnte, waren seine eigenen keuchenden Atemzüge und das leisere, kürzere Atmen vom anderen Ende des Baumstamms die einzigen Geräusche. Dann hörte er, wie sich oben Schritte quer durch den Raum bewegten – erst in die eine Richtung, dann zurück. Danach war wieder Ruhe. Karsa kämpfte sich erneut hoch; in seinem Kopf drehte sich alles.
»Ruh dich länger aus, Teblor.«
»Dafür ist keine Zeit, Torvald Nom –«
»Oh, aber natürlich ist Zeit. Der Sklavenmeister, dem du nun gehörst, wird hier ein Weilchen warten, damit er und seine Leute zusammen mit den malazanischen Soldaten reisen können. Zumindest bis Malybruck. Im Bereich des Narrenwalds und der Gelben Mark hat es in letzter Zeit reichlich Überfälle durch Banditen gegeben – worauf ich ziemlich stolz bin, wie ich zugeben muss, denn schließlich war ich es, der diesen scheckigen Haufen aus Straßenräubern und Halsabschneidern überhaupt erst zusammengebracht hat. Und wenn die Malazaner nicht wären, wären sie auch schon längst gekommen und hätten mich befreit.«
»Ich werde diesen Sklavenmeister töten«, sagte Karsa.
»Sei auf der Hut vor diesem Mann, Riese. Silgar ist kein angenehmer Mensch, und er ist es gewohnt, mit Kriegern wie dir umzugehen –«
»Ich bin ein Uryd, kein Sunyd.«
»Das sagst du andauernd, und ich habe auch nicht den geringsten Zweifel daran, dass du schlimmer bist – ganz sicher bist du größer. Was ich sagen wollte, ist: Hüte dich vor Silgar.«
Karsa baute sich über dem Baumstamm auf.
»Du hast noch genug Zeit, Teblor. Es hat überhaupt keinen Sinn, dass du dich von deinen Fesseln befreist, wenn du hinterher nicht gehen kannst. Ich bin nicht das erste Mal in Ketten, daher spreche ich aus Erfahrung: Warte auf den richtigen Augenblick! Es wird sich eine günstige Gelegenheit ergeben, wenn du es schaffst, vorher nicht zu krepieren …«
»Oder zu ertrinken.«

»Ein Punkt für dich, und ja, ich habe verstanden, was du gemeint hast, als du von Mut gesprochen hast. Ich muss zugeben, dass mich einen Augenblick die Verzweiflung überwältigt hat.«

»Weißt du, wie lange du hier schon angekettet bist?«

»Nun, es hat Schnee gelegen, und das Eis auf dem See war gerade aufgebrochen.«

Karsa blickte langsam zu der kaum zu erkennenden, dürren Gestalt am anderen Ende. »Torvald Nom, nicht einmal ein Tiefländer sollte solch ein Schicksal erleiden müssen.«

Der Angesprochene lachte rasselnd. »Und du nennst *uns* Kinder. Ihr Teblor tötet Menschen, als wärt ihr Henker, aber bei uns Menschen ist eine Hinrichtung ein Akt der Gnade. Was den durchschnittlichen Bastard angeht, der erwischt und verurteilt wird, so ist viel wahrscheinlicher, dass er längere Zeit gefoltert wird. Die Nathii haben eine Kunst daraus gemacht, anderen Schmerz zuzufügen – das muss an den kalten Wintern oder so was liegen. Wie auch immer, wenn Silgar nicht Anspruch auf dich erheben würde – und die malazanischen Soldaten nicht in der Stadt wären –, würden die Einheimischen dir schon längst bei lebendigem Leib die Haut abziehen – schön langsam und in Streifen. Dann würden sie dich in einer Kiste einschließen, damit du heilen kannst. Sie wissen, dass ihr Teblor keine Entzündungen bekommt, was bedeutet, dass sie dich lange, sehr lange leiden lassen könnten. Ich könnte mir vorstellen, dass da draußen jetzt eine ganze Menge enttäuschter Städter herumlaufen.«

Karsa begann wieder an dem Eisenstab zu ziehen.

Stimmen von oben ließen ihn in seinen Bemühungen innehalten; es folgten schwere, dumpfe Geräusche, als wären mehr als ein Dutzend barfuß gehender Leute eingetroffen, dazu kam noch das Rasseln von Ketten, die über den Boden des Lagerhauses schleiften.

Karsa lehnte sich gegen die Schräge.

Die Falltür öffnete sich. Ein Kind ging voran, eine Laterne in der Hand, und dann kamen langsam Sunyd die Treppe herunter; sie hatten nichts weiter als grob gewebte kurze Röcke an und waren am linken Knöchel an eine Kette gefesselt, die sie alle miteinander verband. Der Tiefländer mit der Laterne ging den Laufgang zwischen den zwei Gräben entlang. Die Sunyd – es waren insgesamt elf, sechs Männer und fünf Frauen – folgten ihm.

Sie hatten die Köpfe gesenkt. Niemand wollte Karsas unverwandtem, kaltem Blick begegnen.

Auf eine Geste des Kindes hin, das vier große Schritte von Karsa entfernt Halt gemacht hatte, drehten sich die Sunyd um und glitten den Hang ihres Grabens hinunter. Drei weitere Tiefländer tauchten auf und folgten ihnen nach unten, um die am Baumstamm befestigten Fesseln an den noch freien Knöcheln der Teblor festzumachen. Die Sunyd leisteten keinerlei Widerstand.

Wenig später waren die Tiefländer wieder auf dem Laufgang, dann marschierten sie die Treppe hinauf. Die Falltür quietschte in ihren Angeln und fiel mit einem nachhallenden Dröhnen zu, das Staubschleier durch das Zwielicht trieb.

»Es stimmt also. Ein Uryd.« Die Stimme war kaum mehr als ein Flüstern.

Karsa lachte höhnisch. »War das die Stimme eines Teblor? Nein, das kann nicht sein. Teblor werden keine Sklaven. Teblor würden eher sterben, als vor einem Tiefländer niederknien.«

»Ein Uryd ... *in Ketten*. Genau wie wir –«

»Wie die Sunyd? Die zugelassen haben, dass diese widerlichen Kinder ganz dicht an sie herangekommen sind und ihnen Fesseln angelegt haben? Nein. Ich bin ein Gefangener, aber diese Ketten werden mich nicht lange halten können. Die Sunyd müssen daran erinnert werden, was es heißt, ein Teblor zu sein.«

Eine andere Stimme erklang aus der Gruppe der Sunyd. Die Stimme einer Frau. »Wir haben die Toten gesehen, die vor dem Lager der Jäger auf der Erde aufgereiht waren. Wir haben Karren voll toter Malazaner gesehen. Die Städter haben gejammert. Aber es heißt, ihr wärt nur zu dritt gewesen–«

»Zu zweit, nicht zu dritt. Unser Kamerad, Delum Thord, hatte eine Kopfverletzung erlitten, und sein Geist war nicht mehr klar. Er ist mit den Hunden gerannt. Wäre sein Geist heil gewesen und hätte er sein Blutschwert in den Händen gehabt –«

Plötzlich drang ein Gemurmel von den Sunyd herüber, die immer wieder mit ehrfürchtiger Stimme das Wort *Blutschwert* raunten.

Karsa machte ein finsteres Gesicht. »Was ist das für ein Wahnsinn? Ist den Sunyd denn *alles* verloren gegangen, was mit der alten Lebensweise der Teblor zusammenhängt?«

Die Frau seufzte. »Ob es verloren gegangen ist? Ja, schon vor langer Zeit. Unsere eigenen Kinder haben sich des Nachts davongeschlichen, um nach Süden in die Tieflande zu wandern, gierig nach den verfluchten Münzen der Tiefländer – diese Metallstückchen, um die sich das ganze Leben hier zu drehen scheint. Und sie sind bitter missbraucht worden – einige von ihnen sind sogar als Kundschafter für die Jäger in unsere Täler zurückgekehrt. Die verborgenen Blutholz-Haine wurden abgebrannt, unsere Pferde getötet. Wir sind von unseren eigenen Kindern verraten worden, Uryd, und das hat die Sunyd zerbrochen.«

»Eure Kinder hätten zur Strecke gebracht werden müssen«, sagte Karsa. »Die Herzen eurer Krieger waren zu weich. Verrat zerschneidet selbst Blutsbande. Diese Kinder haben aufgehört, Sunyd zu sein. Ich werde sie für euch töten.«

»Du wirst Schwierigkeiten haben, sie zu finden, Uryd. Sie sind in alle Winde zerstreut; viele sind tot, viele in die Sklaverei verkauft, um ihre Schulden zu bezahlen. Und einige sind weit gereist, zu den großen Städten Nathilog und Genabaris. Unser Stamm ist nicht mehr.«

Der Sunyd, der als Erster gesprochen hatte, fügte hinzu: »Außerdem bist du in Ketten, Uryd. Bist jetzt Eigentum von Meister Silgar, dem noch nie ein Sklave entkommen ist. Du wirst niemanden töten, nie mehr. Und genau wie wir, wirst du dazu gebracht werden, niederzuknien. Deine Worte sind hohl.«

Karsa setzte sich rittlings auf den Baumstamm. Dieses Mal packte er die Ketten und wickelte sie sich, so oft er konnte, um die Handgelenke.

Dann warf er sich nach hinten. Seine Muskeln wölbten sich, seine Beine drückten nach unten auf den Stamm, sein Rücken straffte sich. Mahlende, splitternde Geräusche – und plötzlich ein lautes Krachen. Karsa wurde rücklings auf den Lehmhang geschleudert, die Ketten flogen ihm um die Ohren. Er blinzelte den Schweiß aus den Augen und starrte auf den Baumstamm hinunter.

Der Stamm war der Länge nach gespalten.

Vom hinteren Ende kam ein leises Zischen, dann das Rasseln freier Ketten. »Der Vermummte soll mich holen, Karsa Orlong«, flüsterte Torvald Nom, »du kannst mit Beleidigungen nicht sonderlich gut umgehen, was?«

Obwohl Karsas Handgelenke und Knöchel nicht mehr an dem Baumstamm befestigt waren, waren sie doch noch immer an die eisernen Stäbe gekettet. Der Krieger wickelte die Ketten von seinen zerschundenen, blutenden Unterarmen und packte eine der Eisenstangen. Er legte die Fußkette gegen den Stamm, trieb das nicht breit geklopfte Ende des Stabs in ein einzelnes Kettenglied und begann ihn dann mit beiden Händen zu drehen.

»Was ist geschehen?«, fragte einer der Sunyd. »Was war das für ein Geräusch?«

»Das Rückgrat des Uryd ist gebrochen«, erwiderte der erste Sprecher gedehnt.

Torvald lachte, doch es war mehr ein kaltes Glucksen. »Oh, Ganal, du sprichst dir selbst dein Urteil, fürchte ich.«

»Was meinst du damit, Nom?«

Das Kettenglied barst, ein Stück flog zischend über den Graben und prallte gegen den Erdwall.

Karsa zog die Kette aus den Schellen um seine Knöchel. Dann machte er sich daran, die Kette zu knacken, die seine Handgelenke hielt.

Noch ein knackendes Geräusch. Er befreite seine Arme.

»Was geht da vor sich?«

Ein drittes Krachen, als er die Kette von dem Eisenstab abriss, den er benutzt hatte – es war der unbeschädigte, dessen Flansch noch intakt war, scharfkantig und gezackt. Karsa kletterte aus dem Graben.

»Wo ist dieser Ganal?«, knurrte er.

Alle Sunyd, die in dem gegenüberliegenden Graben lagen, zuckten bei seinen Worten zurück – alle außer einem.

»Ich bin Ganal«, sagte der einzige Krieger, der sich nicht bewegt hatte. »Also doch kein gebrochenes Rückgrat. Nun gut, Krieger, dann töte mich für meine zweifelnden Worte.«

»Das werde ich tun.« Karsa schritt von dem Laufgang herunter, hob die Eisenstange.

»Wenn du das tust«, sagte Torvald hastig, »werden die anderen wahrscheinlich laut schreien.«

Karsa zögerte.

Ganal lächelte zu ihm auf. »Wenn du mich verschonst, wird es keinen Alarm geben, Uryd. Es ist Nacht, noch mindestens einen Glockenschlag bis zur Dämmerung. Du wirst deine Flucht –«

»Und ihr werdet alle dafür bestraft werden, dass ihr keinen Alarm geschlagen habt«, sagte Karsa.

»Nein. Wir haben alle geschlafen.«

Die Frau meldete sich wieder zu Wort. »Bring die Uryd mit, bring alle mit, die es gibt. Wenn ihr alle in dieser Stadt niedergemacht habt, könnt ihr über uns Sunyd urteilen, wie es euer Recht sein wird.«

Karsa zögerte, dann nickte er. »Ganal, ich werde dir dein armseliges Leben noch ein Weilchen lassen. Aber ich werde zurückkommen, und ich werde mich an dich erinnern.«

»Daran zweifle ich nicht«, entgegnete Ganal. »Nicht mehr.«

»Karsa«, sagte Torval, »ich mag ja vielleicht ein Tiefländer sein und –«

»Ich werde dich befreien, Kind«, sagte Karsa und wandte sich vom Graben der Sunyd ab. »Du hast Mut bewiesen.« Er glitt zu dem Mann hinunter. »Aber du bist zu dünn, um zu gehen«, bemerkte er. »Und nicht imstande zu rennen. Willst du immer noch, dass ich dich befreie?«

»Dünn? Ich habe nicht mehr als einen halben Stein verloren, Karsa Orlong. Ich kann rennen.«

»Vorhin hast du armseliger geklungen –«

»Ich wollte dein Mitleid er –«

»Du hast versucht, das Mitleid eines Uryd zu erregen?«

Die knochigen Schultern des Mannes hoben sich zu einem verlegenen Schulterzucken. »Es war einen Versuch wert.«

Karsa riss die Kette auseinander.

Torvald befreite seine Arme. »Berus Segen sei mit dir, mein Freund.«

»Verschone mich mit deinen Tiefländer-Göttern.«

»Natürlich. Ich bitte um Entschuldigung. Ganz wie du meinst.«

Torvald krabbelte die Schräge hoch. Auf dem Laufgang machte er Halt. »Was ist mit der Falltür, Karsa Orlong?«

»Was soll damit sein?«, grollte der Krieger, der nun seinerseits die Schräge hochkam und an dem Tiefländer vorbeiging.

Torvald verbeugte sich, als Karsa an ihm vorbeistapfte; sein dürrer Arm beschrieb eine formvollendete Geste. »Führe mich, wohin auch immer.«

Karsa blieb auf der ersten Stufe stehen und warf einen Blick zurück auf das Kind. »Du willst, dass ich dich führe, Tiefländer?«

Aus dem anderen Graben erklang Ganals Stimme. »Pass auf, was du antwortest, Daru. Bei den Teblor gibt es keine leeren Worte.«

»Nun, äh, es war nichts weiter als die Einladung, mir die Stufen hinauf voranzugehen –«

Karsa stieg weiter nach oben.

Als er direkt unterhalb der Falltür angekommen war, untersuchte er ihre Ränder. Er erinnerte sich daran, dass es einen eisernen Riegel gab, der, wenn er vorgeschoben wurde, bündig mit den umliegenden Brettern abschloss. Karsa rammte das Ende des Eisenstabs, an dem die Kette befestigt gewesen war, in die Fuge direkt unter dem Riegel. Er schob es so weit hinein, wie er konnte, und begann dann zu hebeln, wobei er nach und nach sein gesamtes Gewicht zum Einsatz brachte.

Ein splitterndes Schnappen, und die Falltür sprang ein Stück weit auf. Karsa stemmte sich mit der Schulter dagegen und drückte.

Die Angeln quietschten.

Der Krieger erstarrte, wartete einen Augenblick und versuchte es dann erneut, langsamer dieses Mal.

Als er den Kopf durch die Luke schob, konnte er einen schwachen Lichtschein vom entfernten Ende des Lagerhauses wahrnehmen. Dort saßen drei Tiefländer um einen kleinen runden Tisch herum. Es waren keine Soldaten – Karsa hatte sie zuvor in der Gesellschaft von Sklavenmeister Silgar gesehen. Er hörte das gedämpfte Geräusch von Würfeln, die über die Tischplatte rollten.

Dass sie die Angeln der Falltür nicht gehört hatten, war in Karsas Augen bemerkenswert. Doch dann hörte er ein neues Geräusch – einen Chor aus Quietschen und Ächzen und das Heulen des Windes von draußen. Ein Sturm war vom See her aufgezogen, und Regen prasselte gegen die Nordwand des Lagerhauses.

»Urugal«, sagte Karsa im Flüsterton, »ich danke dir. Und jetzt sei mein Zeuge ...«

Der Krieger hielt mit einer Hand die Falltür über sich fest und glitt langsam hinaus auf den Fußboden. Er entfernte sich weit genug, dass Torvald sich ebenso leise herausschieben konnte, dann ließ er langsam die Luke herab, bis sie wieder geschlossen war. Eine Geste gab Torvald zu verstehen, dass er bleiben sollte, wo er gerade war; der Daru nickte leidenschaftlich zum Zeichen, dass er verstanden hatte. Karsa wechselte den Eisenstab vorsichtig von seiner linken in die rechte Hand und bewegte sich dann vorwärts.

Nur einer der Wächter hätte ihn überhaupt aus dem Augenwinkel sehen können, doch dessen Aufmerksamkeit galt ausschließlich den Würfeln, die vor ihm über die Tischplatte schlitterten. Die anderen beiden wandten dem Raum den Rücken zu.

Karsa blieb tief geduckt, bis er weniger als drei Schritte von ihnen entfernt war, dann ging er leise in die Hocke.

Er warf sich vorwärts, der Eisenstab zischte waagerecht durch die

Luft, traf erst einen unbehelmten Kopf, dann einen zweiten. Der dritte Wächter starrte ihn mit offenem Mund an. Karsa beendete seinen Hieb damit, dass er mit der linken Hand das rot verschmierte Ende des Eisenstabs packte und ihn dem Tiefländer quer in die Kehle rammte. Der Mann wurde rücklings über seinen Stuhl geworfen, krachte gegen die Tür des Lagerhauses und brach dann wie eine Lumpenpuppe zusammen.

Karsa legte den Eisenstab auf den Tisch, hockte sich neben eines seiner Opfer und machte sich daran, ihm den Schwertgurt abzunehmen.

Torvald tauchte auf. »Der Alptraum des Vermummten«, murmelte er, »genau das bist du, Uryd.«

»Nimm dir eine Waffe«, wies Karsa ihn an, während er sich zum nächsten Leichnam begab.

»Mach' ich. Und jetzt – wohin werden wir rennen, Karsa? Sie werden erwarten, dass du nach Nordwesten fliehst, wo ihr hergekommen seid. Sie werden so schnell wie möglich zum Fuß des Passes reiten. Ich habe Freunde –«

»Ich habe nicht vor, zu rennen«, knurrte der Kriegsführer, während er sich beide Schwertgurte um eine Schulter schlang; die beiden in ihren Scheiden steckenden Langschwerter wirkten winzig klein auf seinem Rücken. Dann griff er erneut nach dem Eisenstab mit dem flachen Ende. Als er sich umdrehte, stellte er fest, dass Torvald ihn anstarrte. »Lauf zu deinen Freunden, Tiefländer. Ich werde in dieser Nacht für so viel Ablenkung sorgen, dass deine Flucht gelingt. Heute Nacht werden Bairoth Gild und Delum Thord gerächt werden.«

»Erwarte nicht von mir, dass ich *deinen* Tod räche, Karsa. Das ist Wahnsinn – du hast auch so schon das Unmögliche möglich gemacht. Ich würde dir raten, der Lady zu danken und abzuhauen, so lange du noch kannst. Nur für den Fall, dass du es vergessen hast: diese Stadt ist voller Soldaten.«

»Mach, dass du wegkommst, Kind.«

Torvald zögerte, dann breitete er die Arme aus. »So sei es denn. Ich danke dir für mein Leben, Karsa Orlong. Die Familie Nom wird deinen Namen in ihre Gebete einschließen.«

»Ich werde fünfzig Herzschläge lang warten.«

Ohne ein weiteres Wort begab sich Torvald zu den Schiebetüren des Lagerhauses. Der Hauptbalken war nicht vorgelegt worden; nur ein kleiner Riegel hielt die Tür locker im Rahmen. Er schnipste ihn zurück, schob die Tür zur Seite – nur so weit, dass er seinen Kopf hinausstecken und sich blitzschnell umsehen konnte. Dann schob er sie ein wenig weiter auf und glitt nach draußen.

Karsa lauschte auf seine Schritte, das Platschen nackter Füße im Schlamm, das sich eilends nach links entfernte. Er entschied sich, doch nicht fünfzig Herzschläge lang zu warten. Selbst wenn es wegen des Sturms länger dunkel bleiben würde, war die Morgendämmerung nicht mehr fern.

Der Teblor schob die Tür weiter auf und trat ins Freie. Er befand sich auf einer schmaleren Straße, hinter dem Vorhang aus schräg fallendem Regen waren die hölzernen Gebäude auf der anderen Seite nur undeutlich auszumachen. Zwanzig Schritt entfernt zur Rechten fiel Licht aus einem einzelnen trüben Fenster im Obergeschoss eines Hauses, das fast an der Ecke zur nächsten Seitenstraße stand.

Er wünschte sich sein Blutschwert, hatte aber keine Ahnung, wo es sein mochte. Andererseits würde *irgendeine* Teblor-Waffe genügen. Und er wusste, wo er eine solche wahrscheinlich finden würde.

Karsa schob die Tür hinter sich zu. Er wandte sich nach rechts und bewegte sich am Rand der Straße auf das Seeufer zu.

Regen peitschte ihm ins Gesicht, löste das verkrustete Blut und den Schmutz. Sein zerfetztes Lederhemd klatschte ihm immer wieder gegen den Oberkörper, während er auf die Lichtung zurannte, auf der sich das Lager der Kopfjäger befand.

Es waren Überlebende zurückgeblieben. Eine Nachlässigkeit – eine, die Karsa nun in Ordnung bringen würde. Und in den Hütten dieser Kinder mit den kalten Augen würde es Trophäen geben. Trophäen, die von den Teblor stammten. Und Waffen. Und Rüstungen.

Die Hütten und Schuppen der Gefallenen waren bereits geplündert; ihre Türen standen offen, Müll lag herum. Karsas Blick fiel auf eine nahe gelegene Hütte mit roten Wänden, die eindeutig noch bewohnt war. Er stapfte darauf zu.

Ohne sich um die Tür zu kümmern, warf der Krieger sich mit der Schulter gegen eine Wand. Sie fiel nach innen, und Karsa stürmte durch die Öffnung. Aus einer Koje zu seiner Linken kam ein Grunzen, eine verschwommen erkennbare Gestalt schoss in eine sitzende Position auf. Der Eisenstab schwang nach unten. Blut und Knochensplitter spritzten gegen die Wände. Die Gestalt sank in sich zusammen.

Die aus einem einzigen kleinen Raum bestehende Hütte war voller Gegenstände, die einmal den Sunyd gehört hatten; die meisten von ihnen waren nutzlos: Amulette, Gürtel, Schmuckstücke. Er fand allerdings auch ein Paar Sunyd-Jagdmesser, in hölzernen, perlenbesetzten und mit Wildleder bezogenen Scheiden. Ein niedriger Altar erweckte Karsas Aufmerksamkeit. Er war irgendeinem Gott der Tiefländer geweiht, der durch eine kleine Tonstatue dargestellt wurde – ein Eber, der auf den Hinterbeinen stand.

Der Teblor warf die Statue auf den Fußboden aus festgestampfter Erde und zermalmte sie unter seinem Absatz.

Dann ging er zurück nach draußen und näherte sich der nächsten bewohnten Hütte.

Vom See heulte der Wind heran, schaumgekrönte Wellen brandeten an den Kiesstrand. Am Himmel über ihm hingen immer noch schwarze Wolken, und der Regen prasselte unaufhörlich weiter herab.

Es waren insgesamt sieben Hütten, und in der sechsten fand Karsa – nachdem er die beiden Männer getötet hatte, die unter dem Fell eines grauen Bären eng umschlungen in der Koje gelegen hatten – ein altes Sunyd-Blutschwert und eine beinahe vollständige Rüstung, die in Anbetracht ihrer Größe und der Symbole, die in die hölzernen Platten eingebrannt waren, ganz eindeutig von den Teblor stammte, auch wenn sie in einem Stil gehalten war, den er noch nie zuvor gesehen hatte. Erst als er sie anlegte, wurde ihm klar, dass das graue, verwitterte Holz Blutholz war – verblichen durch jahrhundertelange Nichtbeachtung.

In der siebten Hütte fand er einen kleinen Krug mit Blutöl, und er nahm sich die Zeit, die Rüstung wieder auszuziehen und das dürstende Holz mit dem beißenden Balsam einzureiben. Den letzten Rest benutzte er, um den Durst des Schwertes zu stillen.

Dann küsste er die glänzende Klinge und schmeckte das bittere Öl.

Die Wirkung zeigte sich augenblicklich. Sein Herz begann zu pochen, Feuer brannte in seinen Muskeln, Begierde und Wut erfüllten seinen Geist.

Er kam erst wieder zu sich, als er draußen stand und durch einen roten Schleier auf die vor ihm liegende Stadt starrte. Die Luft stank nach den Ausdünstungen der Tiefländer. Er bewegte sich vorwärts, auch wenn er seine Beine nicht mehr spüren konnte, den Blick unverwandt auf die mit Bronzebändern beschlagene Tür eines großen Holzhauses gerichtet.

Augenblicke später flog die Tür nach innen, und Karsa drang in den niedrigen Vorraum jenseits der Schwelle ein. Oben rief jemand etwas.

Er stellte fest, dass er sich auf dem Treppenabsatz befand, von Angesicht zu Angesicht einem breitschultrigen, kahlen Kind gegenüber. Dahinter kauerte eine Frau mit von grauen Strähnen durchzogenem Haar, und hinter ihr wiederum flohen ein halbes Dutzend Bedienstete.

Das kahle Kind hatte gerade ein immer noch in seiner juwelenbesetzten Scheide steckendes Langschwert von der Wand genommen. Seine Augen glänzten vor Entsetzen, und ein ungläubiger Ausdruck schien auf seinen Gesichtszügen festgefroren – er war noch dort, als sein Kopf von den Schultern flog.

Dann fand sich Karsa oben im hintersten Raum wieder, duckte sich unter der niedrigen Decke, während er über den letzten Diener hinwegtrat. Hinter ihm im Haus war alles still. Vor ihm befand sich eine junge Tiefländerin, die sich hinter einem Himmelbett verbarg.

Der Teblor ließ sein Schwert fallen. Einen Augenblick später hielt er sie vor sich, ihre Füße traten gegen seine Knie. Er packte sie mit der rechten Hand am Hinterkopf, drückte ihr Gesicht gegen die ölverschmierte Brustplatte seiner Rüstung.

Sie wehrte sich, dann zuckte ihr Kopf plötzlich zurück, wildes Feuer brannte in ihren Augen.

Karsa lachte und warf sie auf das Bett.

Tierische Laute drangen aus ihrem Mund, ihre langfingrigen Hände griffen nach ihm, als er sich über sie bewegte.

Die Frau krallte sich an ihm fest, ihr Rücken bog sich in verzweifeltem Verlangen.

Sie wurde bewusstlos, bevor er fertig war, und als er sich zurückzog, sah er, dass sie blutete. Doch sie würde überleben, das wusste er. Blutöl duldete kein gebrochenes Fleisch.

Er war wieder draußen im Regen, das Schwert in den Händen. Im Osten brach die Wolkendecke allmählich auf.

Karsa machte sich zum nächsten Haus auf.

Dann trieb sein Bewusstsein für einige Zeit davon, und als es zurückkehrte, fand er sich in einer Dachstube mit einem Fenster am hinteren Ende wieder, durch das helles Sonnenlicht strömte. Er hockte auf Händen und Knien, blutüberströmt, und an einer Seite lag der Körper eines fetten Kindes in zerfetzten Gewändern, dessen Augen blicklos zur Decke starrten.

Wellen von Schüttelfrost durchwogten ihn, sein Atem ging stoßweise, hallte in keuchenden Zügen dumpf in der engen, staubigen Dachstube wider. Er hörte Schreie von irgendwo draußen und kroch zu dem runden Fenster mit der dicken Glasscheibe am anderen Ende des Raums.

Unter ihm war die Hauptstraße, und er stellte fest, dass er sich in der Nähe des Westtors befand. Gestalten, die durch die Glasscheibe nur verzerrt zu erkennen waren, versammelten sich auf unruhigen Pferden – malazanische Soldaten. Noch während er zuschaute, setzten sie sich zu seinem Erstaunen plötzlich in Richtung Stadttor in Bewegung. Das Hufgetrappel wurde schnell leiser, als die Gruppe westwärts davonritt.

Der Krieger setzte sich langsam hin. Aus den Räumen unter ihm war nichts zu hören, und er wusste, dass in diesem Haus niemand mehr am Leben war. Er wusste auch, dass er durch mindestens ein Dutzend solcher Häuser gekommen sein musste, manchmal durch die Vordertür, häufiger jedoch durch versteckte Seiten- und Hintereingänge. Und dass all diese Häuser jetzt so still waren wie das, in dem er sich gerade befand.

Meine Flucht ist entdeckt worden. Aber was ist mit den Kopfjägern? Was ist mit den Städtern, die noch immer nicht auf der Straße sind, obwohl der Tag schon halb vorbei ist? Wie viele habe ich tatsächlich getötet?

Leise Schritte von unten – fünf, sechs Personen, die sich im Raum unter ihm verteilten. Karsa, dessen Sinne durch das Blutöl noch immer weit über das normale Maß hinaus geschärft waren, schnüffelte in der Luft, doch ihr Geruch war noch nicht zu ihm gedrungen. Aber er wusste es auch so – das waren Jäger, keine Soldaten. Er nahm einen tiefen Atemzug und hielt einen Augenblick die Luft an, dann nickte er vor sich hin. *Ja, die Krieger des Sklavenmeisters. Sie halten sich für schlauer als die Malazaner und wollen mich immer noch für ihren Herrn fangen.*

Karsa rührte sich nicht – sie würden jede Gewichtsverlagerung hören, das wusste er nur zu gut. Er wandte langsam den Kopf, warf einen Blick zur Bodenluke der Dachstube. Sie war geschlossen, obwohl er sich nicht daran erinnern konnte, sie zugemacht zu haben; vielleicht war sie auch durch ihr eigenes Gewicht wieder zugefallen. Aber wann sollte das gewesen sein? Sein Blick huschte zum Leichnam des Kindes. Das Blut, das aus den klaffenden Wunden strömte, war dick und floss langsam. Was bedeutete, dass bereits einige Zeit vergangen war.

Er hörte jemanden sprechen, und es dauerte einen Moment, bis ihm klar wurde, dass er die Sprache verstehen konnte. »Ein Glockenschlag, Borrug, vielleicht auch mehr.«

»Und wo ist Kaufmann Balantis?«, fragte ein anderer. »Hier sind seine Frau, die beiden Kinder … vier Diener – hatte er noch mehr?«
Es kam noch mehr Unruhe auf.
»Überprüft den Dachboden –«
»Wo die Diener geschlafen haben? Ich kann mir nicht vorstellen, dass der fette alte Balantis die Leiter hochgekommen sein soll.«
»Hier!«, rief eine andere Stimme von weiter drinnen. »Die Treppe zur Dachstube ist heruntergelassen!«
»In Ordnung, dann hat die Angst dem Kaufmann Flügel verliehen. Geh nach oben, und verschaff dir Gewissheit über die grausigen Einzelheiten, Astabb, und beeil dich. Wir müssen das nächste Haus überprüfen.«
»Beim Atem des Vermummten, Borrug, ich hab im letzten Haus fast mein Frühstück wieder ausgespuckt. Da oben ist alles ruhig, können wir's nicht einfach dabei belassen? Wer weiß, vielleicht ist der Bastard genau in diesem Augenblick dabei, die nächste Familie in Stücke zu hauen.«
Es war kurz still, dann: »In Ordnung, lasst uns gehen. Ich glaube, dieses Mal liegt Silgar völlig falsch. Die blutige Spur, die dieser Uryd hinter sich herzieht, führt direkt zum Westtor, und ich würde meinen Jahressold darauf verwetten, dass er schon längst zum T'lan-Pass unterwegs ist.«
»Dann werden die Malazaner ihn erwischen.«
»Ja, das werden sie. Kommt.«
Karsa lauschte, wie die Jäger sich an der Vordertür sammelten und dann wieder nach draußen gingen. Der Teblor blieb noch ein ganzes Dutzend Herzschläge lang vollkommen reglos sitzen. Silgars Männer würden keine weiteren blutigen Überbleibsel von Metzeleien finden. Das allein würde sie zurückbringen. Er schlich zur Falltür hinüber, hob sie hoch und stieg die blutbespritzten hölzernen Stufen hinunter. Überall im Korridor lagen Leichen herum, und es stank nach Tod.
Er ging rasch zum Hintereingang. Der Hof draußen war nur aufgewühlter Schlamm und Pfützen; an einer Seite lag ein Haufen Pflas-

tersteine und wartete auf das Eintreffen der Handwerker. Dahinter war eine relativ neue, niedrige steinerne Mauer, in deren Mitte sich ein Torbogen befand. Am Himmel über ihm zogen die Wolken rasch dahin. Schatten und Flecken aus Sonnenlicht krochen gleichmäßig über den Hof. Niemand war zu sehen.

Karsa rannte quer über den Hof und kauerte sich unter den Torbogen. Vor ihm lag ein von Furchen durchzogenes, enges Gässchen, das parallel zur Hauptstraße verlief. Auf der anderen Seite gab es ein paar unordentliche Haufen aus abgeschnittenem Laub inmitten von hohem gelbem Gras. Hinter diesen Haufen erhoben sich die Rückseiten weiterer Häuser.

Er war auf der Westseite der Stadt, und hier waren auch die Jäger. Auf der Ostseite wäre er sicherer. Andererseits waren dort wahrscheinlich die malazanischen Soldaten untergebracht ... obwohl er beobachtet hatte, wie mindestens dreißig von ihnen die Stadt durch das Westtor verlassen hatten. Wie viele mochten es dann wohl noch sein?

Karsa hatte die Malazaner zu seinen Feinden erklärt.

Der Krieger schlüpfte durch den Torbogen auf das Gässchen hinaus und bewegte sich in Richtung Osten. Tief geduckt rannte er schnell dahin. Seine Augen waren auf den Weg gerichtet, der vor ihm lag, immer auf der Suche nach Deckung; er rechnete jeden Augenblick mit dem Schrei, der verkündete, dass er entdeckt war.

Er begab sich in den Schatten eines großen Hauses, das sich leicht über das Gässchen neigte. Noch fünf Schritte weiter und er würde zu der breiten Straße kommen, die hinunter zum Seeufer führte. Sie unentdeckt zu überqueren würde sich wahrscheinlich als besondere Herausforderung erweisen. Silgars Jäger waren noch immer in der Stadt, ebenso wie eine unbekannte Anzahl malazanischer Soldaten. Genug, um ihm Ärger zu machen? Er wusste es nicht.

Fünf vorsichtige Schritte brachten ihn an den Rand der Straße. Am weiter entfernten, zum See hin gelegenen Ende hatte sich eine kleine Menschenmenge versammelt. In Tücher gewickelte Leichen wurden aus einem Haus getragen, während zwei Männer mit einer nackten, blutüberströmten Frau kämpften. Sie fauchte und spuckte und versuchte, ihnen die Augen auszukratzen. Es dauerte einen Augenblick, ehe Karsa sie wiedererkannte. Das Blutöl brannte noch immer in ihr, und die Menge war offensichtlich beunruhigt zurückgewichen, richtete ihre Aufmerksamkeit jedoch weiterhin auf die sich windende Frau.

Ein kurzer Blick nach rechts. Niemand zu sehen.

Karsa schoss über die Straße. Er war nur noch einen einzigen Schritt von dem gegenüberliegenden Gässchen entfernt, als er einen heiseren Schrei hörte, gefolgt von einem vielstimmigen Aufheulen. Während er durch den glucksenden Matsch schlitterte, hob der Krieger sein Schwert und richtete den Blick auf die Menge.

Und sah sie nur noch von hinten, denn die Menschen flohen wie panisches Wild und ließen die eingewickelten Leichen zurück. Die junge Frau, die plötzlich losgelassen wurde, fiel kreischend in den Schlamm; eine Hand zuckte vor, krallte sich um den Knöchel eines ihrer Häscher. Sie wurde eine Körperlänge durch den Schlamm gezogen, bevor es ihr gelang, den Mann zum Straucheln und dann zu Fall zu bringen. Mit einem höhnischen Lachen bestieg sie ihn.

Karsa stapfte in das Gässchen.

Eine Glocke begann wild zu läuten.

Er ging weiter, Richtung Osten, parallel zur Hauptstraße. Das Gässchen schien dreißig oder mehr Schritte entfernt vor einem langen einstöckigen, aus Stein erbauten Gebäude zu enden, dessen sichtbare Fenster mit schweren Läden versehen waren. Während er darauf zurannte, schossen drei malazanische Soldaten durch sein Blickfeld – alle drei trugen Helme, hatten die Visiere heruntergeklappt, und keiner von ihnen wandte ihm den Kopf zu.

Karsa wurde langsamer, als er sich dem Ende des Gässchens näherte. Er konnte nun mehr von dem Gebäude erkennen, das vor ihm lag. Es sah irgendwie anders aus als die anderen Häuser der Stadt, der Stil wirkte strenger, praktischer – ein Stil, den der Teblor bewundern konnte.

An der Mündung des Gässchens blieb er stehen. Ein kurzer Blick nach rechts zeigte ihm, dass das Gebäude vor ihm seine Vorderfront der Hauptstraße zuwandte; dahinter befand sich ein offener Platz, genau wie am Westtor, und gleich dahinter war der Rand der Stadtmauer zu sehen. Zu seiner Linken und deutlich näher endete das Gebäude an einer hölzernen Einzäunung, die von Ställen und Anbauten flankiert wurde. Karsa richtete seine Aufmerksamkeit wieder nach rechts und lehnte sich etwas weiter vor.

Die drei malazanischen Soldaten waren nirgends zu sehen.

Irgendwo hinter ihm läutete noch immer die Glocke, doch die Stadt wirkte merkwürdig verlassen.

Karsa rannte auf den Pferch zu. Er erreichte ihn, ohne dass es Alarmrufe gegeben hätte, sprang über das Geländer und bewegte sich an der Wand des Gebäudes entlang auf den Eingang zu.

Er stand offen. In dem Vorzimmer dahinter gab es Unmengen Haken, Gestelle und Regale für Waffen, doch all diese Waffen waren entfernt worden. In der stickigen, staubigen Luft hing die Erinnerung an Furcht. Karsa ging langsam in das Vorzimmer hinein. Gegenüber befand sich eine weitere Tür. Sie war geschlossen.

Ein einziger Tritt ließ sie krachend nach innen fliegen.

Dahinter war ein großer Raum mit Feldbetten auf beiden Seiten. Der Raum war leer.

Das Krachen, mit dem die Tür aufgesprungen war, verhallte; Karsa duckte sich unter dem Türrahmen hindurch, richtete sich dann auf und schaute sich witternd um. Das Zimmer roch nach Anspannung. Er spürte so etwas wie eine Präsenz – jemand oder etwas war noch immer hier, schaffte es jedoch irgendwie, unsichtbar zu sein. Der Krieger bewegte sich vorsichtig vorwärts. Er lauschte auf Atemgeräusche, hörte nichts, machte einen weiteren Schritt.

Die Schlinge fiel von oben herab, glitt über seinen Kopf und auf seine Schultern. Dann ein wilder Schrei, und sie schloss sich eng um seinen Hals.

Als Karsa sein Schwert hob, um das Hanfseil zu durchtrennen, sprangen hinter ihm vier Gestalten herunter; ein kräftiger Ruck ging durch das Seil und hob den Teblor von den Füßen.

Plötzlich erklang von oben ein splitterndes Geräusch, gefolgt von einem unzusammenhängenden Fluch, dann brach der Kreuzbalken; das Seil erschlaffte. Die Schlinge um Karsas Hals allerdings blieb stramm. Unfähig, Luft zu holen, wirbelte er herum, schwang das Schwert in einem waagerechten Hieb – der nichts als leere Luft durchschnitt. Die malazanischen Soldaten hatten sich bereits auf den Boden fallen lassen und zur Seite weggerollt.

Karsa zerrte das Seil von seinem Hals und ging dann auf den nächsten zurückkriechenden Soldaten los.

Magische Energie hämmerte von hinten auf ihn ein, eine wilde Woge hüllte ihn ein. Er kam kurz ins Straucheln und schüttelte sie dann mit einem wilden Aufschrei ab.

Er schwang sein Schwert. Der Malazaner vor ihm machte einen Satz nach hinten, doch die Schwertspitze erwischte ihn am rechten Knie und zerschmetterte das Gelenk. Der Mann schrie auf und brach zusammen.

Ein Netz aus Feuer fiel auf Karsa herab, ein ungeheuer schweres Geflecht aus Schmerz ließ ihn in die Knie gehen. Er versuchte, danach zu schlagen, doch die flackernden Fäden wichen seinen Hieben aus. Das Netz begann sich zusammenzuziehen, als wäre es lebendig.

Der Krieger kämpfte gegen das sich immer stärker zusammenziehende Geflecht an, war jedoch binnen weniger Augenblicke vollkommen hilflos.

Die ganze Zeit über waren die Schreie des verwundeten Soldaten zu hören, bis eine harte Stimme einen Befehl bellte und ein unheimliches Licht in dem Raum aufflackerte. Dann verstummten sie abrupt.

Gestalten drängten sich um Karsa, eine kauerte in der Nähe seines Kopfes. Ein dunkelhäutiges, narbiges Gesicht, ein kahler, tätowierter Schädel. Als der Mann lächelte, blitzte es golden auf. »Ich gehe davon aus, dass du die Sprache der Nathii verstehst, ja? Das ist gut. Du hast gerade Humpels schlimmes Bein noch um einiges schlimmer gemacht, und er wird bestimmt nicht glücklich darüber sein. Trotzdem – dass du uns sozusagen in den Schoß gefallen bist, ist mehr als ein Ausgleich für den Hausarrest, unter dem wir stehen –«

»Wir sollten ihn kaltmachen, Sergeant –«

»Das reicht, Scherbe. Glocke, geh und such den Sklavenmeister. Sag ihm, dass wir seine Beute haben. Er wird sie bekommen, aber nicht umsonst. Oh, und sei leise – ich will nicht, dass sich da draußen die ganze Stadt mit Fackeln und Mistgabeln aufbaut.« Der Sergeant blickte auf, als ein anderer Soldat herbeikam. »Gute Arbeit, Ebron.«

»Ich hätte mir, verdammt noch mal, fast in die Hose gemacht, Strang«, erwiderte der Mann namens Ebron, »als er das Übelste, was ich vorzuweisen habe, einfach so abgeschüttelt hat.«

»Nun, das beweist es doch mal wieder, oder?«, murmelte Scherbe.

»Beweist was?«, wollte Ebron wissen.

»Nun – nur, dass Klugheit das Üble immer schlägt, das ist alles.«

Sergeant Strang gab ein Brummen von sich und sagte dann: »Ebron, schau nach, was du für Humpel tun kannst, bevor er wieder zu sich kommt und noch mal zu schreien anfängt.«

»Mach ich. Für einen Zwerg hat er eine ziemlich beeindruckende Lunge, was?«

Strang griff nach unten und schob seine Hand vorsichtig zwischen den brennenden Strängen hindurch, um mit der Fingerspitze das Blutschwert anzutippen. »Hier haben wir also eines der berühmten hölzernen Schwerter. So hart, dass es sogar Stahl aus Aren bricht.«

»Schau dir die Schneide an«, sagte Scherbe. »Es liegt an diesem Harz, das sie benutzen – daraus besteht die eigentliche Schneide –.«

»Und es härtet gleichzeitig das Holz, ja. Ebron, dieses Netz – bereitet es ihm Schmerzen?«

Karsa konnte den Magier nicht sehen, als der jetzt antwortete. »Wenn du da drin wärst, Strang, würdest du so laut heulen, dass selbst die Schattenhunde davonlaufen würden. Das heißt einen oder zwei Herzschläge lang. Dann wärst du tot und würdest brutzeln wie Fett auf dem Herdstein.«

Strang blickte stirnrunzelnd auf Karsa hinunter, schüttelte langsam den Kopf. »Er zittert noch nicht mal. Beim Vermummten, was könnten wir alles ausrichten, wenn wir fünftausend von diesen Bastarden in unseren Reihen hätten.«

»Dann könnten wir vielleicht sogar den Mottwald säubern, was, Sergeant?«

»Das könnte sein.« Strang stand auf und trat einen Schritt zurück. »Und was hält Glocke jetzt so lange auf?«

»Wahrscheinlich kann er niemanden finden«, erwiderte Scherbe. »Hab' noch nie zuvor eine ganze Stadt gesehen, die sich so schnell zu den Booten aufgemacht hat.«

Im Vorzimmer erklangen Schritte, und Karsa lauschte auf die Ankunft von mindestens einem halben Dutzend Neuankömmlingen.

Eine sanfte Stimme sagte: »Ich danke Euch, Sergeant, dass Ihr mir mein Eigentum wiederbeschafft habt –«

»Er ist nicht mehr Euer Eigentum«, entgegnete Strang. »Er ist jetzt ein Gefangener des malazanischen Imperiums. Er hat malazanische Soldaten getötet, ganz zu schweigen davon, dass er imperialen Besitz zerstört hat, als er die Tür da vorne eingetreten hat.«

»Das kann nicht Euer Ernst sein –«

»Ich bin immer ernst, Silgar«, sagte Strang ruhig. »Ich kann mir vorstellen, was Ihr mit diesem Riesen vorhabt. Ihr wollt ihn kastrieren, ihm die Zunge rausreißen, ihn fesseln. Ihr wollt ihn an die Leine legen und die Städte südlich von hier bereisen, um Ersatz für Eure Kopfjäger zusammenzutrommeln. Doch wie die Faust über Eure Aktivitäten in Sachen Sklaverei denkt, ist allgemein bekannt. Dies hier ist besetztes Territorium – dies hier ist jetzt ein Teil des malazanischen Imperiums, ob Euch das nun gefällt oder nicht, und wir führen keinen Krieg gegen diese so genannten Teblor. Oh, ich muss zugeben, es gefällt uns nicht, wenn hier irgendwelche Abtrünnigen von den Bergen herunterkommen und rauben und plündern und Bürger des Imperiums töten und so weiter. Aus diesem Grund ist dieser Bastard nun in Arrest, und es ist gut möglich, dass er die übliche Strafe bekommt:

Verbannung in die Otataral-Minen meines guten alten Heimatlandes.« Strang ließ sich erneut neben Karsa nieder. »Was bedeutet, dass wir uns in nächster Zeit häufig sehen werden, denn unsere Abteilung ist auf dem Weg nach Hause. Es gibt Gerüchte über eine Rebellion und so weiter, obwohl ich nicht glaube, dass da viel passieren wird.«

Hinter ihm ergriff der Sklavenmeister noch einmal das Wort. »Sergeant, das malazanische Imperium hat seine Eroberungen auf diesem Kontinent im Augenblick, da Eure Hauptarmee vor den Wällen von Fahl festsitzt, alles andere als fest im Griff. Wollt Ihr hier wirklich einen Zwischenfall riskieren? Unsere regionalen Gebräuche so zu missachten –«

»Eure Gebräuche?« Strang, der immer noch auf Karsa hinunterschaute, bleckte die Zähne. »Es war Brauch der Nathii, davonzulaufen und sich zu verstecken, wenn die Teblor auf ihren Raubzügen waren. Euer sorgfältig und bewusst ausgeübter, verderblicher Einfluss auf die Sunyd ist einzigartig, Silgar. Die Vernichtung jenes Stammes war, von Eurer Warte aus betrachtet, ein geschäftliches Unternehmen. Und ein verdammt erfolgreiches noch dazu. Der Einzige, der hier etwas missachtet, seid Ihr – und zwar die malazanischen Gesetze.« Er blickte auf, und sein Lächeln wurde breiter. »Was im Namen des Vermummten glaubt Ihr eigentlich, was unsere Kompanie hier tut, Ihr parfümiertes Stück Abschaum?«

Urplötzlich lag eine gewaltige Spannung in der Luft, Hände schlossen sich um Schwertgriffe.

»Ich rate Euch, ganz ruhig zu bleiben«, sagte Ebron von der Seite her. »Ich weiß, dass Ihr ein Priester Maels seid, Silgar, und dass Ihr kurz davor steht, Euer Gewirr zu öffnen, aber ich werde Euch in eine klumpige Pfütze verwandeln, wenn Ihr auch nur zuckt.«

»Sagt Euren Schlägern, dass sie sich nicht von der Stelle rühren sollen«, sagte Strang, »oder dieser Teblor hier wird auf seiner Reise zu den Minen Gesellschaft haben.«

»Ihr würdet es nicht wagen –«

»Würde ich nicht?«

»Euer Hauptmann würde –«
»Nein, das würde er nicht.«
»Ich verstehe. Nun gut. Damisk, geh für einen Augenblick mit den Männern nach draußen.«
Karsa hörte Schritte, die sich entfernten.
»Also, Sergeant«, fuhr Silgar nach einer kurzen Pause fort, »wie viel?«
»Nun, ich muss zugeben, dass ich über irgendeine Art von Tauschhandel nachgedacht habe. Aber dann hat die Stadtglocke aufgehört zu läuten. Was mir sagt, dass wir keine Zeit mehr haben. Leider. Der Hauptmann ist zurück – da, hört Ihr? Hufgetrappel, das schnell näher kommt. Was bedeutet, dass wir uns nun ganz offiziell unterhalten, Silgar. Natürlich kann es auch sein, dass ich Euch die ganze Zeit hingehalten habe, bis Ihr schließlich die Geduld verloren und versucht habt, mich zu bestechen. Was, wie Ihr wisst, ein Verbrechen ist.«
Karsa hörte, dass die malazanische Truppe am Pferch angekommen war. Ein paar Rufe, das Stampfen von Hufen, ein kurzer Wortwechsel mit Damisk und den anderen Wächtern, die draußen standen, dann schwere Schritte auf den Planken des Fußbodens.
Strang drehte sich um. »Hauptmann –«
Eine polternde Stimme unterbrach ihn. »Ich dachte, ich hätte euch unter Hausarrest gestellt. Ebron, ich kann mich nicht erinnern, dir Erlaubnis erteilt zu haben, diese besoffenen Rüpel wieder zu bewaffnen ...« Die Worte des Hauptmanns verklangen.
Karsa konnte das Lächeln auf Strangs Gesicht förmlich spüren, als dieser sagte: »Der Teblor hat versucht, unser Quartier anzugreifen, Hauptmann –«
»Was euch ziemlich schnell wieder nüchtern gemacht hat.«
»Das hat es, Hauptmann. Folglich hat unser schlauer Magier hier sich entschlossen, uns unsere Waffen zurückzugeben, so dass wir diesen etwas zu groß geratenen Wilden gefangen nehmen konnten. Leider sind die Dinge seither noch etwas komplizierter geworden, Hauptmann.«

Silgar meldete sich zu Wort. »Hauptmann Gütig, ich bin hierher gekommen, um um Rückgabe meines Sklaven zu ersuchen, und dieser Trupp hier ist mir mit offener Feindseligkeit und voller Drohungen entgegengetreten. Ich vertraue darauf, dass ihr armseliges Verhalten kein Zeichen dafür ist, wie tief die malazanische Armee im Ganzen gesunken ist –«

»Das ist es ganz gewiss nicht, Sklavenmeister«, erwiderte Hauptmann Gütig.

»Hervorragend. Nun, wenn wir dann also unseren –«

»Er hat versucht, mich zu bestechen, Hauptmann«, sagte Strang in bekümmertem Tonfall.

Einen Moment war es vollkommen still, dann sagte der Hauptmann: »Ebron? Ist das wahr?«

»Ich fürchte, das ist es, Hauptmann.«

In Gütigs Stimme schwang ein Unterton kühler Zufriedenheit mit, als er sagte: »Wie bedauerlich. Bestechung ist immerhin ein Verbrechen ...«

»Das Gleiche habe ich ihm auch gerade gesagt«, bemerkte Strang.

»Ich wurde dazu aufgefordert, ein Angebot zu machen!«, zischte Silgar.

»Nein, das wurdet Ihr nicht«, erwiderte Ebron.

Hauptmann Gütig ergriff das Wort. »Leutnant Poren, stellt den Sklavenmeister und seine Jäger unter Arrest. Stellt zwei Trupps ab, die sich darum kümmern, dass sie im Stadtgefängnis eingekerkert werden. Steckt sie in getrennte Zellen und nicht zu diesem Banditenführer, den wir auf dem Rückweg aufgegriffen haben – dieser berüchtigte Knöchelchen hat hier wahrscheinlich nur wenig Freunde. Das heißt, abgesehen von denen natürlich, die wir östlich von hier entlang der Straße aufgehängt haben. Oh, und schickt einen Heiler her für Humpel – Ebron hat bei seinen Versuchen, dem armen Kerl zu helfen, offensichtlich eine mittlere Sauerei angerichtet.«

»Nun«, schnappte Ebron, »ich gebiete nicht über Denul, das wisst Ihr.«

»Pass auf deinen Ton auf, Magier«, warnte der Hauptmann ihn ruhig.

»Tut mir Leid, Hauptmann.«

»Ich muss zugeben, dass ich ein bisschen neugierig bin«, fuhr Gütig fort. »Was ist das für ein Zauberspruch, den du bei diesem Krieger angewandt hast?«

»Oh, äh, es ist eine besondere Form von Ruse –«

»Ja, ich kenne dein Gewirr, Ebron.«

»Ja, Hauptmann. Nun, äh, es wird benutzt, um Dhenrabi im Meer zu umstricken und zu betäuben –«

»*Dhenrabi?* Diese gigantischen Meereswürmer?«

»Ja, Hauptmann.«

»Tja – warum im Namen des Vermummten ist dieser Teblor dann nicht tot?«

»Das ist eine gute Frage, Hauptmann. Er ist eben ein verdammt harter Bursche, ja, das ist er wohl wirklich.«

»Beru schütze uns alle.«

»Ja, Hauptmann.«

»Sergeant Strang.«

»Ja, Hauptmann?«

»Ich habe mich entschlossen, die Anklage wegen Trunkenheit gegen dich und deinen Trupp fallen zu lassen. Kummer um gefallene Kameraden. Eine verständliche Reaktion, alles in allem betrachtet. Dieses Mal. Ihr solltet allerdings die nächste verlassene Taverne, in die ihr hineinstolpert, nicht als Einladung auffassen, schon wieder solch ein lasterhaftes Verhalten an den Tag zu legen. Hast du mich verstanden?«

»Voll und ganz, Hauptmann.«

»Gut. Ebron, teile den Trupps mit, dass wir dieses malerische Städtchen verlassen. Und zwar so bald wie möglich. Sergeant Strang, dein Trupp kümmert sich darum, die Vorräte zu verstauen. Das wäre alles, Soldaten.«

»Und was ist mit diesem Krieger?«, fragte Ebron.

»Wie lange wird dieses magische Netz halten?«

»So lange Ihr wollt, Hauptmann, aber die Schmerzen –«

»Er scheint sie ertragen zu können. Lass ihn, wie er ist, und denk in der Zwischenzeit darüber nach, wie wir ihn auf einen Wagen bekommen.«

»Ja, Hauptmann. Wir werden lange Stangen brauchen –«

»Was auch immer«, murmelte Hauptmann Gütig und schritt davon.

Karsa spürte, dass der Magier auf ihn herabstarrte. Die Schmerzen waren schon lange verblasst, egal, was Ebron dachte; in der Tat hatte das ständige gleichmäßige Anspannen und Lockern der Muskeln des Teblor angefangen, das Netz zu schwächen.

Nicht mehr lange, und dann ...

Kapitel Drei

Unter den Gründerfamilien von Darujhistan
findet man auch die Familie Nom.

Die Adelshäuser von Darujhistan
Misdry

Ich habe dich vermisst, Karsa Orlong.«

Torvald Noms Gesicht war mit schwarzen und blauen Flecken übersät, sein rechtes Auge zugeschwollen. Er war an die vordere Wand des Wagens gekettet und lag auf verrottetem Stroh, während er zusah, wie die Malazaner den Teblor auf den Wagen hinunterließen. Sie benutzten dabei entastete Schösslinge, die sie unter die Glieder des riesigen, in das Netz gehüllten Kriegers geschoben hatten. Der Wagen schwankte und ächzte, als Karsas Gewicht auf ihn herabsank.

»Die verdammten Ochsen können einem Leid tun«, sagte Scherbe, während er einen der Schösslinge zurückzog. Sein Atem ging schwer, und sein Gesicht war vor Anstrengung gerötet.

Ein zweiter Wagen stand in der Nähe, gerade noch in Karsas Blickfeld. Auf der Ladefläche dieses Wagens saßen Meister Silgar, Damisk und drei weitere Nathii-Tiefländer. Das Gesicht des Sklavenmeisters war bleich, der blau-goldene Saum seiner teuren Gewänder fleckig und verknittert. Als Karsa ihn sah, lachte er auf.

Silgars Kopf fuhr herum, der Blick seiner dunklen Augen bohrte sich wie ein Messer in den Uryd-Krieger.

»Sklavenräuber!«, schnaubte Karsa höhnisch.

Scherbe, der malazanische Soldat, kletterte auf das Seitenbord des Wagens und beugte sich herüber, um Karsa einen Augenblick lang zu mustern; dann schüttelte er den Kopf. »Ebron!«, rief er. »Komm und sieh dir das an. Das Netz ist nicht mehr, was es mal war.«

Der Magier kletterte zu ihm hinauf. Seine Augen wurden schmal. »Der Vermummte soll ihn holen«, murmelte er. »Besorg uns ein paar Ketten, Scherbe. Schwere Ketten, und zwar viele. Sag auch dem Hauptmann Bescheid – und beeil dich.«

Der Soldat verschwand aus Karsas Blickfeld.

Ebron starrte finster auf ihn herunter. »Hast du Otataral in deinen Adern? Bei Nerruse, dieser Spruch hätte dich längst töten müssen. Wie lange dauert das nun schon – drei Tage? Und wenn du schon nicht stirbst, hätten die Schmerzen dich wenigstens wahnsinnig machen müssen. Aber du bist nicht verückter, als du schon vor einer Woche warst, stimmt's?« Sein Gesichtsausdruck wurde noch finsterer. »Da ist etwas an dir ... etwas ...«

Plötzlich kamen an allen Seitenwänden Soldaten heraufgeklettert; einige zerrten Ketten hinter sich her, während andere sich mit gespannten Armbrüsten etwas im Hintergrund aufbauten.

»Können wir das Ding berühren?«, fragte einer, während er sich zögernd über Karsa beugte.

»Jetzt ja«, erwiderte Ebron und spuckte aus.

Karsa prüfte die magischen Fesseln in einer einzigen, ruckartigen Bewegung, die ihn unwillkürlich aufbrüllen ließ. Stränge rissen.

Ängstliche Schreie waren die Antwort. Wilde Panik brach aus.

Als der Uryd begann, sich loszureißen, das Schwert noch immer in der rechten Hand, krachte etwas Hartes mit voller Wucht seitlich gegen seinen Kopf.

Dunkelheit umfing ihn.

Als er erwachte, lag er mit ausgebreiteten Armen und Beinen rücklings auf dem Wagen, der unter ihm ruckelte und holperte. Seine Gliedmaßen waren mit schweren Ketten umwickelt, die an den Seitenwänden befestigt worden waren. Weitere Ketten zogen sich kreuz und quer über seine Brust und seinen Bauch. Getrocknetes, verkrustetes Blut bedeckte die linke Seite seines Gesichts und verklebte das Augenlid. Er konnte den Staub riechen, der zwischen den Bodenbrettern aufstieg, und seine eigene Galle.

Von irgendwo hinter Karsas Kopf erklang Torvalds Stimme. »Dann bist du also doch noch am Leben. Für mich hast du nämlich ganz schön tot ausgesehen, auch wenn die Soldaten was anderes gesagt haben. Und du riechst auch so. Na ja, fast ... Nur falls du dich wunderst, mein Freund, du warst sechs Tage bewusstlos. Dieser Sergeant mit den Goldzähnen hat ganz schön hart zugeschlagen. Der Stiel der Schaufel ist glatt abgebrochen.«

Ein scharfer, pulsierender Schmerz schoss durch Karsas Kopf, als er versuchte, ihn von den stinkenden Holzplanken zu heben. Er verzog das Gesicht zu einer Grimasse und ließ sich wieder zurücksinken. »Zu viele Worte, Tiefländer. Sei still.«

»Still zu sein liegt leider ganz und gar nicht in meiner Natur. Aber du musst natürlich nicht zuhören. Nun, du magst vielleicht anderer Ansicht sein, aber wir sollten feiern, dass wir so viel Glück hatten. Gefangene der Malazaner ist eindeutig besser, als Silgars Sklaven zu sein. Zugegeben, es könnte sein, dass ich am Ende wie ein gewöhnlicher Verbrecher hingerichtet werde – was natürlich auch genau das ist, was ich bin –, aber es ist wahrscheinlicher, dass wir beide zur Zwangsarbeit in die Minen im Reich der Sieben Städte geschickt werden. Bin noch nie da gewesen, aber ich weiß, dass es eine lange Reise ist, über Land und übers Meer. Es könnten Piraten auftauchen. Oder Stürme. Wer weiß? Könnte sogar sein, dass die Minen längst nicht so schlimm sind, wie die Leute sagen. Ein bisschen graben – na und? Ich kann den Tag kaum erwarten, an dem sie dir eine Spitzhacke in die Hand drücken – meine Güte, würde dir das nicht Spaß machen? Es gibt also eine Menge, worauf wir uns freuen können, meinst du nicht auch?«

»Einschließlich darauf, dir die Zunge rauszureißen.«

»War das ein Witz? Der Vermummte soll mich holen, ich hätte nicht gedacht, dass du Humor hast, Karsa Orlong. Willst du noch etwas sagen? Nur zu.«

»Ich habe Hunger.«

»Wir werden heute Nacht Culvernfurt erreichen – wir sind nur quälend langsam vorangekommen, und daran bist du schuld, denn es scheint, als würdest du mehr wiegen, als du solltest, mehr sogar als Silgar und seine vier Schläger. Ebron sagt, du hast kein normales Fleisch – das gilt natürlich auch für die Sunyd, aber bei dir ist es noch schlimmer. Reineres Blut, nehme ich an. Gemeineres Blut, das ist jedenfalls sicher. Ich erinnere mich, wie einmal – ich war noch ein junger Bursche – eine Truppe mit einem gefesselten grauen Bären nach Darujhistan gekommen ist. Hatten ihn außerhalb von Sorgenstadt in ein großes Zelt gesteckt, und ich habe einen Splitter bezahlt, um ihn zu sehen. Gleich am ersten Tag war ich da. Die Menge war riesig. Alle hatten gedacht, graue Bären wären schon seit Jahrhunderten ausgestorben –«

»Dann seid ihr alle Narren«, brummte Karsa.

»Das waren wir auch – denn da war er ja. Sie hatten ihm ein Halsband angelegt und ihn mit Ketten gefesselt, und seine Augen waren ganz rot und blutunterlaufen. Die Menge ist in das Zelt geströmt – ich mittendrin –, und dann ist das Tier wild geworden. Hat sich losgerissen, als ob die Ketten aus geflochtenem Gras gewesen wären. Du kannst dir die Panik nicht vorstellen. Ich wurde zu Boden getrampelt, aber ich habe es geschafft, unter dem Zelt rauszukriechen, und mein dünner, aber entzückender Körper ist größtenteils heil geblieben. Und der Bär – tja, Leichen säumten seinen Weg, er ist direkt auf die Gadrobi-Hügel zugestürmt und ward nicht mehr gesehen. Klar, bis heute halten sich die Gerüchte, dass der Bastard immer noch da ist und gelegentlich einen Hirten ... mitsamt seiner Herde verschlingt. Wie auch immer, wenn ich dich ansehe, kommt mir dieser graue Bär in den Sinn, Uryd. In deinen Augen steht der gleiche Ausdruck. Ein Ausdruck, der sagt: *Ketten werden mich nicht halten.* Und aus diesem Grund bin ich ziemlich neugierig darauf, was wohl als Nächstes passieren wird.«

»Ich werde mich nicht in den Hügeln verstecken, Torvald Nom.«

»Hab auch nicht gedacht, dass du das tun würdest. Weißt du schon, wie sie dich auf das Gefangenenschiff verladen wollen? Scherbe hat es mir erzählt. Sie werden die Räder von dem Wagen abmachen. Das war's. Du wirst den ganzen Weg ins Reich der Sieben Städte auf diesem verdammten Wagenboden liegen.«

Die Räder des Wagens rutschten in tiefe, steinige Furchen, und der Ruck jagte den Schmerz in Wellen durch Karsas Kopf.

»Bist du noch da?«, fragte Torvald einen Augenblick später.

Karsa blieb still.

»Nun, auch gut«, seufzte der Daru.

Führe mich, Kriegsführer.

Führe mich.

Dies war nicht die Welt, die er erwartet hatte. Die Tiefländer waren schwach und stark zugleich, und zwar auf eine Weise, die er nur schwer verstehen konnte. Er hatte Hütten gesehen, die übereinander – eine auf der anderen – gebaut worden waren; er hatte Wasserfahrzeuge gesehen, so groß wie die Häuser der Teblor.

Sie hatten ein Gehöft erwartet und eine Stadt gefunden. Sie hatten damit gerechnet, fliehende Feiglinge niederzumetzeln, und stattdessen waren ihnen grimmige Gegner entgegengetreten, die nicht zurückwichen.

Und sie hatten Sunyd-Sklaven gefunden. Das war die entsetzlichste Entdeckung überhaupt gewesen. Teblor, deren Geist gebrochen war. Er hätte nicht gedacht, dass so etwas überhaupt möglich sein könnte.

Ich werde die Ketten der Sunyd zerreißen. Das schwöre ich bei den Sieben. Ich werden den Sunyd im Gegenzug Tiefländer-Sklaven geben – nein. Das zu tun wäre genauso falsch wie das, was die Tiefländer den Sunyd angetan haben, was sie tatsächlich auch ihren eigenen Verwandten angetan haben. Nein, mit seinem Schwert Seelen einzusammeln war eine weitaus sauberere, eine weitaus reinere Erlösung.

Er wunderte sich über diese Malazaner. Sie waren, so viel war klar, ein Stamm, der sich grundsätzlich von den Nathii unterschied. Eroberer, wie es schien, aus einem fernen Land, die sich an strikte Gesetze hielten. Diejenigen, die sie gefangen nahmen, waren keine Sklaven, sondern Gefangene, auch wenn es ihm allmählich so vorkam, als wäre die Bezeichnung der einzige Unterschied. Auch er würde arbeiten müssen.

Doch er wollte nicht arbeiten. Und daher war es eine Bestrafung, die dazu gedacht war, seinen kriegerischen Geist zu beugen und mit der Zeit zu brechen. Und das wäre ein Schicksal, das dem der Sunyd gleichkam.

Aber das wird nicht geschehen, denn ich bin ein Uryd, kein Sunyd. Sie werden mich töten müssen, wenn ihnen erst einmal klar wird, dass sie mich nicht beherrschen können. Nun weiß ich also, woran ich bin. Ich darf sie das nicht zu früh erkennen lassen, sonst werde ich niemals von diesem Wagen runterkommen.

Torvald Nom hat von Geduld gesprochen – dem Kodex der Gefangenen. Urugal, vergib mir, denn ich muss mich jetzt zu diesem Kodex bekennen. Ich muss so tun, als würde ich nachgeben.

Doch noch während ihm diese Gedanken durch den Kopf gingen, wusste er, dass es unmöglich war. Diese Malazaner waren zu schlau. Sie wären Narren, würden sie ihm trauen, nur weil er plötzlich nicht mehr versuchte, sich zu befreien. Nein, er würde sie auf eine andere Art täuschen müssen.

Delum Thord. Du sollst nun mein Führer sein. Dein Verlust ist mein Geschenk. Du bist den Pfad vor mir gegangen, du hast mir die Schritte gezeigt. Ich werde wieder erwachen, doch es soll nicht mit einem gebrochenen Geist, sondern mit einem gebrochenen Verstand sein.

Der malazanische Sergeant hatte wirklich hart zugeschlagen. Die Muskeln in seinem Nacken waren verspannt und krampften sich eng um sein Rückgrat. Selbst das Luftholen verursachte stechende Schmerzen. Er versuchte, langsamer zu atmen, und wandte seine Gedanken bewusst von den Schmerzen ab, die ihm seine Nerven übermittelten.

Die Teblor hatten jahrhundertelang in Blindheit gelebt, hatten keine Ahnung von der wachsenden Zahl der Tiefländer und der dadurch wachsenden Bedrohung gehabt. Grenzen, die einst mit grausamer Entschlossenheit verteidigt wurden, waren aus irgendwelchen Gründen aufgegeben und offen gelassen worden für die alles vergiftenden Einflüsse aus dem Süden. Es war wichtig, das wurde Karsa klar, den Grund für dieses moralische Versagen zu finden. Die Sunyd waren niemals einer der stärksten Stämme gewesen, doch sie waren trotzdem Teblor, und was sie befallen hatte, konnte mit der Zeit auch alle anderen befallen. Es war unangenehm, sich dieser Tatsache zu stellen, doch davor die Augen zu verschließen würde bedeuten, den gleichen Weg noch einmal zu gehen.

Es gab Fehler, mit denen man sich auseinander setzen musste. Pahlk, sein eigener Großvater, war bei weitem nicht der Krieger mit den glorreichen Taten gewesen, der zu sein er vorgegeben hatte. Wäre Pahlk mit wahren Geschichten zum Stamm zurückgekehrt, wären die Warnungen, die darin mitschwangen, gehört worden. Eine langsame, aber unaufhaltsame Invasion kam Schritt für Schritt auf die Teblor zu. Ein Krieg, der ihren Geist ebenso bedrohte wie ihre Siedlungsgebiete. Vielleicht hätten solche Warnungen schon ausgereicht, die Stämme zu vereinen.

Er dachte darüber nach, und Dunkelheit legte sich auf seine Gedanken. Nein. Pahlks Versagen war noch größer gewesen; sein größtes Verbrechen waren nicht seine Lügen – es war sein Mangel an Mut. Er war unfähig gewesen, sich von den Strukturen zu befreien, die die Teblor banden. Die Verhaltensregeln seines Volkes, die engen Grenzen der Erwartungen und das für sie typische Festhalten am Althergebrachten, das Abweichler mit der Drohung tödlicher Isolation zermalmte – das waren die Dinge, die seinem Großvater den Mut geraubt hatten.

Aber wahrscheinlich nicht meinem Vater.

Der Wagen unter ihm ruckte ein weiteres Mal.

Ich habe dein Misstrauen als Schwäche betrachtet. Deinen Unwillen, an den endlosen, tödlichen Spielen unseres Stammes teilzunehmen, bei denen es um Stolz und Vergeltung geht – das habe ich als Feigheit angesehen. Andererseits – was hast du getan, um unsere Traditionen herauszufordern? Nichts. Deine einzige Antwort war, dich

zu verstecken – und alles herabzusetzen, was ich getan habe, meine Hingabe zu verspotten ...
Um mich auf diesen Augenblick vorzubereiten.
Sehr schön, Vater, ich kann den Schimmer der Zufriedenheit in deinen Augen sehen, oh ja. Aber das eine sage ich dir: Du hast deinem Sohn nichts als Verletzungen zugefügt. Und ich habe mehr als genug Verletzungen ertragen.

Urugal war mit ihm. Alle Sieben waren mit ihm. Ihre Macht würde ihn all dem gegenüber unempfindlich machen, was seinem Geist zusetzte. Eines Tages würde er zu seinem Volk zurückkehren und die herrschenden Regeln zerschmettern. Er würde die Teblor vereinen, und sie würden hinter ihm her marschieren ... hinunter ins Tiefland.

All die Dinge, die bis zu jenem Augenblick geschehen würden, all das, was ihn jetzt quälte, war nichts weiter als Vorbereitung. Er würde die Waffe der Erlösung sein, und es war der Feind selbst, der sie jetzt schärfte.

Es scheint, als wären beide Seiten mit Blindheit geschlagen. Und so werden meine Worte sich als wahr erweisen.

Dies waren seine letzten Gedanken, ehe er erneut das Bewusstsein verlor.

Aufgeregte Stimmen weckten ihn. Der Abend dämmerte, und die Luft war voller Gerüche nach Pferden, Staub und gewürzten Gerichten. Der Wagen unter ihm bewegte sich nicht, so dass er neben den Stimmen die Geräusche vieler Menschen bei den unterschiedlichsten Verrichtungen hören konnte, untermalt vom Rauschen eines Flusses.

»Oh, du bist mal wieder wach«, sagte Torvald Nom.

Karsa öffnete die Augen, bewegte sich aber nicht.

»Das hier ist Culvernfurt«, fuhr der Daru fort. »Hier schwirren die neuesten Nachrichten aus dem Süden umher, sie haben mächtig Wirbel gemacht. Naja, ein kleiner Wirbel, angesichts der Größe dieser Scheißhausgrube von einer Stadt. Hier haust der Abschaum der Nathii, das sagt eine ganze Menge. Die malazanische Kompanie ist aber ziemlich durcheinander. Fahl ist gefallen, verstehst du. Eine große Schlacht mit einer Menge Magie, und Mondbrut hat sich zurückgezogen – hat sich wohl tatsächlich nach Darujhistan begeben. Beru soll mich holen, ich wünschte, ich wäre in diesem Augenblick dort und könnte sehen, wie die Festung den See überquert ... was für ein Anblick! Die Kompanie wünscht sich natürlich, sie wäre dort gewesen und hätte an der Schlacht teilgenommen. Idioten, aber so sind Soldaten nun mal –«

»Und warum nicht?«, ertönte Scherbes bellende Stimme. Der Wagen schwankte leicht, als der Mann erschien. »Das Ashok-Regiment hat etwas Besseres verdient, als hier oben festzusitzen und Banditen und Sklavenhändler zu jagen.«

»Das Ashok-Regiment – das seid ihr, nehme ich an«, sagte Torvald.

»Hm. Veteranen, vom ersten bis zum letzten Mann.«

»Und warum *seid* ihr dann nicht unten im Süden, Korporal?«

Scherbe verzog das Gesicht und wandte sich mit zusammengekniffenen Augen ab. »Sie traut uns nicht, deshalb«, murmelte er. »Wir kommen aus dem Reich der Sieben Städte, und die Hexe traut uns nicht.«

»Entschuldige«, sagte Torvald, »aber wenn sie – und ich nehme an, damit meinst du eure Imperatrix – euch nicht traut, warum schickt sie euch dann nach Hause? Heißt es nicht, dass im Reich der Sieben Städte eine Rebellion droht? Wenn ihr abtrünnig werden könntet, würde sie euch dann nicht lieber hier in Genabackis behalten wollen?«

Scherbe starrte auf Torvald Nom herunter. »Warum spreche ich eigentlich mit dir, Dieb? Du könntest, verdammt noch mal, einer ihrer Spione sein. Oder eine Klaue, was weiß ich.«

»Wenn ich das bin, Korporal, dann habt ihr mich nicht sonderlich gut behandelt. Eine Kleinigkeit, die ich sicherlich in meinen Bericht aufnehmen werde – den geheimen Bericht, das heißt denjenigen, den ich heimlich schreibe. *Scherbe*, nicht wahr? Wie ein Stück zerbrochenes Glas, ja? Und du hast die Imperatrix ›Hexe‹ genannt –«

»Halt's Maul«, schnaubte der Malazaner.

»Ich habe nur auf etwas hingewiesen, was ziemlich offensichtlich ist, Korporal.«

»Das glaubst auch nur du«, sagte Scherbe höhnisch, als er von der Seite des Wagens sprang und außer Sicht geriet.

Torvald Nom sagte mehrere Herzschläge lang nichts, dann wandte er sich an den Teblor: »Karsa Orlong, kannst du dir vorstellen, was dieser Mann mit seiner letzten Bemerkung gemeint hat?«

Karsa antwortete mit leiser Stimme: »Hör gut zu, Torvald Nom. Ein Krieger, der mir gefolgt ist – Delum Thord –, wurde auf den Kopf geschlagen. Sein Schädel ist gebrochen, und Gedankenblut ist ausgetreten. Sein Verstand konnte den Weg zurück nicht mehr finden. Er war hilflos, harmlos. Ich bin auch auf den Kopf geschlagen worden. Mein Schädel ist gebrochen und Gedankenblut ist ausgetreten –«

»Eigentlich hast du nur gesabbert –«

»Sei still. Hör zu. Und antworte leise, wenn du unbedingt antworten willst. Ich bin jetzt zweimal aufgewacht, und du hast beobachtet –«

Torvald unterbrach ihn mit einem leisen Murmeln. »Dass dein Verstand irgendwo unterwegs verloren gegangen ist oder so. Habe ich etwas in der Art beobachtet? Du brabbelst sinnloses Zeugs, singst Kinderlieder und so. In Ordnung. Schön. Ich werde mitspielen – unter einer Bedingung.«

»Was für eine Bedingung?«

»Dass du, wann immer du es schaffst zu entkommen, mich ebenfalls befreist. Du denkst vielleicht, das wäre eine Kleinigkeit, aber ich versichere dir –«

»Schon gut. Ich, Karsa Orlong von den Uryd, gebe dir mein Wort.«

»Gut. Mir gefällt, wie förmlich dieser Schwur klingt. Klingt echt so, als wäre er ernst gemeint.«

»Das ist er. Mach dich nicht über mich lustig, sonst töte ich dich, nachdem ich dich befreit habe.«

»Ah, jetzt kommt's raus, die Sache hat doch noch einen Haken. Ich muss dir also leider noch einen anderen Schwur entlocken –«

Der Teblor stieß voller Ungeduld ein zorniges Brummen aus, doch dann gab er nach und sagte: »Ich, Karsa Orlong, werde dich nicht töten, nachdem ich dich befreit habe, außer es gibt gute Gründe.«

»Erkläre mir, was das für Gründe sein könnten –«

»Sind alle Daru so wie du?«

»Es muss keine vollständige Liste sein. ›Gründe‹ könnten … sagen wir mal versuchter Mord oder Verrat sein – und natürlich auch Spott. Kannst du dir noch andere vorstellen?«

»Zu viel Geschwätz.«

»Nun, mit *dem* ›Grund‹ kommen wir in sehr graue, sehr trübe Gefilde, meinst du nicht? Schließlich hat das auch was mit kulturellen Unterschieden –«

»Ich glaube, Darujhistan wird die erste Stadt sein, die ich erobern werde –«

»Ich habe allerdings so ein Gefühl, dass die Malazaner vor dir da sein werden, fürchte ich. Stell dir vor, meine geliebte Heimatstadt ist noch nie erobert worden, obwohl sie zu geizig ist, ein stehendes Heer zu unterhalten. Die Götter schauen nicht nur mit dem Auge des Beschützers auf Darujhistan herab, sondern sie trinken wahrscheinlich auch in unseren Tavernen. Auf jeden Fall – oh, schsch, da kommt jemand.«

Schritte näherten sich, dann beobachtete Karsa mit zusammengekniffenen Augen, wie Sergeant Strang in sein Blickfeld geklettert kam und Torvald Nom mehrere Augenblicke lang finster anstarrte. »Du siehst ganz gewiss nicht wie eine Klaue aus …«, sagte er schließlich. »Aber vielleicht ist das ja auch gerade der Trick.«

»Vielleicht ist er das.«

Strang drehte sich nach Karsa um, und der Teblor schloss die Augen ganz. »Ist er schon wieder aufgewacht?«

»Zweimal. Hat aber nur gesabbert und tierische Geräusche von sich gegeben. Ich glaube, du hast sein Gehirn beschädigt – mal angenommen, er hat wirklich eins.«

Strang grunzte. »Könnte eine gute Sache sein, so lange er uns nicht wegstirbt. Nun, wo war ich stehen geblieben?«

»Torvald Nom, die Klaue.«

»Ach ja, richtig. In Ordnung. Doch auch so werden wir dich weiterhin wie einen Banditen behandeln – bis du uns beweist, dass du etwas anderes bist –, und daher wirst du wie alle anderen auch in die Otataral-Minen geschickt. Das heißt, wenn du *tatsächlich* eine Klaue bist, solltest du es uns lieber sagen, bevor wir Genabaris verlassen.«

»Vorausgesetzt, natürlich«, sagte Torvald lächelnd, »dass es nicht zu meinem Auftrag gehört, mich als Gefangener in den Otataral-Minen zu tarnen.«

Strang runzelte die Stirn, dann zischte er einen Fluch und sprang vom Wagen.

»Schafft diesen verdammten Wagen auf die Fähre! Jetzt gleich!«, hörten sie ihn rufen.

Die Räder setzten sich quietschend in Bewegung, die Ochsen muhten.

Torvald Nom seufzte, lehnte den Kopf gegen das Seitenbord und schloss die Augen.

»Du spielst ein gefährliches Spiel«, murmelte Karsa.

Der Daru öffnete ein Auge. »Ein Spiel, Teblor? In der Tat, aber vielleicht ein anderes, als du glaubst.«

Karsa verlieh seinem Abscheu mit einem Grunzen Ausdruck.

»Sei nicht so schnell damit, etwas abzutun, was –«

»Doch, das bin ich«, erwiderte der Krieger, während die Ochsen den Wagen auf eine Rampe aus hölzernen Planken zogen. »Meine Gründe sollen sein ›versuchter Mord, Verrat, Spott und eine dieser Klauen zu sein‹.«

»Und zu viel zu reden?«

»Es scheint, als würde ich diesen Fluch ertragen müssen.«

Torvald neigte langsam den Kopf; dann grinste er. »Einverstanden.«

Auf eine merkwürdige Weise erwies sich die Disziplin, die es erforderte, die ganze Zeit so zu tun, als wäre sein Geist verwirrt, als Karsas größter Verbündeter in dem Versuch, nicht wahnsinnig zu werden. Erst Tage, dann Wochen mit ausgebreiteten Armen und Beinen am Boden eines Wagens angekettet auf dem Rücken zu liegen war eine Tortur, die anders war als alles, was der Teblor je für möglich gehalten hätte. Ungeziefer krabbelte überall auf ihm herum, und er hatte tausende von Bissen und Stichen, die unaufhörlich juckten. Er wusste von großen Tieren aus den Wäldern, die von Mücken und Schwarzfliegen in den Wahnsinn getrieben worden waren, und nun verstand er, wie so etwas geschehen konnte.

Am Ende eines jeden Tages wurde er mit mehreren Eimern eiskalten Wassers übergossen und von dem Viehtreiber gefüttert, der den Wagen lenkte, einem alten, übel riechenden Nathii, der sich mit einem rauchgeschwärzten eisernen Topf, in dem sich eine Art dicker, sämiger Eintopf befand, neben seinem Kopf hinkauerte. Der Mann benutzte einen großen hölzernen Löffel, um Karsa den kochend heißen, malzigen Getreidebrei und das zähe Fleisch in den Mund zu stopfen; die Lippen, die Zunge und die Innenseite der Wangen des Teblor waren schrecklich verbrüht und mit Blasen besetzt, denn er wurde so häufig gefüttert, dass die Zeit dazwischen nicht zum Heilen ausreichte.

Die Mahlzeiten wurden zu einer Tortur, die erst dann ein wenig erträglicher wurde, als Torvald den Viehtreiber überredete, diese Aufgabe übernehmen zu dürfen; so konnte er sicherstellen, dass der Eintopf genügend abgekühlt war, bevor er Karsa in den Mund gestopft wurde. Binnen weniger Tage waren die Blasen verschwunden.

Der Teblor bemühte sich, seine Muskeln in Form zu halten, indem er sie spät in der Nacht immer wieder anspannte und entspannte, doch alle seine Gelenke schmerzten durch das lange Stillliegen, und er konnte nichts dagegen tun.

Manchmal geriet seine Disziplin ins Wanken, und seine Gedanken wanderten zurück zu der Dämonin, die er und seine Freunde befreit hatten. Jene Frau, die Forkassal, war eine unvorstellbar lange Zeit unter dem massiven Stein eingeklemmt gewesen. Sie hatte es geschafft, sich ein bisschen Bewegung zu verschaffen, und sie hatte sich zweifellos auch an das Gefühl geklammert voranzukommen – wenn auch schrecklich langsam –, als sie an dem Stein herumgekratzt hatte. Doch selbst wenn dem so war, konnte Karsa nicht begreifen, wie sie dem Wahnsinn und letzten Endes dem Tod hatte widerstehen können, der ihm gefolgt wäre.

Bei dem Gedanken an sie fühlte er sich beschämt; sein Geist war geschwächt durch seine zunehmende körperliche Schwäche in diesen Ketten, vom Liegen auf den roh behauenen Bohlen des Wagens, die seine Haut wund scheuerten, von seinen verdreckten Kleidern und der unerträglichen Tortur, die die Läuse und Flöhe darstellten.

Torvald begann mit ihm zu reden, wie er mit einem Kind geredet hätte – oder mit einem Schoßtier. Beruhigende Worte in einem besänftigenden Tonfall, und der Fluch des Zuvielredens verwandelte sich in etwas, an dem Karsa sich festhalten konnte, an das er sich immer fester und verzweifelter klammerte.

Die Worte fütterten ihn, hielten seinen Geist davon ab, zu verhungern. Sie maßen die Zyklen von Tagen und Nächten, die verstrichen, lehrten ihn die Sprache der Malazaner, vermittelten ihm eine Vorstellung von den Orten, durch die sie reisten. Nach Culvernfurt war Ninsanograeft gekommen, eine größere Stadt, wo Horden von Kindern auf den Wagen geklettert waren und ihn gestoßen und geknufft hatten, bis Scherbe gekommen war und sie vertrieben hatte. Dort hatten sie einen weiteren Fluss überquert. Dann führte ihr Weg sie nach Malybruck, eine Stadt von ähnlicher Größe wie Ninsanograeft, und siebzehn Tage später starrte Karsa schließlich zu dem bogenförmigen steinernen Torweg einer Stadt – Tanys – hinauf, dessen Wölbung über ihn hinwegglitt, während der Wagen sich rumpelnd über eine gepflasterte Straße quälte, an der große Gebäude mit drei oder sogar vier Stockwerken standen. Und rings um ihn waren die Geräusche von Menschen – von weit mehr Tiefländern, als Karsa sich je hätte träumen lassen.

Tanys war eine Hafenstadt, die auf einer stufig ansteigenden Hügelkette am Ostufer der Malynsee lag. Ihr Wasser war brackig, so wie man es auch in einer Reihe von Quellen in der Nähe der Rathyd-Grenzlande finden konnte. Doch die Malynsee war kein über die Ufer getretener, winziger Teich; sie war groß, und die Reise über sie zu der Stadt namens Malyntaeas dauerte vier Tage und drei Nächte.

Hier wurde Karsa auf ein Schiff verladen und dazu – mitsamt dem radlosen Wagenbett – zum ersten Mal aufrecht gestellt, was ihn auf eine neue Art folterte, da sein ganzes Gewicht nun an den Ketten hing. Seine Gelenke wollten vor Schmerz schier zerspringen, und Karsas Schreie gellten so lange ohne Unterlass durch die Luft, bis jemand ihm eine scharfe Flüssigkeit einflößte. Sie brannte in seiner Kehle, und man gab ihm so viel davon, bis sein Bauch voll war und er in Bewusstlosigkeit versank.

Als er wieder erwachte, stellte er fest, dass die Plattform, die ihn hielt, noch immer aufrecht stand; sie war an das angebunden, was Torvald den Hauptmast nannte. Der Daru war ganz in der Nähe angekettet worden, denn er hatte die Verantwortung für Karsas Wohlergehen übernommen.

Der Heiler des Schiffs hatte Karsas geschwollene Gelenke mit einer Salbe eingerieben, die die Schmerzen betäubt hatte. Doch dafür wüteten neue schreckliche Qualen hinter seinen Augen.

»Tut es weh?«, murmelte Torvald Nom. »Das nennt man einen Kater, mein Freund. Sie haben dir eine ganze Blase Rum eingeflößt, du glücklicher Bastard. Die Hälfte davon hast du natürlich wieder ausgekotzt, aber da er in der Zwischenzeit hinlänglich schlechter geworden war, konnte ich einigermaßen leichten Herzens darauf verzichten, das Deck abzulecken – und meine Würde bewahren. Tja, wir beide brauchen dringend ein wenig Schatten, oder wir werden bald anfangen zu fiebern und zu fantasieren – und glaub mir, du hast für uns beide schon mehr als genug fantasiert. Glücklicherweise in deiner eigenen Sprache, die an Bord kaum jemand – wenn überhaupt irgendwer – versteht. Und was Hauptmann Gütig und seine Soldaten angeht, so gehen wir im Moment getrennte Wege. Sie überqueren die

Malynsee auf einem anderen Schiff. Ach, ganz nebenbei – wer ist Dayliss? Nein, sag es mir lieber nicht. Du hast eine Liste mit ziemlich schrecklichen Dingen gemacht, die du mit diesem oder mit dieser Dayliss anstellen willst – wer auch immer das sein mag. Sei's drum, du solltest Matrosenbeine haben, wenn wir in Malyntaeas anlegen, was dich ein bisschen auf die Schrecken des meningallischen Ozeans vorbereiten müsste. Hoffe ich jedenfalls.

Hast du Hunger?«

Die Mannschaft, hauptsächlich Malazaner, machte einen großen Bogen um Karsa. Die anderen Gefangenen waren unter Deck angekettet, doch das Wagenbett hatte sich als zu groß für die Ladeluke erwiesen, und Hauptmann Gütigs Instruktionen waren eindeutig gewesen: Karsa sollte unter keinen Umständen von seinen Ketten befreit werden, auch wenn er anscheinend keinen klaren Gedanken mehr fassen konnte. Das war kein Zeichen von Misstrauen, hatte Torvald im Flüsterton erklärt, sondern der bereits legendäre Sinn des Hauptmanns für Sicherheit, der angeblich selbst für einen Soldaten übermäßig ausgeprägt war. Die Täuschung schien tatsächlich erfolgreich gewesen zu sein – Karsa war zu einem harmlosen Ochsen ohne einen Schimmer von Intelligenz in den trüben Augen geknüppelt worden, sein unaufhörliches, schreckliches Grinsen bewies eindeutig, dass er absolut nichts begriff. Ein Riese, der einst ein Krieger gewesen und nun weniger als ein Kind war und dessen einziger Trost in dem gefesselten Banditen Torvald Nom und seinem pausenlosen Geplapper bestand.

»Irgendwann werden sie dich von dem Wagenbett losmachen müssen«, murmelte der Daru einmal in der Dunkelheit, während das Schiff auf den Wellen in Richtung Malyntaeas rollte. »Aber vielleicht erst, wenn wir in den Minen ankommen. Du musst einfach nur durchhalten, Karsa Orlong – vorausgesetzt, du tust nur so, als hättest du den Verstand verloren. In den letzten Tagen hast du selbst mich fast überzeugt, wie ich zugeben muss. Du *bist* doch noch geistig gesund, oder?«

Karsa gab ein leises Brummen von sich, obwohl er sich manchmal selbst nicht mehr ganz sicher war. Manche Tage waren vollständig verloren, einfach nur leere Flecken in seiner Erinnerung – und das war erschreckender als alles, was ihm bisher widerfahren war. Durchhalten? Er wusste nicht, ob er das konnte.

Die Stadt Malyntaeas erweckte den Eindruck, als wäre sie drei verschiedene Städte gleichzeitig. Es war Mittag, als das Schiff in den Hafen einlief, und von seiner Position am Hauptmast aus hatte Karsa einen fast ungehinderten Ausblick. Drei gewaltige steinerne Befestigungsanlagen beherrschten drei ausgeprägte Erhebungen; die in der Mitte war weiter vom Ufer entfernt als die anderen beiden. Jede besaß ihren eigenen, besonderen architektonischen Stil. Die Festung zur Linken war gedrungen, robust und fantasielos, aus einem goldenen, fast schon orangefarbenen Kalkstein erbaut, der im Sonnenlicht verkratzt und fleckig aussah. Die Festung in der Mitte war durch den Holzrauch, der von dem Labyrinth aus Straßen und Häusern in den tiefer gelegenen Gebieten zwischen den Hügeln aufstieg, nur verschwommen zu erkennen; sie wirkte älter, baufälliger; die Mauern, Kuppeln und Türme waren mit einer mittlerweile verblassten roten Farbe gestrichen. Die Festung zur Rechten lag direkt am Rand der Küstenklippe, und unter ihr brandete das Wasser an die Felsen; die Klippe selbst war verwittert, pockennarbig und von Kämpfen gezeichnet. Irgendwann in der Vergangenheit waren von Schiffen abgefeuerte Geschosse in den angeschrägten Mauern der Festung eingeschlagen; von diesen Wunden gingen tiefe Risse aus. Einer der quadratischen Türme war bereits in sich zusammengesackt und verrutscht und neigte sich nun bedenklich nach außen, doch hinter der Mauer flatterte eine Reihe von Flaggen.

Um die Festungen herum drängten sich Gebäude – auf den Hängen ebenso wie auf den tiefer gelegenen, ebenen Streifen Land; jede verfügbare Fläche war genutzt worden; der Baustil dieser Gebäude glich dem der jeweiligen Festung. Breite, sich landeinwärts windende Straßen, die rechts und links von in unterschiedlichen Baustilen errichteten Häusern gesäumt wurden, kennzeichneten die Grenzen der jeweiligen Bezirke.

Hier hatten sich drei Stämme angesiedelt, schloss Karsa, während das Schiff vorsichtig zwischen den Fischerbooten und Kauffahrern hindurch in der Bucht manövrierte.

Torvald Nom stand mit rasselnden Ketten auf, während er sich wild den verfilzten Bart kratzte. Seine Augen glänzten, als er zur Stadt hinübersah. »Malyntaeas«, seufzte er. »Nathii, Genabari und Korhivi Seite an Seite an Seite. Und was hält sie davon ab, sich gegenseitig an die Kehle zu gehen? Nur der malazanische Oberbefehlshaber und drei Kompanien des Ashok-Regiments. Siehst du die halb zerstörte Festung da drüben, Karsa? Das kommt von dem Krieg zwischen den Nathii und den Korhivi. Die ganze Bucht war voll mit der Flotte der Nathii; sie haben Steine gegen die Wälle geschleudert und waren so damit beschäftigt, einander zu töten, dass sie es nicht mal bemerkt haben, als die malazanischen Streitkräfte hier eingetroffen sind. Dujek Einarm, drei Legionen der Zweiten Armee, die Brückenverbrenner und zwei Hohemagier. Das war alles, was Dujek hatte, und am Ende dieses Tages lag die Nathii-Flotte auf dem schlammigen Grund der Bucht, das herrschaftliche Geschlecht der Genabari, das sich in seiner blutroten Burg verkrochen hatte, war tot, und die Festung der Korhivi hatte kapituliert.«

Das Schiff näherte sich einem Liegeplatz an einem breiten, steinernen Pier; überall hasteten Seeleute hin und her.

Torvald lächelte. »Alles schön und gut, denkst du vielleicht. Ein erzwungener Friede und so. Nur wird die Faust dieser Stadt in Kürze zwei ihrer drei Kompanien verlieren. Zugegeben, wahrscheinlich sind schon Ersatztruppen unterwegs. Aber wann werden sie eintreffen? Und von woher? Und wie viele sind es? Siehst du, was passiert, mein teurer Teblor, wenn dein Stamm zu groß wird? Plötzlich werden die einfachsten Dinge schwierig und unkontrollierbar. Verwirrung sickert herein wie Nebel, und alle tappen blind und dumm umher.«

Irgendwo, etwas links hinter Karsa, begann eine Stimme zu schnattern. Ein o-beiniger, kahlköpfiger Offizier trat in sein Blickfeld; seine Augen waren auf den Liegeplatz vor ihm gerichtet, und ein säuerliches Grinsen verzerrte seinen Mund. »Der Banditenhäuptling lässt sich also über Politik aus«, sagte er auf Nathii. »Zweifellos spricht er aus Erfahrung – schließlich hatte er sich mit einem Dutzend aufsässiger Wegelagerer herumzuschlagen. Aber warum erzählst du das diesem hirnlosen Idioten überhaupt? Oh, natürlich – ein wahrhaft gefesseltes Publikum, das nicht aufmuckt.«

»Tja, da ist was dran«, räumte Torvald ein. »Ihr seid der Erste Offizier, nicht wahr? Ich habe mich gerade gefragt, wie lange wir wohl in Malyntaeas bleiben werden –«

»Hast du dich das gefragt, ja? Schön, erlaube mir, dir den Gang der Ereignisse in den nächsten ein, zwei Tagen zu erklären. Erstens: Kein Gefangener verlässt dieses Schiff. Zweitens: Wir nehmen sechs Trupps der Zweiten Kompanie an Bord. Drittens: Wir segeln weiter nach Genabaris. Dort werdet ihr dann weiterverfrachtet, und ich bin euch los.«

»Ich höre da ein leichtes Unbehagen heraus, mein Herr«, sagte Torvald. »Habt Ihr etwa Bedenken hinsichtlich der Sicherheit im sauberen Malyntaeas?«

Der Mann wandte langsam den Kopf. Er musterte den Daru einen Augenblick lang, ehe er sagte: »Du bist derjenige, der vielleicht eine Klaue sein könnte. Nun, wenn du eine bist, dann füge das hier deinem verdammten Bericht hinzu: Es sind Mitglieder der Karmesin-Garde in Malyntaeas, und sie wiegeln die Korhivi auf. In den Schatten ist es gefährlich, und es ist sogar schon so schlimm geworden, dass die Patrouillen sich nur noch dann irgendwo hinwagen, wenn sie mindestens zwei Trupps stark sind. Und jetzt werden zwei Drittel der Soldaten nach Hause geschickt. Es könnte hier in Malyntaeas schon bald sehr ungemütlich werden.«

»Es wäre gewiss nachlässig von der Imperatrix, die Meinungen ihrer Offiziere nicht zu berücksichtigen«, erwiderte Torvald.

Der Erste Offizier blickte ihn aus schmalen Augen an. »Ja, das wäre es.«

Dann ging er zum Bug und brüllte ein paar Matrosen an, die anscheinend tatenlos herumstanden.

Torvald zupfte an seinem Bart, blickte zu Karsa hinüber und zwinkerte ihm zu. »Die Karmesin-Garde. Das ist in der Tat beunruhigend – für die Malazaner ...«

Tage verstrichen. Karsa erlangte wieder einmal das Bewusstsein, als das Wagenbett unter ihm wild ruckte. Seine Gelenke brannten wie Feuer, als sein Gewicht verlagert wurde, Ketten sich spannten und an seinen Gliedern zerrten. Er wurde durch die Luft geschwungen, dann hing er an einem Flaschenzug unter einem knirschenden Balkengestell. Seile schnellten herbei, Stimmen riefen von unten. Über ihm glitten Möwen über Masten und Takelung dahin. In der Takelage hingen Gestalten, die auf den Teblor herabstarrten.

Der Flaschenzug quietschte, und Karsa sah, wie die Seeleute kleiner wurden. Hände packten die Ränder des Wagenbetts an allen Seiten, hielten es fest. Das Ende mit seinen Füßen senkte sich weiter, so dass er langsam aufrecht gezogen wurde.

Vor sich sah er das Vorder- und das Hauptdeck eines riesigen Schiffs, auf dem es von Trägern und Stauern, Seeleuten und Soldaten nur so wimmelte. Überall wurden Vorräte gestapelt und zusammengepackt und die Fracht dann durch weit aufklaffende Luken unter Deck verstaut.

Das untere Ende des Wagenbetts streifte über das Deck. Erst erschollen Rufe, dann herrschte plötzlich hektische Aktivität, und der Teblor spürte, wie das Bett leicht angehoben wurde, so dass es wieder frei hin und her schwang. Dann wurde es erneut abgesenkt, und dieses Mal konnte Karsa sowohl hören als auch spüren, wie das obere Ende gegen den Hauptmast krachte. Taue wurden durch Ketten gezogen, um die Plattform festzuzurren. Dann traten die Arbeiter zurück und starrten zu Karsa hoch.

Der lächelte.

Von der Seite erklang Torvalds Stimme. »Ein schreckliches Grinsen, klar, aber er ist harmlos, das versichere ich euch. Kein Grund zur Beunruhigung, es sei denn, ihr seid zufällig ein besonders abergläubischer Haufen –«

Ein heftiges Krachen ertönte, dann landete Torvald Nom lang ausgestreckt vor Karsa auf dem Deck. Blut rann aus seiner gebrochenen Nase. Der Daru blinzelte einfältig, machte jedoch keinerlei Anstalten aufzustehen. Eine mächtige Gestalt trat zu ihm heran und baute sich über ihm auf. Der Mann war nicht sonderlich groß, dafür aber breit, und hatte eine dunkelblaue Hautfarbe. Er starrte auf den Banditenhäuptling hinunter und musterte dann die Seeleute, die schweigend um ihn herumstanden.

»Das nennt man Messer rein und rumdrehen«, brummte er auf malazanisch. »Und er hat euch verdammt noch mal alle am Wickel gehabt.« Er drehte sich um und musterte Torvald Nom erneut. »Noch so ein Versuch, Gefangener, und ich lasse dir deine Zunge rausschneiden und sie an den Mast nageln. Und wenn du oder dieser Riese da, also wenn einer von euch irgendwelchen Ärger macht, dann lasse ich dich neben ihm anketten und das ganze verdammte Ding über Bord werfen. Wenn du mich verstanden hast, nicke jetzt.«

Torvald Nom wischte sich das Blut aus dem Gesicht und nickte zustimmend.

Nun richtete der blauhäutige Mann den Blick seiner harten Augen auf Karsa. »Wisch dir das Grinsen aus dem Gesicht, sonst bekommst du ein Messer zu schmecken«, sagte er. »Zum Essen brauchst du keine Lippen, und in der Mine wird's sowieso keinen kümmern.«

Karsas leeres Lächeln blieb unverändert.

Das Gesicht des Mannes lief dunkel an. »Du hast gehört, was ich gesagt habe ...«

Torvald hob zögernd eine Hand. »Bitte, Kapitän, wenn ich vielleicht etwas sagen dürfte ... Er kann Euch nicht verstehen – sein Verstand ist verwirrt.«

»Bootsmann!«

»Ja, Kapitän?«

»Knebelt den Bastard.«

»Jawohl, Kapitän.«

Rasch wurde ein salzverkrusteter Stofffetzen um den unteren Teil von Karsas Gesicht geschlungen, was ihm das Atmen ziemlich erschwerte.

»Ihr sollt ihn nicht ersticken, ihr Idioten.«

»Jawohl, Kapitän.«

Die Knoten wurden ein wenig gelockert, der Stoff bis unter seine Nase herabgezogen.

Der Kapitän wirbelte herum. »Und jetzt sagt mir – was, in Maels Namen, steht ihr eigentlich alle hier herum?«

Während die Arbeiter sich eilends zerstreuten und der Kapitän davonstapfte, stand Torvald langsam wieder auf. »Tut mir Leid, Karsa«, murmelte er mit aufgeplatzten Lippen. »Ich werde dafür sorgen, dass du den Fetzen wieder los wirst, das verspreche ich dir. Es könnte allerdings ein Weilchen dauern. Aber wenn es endlich so weit ist, mein Freund, ich *bitte* dich, verkneif dir dieses Grinsen ...«

Warum bist du zu mir gekommen, Karsa Orlong, Sohn des Synyg, Enkel des Pahlk?

Eine Präsenz, und noch sechs weitere. Gesichter, die aus Fels hätten gemeißelt sein können, durch einen wirbelnden Dunstschleier kaum zu erkennen. Eines – und sechs.

»Ich stehe hier vor dir, Urugal«, sagte Karsa, und das war etwas, was ihn verwirrte.

Das tust du nicht. Nur dein Geist, Karsa Orlong. Er ist seinem sterblichen Gefängnis entflohen.

»Dann habe ich versagt, Urugal.«

Versagt. Ja. Du hast uns im Stich gelassen, und so müssen wir dich unsererseits im Stich lassen. Wir müssen einen anderen suchen, einen, der stärker ist. Einen, der nicht aufgibt. Einen, der nicht flieht. Unser Vertrauen in dich, Karsa Orlong, war nicht gerechtfertigt.

Der Dunstschleier wurde dichter, gedämpfte Farben blitzten durch ihn hindurch. Er stellte fest, dass er auf der Kuppe eines Hügels stand, der sich unter ihm bewegte und knirschte. Ketten gingen von seinen Handgelenken aus, liefen auf allen Seiten die Hänge hinunter. Hunderte von Ketten, die in den regenbogenfarbigen Nebel hineinreichten – und an ihren Enden, die nicht zu sehen waren, bewegte sich etwas. Als er nach unten blickte, sah Karsa Knochen unter seinen Füßen. Teblorknochen. Tiefländerknochen. Der ganze Hügel bestand aus nichts als Knochen.

Die Ketten wurden plötzlich schlaff.

Bewegung kam in die Nebelschwaden, Bewegung, die sich aus allen Richtungen näherte.

Entsetzen ergriff Karsa.

Leichname, viele von ihnen ohne Kopf, stolperten in sein Blickfeld. Die Ketten, durch die die entsetzlichen Gestalten mit Karsa verbunden waren, verliefen durch klaffende Löcher in ihrer Brust. Welke Hände mit langen Fingernägeln streckten sich nach ihm aus. Die Erscheinungen stolperten auf die Hänge zu und begannen hinaufzusteigen.

Karsa wehrte sich, versuchte zu entkommen, doch er war umzingelt. Die Knochen unter seinen Füßen hielten ihn fest, sie klapperten und schlossen sich immer enger um seine Knöchel.

Ein Zischeln, flüsternde Stimmen aus verwesten Kehlen. »*Führe uns, Kriegsführer...*«

Er schrie auf.

»*Führe uns, Kriegsführer.*«

Sie kamen immer näher, reckten die Arme, lange Nägel fetzten durch die Luft –

Eine Hand schloss sich um seinen Knöchel.

Karsas Kopf zuckte zurück und prallte mit einem widerhallenden Dröhnen gegen Holz. Er schluckte Luft, die wie Sand seine Kehle hinunterfloss und ihn zu ersticken drohte. Als er die Augen öffnete, sah er vor sich die sanft geneigten Decks des Schiffs und Gestalten, die reglos dastanden und ihn anstarrten.

Er hustete hinter seinem Knebel, wobei jedes Husten einen Feuersturm in seinen Lungen entfachte. Seine Kehle schmerzte, und ihm wurde klar, dass er geschrien hatte. So sehr, dass seine Muskeln sich verspannt hatten, verkrampft waren und ihm die Luft abschnitten.

Er starb.

Eine flüsternde Stimme, tief in seinem Innern: *Vielleicht lassen wir dich doch noch nicht im Stich. Atme, Karsa Orlong. Es sei denn, du willst noch einmal deine Toten treffen.*

Atme.

Irgendjemand riss den Knebel von seinem Mund. Kalte Luft strömte in seine Lungen.

Aus tränenden Augen starrte Karsa auf Torvald Nom hinunter. Der Daru war kaum zu erkennen, so dunkel war seine Haut, so dicht und verfilzt sein Bart. Er war an den Ketten, mit denen Karsa gefesselt war, hochgeklettert, um den Knebel zu entfernen, und schrie jetzt unverständliche Worte, die der Teblor kaum hörte – Worte, die er den erstarrten, furchtsamen Malazanern entgegenschleuderte.

Jetzt endlich nahm Karsa auch den Himmel über dem Schiffsbug richtig wahr. Dort blitzten Farben auf, erblühten inmitten schäumender Wolken, und Wirbel schienen aus etwas herauszuströmen, das riesigen offenen Wunden glich. Der Sturm – wenn es das war, was es war – beherrschte den ganzen Himmel vor ihnen. Und dann sah er die Ketten, die durch die Wolken herabzuckten und donnernd auf dem Horizont aufschlugen. Hunderte von Ketten, unglaublich groß und schwarz, peitschten in Explosionen aus rotem Staub durch die Luft, fetzten im Zickzack über den Himmel. Entsetzen erfüllte seine Seele.

Es gab keinen Wind. Die Segel hingen schlaff herab. Das Schiff wiegte sich in träge schwellenden Wogen. Und der Sturm kam näher.

Ein Seemann trat mit einem Zinnbecher voll Wasser herbei und reichte ihn zu Torvald hoch, der ihn nahm und an Karsas verschorfte, verkrustete Lippen setzte. Die brackige Flüssigkeit brannte wie Säure im Mund des Teblor. Er wandte den Kopf ab.

Torvald sprach leise auf ihn ein, Worte, die langsam zu Karsa durchdrangen. »… haben geglaubt, du wärst für uns verloren. Nur dein Herzschlag und das Heben und Senken deiner Brust haben uns gezeigt, dass du noch am Leben warst. Wochenlang ist das so gegangen, mein Freund. Du hast kaum etwas bei dir behalten. Es ist fast nichts mehr von dir übrig – man kann sogar da Knochen sehen, wo eigentlich gar keine sein sollten.

Und dann diese verdammte Flaute. Tag für Tag. Nicht eine Wolke am Himmel … bis vor drei Glockenschlägen. Vor drei Glockenschlägen, als du dich bewegt hast, Karsa Orlong. Als du den Kopf in den Nacken gelegt und angefangen hast zu schreien, obwohl du geknebelt warst. Hier ist noch mehr Wasser – du musst trinken.

Karsa, sie sagen, du hättest diesen Sturm gerufen. Verstehst du? Sie wollen, dass du ihn wegschickst – sie werden alles dafür tun, sie werden dich losbinden, dich freilassen. Sie werden alles tun, mein Freund, wirklich alles – bloß schick diesen höllischen Sturm weg. Verstehst du, was ich sage?«

Wie er jetzt sehen konnte, explodierte weiter voraus das Meer unter jedem Hieb der monströsen, schwarzen Ketten, wurden Wasserfontänen in die Höhe gewirbelt, wenn die Ketten sich wieder nach oben zurückzogen. Die aufgeblähten, schweren Wolken schienen sich nach vorn über den Ozean zu beugen und näherten sich nun von allen Seiten ihrer Position.

Karsa sah den malazanischen Kapitän vom Vorderdeck heruntersteigen; seine blaue Haut hatte einen ungesund wirkenden Graustich. »Dies ist kein von Mael gesegneter Sturm, Daru, was bedeutet, er gehört nicht hierher.« Er deutete mit einem zitternden Finger auf Karsa. »Sag ihm, dass er nicht mehr viel Zeit hat. Sag ihm, dass er diesen Sturm wegschicken soll. Wenn er das getan hat, können wir verhandeln. Sag es ihm, verdammt nochmal!«

»Das *habe* ich schon getan, Kapitän!«, gab Torvald zurück. »Aber wie im Namen des Vermummten könnt Ihr von ihm erwarten, dass er *irgendetwas* wegschickt, wenn er vermutlich noch nicht einmal weiß, wo er ist? Und was noch schlimmer ist – wir wissen doch gar nicht, ob er überhaupt dafür verantwortlich ist!«

»Das werden wir ja sehen, oder?« Der Kapitän drehte sich um und winkte seinen Leuten. Ein gutes Dutzend Matrosen kam herbeigeeilt, Äxte in den Händen.

Torvald wurde heruntergezogen und auf das Deck geworfen.

Die Äxte hieben durch die dicken Taue, mit denen die Plattform am Mast festgebunden war. Noch mehr Matrosen kamen heran. An Steuerbord wurde eine Rampe vor der Bordwand aufgebaut. Holzrollen wurden unter die Plattform geschoben, während sie unsanft heruntergelassen wurde.

»Wartet!«, rief Torvald. »Ihr könnt doch nicht-«

»Oh doch, wir können«, knurrte der Kapitän.

»Dann nehmt ihm wenigstens die Ketten ab!«

»Auf gar keinen Fall, Torvald.« Der Kapitän packte einen vorüberhastenden Matrosen am Arm. »Sucht alles zusammen, was diesem Riesen gehört – das ganze Zeug, das bei dem Sklavenmeister beschlagnahmt wurde. Es wird alles mit ihm über Bord fliegen. Und beeil dich, verdammt noch mal!«

Ketten hieben auf allen Seiten so nah ins Meer, dass die Gischt bis zum Schiff spritzte, und jeder Aufprall ließ den Rumpf, die Masten und die Takelage erzittern.

Während die Plattform auf den Holzrollen die Rampe hochgezogen wurde, starrte Karsa zu den brodelnden Sturmwolken hinauf.

»Die Ketten werden dafür sorgen, dass das ganze Ding untergeht!«, sagte Torvald.

»Vielleicht, vielleicht auch nicht.«

»Und was ist, wenn es verkehrt herum im Wasser landet?«

»Dann ertrinkt er, und Mael kann ihn haben.«

»Karsa! Verdammt! Hör endlich auf, den Idioten zu spielen! Sag was!«

Der Krieger stieß krächzend zwei Worte hervor, doch was da über seinen Lippen kam, konnte nicht einmal er selbst verstehen.

»Was hat er gesagt?«, wollte der Kapitän wissen.

»Ich weiß es nicht!«, schrie Torvald. »Karsa, verdammt, versuch's noch mal!«

Das tat er, stieß die gleichen gutturalen Laute aus. Immer und immer aufs Neue wiederholte er die gleichen Worte, während die Seeleute die Plattform auf die Reling hinaufzogen und schoben, bis sie in einem wackligen Gleichgewicht halb über dem Deck und halb über dem Meer hing.

Während er noch einmal die beiden Worte ausstieß, sah Karsa direkt über ihnen den letzten Flecken klaren Himmels verschwinden – als schließe sich die Öffnung eines Tunnels. Schlagartig brach Dunkelheit über sie herein, und Karsa wusste, es war zu spät, auch wenn seine Worte in der plötzlichen, von Entsetzen erfüllten Stille klar und verständlich herauskamen.

»*Geht weg.*«

Von oben schnellten Ketten herab, gewaltige, heranschwirrende Ketten, die – wie es schien – direkt nach Karsas Brust zielten.

Ein blendender Blitz, ein lauter Donnerschlag, das splitternde Krachen umstürzender Masten und herabstürzender Rahen und Takelage. Das ganze Schiff sackte unter Karsa weg, unter der Plattform, die wild auf der Bordwand entlangschlitterte, bis sie gegen die Reling des Vorderdecks krachte, sich drehte und dann den Wogen entgegenstürzte.

Er starrte nach unten, auf die sich hebende und senkende, kränklich grün aussehende Wasseroberfläche.

Die gesamte Plattform erzitterte auf ihrem Sturzflug, als der Rumpf des Frachtschiffs herumrollte und sie an einer Ecke streifte.

Karsa erhaschte einen kurzen, auf den Kopf gestellten Blick auf das Schiff – die Decks waren vom Aufprall der schweren Ketten aufgerissen, die drei Masten verschwunden, und überall zwischen den Wrackteilen waren die verrenkten Gestalten von Seeleuten zu sehen –, dann starrte er hinauf zum Himmel, in eine bösartige, gewaltige Wunde direkt über ihm.

Ein heftiger Aufprall, dann Dunkelheit.

Als er die Augen öffnete, herrschte ringsum ein schwaches Dämmerlicht, und er hörte das unruhige Plätschern von Wellen. Die voll gesogenen Planken unter ihm knirschten, als sich die Plattform unter dem Gewicht von jemand anderem zur Seite neigte. Dumpfe Schläge. Leises, keuchendes Gemurmel.

Der Teblor ächzte. Seine Gelenke fühlten sich an, als wären sie auseinander gerissen worden.

»Karsa?« Torvald Nom krabbelte in sein Blickfeld.

»Was – was ist passiert?«

Um die Handgelenke des Daru lagen noch immer die Schellen, deren Ketten am anderen Ende mit armlangen Resten des Decks verbunden waren. »Du hast's vielleicht gut, verschläfst die ganze harte Arbeit«, brummte er, während er sich hinsetzte und die Arme um die Knie legte. »Dieses Meer ist viel kälter, als man annehmen sollte, und diese Ketten sind auch nicht gerade hilfreich. Ich wäre ein Dutzend Mal beinahe ertrunken, aber du freust dich bestimmt zu hören, dass wir nun drei Wasserfässer und ein Bündel haben, in dem vielleicht etwas zu essen ist – ich muss nur den Knoten erst noch aufbekommen. Oh, und dein Schwert und deine Rüstung sind auch da, denn das schwimmt ja beides.«

Der Himmel über ihnen sah unnatürlich aus – ein leuchtendes Grau, durchschossen von dunkleren zinnfarbenen Streifen –, und das Wasser roch nach Lehm und Schlamm. »Wo sind wir?«

»Ich hatte gehofft, du wüsstest das vielleicht. Für mich ist ziemlich klar, dass du diesen verdammten Sturm auf uns herabgerufen hast. Das ist die einzige Erklärung für das, was passiert ist –«

»Ich habe nichts und niemanden gerufen.«

»Diese Ketten aus Blitzen, Karsa – nicht eine von ihnen hat ihr Ziel verfehlt. Kein einziger Malazaner ist davongekommen. Das Schiff ist auseinander gebrochen, deine Plattform ist richtig herum im Wasser gelandet und allmählich abgetrieben. Ich war immer noch dabei, mich zu befreien, als Silgar und drei seiner Männer aus dem Laderaum geklettert kamen und ihre Ketten hinter sich hergezogen haben. Der Rumpf war aufgerissen worden und ist um die Bastarde herum zerbrochen. Nur einer von ihnen ist ertrunken.«

»Ich bin überrascht, dass sie uns nicht getötet haben.«

»Du warst außer Reichweite – zumindest, wenn man mit dir hätte anfangen wollen. Mich haben sie über Bord geworfen. Kurz darauf, nachdem ich es zur Plattform geschafft hatte, habe ich sie in dem einzigen Boot gesehen, das nicht kaputtgegangen war. Sie haben das sinkende Wrack umfahren, und ich wusste, dass sie uns erwischen wollten. Doch dann muss irgendwo auf der anderen Seite des Schiffs – außerhalb meines Blickfelds – etwas passiert sein, denn sie sind nie wieder aufgetaucht. Sie sind einfach verschwunden, mitsamt dem Boot. Das Schiff ist kurz danach untergegangen, allerdings ist inzwischen 'ne Menge Zeugs wieder hochgekommen. Also habe ich unsere Vorräte aufgefüllt. Ich habe auch Tauwerk und Holz gesammelt – alles, was ich hier rüberziehen konnte. Karsa, deine Plattform sinkt allmählich. Keins der Wasserfässer ist ganz voll, daher ist ein bisschen Tragkraft dazugekommen, und ich werde noch mehr Planken und Bretter drunterschieben, was ein bisschen helfen sollte. Aber trotzdem ...«

»Befrei mich von meinen Ketten, Torvald Nom.«

Der Daru nickte, fuhr sich dann mit einer Hand durch die nassen, verfilzten Haare. »Ich hab' mir schon alles angesehen, mein Freund. Es wird ein bisschen dauern.«

»Ist irgendwo Land in der Nähe?«

Torvald warf dem Teblor einen Blick zu. »Karsa, das hier ist nicht der Meningallische Ozean. Wir sind sonstwo – irgendwo. Gibt es Land in der Nähe? Es ist keins in Sicht. Ich habe zufällig gehört, wie Silgar über ein Gewirr gesprochen hat, das ist einer der Pfade, die ein Zauberer nutzen kann. Er hat gesagt, dass er glaubt, wir alle wären in ein solches Gewirr hineingeraten. Es könnte sein, dass es hier kein Land gibt. Überhaupt keins. Beim Vermummten, es gibt hier keinerlei Wind, und wir scheinen uns nirgendwohin zu bewegen – die

Wrackteile des Schiffs dümpeln immer noch überall um uns herum. Genau gesagt, hätte es uns beinahe mit in die Tiefe gerissen. Außerdem ist das hier Süßwasser – nein, ich würde es nicht trinken wollen. Es ist total schlammig. Es gibt keine Fische. Keine Vögel. Überhaupt keine Anzeichen von Leben. Nirgends.«

»Ich brauche Wasser. Und etwas zu essen.«

Torvald krabbelte zu dem eingewickelten Bündel hinüber, das er aus dem Meer gefischt hatte. »Wasser haben wir. Etwas zu essen? Kann ich nicht garantieren. Karsa, hast du deine Götter angerufen oder so was in der Art?«

»Nein.«

»Und warum hast du dann geschrien?«

»Ich hatte einen Traum.«

»Einen Traum?«

»Ja. Haben wir jetzt was zu essen?«

»Äh, ich bin mir nicht sicher; das meiste ist Polsterung ... und mittendrin eine kleine hölzerne Kiste.«

Karsa hörte, wie Torvald die Polsterung wegriss. »Da ist ein Zeichen eingebrannt. Sieht aus wie ... wie von den Moranth, glaube ich.« Der Deckel wurde freigelegt. »Noch mehr Polsterung, und ein Dutzend Tonkugeln ... mit Wachsstopfen darin – oh, Beru hilf –« Der Daru wich vor der Kiste zurück. »Bei der tropfenden Zunge des Vermummten. Ich glaube, ich weiß, was das ist. Hab' noch nie welche gesehen, aber schon von ihnen gehört – aber wer hat das nicht? Tja, also ...« Er lachte plötzlich auf. »Wenn Silgar noch einmal auftaucht und versucht, uns fertig zu machen, wird er sein blaues Wunder erleben. Genau wie alle anderen, die meinen, sie müssten sich mit uns anlegen.« Er beugte sich wieder vor, stopfte die Polsterung vorsichtig zurück und schloss den Deckel.

»Was hast du gefunden?«

»Alchemistische Munition. Kriegsgerät. Man wirft sie – am besten, so weit man kann. Die Hülle aus Ton zerbricht, und die Chemikalien im Innern explodieren. So ein Ding sollte einem allerdings nicht in der Hand zerbrechen oder vor die Füße fallen. Denn dann ist man tot. Die Malazaner haben diese Dinger auf ihrem Feldzug in Genabackis verwendet.«

»Wasser, bitte.«

»Klar doch. Hier muss doch irgendwo eine Schöpfkelle … hab' sie.«

Einen Augenblick später beugte Torvald sich über Karsa, und der Teblor trank langsam all das Wasser, das sich in der Schöpfkelle befand.

»Besser?«

»Ja.«

»Mehr?«

»Jetzt nicht. Befreie mich.«

»Ich muss erst noch mal zurück ins Wasser, Karsa. Ich muss ein paar Planken unter dieses Floß schieben.«

»Also gut.«

An diesem merkwürdigen Ort schien es weder Tag noch Nacht zu geben; der Himmel änderte gelegentlich seine Farbe, als gäbe es Winde dort oben in der Höhe, die zinnfarbenen Streifen drehten und streckten sich, doch sonst veränderte sich nichts. Die Luft um das Floß herum blieb vollkommen still, feucht und kühl und seltsam dick.

Die Flansche, in denen Karsas Ketten verankert waren, befanden sich auf der Unterseite, und sie hielten ihn auf eine Weise an Ort und Stelle, die genau der im Sklavengraben von Silbersee entsprach. Die Schellen selbst waren zugeschweißt worden. Torvald konnte nur versuchen, die Löcher in den Planken zu weiten, durch die die Ketten hindurchliefen, und so bohrte er mit Hilfe einer eisernen Spange im Holz herum.

Die Monate der Gefangenschaft hatten ihn geschwächt, so dass er immer wieder Ruhepausen einlegen musste, und die Spange verwandelte seine Hände in eine blutige Masse, doch nachdem der Daru erst einmal begonnen hatte, wollte er nicht wieder aufhören. Karsa maß das Verstreichen der Zeit an den rhythmischen knirschenden und kratzenden Geräuschen, und er bemerkte, wie jede Pause länger wurde, bis Torvalds Atemzüge ihm verrieten, dass der Daru vor Erschöpfung eingeschlafen war. Nur das träge Plätschern des Wassers, das immer wieder über die Plattform schwappte, leistete dem Teblor jetzt noch Gesellschaft.

Das Floß sank noch immer – trotz all dem Holz, das darunter gestopft war –, und Karsa wusste, dass Torvald ihn nicht rechtzeitig würde befreien können.

Er hatte den Tod nie zuvor gefürchtet. Aber nun wusste er, dass Urugal und die anderen Gesichter im Fels seine Seele im Stich lassen, dass sie sie den Tausenden von schrecklichen, nach Rache dürstenden Leichnamen überlassen würden. Er wusste, dass sein Traum ihm ein Schicksal enthüllt hatte, das Wirklichkeit und unausweichlich war. Und unerklärlich. Wer hatte solch entsetzliche Kreaturen gegen ihn aufgehetzt? Untote Teblor, untote Tiefländer, Krieger und Kinder, eine Armee aus Leichnamen, alle an ihn gekettet. Warum?

Führe uns, Kriegsführer.

Wohin?

Und nun würde er ertrinken. Hier, an einem unbekannten Ort, weit weg von seinem Dorf. Sein Anspruch auf Ruhm, seine Schwüre, all das spottete seiner, ein flüsternder Chor aus gedämpftem Knirschen und sanftem Ächzen ...

»Torvald.«

»Oh ... äh ... was? Was ist?«

»Ich höre neue Geräusche.«

Der Daru setzte sich auf und blinzelte, um die schlammverkrusteten Augen freizubekommen. Er schaute sich um. »Beru beschütze uns!«

»Was siehst du?«

Der Blick des Daru war auf etwas gerichtet, das sich hinter Karsas Kopf befand. »Nun, es scheint, als würde es hier doch so was wie Strömungen geben – wobei sich die Frage stellt, wer von uns sich jetzt bewegt hat? Schiffe, Karsa, ich sehe Schiffe. Fast zwei Dutzend, die alle reglos im Wasser liegen, genau wie wir. Treibende Wracks. An Bord bewegt sich nichts ... zumindest kann ich bis jetzt keinerlei Bewegung erkennen. Sieht so aus, als hätte es einen Kampf gegeben .. bei dem eine Menge Zauberei im Spiel war ...«

Irgendeine unmerkliche Verlagerung brachte die geisterhafte Flotille in Karsas Blickfeld, ein auf der Seite liegendes Bild zu seiner Rechten. Es waren zwei Arten von Schiffen, die sich deutlich voneinander unterschieden. An die zwanzig waren niedrig und schlank gebaut, das Holz größtenteils schwarz gebeizt; nur dort, wo Treffer, Kollisionen oder andere Schäden aufgetreten waren, war das natürliche Rot des Zedernholzes noch zu sehen – wie klaffende Wunden. Viele dieser Schiffe lagen tief im Wasser, bei einigen waren sogar die Decks überflutet. Es handelte sich um Einmaster mit Rahsegeln, deren zerrissene, zerfetzte Leinwand ebenfalls schwarz war und im hellen Licht schimmerte. Die restlichen sechs Schiffe waren größer, mit hoch aufragenden Decks und drei Masten. Sie bestanden aus einem Holz, das tatsächlich schwarz war – nicht gebeizt –, was sich an den Rissen und gesplitterten Planken zeigte, die die breiten, bauchigen Rümpfe verunstalteten. Nicht eines dieser Schiffe lag waagerecht im Wasser; alle neigten sich zur einen oder anderen Seite, zwei von ihnen sogar in einem sehr steilen Winkel.

»Wir sollten ein paar von ihnen entern«, sagte Torvald. »Dort wird es Werkzeug geben, vielleicht sogar Waffen. Ich könnte rüberschwimmen – da, zu dem Kaperfahrer. Er ist noch nicht überflutet, und ich sehe eine Menge Wrackteile.«

Karsa spürte das Zögern des Daru. »Was ist los? Warum schwimmst du nicht?«

»Äh, ich bin ein bisschen besorgt, mein Freund. Ich habe wohl nicht mehr viel Kraft, und diese Ketten ...«

Der Teblor sagte einen Augenblick lang nichts, dann brummte er. »So sei es denn. Mehr kann man nicht von dir verlangen, Torvald Nom.«

Der Daru drehte sich langsam um und musterte Karsa. »Höre ich da etwa Mitleid, Karsa Orlong? Hat dich die Hilflosigkeit so weit getrieben?«

»Du machst viel zu viele leere Worte, Tiefländer«, sagte der Teblor seufzend. »Man kriegt keine Geschenke, wenn man –«

Ein sanftes Platschen ertönte, gefolgt von Spucken und Spritzen – und dann wurde aus dem Spucken ein Lachen. Torvald, der sich nun neben dem Floß befand, kam in Karsas Blickfeld. »Jetzt wissen wir, warum diese Schiffe sich so zur Seite neigen!« Und der Teblor sah, dass Torvald stand; das Wasser schwappte ihm um den Oberkörper. »Ich kann uns jetzt rüberziehen. Das beweist außerdem, dass *wir* hierher getrieben sind. Und da ist noch etwas.«

»Was?«

Der Daru machte sich daran, das Floß zu ziehen, wobei er Karsas Ketten benutzte. »Diese Schiffe sind alle während eines Kampfs auf Grund gelaufen – ich glaube, ein Großteil der Kämpfe Mann gegen Mann hat zwischen den Schiffen stattgefunden, und die Kämpfer haben dabei bis an die Brust im Wasser gestanden.«

»Woher willst du das wissen?«

»Weil hier überall um mich herum Leichen liegen, Karsa Orlong. Sie stoßen an meine Schienbeine, rollen über den Meeresboden – es ist ein unangenehmes Gefühl, das kann ich dir sagen.«

»Zieh einen hoch. Lass uns die Kämpfer anschauen.«

»Alles zu seiner Zeit, Teblor. Wir sind fast da. Außerdem sind diese Leichen … äh … sie sind ziemlich weich. Auf den Schiffen werden wir möglicherweise welche finden, die besser zu erkennen sind. So«, es gab ein dumpfes Geräusch, »wir sind längsseits. Einen Augenblick, ich klettere an Bord.«

Karsa lauschte auf das Ächzen und Keuchen des Daru, das Rutschen und Kratzen seiner bloßen Füße, das Rasseln von Ketten und schließlich einen gedämpften Aufprall.

Dann herrschte Stille.

»Torvald Nom?«

Nichts.

Das Floß stieß mit der Ecke hinter Karsas Kopf gegen die Längsseite des Schiffsrumpfs und begann an ihr entlangzutreiben. Kühles Wasser überspülte die Oberfläche, und Karsa schauderte vor der Berührung zurück, aber er konnte nichts tun, während es sich unter ihm ausbreitete. »Torvald Nom!«

Seine Stimme erzeugte ein merkwürdiges Echo.

Keine Antwort.

Karsa entschlüpfte ein tiefes Lachen, ein Geräusch, merkwürdig unabhängig von seinem Willen. Er würde in einem Gewässer ertrinken, das ihm wahrscheinlich nicht weiter als bis zur Hüfte reichen würde, wenn er stehen könnte. Vorausgesetzt, dass die Zeit dafür reichte. Vielleicht war Torvald Nom getötet worden – das Seegefecht hätte schon sehr bizarr ablaufen müssen, wenn es keine Überlebenden gegeben haben sollte –, und man schaute in diesem Augenblick von außerhalb seines Blickfelds auf ihn herab; vielleicht stand sein Schicksal gerade auf Messers Schneide.

Das Floß näherte sich dem Bug des Schiffs.

Ein scharrendes Geräusch, dann: »Wo ...? Oh.«

»Torvald Nom?«

Schritte bewegten sich stolpernd über das Deck des Schiffs. »Tut mir Leid, mein Freund. Ich fürchte, ich war ohnmächtig. Hast du gerade eben gelacht?«

»Das habe ich. Was hast du gefunden?«

»Nicht viel. Blutlachen, die mittlerweile getrocknet sind. Spuren, die hindurchführen. Das Schiff ist gründlich ausgeplündert worden. Beim Vermummten – du sinkst!«

»Und ich glaube nicht, dass du irgendetwas dagegen tun kannst, Tiefländer. Überlass mich meinem Schicksal. Nimm das Wasser und meine Waffen –«

Doch Torvald war wieder aufgetaucht. Er hatte ein Seil in der Hand, kletterte in der Nähe des hohen Bugs über die Bordwand und ließ sich wieder ins Wasser gleiten. Schwer atmend fummelte er einen Augenblick mit dem Seil herum, bevor es ihm gelang, es unter den Ketten hindurchzuschieben. Er zog es durch und wiederholte das Gleiche auf der anderen Seite des Floßes. Ein drittes Mal, unten in der Nähe von Karsas linkem Fuß, und dann noch eine vierte Schlinge gegenüber.

Der Teblor konnte spüren, wie das nasse, schwere Tau durch die Ketten gezogen wurde. »Was machst du da?«

Torvald gab keine Antwort. Er kletterte zurück auf das Schiff, das Tau hinter sich herziehend. Längere Zeit war es ganz still, dann hörte Karsa wieder Bewegung, und das Tau straffte sich langsam.

Torvalds Kopf und Schultern kamen in sein Blickfeld. Der Tiefländer war totenbleich. »Das ist alles, was ich tun kann, mein Freund. Vielleicht sinkt das Floß noch ein wenig mehr, aber ich hoffe nicht allzu viel. Ich komme bald wieder und kümmere mich um dich. Mach dir keine Sorgen, ich lasse dich nicht ertrinken. Ich werde mich jetzt mal ein bisschen umsehen – die Bastarde können doch nicht *alles* mitgenommen haben.«

Er verschwand aus Karsas Blickfeld.

Der Teblor wartete. Schauer durchliefen ihn, als das Meer ihn langsam umarmte. Der Wasserspiegel hatte seine Ohren erreicht, dämpfte alle anderen Geräusche außer dem trägen Plätschern des Wassers. Er sah, wie die vier Taue sich langsam über ihm spannten.

Es fiel ihm schwer, sich daran zu erinnern, wie es gewesen war, als er seine Glieder noch frei bewegen konnte, als seine aufgeschürften, eiternden Handgelenke noch nicht den unerbittlichen Griff eiserner Handschellen kannten, als er – tief im Innern seines ausgedörrten Körpers – noch keine überwältigende Müdigkeit, keine Schwäche gespürt hatte, als sein Blut noch nicht so dünn wie Wasser durch seine Adern geflossen war. Er schloss die Augen und spürte, wie er wegdämmerte.

Weg …

Urugal, einmal mehr stehe ich vor dir. Vor diesen Gesichtern im Fels, vor meinen Göttern. Urugal –

»Ich sehe keinen Teblor vor mir stehen. Ich sehe keinen Krieger mit-

ten durch seine Feinde waten und Seelen ernten. Ich sehe keine Toten, die zu großen Haufen aufgeschichtet sind, so zahlreich wie eine Bhederin-Herde, die über eine Klippe getrieben wurde. Wo sind meine Geschenke? Wer ist es, der hier behauptet, er würde mir dienen?«

Urugal. Du bist ein blutrünstiger Gott –

»Etwas, das ein Teblor-Krieger genießt!«

So wie ich es einst getan habe. Aber jetzt bin ich mir nicht mehr so sicher, Urugal –

»Wer steht da vor uns? Das ist kein Teblor-Krieger! Das ist keiner meiner Diener!«

Urugal. Was sind diese »Bhederin«, von denen du gesprochen hast? Was sind das für Herden? Wo in den Landen der Teblor –

»Karsa!«

Er zuckte zusammen. Öffnete die Augen.

Torvald Nom kam wieder vom Schiff heruntergeklettert, einen Jutesack über der Schulter. Seine Füße berührten das Floß und ließen es noch etwas tiefer sinken. Wasser brannte in Karsas Augenwinkeln.

Aus dem Sack kamen scheppernde Geräusche, als der Daru ihn absetzte und anfing, darin herumzukramen. »Werkzeug, Karsa! Das Werkzeug eines Schiffszimmermanns!« Er zog einen Meißel und einen eisenbeschlagenen Holzhammer hervor.

Der Teblor spürte, wie sein Herz plötzlich heftiger pochte.

Torvald setzte den Meißel an einem Kettenglied an und fing an zu hämmern.

Ein Dutzend Schläge, die laut durch die reglose, trübe Luft schallten, und die Kette brach. Sie wurde von ihrem eigenen Gewicht rasch durch den Ring der Schelle an Karsas rechtem Handgelenk gezogen und verschwand leise rasselnd unter der Wasseroberfläche. Ein stechender Schmerz schoss durch seinen Arm, als er versuchte, ihn zu bewegen. Der Teblor grunzte – und verlor das Bewusstsein.

Er erwachte zum Geräusch von Hammerschlägen unten neben seinem rechten Fuß, und donnernden Wogen aus Schmerz, durch die er schwach Torvalds Stimme vernahm.

»… schwer, Karsa. Du wirst das Unmögliche tun müssen. Du wirst klettern müssen. Das bedeutet, dass du dich herumrollen und auf Händen und Knien aufrichten musst. Dann aufstehen. Gehen – oh, beim Vermummten, du hast Recht. Ich werde mir etwas anderes ausdenken müssen. Nirgendwo auf diesem verdammten Schiff gibt es was zu essen.« Es gab ein lautes Krachen, dann das zischende Rasseln einer Kette, die abfiel. »Das war's. Du bist frei. Mach dir keine Sorgen, ich habe die Taue wieder angebunden, direkt an die Plattform – du wirst nicht sinken. Frei. Na, wie fühlt es sich an? Ach was – *die* Frage werde ich dir in ein paar Tagen noch mal stellen. Immerhin, Karsa, du bist frei. Ich habe es versprochen, stimmt's? Niemand soll sagen, dass Torvald Nom seine Versprechen – nun, äh, niemand soll sagen, dass Torvald Nom sich vor einem Neuanfang fürchtet.«

»Zu viele Worte«, murmelte Karsa.

»Stimmt, viel zu viele. Versuch zumindest, dich zu bewegen.«

»Das tue ich.«

»Beuge deinen rechten Arm.«

»Ich versuche es.«

»Soll ich es für dich tun?«

»Langsam. Und wenn ich das Bewusstsein verliere, höre nicht auf. Und mach das Gleiche auch mit dem anderen Arm und den Beinen.«

Er spürte, wie der Tiefländer seinen rechten Arm packte, am Handgelenk und über seinem Ellbogen, und dann versank er erneut in barmherziger Dunkelheit.

Als er wieder zu sich kam, hatte Torvald ihm Bündel voll gesogener Kleider unter den Kopf gestopft, und ihn auf die Seite gelegt, Arme und Beine leicht angewinkelt. Jeder Muskel, jedes Gelenk schmerzte dumpf, doch er schien seltsam weit davon entfernt zu sein. Langsam hob er den Kopf.

Er befand sich immer noch auf der Plattform. Die Taue, mit denen sie am Schiffsbug befestigt war, hatten verhindert, dass sie weiter sank. Torvald Nom war nirgendwo zu sehen.

»Ich rufe das Blut der Teblor an«, flüsterte Karsa. »Alles, was in mir ist, muss jetzt dazu dienen, mich zu heilen, mir Kraft zu geben. Ich bin befreit. Ich habe nicht kapituliert. Der Krieger bleibt. Er bleibt ...« Er versuchte, die Arme zu bewegen. Pochende Schmerzen, scharf, aber erträglich. Er bewegte seine Beine, keuchte angesichts der Qualen, die in seinen Hüften auflodrten. Einen Augenblick lang fühlte sich sein Kopf ganz leicht an, drohte er erneut, in Bewusstlosigkeit zu versinken ... doch der Augenblick ging vorüber.

Er versuchte, sich auf Hände und Knie aufzurichten. Jede noch so winzige Bewegung war eine Tortur, doch er weigerte sich, dem Schmerz nachzugeben. Schweiß brach ihm am ganzen Körper aus. Mehrmals durchlief ihn ein Zittern. Mit fest zusammengekniffenen Augen mühte er sich weiter.

Er hatte keine Ahnung, wie viel Zeit vergangen war, doch schließlich saß er, und diese Erkenntnis kam wie ein Schock über ihn. Er saß, das volle Gewicht lag auf seinem Gesäß, und der Schmerz verblasste allmählich. Er hob seine Arme, überrascht und ein bisschen erschreckt von ihrer Kraftlosigkeit, entsetzt darüber, wie dünn sie waren.

Während er sich ausruhte, schaute er sich um. Die zerbrochenen Schiffe waren immer noch da, zwischen ihnen schwammen zu behelfsmäßigen Flößen zusammengeklumpte Wrackteile. Zerrissene Segel hingen in Fetzen von den wenigen noch stehenden Masten. Der Bug, der neben ihm in die Luft ragte, war mit kunstvoll geschnitzten Figuren vertäfelt: Miteinander kämpfende Gestalten mit langen Gliedmaßen standen auf Schiffen, die den umgebenden Kaperfahrern sehr ähnlich sahen. Doch der Feind auf diesen Reliefs war scheinbar nicht derjenige, dem die Besitzer dieses Schiffs hier gegenübergestanden hatten, denn die Schiffe dort waren – wenn überhaupt – kleiner und flacher als die Kaperfahrer. Die Krieger sahen ähnlich aus wie die Teblor, mit kräftigen Gliedern und überaus muskulös, doch sie waren kleiner als ihre Gegner.

Plötzlich zeigte sich eine Bewegung im Wasser, ein glänzender schwarzer Buckel mit einer spitzen Flosse, der auftauchte und wieder verschwand. Schlagartig tauchten noch mehr auf, alle gleichzeitig, und die Wasseroberfläche zwischen den Schiffen brodelte plötzlich. Es gab anscheinend doch Leben in diesem Meer, und was hier lebte, war gekommen, um zu fressen.

Die Plattform unter Karsa begann zu schwanken und brachte ihn aus dem Gleichgewicht. Sein linker Arm schoss vor, um sich abzustützen, als er umzufallen drohte. Ein kräftiger Aufprall, schier unerträglicher Schmerz – doch der Arm gab nicht nach.

Er sah einen aufgeblähten Leichnam neben dem Floß auftauchen, dann einen schwarzen Umriss, ein breites, zahnloses Maul, das weit aufklaffte, sich um den Leichnam schloss und ihn im Ganzen verschluckte. Kurz kam ein kleines graues Auge hinter einer stacheligen Bartel zum Vorschein, als der Fisch vorbeizog. Das Auge drehte sich, um ihn im Blick zu behalten, dann war die Kreatur wieder verschwunden.

Karsa hatte nicht genug von dem Leichnam gesehen, um zu beurteilen, ob er in der Größe eher ihm oder dem Daru – Torvald Nom – geglichen hatte. Doch der Fisch hätte Karsa ebenso leicht verschlingen können wie den Leichnam.

Er musste aufstehen. Und dann klettern.

Und als er einen weiteren gewaltigen schwarzen Umriss längsseits eines anderen Schiffs durch die Wasseroberfläche brechen sah – einen Umriss, der beinahe ebenso lang war wie das Schiff –, wusste er, dass er es rasch tun musste.

Er hörte Schritte von oben, dann tauchte Torvald Nom neben dem Bug an der Bordwand auf. »Wir müssen – oh, Beru segne dich, Karsa! Kannst du aufstehen? Du hast keine andere Wahl – diese Welse sind größer als Haie und wahrscheinlich genauso schlimm. Da ist einer – er ist gerade hinter dir aufgetaucht – er kreist, er weiß, dass du da bist. Steh auf, benutze die Taue!«

Karsa nickte und reckte sich nach dem nächsten Tau.

Hinter ihm brodelte das Wasser. Die Plattform erzitterte, Holz splitterte – Torvald schrie eine Warnung –, und Karsa wusste, ohne sich umzudrehen, dass eine der Kreaturen sich gerade aufgebäumt und auf das Floß geworfen hatte – und es damit in zwei Teile zerschmettert hatte.

Er hielt das Tau in seiner Hand und packte fest zu, als die überflutete Oberfläche unter ihm zu verschwinden schien. Wasser wogte um seine Beine, stieg bis zu den Hüften. Karsa packte das Tau auch mit der anderen Hand.

»Urugal! Sei mein Zeuge!«

Er zog seine Beine aus dem schäumenden Wasser, kletterte Hand über Hand an dem Tau hoch. Da das Tau nicht mehr mit den Überresten der Plattform verbunden war, wurde er gegen den Schiffsrumpf geschleudert. Er grunzte beim Aufprall, doch er ließ nicht los.

»Karsa! Deine Beine!«

Der Teblor blickte nach unten und sah nichts als ein riesiges Maul, das unglaublich weit geöffnet war und unter ihm in die Höhe stieg.

Hände schlossen sich um seine Handgelenke. Karsa zog sich in einer einzigen, verzweifelten Kraftanstrengung hoch und schrie dabei vor Schmerzen in seinen Schultern und Hüften laut auf.

Das Maul klappte zu und versprühte eine Fontäne aus milchigem Wasser.

Als seine Knie gegen die Bordwand knallten, ruderte Karsa einen Augenblick lang mit den Armen wild in der Luft, bis es ihm gelang, sich über die Reling zu werfen; er zog seine Beine hinter sich her und landete mit einem schweren, dumpfen Aufprall auf dem Deck.

Torvalds Schreie dauerten unvermindert an, so dass der Teblor sich herumrollte – und sah, dass der Daru sich verzweifelt abmühte, etwas festzuhalten, das wie eine Art Harpune aussah. Torvalds kaum verständliches Gebrüll schien mit irgendeiner Leine zu tun zu haben. Karsa schaute sich um, bis er sah, dass am hinteren Ende der Harpune ein dünnes Seil befestigt war, das zu einer Seilrolle führte, die fast in seiner Reichweite lag. Stöhnend kroch er darauf zu. Er fand das Ende und begann, es auf den Bug zuzuziehen.

Er zog sich neben dem Bug hoch, schlang die Leine einmal darum, zweimal – dann kam ein lauter Fluch von Torvald, und die Rolle begann sich abzuspulen. Karsa wickelte die Leine noch einmal herum und schaffte dann so etwas wie einen Halbstich.

Er glaubte nicht, dass das dünne Seil halten würde, und duckte sich darunter weg, als ihm die letzte Schlinge aus den Händen gerissen wurde und das Seil sich spannte.

Die Galeere knirschte, der Bug neigte sich deutlich, dann setzte sich das Schiff in Bewegung; es erzitterte, als es über den sandigen Grund gezogen wurde.

Torvald kam zu Karsa gekrochen. »Bei den Göttern hienieden, ich hätte nicht gedacht – wollen wir hoffen, dass die Leine hält!«, keuchte er. »Wenn sie das tut, dann werden wir nicht sehr lange hungrig bleiben müssen, nein, wirklich nicht lang!« Er gab Karsa einen Klaps auf den Rücken und zog sich dann am Bug hoch. Sein wildes Grinsen verschwand. »Oh.«

Karsa stand auf.

Das Ende der Harpune war ein Stück voraus gut zu erkennen, es schnitt ein V durch die kabbeligen Wellen – und hielt genau auf einen der großen Dreimaster zu. Urplötzlich verstummte das knirschende Geräusch unter dem Kaperfahrer, und das Schiff schoss vorwärts.

»Zum Heck, Karsa! Zum Heck!«

Torvald versuchte kurz, Karsa mitzureißen, gab dann jedoch mit einem Fluch auf und rannte so schnell er konnte auf das Heck der Galeere zu.

Taumelnd und gegen Wogen der Schwärze ankämpfend, stolperte der Teblor hinter dem Daru her. »Hättest du denn keinen Kleineren harpunieren können?«

Der Aufprall schleuderte sie beide aufs Deck. Ein schreckliches, splitterndes Geräusch vibrierte durch das Rückgrat der Galeere, und mit einem Schlag war überall Wasser; es quoll schäumend aus den Luken, schwappte von beiden Seiten herein. Planken teilten sich auf beiden Seiten des Rumpfs wie tastende Finger.

Karsa stand plötzlich im Wasser, das ihm bis zur Taille reichte. Ein

Stück des Decks war noch unter ihm, und er schaffte es mühsam, stehen zu bleiben. Direkt vor ihm, wild auf den Wogen auf und ab tanzend, schwamm sein eigenes Blutschwert. Er packte es, spürte, wie seine Hand sich um das vertraute Heft schloss. Jubel durchströmte ihn, und er stieß den Kriegsschrei der Uryd aus.

Torvald patschte neben ihm in sein Blickfeld. »Wenn das nicht ausgereicht hat, um das winzige Herz dieses Fischs erstarren zu lassen, dann gibt es nichts, was das erreichen kann. Komm, wir müssen auf das andere verdammte Schiff. Es gibt noch mehr von diesen elenden Viechern, und sie kommen von allen Seiten immer näher.«

Sie mühten sich vorwärts.

Das Schiff, das sie gerammt hatten, war zur anderen Seite hin geneigt gewesen. Die Galeere hatte sich in seinen Rumpf gebohrt und ein gewaltiges Loch geschlagen, bevor sie zerborsten war. Der Bug mit der Harpunenleine war abgerissen und irgendwo in den Unterdecks des Schiffs verschwunden. Offensichtlich lag das große Schiff fest auf Grund, und es hatte sich auch durch den Aufprall nicht losgerissen.

Als sie sich dem klaffenden Loch näherten, konnten sie von irgendwo weiter drinnen, tief im Laderaum, wildes Geplantsche hören.

»Der Vermummte soll mich holen!«, murmelte Torvald ungläubig. »Das Ding ist zuerst durch den Rumpf gebrochen. Nun, zumindest kämpfen wir nicht gegen eine Kreatur, die mit Genialität gesegnet ist. Sie ist da unten gefangen, vermute ich. Wir sollten auf die Jagd gehen –«

»Überlass das mir«, grollte Karsa.

»Dir? Du kannst doch kaum stehen –«

»Und wenn schon, ich werde dieses Ding trotzdem töten.«

»Nun gut, aber darf ich wenigstens dabei zusehen?«

»Wenn du darauf bestehst.«

Soweit sie sehen konnten, gab es drei Decks innerhalb des Schiffsrumpfs. Das unterste umfasste den Frachtraum, die anderen beiden waren so bemessen, dass sie für große Tiefländer ausreichten. Der Laderaum war halb voll mit Frachtgut gewesen, das jetzt mit der Rückströmung torkelnd heraustrieb – Pakete, Ballen, Fässer.

Karsa stieg ins Wasser, das ihm bis zur Taille reichte, und machte sich zu den plantschenden Geräuschen irgendwo weiter drinnen auf. Er fand den großen Fisch auf dem zweiten Deck, wo er sich in schäumendem Wasser wand, das kaum die Knöchel des Teblor bedeckte. Speergroße Holzsplitter ragten aus seinem gewaltigen Kopf, Blut strömte aus den Wunden und färbte den Schaum rosa. Das Tier hatte sich auf die Seite gelegt und enthüllte seinen weichen, silbrigen Bauch.

Karsa kletterte zu der Kreatur hin und rammte ihr sein Schwert in den Bauch. Der große Schwanz zuckte herum und traf ihn mit der Wucht eines Huftritts. Er flog durch die Luft, krachte gegen die geschwungene Bordwand.

Vom Aufprall halb betäubt, sackte der Teblor ins wirbelnde Wasser. Er blinzelte sich die Tropfen aus den Augen und beobachtete dann, reglos im Zwielicht hockend, die Zuckungen des Fischs im Todeskampf.

Torvald kletterte in sein Blickfeld. »Du bist immer noch verdammt schnell, Karsa – hast mich weit hinter dir gelassen. Aber ich sehe, du hast es geschafft. Unter diesen Vorräten befindet sich auch etwas Essbares ...«

Aber Karsa hörte nichts mehr, denn ihn übermannte erneut die Bewusstlosigkeit.

Als er erwachte, stieg ihm als Erstes der Gestank verwesenden Fleischs in die Nase, der schwer in der Luft hing. Im Dämmerlicht konnte er gerade noch den Kadaver des toten Fischs ausmachen, der ihm gegenüberlag – der Bauch war aufgeschlitzt, der blasse Kadaver teilweise in sich zusammengesunken. Von irgendwo ein ganzes Stück über ihm hörte er Bewegung.

Ein gutes Stück hinter dem Fisch, etwas nach rechts versetzt, waren Stufen zu sehen, die nach oben führten.

Karsa sammelte sein Schwert ein, wobei er die ganze Zeit gegen einen starken Brechreiz ankämpfen musste, und begann, auf die Stufen zuzukriechen.

Endlich tauchte er auf dem mittschiffs gelegenen Deck auf. Die von magischen Energien verwüstete Oberfläche war stark geneigt – so sehr, dass es schwierig war, das Deck zu überqueren. An der unten gelegenen Reling, von der Seile herabhingen, lag ein Haufen offensichtlich zusammengesuchter Vorräte. Während Karsa in der Nähe der Luke Halt machte, um wieder zu Atem zu kommen, schaute er sich nach Torvald Nom um, doch der Daru war nirgendwo zu sehen.

Magische Energien hatten tiefe Furchen in das Deck gegraben. Es waren keine Leichen zu sehen, genauso wenig wie irgendwelche Hinweise auf die Natur der Schiffseigner. Das schwarze Holz, das Dunkelheit auszuströmen schien, stammte von einem Baum, den Karsa nicht kannte. Es war völlig schmucklos und erweckte den Eindruck zweckmäßiger Schlichtheit. Er fühlte sich auf merkwürdige Weise getröstet.

Torvald Nom tauchte an der unten liegenden Reling auf. Er hatte es geschafft, die Ketten loszuwerden, die an seinen Handschellen befestigt waren, so dass nun nur noch die schwarzen Eisenbänder an Handgelenken und Knöcheln übrig waren. Er atmete schwer.

Karsa mühte sich hoch und stützte sich auf sein Schwert.

»Oh, mein Riesenfreund weilt auch wieder unter uns!«

»Du musst enttäuscht über meine Schwäche sein«, brummte Karsa.

»Ich habe damit gerechnet, alles in allem betrachtet«, sagte Torvald, der jetzt zwischen den Vorräten herumturnte. »Ich habe etwas zu essen gefunden. Komm und iss, Karsa, während ich dir erzähle, was ich entdeckt habe.«

Der Teblor bewegte sich langsam das schräg abfallende Deck hinab.

Torvald zog einen wie ein Ziegel geformten Laib dunkles Brot hervor. »Ich habe ein Beiboot gefunden – und Ruder, die man zur Unterstützung des Segels einsetzen kann, das heißt, wir werden nicht für immer Opfer dieser endlosen Flaute bleiben. Wir haben Wasser für eineinhalb Wochen, wenn wir sparsam damit umgehen, und wir werden nicht hungern, ganz egal, wie schnell dein Appetit wiedererwacht ...«

Karsa nahm das Brot, das der Daru ihm entgegen streckte, und begann, kleine Stücke davon abzureißen. Seine Zähne fühlten sich ein bisschen locker an, und er hatte nicht genug Vertrauen in sie, um etwas anderes zu versuchen, als vorsichtig zu kauen. Das Brot war schwer und feucht, mit kleinen süßen Fruchtstückchen gefüllt und schmeckte nach Honig. Nachdem er das erste Mal geschluckt hatte, musste er kämpfen, um den Bissen bei sich zu behalten. Torvald gab ihm einen mit Wasser gefüllten Schlauch und nahm dann seinen Monolog wieder auf.

»Das Boot hat Bänke für schätzungsweise zwanzig Ruderer – für Tiefländer ist es geräumig, aber wir werden eine Bank entfernen müssen, damit du genug Platz für deine Beine hast. Wenn du dich über die Bordwand beugst, kannst du es selbst sehen. Ich hatte die ganze Zeit gebraucht, die Sachen hineinzupacken, die wir benötigen werden. Wenn du willst, können wir auch noch ein paar von den anderen Schiffen erforschen, obwohl wir eigentlich mehr als genug haben –«

»Kein Bedarf«, sagte Karsa. »Lass uns diesen Ort so schnell wie möglich verlassen.«

Torvald sah den Teblor kurz aus schmalen Augen an, dann nickte er. »Einverstanden. Karsa, du sagst, du hast diesen Sturm nicht heraufbeschworen. Schön und gut. Ich werde dir wohl glauben müssen – zumindest dass du dich nicht erinnern kannst, so etwas getan zu haben. Aber ich habe mich gefragt ... euer Kult, diese Sieben Gesichter im Fels oder wie auch immer sie genannt werden. Verfügen sie über ein eigenes Gewirr? Existieren sie in einer anderen Sphäre als in derjenigen, in der du und ich leben?«

Karsa schluckte einen weiteren Bissen Brot hinunter. »Ich habe noch nie etwas von diesen Gewirren gehört, von denen du sprichst, Torvald Nom. Die Sieben hausen im Fels und in der Traumwelt der Teblor.«

»In der Traumwelt ...« Torvald wedelte mit einer Hand. »Sieht hier irgendwas so aus wie diese Traumwelt, Karsa?«

»Nein.«

»Und was, wenn sie ... geflutet worden wäre?«

Karsa machte ein finsteres Gesicht. »Du erinnerst mich an Bairoth Gild. Deine Worte ergeben keinen Sinn. Die Traumwelt der Teblor ist ein Ort ohne Hügel, wo Moose und Flechten an halb vergrabenen Felsbrocken kleben, wo kalter Wind niedrige Wehen aus Schnee formt. Wo seltsame braun bepelzte Tiere in Rudeln in der Ferne herumwandern ...«

»Dann hast du sie selbst besucht?«

Karsa zuckte die Schultern. »Dies sind Beschreibungen unserer Schamanen.« Er zögerte kurz und fuhr dann fort: »Der Ort, den ich besucht habe ...« Seine Stimme erstarb, dann schüttelte er den Kopf. »Er war anders. Es war ein Ort, an dem es ... farbige Nebel gibt.«

»Farbige Nebel. Und waren deine Götter auch dort?«

»Du bist kein Teblor. Es gibt keinen Grund, dir noch mehr zu erzählen. Ich habe schon zu viel gesagt.«

»Nun gut. Ich habe nur versucht herauszufinden, wo wir sind.«

»Wir sind auf einem Meer, und nirgendwo ist Land in Sicht.«

»Nun ja. Aber auf welchem Meer? Wo ist die Sonne? Warum gibt es hier keine Nacht? Keinen Wind? In welche Richtung sollen wir fahren?«

»Es spielt keine Rolle, in welche Richtung wir fahren. In irgendeine Richtung.« Karsa stand von dem Ballen auf, auf dem er gesessen hatte. »Ich habe für's Erste genug gegessen. Komm, lass uns das Boot vollends beladen und dann von hier verschwinden.«

»Ganz wie du meinst, Karsa.«

Mit jedem Tag, der verstrich, fühlte er sich kräftiger, und er verlängerte seine Zeit an den Rudern jedes Mal, wenn er Torvald Nom ablöste. Das Meer war flach, und mehr als einmal lief das Boot auf Untiefen auf, doch glücklicherweise waren es immer nur Sandbänke, die keinen Schaden anrichteten. Sie hatten nichts mehr von den großen Welsen gesehen, und auch sonst keine Form von Leben im Wasser oder am Himmel, doch gelegentlich trieb ein Stück Holz vorbei.

Während Karsas Kraft zurückkehrte, schwanden ihre Essensvorräte rasch dahin, und obwohl keiner von ihnen davon sprach, wurde die Verzweiflung ihr unsichtbarer Begleiter, eine dritte Präsenz, die den Teblor und den Daru verstummen ließ, die sie fesselte, wie es ihre früheren Häscher getan hatten, und die geisterhaften Ketten wurden immer schwerer.

Anfangs hatten sie die Tage durch den Wechsel von Schlaf- und Wachzeiten bestimmt, aber das Muster brach bald zusammen, als Karsa weiterruderte, während Torvald schlief, obwohl er den erschöpften Daru auch so schon häufiger ablöste. Es wurde schnell deutlich, dass der Teblor weniger Ruhe brauchte, während Torvald immer mehr zu brauchen schien.

Sie waren bei ihrem letzten Fass Wasser angekommen, das nur zu einem Drittel gefüllt war. Karsa war an den Riemen, zog die für ihn viel zu kleinen Ruder in weiten, mühelosen Zügen durch die trüben Fluten. Torvald lag zusammengerollt unter dem Segel; sein Schlaf war unruhig.

Die Schmerzen in Karsas Schultern waren beinahe verschwunden, doch seine Hüften und Beine schmerzten noch immer. Ohne zu denken, ohne Gefühl für das Verstreichen von Zeit wiederholte er unaufhörlich die immer gleiche Bewegung; seine einzige Sorge bestand darin, einen geraden Kurs beizubehalten – so gut er das ohne irgendwelche Anhaltspunkte eben konnte. Er hatte nichts als das Kielwasser des Bootes, um ihm die Richtung zu weisen.

Torvald öffnete die blutunterlaufenen und rot umränderten Augen. Seine Redseligkeit hatte er schon längst verloren. Karsa hatte den Verdacht, dass der Mann krank war – sie hatten schon einige Zeit nicht mehr miteinander gesprochen. Der Daru setzte sich langsam auf.

Er versteifte sich. »Wir haben Gesellschaft«, sagte er mit krächzender Stimme.

Karsa zog die Ruder ein und drehte sich um. Ein großer, schwarzer Dreimaster steuerte auf sie zu, zwei Reihen von Rudern blitzten dunkel über dem milchigen Wasser. Hinter dem Schiff, am Rande des Horizonts, verlief eine dunkle, gerade Linie. Der Teblor griff zu seinem Schwert und stand langsam auf.

»Das ist die eigenartigste Küste, die ich jemals gesehen habe«, murmelte Torvald. »Ich wollte, wir hätten sie erreicht, ohne Gesellschaft zu bekommen.«

»Es ist eine Mauer«, sagte Karsa. »Eine gerade Mauer, vor der eine Art Strand liegt.« Er blickte wieder dem sich nähernden Schiff entgegen. »Es sieht aus wie die, die von den Kaperschiffen umzingelt waren.«

»Das stimmt, nur größer. Das Flaggschiff wahrscheinlich – auch wenn ich keine Flagge sehe.«

Sie konnten jetzt Gestalten erkennen, die sich auf dem hohen Vorderdeck drängten. Sie waren groß, wenn auch nicht so groß wie Karsa, und viel schlanker.

»Das sind keine Menschen«, murmelte Torvald. »Karsa, ich glaube nicht, dass sie uns freundlich gesonnen sind. Es ist nur so ein Gefühl, verstehst du. Doch ...«

»Ich hab auch schon so einen gesehen«, erwiderte der Teblor. »Er hing halb aus dem Bauch eines Welses.«

»Der Strand bewegt sich mit den Wogen, Karsa. Es ist Treibgut. Muss zwei-, dreitausend Schritt lang sein. Das Strandgut einer ganzen Welt. Es ist, wie ich vermutet habe: Dieses Meer gehört nicht hierher.«

»Und doch gibt es hier Schiffe.«

»Stimmt. Das bedeutet, dass die auch nicht hierher gehören.«

Karsa zuckte die Schultern, um zu zeigen, dass ihm diese Bemerkung gleichgültig war. »Hast du eine Waffe, Torvald Nom?«

»Eine Harpune ... und einen Holzhammer. Willst du nicht versuchen, zuerst mit ihnen zu reden?«

Karsa sagte nichts. Die beiden Ruderreihen waren aus dem Wasser gehoben worden und schwebten nun reglos über den Wellen, während das große Schiff auf sie zuglitt. Dann senkten sich die Ruder plötzlich wieder; das Wasser schäumte auf, während das Schiff langsamer wurde und schließlich zum Stillstand kam.

Das Boot krachte mit einem kräftigen *Rumms* gegen die Backbordseite des Schiffsrumpfs, direkt unterhalb des Bugs.

Eine Strickleiter schlängelte sich herunter, doch Karsa, der sich sein Schwert über die Schulter geschlungen hatte, kletterte bereits am Rumpf hoch, der ihm genug Möglichkeiten bot, sich festzuhalten. Er erreichte die Reling des Vorderdecks und schwang sich darüber. Nachdem seine Füße auf dem Deck gelandet waren, richtete er sich auf.

Ein Halbkreis aus grauhäutigen Kriegern stand ihm gegenüber. Sie waren größer als die Tiefländer, aber immer noch einen Kopf kleiner als die Teblor. Gekrümmte Säbel hingen in Scheiden an ihren Hüften, und der größte Teil ihrer Kleidung war aus einer Art Fell, das kurzhaarig und dunkel war und glänzte. Ihre langen braunen Haare waren zu komplizierten, herabhängenden Zöpfen geflochten, die eckige, vielfarbige Augen einrahmten. Hinter ihnen, mittschiffs auf dem Hauptdeck, lag ein Haufen abgeschlagener Köpfe; ein paar stammten von Tiefländern, doch die meisten hatten Gesichtszüge, die denen der grauhäutigen Krieger ähnelten, nur dass ihre Haut schwarz war.

Eiseskälte kroch Karsas Rückgrat hinauf, als er sah, wie sich ihm die Augen von einer Vielzahl der abgetrennten Köpfe zuwandten.

Einer der grauhäutigen Krieger bellte etwas, sein Gesichtsausdruck war dabei so geringschätzig wie sein Tonfall.

Hinter Karsa erreichte Torvald die Reling.

Der Sprecher schien auf irgendeine Art von Antwort zu warten. Als die Stille sich ausdehnte, verzogen sich die Gesichter der Männer rechts und links von ihm zu einem höhnischen Lächeln. Der Sprecher brüllte einen Befehl, deutete auf das Deck.

»Äh, er möchte, dass wir uns hinknien, Karsa«, sagte Torvald. »Ich glaube, wir sollten vielleicht –«

»Ich habe mich nicht hingekniet, als ich angekettet war«, knurrte Karsa. »Warum sollte ich es also jetzt tun?«

»Weil ich sechzehn von ihnen zähle – und wer weiß, wie viele noch unter Deck sind. Und sie werden immer wütender –«

»Egal, ob sechzehn oder sechzig«, unterbrach ihn Karsa. »Sie haben keine Ahnung, wie man gegen einen Teblor kämpft.«

»Wie kannst du –«

Karsa sah, wie zwei Krieger ihre behandschuhten Hände in Richtung der Schwertgriffe bewegten. Das Blutschwert zuckte aus der Scheide, beschrieb einen weiten horizontalen Hieb durch den gesamten Halbkreis der grauhäutigen Krieger. Blut spritzte. Körper taumelten nach hinten, stürzten rücklings hin, kippten über die niedrige Reling hinunter auf das Hauptdeck.

Das Vorderdeck war, abgesehen von Karsa und – einen Schritt hinter ihm – Torvald Nom, leer.

Die sieben Krieger, die auf dem Hauptdeck gestanden hatten, wichen alle gleichzeitig zurück, dann zogen sie ihre Waffen und bewegten sich vorwärts.

»Sie waren innerhalb meiner Reichweite«, beantwortete Karsa die Frage des Daru. »Das hat mir verraten, dass sie nicht wissen, wie man gegen einen Teblor kämpft. Und nun sei mein Zeuge, wie ich dieses Schiff erobere.« Mit lautem Gebrüll sprang er mitten unter seine Feinde.

Den grauhäutigen Kriegern fehlte es nicht an Können im Umgang mit der Klinge, doch das nützte ihnen nichts. Karsa wusste jetzt, wie es war, seine Freiheit zu verlieren. Er würde nicht zulassen, dass ihm so etwas noch einmal geschah. Die Forderung dieser dürren, kränklichen Kreaturen, vor ihnen niederzuknien, hatte eine lodernde Wut in ihm entfacht.

Sechs der sieben Krieger lagen auf dem Deck; der letzte hatte sich schreiend umgedreht und rannte auf die Tür am anderen Ende des Hauptdecks zu. Er blieb lange genug stehen, um eine schwere Harpune von einem nahe stehenden Gestell zu nehmen, herumzuwirbeln und sie nach Karsa zu werfen.

Der Teblor fing sie mit der linken Hand auf.

Er holte den Flüchtenden ein, schlug ihn auf der Schwelle der Türöffnung nieder. Dann duckte er sich und vertauschte die Waffen in seinen Händen. Die Harpune nunmehr in der rechten und das Blutschwert in der linken Hand, stürzte er sich in das dämmrige Licht des Niedergangs hinter der Türöffnung.

Er lief zwei Stufen hinab in eine breite Kombüse mit einem hölzernen Tisch in der Mitte. Eine zweite Tür lag am gegenüberliegenden Ende, dahinter ein enger Durchgang, von Kojen gesäumt, dann eine verzierte Tür, die quietschte, als Karsa sie zur Seite schob. Vier Angreifer, ein heftiger Austausch von Hieben, Karsa parierte mit der Harpune und griff mit dem Blutschwert an. Binnen Augenblicken lagen die vier Angreifer zerschmettert und sterbend auf dem glänzenden Holzfußboden der Kabine. Eine fünfte Gestalt saß auf einem Stuhl auf der anderen Seite des Raums, die Hände in die Höhe gereckt. Magische Energien wirbelten durch die Luft.

Mit einem Knurren warf Karsa sich vorwärts. Die magischen Energien blitzten grell auf, zischten, dann schlug die Spitze der Harpune in die Brust der Gestalt, durchbohrte den Körper und grub sich in die hölzerne Rückenlehne des Stuhls. Ein ungläubiger Ausdruck, der auf dem grauhäutigen Gesicht gefror, ein letzter Blickwechsel mit Karsa, bevor alles Leben aus den Augen wich.

»Urugal! Sei Zeuge der Wut eines Teblor!«

Stille folgte seinen hallenden Worten, dann hörte man, wie langsam Blut vom Stuhl des Zauberers auf den Teppich tropfte. Etwas Kaltes fuhr durch Karsa hindurch, der Atem von jemand Unbekanntem, Namenlosem, aber voller Zorn. Mit einem Knurren schüttelte er das Gefühl ab, schaute sich anschließend um. Die Kabine bestand ebenfalls aus dem schwarzen Holz und hatte eine für Tiefländer hohe Decke. Sanft schimmernde Öllampen hingen an Haltern an den Wänden. Auf dem Tisch lagen Karten und Tabellen; die Zeichnungen darauf waren für den Teblor allerdings vollkommen unleserlich.

Ein Geräusch kam von der Tür.

Karsa drehte sich um.

Torvald Nom trat herein, musterte die auf dem Boden liegenden Leichen, dann richtete er den Blick auf die von der Harpune aufgespießte sitzende Gestalt. »Du brauchst dir keine Sorgen um die Ruderer zu machen«, sagte er.

»Sind es Sklaven? Dann sollten wir sie befreien.«

»Sklaven?« Torvald zuckte die Schultern. »Das glaube ich nicht. Sie tragen keine Ketten, Karsa. Na ja, und nebenbei bemerkt, sie tragen auch keine Köpfe. Wie gesagt, ich glaube nicht, dass wir uns um sie Gedanken machen müssen.« Er trat vor, um die Karten auf dem Tisch zu untersuchen. »Irgendetwas sagt mir, dass die unglücklichen Bastarde, die du gerade getötet hast, genauso verloren waren wie wir –«

»Sie waren die Sieger in dem Seegefecht.«

»Es hat ihnen nicht viel genützt.«

Karsa schüttelte das Blut von seinem Schwert, holte tief Luft. »Ich knie vor niemandem nieder.«

»Ich hätte mich zweimal hinknien können, das hätte sie vielleicht zufrieden gestellt. Nun, wir wissen genauso wenig wie vor dem Zusammentreffen mit diesem Schiff. Und wir beide können ein Schiff dieser Größe nicht führen.«

»Sie hätten mit uns das Gleiche getan wie mit den Ruderern«, behauptete Karsa.

»Möglicherweise.« Torvald richtete seine Aufmerksamkeit auf eine der Leichen zu seinen Füßen und ging langsam in die Hocke. »Sie sehen barbarisch aus, diese Burschen – äh, nach Daru-Maßstäben, meine ich. Seehundfelle – dann sind es also wahre Seefahrer – und aufgereihte Tatzen und Zähne und Muscheln. Der auf dem Stuhl des Kapitäns war ein Magier?«

»Ja. Ich verstehe solche Krieger nicht. Warum gebrauchen sie keine Schwerter oder Speere? Ihre Magie ist erbärmlich, doch sie scheinen ihrer so sicher zu sein. Schau dir seinen Gesichtsausdruck an –«

»Er sieht überrascht aus, stimmt«, murmelte Torvald. Er warf Karsa einen Blick zu. »Sie vertrauen auf Zauberei, weil sie normalerweise funktioniert. Die meisten Angreifer überleben es nicht, wenn sie von einem Schwall magischer Energien getroffen werden. Es reißt sie in Stücke.«

Karsa drehte sich um und stapfte auf die Tür zu. Torvald folgte ihm einen Augenblick später.

Sie kehrten auf das Hauptdeck zurück. Karsa zog die herumliegenden Leichen aus und trennte ihnen die Zungen und Ohren ab, bevor er sie über Bord warf.

Der Daru schaute ihm einige Zeit zu, dann trat er zu den abgeschlagenen Köpfen. »Sie haben dich die ganze Zeit nicht aus den Augen gelassen«, sagte er zu Karsa. »Das ist mehr, als ich ertragen kann.« Er nahm sich ein nahe gelegenes Bündel, entfernte das Fell, in das es eingewickelt war, legte es um den nächstliegenden abgetrennten Kopf und zog es eng darum zusammen. »Wenn man es recht bedenkt, würde Dunkelheit eigentlich besser zu ihnen passen …«

Karsa runzelte die Stirn. »Warum sagst du das, Torvald Nom? Was würdest du vorziehen – die Möglichkeit, die Dinge zu sehen, die um dich herum vorgehen, oder die Dunkelheit?«

»Das hier sind Tiste Andii, abgesehen von ein paar wenigen – und diese wenigen ähneln viel zu sehr Leuten wie mir.«

»Wer sind diese Tiste Andii?«

»Einfach ein Volk. Ein Paar kämpfen in Caladan Bruths Befreiungsarmee in Genabackis. Sie sind ein sehr altes Volk. Jedenfalls beten sie die Dunkelheit an.«

Karsa, der sich plötzlich müde fühlte, setzte sich auf die Stufen, die zum Vorderdeck hinaufführten. »Dunkelheit«, murmelte er. »Ein Ort, an dem man blind ist – merkwürdig, so etwas anzubeten.«

»Vielleicht ist es die realistischste Anbetung überhaupt«, erwiderte der Daru, während er einen weiteren abgetrennten Kopf einwickelte. »Wie viele von uns beugen in der verzweifelten Hoffnung, dass wir irgendwie unser Schicksal beeinflussen können, ihr Haupt vor einem Gott? Zu den vertrauten Gesichtern zu beten vertreibt unser Entsetzen vor dem Unbekannten – dem Unbekannten, das die Zukunft ist. Wer weiß, vielleicht sind diese Tiste Andii die einzigen von uns, die die Wahrheit erkennen können – die Wahrheit, dass alles im Vergessen endet.« Er hielt den Blick abgewandt, während er vorsichtig einen weiteren dunkelhäutigen Kopf mit langen Haaren aufsammelte. »Wie gut, dass diese armen Seelen keine Kehlen mehr haben, um irgendwelche Geräusche hervorzubringen, denn sonst hätten wir womöglich ein ziemlich scheußliches Streitgespräch am Hals.«

»Dann zweifelst du also an deinen eigenen Worten.«

»Das tue ich immer, Karsa. Auf einer weltlicheren Ebene sind Wörter wie Götter – ein Mittel, um das Entsetzen auf Distanz zu halten. Ich werde von dieser Geschichte wahrscheinlich Alpträume haben, bis mein Herz alt sein wird und aufhört zu schlagen. Unzählige Köpfe mit allzu wachen Augen in Seehundfelle einzuwickeln … Und jedes Mal, wenn ich einen eingewickelt habe – *zack!*, taucht auch schon der nächste auf.«

»Deine Worte sind nichts als töricht.«

»Oh, und wie viele Seelen hast du der Dunkelheit überantwortet, Karsa Orlong?«

Die Augen des Teblor wurden schmal. »Ich glaube nicht, dass sie die Dunkelheit gefunden haben«, erwiderte er leise. Nach einem Augenblick schaute er beiseite; eine jähe Erkenntnis ließ ihn verstummen. Vor einem Jahr hätte er jemanden, der so etwas gesagt hätte wie Torvald gerade, getötet, sobald er bemerkt hätte, dass die Worte ihn verletzen sollten – was allerdings ziemlich unwahrscheinlich war. Vor einem Jahr waren Worte schlichte, lästige Dinge gewesen, beschränkt auf eine einfache, wenn auch ein bisschen geheimnisvolle Welt. Aber diese Schwäche hatte nur Karsa besessen; sie war nicht typisch für die Teblor an sich, denn Bairoth Gild hatte Karsa schneidende Worte entgegengeschleudert – ein Quell fortwährender Erheiterung für den schlauen Krieger, auch wenn seine Erheiterung durch Karsas Unfähigkeit, zu erkennen, was sich wirklich hinter den Worten verbarg, wahrscheinlich immer wieder einen Dämpfer erlitten hatte.

Torvald Noms nie endender Wortschwall – aber nein, mehr als das … alles, was Karsa erlebt hatte, seit er sein Dorf verlassen hatte – hatte als Einweisung in die Komplexität der Welt gedient. Spitzfindigkeit und Scharfsinn waren giftige Schlangen gewesen, die sich unsichtbar durch sein Leben geschlängelt hatten. Viele Male hatten sie ihre Fänge tief in ihn geschlagen, doch kein einziges Mal war er sich ihres Ursprungs bewusst geworden; kein einziges Mal hatte er auch nur die Quelle seines Schmerzes verstanden. Das Gift selbst war tief in seinem Innern gekreist, und die einzige Antwort, die er darauf gehabt hatte – wenn er überhaupt eine gehabt hatte –, war Gewalt gewesen, eine oft auch irregeleitete Gewalt. Er hatte einfach nur nach allen Seiten um sich geschlagen.

Dunkelheit – und blind leben. Karsa richtete den Blick wieder auf den Daru, der da auf dem Deck kniete und abgetrennte Köpfe einwickelte. *Und wer hat die Binde von meinen Augen gerissen? Wer hat Karsa Orlong, den Sohn des Synyg, aufgeweckt? Urugal?* Nein, nicht Urugal. Das wusste er ganz sicher, denn die außerweltliche Wut, die er in der Kabine verspürt hatte, jener eisige Hauch, der durch ihn hindurchgeströmt war – das gehörte zu seinem Gott. Ein grimmiges Missfallen – dem Karsa merkwürdig ... gleichgültig gegenübergestanden hatte.

Die Sieben Gesichter im Fels sprachen niemals von Freiheit. Die Teblor waren ihre Diener. *Ihre Sklaven.*

»Du siehst aus, als ob es dir nicht gut ginge, Karsa«, sagte Torvald und trat zu ihm. »Es tut mir Leid, was ich eben gesagt –«

»Dazu besteht kein Anlass, Torvald Nom«, sagte Karsa und stand auf. »Wir sollten zu unserem Boot zurück –«

Er verstummte, als ihn die ersten Regentropfen trafen, die bald überall auf das Deck prasselten. Milchiger, schleimiger Regen.

»Pfui!«, ächzte Torvald. »Wenn das die Spucke eines Gottes ist, dann ist er fraglos unpässlich.«

Das Wasser roch faulig, verwest. Es überzog die Decks, die Takelage und die zerrissenen Segel über ihren Köpfen schnell mit dickem, farblosem Schleim.

Fluchend begann der Daru, Lebensmittel und Wasserfässer zusammenzusuchen, um sie anschließend in ihr Boot zu laden. Karsa machte eine letzte Runde auf den Decks, untersuchte die Waffen und die

Rüstungen, die er den grauhäutigen Leichnamen ausgezogen hatte. Er fand ein Gestell mit Harpunen und nahm die sechs mit, die noch da waren.

Der Regen wurde stärker und errichtete trübe, undurchdringliche Mauern auf allen Seiten des Schiffs. Karsa und Torvald verstauten die Vorräte in ihrem Boot – wobei sie immer wieder auf der dicker werdenden Schleimschicht ausrutschten – und stießen sich dann vom Rumpf des Schiffs ab, der Teblor an den Rudern. Binnen weniger Augenblicke war das Schiff nicht mehr zu sehen, und rings um sie ließ der Regen nach. Fünf Züge mit den Rudern, und sie waren vollständig aus der Regenzone heraus, befanden sich wieder auf dem sich sanft wiegenden Meer unter einem farblosen Himmel. Weiter voraus war die eigenartige Küstenlinie zu sehen, die langsam näher rückte.

Nur wenige Augenblicke nachdem das Boot mit seinen beiden Passagieren hinter dem Vorhang aus schlammigem Regen verschwunden war, erhoben sich auf dem Vorderdeck des mächtigen Schiffs sieben fast körperlose Gestalten aus dem Schmutz – Gestalten aus zerschmetterten Knochen und klaffenden Wunden, aus denen keinerlei Blut floss. Sie schwankten unsicher im Dämmerlicht, als drohte die Szenerie, die sie gerade betreten hatten, sich ihrem Griff immer wieder zu entziehen.

Eine von ihnen zischte voller Wut: »Jedes Mal, wenn wir versuchen, den Knoten zuzuziehen –«

»Zerschlägt er ihn«, beendete eine andere Gestalt den Satz in sarkastischem, bitterem Tonfall.

Eine dritte ging hinunter aufs Hauptdeck und trat planlos nach einem fallen gelassenen Schwert. »An diesem Fehlschlag sind die Tiste Edur schuld«, erklang ihre krächzende Stimme. »Wenn eine Bestrafung erfolgen muss, sollte es auch eine Reaktion auf ihre Arroganz sein.«

»Es liegt nicht an uns, das zu fordern«, schnappte der erste Sprecher. »Wir sind nicht die Herren in diesem Plan.«

»Genauso wenig wie die Tiste Edur!«

»Und wenn schon. Wir alle haben unsere besonderen Aufgaben. Karsa Orlong ist noch immer am Leben – ihm muss unsere einzige Sorge gelten –«

»Er beginnt zu zweifeln.«

»Nichtsdestoweniger geht seine Reise weiter. Es fällt nun uns zu, mit der wenigen Macht, die wir über diese Entfernung ausüben können, seinen weiteren Weg zu lenken.«

»Bisher hatten wir nicht allzu viel Erfolg dabei!«

»Das stimmt nicht. Das Zerschmetterte Gewirr erwacht wieder einmal. Das gebrochene Herz des Ersten Imperiums beginnt zu bluten – im Moment ist es zwar noch nicht einmal ein Tröpfeln, doch schon bald wird es zur Flut werden. Wir müssen unseren auserwählten Krieger nur in die geeignete Strömung setzen ...«

»Und liegt das in unserer Macht, so begrenzt wie sie noch immer ist?«

»Finden wir es heraus. Fangt mit den Vorbereitungen an. Ber'ok, verstreue diese Hand voll Otataral-Staub in der Kabine – das Gewirr des Tiste-Edur-Zauberers bleibt geöffnet, und an diesem Ort wird es schnell zu einer Wunde werden ... einer Wunde, die größer wird. Die Zeit für solche Enthüllungen ist noch nicht gekommen.«

Dann hob der Sprecher seinen mitgenommenen Kopf und schnüffelte in der Luft. »Wir müssen schnell machen«, verkündete er nach einem Moment. »Ich glaube, wir werden verfolgt.«

Die übrigen sechs drehten sich um und blickten den Sprecher an, der zur Antwort auf ihre stumme Frage nickte. »Ja. Es sind Verwandte auf unserer Spur.«

Das Strandgut eines ganzen Landes war entlang der gewaltigen steinernen Mauer angetrieben worden. Entwurzelte Bäume, roh behauene Stämme, Planken, Schindeln und Stücke von Wagen und Karren waren inmitten des Unrats zu erkennen. An den Rändern hatte sich eine dicke Schicht aus verfilzten Gräsern und verfaultem Laub angesammelt – eine breite Ebene, die ständig in Bewegung war, sich mit den Wellen hob und senkte. Die Mauer war an einigen Stellen kaum zu sehen, so hoch waren das Treibgut und der Pegel der Wasseroberfläche, auf der es schwamm.

Torvald Nom hockte am Bug, während Karsa ruderte. »Ich habe keine Ahnung, wie wir zu der Mauer kommen wollen«, sagte der Daru. »Du solltest lieber rückwärts rudern, mein Freund, damit wir in dieser Sauerei nicht auf Grund laufen – hier gibt's Welse.«

Karsa ruderte gegen, so dass das Boot langsamer wurde, bevor der Rumpf gegen den Teppich aus Treibgut stieß. Nach ein paar Augenblicken wurde offensichtlich, dass es hier eine Strömung gab, die ihr Boot weiter treiben ließ.

»Nun«, murmelte Torvald, »das ist die erste Strömung in diesem Meer. Glaubst du, dass das irgendwelche Gezeiten sind?«

»Nein«, erwiderte Karsa, während er die fremdartige Uferlinie entlangblickte. »Das kommt von einer Bresche in der Mauer.«

»Oh. Kannst du sehen, wo sie ist?«

»Ich glaube ja.«

Die Strömung zog sie nun schneller mit.

»Da vorne ist eine Einkerbung in der Uferlinie«, fuhr Karsa fort. »Viele Bäume und Balken sind dort eingeklemmt, wo die Mauer sein sollte – kannst du das Rauschen nicht hören?«

»Doch, mittlerweile schon.« Die Worte des Daru klangen angespannt. Er richtete sich am Bug auf. »Jetzt kann ich es sehen. Karsa, wir sollten lieber ...«

»Ja, es ist besser, wenn wir einen Bogen um diese Bresche machen.« Der Teblor setzte sich wieder auf die Ruderbank. Er pullte das Boot vom Saum des Treibguts weg. Der Rumpf schwankte schwerfällig unter ihnen und begann sich zu drehen. Karsa legte sich mit seinem ganzen Gewicht in jeden Zug, versuchte, die Kontrolle zurückzuerlangen. Das Wasser wirbelte um sie herum.

»Karsa!«, rief Torvald. »Da sind Leute – in der Nähe der Bresche! Ich sehe ein Schiffswrack!«

Die Bresche befand sich zur Linken des Teblor, als er das Boot quer zur Strömung ruderte. Er schaute in die Richtung, in die Torvald zeigte – und fletschte die Zähne. »Der Sklavenmeister und seine Männer.«

»Sie winken uns zu sich heran.«

Karsa hörte auf, mit dem linken Ruder zu rudern. »Wir kommen gegen diese Strömung nicht an«, verkündete er, während er das Boot wieder drehte. »Je weiter wir nach draußen kommen, desto stärker wird sie.«

»Ich glaube, genau das ist mit Silgars Boot passiert – sie haben es auf dieser Seite der Bresche auf Grund gesetzt, und dabei ist es leckgeschlagen. Wir sollten versuchen, ein ähnliches Schicksal zu vermeiden, Karsa – das heißt, wenn wir können.«

»Dann halte die Augen offen und achte auf untergetauchte Baumstämme«, sagte der Teblor, während er das Boot näher ans Ufer brachte. »Und außerdem – sind die Tiefländer bewaffnet?«

»Soweit ich sehen kann, nicht«, erwiderte Torvald nach einem Moment. »Sie scheinen in einem ... äh ... ziemlich schlechten Zustand zu sein. Sie drängen sich auf einer kleinen Insel aus Baumstämmen. Silgar und Damisk und noch ein anderer ... ich glaube, es ist Borrug. Bei den Göttern, Karsa, sie sind am Verhungern.«

»Nimm eine Harpune«, knurrte der Teblor. »Könnte gut sein, der Hunger treibt sie zur Verzweiflung.«

»Einen Schlag mehr zum Ufer, Karsa. Wir sind fast da.«

Der Rumpf knirschte leise, gefolgt von einer mahlenden, ruckenden Bewegung, als die Strömung versuchte, sie am Rand entlangzuziehen. Torvald kletterte aus dem Boot, in der einen Hand ein paar Seile, in der anderen die Harpune. Als Karsa sich umdrehte, sah er, dass hinter ihm die drei Nathii-Tiefländer kauerten; sie rührten sich nicht, um zu helfen, sondern zogen sich so weit wie möglich auf ihre mitgenommene Insel zurück. Das Tosen, mit dem das Wasser durch die Bresche strömte, hallte immer noch wie ein aus einiger Entfernung heranbrandendes Donnern. Deutlich näher klangen andere bedrohliche Geräusche: ein Krachen, Bersten und Schleifen – der Stau aus Baumstämmen löste sich auf.

Torvald vertäute das Boot mit ein paar Leinen an einigen Zweigen und Wurzeln. Karsa trat ans Ufer und zog sein Blutschwert. Seine Augen hefteten sich auf Silgar.

Der Sklavenmeister versuchte, noch weiter zurückzuweichen.

Neben den drei abgemagerten Tiefländern lagen die Überreste eines vierten, dessen Knochen sauber abgenagt waren.

»Teblor!«, rief Silgar beschwörend. »Du musst mir zuhören!«

Karsa bewegte sich langsam auf ihn zu.

»Ich kann uns retten!«

Torvald zupfte Karsa am Arm. »Warte, mein Freund. Hören wir uns an, was der Scheißkerl zu sagen hat.«

»Er wird alles Mögliche sagen«, knurrte Karsa.

»Trotzdem –«

Damisk Grauhund meldete sich zu Wort. »Karsa Orlong, hör zu! Diese Insel wird auseinander gerissen – wir brauchen euer Boot. Silgar ist ein Magier – er kann ein Portal öffnen. Aber nicht, wenn er ertrinkt. Hast du verstanden? Er kann uns aus dieser Welt herausbringen!«

»Karsa«, sagte Torvald und fing an zu schwanken, als die Baumstämme unter ihm sich bewegten; sein Griff um den Arm des Teblor wurde fester.

Karsa blickte auf den Daru hinunter. »Du traust Silgar?«

»Natürlich nicht. Aber wir haben keine andere Wahl – wir würden es wohl kaum überleben, mit dem Boot durch die Bresche zu stürzen. Wir wissen ja noch nicht einmal, wie hoch diese Mauer ist – der Sturz auf der anderen Seite könnte endlos sein. Karsa, wir sind bewaffnet, und sie sind es nicht. Davon abgesehen sind sie viel zu schwach, um uns Ärger zu machen, das kannst du doch sehen, oder?«

Silgar schrie auf, als ein großer Teil der aufgestauten Baumstämme direkt hinter ihm im Wasser versank.

Mit finsterem Gesicht schob Karsa sein Schwert zurück in die Scheide. »Fang an, das Boot loszumachen, Torvald.« Er winkte den

Tiefländern zu. »Also gut, kommt her. Aber eines solltest du wissen, Sklavenmeister: Beim ersten Anzeichen von Verrat werden deine Freunde als Nächstes *deine* Knochen abnagen.«

Damisk, Silgar und Borrug krabbelten vorwärts.

Das ganze Bündel Treibgut brach an den Rändern ab, als die Strömung es mitriss und wurde weggeschwemmt. Die Bresche wurde eindeutig größer. Sie weitete sich unter dem Druck eines ganzen Meeres.

Silgar kletterte ins Boot und kauerte sich in die Nähe des Bugs. »Ich werde ein Portal öffnen«, verkündete er. Seine Stimme war nur noch ein Krächzen. »Aber ich kann das nur ein einziges Mal tun –«

»Und warum bist du dann nicht schon längst von hier verschwunden?«, wollte Torvald wissen, der inzwischen die letzte Leine losgemacht hatte und zurück an Bord kletterte.

»Bislang hat es nirgendwo einen Pfad gegeben – draußen auf dem Meer. Aber hier ... Jemand hat ein Tor geöffnet. Ganz in der Nähe. Das Gewebe ist ... geschwächt. Ich habe nicht die Fähigkeiten, so etwas selbst zu tun. Aber ich kann folgen.«

Das Boot kam knirschend von der immer weiter zerfallenden Insel frei; es drehte sich schnell in die rauschende Strömung. Karsa arbeitete an den Rudern, um den Bug in die ungestüme Flut zu lenken.

»Folgen?«, wiederholte Torvald. »Wohin folgen?«

Doch auf diese Frage schüttelte Silgar einfach nur den Kopf.

Karsa ließ die Ruder los und ging ans Heck. Er packte die Ruderpinne mit beiden Händen.

Von Wrackteilen umgeben, ritten sie auf den schäumenden Wogen der Bresche entgegen. Wo die Mauer nachgegeben hatte, waberte eine gewaltige, ockerfarbene Nebelwolke. Dahinter schien ... überhaupt nichts zu sein.

Silgar gestikulierte mit beiden Händen, streckte sie aus wie ein Blinder, der nach dem Türriegel sucht. Dann deutete er mit einem Finger nach rechts. »Da!«, schrie er und warf Karsa einen wilden Blick zu. »Da! Steuere uns dahin!«

Die Stelle, auf die Silgar deutete, sah nicht anders aus als alles andere. Gleich dahinter verschwand das Wasser einfach – eine vorwärts und rückwärts wogende Linie, die die eigentliche Bresche bildete. Mit einem Schulterzucken drückte Karsa gegen die Ruderpinne. An welcher Stelle sie hinübergingen, spielte für ihn keine Rolle. Falls Silgar scheiterte, würden sie durch die Bresche stürzen und – wie tief auch immer – fallen, um irgendwo inmitten eines schäumenden Mahlstroms aufzuschlagen – und dann wären sie sowieso tot.

Er sah, wie sich alle außer Silgar stumm vor Entsetzen hinkauerten.

Der Teblor grinste. »Urugal!«, brüllte er und richtete sich halb auf, als das Boot auf die Kante zuraste.

Dunkelheit verschluckte sie.

Und dann fielen sie.

Die Ruderpinne zersplitterte mit einem lauten, berstenden Krachen in Karsas Händen, dann stürzte das Heck von hinten in ihn hinein und schleuderte ihn nach vorne. Einen Augenblick später schlug er auf dem Wasser auf. Der Aufprall war so heftig, dass er aufkeuchte und dabei einen Mund voll Salzwasser schluckte, bevor er in kalte Dunkelheit stürzte.

Er kämpfte sich nach oben, bis sein Kopf durch die Wasseroberfläche brach, doch dort war es so dunkel, als seien sie in einen Brunnen gefallen oder in einer Höhle wieder aufgetaucht. Ganz in der Nähe hustete jemand hilflos, während ein Stückchen weiter weg ein anderer Überlebender herumplantschte.

Wrackteile stießen gegen Karsa. Das Boot war zerschmettert worden, obwohl der Teblor sich ziemlich sicher war, dass der Sturz nicht übermäßig tief gewesen war – sie waren in einer Höhe angekommen, die ungefähr der Größe zweier erwachsener Krieger entsprach. Wenn das Boot nicht mit etwas zusammengestoßen war, hätte es den Sturz eigentlich überstehen müssen.

»Karsa!«

Immer noch hustend, erreichte Torvald Nom den Teblor. Der Daru hatte den Schaft eines Ruders gefunden und seine Arme darüber gelegt. »Was glaubst du – was im Namen des Vermummten ist passiert?«

»Wir sind durch dieses magische Tor hindurchgegangen«, erklärte Karsa. »Das sollte doch eigentlich klar sein, denn wir sind jetzt woanders.«

»Ganz so einfach ist es nicht«, widersprach ihm Torvald. »Das Blatt von diesem Ruder – hier, sieh dir das Ende an.«

Karsa, der sich in dem salzigen Wasser wohl fühlte, brauchte nur einen Augenblick, um zum Ende des Schafts zu schwimmen. Es war abgetrennt worden, wie mit einem einzigen Hieb von einem eisernen Schwert, wie es die Tiefländer benutzten. Er grunzte.

Die plantschenden Geräusche waren näher gekommen. Aus deutlich größerer Entfernung erklang Damisks Stimme.

»Hier!«, rief Torvald zurück.

Ein Umriss tauchte neben ihnen auf. Es war Silgar, der sich an eines der Wasserfässchen klammerte.

»Wo sind wir?«, fragte Karsa den Sklavenmeister.

»Woher soll ich das wissen?«, schnappte der Nathii. »Ich habe das Tor nicht geschaffen, ich habe es einfach nur benutzt – und es hatte sich schon ziemlich geschlossen. Deshalb ist der Boden des Bootes nicht mitgekommen, sondern wurde glatt abgetrennt. Nichtsdestoweniger glaube ich, dass wir in einem Meer sind, unter einem bedeckten Himmel. Wenn hier kein Licht wäre, könnten wir uns nicht gegenseitig sehen. Leider kann ich keine Brandung hören, vielleicht schlagen hier aber auch gar keine Wellen ans Ufer, so ruhig wie das Meer ist.«

»Was bedeutet, dass wir möglicherweise nur ein Dutzend Schwimmzüge vom Ufer entfernt sind und es nicht wissen.«

»Ja. Zum Glück ist es ein ziemlich warmes Meer. Wir müssen einfach nur die Morgendämmerung abwarten –«

»Vorausgesetzt, dass es eine gibt«, sagte Torvald.

»Es gibt eine«, behauptete Silgar. »Du spürst doch sicher auch, dass das Wasser weiter unten, wo unserer Füße sind, kälter ist. Also hat eine Sonne auf dieses Meer herabgeschienen, da bin ich mir ganz sicher.«

Damisk schwamm in ihr Blickfeld; er zog Borrug hinter sich her, der bewusstlos zu sein schien. Als er die Hand ausstreckte, um sich an dem Wasserfässchen festzuhalten, stieß Silgar ihn weg und strampelte dann mit den Beinen, um noch mehr Abstand zu gewinnen.

»Sklavenmeister!«, keuchte Damisk.

»Dieses Fässchen trägt kaum mein Gewicht«, zischte Silgar. »Es ist fast voll mit frischem Wasser – das wir wahrscheinlich noch brauchen werden. Was ist mit Borrug?«

Torvald bewegte sich ein Stück zur Seite, um Damisk am Schaft des Ruders Platz zu machen. Der tätowierte Wächter versuchte, auch Borrugs Arme über das Stück Holz zu legen, und Torvald kam wieder etwas näher, um ihm zu helfen.

»Ich weiß nicht, was mit ihm los ist«, sagte Damisk. »Vielleicht hat er sich den Kopf angeschlagen. Ich habe allerdings keine Wunde entdecken können. Anfangs hat er vor sich hin gebrabbelt und gezappelt, dann ist er einfach bewusstlos geworden und wäre fast untergegangen. Ich hatte Glück, dass ich ihn noch erwischt habe.«

Borrugs Kopf drohte immer wieder, unter die Wasseroberfläche zu sinken.

Karsa streckte einen Arm aus und packte die Handgelenke des Mannes. »Ich werde ihn nehmen«, knurrte er, drehte sich um und legte sich Borrugs Arme um den Hals.

»Ein Licht!«, rief Torvald plötzlich. »Ich habe ein Licht gesehen – da drüben!«

Die anderen drehten sich um.

»Ich sehe nichts«, brummte Silgar.

»Aber ich habe etwas gesehen«, beharrte Torvald. »Es war nur ganz schwach. Und jetzt ist es weg. Aber ich habe es gesehen –«

»Das war wahrscheinlich eine Einbildung, die von der Erschöpfung herrührt«, sagte Silgar. »Wenn ich genügend Kraft hätte, würde ich mein Gewirr öffnen –«

»Ich weiß, was ich gesehen habe«, sagte der Daru.

»Dann führe uns, Torvald Nom«, sagte Karsa.

»Es könnte die falsche Richtung sein«, zischte Silgar. »Es ist sicherer zu warten –«

»Dann warte«, erwiderte Karsa.

»*Ich* habe das frische Wasser –«

»Das ist ein gutes Argument. Dann werde ich dich töten müssen, denn du hast dich entschieden, hier zu bleiben. Schließlich könnte es sein, dass wir das Wasser brauchen. Du hingegen wirst es nicht brauchen, denn du wirst tot sein.«

»Teblor-Logik ist wirklich etwas Wundervolles«, meinte Torvald kichernd.

»Also gut, ich werde euch folgen«, lenkte Silgar ein.

Der Daru setzte sich in langsamem, aber gleichmäßigem Tempo in Bewegung, trat unter Wasser aus, während er den Ruderschaft hinter sich herzog. Damisk hielt sich mit einer Hand an dem Holz fest und bewegte die Beine auf eine seltsame Weise, die an einen Frosch erinnerte.

Karsa packte Borrugs Handgelenke mit einer Hand und bewegte sich in ihrem Kielwasser vorwärts. Der Kopf des bewusstlosen Tiefländers ruhte auf seiner rechten Schulter, seine Knie stießen immer wieder an die Oberschenkel des Teblor.

Seitlich von ihnen strampelte Silgar mit den Beinen und trieb so das Wasserfässchen voran. Karsa konnte sehen, dass das Fässchen längst nicht so voll war, wie der Sklavenmeister behauptet hatte – es hätte sie leicht alle tragen können.

Der Teblor selbst hatte das nicht nötig. Er war nicht sonderlich erschöpft, und es schien, als würde er über einen natürlichen Auftrieb verfügen, der deutlich größer war als der der Tiefländer. Jedes Mal, wenn er Luft holte, tauchten seine Schultern, seine Oberarme und die obere Hälfte seiner Brust aus dem Wasser. Und davon abgesehen, dass Borrugs Knie die Bewegungen seiner Beine etwas behinderten, spürte er den Tiefländer kaum ...

Irgendetwas an diesen Knien war merkwürdig, wurde Karsa plötzlich klar. Er legte eine Pause ein, griff nach unten.

Beide Beine waren knapp unterhalb der Kniescheibe sauber abgetrennt, das Wasser um sie herum war warm.

Torvald drehte sich zu ihm um. »Was ist los?«, fragte er.

»Glaubst du, dass es in diesem Gewässer Welse gibt?«

»Das bezweifle ich«, erwiderte der Daru. »Das andere Meer war schließlich Süßwasser.«

»Gut«, brummte Karsa und nahm seine Schwimmbewegungen wieder auf.

Das Licht, das Torvald gesehen hatte, tauchte nicht wieder auf. Sie schwammen weiter durch die tiefe Schwärze, in absolut ruhigem Wasser.

»Das ist Wahnsinn«, sagte Silgar nach einiger Zeit. »Wir verbrauchen sinnlos unsere Kräfte –«

»Karsa, warum hast du mich nach den Welsen gefragt?«, rief Torvald.

Etwas Großes, Rauhäutiges stieg in die Höhe und landete auf Karsas Rücken, das gewaltige Gewicht drückte ihn unter Wasser. Borrugs Handgelenke wurden ihm entrissen, die Arme schlugen zurück und verschwanden. Mehr als eine Mannslänge unter die Wasseroberfläche gedrückt, drehte Karsa sich um. Er trat mit den Beinen um sich, traf auf einen festen, unnachgiebigen Körper und nutzte die Gelegenheit, um sich abzustoßen und wieder an die Oberfläche zu kommen.

Gerade als er sie – das Blutschwert in den Händen – erreichte, sah er weniger als eine Mannslänge entfernt einen riesigen grauen Fisch, dessen zahnstarrendes Maul sich um das bisschen schloss, das von Borrug noch zu sehen war. Ein zerfleischter Kopf, Schultern, zappelnde Arme. Der breite Kopf des Fischs ruckte wild vor und zurück, seine seltsam starren, riesigen Augen blitzten, als wären sie von innen erleuchtet.

Hinter Karsa erklangen Schreie, und er drehte sich um. Damisk und Silgar strampelten beide wild mit den Beinen und versuchten zu entkommen. Torvald hatte sich auf den Rücken gelegt, das Ruder fest in den Händen, und strampelte unter der Wasseroberfläche – er machte als Einziger keinen Lärm, obwohl sein Gesicht vor Angst verzerrt war.

Karsa wandte sich wieder dem Fisch zu. Er schien Probleme zu haben, Borrug zu verschlingen – einer der Arme des Mannes hatte sich quer gelegt. Der Fisch selbst stand beinahe senkrecht im Wasser, riss den Kopf vor und zurück.

Knurrend schwamm Karsa auf ihn zu.

Borrugs Arm löste sich im gleichen Augenblick, als Karsa ankam, und sein Körper verschwand in dem Maul. Karsa holte tief Luft, trat kräftig mit den Beinen und schnellte halb aus dem Wasser. Sein Blutschwert zog eine Spur aus Gischt hinter sich her, als es tief in die Schnauze des Fischs drang.

Warmes Blut spritzte auf Karsas Unterarme.

Der Fisch schien einen Satz nach hinten zu machen.

Karsa schwamm näher heran und schlang seine Beine knapp hinter den Seitenflossen um den Körper der Kreatur. Der Fisch wand sich unter ihm, konnte sich jedoch nicht aus Karsas Umklammerung befreien.

Der Teblor drehte sein Schwert um, rammte es dem Tier tief in den Bauch und zog es dann nach unten.

Das Wasser war plötzlich heiß vom Blut und anderen Flüssigkeiten. Der leblose Körper des Fischs sackte nach unten und zog Karsa mit in die Tiefe. Der Teblor schob sein Schwert in die Scheide. Als er und der Fisch unter der Wasseroberfläche verschwanden, griff er in die klaffende Wunde. Seine Hand schloss sich um Borrugs Oberschenkel, die Finger gruben sich in das zerfetzte Fleisch und packten den Knochen.

Karsa zog den Tiefländer durch eine Wolke aus milchiger Flüssigkeit, die in den Augen brannte, zerrte den Körper hinter sich her und kehrte mit ihm an die Wasseroberfläche zurück.

Torvald schrie jetzt. Karsa drehte sich um und sah den Daru in hüfttiefem Wasser stehen und mit beiden Armen winken. Neben ihm wateten Silgar und Damisk an einen Strand.

Karsa schwamm, Borrug im Schlepptau, auf das Ufer zu. Ein halbes Dutzend Schwimmzüge, und seine Füße streiften sandigen Grund. Er stand, noch immer eines von Borrugs Beinen in der Hand haltend. Augenblicke später erreichte er den Strand.

Die anderen saßen oder knieten auf dem hellen Sandstreifen und versuchten, wieder zu Atem zu kommen.

Karsa ließ Borrugs Körper auf den Strand fallen und blieb stehen, den Kopf in den Nacken gelegt, während er die warme, schwüle Luft prüfend einsog. Jenseits der von Muscheln gesäumten Flutlinie wucherte dichtes, üppiges Laubwerk. Insekten summten und brummten, und es raschelte schwach, als sich etwas Kleines durch trockenen Tang bewegte.

Torvald kam zu ihm gekrochen. »Karsa, der Mann ist tot. Er war schon tot, als der Hai ihn sich geholt hat –«

»Das war also ein Hai. Die Seeleute auf dem malazanischen Schiff haben von Haien gesprochen.«

»Karsa, wenn ein Hai jemanden verschlingt, dann folgt man dem armen Kerl nicht. Er ist erledigt –«

»Er war in meiner Obhut«, knurrte Karsa. »Der Hai hatte kein Recht auf ihn, ob tot oder lebendig.«

Silgar stand ein paar Schritte entfernt. Bei Karsas Worten lachte er schrill auf und sagte dann: »Aus dem Bauch eines Hais in die Bäuche von Möwen und Krabben! Borrugs erbärmlicher Geist wird dir zweifellos danken, Teblor!«

»Ich habe den Tiefländer gerettet«, erwiderte Karsa, »und übergebe ihn jetzt wieder deiner Obhut, Sklavenmeister. Wenn du ihn den Möwen und Krabben überlassen willst, dann ist das deine Entscheidung.« Er wandte sich noch einmal dem dunklen Meer zu, konnte den toten Hai jedoch nirgends entdecken.

»Das wird mir niemand glauben«, murmelte Torvald.

»Was, Torvald Nom?«

»Oh, ich habe mir vorgestellt, wie ich in vielen Jahren als alter Mann in Quips Bar in Darujhistan sitze und diese Geschichte erzähle. Ich habe alles mit eigenen Augen gesehen, und trotzdem kann ich es selbst kaum glauben. Du hast dich zur Hälfte aus dem Wasser erhoben, als du mit dem Schwert zugeschlagen hast – ich nehme an, es hilft, wenn man vier Lungenflügel hat. Trotzdem ...« Er schüttelte den Kopf.

Karsa zuckte die Schultern. »Die Welse waren schlimmer«, sagte er. »Die Welse haben mir gar nicht gefallen.«

»Ich schlage vor, wir schlafen erst mal ein bisschen«, meldete sich Silgar zu Wort. »Wenn der Morgen kommt, werden wir sehen, was es an diesem Ort zu entdecken gibt. Fürs Erste dankt Mael, dass wir noch immer am Leben sind.«

»Ich bitte um Vergebung«, sagte Torvald, »aber ich möchte viel lieber einem dickköpfigen Teblor-Krieger als irgendeinem Meeresgott danken.«

»Dann ist dein Glaube übel fehlgeleitet«, schnaubte der Sklavenmeister und wandte sich ab.

Torvald kam mühsam auf die Beine. »Karsa«, murmelte er, »du solltest wissen, dass der Hai Maels auserwähltes Meerestier ist. Ich hege nicht den geringsten Zweifel daran, dass Silgar tatsächlich eifrig gebetet hat, während wir da draußen waren.«

»Es spielt keine Rolle«, erwiderte Karsa. Er nahm einen tiefen Atemzug der nach Dschungel riechenden Luft und stieß ihn dann langsam wieder aus. »Ich bin an Land und ich bin frei, und nun werde ich diesen Strand entlanggehen und ein Stück von diesem neuen Land kennen lernen.«

»Dann werde ich dich begleiten, mein Freund, denn ich glaube, das Licht, das ich gesehen habe, war zu unserer Rechten, knapp oberhalb von diesem Strand, und ich würde das gerne überprüfen.«

»Ganz wie du willst, Torvald Nom.«

Sie begannen, den Strand entlangzugehen.

»Karsa, weder Silgar noch Damisk besitzen auch nur ein Fünkchen Anstand. Ich hingegen schon. Nur ein kleines Fünkchen, zugegeben, aber immerhin es ist eines. Deshalb: Danke.«

»Wir haben uns gegenseitig das Leben gerettet, Torvald Nom, und daher freut es mich, dich meinen Freund nennen und von dir als Krieger denken zu können. Natürlich nicht als Teblor-Krieger, aber immerhin als Krieger.«

Der Daru sagte lange Zeit nichts. Sie waren mittlerweile längst außer Sichtweite von Silgar und Damisk. Zu ihrer Rechten erhob sich der Küstensockel in Schichten aus hellem Gestein. Die von den Meereswogen geformte Wand war von unzähligen Kletterpflanzen überwuchert, die von dem dichten Dschungel auf dem Überhang herabrankten. Eine Wolkenlücke ließ schwaches Sternenlicht durchschimmern, das sich in dem praktisch reglosen Wasser zu ihrer Linken spiegelte. Der Sand unter ihren Füßen wurde von runden, welligen Steinen abgelöst.

Torvald blieb stehen und berührte Karsa am Arm, deutete hangaufwärts. »Da«, flüsterte er.

Der Teblor brummte leise. Ein niedriger, unförmiger Turm ragte über dem verfilzten Bewuchs auf, kauerte wie eine knorrige schwarze Masse über dem Strand. Er war mehr oder weniger quadratisch, verjüngte sich nach oben hin deutlich und endete in einem flachen Dach. Auf der dem Meer zugewandten Seite befand sich auf etwa einem Dreiviertel der Gesamthöhe ein tief in die Mauer eingelassenes, dreieckiges Fenster. Gedämpftes gelbes Licht drang aus den Ritzen der verzogenen Fensterläden.

Ein schmaler Fußweg war zu sehen, der sich hinunter zum Ufer wand, und ganz in der Nähe – fünf Schritte oberhalb der Flutlinie – lagen die kümmerlichen Überreste eines Fischerboots. Die aufgesprungenen Spanten ragten seitlich ins Freie; sie waren mit einer Schicht aus Algen überzogen und fleckig von Vogelkot.

»Sollen wir ihm einen Besuch abstatten?«, fragte Torvald.

»Ja«, erwiderte Karsa und marschierte auf den Fußweg zu.

Der Daru eilte an seine Seite. »Aber dieses Mal keine Trophäen, in Ordnung?«

Schulterzuckend antwortete der Teblor: »Das hängt ganz davon ab, wie wir empfangen werden.«

»Fremde an einem verlassenen Strand, einer davon ein Riese mit einem Schwert, das fast so lang ist, wie ich groß bin. Klopfen mitten in der Nacht an die Tür. Es wäre ein Wunder, wenn wir mit offenen Armen empfangen werden, Karsa. Und was noch schlimmer ist – die Wahrscheinlichkeit, dass wir die gleiche Sprache sprechen, ist nicht sehr groß –«

»Zu viele Worte«, unterbrach ihn Karsa.

Sie hatten den Fuß des Turms erreicht. Es gab keinen Eingang auf der Meerseite. Der Weg zog sich um den Turm herum zur anderen Seite, ein gut ausgetretener Pfad aus Kalksteinstaub. Es gab mehrere Haufen aus großen Stücken des gelben Gesteins – viele von ihnen sahen so aus, als wären sie von anderen Orten herangeschleppt worden, und sie trugen Spuren von Meißeln oder waren auf andere Weise bearbeitet worden. Der Turm selbst war aus dem gleichen Material erbaut, obwohl sein knorriges Aussehen so lange ein Rätsel blieb, bis Karsa und Torvald näher herankamen.

Der Daru streckte die Hand aus und fuhr mit dem Finger über einen der Ecksteine. »Dieser Turm besteht aus lauter Fossilien«, murmelte er.

»Was sind Fossilien?«, fragte Karsa und musterte die seltsamen Wesen, die in den Stein eingeschlossen waren.

»Uraltes Leben, das zu Stein geworden ist. Ich nehme an, dass die Gelehrten eine Erklärung dafür haben, wie solch eine Verwandlung vor sich geht. Meine Ausbildung war leider nur sehr bruchstückhaft und ... äh ... nicht sonderlich planmäßig. Schau, das da – das ist eine Art großer Muschel. Und da, die da sehen wie Wirbelsäulen von einem schlangenähnlichen Tier aus ...«

»Das sind nichts als Schnitzereien«, behauptete Karsa.

Ein tiefes, rumpelndes Lachen ließ sie herumwirbeln. Der Mann, der zehn Schritte von ihnen entfernt in der Biegung des Pfades stand, war groß für einen Tiefländer, seine Haut so dunkel, dass sie schwarz zu sein schien. Er trug kein Hemd, sondern nur eine ärmellose Weste aus schweren Ketten, die ganz steif vom Rost waren. Seine Muskeln waren stark und sehnig, ohne ein Gramm Fett, so dass seine Arme, Schultern und sein Oberkörper aussahen, als bestünden sie aus gespannten Tauen. Er trug ein gegürtetes Lendentuch aus irgendeinem farblosen Material. Auf seinem Kopf saß ein Hut, der aus den zerrissenen Überresten einer Kapuze genäht zu sein schien, aber Karsa konnte den dichten, grau gesprenkelten Bart sehen, der die untere Gesichtshälfte des Mannes bedeckte.

Er schien keine Waffen zu tragen, nicht einmal ein Messer. Seine Zähne blitzten auf, als er lachte. »Erst Schreie vom Meer her, und jetzt zwei Gestalten, die im Vorgarten vor meinem Turm herumschleichen und Daru quasseln.« Er legte den Kopf etwas in den Nacken, um Karsa einen Augenblick zu betrachten. »Im ersten Moment habe ich dich für einen Fenn gehalten, aber du bist kein Fenn, oder?«

»Ich bin ein Teblor –«

»Ein Teblor! Nun, mein Junge, da bist du ganz schön weit weg von zu Hause, was?«

Torvald trat vor. »Mein Herr, Ihr sprecht beeindruckend gut Daru, obwohl ich mir sicher bin, einen leichten malazanischen Akzent zu hören. Angesichts Eurer Hautfarbe wage ich zu vermuten, dass Ihr ein Napanese seid. Sind wir demnach in Quon Tali?«

»Ihr wisst nicht, wo ihr seid?«

»Leider nicht, mein Herr, fürchte ich.«

Der Mann gab ein Brummen von sich, drehte sich dann um und ging den Pfad zurück. »Schnitzereien, hah!«

Torvald warf Karsa einen Blick zu und folgte dem Mann mit einem Schulterzucken.

Karsa stapfte hinterdrein.

Die Tür lag auf der dem Landesinnern zugewandten Seite. Vor ihr teilte sich der Pfad; der eine führte zum Turm, der andere zu einer erhöhten Straße, die parallel zur Küstenlinie und dem dunklen Waldstreifen dahinter verlief.

Der Mann stieß die Tür auf, zog den Kopf ein und trat ins Innere. Sowohl Torvald wie Karsa waren an der Gabelung unwillkürlich stehen geblieben und hatten den gewaltigen steinernen Schädel angestarrt, der den Sturz über der Türöffnung bildete. Er war so lang, wie der Teblor groß war, und verlief über die gesamte Breite. Die Reihen dolchähnlicher Zähne ließen selbst das Gebiss eines grauen Bären dagegen klein erscheinen.

Der Mann tauchte wieder auf. »Beeindruckend, was? Ich habe auch den größten Teil von dem Körper dieses Bastards gesammelt – ich hätte damit rechnen müssen, dass er größer sein würde, als ich anfangs gedacht hatte, aber ich hatte die Unterarme gefunden, versteht ihr, und die sind ziemlich kümmerlich. Deshalb habe ich mir ein Biest ausgemalt, das nicht größer ist als du, Teblor, aber mit einem passenden Kopf. Kein Wunder, dass sie ausgestorben sind, habe ich mir gesagt. Natürlich, es sind Irrtümer wie diese, die einen Menschen Bescheidenheit lehren, und der Vermummte weiß, der hier hat mich ziemlich bescheiden gemacht. Kommt rein. Ich mache uns einen Tee.«

Torvald grinste zu Karsa hoch. »Siehst du, was passiert, wenn man alleine lebt?«

Die beiden betraten den Turm.

Und waren wie betäubt angesichts dessen, was sie erwartete. Der Turm war leer bis auf ein zerbrechlich aussehendes Gerüst, das direkt unterhalb des einzigen Fensters aus der seewärts gelegenen Wand ragte. Der Fußboden war ein dicker, knirschender Teppich aus Steinsplittern. Verwitterte Pfähle ragten an allen Seiten in unterschiedlichen Winkeln auf, hier und da mit Querbalken verbunden und mit dicken Seilen festgezurrt. Dieses hölzerne Gerüst umgab die untere Hälfte eines steinernen Skeletts, das aufrecht auf zwei kräftigen Beinen stand – die ein bisschen an die eines Vogels erinnerten –, mit dreizehigen Füßen und riesigen Krallen. Der Schwanz bestand aus einer Kette aus Wirbeln, die sich an einer der Wände emporschlängelte.

Der Mann saß neben einer von Tonziegeln umgebenen Feuerstelle unter dem Gerüst und rührte in einem der beiden Töpfe, die in der Glut standen. »Versteht ihr mein Problem? Als ich den Turm gebaut habe, dachte ich, er würde genügend Platz bieten, um diesen Leviathan wieder aufzubauen. Doch dann habe ich mehr und mehr von diesen verdammten Rippen entdeckt, beim Vermummten – ich kann noch nicht einmal die Schulterblätter anbringen, von den Unterarmen, dem Hals und dem Kopf ganz zu schweigen. Ich hatte zwar sowieso vor, den Turm irgendwann einmal auseinander zu nehmen, damit ich an den Kopf komme. Doch jetzt sind alle meine Pläne gescheitert, und ich werde das Dach erweitern müssen, was ziemlich knifflig ist. Verdammt knifflig sogar.«

Karsa trat an den Herd und beugte sich nach unten, um an dem anderen Topf zu schnüffeln, in dem eine dickflüssige Brühe blubberte.

»Ich würde das nicht probieren«, sagte der Mann. »Das ist das Zeug, mit dem ich die Knochen aneinander klebe. Es wird härter als der Stein selbst und trägt jedes Gewicht, wenn es ausgehärtet ist.« Er fand zwei zusätzliche Tonbecher und füllte sie mit dem Kräutertee. »Gibt auch gutes Geschirr.«

Torvald riss den Blick von dem riesigen Skelett los, das über ihnen aufragte, und trat an den Herd, um seinen Becher zu nehmen. »Ich heiße Torvald Nom –«

»Nom? Vom Haus Nom? In Darujhistan? Merkwürdig – ich hätte dich für einen Banditen gehalten – das heißt, bevor du Sklave geworden bist.«

Torvald verzog das Gesicht zu einer Grimasse und warf Karsa einen Blick zu. »Das machen die Narben von diesen verdammten Fesseln – wir brauchen andere Kleider, irgendwas mit langen Ärmeln. Und Mokassins, die bis zu den Knien hinaufreichen.«

»Hier laufen 'ne Menge entflohener Sklaven rum«, sagte der Napanese schulterzuckend. »Daher würde ich mir an eurer Stelle nicht allzu viele Sorgen machen.«

»Wo sind wir?«

»An der Nordküste des Reichs der Sieben Städte. Das Meer hinter euch ist die Otataral-See. Der Wald, der diese Halbinsel bedeckt, wird A'rath genannt. Die nächste Stadt ist Ehrlitan, zu Fuß ungefähr fünfzehn Tagesmärsche westlich von hier.«

»Und wie heißt Ihr, wenn ich fragen darf?«

»Nun, Torvald Nom, auf diese Frage gibt es keine einfache Antwort. In der Gegend hier bin ich als Ba'ienrok bekannt, das ist Ehrlii für ›Hüter‹. Draußen, in der wilden und unangenehmen Welt, kennt man mich überhaupt nicht, außer als jemanden, der vor langer Zeit gestorben ist, und genauso möchte ich es auch in Zukunft belassen. Daher also Ba'ienrok oder Hüter, trefft eure Wahl.«

»Dann Hüter. Was ist in diesem Tee? Da sind Geschmacksnuancen, die ich nicht erkennen kann, und bei jemandem, der in Darujhistan geboren und aufgewachsen ist, ist das fast schon so gut wie unmöglich.«

»Eine Mischung aus Pflanzen von hier«, erwiderte Hüter. »Ich weiß nicht, wie sie heißen, und ich kenne auch ihre Eigenschaften nicht, aber ich mag ihren Geschmack. Und diejenigen, die mich krank gemacht haben, habe ich schon vor langer Zeit ausgesondert.«

»Freut mich, das zu hören«, sagte Torvald. »Nun, Ihr scheint eine Menge über die wilde und unangenehme Welt da draußen zu wissen. Ihr sprecht Daru, kennt die Teblor … Das Wrack unten am Strand – war das Euer Boot?«

Hüter stand langsam auf. »Jetzt machst du mich nervös, Torvald. Und es ist nicht gut, wenn ich nervös werde.«

»Oh, äh, dann werde ich wohl lieber keine weiteren Fragen mehr stellen.«

Hüter hieb Torvald mit der Faust auf die Schulter, was den Daru einen Schritt zurücktrieb. »Das ist eine kluge Entscheidung, mein Junge. Ich glaube, ich kann mit euch auskommen, obwohl ich mich besser fühlen würde, wenn dein stummer Freund da ein bisschen was sagen würde.«

Torvald rieb sich die Schulter und wandte sich an Karsa.

Der Teblor bleckte die Zähne. »Ich habe nichts zu sagen.«

»Ich mag Männer, die nichts zu sagen haben«, sagte Hüter.

»Ein Glück für dich«, knurrte Karsa. »Denn du würdest mich nicht zum Feind haben wollen.«

Hüter füllte seinen Becher wieder auf. »Ich hatte mit schlimmeren

Burschen als dir zu tun, Teblor, in meiner Zeit. Die waren hässlicher und größer und gemeiner. Natürlich sind sie jetzt fast alle tot.«

Torvald räusperte sich. »Leider rafft uns alle irgendwann das Alter dahin.«

»Das tut es, mein Junge«, sagte Hüter. »Zu dumm, dass keiner von ihnen die Möglichkeit hatte, das am eigenen Leib zu erfahren. Nun, ich vermute, dass ihr hungrig seid. Aber wenn ihr etwas zu essen haben wollt, müsst ihr erst etwas tun, um es euch zu verdienen. Das bedeutet, ihr müsst mir helfen, das Dach abzunehmen. Es dürfte nicht länger als einen oder zwei Tage dauern.«

Karsa blickte sich um. »Ich werde nicht für dich arbeiten. Knochen auszugraben und sie zusammenzusetzen ist Zeitverschwendung. Vollkommen sinnlos.«

Hüter erstarrte zur Salzsäule. »Sinnlos?« Das Wort war kaum mehr als ein Hauch.

»Diese Teblor haben eine elend pragmatische Ader«, sagte Torvald hastig. »Und rüde Manieren, die häufig ziemlich unverschämt erscheinen, auch wenn das keine Absicht –«

»Zu viele Worte«, unterbrach ihn Karsa. »Dieser Mann verschwendet sein Leben mit dummen Aufgaben. Wenn ich merke, dass ich hungrig bin, werde ich mir etwas zu essen nehmen.«

Obwohl der Teblor eine gewalttätige Reaktion von Hüter erwartete und seine Hand nahe am Griff des Blutschwerts lag, schaffte er es dennoch nicht, der Faust auszuweichen, die blitzschnell heranschoss und ihn auf seiner rechten Seite hart in die unteren Rippen traf. Knochen krachten. Der Hieb trieb ihm die Luft aus den Lungen. Karsa sackte rücklings zu Boden; er bekam keine Luft, und eine Woge aus Schmerz verdunkelte seinen Blick.

Er war noch nie in seinem Leben so hart getroffen worden. Nicht einmal Bairoth Gild hatte es geschafft, einen solchen Schlag anzubringen. Noch während ihm das Bewusstsein schwand, warf er Hüter einen Blick erstaunter, ehrlicher Bewunderung zu. Dann brach er zusammen.

Als er erwachte, fiel Sonnenlicht durch die offene Tür. Er stellte fest, dass er inmitten von Steinsplittern lag. Die Luft war mit Mörtelstaub gesättigt, der von oben herabrieselte. Langsam setzte Karsa sich auf, ächzte dabei angesichts der Schmerzen, die seine gebrochenen Rippen ihm bereiteten. Von oben, von der Höhe des Dachs konnte er Stimmen hören.

Das Blutschwert hing noch immer auf seinem Rücken. Der Teblor stützte sich an den steinernen Beinknochen des Skeletts ab und rappelte sich auf. Als er aufblickte, sah er Torvald und Hüter, die auf dem hölzernen Gestell direkt unterhalb des Dachs balancierten, das bereits teilweise abgebaut war. Der Daru blickte herunter.

»Karsa! Ich würde dich einladen, hier heraufzukommen, doch ich vermute, dieses Gerüst trägt dein Gewicht nicht. Wir sind aber schon ganz gut vorangekommen –«

Hüter unterbrach ihn. »Das Gerüst trägt sein Gewicht sehr wohl. Ich habe das ganze Rückgrat hier hochgewunden, und das wiegt eine Menge mehr als ein einzelner Teblor. Komm rauf, mein Junge, wir können jetzt mit den Wänden anfangen.«

Karsa betastete prüfend den Bluterguss auf seiner rechten Seite in Höhe der unteren Rippen, der in etwa die Umrisse einer Faust hatte. Es tat weh, Luft zu holen; er war sich nicht sicher, ob er klettern, geschweige denn arbeiten könnte. Andererseits wollte er auf gar keinen Fall Schwäche zeigen, schon gar nicht einem muskelbepackten Napanesen gegenüber. Mit verzerrtem Gesicht streckte er die Hand nach dem nächsten Querbalken aus.

Das Klettern war unglaublich schmerzhaft und dauerte quälend lange. Von hoch oben blickten die beiden Tiefländer schweigend herunter. Als Karsa endlich den Laufgang unter dem Dach erreichte und sich neben Torvald und Hüter hochzog, war er schweißgebadet.

Hüter starrte ihn an. »Der Vermummte soll mich holen«, murmelte er. »Es hat mich schon überrascht, dass du überhaupt aufstehen konntest, Teblor. Ich weiß, dass ich dir ein paar Rippen gebrochen habe – verdammt« – er hob eine geschiente, bandagierte Hand –, »ich habe mir selbst ein paar Knochen gebrochen. Das ist mein Temperament, verstehst du. Das war schon immer mein Problem. Ich kann mit Beleidigungen nicht besonders gut umgehen. Am besten setzt du dich da hin – wir werden es schon schaffen.«

Karsa fletschte die Zähne. »Ich bin vom Stamme der Uryd. Glaubst du etwa, dass ein Klaps eines Tiefländers mir etwas anhaben kann?« Er richtete sich auf. Das Dach bestand aus einer einzigen Kalksteinplatte, die etwas über die Wände hinausragte. Um sie zu entfernen, hatten sie den Mörtel an den Verbindungsstellen wegmeißeln müssen, um sie dann nach einer Seite schieben zu können, bis sie gekippt und am Fuß des Turms in tausend Stücke zerborsten war. Der Mörtel an den großen, grob behauenen Steinblöcken der Seitenmauern war bis zum Rand des Gerüsts hinunter entfernt worden. Karsa stemmte seine Schulter gegen eine Seite und drückte.

Hüter und Torvald Nom griffen gleichzeitig nach den Riemen, mit denen das Blutschwert befestigt war, als vor dem Teblor ein großes Stück Mauerwerk einfach verschwand und er hinterherstolperte. Ein donnerndes Dröhnen von unten erschütterte den Turm. Einen Augenblick lang sah es so aus, als würde Karsas Gewicht sie alle drei über die Kante ziehen, dann schlang Hüter ein Bein um einen Balken; er keuchte, als sich am Ende seines Arms die Riemen zusammenzogen. Einen Herzschlag lang hing alles in der Schwebe, dann winkelte der Napanese langsam seinen Arm an und zog Karsa zurück auf die Plattform.

Der Teblor konnte ihm dabei nicht helfen – er wäre beinahe bewusstlos geworden, als er die Steine nach unten gestoßen hatte, und in seinem Schädel hämmerte ein pochender Schmerz. Langsam sank er auf die Knie.

Keuchend ließ Torvald die Riemen los und sank erschöpft auf die verbogenen Bretter.

Hüter lachte. »Nun, das ging leicht. Gut, damit habt ihr euch beide euer Frühstück verdient.«

Torvald hustete und sagte dann zu Karsa: »Nur für den Fall, dass du dich schon gefragt hast: Ich bin bei Tagesanbruch zurück zum Strand gegangen, um Silgar und Damisk zu holen. Aber sie waren nicht mehr da, wo wir sie verlassen hatten. Ich glaube nicht, dass der Sklavenmeister vorhatte, mit uns zu reisen; er hat in deiner Gesellschaft wahrscheinlich um sein Leben gefürchtet, was – wie du zugeben musst, Karsa – einigermaßen nachvollziehbar ist. Ich bin ihren Spuren bis hoch zur Küstenstraße gefolgt. Sie haben sich nach Westen gewandt, was darauf hindeutet, dass Silgar mehr darüber gewusst hat, wo wir sind, als er uns gegenüber rausgelassen hat. Fünfzehn Tage bis Ehrlitan, und das ist eine große Hafenstadt. Wenn sie nach Osten gegangen wären, hätten sie einen Monat oder mehr bis zur nächsten Stadt gebraucht.«

»Du redest zu viel«, sagte Karsa.

»Ja«, stimmte Hüter zu, »das tut er. Ihr beide habt eine ganz ordentliche Reise hinter euch – ich weiß mehr darüber, als ich eigentlich wissen wollte. Kein Grund zur Sorge, Teblor. Ich glaube sowieso nur die Hälfte davon. Du willst also einen Hai getötet haben – nun, diejenigen, die sich an dieser Küste herumtreiben, sind die großen – groß genug, um sich mit den Dhenrabi anlegen zu können. Die kleineren werden alle gefressen, versteht ihr. Ich habe hier in der Nähe der Küste noch keinen gesehen, der nicht mindestens zweimal so lang war, wie du groß bist, Teblor. Und so einem hast du mit einem einzigen Hieb den Kopf gespalten? Mit einem hölzernen Schwert? Im tiefen Wasser? Und was war das andere noch? Welse, die groß genug sind, einen Mann mit einem Bissen ganz zu verschlingen? Hah, der ist gut.«

Torvald starrte den Napanesen an. »Es ist beides wahr. Genauso wahr wie die überflutete Welt und ein Schiff mit kopflosen Tiste Andii an den Rudern!«

»Nun, das glaube ich alles, Torvald. Aber der Hai und die Welse? Hältst du mich für einen Narren? Nun lasst uns runterklettern und uns was zu essen kochen. Komm, ich lege dir einen Sicherheitsgurt an, Teblor – nur für den Fall, dass du auf halbem Weg auf die Idee kommen solltest, dich schlafen zu legen. Wir folgen dir.«

Der Plattfisch, den Hüter in Stücke zerteilt und in eine Brühe mit stärkehaltigen Knollen geworfen hatte, war geräuchert und gepökelt. Als Karsa seine zweite Portion gegessen hatte, war er schrecklich durstig. Hüter wies ihnen den Weg zu einer Quelle ganz in der Nähe des Turms, wo Karsa und Torvald sich an dem süßen Wasser satt tranken.

Der Daru benetzte sich anschließend das Gesicht und lehnte sich mit dem Rücken an eine umgestürzte Palme. »Ich habe nachgedacht, mein Freund«, sagte er.

»Das solltest du öfters tun, statt zu reden, Torvald Nom.«

»Das ist der Fluch meiner Familie. Mein Vater war sogar noch schlimmer. Merkwürdigerweise sind einige Geschlechter des Hauses Nom genau das Gegenteil – aus denen hat man kein Wort rausgebracht, nicht mal, wenn man sie gefoltert hat. Ich habe einen Verwandten, einen Assassinen –«

»Ich dachte, du hättest nachgedacht.«

»Ach ja, richtig. Das habe ich auch. Über Ehrlitan. Wir sollten dort hingehen.«

»Warum? Ich habe in keiner der Städte, durch die wir in Genabackis gekommen sind, etwas von Wert gesehen. Sie stinken, sie sind zu laut, und Tiefländer huschen darin herum wie Felsenmäuse.«

»Es ist eine Hafenstadt, Karsa. Eine malazanische Hafenstadt. Das bedeutet, dass von dort Schiffe auslaufen, die nach Genabackis fahren. Ist es nicht an der Zeit, nach Hause zu gehen, mein Freund? Wir könnten uns die Überfahrt verdienen. Was mich anbelangt, ich bin bereit, mich wieder in den Schoß meiner teuren Familie zu begeben – das lang verlorene Kind kehrt zurück, weiser, fast geläutert. Und was dich angeht, ich glaube, dein Stamm wäre … äh …erfreut, dich zurückzuhaben. Du verfügst jetzt über einiges Wissen, und sie brauchen dieses Wissen dringend – es sei denn, du willst, dass das, was mit den Sunyd geschehen ist, auch den Uryd passiert.«

Karsa schaute den Daru einen Augenblick stirnrunzelnd an, dann blickte er beiseite. »Ich werde in der Tat zu meinem Volk zurückkehren. Eines Tages. Aber Urugal lenkt noch immer meine Schritte – ich kann ihn spüren. Geheimnisse haben so lange Macht, wie sie geheim bleiben. Bairoth Gilds Worte, über die ich damals kaum nachgedacht habe. Aber das hat sich jetzt geändert. Ich habe mich verändert, Torvald Nom. Misstrauen hat Wurzeln in meiner Seele geschlagen, und wenn ich Urugals Steingesicht in meinen Gedanken sehe, wenn ich spüre, wie sein Wille mit meinem kämpft, dann spüre ich meine Schwäche. Urugals Macht über mich beruht auf dem, was ich nicht weiß, auf Geheimnissen – Geheimnissen, die mein eigener Gott mir vorenthält. Ich habe aufgehört, diesen Kampf in meiner Seele auszufechten. Urugal führt mich, und ich folge, denn unsere Reise führt zur Wahrheit.«

Torvald musterte den Teblor unter halbgeschlossenen Lidern hervor. »Es ist aber möglich, dass dir das, was du findest, nicht gefällt, Karsa.«

»Ich fürchte, da hast du Recht, Torvald Nom.«

Der Daru starrte ihn noch einen Augenblick an, dann stand er auf und klopfte sich den Sand von seiner zerfetzten Tunika. »Hüter ist der Meinung, dass es in deiner Gegenwart nicht sicher ist. Er sagt, es ist, als würdest du tausend unsichtbare Ketten hinter dir herziehen, und was auch immer am Ende jeder einzelnen dieser Ketten sein mag, ist mit Gift gefüllt.«

Karsa spürte, wie ihm das Blut in den Adern gefror.

Torvald musste eine Veränderung im Gesichtsausdruck des Teblor bemerkt haben, denn er hob die Hände. »Warte! Das hat er nur so dahin gesagt, es hat wirklich nichts zu bedeuten, mein Freund. Er hat mir einfach nur gesagt, dass ich aufpassen soll, wenn ich mit dir unterwegs bin – als wenn ich das nicht schon wüsste. Du bist der Magnet des Vermummten – das heißt, für deine Feinde. Wie auch immer, Karsa, ich rate dir, dich nicht mit diesem Mann anzulegen. Pfund für Pfund ist er der stärkste Mann, dem ich jemals begegnet bin – dich eingeschlossen. Außerdem hast du zwar einen Teil deiner alten Kraft zurück, aber du hast auch ein halbes Dutzend gebrochene Rippen –«

»Genug Worte, Torvald Nom. Ich habe nicht vor, Hüter anzugreifen. Seine Vision beunruhigt mich, das ist alles. Weil ich sie auch gehabt habe, in meinen Träumen. Jetzt verstehst du, wieso ich die Wahrheit herausfinden muss.«

»Also gut.« Torvald Nom ließ die Hände fallen und seufzte. »Aber ich bin noch immer dafür, dass wir nach Ehrlitan gehen. Wir brauchen neue Kleider und –«

»Hüter hat die Wahrheit gesagt, als er meinte, es sei gefährlich, mit mir zusammen zu sein, Torvald Nom. Und diese Gefahr wird wahrscheinlich noch größer werden. Ich werde dich nach Ehrlitan begleiten. Dann werde ich dafür sorgen, dass du ein Schiff findest, damit du zu deiner Familie zurückkehren kannst. Wenn das geschehen ist, werden unsere Wege sich trennen. Aber das Wissen um deine Freundschaft werde ich bewahren, auf jeden Fall.«

Der Daru grinste. »Dann ist es also beschlossen. Ehrlitan. Komm, lass uns zum Turm zurückkehren und uns bei Hüter für seine Gastfreundschaft bedanken.«

Sie machten sich auf den Weg den Pfad entlang. »Sei versichert«, fuhr Torvald fort, »dass auch ich das Wissen um deine Freundschaft in Ehren halten werde, wenn es auch etwas ist, das mir wahrscheinlich niemand glauben wird.«

»Warum?«, fragte Karsa.

»Ich war nie sonderlich gut darin, Freunde zu finden. Bekanntschaften machen, Günstlinge anziehen und so was – das war leicht. Aber mein großes Mundwerk –«

»Schlägt mögliche Freunde in die Flucht. Ja, ich verstehe. Ziemlich gut sogar.«

»Ach, jetzt wird mir alles klar. Du willst mich auf das nächstbeste Schiff werfen, nur um mich los zu sein.«

»Nun ja«, erwiderte Karsa.

»Zusammen mit dem erbärmlichen Zustand meines Lebens ergibt das durchaus einen Sinn.«

Einen Augenblick später, als sie eine Biegung umrundeten und der

Turm in Sicht kam, machte Karsa ein finsteres Gesicht. »Worte einfach nur leicht dahinzusagen ist immer noch schwierig –«

»All dieses Gerede von Freundschaft war allmählich unheimlich. Es war klug von dir, davon abzulenken.«

»Nein, denn was ich sagen wollte, ist Folgendes. Auf dem Schiff, als ich angekettet am Mast gehangen habe, warst du mein einziger Anker in dieser Welt. Ohne dich und deine pausenlosen Worte, Torvald Nom, wäre der Wahnsinn, den ich vorgetäuscht habe, wirklich Wahnsinn geworden. Ich war ein Kriegsführer der Teblor. Ich wurde gebraucht, doch ich selbst habe nie etwas gebraucht. Ich hatte Gefolgsleute, aber keine Verbündeten, und erst jetzt verstehe ich den Unterschied. Und der ist gewaltig. Ich verstehe jetzt, was es heißt, Bedauern und Trauer zu empfinden. Bairoth Gild. Delum Thord. Sogar die Rathyd, die ich schwer geschwächt habe. Wenn ich auf meinen alten Pfad zurückkehre, zurück in die Lande der Teblor, muss ich dort einige Wunden heilen. Wenn du also sagst, es ist an der Zeit, zu deiner Familie zurückzukehren, Torvald Nom, dann verstehe ich das, und mein Herz ist erfreut.«

Hüter saß auf einem dreibeinigen Hocker vor dem Eingang zum Turm. Ein großer Sack mit Schultergurten ruhte zu seinen Füßen, zusammen mit zwei zugestöpselten Kürbisflaschen, auf denen Kondenswasser glänzte. In seiner unbandagierten Hand hatte er eine kleine Tasche, die er Torvald zuwarf, als die beiden Männer herankamen.

Die Tasche klimperte, als der Daru sie auffing. Mit hochgezogenen Brauen fragte Torvald: »Was –«

»Größtenteils Silberjakatas«, sagte Hüter. »Und ein paar einheimische Münzen. Doch die sind von ziemlich großem Wert, also sei vorsichtig und zeige sie nicht rum. Die Taschendiebe von Ehrlitan haben einen legendären Ruf.«

»Hüter –«

Der Napanese wedelte mit der Hand. »Hör zu, mein Junge. Wenn ein Mann seinen eigenen Tod arrangiert, muss er gut vorausplanen. Unerkannt ein Leben in der Abgeschiedenheit zu führen ist nicht so billig, wie du dir das vielleicht vorstellst. Einen Tag, bevor ich tragischerweise ertrunken bin, habe ich Arens Schatzkammer fast leer geräumt. Nun, ihr könntet versuchen, mich zu töten und den Schatz zu finden, aber das wäre hoffnungslos. Daher dankt mir lieber für meine Großzügigkeit, und macht euch auf den Weg.«

»Eines Tages«, sagte Karsa, »werde ich hierher zurückkehren und mich erkenntlich zeigen.«

»Für die Münzen oder für die gebrochenen Rippen?«

Der Teblor lächelte nur.

Hüter lachte, dann stand er auf und verschwand in der Türöffnung. Einen Augenblick später konnten sie hören, wie er an dem Gerüst emporkletterte.

Torvald hob den Packen auf, legte sich die Riemen über die Schultern und reichte eine der Kürbisflaschen Karsa.

Dann machten sie sich auf den Weg.

Kapitel Vier

»Ist der Leichnam eines ertrunkenen Napanesen *jemals* wieder aufgetaucht?«

Imperatrix Laseen zu Hohemagier Tayschrenn
(nach dem Großen Verschwinden)
Das Leben der Imperatrix Laseen
Abelard

Es gab Dörfer entlang der Küstenstraße. Gewöhnlich lagen sie auf der dem Landesinnern zugewandten Seite, als wollten ihre Bewohner nichts mit dem Meer zu schaffen haben. Einige verstreute Lehmziegel-Häuser, baufällige Pferche, Ziegen, Hunde und dunkelhäutige Gestalten, die lange, den ganzen Körper bedeckende, von der Sonne ausgebleichte Kleidung trugen. Im Schatten liegende Gesichter folgten dem Teblor und dem Daru aus Türöffnungen mit ihren Blicken, zeigten ansonsten jedoch keinerlei Regung.

Am vierten Tag im fünften dieser Dörfer fanden sie den Wagen eines Kaufmanns, der auf dem ansonsten praktisch leeren Marktplatz aufgebaut war, und Torvald schaffte es, für eine Hand voll Silber ein altes Schwert zu erstehen, kopflastig und stark gekrümmt. Der Kaufmann hatte auch Stoffballen zu verkaufen, um daraus Kleider zu machen, aber keine fertigen Kleidungsstücke. Der Schwertgriff fiel kurze Zeit später ab.

»Ich muss einen Holzschnitzer finden«, sagte Torvald nach einer langen Reihe höchst einfallsreicher Flüche. Sie schritten einmal mehr die Straße entlang, während die Sonne schrecklich heiß vom wolkenlosen Himmel herunterbrannte. Der Wald auf beiden Seiten war viel lichter geworden – niedrig, zottelig und staubig –, und gab den Blick auf das türkisfarbene Wasser der Otataral-See zu ihrer Rechten und die Brauntöne des wogenden Horizonts landeinwärts frei. »Und ich könnte schwören, dass dieser Kaufmann malazanisch verstanden hat – selbst wenn man es so schlecht spricht wie ich. Er wollte es nur einfach nicht zugeben.«

Karsa zuckte die Schultern. »Der malazanische Soldat in Genabaris hat gesagt, dass die Sieben Städte gegen ihre Besatzer rebellieren wollen. Aus diesem Grund machen die Teblor keine Eroberungen. Es ist besser, wenn der Feind sein Land behält, so dass wir immer wieder Raubzüge dahin unternehmen können.«

»Das Imperium geht anders vor«, erwiderte der Daru und schüttelte den Kopf. »Besitz und Kontrolle, diese zwei Dinge sind für manche Menschen wie ein unstillbarer Hunger. Oh, die Malazaner haben sich zweifellos unzählige Rechtfertigungen für ihre Eroberungskriege ausgedacht. Es ist wohl bekannt, dass das Reich der Sieben Städte ein Rattengewirr aus Fehden und Bürgerkriegen war, so dass der größte Teil der Bevölkerung unter den Stiefeln fetter Kriegsherren und korrupter Priesterkönige ein elendes Leben führte und Hunger litt. Und dass die Schläger nach der malazanischen Eroberung aufgespießt auf den Mauern der Städte oder auf der Flucht endeten. Und dass die wilderen Stämme nun nicht mehr von den Hügeln herabgeschwärmen und Massaker unter ihren zivilisierteren Verwandten anrichten. Die Tyrannei der Priesterschaften wurde zerschmettert, und damit hatte es auch ein Ende mit Menschenopfern und Erpressung. Und natürlich sind die Kaufleute noch nie zuvor so reich gewesen wie heute, und noch nie waren diese Straßen so sicher. Alles in allem gesehen, ist dieses Land also in der Tat reif für eine Rebellion.«

Karsa starrte Torvald mehrere Herzschläge lang an. »Ja, ich kann verstehen, wie du zu diesem Schluss kommst«, sagte er schließlich.

Der Daru grinste. »Du lernst, mein Freund.«

»Die Lektionen der Zivilisation.«

»Stimmt. Es hat wenig Sinn, nach Gründen zu suchen, warum Menschen tun, was sie tun, oder empfinden, was sie empfinden. Hass ist ein sehr bösartiges Unkraut, das in jeder Art von Boden Wurzeln schlägt. Er nährt sich selbst.«

»Mit Worten.«

»In der Tat, mit Worten. Bilde dir eine Meinung, sage sie oft genug, und schon bald wird sie jeder auch zu dir sagen, und dann wird sie eine Überzeugung, von blinder Wut genährt und mit den Waffen der Furcht verteidigt. Und an diesem Punkt werden dann Worte sinnlos, und du hast plötzlich einen Kampf um Leben und Tod am Hals.«

Karsa grunzte. »Einen Kampf, der noch über den Tod hinausgeht, würde ich sagen.«

»Wie wahr. Generation um Generation.«

»Sind alle Menschen aus Darujhistan so wie du, Torvald Nom?«

»Mehr oder weniger. Allesamt streitsüchtige Bastarde. Wir blühen auf, wenn wir uns streiten können, was bedeutet, dass wir niemals über die Stufe hinausgehen, in der man Worte benutzt. Wir lieben Worte, Karsa, genauso, wie du es liebst, Köpfe abzuschlagen und Ohren und Zungen zu sammeln. Geh auf irgendeine Straße in irgendeinem Stadtviertel, und jeder, mit dem du sprichst, wird eine andere Meinung haben, ganz egal, worum es geht. Selbst, wenn es um so etwas geht wie die Möglichkeit, von den Malazanern erobert zu werden. Eben gerade ist mir da etwas durch den Kopf gegangen ... der Hai, der an Borrugs Leichnam beinahe erstickt wäre. Ich habe den Verdacht, dass Darujhistan – sollte es jemals Teil des malazanischen Imperiums werden – wie Borrug sein wird, und das Imperium wie der Hai. Wir werden das Biest ersticken, das uns verschlingt.«

»Der Hai hatte aber nicht lange mit dem Ersticken zu kämpfen.«

»Aber nur, weil Borrug schon zu tot war, um noch irgendwas dazu zu sagen.«

»Ein interessanter Unterschied, Torvald Nom.«

»Aber natürlich. Wir Daru sind ein feinsinniges Volk.«

Sie näherten sich einem weiteren Dorf. Es unterschied sich von den anderen, durch die sie bisher gekommen waren, durch eine ringsum laufende, niedrige Steinmauer. Drei große Kalksteingebäude erhoben sich in seinem Zentrum. In der Nähe war ein Pferch voller Ziegen, die sich lautstark über die Hitze beklagten.

»Man sollte eigentlich annehmen, dass sie draußen herumlaufen würden«, kommentierte Torvald, als sie näher kamen.

»Außer, wenn sie gleich geschlachtet werden sollen.«

»Alle auf einmal?«

Karsa schnüffelte in der Luft. »Ich rieche Pferde.«

»Ich kann nirgends welche sehen.«

Die Straße verengte sich vor der Mauer und überspannte einen Graben, bevor sie unter einem bröckelnden, schiefen Torbogen hindurchführte. Karsa und Torvald überquerten die Brücke, gingen unter dem Torbogen hindurch und kamen auf der Hauptstraße des Dorfes heraus.

Es war niemand zu sehen. Das war nicht so ungewöhnlich, da sich die Einheimischen normalerweise in ihre Häuser zurückzogen, wenn der Teblor auftauchte; hier waren allerdings die Türen der Häuser fest verschlossen und die Läden zugeschlagen.

Karsa zog sein Blutschwert. »Wir sind in einen Hinterhalt geraten«, sagte er.

Torvald seufzte. »Ich glaube, du hast Recht.« Er hatte den Griffzapfen seines Schwerts mit einem Lederstreifen umwickelt, den er von seinem Packen genommen hatten – ein behelfsmäßiger und nicht gänzlich erfolgreicher Versuch, die Waffe brauchbar zu machen. Der Daru zog jetzt den Säbel aus der rissigen, hölzernen Scheide.

In diesem Augenblick tauchten am hinteren Ende der Straße, noch hinter den großen Gebäuden, Reiter auf. Ein Dutzend, dann zwei, dann drei. Sie waren von Kopf bis Fuß in weite dunkelblaue Gewänder gekleidet, die Gesichter hinter einem Schal verborgen. Kurze, doppelt geschwungene Bögen mit angelegten Pfeilen richteten sich auf Karsa und Torvald.

Hufgetrappel in ihrem Rücken brachte sie dazu, sich umdrehen, und sie sahen zwei Dutzend weitere Reiter durch den Torweg kommen, manche mit Bögen, andere mit Lanzen bewaffnet.

Karsa machte ein finsteres Gesicht. »Wie durchschlagend sind diese winzigen Bögen?«, fragte er den Daru an seiner Seite.

»Sie können einen Pfeil durch einen Kettenpanzer treiben«, erwiderte Torvald und senkte sein Schwert. »Und wir tragen keine Rüstung.«

Vor einem Jahr hätte Karsa trotzdem angegriffen. Jetzt schnallte er einfach sein Blutschwert ab.

Die Reiter hinter ihnen schlossen zu ihnen auf und saßen dann ab. Ein paar von ihnen kamen mit Ketten und Fesseln näher.

»Beru schütze uns«, murmelte Torvald. »Nicht schon wieder.«

Karsa zuckte die Schultern.

Keiner der beiden wehrte sich, als ihnen die Fesseln um Handgelenke und Knöchel gelegt wurden. Das erwies sich bei dem Teblor als einigermaßen schwierig – als die Schellen sich klickend schlossen, waren sie so eng, dass sie die Blutzufuhr zu seinen Händen und Füßen behinderten.

Torvald, der zuschaute, sagte auf malazanisch: »Die werdet ihr austauschen müssen, wenn er nicht seine Hände und Füße verlieren soll –«

»Das ist kaum eine Überlegung wert«, erklang eine vertraute Stimme vom Eingang eines der größeren Gebäude her. Gefolgt von Damisk, trat Silgar auf die staubige Straße heraus. »Du wirst in der Tat deine Hände und Füße verlieren, Karsa Orlong, was der Bedrohung, die du darstellst, endlich ein Ende machen sollte. Natürlich wird dies deinen Wert als Sklave deutlich verringern, aber ich bin bereit, diesen Verlust hinzunehmen.«

»So vergeltet ihr ihm also, dass er euer armseliges Leben gerettet hat?«, wollte Torvald wissen.

»Ja doch ... es ist in der Tat eine Art Vergeltung. Für den Verlust der meisten meiner Männer. Für meine Inhaftierung durch die Malazaner. Für zahllose andere Frevel, die ich jetzt nicht alle aufzählen will, denn diese netten Krieger vom Stamm der Arak sind ziemlich weit weg von zu Hause, und in Anbetracht der Tatsache, dass sie in diesem Gebiet alles andere als willkommen sind, können sie es kaum abwarten, so bald wie möglich wieder von hier zu verschwinden.«

Karsa konnte seine Hände und Füße nicht mehr spüren. Als einer der Stammeskrieger ihn vorwärts stieß, stolperte er und fiel auf die Knie. Eine dicke Knute krachte ihm seitlich gegen den Schädel. Schlagartig wurde der Teblor wütend. Er streckte den rechten Arm aus, riss einem Arak die Kette aus der Hand und drosch sie mit voller Wucht seinem Angreifer ins Gesicht. Der Mann schrie auf.

Die anderen stürzten sich auf den Teblor, schwangen ihre Knuten – Hämmer aus schwarzen, zu Zöpfen geflochtetenen Haaren –, bis Karsa bewusstlos zu Boden stürzte.

Als er das Bewusstsein wiedererlangte, brach bereits der Abend herein. Er war auf eine Art Schlepptrage gebunden worden, die gerade von einem Gespann langbeiniger, schlanker Pferde losgemacht wurde. Karsas Gesicht bestand nur noch aus blauen Flecken, seine Augen waren praktisch zugeschwollen, seine Zunge und die Innenseite seiner Wangen von seinen eigenen Zähnen zerbissen. Er schaute auf seine Hände hinunter. Sie waren blau, die Fingerspitzen wurden bereits schwarz. Totes Gewicht am Ende seiner Arme. Genau so tot wie seine Füße.

Die Stammeskrieger schlugen ein kleines Stückchen von der Küstenstraße entfernt ein Lager auf. Im Westen war am Rande des Horizonts der matte gelbliche Schimmer einer Stadt zu sehen.

Die Arak hatten ein halbes Dutzend kleiner, so gut wie rauchloser Feuer entfacht, die sie mit einer Art Dung nährten. Karsa sah den Sklavenmeister und Damisk zwanzig Schritte entfernt bei einer Gruppe von Stammeskriegern hocken. An der Feuerstelle, die dem Teblor am nächsten war, wurden Knollen und Fleischstücke auf Spießen gebraten.

Torvald saß in der Nähe und werkelte im Zwielicht an irgendetwas herum. Keiner der Arak schien den beiden Sklaven auch nur die geringste Beachtung zu schenken.

Karsa zischte.

Der Daru blickte zu ihm herüber. »Ich weiß nicht, wie's dir geht«, flüsterte er, »aber mir ist es verdammt heiß. Ich muss aus diesen Klamotten raus. Ich bin mir sicher, du denkst genauso. Ich komme gleich rüber und helfe dir.« Ein schwaches Geräusch erklang – Nähte, die aufgerissen wurden. »Endlich«, murmelte Torvald und streifte seine Tunika ab. Nackt begann er, näher zu Karsa heranzukriechen. »Mach dir nicht die Mühe und versuch etwas zu sagen, mein Freund. Ich bin überrascht, dass du überhaupt atmen kannst, so wie sie dich zusammengeschlagen haben. Wie auch immer, ich brauche deine Kleider.«

Er kam an die Seite des Teblor, warf den Stammeskriegern einen kurzen Blick zu – keiner hatte ihn bemerkt – und begann dann an Karsas Tunika zu zerren. Es gab nur eine einzige Naht, und die war schon an einigen Stellen aufgerissen. Während er zog und zerrte, fuhr Torvald flüsternd fort: »Kleine Feuer. Kein Rauch. Sie haben das Lager in einer Senke aufgeschlagen, trotz der Insekten. Unterhalten sich murmelnd, sehr leise. Und dann das, was Silgar vorhin gesagt hat, der dumme Prahlhans – hätten die Arak ihn verstanden, hätten sie ihm wahrscheinlich auf der Stelle die Haut abgezogen. Nun, seine Dummheit hat mich auf eine geniale Idee gebracht, wie du schon bald sehen wirst. Zwar wird sie mich wahrscheinlich das Leben kosten, aber ich schwöre, dass ich selbst als Geist hier bleiben werde, um zuzusehen, was hier geschieht. Ah, geschafft. Hör auf zu zittern, damit machst du es mir nicht gerade leichter.«

Er zog Karsa die zerfetzte Tunika aus und nahm sie mit zu der Stelle, an der er ursprünglich gehockt hatte. Dann riss er Gras aus, bis er zwei große Haufen hatte. Er verknotete die Tuniken zu zwei Bündeln und stopfte sie mit dem Gras voll. Nachdem er Karsa noch einmal angegrinst hatte, kroch er zur nächsten Feuerstelle, zerrte dabei die Bündel hinter sich her.

Er warf sie in die glimmenden Dungstückchen, zog sich dann zurück.

Karsa schaute zu, wie zunächst das eine Bündel Feuer fing, dann das andere. Flammen loderten in die Nacht, ein Funkenregen und schlangengleiche, glimmende Grasstreifen wirbelten durch die Luft.

Schreie wurden unter den Arak laut, Gestalten rannten herbei, versuchten Erde aufzuheben, doch davon gab es kaum etwas in der Senke, nur Kieselsteine und harten, von der Sonne getrockneten Lehm. Pferdedecken wurden herbeigebracht und über die lodernden Flammen geworfen.

Die Panik, die die Stammeskrieger jetzt ergriff, sorgte dafür, dass die beiden Sklaven praktisch unbeobachtet blieben, während die Arak hastig das Lager abbrachen, die Vorräte wieder einpackten und ihre Pferde sattelten. Die ganze Zeit hörte Karsa immer mal wieder ein einziges Wort, das öfters wiederholt wurde. Ein Wort, das voller Furcht ausgesprochen wurde.

Gral.

Silgar tauchte auf, während die Arak ihre Pferde einfingen. Sein Gesicht war wutverzerrt. »Damit hast du dein Leben verwirkt, Torvald Nom –«

»Ihr werdet es nicht bis Ehrlitan schaffen«, prophezeite ihm der Daru mit einem gnadenlosen Grinsen.

Drei Stammeskrieger tauchten auf, gekrümmte Dolche in den Händen.

»Ich werde es genießen zuzusehen, wie sie dir die Kehle durchschneiden«, sagte Silgar.

»Die Gral sind die ganze Zeit hinter diesen Bastarden her gewesen, Sklavenmeister. Hattest du das nicht bemerkt? Nun, ich habe noch nie von den Gral gehört, aber deine Arak-Freunde haben alle auf ihre Feuerstellen gepisst, und sogar ein Daru wie ich weiß, was das bedeutet – sie erwarten nicht, diese Nacht zu überleben, und keiner von ihnen möchte sich in die Hose machen, wenn er stirbt. Ich vermute, das ist ein besonderes Tabu hier im Reich der Sieben –«

Der erste Arak hatte Torvald erreicht, packte den Daru mit einer Hand an den Haaren, riss ihm den Kopf zurück und hob seinen Dolch.

Die Kammlinie hinter dem Arak wimmelte plötzlich von dunklen Gestalten, die lautlos ins Lager herabschwärmten.

Schreie hallten durch die Nacht.

Der Arak, der vor Torvald kniete, knurrte und zog dem Daru das Messer über die Kehle. Blut spritzte auf den von der Sonne hart gebrannten Lehmboden. Der Stammeskrieger richtete sich auf und wirbelte herum, wollte zu seinem Pferd rennen. Er kam nicht einmal dazu, einen einzigen Schritt zu tun, denn ein halbes Dutzend Gestalten tauchte stumm wie Gespenster aus dem Dunkel auf. Es gab ein merkwürdiges, peitschendes Geräusch, und Karsa sah, wie der Kopf des Arak von den Schultern rollte. Seine beiden Kameraden lagen bereits am Boden.

Silgar war schon auf der Flucht. Als eine Gestalt vor ihm auftauchte, schlug er um sich. Eine Woge magischer Energie traf den Angreifer und warf ihn zu Boden, wo er sich ein paar Herzschläge im Griff knisternder Magie wand, ehe sein Fleisch aufplatzte.

Ein lautes Heulen gellte durch die Nacht. Das gleiche peitschende Geräusch pfiff an allen Seiten durch die Dunkelheit. Pferde wieherten schrill.

Karsa wandte den Blick von dem Gemetzel um ihn herum ab und schaute dorthin, wo Torvald zusammengesunken lag. Zu seinem Erstaunen bewegte der Daru sich noch; seine strampelnden Füße rissen Furchen in den Kies, seine Hände umklammerten seine Kehle.

Silgar kehrte zu Karsa zurück, sein schmales Gesicht glänzte vor Schweiß. Hinter ihm tauchte Damisk auf, und der Sklavenmeister winkte den tätowierten Wächter heran.

Damisk hielt ein Messer in der Hand. Schnell durchtrennte er die Seile, die Karsa an die Schlepptrage fesselten. »Für dich gibt es keinen leichten Ausweg«, zischte er. »Wir verschwinden. Durch ein Gewirr. Und dich nehmen wir mit. Silgar hat beschlossen, dich zu seinem Spielzeug zu machen. Er wird dich für den Rest deines Lebens foltern –«

»Genug gequatscht!«, schnappte Silgar. »Sie sind fast alle tot! Beeil dich!«

Damisk durchtrennte das letzte Seil.

Karsa lachte und schaffte es dann, herauszupressen: »Und was soll ich jetzt tun? Rennen?«

Knurrend trat Silgar näher. Blaues Licht blitzte auf, und dann stürzten sie alle drei in stinkendes warmes Wasser.

Karsa konnte nicht schwimmen; das Gewicht seiner Ketten zog ihn nach unten, und so versank er in mitternächtlichen Tiefen. Er fühlte einen Ruck, dann sah er einen zweiten fahlen Lichtblitz.

Erst schlug sein Kopf, dann sein Rücken auf harte Pflastersteine auf. Betäubt rollte er sich auf die Seite. Silgar und Damisk knieten hustend und würgend ganz in der Nähe. Sie waren auf einer Straße, die auf der einen Seite von gewaltigen Lagerhäusern flankiert wurde, auf der anderen von steinernen Landungsbrücken und vertäuten Schiffen. Im Augenblick war sonst niemand zu sehen.

Silgar spuckte noch einmal aus und sagte: »Damisk, nimm ihm die Fesseln ab – er trägt kein Brandzeichen, deshalb werden die Malazaner ihn nicht als Sklaven betrachten. Ich will nicht noch einmal eingesperrt werden – nicht nach all dem, was geschehen ist. Der Bastard gehört uns, doch wir müssen ihn von der Straße schaffen. Wir müssen uns verstecken.«

Karsa schaute zu, wie Damisk an seine Seite gekrochen kam und mit Schlüsseln herumfummelte. Schaute zu, wie der Nathii die Fesseln an seinen Handgelenken aufschloss, dann an seinen Knöcheln. Einen Augenblick später kam der Schmerz, als das Blut in das nahezu tote Gewebe zurückschoss. Der Teblor schrie auf.

Silgar setzte erneut seine magischen Fähigkeiten ein, entfesselte eine Woge, die sich wie eine Decke auf den Teblor herabsenkte – und die dieser in gedankenloser Leichtigkeit entzweiriss; seine Schreie gellten durch die Nachtluft, hallten von den nahe gelegenen Gebäuden wider, schallten hinaus auf den überfüllten Hafen.

»Ihr da!« Malazanische Worte, laut gebrüllt, dann das rasch näher kommende Rasseln und Klappern gerüsteter Soldaten.

»Das ist ein entflohener Sklave, Ihr Herren!«, sagte Silgar hastig. »Wir haben ihn gerade wieder eingefangen, wie Ihr sehen könnt –«

»Ein entflohener Sklave? Dann lasst uns doch mal sein Brandzeichen sehen –«

Das waren die letzten Worte, die Karsa mitbekam, ehe die Schmerzen in seinen Händen und Füßen ihn ins Dunkel des Vergessens sinken ließen.

Als er erwachte, hörte er direkt über sich malazanische Worte. »... außergewöhnlich. So etwas ... solche Selbstheilungkräfte habe ich noch nie gesehen. Er hat diese Fesseln einige Zeit lang umgehabt, Sergeant. Einem normalen Menschen müsste ich jetzt Hände und Füße amputieren.«

Eine andere Stimme sprach. »Sind alle Fenn so wie der hier?«

»Nicht, dass ich wüsste. Vorausgesetzt, er ist tatsächlich ein Fenn.«

»Nun, was sollte er sonst sein? Er ist so groß wie zwei Dal Honesen zusammen.«

»Ich weiß nicht, Sergeant. Bevor ich hierher versetzt wurde, kannte ich gerade mal einen einzigen Ort gut – sechs krumme Straßen in Li Heng. Selbst von den Fenn kannte ich nur den Namen und irgendwelche vagen Beschreibungen, in denen es hieß, sie seien Riesen. Riesen, die schon seit Jahrzehnten nicht mehr gesehen worden waren. Die Sache ist die: Dieser Sklave war in schlechter Verfassung, als du ihn hierher gebracht hast. Er ist ziemlich übel zusammengeschlagen worden, und jemand hat ihm einen Hieb versetzt, der ihm ein paar Rippen gebrochen hat – wer auch immer das gewesen sein mag, mit dem würde ich mich wirklich nicht anlegen wollen. Trotzdem sind die Schwellungen in seinem Gesicht schon fast vollständig abgeheilt – ohne das, was ich dazu beigetragen habe –, und die blauen Flecken verschwinden beinahe vor unseren Augen.«

Karsa tat weiter so, als wäre er noch bewusstlos, und hörte zu, wie der Sprecher einen Schritt zurücktrat. Dann fragte der Sergeant: »Das heißt, der Bastard ist nicht in Lebensgefahr.«

»Soweit ich sehen kann, nicht.«

»Gut, das reicht mir, Heiler. Du kannst gehen.«

»In Ordnung, Sergeant.«

Bewegung, Schritte von schweren Stiefeln auf Fliesen, das Geräusch einer Tür mit eisernem Riegel; dann, als die Echos verklangen, hörte der Teblor in der Nähe jemanden atmen.

Von fern war irgendwelches Geschrei zu hören; es war nur schwach und klang gedämpft durch die steinernen Mauern, doch Karsa glaubte, die Stimme zu erkennen – es war die von Sklavenmeister Silgar. Der Teblor schlug die Augen auf. Eine niedrige, rußgeschwärzte Decke – nicht hoch genug, als dass er hätte aufrecht stehen können. Er lag auf einem mit Stroh bestreuten, schmierigen Fußboden. Es gab praktisch kein Licht, abgesehen von einem schwachen Schimmer, der vom Laufgang jenseits der vergitterten Tür hereinfiel.

Sein Gesicht schmerzte; er spürte ein merkwürdig stechendes Prickeln auf seinen Wangen, seiner Stirn und entlang seines Kinns.

Karsa setzte sich auf.

Es war noch jemand anderes in der kleinen fensterlosen Zelle, zusammengekauert in einer dunklen Ecke. Die Gestalt grunzte und sagte etwas in einer der Sprachen, die im Reich der Sieben Städte gesprochen wurden.

Nach wie vor strahlte ein dumpfer Schmerz von Karsas Händen und Füßen aus. Sein Mund war trocken und fühlte sich verbrannt an, als hätte er gerade heißen Sand geschluckt. Er rieb sich über das prickelnde Gesicht.

Einen Augenblick später versuchte es der Mann auf malazanisch. »Wenn du ein Fenn wärst, würdest du mich wahrscheinlich verstehen.«

»Ich verstehe dich, aber ich bin keiner von diesen Fenn.«

»Ich habe gesagt, es hört sich an, als würde dein Herr seinen Aufenthalt im Gefängnis nicht sonderlich genießen.«

»Ist er auch eingesperrt worden?«

»Aber natürlich. Die Malazaner sperren gerne Leute ein. Du hattest kein Brandzeichen. Nach imperialen Gesetzen war es daher illegal, dich als Sklaven zu halten.«

»Dann müssten sie mich freilassen.«

»Das ist sehr unwahrscheinlich. Dein Herr hat zugegeben, dass du in die Otataral-Minen geschickt werden solltest. Du warst auf einem Schiff, das von Genabaris losgefahren ist und das du verflucht hast, so dass das Schiff vernichtet wurde und Mannschaft und Seesoldaten getötet wurden. Die Garnison hier am Ort ist nicht ganz überzeugt von dieser Geschichte, aber das genügt – du wirst bald zur Insel unterwegs sein. Genau wie ich.«

Karsa stand auf. Die niedrige Decke zwang ihn, sich vornüber zu beugen. Er humpelte zu der verriegelten Gittertür.

»Stimmt, du könntest sie wahrscheinlich einschlagen«, sagte der Fremde. »Aber dann würdest du niedergemacht werden, ehe du nur drei Schritte von dieser Zelle weg bist. Wir sind mitten in der malazanischen Garnison. Außerdem werden wir auf jeden Fall nach draußen gebracht und zu den Gefangenen gesteckt werden, die an der Mauer angekettet sind. Morgen früh werden sie uns hinunter zum imperialen Kai bringen und auf ein Transportschiff verfrachten.«

»Wie lange war ich bewusstlos?«

»Die Nacht, in der du hier hereingebracht wurdest, den Tag danach, die nächste Nacht. Jetzt ist es Mittag.«

»Und der Sklavenmeister war die ganze Zeit ebenfalls eingesperrt?«

»Die meiste.«

»Gut«, brummte Karsa. »Was ist mit seinem Kameraden? Gilt für den das Gleiche?«

»Ja.«

»Und was für ein Verbrechen hast du begangen?«, fragte Karsa.

»Ich verkehre mit Andersdenkenden. – Natürlich«, fügte der Mann hinzu, »bin ich unschuldig.«

»Kannst du das nicht beweisen?«

»Was beweisen?«

»Dass du unschuldig bist.«

»Ich könnte es, wenn ich es wäre.«

Der Teblor warf der Gestalt, die in der Ecke hockte, einen Blick zu. »Du bist nicht zufällig aus Darujhistan?«

»Aus Darujhistan? Nein. Warum fragst du?«

Karsa zuckte die Schultern. Er dachte zurück an den Tod von Torvald Nom. Eine Mauer aus Kälte umgab die Erinnerung, doch er konnte all das spüren, was sie in Schach hielt. Jetzt war allerdings nicht die richtige Zeit, sich diesen Gefühlen hinzugeben.

Die Gittertür war in einen eisernen Rahmen eingelassen, der Rahmen mit großen eisernen Bolzen an den Steinblöcken befestigt. Der Teblor rüttelte daran. Staub wirbelte rund um die Bolzen auf und rieselte auf den Fußboden.

»Ich sehe, dass du ein Mann bist, der nicht viel auf Worte gibt«, bemerkte der Fremde.

»Diese Malazaner sind leichtsinnig.«

»Ich würde es eher übertrieben selbstbewusst nennen. Andererseits, vielleicht auch wieder nicht. Sie hatten schon mit Fenn, mit Trell, mit Barghast zu tun – mit einem ganzen Haufen übergroßer Barbaren. Sie sind hart, und schlauer, als sie es sich anmerken lassen. Sie haben diesem Sklavenmeister ein Otataral-Fußkettchen verpasst – jetzt ist nichts mehr mit Magie –«

Karsa drehte sich um. »Was ist dieses ›Otataral‹?«

»Ein Mittel, um Magie zu bannen.«

»Und es muss ausgegraben werden.«

»Ja. Ursprünglich ist es ein Pulver, das in Flözen gefunden wird, wie Sandstein. Es sieht aus wie Rost.«

»Wir kratzen ein rotes Pulver von den Klippen, um unser Blut-Öl daraus zu machen«, murmelte der Teblor.

»Was ist Blut-Öl?«

»Wir reiben es in unsere Schwerter und in unsere Rüstungen. Und wir kosten es, um unsere Kampfeslust zu entfachen.«

Der Fremde schwieg einen Moment, doch Karsa konnte spüren, dass der Mann ihn musterte. »Und wie gut wirkt Magie normalerweise gegen euch?«

»Diejenigen, die mich mit Zauberei angreifen, schauen normalerweise ziemlich überrascht drein ... kurz bevor ich sie töte.«

»Nun, das ist interessant. Ich habe immer geglaubt, dass Otataral ausschließlich auf dieser großen Insel östlich von hier zu finden ist. Das Imperium kontrolliert die Produktion. Sehr streng. Während der Eroberung haben die malazanischen Magier auf die ganz harte Tour mit der Wirkung von Otataral Bekanntschaft gemacht, bevor die T'lan Imass in die Kämpfe eingegriffen haben. Wenn die T'lan Imass nicht gewesen wären, wäre die Invasion fehlgeschlagen. Ich habe noch einen Rat für dich. Erzähle nichts von alledem den Malazanern. Wenn sie entdecken, dass es noch eine andere Quelle für Otataral gibt, eine Quelle, die sie nicht kontrollieren ... nun, sie werden jedes Regiment, das sie haben, in dein Heimatland schicken, wo auch immer das sein mag. Sie werden dein Volk zermalmen. Vollständig.«

Karsa zuckte die Schultern. »Die Teblor haben viele Feinde.«

Der Fremde richtete sich plötzlich etwas auf. »Die Teblor? So nennt ihr euch selbst? *Teblor*?« Nach einer Weile lehnte er sich wieder zurück und begann leise zu kichern.

»Was findest du daran so lustig?«

Eine weiter draußen gelegene Tür öffnete sich klirrend, und Karsa trat von der Gittertür zurück, als ein Trupp Soldaten auftauchte. Die drei vordersten hatten ihre Schwerter blankgezogen, während die vier hinter ihnen große, gespannte Armbrüste in den Händen hielten. Einer der Schwertkämpfer trat an die Tür heran. Er blieb kurz stehen, als er Karsa sah. »Vorsichtig«, sagte er zu seinen Kameraden. »Der Wilde ist aufgewacht.« Er musterte den Teblor und sagte: »Mach keine Dummheiten, Fenn. Uns ist es egal, ob du lebst oder nicht – die Minen sind voll, da wird dich niemand vermissen. Hast du mich verstanden?«

Karsa bleckte die Zähne, sagte jedoch nichts.

»Du da, in der Ecke, hoch mit dir. Es ist Zeit für ein bisschen Sonne.«

Der Fremde stand langsam auf. Er trug nur ein paar Fetzen am

Leib. Er war schlank und dunkelhäutig, doch seine Augen waren von einem überraschend hellen Blau. »Ich verlange eine ordentliche Gerichtsverhandlung, wie es mir nach imperialem Recht zusteht.«

Der Wächter lachte. »Gib's auf. Man hat dich erkannt. Wir wissen genau, wer du bist. Tja, dein Geheimbund hält nicht ganz so dicht, wie du vielleicht denkst. Von einem deiner eigenen Leute verraten – na, wie fühlst du dich jetzt? Na los, mach schon, du kommst zuerst raus. Jibb, du und Möwenfleck, ihr haltet eure Armbrüste weiter auf den Fenn gerichtet – mir gefällt sein Grinsen nicht. Vor allem jetzt nicht«, fügte er hinzu.

»Oh, sieh nur«, sagte ein anderer Soldat, »du hast den armen Ochsen ganz verwirrt. Wetten, er weiß noch gar nicht, dass sein Gesicht jetzt eine einzige Tätowierung ist. Kritzl hat allerdings gute Arbeit geleistet. Das ist das Beste, was ich seit langem gesehen habe.«

»Richtig«, meinte ein anderer gedehnt, »und wie viele Tätowierungen von entflohenen Gefangenen hast du schon gesehen, Jibb?«

»Nur eine, und die ist ein Kunstwerk.«

Nun war Karsa endlich klar, wieso sein Gesicht so prickelte. Er griff nach oben, versuchte, etwas von dem Muster zu erspüren, und fuhr langsam an Linien von leicht erhöhten, feuchten Streifen roher Haut entlang. Sie berührten einander nicht. Er konnte sich keinen Reim darauf machen, was die Tätowierung darstellen sollte.

»Zersprungen«, sagte der andere Gefangene, während er zur Tür ging, die der erste Wächter aufschloss und aufstieß. »Das Brandmal lässt dein Gesicht aussehen, als wäre es zersprungen.«

Zwei Wächter geleiteten den Mann nach draußen; die anderen warteten auf ihre Rückkehr, wobei sie Karsa die ganze Zeit nervös beobachteten. Einer der Armbrustschützen, auf dessen hoher Stirn weiße Flecken zu sehen waren – was den Teblor annehmen ließ, dass er der Mann namens Möwenfleck war –, lehnte sich an die gegenüberliegende Mauer und sagte: »Ich weiß nicht, ich glaube, Kritzl hat es zu groß gemacht – er war vorher schon ziemlich hässlich, aber jetzt sieht er verdammt Furcht erregend aus.«

»Na und?«, fragte ein anderer Wächter. »Es gibt eine Menge Wilde in den Hügeln, die ihre eigenen Gesichter mit dem Messer übel zurichten, um Rekruten mit weichen Knien wie dich zu erschrecken, Möwenfleck. Barghast und Semk und Khundryl, aber wenn es gegen eine malazanische Legion geht, brechen sie alle gleichermaßen zusammen.«

»Nun, wir haben in letzter Zeit keine von denen vernichtend geschlagen, oder?«

»Das liegt nur daran, dass die Faust in ihrer Festung hockt und will, dass wir sie jede Nacht zu Bett bringen. Adlige Offiziere – was erwartest du da?«

»Das könnte sich ändern, wenn die Verstärkung eintrifft«, sagte Möwenfleck. »Das Ashok-Regiment kennt diese Gegend –«

»Und genau das ist das Problem«, gab der andere zurück. »Wenn diese Rebellion diesmal tatsächlich stattfindet, wer sagt, dass sie nicht zu den Rebellen überlaufen? Wir könnten in unseren eigenen Betten breit grinsende Kehlen verpasst bekommen. Schlimm genug, dass die Roten Klingen auf den Straßen für Unruhe sorgen …«

Die Wächter kehrten zurück.

»Also, Fenn, jetzt bist du an der Reihe. Mach es uns leicht, dann wird es auch für dich leicht. Geh los. Langsam. Komm nicht zu dicht an uns ran. Und, glaube mir, die Minen sind nicht so schlecht, wenn man die Alternativen bedenkt. In Ordnung, komm jetzt.«

Karsa sah keinen Grund, ihnen Ärger zu machen.

Sie gelangten in einen sonnenbeschienenen Innenhof. Dicke, hohe Mauern umgaben den breiten Exerzierplatz. Eine Anzahl viereckiger, solide wirkender Gebäude ragte aus drei der vier Mauern; entlang der gesamten Länge der vierten Mauer verlief eine schwere Kette, die in regelmäßigen Abständen am Fundament befestigt war – und daran war eine Reihe von Gefangenen gekettet. In der Nähe des stark befestigten Tors gab es eine Reihe von Zellen, von denen nur zwei besetzt waren – von Silgar und Damisk. Am rechten Knöchel des Sklavenmeisters glänzte ein kupferfarbener Ring.

Keiner der beiden Männer hob den Kopf, als Karsa auftauchte, und der Teblor überlegte kurz, ob er rufen sollte, um ihre Aufmerksamkeit auf sich zu lenken; stattdessen bleckte er angesichts ihrer misslichen Lage nur die Zähne. Während die Wächter ihn zur Reihe der angeketteten Gefangenen führten, wandte sich Karsa an den Mann namens Jibb und sprach ihn auf malazanisch an. »Was für ein Schicksal erwartet den Sklavenmeister?«

Der behelmte Kopf des Mannes fuhr überrascht hoch. Dann zuckte er die Schultern. »Das ist noch nicht entschieden. Er behauptet, dass er in Genabackis ein reicher Mann ist.«

Karsa knurrte. »Dann kann er sich also von seinen Verbrechen freikaufen.«

»Nicht nach imperialem Recht – wenn es schwere Verbrechen sind, heißt das. Könnte aber auch sein, dass er nur eine Geldstrafe bezahlen muss. Er mag ein Kaufmann sein, der mit lebendem Fleisch handelt, aber damit ist er immer noch ein Kaufmann. Ist sowieso am besten, sie da bluten zu lassen, wo es am meisten wehtut.«

»Genug gequatscht, Jibb«, brummte ein anderer Wächter.

Sie näherten sich dem einen Ende der Reihe, wo übergroße Schellen angebracht worden waren. Einmal mehr fand sich Karsa in Eisen gelegt, obwohl diese hier nicht so eng waren, dass sie ihm Schmerzen zugefügt hätten. Der Teblor bemerkte, dass er neben dem blauäugigen Einheimischen angekettet worden war.

Der Trupp überprüfte noch einmal die Beschläge und marschierte dann davon.

Es gab keinen Schatten, aber immerhin waren in bestimmten Abständen Eimer mit Quellwasser aufgestellt worden. Karsa blieb einige Zeit stehen, setzte sich dann jedoch hin und lehnte sich mit dem Rücken an die Mauer, eine Position, die auch die meisten anderen Gefangenen eingenommen hatten. Sie sprachen kaum miteinander, während der Tag langsam verstrich. Am späten Nachmittag bekamen sie endlich Schatten, doch die Erleichterung währte nur kurz, da schon bald die Stechmücken über sie herfielen.

Als der Himmel über ihnen sich allmählich verdunkelte, regte sich der blauäugige Einheimische und sagte mit leiser Stimme: »Ich habe dir einen Vorschlag zu machen, Riese.«

Karsa grunzte. »Was für einen?«

»Man sagt, dass die Lager bei den Bergwerken korrupt sind, was heißt, dass man sich Vergünstigungen verschaffen, sich das Leben leichter machen kann. An so einem Ort zahlt es sich aus, jemanden zu haben, der einem den Rücken deckt. Ich schlage dir vor, dass wir Partner werden.«

Karsa dachte über den Vorschlag nach und nickte dann. »Einverstanden. Aber wenn du versuchst, mich zu verraten, werde ich dich töten.«

»Ich könnte mir keine andere Reaktion auf Verrat vorstellen«, sagte der Mann.

»Dann habe ich nichts mehr zu sagen«, meinte Karsa.

»Gut, ich auch nicht.«

Er dachte kurz daran, den Mann nach seinem Namen zu fragen, aber dafür würde später noch Zeit genug sein. Im Augenblick war er zufrieden damit, die Stille auszudehnen, seinen Gedanken Raum zu geben. Es schien, als wollte Urugal, dass er doch noch in diese Otataral-Minen ging. Karsa hätte eine direktere – eine einfachere – Reise vorgezogen, so wie die Malazaner es ursprünglich geplant hatten. *Zu viele bluttriefende Abschweifungen, Urugal. Es reicht.*

Die Nacht brach herein. Zwei Soldaten mit Laternen tauchten auf und schlenderten an der Reihe der Gefangenen entlang, überprüften noch einmal die Fesseln, ehe sie sich zu ihren Unterkünften begaben. Von seinem Platz aus konnte Karsa eine Hand voll Soldaten sehen, die am Tor postiert waren, während mindestens einer jeweils auf dem Laufgang jeder Mauer patrouillierte. Zwei weitere standen vor den Stufen zum Hauptquartier.

Der Teblor lehnte den Kopf gegen die Mauer und schloss die Augen.

Einige Zeit später schlug er sie wieder auf. Er hatte geschlafen. Der

Himmel war bedeckt, der Innenhof ein Flickenteppich aus Licht und Dunkel. Etwas hatte ihn geweckt. Er wollte aufstehen, doch eine Hand hielt ihn zurück. Er sah zur Seite und stellte fest, dass der Einheimische reglos neben ihm kauerte – den Kopf gesenkt, als würde er schlafen. Die Hand auf dem Arm des Teblor drückte einen Augenblick fester und verschwand wieder.

Stirnrunzelnd lehnte Karsa sich zurück. Und dann sah er es.

Die Wachen am Tor waren fort, genau wie die vor dem Hauptquartier. Auf den Wällen ... niemand.

Dann, neben einem nah gelegenen Gebäude – Bewegung, eine Gestalt, die lautlos durch die Schatten glitt, gefolgt von einer anderen, die weitaus weniger unauffällig herantrottete und immer mal wieder eine behandschuhte Hand ausstreckte, um sich abzustützen.

Die beiden kamen direkt auf Karsa zu.

Die vordere, in dunkle Gewänder gehüllte Gestalt blieb ein paar Schritte vor der Mauer stehen. Die andere trat zu ihr, ging an ihr vorbei. Hände hoben sich, schoben eine schwarze Kapuze zurück –

Torvald Nom.

Blutbefleckte Verbände umgaben seinen Hals, das Gesicht darüber war totenbleich und glänzte vor Schweiß. Aber der Daru grinste.

Er kam an Karsas Seite. »Es ist Zeit zu gehen, mein Freund«, flüsterte er und hielt etwas hoch, das aussah wie ein Schlüssel für die Fesseln.

»Wer ist da bei dir?«, flüsterte Karsa zurück.

»Oh, das ist ein wahrlich bunter Haufen. Gral-Stammeskrieger, die kümmern sich um alles, was irgendwie heimlich und leise ablaufen muss, und sind Agenten ihres wichtigsten Handelspartners hier in Ehrlitan ...« Seine Augen glänzten. »Stell dir vor, das ist doch tatsächlich das Haus Nom. Oh, klar, die Blutsbande zwischen uns sind so dünn wie die Haare einer Jungfrau, aber sie werden nichtsdestotrotz in Ehren gehalten. Sogar aufrichtig erfreut und mit Nachdruck. Aber genug Worte – wie du zu sagen pflegst –, wir wollen doch niemanden aufwecken –«

»Zu spät«, murmelte der Mann, der neben Karsa angekettet war.

Der Gral hinter Torvald machte einen Schritt vorwärts, blieb jedoch stehen, als der Fremde eine Reihe merkwürdiger, komplizierter Gesten machte.

Torvald grunzte. »Diese verdammte stumme Sprache.«

»Abgemacht«, sagte der Gefangene. »Ich werde mit euch gehen.«

»Und wenn wir dich nicht mitnehmen, wirst du Alarm schlagen.«

Der Mann erwiderte nichts.

Nach einem Augenblick zuckte Torvald die Schultern. »So sei es denn. Ich bin überrascht, dass bei all diesem Gerede noch keiner von den anderen aufgewacht ist, die hier angekettet sind.«

»Das wäre ganz bestimmt passiert, wenn sie nicht alle tot wären.« Der Gefangene neben Karsa stand langsam auf. »Niemand mag Verbrecher. Die Gral hassen sie ganz besonders, wie es scheint.«

Ein zweiter Stammeskrieger, der sich die Reihe der Gefangenen entlangbewegt hatte, langte bei ihnen an. In einer Hand hielt er ein langes gekrümmtes Messer, das ganz glitschig vom Blut war. Mehr Gesten mit den Händen, dann steckte der Neuankömmling seine Waffe ein.

Lautlos vor sich hin murmelnd, hockte Torvald sich hin, um Karsas Fesseln aufzuschließen.

»Du bist genauso schwer zu töten wie ein Teblor«, murmelte Karsa.

»Der Arak war im entscheidenden Moment abgelenkt, dem Vermummten sei Dank. Aber auch so wäre ich verblutet, wenn die Gral nicht gewesen wären.«

»Warum haben sie dich gerettet?«

»Die Gral haben Gefallen daran, Leute gegen Lösegeld zu verkaufen. Natürlich töten sie sie, wenn sie sich als wertlos erweisen. Aber die geschäftlichen Beziehungen mit dem Haus Nom haben sich letztlich als vorrangig gegenüber all diesen Dingen erwiesen.«

Torvald begab sich zu dem anderen Gefangenen.

Karsa stand auf, rieb sich die Handgelenke. »Was sind das für Geschäfte?«

Der Daru grinste ihn an. »Die Abwicklung von Lösegeldzahlungen.«

Wenig später schlichen sie, den Lichtflecken ausweichend, durch die Dunkelheit auf das vordere Tor zu. Am Torhaus lag ein halbes Dutzend Leichen, an die Wand geschleift und aufgetürmt. Der Boden war schwarz und voll gesogen mit Blut.

Drei weitere Gral gesellten sich zu ihnen. Einer nach dem anderen glitt durch den Torweg und auf die dahinter liegende Straße hinaus. Sie überquerten sie, verschwanden in einer Gasse und machten am hinteren Ende Halt.

Torvald legte Karsa eine Hand auf den Arm. »Mein Freund, wohin willst du nun gehen? Meine eigene Rückkehr nach Genabackis wird sich noch etwas verzögern. Meine Verwandten hier haben mich mit offenen Armen aufgenommen – eine einzigartige Erfahrung, die ich noch ein Weilchen zu genießen gedenke. Leider werden die Gral dich nicht mitnehmen – du bist zu leicht zu erkennen.«

»Er wird mit mir kommen«, sagte der blauäugige Einheimische. »An einen sicheren Ort.«

Torvald blickte zu Karsa auf, zog fragend die Augenbrauen hoch.

Der Teblor zuckte die Schultern. »Es ist klar, dass ich mich in dieser Stadt nicht verstecken kann. Und ich werde auch dich und deine Verwandten nicht weiterhin in Gefahr bringen, Torvald Nom. Wenn dieser Mann sich als unwürdig erweist, brauche ich ihn nur zu töten.«

»Wie lange dauert es noch bis zum nächsten Wachwechsel?«, fragte der blauäugige Mann.

»Noch mindestens einen Glockenschlag, daher werdet ihr viel –«

Plötzlich zerrissen Alarmrufe aus Richtung der malazanischen Garnison die Nacht.

Die Gral schienen sich vor Karsas Augen regelrecht aufzulösen, so schnell zerstreuten sie sich. »Torvald Nom, ich danke dir für alles, was du für mich getan hast –«

Der Daru schlurfte zu einem Haufen Unrat in der Gasse. Er schob ihn beiseite und zog Karsas Blutschwert hervor. »Hier, mein Freund.« Er warf dem Teblor das Schwert zu. »Komm in ein paar Jahren mal nach Darujhistan.«

Ein letztes Winken, dann war der Daru verschwunden.

Der blauäugige Mann – der einem der toten Wächter ein Schwert abgenommen hatte – gestikulierte wild. »Bleib dicht hinter mir. Es gibt Wege aus Ehrlitan, von denen die Malazaner nichts wissen. Folge mir – und sei leise.«

Er setzte sich in Bewegung. Karsa glitt hinter ihm her.

Ihr Weg führte sie in allerlei Windungen durch die Unterstadt, durch zahllose Gässchen, von denen einige so eng waren, dass der Teblor sich seitlich hindurchschieben musste. Karsa hatte angenommen, dass sein Führer ihn zu den Docks führen würde, oder vielleicht auch zu den äußeren Wällen, hinter denen sich im Süden die Ödnis erstreckte. Stattdessen stiegen sie zu dem einzigen großen Hügel im Herzen von Ehrlitan hinauf, und es dauerte nicht lang, und sie stiegen durch den Schutt zahlloser eingestürzter Gebäude.

Sie gelangten an den mitgenommenen Fuß eines Turms; der Einheimische zögerte keinen Moment, sondern duckte sich und verschwand in der gähnenden, dunklen Türöffnung. Karsa folgte ihm und fand sich in einem engen Raum wieder, dessen Bodenfliesen sich teilweise abgesenkt hatten, so dass der Boden sehr uneben war. Gegenüber dem Eingang befand sich, kaum sichtbar, eine zweite Tür, an deren Schwelle der Mann stehen blieb.

»Mebra!«, zischte er.

Es gab Bewegung, dann: »Bist du es? Dryjhna segne uns, ich hatte gehört, dass du gefangen genommen worden bist – oh, dort unten läuten die Alarmglocken ... gut gemacht –«

»Genug. Sind die Vorräte noch in den Tunneln?«

»Aber natürlich. Einschließlich deines eigenen Lagers –«

»Gut. Und nun geh beiseite. Ich habe jemanden bei mir.«

Jenseits der Türöffnung befand sich eine Reihe großer Steinstufen, die in noch tiefere Dunkelheit hinabführten. Karsa spürte die Gegenwart des Mannes namens Mebra, als er sich an ihm vorbeischob, hörte, wie er scharf die Luft einsog.

Der blauäugige Mann unterhalb des Teblor blieb plötzlich stehen.

»Oh, und noch etwas, Mebra – erzähle niemandem, dass du uns gesehen hast, nicht einmal deinen Kameraden, die der gleichen Sache dienen. Hast du verstanden?«

»Natürlich.«

Die beiden Flüchtlinge gingen weiter und ließen Mebra zurück. Die Stufen führten immer tiefer nach unten, bis Karsa allmählich zu der Überzeugung gelangte, dass sie sich dem Erdinnern näherten. Als der Boden schließlich eben wurde, war die Luft drückend feucht und roch nach Salz, und die Steine unter ihren Füßen waren nass und glitschig. An der Mündung des Tunnels waren Nischen in die Kalksteinwände gehauen worden, in denen in Leder eingewickelte Packen und Reiseausrüstung lagen.

Karsa schaute zu, wie sein Begleiter rasch zu einer ganz bestimmten Nische ging. Nachdem er ihren Inhalt kurz durchgesehen hatte, ließ er das malazanische Schwert fallen, das er bisher getragen hatte, und zog zwei Gegenstände hervor, die sich mit dem Geräusch rasselnder Ketten bewegten.

»Nimm den Sack mit Nahrungsmitteln«, wies der Mann ihn an und deutete mit einem Nicken auf eine Nische in der Nähe. »Du wirst da auch eine Telaba finden – ein Kleidungsstück – sowie Waffengürtel und Harnisch. Lass die Laternen liegen – der Tunnel vor uns ist lang, aber es gibt keine Abzweigungen.«

»Wohin führt er?«

»Nach draußen«, erwiderte der Mann.

Karsa schwieg. Ihm gefiel nicht, wie sehr sein Leben in den Händen dieses Einheimischen lag, doch es hatte den Anschein, als könnte er zum gegenwärtigen Zeitpunkt nichts dagegen ausrichten. Das Reich der Sieben Städte war ein seltsamer Ort – noch viel seltsamer sogar als die malazanischen Städte Malyntaeas oder Genabaris. Die Tiefländer waren in dieser Welt so zahlreich wie Ungeziefer – es gab mehr Stämme, als der Teblor je für möglich gehalten hätte, und es war eindeutig, dass keiner den anderen mochte. Während das ein Gefühl war, das Karsa gut verstehen konnte – denn Stämme sollten einander nicht mögen –, war es jedoch ebenso offensichtlich, dass es unter den Tiefländern keinerlei Gefühl für Loyalität gab. Karsa war ein Uryd, doch er war auch ein Teblor. Die Tiefländer schienen so besessen von ihren Unterschieden zu sein, dass sie vergessen hatten, was sie verband.

Eine Schwäche, die sich ausnutzen ließ.

Karsas Führer legte ein rasches Tempo vor, und obwohl die Verletzungen, die er erlitten hatte, mittlerweile zum größten Teil wieder verheilt waren, waren seine Reserven an Kraft und Ausdauer längst nicht mehr das, was sie einst gewesen waren. Nach einiger Zeit begann der Abstand zwischen ihnen größer zu werden, und schließlich stellte Karsa fest, dass er allein durch die undurchdringliche Dunkelheit stapfte. Seine Hand lag an der grob behauenen Wand zu seiner Rechten, und die einzigen Geräusche waren die, die er selbst verursachte. Die Luft war nicht mehr feucht, und er schmeckte Staub auf der Zunge.

Plötzlich verschwand die Wand zu seiner Rechten. Karsa stolperte und blieb stehen.

»Du hast dich gut gehalten«, sagte der Einheimische; er befand sich irgendwo zur Linken des Teblor. »Vornübergebeugt zu rennen, wie du es tun musstest ... das war nicht einfach. Sieh nach oben.«

Er tat, wie ihm geheißen, und richtete sich langsam auf. Über ihm funkelten die Sterne.

»Wir sind in einer Wasserrinne«, fuhr der Mann fort. »Bis wir herausklettern können, wird die Morgendämmerung anbrechen. Dann sind es noch fünf, vielleicht auch sechs Tage quer durch die Pan'potsun-Odhan. Die Malazaner werden natürlich hinter uns her sein, deshalb müssen wir vorsichtig sein. Ruh dich ein Weilchen aus. Trink ein bisschen Wasser – die Sonne ist ein Dämon und wird dir dein Leben stehlen, wenn sie kann. Unser Weg wird uns von einer Wasserstelle zur nächsten führen, wir werden also keinen Durst leiden müssen.«

»Du kennst dieses Land«, sagte Karsa, »ich nicht.« Er hob sein Schwert. »Aber eines solltest du wissen: Ich werde mich nie wieder gefangen nehmen lassen.«

»Das ist die richtige Einstellung«, erwiderte der Mann.
»Das habe ich nicht gemeint.«
Der Mann lachte. »Ich weiß. Wenn du willst, kannst du gehen, wo immer du hinwillst, sobald wir aus dieser Wasserrinne heraus sind. Was ich dir angeboten habe, ist deine beste Chance zu überleben. Es gibt noch mehr, worüber man sich in diesem Land Sorgen machen sollte, als nur wieder von den Malazanern gefangen genommen zu werden. Komm mit mir, und du wirst lernen, wie man überlebt. Aber wie ich schon gesagt habe, die Entscheidung liegt bei dir. Wollen wir jetzt weitergehen?«

In der Welt über ihnen brach die Dämmerung an, ehe die beiden Flüchtlinge das Ende der Wasserrinne erreicht hatten. Während sie über sich den klaren blauen Himmel sehen konnten, gingen sie weiter durch kühle Schatten. Ein Haufen übereinander gestürzter Felsbrocken wies ihnen den Weg aus der Rinne; hier hatte in der Vergangenheit eine Flutwelle die Wand ausreichend unterspült, um einen Erdrutsch auszulösen.
Sie kletterten die Schräge hinauf und gelangten in ein von Hitze gepeinigtes Land voller verwitterter Klippen, sandiger Flussbetten, Kakteen und Dornenbüsche. Die Sonne war gleißend hell und ließ die Luft in allen Richtungen flimmern. Niemand war zu sehen, und es gab auch keinerlei Anzeichen, dass hier noch etwas anderes außer wilden Tieren lebte.
Der Tiefländer führte Karsa südwestwärts, wobei sie sich nicht gradlinig bewegten, sondern jede mögliche Form der Deckung nutzten und Kämme oder Hügelkuppen mieden, auf denen sie sich gegen den Horizont abzeichnen würden. Keiner der beiden sprach; sie sparten sich ihren Atem in der kräftezehrenden Hitze, während der Tag sich langsam dahinschleppte.
Spät am Nachmittag blieb der Tiefländer plötzlich stehen und drehte sich um. Er zischte einen Fluch in seiner Muttersprache und sagte dann: »Reiter.«

Karsa drehte sich um, konnte jedoch in der unwirtlichen Landschaft hinter sich niemanden sehen.

»Ich kann das Hufgetrappel im Boden spüren«, murmelte der Mann. »Dann hat Mebra also die Seiten gewechselt. Nun, eines Tages werde ich ihm die passende Antwort auf diesen Verrat erteilen.«

Und jetzt konnte auch Karsa durch die schwieligen Sohlen seiner bloßen Füße ein schwaches Zittern spüren – fernes Hufgetrappel. »Wenn du diesem Mebra sowieso nicht getraut hast, wieso hast du ihn dann nicht gleich getötet?«

»Wenn ich jeden töten würde, dem ich nicht so recht traue, hätte ich nicht mehr viel Gesellschaft. Ich brauchte Beweise – und jetzt habe ich sie.«

»Außer, er hat es jemand anderem erzählt.«

»Dann ist er entweder ein Verräter oder dumm – beides hat die gleichen tödlichen Folgen. Komm, wir dürfen es den Malazanern nicht zu leicht machen.«

Sie gingen weiter. Der Tiefländer war unfehlbar darin, Wegstrecken zu wählen, auf denen sie weder Fußspuren noch sonstige Hinweise zurückließen. Dennoch kam das Geräusch der Reiter unerbittlich näher. »Sie haben einen Magier dabei«, murmelte der Tiefländer, während sie über eine weitere Felsplatte dahineilten.

»Wenn wir ihnen bis zum Einbruch der Dunkelheit entkommen«, sagte Karsa, »werde ich zum Jäger – und sie zu Gejagten.«

»Es sind mindestens zwanzig Mann. Wir sollten die Dunkelheit lieber nutzen, um uns davonzumachen. Kannst du die Berge im Südwesten sehen? Das ist unser Ziel. Wenn wir es bis zu den verborgenen Pässen schaffen, sind wir in Sicherheit.«

»Wir können den Pferden nicht entkommen«, brummte Karsa. »Sobald es dunkel wird, höre ich auf, davonzulaufen.«

»Dann wirst du allein angreifen müssen, denn es wird deinen Tod bedeuten.«

»Allein. Das ist gut. Ich brauche keinen Tiefländer, der mir vor den Füßen umherspringt.«

Die Nacht brach rasch herein. Kurz bevor das letzte Tageslicht verblasste, erhaschten die beiden Flüchtlinge, die gerade auf eine mit gewaltigen Felsblöcken übersäte Ebene hinausglitten, einen Blick auf ihre Verfolger. Siebzehn Reiter, drei Ersatzpferde. Alle Malazaner – bis auf zwei – trugen eine vollständige Rüstung mit Helm, und sie waren entweder mit Lanzen oder mit Armbrüsten bewaffnet. Die anderen beiden Reiter konnte Karsa leicht erkennen. Silgar und Damisk.

Karsa erinnerte sich plötzlich daran, dass die beiden Zellen in jener Nacht, als sie vom Gefängnishof geflohen waren, leer gewesen waren. Damals hatte er sich weiter keine Gedanken darüber gemacht, sondern angenommen, dass die beiden Gefangenen für die Nacht nach drinnen gebracht worden waren.

Die Verfolger hatten die beiden Flüchtlinge nicht gesehen, die schnell wieder hinter den Felsblöcken Deckung suchten.

»Ich habe sie zu einem alten Lagerplatz geführt«, flüsterte der Tiefländer an Karsas Seite. »Hör doch. Sie schlagen ihr Lager auf. Die beiden, die keine Soldaten sind –«

»Ja. Der Sklavenmeister und sein Leibwächter.«

»Sie müssen ihm das Otataral-Fußkettchen abgenommen haben. Scheint so, als wollte er dich unbedingt haben.«

Karsa zuckte die Schultern. »Und er wird mich finden. Heute Nacht. Ich bin fertig mit den beiden. Keiner von ihnen wird die Morgendämmerung erleben, das schwöre ich bei Urugal.«

»Du kannst nicht ganz allein zwei Trupps angreifen.«

»Dann betrachte es als Ablenkungsmanöver, und nutze die Gelegenheit zur Flucht, Tiefländer.« Und mit diesen Worten drehte der Teblor sich um und machte sich auf den Weg zum Lager der Malazaner.

Er hatte kein Interesse daran zu warten, bis sie sich vollständig niedergelassen hatten. Die Armbrustschützen waren den ganzen Tag mit gespannten Waffen geritten. Genau in diesem Moment würden sie vermutlich die geflochtenen Stränge austauschen – vorausgesetzt, sie folgten den gleichen Gewohnheiten, die Karsa bei den Trupps des Ashok-Regiments gesehen hatte. Andere würden den Pferden die Sättel abnehmen und die Tiere versorgen, während die meisten übrigen Soldaten mit Essensvorbereitungen und dem Aufschlagen der Zelte beschäftigt sein würden. Im äußersten Fall gäbe es zwei oder drei Mann als Posten rings um das Lager.

Hinter einem großen Felsblock direkt vor dem malazanischen Lager machte Karsa Halt. Er konnte hören, wie sie ihr Nachtlager vorbereiteten. Der Teblor nahm eine Hand voll Sand und trocknete den Schweiß an seinen Händen, dann nahm er sein Blutschwert in die Rechte und schob sich vorwärts.

Drei Dungfeuer waren entfacht worden, die Feuerstellen jeweils mit großen Felsbrocken gesichert, um das Licht zu dämpfen, das die flackernden Flammen gaben. Die Pferde standen in einem mit Seilen begrenzten Pferch, drei Soldaten waren bei ihnen. Ein halbes Dutzend Armbrustschützen saß in der Nähe, die Waffen auseinander genommen in ihrem Schoß. Zwei Mann standen Wache, die Gesichter der Ebene zugewandt, der eine leicht versetzt hinter dem anderen. Der Soldat, der Karsa am nächsten war, hielt ein blankgezogenes Kurzschwert in der Hand und trug einen runden Schild, sein Kamerad, sechs Schritt hinter ihm, einen gespannten, kurzen Bogen.

Tatsächlich waren mehr Wächter auf Posten, als es Karsa gefiel, denn auch an den anderen Seiten des Lagers war noch jeweils einer zu sehen. Der Bogenschütze war so aufgestellt, dass er auf jeden der Wächter freies Schussfeld hatte.

An einer Feuerstelle fast in der Mitte des Lagers hockten Silgar, Damisk und ein malazanischer Offizier, der Karsa den Rücken zuwandte.

Der Teblor bewegte sich lautlos um den Felsblock herum. Der Wächter, der ihm am nächsten war, sah gerade nach links. Fünf Schritte, um an ihn heranzukommen. Der Bogenschütze richtete seine ruhelosen Blicke auf den Wächter am hinteren Ende des Lagers.

Jetzt.

Der behelmte Kopf drehte sich zurück, das von Wind und Wetter gegerbte Gesicht wirkte bleich unter dem Helmrand.

Und dann war Karsa neben ihm, seine linke Hand schoss vor, schloss sich um die Kehle des Mannes. Knorpel brach mit einem trockenen, ploppenden Geräusch.

Laut genug jedoch, um den Bogenschützen herumwirbeln zu lassen. Hätte der Angreifer die kurzen Beine eines Tiefländers gehabt, hätte der Malazaner eine Chance gehabt, seinen Pfeil abzuschießen. Doch so, wie es war, blieb ihm kaum Zeit, die Sehne zu spannen, ehe der Teblor ihn erreichte.

Der Mann öffnete den Mund, um zu schreien, während er gleichzeitig versuchte, sich nach hinten zu werfen. Karsas Schwert zuckte blitzschnell durch die Luft und ließ den behelmten Kopf von den Schultern rollen. Hinter ihm fiel die Leiche mit rasselnder Rüstung zu Boden.

Gesichter wandten sich ihm zu. Schreie gellten durch die Nacht.

Drei Soldaten, die an einer Feuerstelle direkt vor dem Teblor gekauert hatten, sprangen auf. Kurzschwerter zischten aus ihren Scheiden. Ein Malazaner warf sich Karsa in den Weg, um seinen Kameraden Zeit zu geben, nach ihren Schilden zu greifen. Eine gleichermaßen tapfere wie tödliche Geste, denn die Reichweite seiner Waffe war im Vergleich zu der des Blutschwerts viel zu kurz. Der Mann schrie auf, als er durch einen üblen, seitwärts geführten Hieb beide Unterarme verlor.

Einer der anderen beiden Malazaner hatte es geschafft, seinen runden Schild bereitzumachen, und er hielt ihn in Karsas Abwärtshieb. Das mit Bronzestreifen beschlagene Holz zerbarst unter dem Aufprall, der Arm, der den Schild hielt, wurde zerschmettert. Als der Soldat zusammenbrach, sprang der Teblor über ihn hinweg und schlug blitzschnell den dritten Mann nieder.

Brennender Schmerz flammte im oberen Teil seines rechten Oberschenkels auf, als eine Lanze eine blutige Spur dort hinterließ und sich in den staubigen Boden hinter ihm bohrte. Herumwirbelnd ließ er sein Schwert kreisen – gerade noch rechtzeitig, um eine andere Lanze beiseite zu schlagen, die ihn sonst in die Brust getroffen hätte.

Schritte näherten sich von links hinten – einer der Vorposten –, während direkt vor ihm in drei Schritt Entfernung Silgar, Damisk und der malazanische Offizier standen. Das Gesicht des Sklavenmeisters war vor Entsetzen verzerrt, selbst als sich vor ihm eine Woge magischer Energie aufbaute, die sogleich auf Karsa zubrandete.

Die magische Woge traf ihn im gleichen Moment, da der Vorposten bei ihm war, und hüllte sie beide ein. Der Schrei des Malazaners gellte durch die Luft. Karsa stieß ein Grunzen aus, als die sich windenden, geisterhaften Tentakel versuchten, ihn festzuhalten, doch er stürmte weiter – und stand dem Sklavenmeister von Angesicht zu Angesicht gegenüber.

Damisk war bereits geflohen. Der Offizier hatte sich zur Seite geworfen, duckte sich gewandt unter Karsas seitwärts geführtem Hieb weg.

Silgar warf die Hände nach oben.

Karsa trennte sie von den Armen.

Der Sklavenmeister taumelte rückwärts.

Der Teblor hieb nach unten und trennte Silgars Fuß knapp oberhalb des rechten Knöchels ab. Der Mann stürzte auf den Rücken, warf die Beine in die Luft. Ein vierter Hieb ließ den linken Fuß davonsegeln.

Zwei Soldaten kamen von rechts auf Karsa zugerannt, gefolgt von einem dritten.

Ein lauter Befehl hallte durch die Nacht, und überrascht sah der Teblor – die Waffe zum Schlag erhoben –, dass die Männer seitwärts auswichen. Nach seiner Zählung waren noch fünf andere übrig, außerdem der Offizier und Damisk. Er wirbelte herum, blickte sich um, aber es war niemand zu sehen – nur das Geräusch von Schritten, die sich in die Dunkelheit zurückzogen. Er schaute dorthin, wo die Pferde angebunden gewesen waren – die Tiere waren fort.

Eine Lanze schoss auf ihn zu. Knurrend lenkte Karsa sie mit der Rückseite seines Blutschwerts zur Seite ab, so dass sie an einem Felsblock zersplitterte. Er hielt inne, dann stapfte er hinüber zu Silgar.

Der Sklavenmeister hatte sich zu einem engen Ball zusammengerollt. Blut floss aus den vier Stümpfen. Karsa packte ihn an seinem Seidengürtel und trug ihn zurück zu der Ebene mit den Felsblöcken.

Als er um den ersten der mächtigen Felsen herumkam, erklang eine Stimme leise, aber deutlich aus den Schatten. »Hier entlang.«

Der Teblor grunzte. »Du hättest doch eigentlich fliehen sollen.«

»Sie werden sich neu formieren, doch wenn der Magier nicht mehr bei ihnen ist, sollten wir ihnen entwischen können.«

Karsa folgte seinem Kameraden auf die felsige Ebene hinaus. Nach etwa fünfzig Schritten blieb der Mann stehen und drehte sich zu dem Teblor um.

»Sie werden allerdings keine Mühe haben, uns zu folgen, so lange deine Beute eine solche Blutspur hinter sich herzieht. Mach irgendwas mit ihm.«

Karsa ließ Silgar zu Boden fallen, drehte ihn mit dem Fuß auf den Rücken. Der Sklavenmeister war bewusstlos.

»Er wird verbluten«, sagte der Tiefländer. »Du hast deine Rache gehabt. Lass ihn hier zum Sterben liegen.«

Stattdessen begann der Teblor, Streifen von Silgars Telaba abzuschneiden, mit denen er die Arm- und Beinstümpfe fest abband.

»Es wird immer noch ein bisschen durchkommen –«

»Damit werden wir leben müssen«, knurrte Karsa. »Ich bin mit diesem Mann noch nicht fertig.«

»Welchen Wert hat sinnlose Folter?«

Karsa zögerte, dann seufzte er. »Dieser Mann hat einen ganzen Teblor-Stamm versklavt. Der Geist der Sunyd ist gebrochen. Der Sklavenmeister ist kein Soldat – er hat keinen raschen Tod verdient. Er ist ein wahnsinniger Hund, der in eine Hütte gejagt und getötet –«

»Dann töte ihn.«

»Das werde ich ... wenn ich ihn in den Wahnsinn getrieben habe.«

Karsa hob Silgar wieder auf und warf ihn sich über die Schulter. »Führe uns weiter, Tiefländer.«

Der Mann gab ein lautloses Zischen von sich und nickte.

Acht Tage später erreichten sie den verborgenen Pass durch die Pan'potsun-Berge. Die Malazaner hatten die Verfolgung erneut aufgenommen, doch sie hatten sie seit zwei Tagen nicht mehr gesehen, ein gutes Zeichen dafür, dass sie ihnen tatsächlich entwischt waren.

Sie stiegen den ganzen Tag über den steilen, felsigen Pfad hinauf. Silgar war noch immer am Leben; er fieberte und war nur selten bei Bewusstsein. Sie hatten ihn geknebelt, damit er nicht irgendwelche Geräusche von sich geben konnte. Karsa trug ihn auf seiner Schulter.

Kurz vor Einbruch der Abenddämmerung erreichten sie den Gipfel und kamen an die südwestliche Kante. Der Pfad wand sich zu einer im Schatten liegenden Ebene hinab. Auf der Kuppe setzten sie sich hin, um sich auszuruhen.

»Was liegt dahinter?«, fragte Karsa, während er Silgar zu Boden fallen ließ. »Ich sehe unter uns nichts als eine Ödnis aus Sand.«

»Das ist es auch«, erwiderte sein Begleiter in ehrerbietigem Tonfall. »Und in ihrem Herzen ist diejenige, der ich diene.« Er warf Karsa einen Blick zu. »Ich nehme an, sie wird sich sehr für dich interessieren ...«, er lächelte, »*Teblor.*«

Karsa machte ein finsteres Gesicht. »Warum erheitert dich der Name meines Volkes so sehr?«

»Erheitert? Nein, er *erschreckt* mich eher. Die Fenn sind seit ihrer ruhmvollen Vergangenheit tief gesunken, doch sie erinnern sich noch genug, um noch ihren alten Namen zu kennen. Du kannst nicht einmal das von dir behaupten. Dein Volk ist schon über die Erde geschritten, als die T'lan Imass noch aus Fleisch und Blut waren. Aus eurem Blut sind die Barghast und die Trell entstanden. Ihr seid die Thelomen Toblakai.«

»Diese Namen kenne ich nicht«, brummte Karsa, »genauso wenig, wie ich deinen kenne, Tiefländer.«

Der Mann richtete den Blick wieder auf die dunklen Lande unter ihnen. »Man nennt mich Leoman. Und diejenige, der ich diene – die Erwählte, zu der ich dich bringen werde –, ist Sha'ik.«

»Ich diene niemandem«, sagte Karsa. »Diese Erwählte, lebt sie in der Wüste vor uns?«

»In ihrem Herzen, Toblakai. Mitten im Herzen der Raraku.«

Buch Zwei

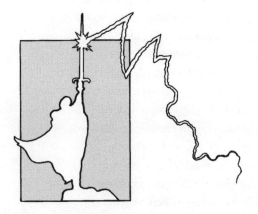

Kaltes Eisen

In diesem Schatten sind Falten …
in denen sich ganze Welten verbergen.

Die Anrufung des Schattens
Felisin

Kapitel Fünf

Wehe den Gefallenen
in den Gassen von Aren ...
Anonym

Ein einziger Tritt des vordersten, stämmigen Soldaten ließ die leichte Tür nach innen krachen. Er verschwand im Zwielicht dahinter, gefolgt vom Rest des Trupps. Von drinnen erklangen Schreie und das Krachen zerschmetternder Möbel.

Gamet warf Kommandant Blistig einen Blick zu.

Der zuckte die Schultern. »Klar, die Tür war nicht verschlossen – aber es ist immerhin ein Gasthaus, obwohl diese Bezeichnung für so ein verwahrlostes Loch wirklich überzogen ist. Aber was soll's, es geht schließlich darum, den gewünschten Effekt zu erzielen.«

»Ihr habt mich missverstanden«, erwiderte Gamet. »Ich kann nur einfach nicht glauben, dass Eure Soldaten ihn *hier* gefunden haben.«

Ein unbehaglicher Ausdruck huschte kurz über Blistigs derbes, breites Gesicht. »Tja, andere haben wir an noch viel schlimmeren Orten gefunden, Faust. So was passiert immer dann –«, er blinzelte die Straße entlang, »wenn man ihnen das Herz bricht.«

Faust. Der Titel rupft mir immer noch an den Gedärmen wie eine hungrige Krähe. Gamet runzelte die Stirn. »Die Mandata hat keine Zeit für Soldaten mit gebrochenen Herzen, Kommandant.«

»Es war unrealistisch, hierher zu kommen und zu erwarten, dass die Feuer der Rache sich so einfach schüren lassen würden. Man kann kalte Asche nicht schüren ... versteht mich nicht falsch, ich wünsche ihr das ganze Glück der Lady.«

»Es wird allerdings noch ein bisschen mehr von Euch erwartet als das«, sagte Gamet trocken.

Um diese Tageszeit, in der drückenden Nachmittagshitze, waren die Straßen so gut wie ausgestorben. Natürlich war Aren auch zu anderen Zeiten nicht mehr das, was es einst gewesen war. Der Handel mit dem Norden war eingestellt. Abgesehen von malazanischen Kriegsschiffen, Truppentransportern und ein paar wenigen Fischerbooten waren der Hafen und die Flussmündung leer. Dies war, erinnerte sich Gamet, ein gezeichnetes Volk.

Der Trupp tauchte wieder aus dem Gasthaus auf, zerrte einen in Lumpen gekleideten, sich wild wehrenden alten Mann mit sich. Er war mit Erbrochenem besudelt, die wenigen Haare, die er noch hatte, hingen in grauen Strähnen herab, und seine Haut war fleckig und grau vor Schmutz. Die Soldaten von Blistigs Aren-Garde fluchten über den Gestank und schleppten ihre Last so schnell es ging zu einem Karren.

»Es ist ein Wunder, dass wir ihn überhaupt gefunden haben«, sagte der Kommandant. »Ich hatte wirklich damit gerechnet, dass der alte Mann ein Ende machen und sich ertränken würde.«

Gamet, für einen Augenblick seinen neuen Titel vergessend, wandte sich ab und spuckte auf die Pflastersteine. »Diese Situation ist unwürdig, Blistig. Verdammt, ein bisschen so was wie militärischer Anstand – ein bisschen *Kontrolle*, hol mich der Vermummte – sollte möglich gewesen sein ...«

Der Kommandant versteifte sich bei Gamets Tonfall. Die Wachen, die alle am hinteren Ende des Karrens standen, drehten sich bei seinen Worten um.

Blistig trat dicht an die Faust heran. »Hört mir zu – hört mir gut zu«, knurrte er im Flüsterton. Ein Zucken lief über seine narbigen Wangen, und seine Augen waren so hart wie Eisen. »Ich habe auf der verdammten Mauer gestanden und *zugesehen*. Genau wie alle meine Soldaten. Pormqual ist im Kreis rumgelaufen wie ein kastrierter Kater – dieser Historiker und die beiden wickanischen Kinder haben vor Kummer geheult. Ich habe zugesehen – wir alle haben zugesehen –, wie Coltaine und seine Siebte vor unseren Augen abgeschlachtet wurden. Und als ob das noch nicht genug gewesen wäre, hat Hohefaust Pormqual anschließend seine Armee nach draußen marschieren lassen und den Soldaten befohlen, die Waffen niederzulegen! Wenn nicht einer meiner Hauptleute mit Informationen zu mir gekommen wäre, dass Mallick Rael ein Agent Sha'iks ist, wären meine Männer mit ihnen gestorben. Militärischer Anstand? Geht zum Vermummten mit Eurem militärischen Anstand, Faust!«

Gamet ließ die Tirade des Kommandanten reglos über sich ergehen. Es war nicht das erste Mal, dass er es mit Blistigs hitzigem Temperament zu tun bekam. Seit er im Gefolge von Mandata Tavore hier angekommen und zum Verbindungsoffizier ernannt worden war, stand er an vorderster Front den Überlebenden der Kette der Hunde gegenüber – sowohl denen, die mit dem Historiker Duiker hier angekommen waren, als auch denjenigen, die sie in der Stadt empfangen hatten. Gamet stand unter ständigem Druck. Wieder und wieder brach die Wut aus, die unter dem Mantel aus Anstand schwelte. Herzen, die nicht einfach nur gebrochen worden waren, sondern zerfetzt, in Stücke gerissen, auf denen herumgetrampelt worden war. Die Hoffnung der Mandata, den Lebensmut der Überlebenden wieder zu wecken – Nutzen aus ihrer Vertrautheit mit den örtlichen Gegebenheiten zu ziehen, um ihre Legionen aus unerfahrenen Rekruten zu verstärken –, erschien Gamet mit jedem Tag, der verstrich, unrealistischer.

Außerdem war ganz offensichtlich, dass es Blistig herzlich egal war, dass Gamet der Mandata täglich Bericht erstattete und seine Tiraden vermutlich mit sämtlichen tadelnswerten Einzelheiten an Tavore weitergab. So gesehen hatte der Kommandant doppelt Glück, dass Gamet der Mandata bis jetzt noch gar nichts davon erzählt hatte; generell befleißigte er sich in den Einsatzbesprechungen extremer Knappheit und beschränkte seine persönlichen Bemerkungen auf ein Minimum.

Während Blistigs Worte allmählich verklangen, seufzte Gamet nur und trat an den Karren heran, blickte auf den betrunkenen alten Mann hinunter, der darauf lag. Die Soldaten traten einen Schritt zurück – als hätte die Faust eine ansteckende Krankheit.

»Das da«, sagte Gamet gedehnt, »ist also Blinzler. Der Mann, der Coltaine getötet hat –«

»Reine Barmherzigkeit!«, schnappte einer der Wächter.

»Sieht aber ganz so aus, als wäre Blinzler anderer Ansicht.«

Darauf kam keine Antwort. Blistig trat an die Seite der Faust. »In Ordnung«, sagte er zu seinem Trupp. »Nehmt ihn mit und macht ihn sauber – und dann sperrt ihn ein.«

»Jawohl, Kommandant.«

Wenig später wurde der Karren weggezogen.

Gamet wandte sich erneut an Blistig. »Euer nicht gerade ausgeklügelter Plan, degradiert, in Eisen gelegt und mit dem nächstbesten Schiff nach Unta zurückgeschickt zu werden, wird nicht aufgehen, Kommandant. Die Mandata und ich – wir beide scheren uns einen Dreck um Euren angegriffenen Zustand. Wir bereiten uns auf einen Krieg vor, und dafür werdet Ihr gebraucht. Ihr und jeder Einzelne von Euren schrumpelgesichtigen Soldaten.«

»Es wäre besser gewesen, wir wären mit dem Rest gestorben –«

»Aber das seid Ihr nicht. Wir haben drei Legionen mit Rekruten, Kommandant. Sie machen große Augen und sind jung, aber sie sind auch bereit, das Blut von Sha'iks Getreuen zu vergießen. Die Frage ist – was wollt Ihr und Eure Soldaten ihnen zeigen?«

Blistig starrte ihn düster an. »Die Mandata macht den Hauptmann ihrer Leibwache zu einer Faust, und ich soll –«

»Ich war in der Vierten Armee«, schnappte Gamet. »In der Ersten Kompanie, von Anfang an. Die wickanischen Kriege. Ich habe dreiundzwanzig Jahre lang gedient, Kommandant. Ich habe Coltaine schon gekannt, da seid Ihr noch auf den Knien Eurer Mutter rumgeturnt. Ich habe eine Lanze in die Brust bekommen und war zu dickschädelig, um zu sterben. Mein Kommandant war so freundlich, mir meinen Abschied zu gewähren und mir eine Position in Unta zu besorgen, die er für sicher gehalten hat. Stimmt, ich war Hauptmann der Wache des Hauses Paran. Aber das hatte ich mir verdammt hart verdient.«

Nach einem langen Augenblick erschien ein schiefes Grinsen auf Blistigs Lippen. »Dann seid Ihr also genauso glücklich darüber, hier zu sein, wie ich.«

Gamet verzog das Gesicht zu einer Grimasse, sagte jedoch nichts. Die beiden Malazaner kehrten zu ihren Pferden zurück.

Gamet schwang sich in den Sattel. »Wir rechnen damit, dass heute im Laufe des Tages der letzte Truppentransporter von der Insel Malaz hier eintrifft. Die Mandata wünscht alle Kommandanten beim achten Glockenschlag in ihrem Ratssaal zu sehen.«

»Wozu?«, fragte Blistig.

Um dich teeren und federn zu lassen, wenn's nach mir ginge. »Seid einfach da, Kommandant.«

Die gewaltige Mündung des Menykh war ein brauner, schäumender Wirbel, der eine halbe Länge hinaus in die Bucht von Aren reichte. Saiten lehnte gleich hinter dem Vorderdeck an der Steuerbordreling des Truppentransporters und starrte in das brodelnde Wasser, dann hob er den Blick zu der Stadt am Nordufer des Flusses.

Er rieb sich über die Stoppeln, die aus seinem langen Kinn sprossen. Der rostbraune Farbton, den sein Bart in der Jugendzeit gehabt hatte, war einem Grau gewichen ... was seiner Meinung nach eine feine Sache war.

Die Stadt Aren hatte sich in den Jahren, in denen er sie nicht gesehen hatte, kaum verändert – abgesehen davon, dass nur so wenige Schiffe im Hafen vor Anker lagen. Die gleiche Dunstglocke aus Rauch hing über der Stadt, der gleiche endlose Strom von Abwasser kroch in Suchers Tiefe hinaus – durch deren Wogen das dickbauchige, schwerfällige Transportschiff gerade segelte.

Die neue Lederkappe scheuerte im Nacken; es hatte ihm beinahe das Herz gebrochen, die alte wegzuschmeißen, zusammen mit dem zerfetzten ledernen Wappenrock und dem Schwertgurt, den er einem Wächter des Falah'dan abgenommen hatte, der ihn nicht mehr gebraucht hatte. Tatsächlich hatte er nur einen einzigen Gegenstand aus seinem früheren Leben behalten, tief vergraben ganz unten in seinem Packsack, auf seiner Koje im Unterdeck, und er hatte nicht vor zuzulassen, dass ihn jemand entdeckte.

Ein Mann trat zu ihm, lehnte sich lässig über die Reling und starrte über das Wasser zu der Stadt hinüber, die immer näher kam.

Saiten grüßte ihn nicht. Leutnant Ranal verkörperte die schlimmsten Eigenschaften der militärischen Führungsschicht der Malazaner. Er war von adliger Geburt, hatte sein Offizierspatent in der Stadt Quon gekauft, war arrogant und unerbittlich und rechtschaffen und dennoch jederzeit bereit, das Schwert im Zorn zu ziehen. Er war ein wandelndes Todesurteil für seine Soldaten, und wie es das Glück des Lords wollte, war Saiten einer davon.

Der Leutnant war ein großer Mann von reinstem Quon-Blut; hellhäutig, blond, mit hohen, breiten Wangenknochen, einer langen, geraden Nase und vollen Lippen. Saiten hatte ihn von dem Augenblick an gehasst, da er ihn zum ersten Mal gesehen hatte.

»Es ist allgemein üblich, einen Vorgesetzten zu grüßen«, sagte Ranal mit affektierter Gleichgültigkeit.

»Wenn man Offiziere grüßt, werden sie getötet, Leutnant.«

»Hier, auf einem Transportschiff?«

»Wollte mich nur schon mal daran gewöhnen«, erwiderte Saiten.

»Es war mir von Anfang an klar, dass du früher schon mal Soldat warst.« Ranal unterbrach sich und untersuchte die beweglichen, schwarzen Knöchel seiner behandschuhten Hände. »Beim Vermummten, du bist alt genug, um der Vater der meisten Seesoldaten zu sein, die da hinter uns auf dem Deck hocken. Der für die Rekrutierung verantwortliche Offizier hat dich direkt durchgeschickt – du hast kein einziges Mal geübt oder Probekämpfe gefochten. Und dennoch stehe ich nun hier, und man erwartet, dass ich dich als einen meiner Soldaten akzeptiere.«

Saiten zuckte die Schultern, sagte jedoch nichts.

»Besagter Rekrutierungsoffizier«, fuhr Ranal nach einem Augenblick fort, die blassblauen Augen noch immer auf die Stadt gerichtet, »hat gesagt, sie habe von Anfang an gesehen, was du zu verbergen versucht hast. Merkwürdigerweise hat sie es – genauer gesagt dich – für wertvoll gehalten, sogar für so wertvoll, dass sie mir vorgeschlagen hat, dich zum Sergeanten zu machen. Weißt du, warum ich das merkwürdig finde?«

»Nein, Leutnant, aber ich bin sicher, Ihr werdet es mir gleich sagen.«

»Weil ich glaube, dass du ein Deserteur warst.«

Saiten beugte sich weit über die Reling und spuckte ins Wasser. »Ich bin einer ganzen Menge Deserteure begegnet, und sie alle hatten ihre Gründe, und nicht zwei davon waren gleich. Aber eines ist ihnen allen gemeinsam.«

»Und was ist das?«

»Sie stehen nie vor einem Rekrutierungsbüro Schlange, Leutnant. Genießen Sie die Aussicht noch.« Er drehte sich um und schlenderte aufs Hauptdeck zurück, wo die anderen Seesoldaten herumlümmelten. Die meisten von ihnen hatten sich längst wieder von der Seekrankheit erholt, doch ihr Wunsch, endlich von Bord gehen zu können, war deutlich spürbar. Saiten setzte sich hin, streckte die Beine aus.

»Der Leutnant will deinen Kopf auf 'nem silbernen Tablett«, murmelte eine Stimme neben ihm.

Saiten seufzte und schloss die Augen, reckte das Gesicht der Nachmittagssonne entgegen. »Was der Leutnant will und was er bekommt, ist noch längst nicht das Gleiche, Koryk.«

»Was er bekommen wird, ist unser Haufen hier«, erwiderte das Seti-Halbblut; er rollte die breiten Schultern, und Strähnen seiner langen schwarzen Haare peitschten über sein flächiges Gesicht.

»Es ist allgemein üblich, Rekruten mit Veteranen zu mischen«, sagte Saiten. »Ganz egal, was du gehört hast – da drüben in der Stadt gibt es Überlebende der Kette der Hunde. Eine ganze Schiffsladung verwundeter Seesoldaten und Wickaner ist durchgekommen, habe ich gehört. Außerdem sind da noch die Aren-Garde und die Roten Klingen. Auch ein paar Schiffe der Küstentruppe haben es hierher geschafft. Und schließlich gibt es noch Admiral Noks Flotte, obwohl ich annehme, dass der seine eigenen Streitkräfte außen vorlassen will.«

»Wozu?«, fragte eine andere Rekrutin. »Wir sind doch unterwegs zu einem Wüstenkrieg, oder etwa nicht?«

Saiten warf ihr einen Blick zu. Sie war erschreckend jung und erinnerte ihn an eine andere junge Frau, die vor nicht allzu langer Zeit an seiner Seite marschiert war. Er schauderte leicht. »Die Mandata wäre eine Närrin, wenn sie die Flotte schwächen würde. Nok ist bereit, mit der Rückeroberung der Küstenstädte anzufangen – er hätte schon vor Monaten damit anfangen können. Das Imperium braucht sichere Häfen. Ohne sie sind wir auf diesem Kontinent erledigt.«

»Nun«, murmelte die junge Frau, »nach allem, was *ich* gehört habe, könnte es sein, dass diese Mandata genau das *ist*, was du gerade gesagt hast, alter Mann. Beim Vermummten, sie ist schließlich adelig, oder?«

Saiten schnaubte, sagte jedoch nichts mehr, sondern schloss erneut die Augen. Er machte sich Sorgen, dass das Mädchen Recht haben könnte. Andererseits war diese Tavore die Schwester von Hauptmann Paran. Und Paran hatte in Darujhistan gezeigt, dass er Rückgrat hatte. Zumindest war er kein Narr.

»Wie bist du eigentlich zu dem Namen ›Saiten‹ gekommen?«, fragte die junge Frau kurz darauf.

Fiedler lächelte. »*Die* Geschichte ist zu lang, um sie zu erzählen, Schätzchen.«

Ihre Panzerhandschuhe fielen schwer auf die Tischplatte und wirbelten dabei eine Staubwolke auf. Ihre Rüstung rasselte, das gepolsterte Unterzeug zwischen ihren Brüsten war schweißgetränkt. Sie war gerade dabei, ihren Helm loszumachen, als die Schankmaid mit dem Bierkrug erschien, also zog sie den wackligen Stuhl heran und setzte sich.

Ein Straßenbengel hatte ihr einen schmalen Streifen grüne Seide in die Hand gedrückt, auf dem in einer feinen Handschrift ein paar Worte in malazanischer Sprache gestanden hatten: *Tanzers Taverne, bei Einbruch der Dämmerung.* Lostara Yil war eher verärgert als neugierig.

Das Innere von Tanzers Taverne bestand aus einem einzigen Raum; die vier Wände waren irgendwann einmal mit hell getünchtem Putz versehen worden, dessen Überreste jetzt als missgestaltete, weinfarbene Flecken wie die Karte eines Trinkerparadieses an den Lehmziegeln hingen. Vom niedrigen Dach, das unter den Augen des Eigentümers und der Gäste verfaulte, schwebten Staubwolken herab, angestrahlt von der tief stehenden Sonne, die ihr Licht durch die Läden der Fenster an der Vorderseite schickte. Schon jetzt sah die Schaumkrone des Biers im Krug vor ihr stumpf aus.

Außer ihr waren nur noch drei andere Gäste anwesend; zwei saßen, über ein Spielbrett gebeugt, an dem Tisch am Fenster, während ein einsamer, halb bewusstloser Mann an der Wand neben dem Pinkelgraben kauerte.

Es war zwar noch früh, dennoch war die Rote Klinge bereits ungeduldig und wollte dieses armselige Rätsel – wenn es denn ein Rätsel sein sollte – so schnell wie möglich auflösen. Sie hatte nur einen Augenblick gebraucht, um zu erkennen, wer dieses geheime Treffen initiiert hatte. Und obwohl sie bei dem Gedanken daran, ihn wiederzusehen, ein warmes Gefühl verspürte – schließlich war er trotz all seiner Stimmungen und seines Gehabes überaus ansehnlich –, hatte sie sich doch als Tene Baraltas Adjutantin auch so schon mit mehr als genug Verpflichtungen herumzuschlagen. Bis jetzt wurden die Roten Schwerter als eigenständige Kompanie behandelt, unabhängig von der Strafarmee der Mandata, obwohl nur wenige Soldaten mit Kampferfahrung verfügbar waren ... *und noch viel weniger, die dazu noch genügend Rückgrat besessen hätten, um diese Erfahrung zu nutzen.*

Die Roten Klingen litten nicht unter der ungesunden Apathie, die von Blistigs Aren-Garde Besitz ergriffen hatte. In der Kette der Hunde waren Verwandte gestorben, und darauf würde es eine Antwort geben.

Wenn ...

Die Mandata war Malazanerin – eine Unbekannte für Lostara und den Rest der Roten Klingen; selbst Tene Baralta, der ihr drei Mal von Angesicht zu Angesicht gegenübergestanden hatte, wusste immer noch nicht recht, was von ihr zu halten war. Traute Tavore den Roten Klingen?

Vielleicht liegt die Wahrheit schon vor uns. Sie muss unserer Kompanie noch immer irgendetwas geben. Sind wir ein Teil ihrer Armee? Werden die Roten Klingen die Erlaubnis bekommen, gegen den Wirbelwind zu kämpfen?

Fragen, auf die es keine Antwort gab.

Und hier saß sie und vergeudete Zeit –

Die Tür schwang auf.

Ein schimmernder grauer Umhang, grünstichige Lederkleidung, sonnengebräunte Haut, ein breites, freundliches Lächeln. »Hauptmann Lostara Yil! Ich bin erfreut, Euch wiederzusehen.« Er trat an ihren Tisch und schickte die sich nähernde Schankmaid mit einer beiläufigen Handbewegung davon. Nachdem er sich auf den Stuhl ihr gegenüber gesetzt hatte, hob er zwei Kristallkelche in die Höhe, die aus dem Nichts aufgetaucht zu sein schienen, und stellte sie auf den staubigen Tisch. Eine schwarze Flasche – glitzernd und mit langem Hals – folgte. »Ich möchte Euch dringend von dem einheimischen Bier in diesem speziellen Etablissement abraten, meine Liebe. Der Wein hier ist für diese Gelegenheit weit besser geeignet. Er stammt von den sonnendurchtränkten südlichen Hängen von Gris, wo die besten Trauben gedeihen, die es auf dieser Welt gibt. Ihr fragt Euch vielleicht, ob meine Meinung sachlich begründet ist. Aber ganz gewiss, mein Schatz, denn mir gehört der größte Teil der besagten Weinberge –«

»Was wollt Ihr von mir, Perl?«

Immer noch lächelnd, füllte er die Kelche mit dem purpurroten Wein. »Sentimental, wie ich nun einmal bin, habe ich gedacht, wir könnten unsere Gläser im Angedenken an die alten Zeiten erheben. Zugegeben, es waren ziemlich schreckliche Zeiten; nichtsdestotrotz haben wir überlebt, oder?«

»Oh, ja«, erwiderte Lostara. »Und Ihr seid Eures Weges gezogen, zweifellos zu noch größerem Ruhm. Während ich den meinen gegangen bin – direkt in eine Zelle.«

Die Klaue seufzte. »Ach ja, die Ratgeber des armen Pormqual haben sich schwerer Verfehlungen schuldig gemacht. Aber wie ich sehe, seid Ihr und Eure Kameraden von den Roten Klingen wieder frei; Eure Waffen sind Euch zurückgegeben worden, Euer Platz in der Armee der Mandata ist gesichert –«

»Nicht ganz.«

Perl hob elegant eine Braue.

Lostara griff nach dem Kelch und trank einen Schluck, nahm jedoch kaum Notiz vom Geschmack des Weins. »Wir haben keinerlei Anhaltspunkte dafür, was die Mandata mit uns vorhat.«

»Wie seltsam!«

Die Rote Klinge machte ein finsteres Gesicht. »Lasst die Spielchen – Ihr wisst bestimmt viel mehr darüber als wir –«

»Leider muss ich Euch in dieser Hinsicht eines Besseren belehren. Die neue Mandata ist für mich genauso unergründlich wie für Euch. Mein Fehler, dass ich davon ausgegangen bin, sie würde sich beeilen, den Schaden wieder gutzumachen, den Eure berühmte Kompanie erlitten hat. Die Frage nach der Loyalität der Roten Klingen offen zu lassen ...« Perl nahm einen Schluck Wein und lehnte sich zurück. »Ihr seid aus dem Gefängnis entlassen, habt Eure Waffen zurückbekommen – hat man Euch verboten, die Stadt zu verlassen? Oder den Zutritt zum Hauptquartier verweigert?«

»Nur den zum Ratssaal, Perl.«

Das Gesicht der Klaue hellte sich auf. »Oh, aber das geht nicht nur Euch so, meine Liebe. Wie ich gehört habe, hat die Mandata bisher mit kaum jemandem gesprochen – außer mit den wenigen Auserwählten, die sie von Unta hierher begleitet haben. Ich glaube allerdings, dass sich das bald ändern wird.«

»Wie meint Ihr das?«

»Nun, nur dass heute Abend ein Kriegsrat stattfinden wird – einer, zu dem Euer Kommandant Tene Baralta zweifellos eingeladen worden ist, genauso wie Kommandant Blistig und noch ein paar andere, deren Erscheinen voraussichtlich alle überraschen wird.« Er verstummte, die grünen Augen auf sie geheftet.

Lostara blinzelte langsam. »Wenn das der Fall ist, muss ich unverzüglich zu Tene Baralta zurückkehren-«

»Eine einwandfreie Schlussfolgerung, Schätzchen. Unglücklicherweise falsch, wie ich befürchte.«

»Drückt Euch klarer aus, Perl.«

Er beugte sich wieder vor und füllte ihren Kelch noch einmal nach. »Mit dem größten Vergnügen. So widerspenstig die Mandata auch war, hatte ich doch die Gelegenheit, ihr eine Bitte vorzutragen, welcher sie stattgegeben hat.«

»Was für eine Bitte?« Lostaras Stimme war ausdruckslos.

»Nun, wie ich vorhin schon erwähnt habe, bin ich schrecklich sentimental. Ich habe höchst angenehme Erinnerungen an unsere Zusammenarbeit. Ja, sie sind so angenehm, dass ich darum ersucht habe, Euch als meine ... äh, meine Adjutantin zugeteilt zu bekommen. Euer Kommandant ist natürlich benachrichtigt worden –«

»Ich bin Hauptmann der Roten Klingen!«, schnappte Lostara. »Keine Klaue, keine Spionin, keine Mörd –« Sie schluckte den Rest des Wortes hinunter.

Perls Augen weiteten sich. »Ich bin zutiefst gekränkt. Doch heute Abend großmütig genug, Euch Eure Unwissenheit zu verzeihen. Euch scheint der Unterschied zwischen der Kunst des Attentats und primitivem Mord nicht klar zu sein, doch ich versichere Euch, dass es ihn gibt. Sei es wie es sei, erlaubt mir, Eure Befürchtungen zu mildern – die Aufgabe, die Euch und mich erwartet, wird die grässlichere Seite meines Gewerbes nicht einschließen. Nein, tatsächlich brauche ich Euch, mein Schätzchen, bei dem bevorstehenden Unternehmen ganz allein wegen zwei Eurer zahllosen Qualitäten. Die eine ist die Tatsache, dass Ihr als Einheimische aus dem Reich der Sieben Städte mit den hier herrschenden Gegebenheiten bestens vertraut seid. Die andere – noch lebenswichtigere – ist Eure unzweifelhafte Loyalität gegenüber dem malazanischen Imperium. Nun, während Ihr die Richtigkeit der Ersteren unmöglich bestreiten könnt, liegt es an Euch, Letztere aufs Neue zu beweisen.«

Sie starrte ihn mehrere Herzschläge lang an und nickte dann langsam. »Ich verstehe. Also gut, ich stehe zu Eurer Verfügung.«

Perl lächelte schon wieder. »Wundervoll. Mein Glaube an Euch war unerschütterlich.«

»Was ist das für eine Mission, auf die wir uns begeben werden?«

»Die Einzelheiten werden heute Abend bei unserer persönlichen Unterredung mit der Mandata besprochen werden.«

Sie stand auf. »Ihr habt keine Ahnung, stimmt's?«

Sein Lächeln wurde noch breiter. »Ist das nicht aufregend?«

»Dann könnt Ihr also noch gar nicht wissen, ob sie nicht doch Attentate mit einschließt –«

»Attentate? Wer weiß? Aber Mord? Ganz sicher nicht. Nun, trinkt aus, Schätzchen. Wir müssen uns zum Palast der dahingeschiedenen Hohefaust begeben. Ich habe gehört, dass die Mandata wenig Verständnis für Unpünktlichkeit hat.«

Sie waren alle früh gekommen. Gamet stand, den Rücken an die Wand gelehnt, mit verschränkten Armen in der Nähe der Tür, durch die die Mandata den Raum betreten würde. Außer ihm befanden sich noch die drei Kommandanten, die zur ersten Besprechung dieses Abends zusammengerufen worden waren, in dem langen Ratszimmer mit der niedrigen Decke. Die nächsten paar Glockenschläge versprachen interessant zu werden. Dennoch fühlte sich der ehemalige Hauptmann des Hauses Paran ein bisschen eingeschüchtert.

Vor vielen Jahren, als gemeiner Soldat, hatte er nie an irgendeinem Kriegsrat teilgenommen. Dass er nun den Mantel einer Faust trug, tröstete ihn wenig, denn er wusste, dass er den Titel nicht aufgrund irgendwelcher Verdienste bekommen hatte. Tavore kannte ihn; sie hatte sich daran gewöhnt, ihn herumzukommandieren, ihm die organisatorischen Aufgaben zu überlassen, ihn Pläne schmieden zu lassen ... aber für einen adligen Haushalt. Doch es schien, als hätte sie vor, ihn nun in derselben Weise einzusetzen, allerdings für die gesamte Vierzehnte Armee. Was ihn zu einem Verwalter und nicht zu einer Faust machte. Eine Tatsache, die jedem in diesem Raum nur allzu gut bewusst war.

Er war die Verlegenheit nicht gewohnt, die er verspürte, und ihm wurde klar, dass die aufbrausende Art, die er manchmal an den Tag legte, nichts weiter als eine reflexartige Reaktion auf sein eigenes Gefühl der Unzulänglichkeit war. Im Augenblick fühlte er sich allerdings noch nicht einmal in der Lage, seinem mangelnden Selbstvertrauen etwas entgegenzusetzen, von Aufbrausen ganz zu schweigen.

Admiral Nok stand ein halbes Dutzend Schritte entfernt und unterhielt sich leise mit Tene Baralta, dem imposanten Kommandanten der Roten Klingen. Blistig saß mit weit von sich gestreckten Gliedern auf einem Stuhl am hinteren Ende des Kartentischs, so weit wie möglich weg von dem Platz, den die Mandata einnehmen würde, wenn das Treffen begann.

Gamets Blicke wurden immer wieder von dem hoch gewachsenen Admiral angezogen. Abgesehen von Dujek Einarm, war Nok der letzte der Kommandanten aus der Zeit des Imperators. *Der einzige Admiral, der nicht ertrunken ist.* Nach dem plötzlichen Tod der beiden napanesischen Brüder Urko und Crust war Nok der Oberbefehl über die gesamte imperiale Flotte verliehen worden. Die Imperatrix hatte ihn und einhundertsieben seiner Schiffe ins Reich der Sieben

Städte geschickt, als die Gerüchte über eine Rebellion immer heißer geworden waren. Hätte Hohefaust Pormqual diese Flotte nicht im Hafen von Aren festgesetzt, wäre Coltaines Marsch – die Kette der Hunde – nicht notwendig gewesen; tatsächlich wäre die Rebellion vielleicht bereits niedergeschlagen. Jetzt versprach der Versuch, das Land zurückzuerobern, ein langwieriges, blutiges Unterfangen zu werden. Was auch immer der Admiral hinsichtlich all der Dinge fühlen mochte, die geschehen waren und die wahrscheinlich noch geschehen würden – er ließ sich nichts davon anmerken, sein Gesichtsausdruck blieb stets kalt und unpersönlich.

Tene Baralta hatte seine eigenen Gründe, unzufrieden zu sein. Die Roten Klingen waren von Pormqual des Verrats beschuldigt worden, obwohl eine ihrer Kompanien unter Coltaines Befehl gekämpft hatte – und ausgelöscht worden war. Sobald die Hohefaust die Stadt verlassen hatte, war Blistigs erster Befehl gewesen, sie wieder frei zu lassen. Und ebenso wie die Überlebenden der Kette der Hunde und die Aren-Garde hatte die Mandata sie »geerbt«. Die Frage, was mit ihnen geschehen sollte – was mit ihnen allen geschehen sollte –, würde in Kürze beantwortet werden.

Gamet wünschte sich, er könnte die Sorgen der drei Männer mildern, aber die Wahrheit war, dass Tavore noch nie besonders mitteilsam gewesen war. Die Faust hatte keine Ahnung, was dieser Abend bringen würde.

Die Tür ging auf.

Wie es ihr Stil war, waren Tavores Kleider gut gearbeitet, aber schlicht und praktisch farblos. Sie passten zu ihren Augen, zu den grauen Strähnen in ihren rötlichen, kurz geschnittenen Haaren, zu ihren harten, wenig anziehenden Gesichtszügen. Sie war hoch gewachsen, ein bisschen breit in den Hüften, und ihre Brüste waren ein wenig zu groß für ihre Figur. Das Otataral-Schwert, Zeichen ihres Amtes, steckte in einer Scheide an ihrem Gürtel – der einzige Hinweis auf den Titel, den sie im Imperium führte. Sie trug ein halbes Dutzend Schriftrollen unter einem Arm.

»Steht oder sitzt, ganz wie es Euch gefällt«, waren ihre ersten Worte, während sie zu dem reich verzierten Stuhl der Hohefaust schritt.

Gamet beobachtete, wie Nok und Tene Baralta sich an den Tisch begaben und auf die Stühle setzten, und tat es ihnen gleich.

Die Mandata saß kerzengerade. Sie legte die Schriftrollen auf den Tisch. »In dieser Besprechung geht es um die Aufstellung der Vierzehnten Armee. Leistet uns bitte auch weiterhin Gesellschaft, Admiral Nok.« Sie griff nach der ersten Rolle und öffnete die Verschnürung. »Drei Legionen. Die Achte, Neunte und Zehnte. Faust Gamet wird die Achte kommandieren. Faust Blistig die Neunte und Faust Tene Baralta die Zehnte. Die Wahl der Offiziere unter dem jeweiligen Kommando liegt im Ermessen der jeweiligen Faust. Ich rate Euch nur, Eure Wahl weise zu treffen. Admiral Nok, zieht Kommandant Alardis von Eurem Flaggschiff ab. Sie hat ab jetzt den Befehl über die Aren-Garde.« Ohne innezuhalten, griff sie zur zweiten Rolle. »Was die Überlebenden der Kette der Hunde und verschiedene unabhängige Elemente angeht, die zu unserer Verfügung stehen, so sind deren Einheiten jetzt aufgelöst. Sie sind neuen Regimentern zugeteilt und auf die drei Legionen verteilt worden.« Endlich blickte sie auf. Falls sie von dem Schock, den Gamet auf den Gesichtern sah – eine Empfindung, die er teilte –, Notiz genommen hatte, dann verbarg sie es gut. »In drei Tagen werde ich Eure Truppen inspizieren. Das ist alles.«

In benommenem Schweigen standen die vier Männer langsam auf.

Die Mandata deutete auf die beiden Rollen, die sie ausgebreitet hatte. »Faust Blistig, nehmt die hier bitte mit. Ihr und Tene Baralta möchtet Euch vielleicht in eines der Nebenzimmer zurückziehen, um die Einzelheiten Eurer neuen Kommandos zu besprechen. Faust Gamet, Ihr könnt Euch später zu ihnen gesellen. Zunächst einmal bleibt bitte hier. Admiral Nok, ich wünsche später am Abend noch unter vier Augen mit Euch zu sprechen. Bitte haltet Euch zu meiner Verfügung.«

Der große, ältere Mann räusperte sich. »Ich werde im Speiseraum sein, Mandata.«

»Sehr gut.«

Gamet schaute zu, wie die drei Männer hinausgingen.

Sobald sich die Türen hinter ihnen geschlossen hatten, stand die Mandata von ihrem Stuhl auf. Sie ging hinüber zu den uralten, gewebten Gobelins, die sich über die gesamte Länge einer Wand hinzogen. »Außerordentliche Muster, findet Ihr nicht auch, Gamet? Eine Kultur, die von Kompliziertheit förmlich besessen ist. Nun«, sie blickte ihn an, »das war unerwartet einfach. Es scheint, als hätten wir noch ein paar Augenblicke Zeit, ehe unsere nächsten Gäste kommen.«

»Ich glaube, sie waren alle zu schockiert, um zu antworten, Mandata. Der Befehlsstil, der im Imperium gepflegt wird, schließt normalerweise Diskussionen, Streitereien, Kompromisse ein –«

Ihre einzige Antwort bestand in einem kurz aufflackernden halben Lächeln, dann richtete sie ihre Aufmerksamkeit wieder auf die Wandbehänge. »Was glaubt Ihr, welche Offiziere wird Tene Baralta auswählen?«

»Rote Klingen, Mandata. Wie die malazanischen Rekruten das aufnehmen –«

»Und Blistig?«

»Mir schien nur einer seines Ranges würdig – und der ist jetzt in der Aren-Garde und steht Blistig nicht mehr zur Verfügung«, erwiderte Gamet. »Ein Hauptmann, er heißt Keneb –«

»Ein Malazaner?«

»Ja, obwohl er hier im Reich der Sieben Städte stationiert war. Er hat seine Truppen an den Renegaten Korbolo Dom verloren. Es war Keneb, der Blistig vor Mallick Rael gewarnt –«

»Ach, wirklich? Und wen gibt es außer Hauptmann Keneb noch?«

Gamet schüttelte den Kopf. »Im Augenblick fühle ich mit Blistig.«

»In der Tat?«

»Nun, ich habe nicht gesagt, was für eine Art von Mitgefühl, Mandata.«

Sie blickte ihn erneut an. »Mitleid?«

»Etwas in der Art«, gab er nach einem kurzen Augenblick zu.

»Wisst Ihr, was Blistig am meisten quält, Faust?«

»Dass er Zeuge des Gemetzels –«

»Gut möglich, dass er das sagt, und hofft, dass Ihr es glaubt, aber wenn Ihr das tut, dann begeht Ihr einen Fehler. Blistig hat den Befehl einer Hohefaust missachtet. Er steht vor mir, seiner neuen Oberbefehlshaberin, und glaubt, dass ich ihm nicht vertraue. Und auf dieser Grundlage ist er zu dem Schluss gekommen, dass es das Beste für alle Beteiligten wäre, wenn ich ihn nach Unta schicken würde, um sich vor der Imperatrix zu verantworten.« Sie wandte sich wieder ab und schwieg.

Gamets Gedanken rasten, doch schließlich musste er sich eingestehen, dass Tavores Denken sich in Bereichen bewegte, die er nicht ergründen konnte. »Was möchtet Ihr, dass ich ihm sage?«

»Ihr glaubt, ich möchte, dass Ihr ihm etwas von mir ausrichtet? Also gut. Er kann Hauptmann Keneb haben.«

Eine Seitentür schwang auf. Gamet drehte sich um und sah drei Wickaner hereinkommen. Zwei waren noch Kinder, der Dritte nicht viel älter. Obwohl Faust Gamet sie bisher noch niemals gesehen hatte, wusste er, wer sie sein mussten. *Neder und Nil. Die Hexe und der Hexer. Und der Bursche bei ihnen ist Temul, der älteste der jungen Krieger, die Coltaine dem Historiker mitgegeben hat.*

Nur Temul schien erfreut darüber, zur Mandata einbestellt worden zu sein. Nil und Neder waren beide ungekämmt, und ihre bloßen Füße waren grau vor Schmutz. Neders lange schwarze Haare hingen ihr in fettigen Strähnen ins Gesicht. Nils Hirschleder-Tunika war rau und zerrissen. Beide machten ein desinteressiertes Gesicht. Temuls Ausrüstung hingegen war makellos, genau wie die Maske aus tiefroter Farbe, die sein Gesicht bedeckte und so auf seinen Kummer hinwies. Seine dunklen Augen glitzerten wie scharfkantige Steine, als er die Aufmerksamkeit der Mandata auf sich zu lenken versuchte.

Aber Tavores Aufmerksamkeit galt Nil und Neder. »Der Vierzehnten Armee fehlen Magier«, sagte sie. »Deshalb werdet ihr ab jetzt in dieser Eigenschaft handeln.«

»Nein, Mandata«, erwiderte Neder.

»Diese Angelegenheit steht nicht zur Diskussion –«

Nil meldete sich zu Wort. »Wir wollen nach Hause«, sagte er. »Zurück auf die wickanischen Ebenen.«

Die Mandata musterte die beiden Waerlogas einen Moment, dann sagte sie, ohne sie aus den Augen zu lassen: »Temul, Coltaine hat dir den Befehl über die wickanischen Jugendlichen aus den drei Stämmen gegeben, die sich bei der Kette der Hunde befunden haben. Wie viele sind es?«

»Dreißig«, erwiderte der junge Mann.

»Und wie viele Wickaner waren unter den Verwundeten, die mit dem Schiff nach Aren gebracht wurden?«

»Elf haben überlebt.«

»Dann seid ihr also insgesamt einundvierzig. Sind irgenwelche Waerlogas in eurer Kompanie?«

»Nein, Mandata.«

»Als Coltaine euch mit dem Historiker Duiker losgeschickt hat, hat er damals eurer Kompanie Waerlogas zugeteilt?«

Temuls Blick flackerte kurz zu Nil und Neder hinüber, dann nickte er. »Ja.«

»Und ist eure Kompanie offiziell aufgelöst worden, Temul?«

»Nein.«

»Mit anderen Worten, der letzte Befehl, den Coltaine dir gegeben hat, gilt noch immer.« Sie wandte sich noch einmal an Nil und Neder. »Euer Wunsch ist abgelehnt. Ich brauche euch beide und Hauptmann Temuls wickanische Lanzenreiter.«

»Wir haben Euch nichts zu bieten«, erwiderte Neder.

»Die Geister der Waerlogas in unserem Innern schweigen«, fügte Nil hinzu.

Tavore blinzelte langsam, während sie sie weiter musterte. Dann sagte sie: »Ihr werdet eine Möglichkeit finden müssen, sie wieder aufzuwecken. An dem Tag, an dem wir gegen Sha'ik und den Wirbelwind kämpfen, erwarte ich von euch, dass ihr eure Zauberei einsetzt, um die Legionen zu schützen. Hauptmann Temul, bist du der älteste Wickaner in eurer Kompanie?«

»Nein, Mandata. Es gibt vier Krieger vom Tollhund-Clan, die auf dem Schiff mit den Verwundeten waren.«

»Ärgern sie sich über deine Befehle?«

Der Jugendliche reckte sich ein bisschen. »Das tun sie nicht«, erwiderte er und legte die rechte Hand an den Griff eines seiner Langmesser.

Gamet zuckte zusammen und sah weg.

»Ihr drei seid entlassen«, sagte die Mandata nach einem kurzen Moment.

Temul zögerte kurz. »Mandata, meine Kompanie will kämpfen«, begann er. »Werden wir den Legionen zugeteilt?«

Tavore neigte den Kopf. »Hauptmann Temul, wie viele Sommer hast du gesehen?«

»Vierzehn.«

Die Mandata nickte. »Im Augenblick beschränken sich unsere berittenen Truppen auf eine Kompanie Seti-Freiwilliger, Hauptmann – insgesamt fünfhundert Mann. Unter militärischen Gesichtspunkten sind sie bestenfalls leichte Kavallerie, wahrscheinlich eher Kundschafter und Vorreiter. Keiner von ihnen ist jemals in eine Schlacht gezogen, und keiner von ihnen ist viel älter als du. Dein eigenes Kommando besteht aus vierzig Wickanern, von denen bis auf vier alle jünger sind als du. Für unseren Marsch gen Norden wird deine Kompanie meinem Gefolge zugeteilt, Hauptmann Temul. Als Leibwachen. Die besten Reiter der Seti werden als Boten und Kundschafter fungieren. Du musst verstehen, ich habe nicht die Streitkräfte für ein Reitergefecht. Die Vierzehnte Armee besteht überwiegend aus Infanterie.«

»Coltaines Taktik –«

»Dies ist nicht mehr Coltaines Krieg«, schnappte Tavore.

Temul zuckte zusammen, als wäre er geschlagen worden. Er brachte ein steifes Nicken zustande, machte auf dem Absatz kehrt und verließ das Zimmer. Nil und Neder folgten ihm einen Augenblick später.

Gamet stieß zittrig die Luft aus. »Der Bursche wollte seinen Wickanern gute Neuigkeiten verkünden.«

»Und damit die vier murrenden Krieger vom Tollhund-Clan zum Schweigen bringen«, sagte die Mandata. Ihre Stimme hatte immer noch einen leicht gereizten Unterton. »Wahrlich ein passender Name. Sagt mir eines, Faust: was glaubt Ihr, wie die Diskussion zwischen Blistig und Tene Baralta im Moment verläuft?«

Der alte Veteran grunzte. »Hitzig, könnte ich mir vorstellen, Mandata. Tene Baralta hat wahrscheinlich erwartet, seine Roten Klingen als einzelnes Regiment zu behalten. Ich bezweifle, dass er großes Interesse daran hat, viertausend malazanische Rekruten zu befehligen.«

»Und was ist mit dem Admiral, der unten im Speisesaal wartet?«

»Was ihn anbelangt, habe ich nicht die geringste Ahnung, Mandata. Seine Schweigsamkeit ist legendär.«

»Was glaubt Ihr – warum hat er Hohefaust Pormqual nicht einfach gestürzt? Warum hat er zugelassen, dass zuerst Coltaine und die Siebte ausgelöscht wurden und dann auch noch die Armee der Hohefaust?«

Gamet konnte nur den Kopf schütteln.

Tavore musterte ihn ein halbes Dutzend Herzschläge lang, dann begab sie sich langsam zum Tisch, auf dem noch immer ein paar Schriftrollen lagen. Sie nahm eine in die Hand und löste die Verschnürung. »Die Imperatrix hatte nie Anlass, an Admiral Noks Loyalität zu zweifeln.«

»Genauso wenig wie an der Dujek Einarms«, murmelte Gamet im Flüsterton vor sich hin.

Sie hörte es und blickte auf, schenkte ihm ein angespanntes, kurzes Lächeln. »In der Tat. Eine Besprechung steht noch aus.« Sie klemmte sich die Rolle unter den Arm und schritt auf eine kleine Seitentür zu. »Kommt.«

Der Raum war ebenfalls ziemlich niedrig, und hier waren sämtliche Wände mit Gobelins bedeckt. Dicke Teppiche dämpften ihre Schritte. Direkt unter einer verzierten Öllampe, die die einzige Lichtquelle darstellte, stand ein schlichter runder Tisch mitten im Raum. Gegenüber gab es noch eine zweite Tür, niedrig und schmal. Der Tisch war das einzige Möbelstück im Zimmer.

Während Gamet die Tür hinter sich zuzog, legte Tavore die Schriftrolle auf die abgewetzte Tischplatte. Als er sich umdrehte, sah er, dass sie ihn anblickte. In ihrem Blick lag plötzlich eine Verletzlichkeit, die ihm Angst einflößte, und sein Magen krampfte sich zusammen – denn das war etwas, was er an dieser Tochter des Hauses Paran noch nie zuvor gesehen hatte. »Mandata?«

Sie wandte den Blick ab, sichtlich erleichtert. »In diesem Raum«, sagte sie ruhig, »ist die Imperatrix nicht anwesend.«

Gamet verschlug es den Atem, dann nickte er langsam.

Die kleinere Tür ging auf, und als er hinüberblickte, sah er einen großen, ganz in Grau gekleideten, fast feminin wirkenden Mann; ein selbstgefälliges Lächeln lag auf seinem schönen Gesicht, als er ins Zimmer trat. Eine Frau in Rüstung folgte ihm – eine Offizierin der Roten Klingen. Ihre Haut war dunkel und mit Tätowierungen im Stil der Pardu verziert, ihre großen, schwarzen Augen lagen über hohen Wangenknochen weit auseinander, ihre Nase war schmal und gebogen. Sie schien alles andere als begeistert zu sein, und in dem Blick, den sie der Mandata zuwarf, lag eine Art berechnender Arroganz.

»Schließt die Tür hinter Euch, Hauptmann«, wies Tavore die Rote Klinge an.

Der grau gekleidete Mann sah Gamet an, und sein Lächeln wurde ein wenig spöttisch. »Faust Gamet«, sagte er. »Ich nehme an, Ihr wünscht, Ihr wärt noch immer in Unta, dem geschäftigen Herzen des Imperiums, und würdet im Namen des Hauses Paran mit den Pferdehändlern streiten. Stattdessen seid Ihr nun hier, wieder einmal Soldat –«

Gamet blickte ihn finster an. »Ich fürchte, ich kenne Euch nicht –«

»Ihr könnt mich Perl nennen«, erwiderte der Mann; er zögerte kurz, ehe er den Namen nannte, als ob seine Offenbarung der Kern eines gewaltigen Witzes wäre, dessen Ironie nur er erkannte. »Und meine liebliche Begleiterin ist Hauptmann Lostara Yil, früher bei den Roten Klingen, doch jetzt – glücklicherweise – in meine Obhut abkommandiert.« Er wandte sich zur Mandata um und verbeugte sich kunstvoll. »Zu Euren Diensten.«

Gamet konnte sehen, wie sich Tavores Gesichtsausdruck erneut verhärtete. »Das bleibt abzuwarten.«

Perl richtete sich langsam wieder auf; sein spöttisches Lächeln war verschwunden. »Mandata, Ihr habt diese Besprechung unauffällig – *sehr* unauffällig – arrangiert. Diese Bühne hat kein Publikum. Ich bin zwar eine Klaue, aber Ihr und ich, wir wissen beide, dass ich vor kurzem das Missfallen meines Meisters Topper – und das der Imperatrix – erregt habe, was zu meiner überstürzten Reise durch das Imperiale Gewirr geführt hat. Eine zeitlich begrenzte Lage, keine Frage, aber nichtsdestotrotz hat sie zur Folge, dass ich im Augenblick ohne geregelte Arbeit bin.«

»Dann könnte man ja zu dem Schluss kommen«, sagte die Mandata vorsichtig, »dass Ihr für ein eher ... inoffizielles Unternehmen zur Verfügung stündet.«

Gamet warf ihr einen Blick zu. *Bei den Göttern hienieden! Um was geht es hier eigentlich?*

»Könnte man«, erwiderte Perl schulterzuckend.

Es folgte ein Schweigen, das schließlich von Lostara Yil, der Roten Klinge, gebrochen wurde. »Die Richtung, die diese Unterhaltung nimmt, gefällt mir nicht«, knurrte sie. »Als loyale Bürgerin des Imperiums –«

»Nichts von dem, was nun folgen wird, wird Eure Ehre gefährden, Hauptmann«, erwiderte die Mandata, den Blick unverwandt auf Perl gerichtet. Sie fügte nichts mehr hinzu.

Die Klaue lächelte schief. »Oh, jetzt habt Ihr mich neugierig gemacht. Ich genieße es, neugierig zu sein, wusstet Ihr das? Ihr befürchtet, dass ich mir den Weg zurück in Laseens Gunst erkaufen könnte, denn die Mission, die Ihr Hauptmann Yil und mir vorschlagen wollt, wird – um genau zu sein – nicht gerade im Interesse der Imperatrix und auch nicht des Imperiums liegen. Eine außergewöhnliche Abweichung von der Rolle der Imperialen Mandata. Noch nie da gewesen, in der Tat.«

Gamet trat einen Schritt vor. »Mandata –«

Sie hob eine Hand, um ihn zum Schweigen zu bringen. »Perl, was ich Euch und Hauptmann Yil auftragen möchte, könnte in letzter Konsequenz durchaus zum Wohle des Imperiums beitragen –«

»Oh, wie schön.« Die Klaue lächelte. »Genau deshalb ist es wohl hilfreich, über ein gutes Vorstellungsvermögen zu verfügen, nicht wahr? Man kann Muster ins Blut kratzen, gleichgültig, wie trocken es geworden ist. Ich muss zugeben, dass ich aber nicht gerade ungeschickt darin bin, für alles, was ich getan habe, eine überzeugende Rechtfertigung zu finden. Darum fahrt fort –«

»Noch nicht!«, schnappte Lostara Yil. Es war nicht zu übersehen, dass sie wütend war. »Wenn ich der Mandata diene, erwarte ich, dem Imperium zu dienen. Sie ist der Wille der Imperatrix. Andere Überlegungen sind ihr nicht gestattet –«

»Ihr sprecht die Wahrheit«, sagte Tavore. Sie wandte sich wieder Perl zu. »Klaue, wie geht es den Krallen?«

Perls Augen wurden groß, beinahe hätte er einen Satz nach hinten gemacht. »Es gibt sie nicht mehr«, flüsterte er.

Die Mandata runzelte die Stirn. »Ich bin enttäuscht. Im Augenblick befinden wir uns alle in einer prekären Situation. Wenn Ihr von mir Ehrlichkeit erwartet, kann ich das dann im Gegenzug nicht auch von Euch verlangen?«

»Einige sind wohl noch übrig«, murmelte Perl mit vor Abscheu verzerrter Miene. »Sie sitzen wie die Larven von Dasselfliegen unter der Haut des Imperiums. Wenn wir versuchen sie aufzustöbern, graben sie sich umso tiefer ein.«

»Trotzdem erfüllen sie noch gewisse … Aufgaben«, sagte Tavore. »Unglücklicherweise nicht so wirkungsvoll, wie ich gehofft hatte.«

»Die Krallen haben Unterstützung im Adel gefunden?«, fragte Perl. Ein leichter Schweißfilm lag plötzlich auf seiner hohen Stirn.

Das Schulterzucken der Mandata wirkte gleichgültig. »Überrascht Euch das?«

Gamet konnte beinahe sehen, wie die Gedanken der Klaue rasten. Wie sie rasten und rasten, und der Gesichtsausdruck des Mannes dabei immer erstaunter und ... bestürzter wurde. »Nennt mir seinen Namen«, sagte er.

»Baudin.«

»Er wurde in Quon getötet.«

»Der Vater wurde getötet. Der Sohn nicht.«

Perl begann plötzlich, in dem kleinen Zimmer auf und ab zu gehen. »Und dieser Sohn – wie sehr ähnelt er dem Bastard, der ihn gezeugt hat? Baudin der Ältere hat Klauenleichen in den Gassen der Stadt hinter sich zurückgelassen. Die Jagd hat volle vier Nächte gedauert ...«

»Ich hatte Grund anzunehmen«, sagte Tavore, »dass er seines Vaters Namen würdig war.«

Perl wandte den Kopf. »Aber jetzt glaubt Ihr das nicht mehr?«

»Ich kann es nicht sagen. Ich glaube allerdings, dass seine Mission schrecklich gescheitert ist.«

Der Name schlüpfte Gamet ungewollt über die Lippen, doch mit einer Gewissheit so schwer wie ein Mühlstein: »Felisin.«

Er sah das Zucken in Tavores Gesicht, bevor sie sich von ihnen allen dreien abwandte und angelegentlich einen der Wandteppiche musterte.

Perl schien mit seinen Gedanken schon viel weiter zu sein. »Wann ist der Kontakt abgerissen, Mandata? Und wo?«

»In der Nacht des Aufstands«, antwortete sie, wobei sie ihnen weiterhin den Rücken zuwandte. »In einer Bergwerksstadt namens Schädelmulde. Dort war zuvor mehrere Wochen lang ... die Kontrolle verloren gegangen.« Sie deutete auf die Schriftrolle auf dem Tisch. »Da drin sind alle Einzelheiten und potenziellen Kontakte. Verbrennt die Rolle, wenn Ihr sie gelesen habt, und verstreut die Asche in der Bucht.« Sie drehte sich zu ihnen um, blickte sie an. »Perl. Hauptmann Lostara Yil. Findet Felisin. Findet meine Schwester.«

Das Geschrei des Mobs jenseits der Mauern des Anwesens schwoll an und ab. Es war die Zeit der Fäulnis in Unta, und in den Gedanken tausender Bürger wurde diese Fäulnis jetzt herausgeschnitten. Die gefürchtete Säuberung hatte begonnen.

Hauptmann Gamet stand am Torhaus, flankiert von drei nervösen Wachen. Die Fackeln auf dem Anwesen waren gelöscht, das Haus hinter ihnen war dunkel, die Fensterläden geschlossen. Und im Hauptgebäude kauerte das letzte Kind des Hauses Paran; ihre Eltern waren bereits früher an diesem Tag verhaftet worden, ihr Bruder war auf einem fernen Kontinent verschollen und möglicherweise tot – und ihre Schwester ... Wahnsinn hatte wieder einmal das Imperium erfasst, mit der Gewalt eines tropischen Sturms ...

Gamet hatte nur zwölf Wachen, drei davon waren erst in den letzten paar Tagen angeheuert worden, als die Stille in den Straßen dem Hauptmann zugeflüstert hatte, dass das Entsetzliche kurz bevorstand. Es hatte keine Bekanntmachung gegeben, und die Gier und Grausamkeit der Bürgerlichen war auch nicht durch ein Imperiales Edikt angeheizt worden. Es gab nur Gerüchte, die wie Staubteufel durch die Straßen und Gassen und über die Marktplätze der Stadt rasten. »Die Imperatrix ist ungehalten.« »Hinter der Fäulnis der unfähigen Führung der imperialen Armee werdet ihr das Gesicht des Adels finden.« »Die Käuflichkeit von Offizierspatenten ist eine Seuche, die das ganze Imperium bedroht. Ist es ein Wunder, dass die Imperatrix ungehalten ist?«

Eine Kompanie Rote Klingen war aus dem Reich der Sieben Städte angekommen. Grausame Mörder, die unbestechlich und weit entfernt vom Geld des Adels waren, das alles vergiftete. Es fiel nicht schwer, sich den Grund für ihre Anwesenheit auszumalen.

Die erste Welle von Verhaftungen war präzise, fast zu zurückhaltend gewesen. Kleine Kommandos mitten in der Nacht. Kein Handgemenge mit den Hauswachen, keine Vorwarnung bestimmter Haushalte – niemandem war Zeit geblieben, Barrikaden zu errichten oder gar aus der Stadt zu fliehen.

Und Gamet glaubte zu wissen, was dahinter steckte.
Tavore war jetzt die Mandata der Imperatrix. Tavore kannte ... ihresgleichen.
Der Hauptmann seufzte, ging dann langsam zu der kleinen Tür, die in das große Tor eingelassen war. Er zog den schweren Bolzen heraus, ließ den eisernen Querbalken zu Boden fallen. Es klirrte hell. Er blickte die drei Wachen an. »Eure Dienste werden nicht mehr benötigt. Euren Sold findet ihr in der Schießscharte da oben.«
Zwei der drei gerüsteten Männer wechselten einen Blick; einer zuckte die Schultern, dann gingen sie zur Tür. Der dritte Mann hatte sich nicht bewegt. Gamet erinnerte sich, dass er gesagt hatte, sein Name sei Kollen – ein in Quon gebräuchlicher Name, und er hatte auch einen Quon-Akzent. Er war vor allem wegen seiner beeindruckenden Statur angeheuert worden, obwohl Gamets erfahrenes Auge eine gewisse ... Vertrautheit in der Art und Weise entdeckt hatte, wie der Mann seine Rüstung trug; anscheinend machte ihm das Gewicht nicht das Geringste aus, was jene militärische Anmut ausmachte, wie sie nur ein Berufssoldat besaß. Gamet wusste so gut wie nichts über Kollens Vergangenheit, aber die Zeiten waren hoffnungslos, und keinem der drei frisch angeheuerten Wächter war der Zutritt zum Haus selbst gestattet worden.
Im Zwielicht unter dem Sturz des Torhauses musterte Gamet nun den reglosen Mann. In das auf- und abschwellende Gebrüll des rasenden Mobs, das immer näher kam, mischten sich schrille Schreie, ein verzweifelter Chor in der Nacht. »Mach es uns leicht, Kollen«, sagte er ruhig. »Zwanzig Schritt hinter dir stehen vier meiner Männer, und ihre gespannten Armbrüste sind auf deinen Rücken gerichtet.«
Der große Mann neigte den Kopf. »Ihr seid zu neunt. In weniger als einem viertel Glockenschlag werden einige hundert Plünderer und Mörder laut schreiend da draußen stehen.« Er sah sich langsam um, als würde er die Mauern und die bescheidenen Verteidigungseinrichtungen des Anwesens abschätzen, dann kehrte sein Blick zu Gamet zurück.

Der Hauptmann machte ein finsteres Gesicht. »Ohne Zweifel hättest du es für sie sogar noch einfacher gemacht. Doch so wie es aussieht, können wir ihnen vielleicht so viele blutige Nasen verpassen, dass sie es lieber woanders versuchen.«

»Nein, so wird es nicht laufen, Hauptmann. Alles wird einfach nur ... noch blutiger werden.«

»Ist das die Art und Weise, wie die Imperatrix die Dinge vereinfacht, Kollen? Ein unverschlossenes Tor. Loyale Wächter, hinterrücks niedergestochen? Hast du dein Messer schon für meinen Rücken geschärft?«

»Ich bin nicht auf Befehl der Imperatrix hier, Hauptmann.«

Gamets Augen wurden schmal.

»Es wird ihr kein Leid geschehen«, fuhr der Mann nach einem Augenblick fort. »Vorausgesetzt, dass Ihr voll und ganz mit mir zusammenarbeitet. Aber uns läuft die Zeit davon.«

»Dann ist dies also Tavores Antwort? Und was ist mit ihren Eltern? Ich hatte nicht den Eindruck, ihr Schicksal würde sich irgendwie von dem der anderen unterscheiden, die ebenfalls zusammengetrieben wurden.«

»Leider sind die Möglichkeiten der Mandata begrenzt. Sie steht in gewisser Weise ... unter Beobachtung.«

»Was ist für Felisin geplant, Kollen – oder wer immer du sein magst?«

»Ein kurzer Aufenthalt in den Otataral-Minen –«

»Was?«

»Sie wird nicht allein sein. Ein Wächter wird sie begleiten. Ihr müsst verstehen, Hauptmann ... entweder das – oder der Mob da draußen.«

Die neun loyalen Wächter niedergemetzelt, überall Blut, auf den Fußböden und an den Wänden, eine Hand voll Diener, die an den lächerlichen Barrikaden vor der Tür zum Schlafzimmer des Kindes überwältigt werden. Und dann wird niemand mehr da sein, um dem Kind zu helfen. *»Und wer ist dieser ›Wächter‹, Kollen?«*

Der Mann lächelte. »Ich, Hauptmann. Und nein, mein richtiger Name ist nicht Kollen.«

Gamet trat so dicht an ihn heran, dass ihre Gesichter kaum noch eine Handbreit voneinander entfernt waren. »Wenn ihr irgendein Leid geschieht, werde ich dich finden. Und es ist mir egal, ob du eine Klaue bist oder –«

»*Ich bin keine Klaue, Hauptmann. Und was das Leid angeht, so muss ich bedauerlicherweise zugeben, dass sie ein wenig wird erdulden müssen. Es geht nicht anders. Wir müssen hoffen, dass sie unverwüstlich ist – dafür steht das Haus Paran doch auch, oder?*«

Nach einem langen Augenblick trat Gamet zurück. Er wirkte plötzlich müde. »*Tötest du uns jetzt gleich oder später?*«

Der Mann zog die Brauen hoch. »*Ich bezweifle, dass ich das könnte – angesichts der Armbrüste, die auf meinen Rücken gerichtet sind. Nein, aber ich muss Euch bitten, mich jetzt an einen sicheren Ort zu geleiten. Wir dürfen auf keinen Fall zulassen, dass das Kind dem Mob in die Hände fällt. Kann ich in dieser Hinsicht auf Eure Hilfe zählen, Hauptmann?*«

»*Wo ist dieser sichere Ort?*«

»*In der Avenue der Seelen ...*«

Gamet verzog das Gesicht zu einer Grimasse. Zum Urteils-Ring. Zu den Ketten. Oh, Beru schütze dich, Mädchen. *Er schritt an Kollen vorbei.* »*Ich werde sie wecken.*«

Perl stand an dem runden Tisch. Er hatte den Kopf gesenkt und beide Arme aufgestützt, während er die Schriftrolle las. Die Mandata hatte den Raum vor einem halben Glockenschlag verlassen, Faust Gamet wie ein missgestalteter Schatten an ihren Fersen. Lostara lehnte mit verschränkten Armen an der Tür, durch die Tavore und Gamet verschwunden waren, und wartete. Sie hatte die ganze Zeit geschwiegen, während Perl die Rolle sorgfältig studierte, doch ihre Wut und ihre Frustration wuchsen mit jedem Augenblick, der verstrich.

Schließlich hatte sie genug. »Ich werde mich da nicht mit hineinziehen lassen. Unterstellt mich wieder Tene Baraltas Befehl.«

Perl blickte nicht auf. »Ganz wie Ihr wollt, meine Liebe«, murmelte er und fügte dann hinzu: »Natürlich werde ich Euch irgendwann töten müssen – ganz bestimmt, noch bevor Ihr Eurem Kommandanten Bericht erstattet. Das sind die harten Regeln höchst geheimer Unternehmungen, wie ich Euch leider sagen muss.«

»Seit wann tanzt Ihr nach der Pfeife der Mandata, Perl?«

»Nun«, sagte er, schaute auf und begegnete ihrem Blick, »natürlich seit dem Augenblick, da sie ihre Loyalität gegenüber der Imperatrix eindeutig unter Beweis gestellt hat.« Er richtete seine Aufmerksamkeit wieder auf die Rolle.

Lostara machte ein finsteres Gesicht. »Tut mir Leid, aber ich glaube, *den* Teil der Unterhaltung habe ich verpasst.«

»Das überrascht mich nicht«, erwiderte Perl, »denn er hat sich *zwischen* den Worten abgespielt, die gesprochen wurden.« Er lächelte sie an. »Genau, wie es sein sollte.«

Mit einem Fauchen begann Lostara auf und ab zu gehen, gegen den unsinnigen Wunsch ankämpfend, ein Messer zu nehmen und all diese verdammten Gobelins mit ihren unzähligen Szenen vergangener Größe zu zerfetzen. »Das werdet Ihr mir erklären müssen, Perl«, knurrte sie.

»Wird das Euer Gewissen denn ausreichend beruhigen, so dass Ihr wieder an meine Seite zurückkehrt? Also schön. Der Wiederaufstieg des Adels in die Gemächer imperialer Macht ist ungewöhnlich rasch erfolgt. Ja, man könnte sogar sagen, unnatürlich rasch. Es hatte fast den Anschein, als würde er von irgendjemandem unterstützt – doch *von wem?*, haben wir uns gefragt. Oh, es gab ständig absurde Gerüchte über die Rückkehr der Krallen. Und dann und wann ist irgendein armer Tor, der aus ganz anderen Gründen eingesperrt worden war, hingegangen und hat zugegeben, eine Kralle zu sein, aber diese Burschen waren jung und hatten den Kopf voller romantischer Ideen, waren den Verlockungen irgendwelcher Kulte verfallen und was weiß ich noch alles. Sie mögen sich Krallen nennen, doch sie reichten bei weitem nicht an die wirkliche Organisation heran, an

Tanzers eigene Leute – mit denen viele von uns Klauen Erfahrungen aus erster Hand gemacht hatten.

Wie auch immer, zurück zum vorliegenden Fall. Tavore ist von adligem Geblüt. Und es ist jetzt offenbar, dass eine Gruppe Krallen – die *wirklich* im Verborgenen lebt – zurückgekehrt ist, um uns heimzusuchen, und dass diese Gruppe sich des Adels bedient hat. Sympathisierende Agenten im Militär und der Verwaltung zu platzieren – diese Art der Unterwanderung ist für beide Seiten profitabel. Aber Tavore ist nun die Mandata, und als solche muss sie ihre alten Bande lösen, ihre alten Loyalitäten aufgeben.« Perl machte eine Pause und tippte mit einem Finger auf die ausgebreitete Schriftrolle. »Sie hat uns die Krallen geliefert, Hauptmann. Wir werden diesen Baudin den Jüngeren finden, und von ihm ausgehend, werden wir die gesamte Organisation aufrollen.«

Lostara sagte mehrere Herzschläge lang nichts. »In einem gewissen Sinn steht unsere Mission den Interessen des Imperiums nicht entgegen«, meinte sie schließlich.

Perl ließ ein Lächeln aufblitzen.

»Aber, wenn dem so ist«, fuhr Lostara fort, »warum hat die Mandata es dann nicht einfach gesagt?«

»Oh, ich glaube, diese Frage können wir im Augenblick unbeantwortet lassen –«

»Nein! Ich will jetzt eine Antwort!«

Perl seufzte. »Weil für Tavore die Auslieferung der Krallen gegenüber unserem Auftrag, Felisin zu finden, zweitrangig ist, meine Liebe. Und das gehört nicht hierher, und es gehört nicht nur nicht hierher, sondern es ist auch noch verdammungswürdig. Glaubt Ihr etwa, die Imperatrix würde diese raffinierte kleine Intrige – diese Lüge hinter der allzu öffentlichen Zurschaustellung der Loyalität der neuen Mandata – einfach nur belächeln? Ich meine – sie hat ihre eigene Schwester in die Otataral-Minen geschickt! Der Vermummte soll uns alle holen, was für eine harte Frau! Da hat die Imperatrix aber eine gute Wahl getroffen, was?«

Lostara verzog das Gesicht. *Eine gute Wahl getroffen ... wenn man welchen Gedanken zugrunde legt?* »Das hat sie in der Tat.«

»Ja, ich stimme zu. Es ist jedenfalls ein fairer Tausch – wir retten Felisin und werden mit einem führenden Agenten der Krallen belohnt. Die Imperatrix wird sich zunächst natürlich wundern, was wir draußen auf der Otataral-Insel zu suchen hatten –«

»Ihr werdet sie anlügen müssen, nicht wahr?«

Perls Lächeln wurde breiter. »Wir werden es beide müssen, Schätzchen. Genau wie die Mandata es müsste, und Faust Gamet, sollte es so weit kommen. Außer natürlich, ich nehme das Angebot der Mandata an. Das Angebot, das sie mir persönlich gemacht hat, genauer gesagt.«

Lostara nickte langsam. »Ihr habt keinen Auftrag. Klar. Seid beim Meister der Klaue und der Imperatrix in Ungnade gefallen. Wollt unbedingt Wiedergutmachung. Eine unabhängige Mission – Ihr seid irgendwie über ein Gerücht gestolpert, bei dem es um eine echte Kralle gegangen ist, und habt Euch auf die Spur des Mannes gesetzt. So wird das Verdienst, die neue Organisation der Krallen aufgerollt zu haben, Euch zugeschrieben – Euch ganz allein.«

»Oder uns«, korrigierte Perl sie. »Wenn Ihr das wünscht.«

Sie zuckte die Schultern. »Das können wir später noch entscheiden. Also gut, Perl. Nun sagt mir«, sie kam an seine Seite, »wie sehen die Einzelheiten aus, mit denen die Mandata uns so gütigst versorgt hat?«

Admiral Nok stand vor der Feuerstelle, den Blick auf die kalte Asche gerichtet. Als er hörte, wie die Tür sich öffnete, wandte er sich langsam um; sein Gesichtsausdruck war so unbewegt wie immer.

»Ich danke Euch für Eure Geduld«, sagte die Mandata.

Der Admiral sagte nichts, sein ruhiger Blick wanderte einen Moment lang zu Gamet.

Die gedämpften Echos der Mitternachtsglocke verklangen gerade. Faust Gamet war erschöpft. Er fühlte sich schwach und zerstreut und nicht in der Lage, Noks Blick lange standzuhalten. An diesem Abend war er kaum mehr als das Schoßtier der Mandata, oder noch schlimmer, ihr Vertrauter gewesen. Stillschweigend in ihre Pläne innerhalb größerer Pläne einbezogen, ohne sich auch nur die Illusion zu machen, er hätte eine Wahl. Als Tavore ihn zum ersten Mal in ihr Gefolge aufgenommen hatte – kurz nach Felisins Verhaftung –, hatte Gamet kurz daran gedacht, sich aus dem Staub zu machen und einfach zu verschwinden, der altehrwürdigen Tradition bei malazanischen Soldaten in einer unangenehmen Lage folgend. Doch er hatte es nicht getan, und der eigentliche Grund, warum er sich Tavores innerem Kreis von Ratgebern angeschlossen hatte – nicht, dass sie tatsächlich jemals aufgefordert worden wären, ihr *einen Rat zu geben* –, hatte sich bei unbarmherziger Betrachtung als weit weniger löblich erwiesen. Er war von einer makabren Neugier getrieben. Tavore hatte die Verhaftung ihrer Eltern angeordnet, hatte ihre jüngere Schwester in den Schrecken der Otataral-Minen geschickt. *Um ihrer Karriere willen.* Ihr Bruder, Paran, war in Genabackis auf irgendeine Weise in Ungnade gefallen. Und anschließend desertiert. *Eine Peinlichkeit, zugegeben, aber ganz sicher nicht ausreichend, um eine solche Reaktion von Tavore zu rechtfertigen. Es sei denn ...* Es gab Gerüchte, dass der Junge ein Agent von Mandata Lorn gewesen und seine Desertion in letzter Konsequenz zu Lorns Tod in Darujhistan geführt haben soll. Doch wenn das wahr war – warum hatte die Imperatrix ihren herrschaftlichen Blick dann auf ein anderes Kind des Hauses Paran gelenkt? Warum hatte sie ausgerechnet *Tavore* zur neuen Mandata gemacht?

»Faust Gamet.«

Er blinzelte. »Mandata?«

»Setzt Euch, bitte. Ich würde gerne noch ein paar Worte mit Euch wechseln, aber das hat im Augenblick noch Zeit.«

Nickend blickte Gamet sich um, bis er den einzelnen hochlehnigen Stuhl entdeckte, der an einer der Wände des kleinen Zimmers stand. Er sah alles andere als bequem aus, was angesichts seiner Müdigkeit wahrscheinlich sogar von Vorteil war. Ein drohendes Knarren ertönte, als er sich hinsetzte, und er verzog das Gesicht. »Kein Wunder, dass Pormqual den nicht zusammen mit all den anderen Dingen weggeschafft hat«, murmelte er.

»Nach allem, was ich weiß«, sagte Nok, »ist das fragliche Transportschiff im Hafen von Malaz gesunken – mitsamt der Beute der verstorbenen Hohefaust.«

Gamet zog die struppigen Brauen hoch. »Es hat den ganzen Weg hinter sich gebracht ... nur, um dann im Hafen zu sinken? Was ist geschehen?«

Der Admiral zuckte die Schultern. »Kein einziges Mitglied der Besatzung hat es bis ans Ufer geschafft, um davon zu berichten.«

Niemand? Wirklich niemand?

Nok schien seinen skeptischen Blick zu bemerken, denn er erklärte weiter: »Der Hafen von Malaz ist für seine Haie bekannt. Es wurden ein paar Beiboote gefunden – voller Wasser, aber ansonsten leer.«

Die Mandata hatte – vollkommen untypisch für sie – zugelassen, dass die beiden Männer sich austauschten, und Gamet fragte sich, ob Tavore dem geheimnisvollen Verlust des Transportschiffs vielleicht eine verborgene Bedeutung beimaß. Jetzt ergriff sie das Wort. »Damit bleibt es also ein eigentümliches Unglück – ein Schiff sinkt unter unerklärlichen Umständen, die Rettungsboote sind leer, die Seeleute verschwunden. Der Hafen von Malaz ist in der Tat für seine Haie berüchtigt, vor allem, da sie einzigartigerweise in der Lage zu sein scheinen, ihre Opfer mit Haut und Haaren zu verschlingen und nichts, aber auch gar nichts übrig zu lassen.«

»Es gibt Haie, die genau das tun können«, erwiderte Nok. »Ich weiß von mindestens zwölf Schiffen, die auf dem schlammigen Grund des fraglichen Hafens ruhen –«

»Einschließlich der *Verdreht*«, sagte die Mandata gedehnt, »dem Flaggschiff des alten Imperators, das in der Nacht nach den Attentaten auf unerklärliche Weise aus seiner Vertäuung gerutscht und prompt in den Tiefen versunken ist – und dabei gleich noch den Borddämon mitgerissen hat.«

»Vielleicht mag der Dämon Gesellschaft«, bemerkte Nok. »Die Fischer der Insel schwören schließlich Stein und Bein, dass es im Hafen spukt. So häufig, wie da Netze verloren gehen –«

»Admiral«, unterbrach ihn Tavore. Ihre Blicke ruhten auf der erloschenen Feuerstelle. »Es gibt Euch und dann noch drei andere. Das sind alle, die noch übrig sind.«

Gamet setzte sich langsam aufrechter hin. *Drei andere. Hohemagier Tayschrenn, Dujek Einarm und Elster. Insgesamt vier ... ihr Götter, sind das jetzt tatsächlich alle? Flickenseel, Bellurdan, Nachtfrost, Duiker ... so viele sind gefallen –*

Admiral Nok blickte die Mandata einfach nur an. Er hatte den Zorn der Imperatrix ertragen, das erste Mal, als Cartheron Crust verschwunden war, und dann bei Urko und Ameron. Was auch immer er für Antworten gegeben hatte – er hatte sie vor langer Zeit gegeben.

»Ich spreche nicht im Namen der Imperatrix«, sagte Tavore nach einem Augenblick. »Und ich bin auch nicht an ... Einzelheiten interessiert. Mein Interesse hat am ehesten etwas mit persönlicher ... Neugier zu tun, Admiral. Ich würde gern begreifen, warum sie sie im Stich gelassen haben.«

Stille erfüllte das Zimmer, wuchs an, bis sie an einem toten Punkt angekommen waren. Gamet lehnte sich zurück und schloss die Augen. *Ach, Mädchen, du stellst Fragen nach ... nach dem Wesen von Loyalität, wie jemand, der noch niemals Loyalität erfahren hat. Du enthüllst diesem Admiral gegenüber etwas, das nur als bedenkliche Schwäche ausgelegt werden kann. Du kommandierst die Vierzehnte Armee, Mandata, doch du tust das allein, indem du Barrieren aufbaust, die du unbedingt niederreißen musst, wenn du wirklich führen willst. Was soll Nok jetzt von alledem denken? Ist es ein Wunder, dass er dir keine –*

»Die Antwort auf Eure Frage«, sagte der Admiral, »liegt gleichermaßen in der Stärke und der Schwäche der ... Familie des Imperators. Der Familie, die er sich zusammengesucht hat, um ein Imperium zu gründen. Kellanved hat mit einem einzigen Kameraden angefangen –

mit Tanzer. Die beiden haben in der Stadt Malaz eine Hand voll Einheimischer angeheuert und sich darangemacht, die kriminellen Elemente der Stadt zu bezwingen – ich sollte vielleicht darauf hinweisen, dass diese kriminellen Elemente zufällig die ganze Insel regiert haben. Ihr Ziel war Mock, der inoffizielle Herrscher über ganz Malaz – die Insel. Ein Pirat und ein kaltblütiger Mörder.«

»Wer war das – wen hat Kellanved zuerst angeheuert, Admiral?«

»Mich selbst, Dujek, Ameron, eine Frau namens Haol – meine Frau. Ich war Erster Offizier auf einem Kaperschiff, das die Schifffahrtsrouten rund um die napanesischen Inseln unsicher gemacht hat – die vor kurzem von Unta annektiert worden waren und als Ausgangspunkt für die vom König von Unta geplante Invasion von Kartool dienen sollten. Wir hatten eine Niederlage erlitten und uns in den Hafen von Malaz geschleppt – wo Mock, der gerade wegen eines Gefangenenaustauschs mit Unta verhandelte, das Schiff beschlagnahmt und uns gefangen genommen hat. Nur Ameron, Haol und ich konnten entkommen. Kurz darauf hat ein Bursche namens Dujek entdeckt, wo wir uns verkrochen hatten, und uns zu seinen neuen Herren geschleppt – zu Kellanved und Tanzer.«

»War das, bevor ihnen Zutritt zum Totenhaus gewährt wurde?«, fragte Gamet.

»Ja, aber nur ganz kurz vorher. Unser Aufenthalt im Totenhaus hat uns – wie nun eindeutig ersichtlich ist – mit gewissen Gaben belohnt. Langlebigkeit, Immunität gegenüber den meisten Krankheiten und ... noch ein paar andere Dinge. Das Totenhaus hat uns außerdem eine unangreifbare Basis für unsere Unternehmungen verschafft. Tanzer hat später unsere Zahl vergrößert, indem er ein paar Napanesen rekrutiert hat, die vor den Eroberern geflohen waren: Cartheron Crust und sein Bruder Urko. Und Hadra – Laseen. Drei weitere Männer folgten wenig später. Toc der Ältere, Dassem Ultor – der genau wie Kellanved ein Dal Honese war – und ein abtrünniger Hoher Septarch des D'rek-Kults namens Tayschrenn. Und schließlich noch Duiker.« Er schenkte Tavore ein schiefes Lächeln. »Die Familie. Mit der Kellanved die Insel Malaz erobert hat. Es ging rasch, mit geringen Verlusten ...«

Geringen ... »Eure Frau«, sagte Gamet.

»Ja, meine Frau.« Nach einer mehrere Herzschläge während Pause zuckte Nok die Schultern und fuhr fort. »Um auf Eure Frage zurückzukommen, Mandata ... wir anderen hatten keine Ahnung davon, doch die Napanesen unter uns waren weit mehr als einfache Flüchtlinge. Hadra entstammte der königlichen Linie. Crust und Urko waren Kapitäne in der napanesischen Flotte gewesen – einer Flotte, die die Untaner wahrscheinlich zurückgeschlagen hätte, wäre sie nicht von einem plötzlich ausbrechenden Sturm praktisch vernichtet worden. Wie sich herausstellen sollte, hatten sie nur ein einziges Ziel – Untas Hegemonie zu zerschmettern –, und sie hatten vor, Kellanved zu benutzen, um dieses Ziel zu erreichen. In gewisser Hinsicht war das der erste Verrat innerhalb der Familie, der erste feine Riss. Er ließ sich leicht kitten, wie es aussah, denn Kellanved hatte bereits Ambitionen hinsichtlich der Errichtung eines Imperiums, und von den beiden großen Rivalen auf dem Festland war Unta der bei weitem gefährlichere.«

»Ich sehe, worauf das hinausläuft, Admiral«, sagte Tavore. »Die Ermordung von Kellanved und Tanzer durch Hadra hat die Familie unwiderruflich zerstört. Aber genau ab diesem Punkt verstehe ich das alles nicht mehr. Hadra hatte die Sache der Napanesen fast zu Ende gebracht. Doch nicht Ihr seid ... verschwunden ... oder Tayschrenn oder Duiker oder Dassem Ultor oder Toc der Ältere. Nein, verschwunden sind ... die *Napanesen*.«

»Und Ameron«, betonte Gamet.

Das faltige Gesicht des Admirals straffte sich, als er seine Zähne zu einem humorlosen Grinsen bleckte. »Ameron war Halbnapanese.«

»Dann waren es also tatsächlich nur die *Napanesen*, die die neue Imperatrix im Stich gelassen haben?« Gamet starrte Nok an; jetzt war er genauso verwirrt wie Tavore. »Aber Hadra hat zur *königlichen* napanesischen Linie gehört.«

Nok sagte eine ganze Zeit lang nichts, dann seufzte er. »Scham ist ein schrecklich wirksames Gift. Einfach der neuen Imperatrix zu dienen ... wäre Mittäterschaft gewesen und hätte zur Verdammung geführt. Crust, Urko und Ameron waren nicht an dem Verrat beteiligt gewesen ... aber wer hätte ihnen geglaubt? Wer hätte sie nicht zwangsläufig als Teil des mörderischen Komplotts betrachtet? Doch in Wirklichkeit«, sein Blick traf sich mit dem Tavores, »hatte Hadra keinen von uns in ihren Plan eingeweiht – sie konnte es sich nicht erlauben. Sie hatte die Klaue, und das war alles, was sie brauchte.«

»Und wie passen die Krallen in diese ganze Geschichte?«, fragte Gamet – und verfluchte sich sofort dafür. *Oh, ihr Götter, ich bin einfach zu müde –*

Noks Augen weiteten sich zum ersten Mal in dieser Nacht. »Ihr habt ein gutes Gedächtnis, Faust.«

Gamet biss die Zähne zusammen. Er spürte den harten Blick der Mandata auf sich gerichtet.

»Ich fürchte, diese Frage kann ich nicht beantworten«, fuhr der Admiral fort. »Ich war in jener Nacht nicht in Malaz, und ich habe auch diejenigen, die dort waren, nie danach gefragt. Die Krallen sind mit Tanzers Tod verschwunden. Man hat allgemein angenommen, dass die Klauen sie gleichzeitig mit der Ermordung von Kellanved und Tanzer umgebracht haben.«

Die Mandata ergriff wieder das Wort, ihr Tonfall war plötzlich schroff. »Ich danke Euch, Admiral. Ich möchte Euch nun nicht länger aufhalten.«

Nok verbeugte sich und schritt aus dem Zimmer.

Gamet wartete, auf harsche Kritik gefasst, mit angehaltenem Atem. Doch sie seufzte nur. »Ihr habt viel zu tun, Faust, denn Ihr müsst Eure Legion zusammenstellen. Daher solltet Ihr Euch jetzt zurückziehen.«

»Mandata«, erwiderte er und mühte sich auf die Beine. Er zögerte einen Augenblick und machte sich dann mit einem Nicken auf den Weg zur Tür.

»Gamet.«
Er drehte sich um. »Ja?«
»Wo ist T'amber?«
»Sie erwartet Euch in Euren Gemächern, Mandata.«
»Schön. Gute Nacht, Faust.«
»Gute Nacht, Mandata.«

Eimer voller Salzwasser waren auf dem gepflasterten Mittelgang zwischen den Ställen ausgekippt worden, mit dem Effekt, dass der Staub nun feucht war, die Stechmücken zur Raserei getrieben wurden und auch der scharfe Geruch nach Pferdepisse deutlich stärker geworden war. Saiten, der direkt hinter der Tür stand, konnte bereits spüren, wie seine Nebenhöhlen brannten. Sein suchender Blick blieb an vier Gestalten hängen, die fast am hinteren Ende auf zusammengebundenen Strohballen hockten. Mit finsterem Gesicht verlagerte der Brückenverbrenner das Gewicht seines Packsacks auf der Schulter und ging zu ihnen hinüber.

»Wer war der Intelligenzbolzen, der hier anscheinend den heimischen Geruch vermisst hat?«, fragte er, als er sich ihnen bis auf ein paar Schritte genähert hatte.

Der Halbseti namens Koryk grunzte und sagte dann: »Das muss Leutnant Ranal gewesen sein, der sich anschließend leider entschuldigen und uns ein Weilchen allein lassen musste.« Er hatte irgendwo ein Stück Leder aufgetrieben, von dem er mit einem Schlachtmesser mit schmaler Klinge lange Streifen abschnitt. Saiten hatte Typen wie ihn schon früher gesehen; sie waren davon besessen, Dinge festzubinden oder, was noch schlimmer war, sich Dinge an den Körper zu binden. Nicht einfach nur Fetische, sondern Beutestücke, zusätzliche Ausrüstungsgegenstände, Grasbüschel oder belaubte Zweige, abhängig von der Tarnung, die sie suchten. In diesem Fall erwartete Saiten mehr oder weniger, bald Strohbüschel aus dem Mann ragen zu sehen.

Jahrhundertelang hatten die Seti einen schier endlosen Krieg gegen die Stadtstaaten Quon und Li Heng geführt, hatten die kaum bewohnbaren Gebiete verteidigt, die ihre traditionelle Heimat gewesen waren. Hoffnungslos in der Unterzahl und beständig auf der Flucht, hatten sie die Kunst des Sich-Versteckens auf die harte Tour gelernt. Doch die Seti-Gebiete waren seit mittlerweile sechzig Jahren befriedet; fast drei Generationen hatten in jenem unklaren, zwiespältigen Grenzgebiet gelebt, das den Rand der Zivilisation bildete. Die verschiedenen Stämme waren zu einem einzigen düsteren Volk verschmolzen, und Mischlinge dominierten allmählich in der Bevölkerung. Tatsächlich hatte das, was den Seti zugestoßen war, den Ausschlag für Coltaines Rebellion und die wickanischen Kriege gegeben – denn Coltaine hatte nur zu deutlich erkannt, dass sein eigenes Volk ein ganz ähnliches Schicksal erwartete.

Es war keine Frage von falsch oder richtig, zu dieser Überzeugung war Saiten mittlerweile gekommen. Einige Kulturen waren mehr auf sich bezogen. Andere waren aggressiv. Die Ersteren waren kaum dazu in der Lage, sich gegen Letztere zu verteidigen, zumindest nicht, ohne sich in etwas anderes zu verwandeln – in etwas, das durch die damit einhergehende Verzweiflung und das Erleiden von Gewalt irgendwie verkrüppelt war. Die ursprünglichen Seti hatten noch nicht einmal Pferde gehabt. Doch jetzt waren sie als Reiterkrieger bekannt, eine Art größere, dunkelhäutigere und verdrießlichere Wickaner.

Saiten wusste nicht viel von Koryks persönlicher Geschichte, doch er glaubte, sie erahnen zu können. Ein Halbblut führte normalerweise kein sonderlich angenehmes Leben. Dass Koryk sich dazu entschlossen hatte, den alten Traditionen der Seti nachzueifern, während er gleichzeitig als Seesoldat und nicht als Reiterkrieger in die malazanische Armee eingetreten war, sprach Bände über den Konflikt in der verletzten Seele dieses Mannes.

Nachdem Saiten seinen Packsack abgesetzt hatte, stellte er sich vor die vier Rekruten. »So sehr ich es auch hasse, es zuzugeben – ich bin jetzt euer Sergeant. Offiziell seid ihr der Vierte Trupp, einer von drei Trupps unter dem Befehl von Leutnant Ranal. Der Fünfte und Sechste Trupp müssten eigentlich von der Zeltstadt westlich von Aren auf dem Weg hierher sein. Wir sind alle in der Neunten Kompanie, die aus drei Trupps schwerer Infanterie, drei Trupps Seesoldaten und achtzehn Trupps mittelschwerer Infanterie besteht. Unser Befehlshaber ist ein Mann namens Hauptmann Keneb – und nein, ich bin ihm noch nicht begegnet und weiß überhaupt nichts über ihn. Insgesamt neun Kompanien bilden die Achte Legion – das sind wir. Die Achte steht unter dem Kommando von Faust Gamet – wie ich mitbekommen habe, ist er ein Veteran, der aus dem Dienst ausgeschieden ist und sich dem Haushalt der Mandata angeschlossen hat, bevor sie zur Mandata wurde.« Er machte eine Pause und verzog angesichts der leicht glasigen Blicke, die ihm zugeworfen wurden, das Gesicht zu einer Grimasse. »Aber um all das braucht ihr euch gar nicht zu kümmern. Ihr seid im Vierten Trupp. Wir kriegen noch einen Mann mehr, doch selbst mit dem Neuzugang sind wir als Trupp unterbesetzt, aber das geht allen anderen genauso, und bevor ihr fragt, nein, ich bin nicht in die Gründe dafür eingeweiht. So, noch irgendwelche Fragen?«

Die drei Männer und die junge Frau saßen schweigend da und starrten zu ihm hoch.

Saiten seufzte und deutete auf den schwer zu beschreibenden Soldaten, der zu Koryks Linker saß. »Wie heißt du?«, fragte er.

Ein verdutzter Blick, dann: »Willst du meinen wahren Namen hören, Sergeant, oder den, den mir der Ausbildungssergeant in Malaz gegeben hat?«

Am Akzent des Mannes und seinen blassen, gleichmütigen Gesichtszügen konnte Saiten erkennen, dass er aus Li Heng stammte. In diesem Fall würde sein richtiger Name wahrscheinlich ein ordentlicher Brocken sein: neun, zehn oder sogar fünfzehn aneinander gehängte Namen. »Deinen neuen Namen, Soldat.«

»Starr.«

Koryk meldete sich zu Wort. »Hättest ihn mal auf dem Übungsplatz sehen sollen, dann wüsstest du, warum. Wenn der sich erst mal hinter seinem Schild aufgestellt hat, könnte man mit 'nem Rammbock gegen ihn anrennen, und er würde sich nicht von der Stelle rühren.«

Saiten musterte Starrs farblose, sanfte Augen. »In Ordnung. Du bist jetzt Korporal Starr –«

Die Frau, die auf einem Strohhalm rumgekaut hatte, verschluckte sich plötzlich. Hustend spuckte sie ein paar Stückchen Stroh aus und starrte Saiten mit finsterer Miene ungläubig an. »Was? Er? Ausgerechnet er? Er sagt nie was, tut nie was, wenn man's ihm nicht sagt, er geht nicht –«

»Freut mich, das alles zu hören«, unterbrach Saiten sie lakonisch. »Klingt wie der perfekte Korporal, vor allem das mit dem nichts Sagen.«

Die Miene der Frau verdunkelte sich kurz, dann schnaubte sie jedoch höhnisch und sah beiseite, als wäre ihr das alles im Grunde vollkommen gleichgültig.

»Und wie heißt du, Soldatin?«, wollte Saiten wissen.

»Mein richtiger Name –«

»Es ist mir egal, wie man dich früher genannt hat. Das gilt für euch alle. Die meisten von uns bekommen neue Namen, so ist das eben.«

»Ich habe keinen neuen Namen bekommen«, brummte Koryk.

Ohne auf die Bemerkung zu achten, machte Saiten weiter. »Dein Name, Schätzchen?«

Bittere Verachtung angesichts des Wortes *Schätzchen*.

»Der Ausbildungssergeant hat sie Lächeln genannt.«

»Lächeln?«

»Ja. Tut sie nie.«

Mit zusammengekniffenen Augen drehte Saiten sich zu dem letzten Soldaten um, einem eher unscheinbaren jungen Mann, der Ledergamaschen, aber keine Waffen trug. »Und wie heißt du?«

»Buddl.«

»Wer war euer Ausbildungssergeant?«, wollte er von den vier Rekruten wissen.

Koryk lehnte sich zurück, ehe er antwortete: »Tapferer Zahn –«

»Tapferer Zahn! Der alte Halunke ist immer noch am Leben?«

»Das war manchmal nicht so einfach festzustellen«, murmelte Lächeln.

»Zumindest, so lange nicht sein Temperament mit ihm durchgegangen ist«, fügte Koryk hinzu. »Frag doch einfach Korporal Starr. Tapferer Zahn hat beinahe zwei Glockenschläge lang mit einem Streitkolben auf ihn eingeschlagen. Konnte aber nicht an dem Schild vorbeikommen.«

Saiten starrte seinen neuen Korporal düster an. »Wo hast du das gelernt?«

Der Mann zuckte die Schultern. »Weiß nicht. Ich mag es nicht, wenn ich geschlagen werde.«

»Und – gehst du jemals zum Gegenangriff über?«

Starr runzelte die Stirn. »Sicher. Wenn sie müde sind.«

Saiten sagte mehrere Herzschläge lang gar nichts. Tapferer Zahn – er war sprachlos. Der Bursche hatte schon einen grauen Bart gehabt, als ... als die ganze Geschichte mit den neuen Namen angefangen hatte. Tatsächlich hatte Tapferer Zahn damit angefangen, hatte den meisten Brückenverbrennern einen neuen Namen gegeben. Elster. Trotter, Fäustel, Igel, Blend, Tippa, Zeh ... Fiedler selbst war bei seiner Grundausbildung um einen neuen Namen herumgekommen; ihm hatte Elster seinen neuen Namen gegeben, auf jenem ersten Ritt durch die Raraku. Er schüttelte den Kopf, warf einen Blick zur Seite auf Starr. »Mit diesem Talent hätte man dich eigentlich zur schweren Infanterie stecken müssen, Korporal. Seesoldaten sollten schnell und beweglich sein – sie sollten nach Möglichkeit den Kampf Mann gegen Mann vermeiden, oder ihn – wenn es keine andere Wahl gibt – schnell beenden.«

»Ich kann gut mit 'ner Armbrust umgehen«, sagte Starr und zuckte erneut die Schultern.

»Und er kann sie schnell wieder laden«, ergänzte Koryk. »Das war der Grund, wieso sich Tapferer Zahn entschieden hat, aus ihm einen Seesoldaten zu machen.«

»Wer hat eigentlich Tapferer Zahn seinen Namen verliehen, Sergeant?«, fragte Lächeln.

Das war ich, nachdem der Bastard einen seiner Zähne in meiner Schulter hat stecken lassen, in der Nacht der Rauferei. Der Rauferei, die wir hinterher alle abgestritten haben. Bei den Göttern, wie viele Jahre ist das nun schon her ... »Ich habe keine Ahnung«, sagte er. Dann richtete er seine Aufmerksamkeit wieder auf den Mann namens Buddl. »Wo ist dein Schwert, Soldat?«

»Ich benutze keines.«

»Schön. Und was benutzt du dann?«

Der Mann zuckte die Schultern. »Dies und das.«

»Nun, Buddl, eines Tages würde ich gerne hören, wie du durch die Grundausbildung gekommen bist, ohne eine Waffe in die Hand zu nehmen – nein, nicht jetzt. Und auch morgen nicht, nicht mal nächste Woche. Fürs Erste sag mir einfach, wofür ich dich einsetzen soll.«

»Zum Kundschaften. Für alles, was unauffällig bleiben soll.«

»Wie etwa hinter jemandem herzuschnüffeln? Und was tust du dann? Tippst du ihm auf die Schulter? Ach, egal.« *Für mich riecht dieser Mann wie ein Magier, nur dass er es nicht an die große Glocke hängen will. Na schön, von mir aus, früher oder später werden wir es schon noch aus dir rausbekommen.*

»Ich mache die gleichen Sachen«, sagte Lächeln. Sie legte einen Zeigefinger auf den Knauf eines der beiden schmalklingigen Messer in ihrem Gürtel. »Aber ich bringe die Dinge mit denen hier zu Ende.«

»Dann gibt es also gerade mal zwei Soldaten in diesem Haufen, die tatsächlich Mann gegen Mann kämpfen können?«

»Du hast gesagt, dass noch einer mehr kommt«, erinnerte ihn Koryk.

»Wir können alle mit der Armbrust umgehen«, fügte Lächeln hinzu. »Außer Buddl natürlich.«

Sie hörten Stimmen von außerhalb der beschlagnahmten Ställe, dann tauchten insgesamt sechs mit Ausrüstung beladene Gestalten im Türrahmen auf. Eine tiefe Stimme rief: »Normalerweise legt man den

Latrinengraben *außerhalb* der Unterkünfte an, beim Vermummten! Bringen euch die Bastarde denn heutzutage gar nichts mehr bei?«

»Schöne Grüße von Leutnant Ranal«, sagte Saiten.

Der Soldat, der gesprochen hatte, marschierte vorneweg, als der Trupp sich näherte. »Richtig. Hab ihn getroffen.«

Tja, mehr muss man dazu auch gar nicht sagen. »Ich bin Sergeant Saiten – wir sind der Vierte Trupp.«

»He«, sagte ein zweiter Soldat und grinste, was unter seinem buschigen roten Bart kaum zu erkennen war, »da kann ja tatsächlich jemand zählen. Diese Seesoldaten stecken voller Überraschungen.«

»Fünfter Trupp«, sagte der erste Soldat. Die Haut des Mannes hatte einen merkwürdigen, fast verbrannt aussehenden Schimmer, was Saiten dazu brachte, seine anfängliche Vermutung, er wäre ein Falari, noch einmal zu überdenken. Dann bemerkte er den gleichen Schimmer auch bei dem rotbärtigen Soldaten sowie bei einem deutlich jüngeren dritten Mann. »Ich bin Gesler«, fügte der erste Soldat hinzu. »Zeitweiliger Sergeant dieses so gut wie nutzlosen Trupps.«

Der rotbärtige Mann ließ seinen Packsack auf den Boden fallen. »Wir waren bei der Küstentruppe, ich, Gesler und Wahr. Ich bin Stürmisch. Aber Coltaine hat Seesoldaten aus uns gemacht.«

»Nein, das war nicht Coltaine«, korrigierte Gesler. »Das war Hauptmann Lull, die Königin möge seiner armen Seele Zuflucht gewähren.«

Saiten starrte die beiden Männer einfach nur an.

Stürmisch machte ein finsteres Gesicht. »Hast du irgendein Problem mit uns«, wollte er wissen, und sein Gesicht verfärbte sich dunkel.

»Adjutant Stürmisch«, murmelte Saiten. »Hauptmann Gesler. Bei den klappernden Knochen des Vermummten ...«

»Das sind wir alles nicht mehr«, sagte Gesler. »Wie ich schon gesagt habe, bin ich nun Sergeant, und Stürmisch ist mein Korporal. Und hier ist der Rest von uns ... Wahr, Tavos Pond, Sand und Pella. Wahr ist seit Hissar bei uns, und Pella war Wächter in den Otataral-

Minen – nur eine Hand voll haben den Aufstand dort überlebt, nach allem, was ich mitbekommen habe.«

»Saiten, ja?« Stürmisch kniff misstrauisch die Augen zusammen. Er stieß seinen Sergeanten an. »He, Gesler, glaubst du, wir hätten unsere Namen auch ändern sollen? Dieser Saiten hier gehört so sicher zur Alten Garde, wie ich in den Augen meines Vaters ein Dämon bin.«

»Soll sich der Kerl doch nennen, wie er will«, murmelte Gesler. »In Ordnung, Männer, sucht euch irgendein Fleckchen, wo ihr euren Krempel fallen lassen könnt. Der Sechste Trupp müsste jeden Augenblick hier auftauchen, ebenso der Leutnant. Es heißt, dass wir alle in ein, zwei Tagen antreten müssen, um uns dem scharfen Auge der Mandata zu stellen.«

Der Soldat, den Gesler Tavos Pond genannt hatte – ein großer, dunkler, schnauzbärtiger Bursche, der wahrscheinlich aus Korelri stammte –, meldete sich zu Wort. »Dann sollten wir wohl unsere Ausrüstung polieren, Sergeant?«

»Poliert, was ihr wollt«, erwiderte Gesler gleichgültig, »aber bitte nicht in der Öffentlichkeit. Und was die Mandata angeht – wenn sie den Anblick von ein paar verbrauchten Soldaten nicht ertragen kann, wird sie's eh nicht lange machen. Das da draußen ist eine staubige Welt, und je eher wir mit ihr verschmelzen, desto besser.«

Saiten seufzte. Nun war er ein wenig zuversichtlicher als noch kurz zuvor. Er wandte sich an seine eigenen Leute. »In Ordnung, ihr habt jetzt lange genug auf dem Stroh rumgesessen. Streut es aus, damit es endlich die Pferdepisse aufsaugt.« Er wandte sich noch einmal Gesler zu. »Können wir uns kurz unter vier Augen unterhalten?«

Der Angesprochene nickte. »Gehen wir nach draußen.«

Kurz darauf standen die beiden Männer auf dem gepflasterten Hof des Anwesens, das früher einen wohlhabenden örtlichen Händler beherbergt hatte und nun zeitweilig als Unterkunft für Ranals Trupps diente. Der Leutnant hatte das eigentliche Haus für sich selbst requiriert, und Saiten fragte sich im Stillen verwundert, was der Mann wohl mit all den leeren Räumen anfing.

Ein paar Herzschläge lang sagte keiner der beiden Soldaten ein Wort, dann grinste Saiten. »Ich kann mir gut vorstellen, wie Elster die Kinnlade runterfällt, wenn ich ihm eines Tages erzähle, wer mein Kamerad als Sergeant der neuen Achten Legion war.«

Gesler machte ein finsteres Gesicht. »Elster. Der wurde noch vor mir zum Sergeanten degradiert, der Sauhund. Allerdings bin ich später noch zum Korporal degradiert worden, also hab ich ihn schließlich doch noch übertroffen.«

»Andererseits bist du jetzt wieder Sergeant. Während Elster ein Ausgestoßener ist. Versuch das erst mal zu übertreffen.«

»Könnt' ich glatt«, murmelte Gesler.

»Hast du irgendwelche Bedenken wegen der Mandata?«, fragte Saiten leise. Der Hof war zwar leer, aber trotzdem ...

»Naja, hab sie getroffen. Oh, sie ist so kalt wie die gespaltene Zunge des Vermummten. Sie hat mein Schiff beschlagnahmt.«

»Du hast ein Schiff gehabt?«

»Nach dem Bergungsrecht, jawohl. Ich war derjenige, der die Verwundeten aus Coltaines Armee nach Aren gebracht hat. Und das ist der Dank dafür.«

»Du könntest ihr immer noch ins Gesicht schlagen. Das tust du doch normalerweise mit deinen Vorgesetzten, früher oder später.«

»Könnt' ich glatt. Natürlich müsste ich erst mal an Gamet vorbeikommen. Worauf ich hinauswollte, ist Folgendes: sie hat früher niemals etwas anderes als einen verdammten adligen Haushalt geführt. Und jetzt ist sie hier mit drei Legionen und dem Auftrag, einen ganzen Subkontinent zurückzuerobern.« Er warf Saiten einen Seitenblick zu. »Es hat nicht viele Falari gegeben, die es geschafft haben, bei den Brückenverbrennern aufgenommen zu werden. War wohl 'n ungünstiger Zeitpunkt, nehme ich an. Einen hat's da allerdings gegeben.«

»Stimmt, und das bin ich.«

Nach einem kurzen Augenblick fing Gesler an zu grinsen und streckte die Hand aus. »Saiten. Fiedler. Na klar.«

Sie umfassten sich gegenseitig am Handgelenk.

Saiten hatte das Gefühl, als bestünden die Hand und der Arm seines Gegenübers aus massivem Stein.

»Ein Stück die Straße runter ist eine Schenke«, fuhr Gesler fort. »Wir müssen unbedingt Geschichten austauschen, und ich garantiere dir, meine wird deine bei weitem übertreffen.«

»Oh, Gesler«, erwiderte Saiten seufzend, »ich glaube, dir steht eine große Überraschung bevor.«

Kapitel Sechs

Wir kamen in Sichtweite der Insel, nah genug, um durch die alten Zedern und Fichten in ihre Tiefen schauen zu können. Und es schien, als gäbe es Bewegung in dem Dämmerlicht, als wären da noch immer die Schatten seit langem toter, umgestürzter Bäume, die sich in geisterhaften Winden wiegten und bewegten.

Kartierungsexpedition in die Quon-See,
1127 von Brands Schlaf, Drift Avalii
Hedoranas

Die Reise nach Hause war genug, und wenn auch nur, um ein letztes Mal an jenen Ort zurückzukehren, an dem alles begonnen hatte – zu brüchigen Erinnerungen inmitten des Korallensands, der oberhalb der Flutlinie des Strands vom Meer angeschwemmt worden war, zu der Hand voll verlassener Hütten, die von zahllosen Stürmen zu verwitterten Skeletten aus Holz zerschlagen worden waren. Netze lagen halb vergraben in den blendend weißen, glänzenden Dünen in grellem Sonnenlicht. Und der Pfad, der früher von der Straße heruntergeführt hatte, war jetzt von windgepeitschten Gräsern überwuchert ... Kein Ort der Vergangenheit überlebte unverändert, und hier, durch dieses kleine Fischerdorf an der Küste von Itko Kan, war der Vermummte gründlich und absolut planvoll hindurchmarschiert, hatte nicht eine Seele in seinem Kielwasser zurückgelassen.

Abgesehen von dem einen Mann, der jetzt heimgekehrt war. Und der Tochter dieses Mannes, die einst von einem Gott besessen gewesen war.

In der windschiefen Hütte, in der sie einst beide gehaust hatten und deren Dach aus Farnwedeln sich längst aufgelöst hatte – unweit des breiten, ins flache Wasser gezogenen Fischerboots, von dem nun nur noch der Bug und das Heck zu sehen waren, während der Rest unter dem Korallensand begraben lag –, hatte sich der Vater hingelegt und war eingeschlafen.

Crokus war von einem leisen Weinen geweckt worden. Er hatte sich aufgesetzt und gesehen, dass Apsalar neben dem reglosen Körper ihres Vaters kniete. Auf dem Fußboden der Hütte gab es unzählige Fußabdrücke von den zufälligen Erkundungen des vorangegangenen Abends, doch ein paar davon fielen Crokus besonders auf – sie waren groß und lagen weit auseinander und zeichneten sich viel zu schwach im feuchten Sand ab. Jemand war in der vergangenen Nacht hierher gekommen, lautlos, hatte den Raum durchquert und sich breitbeinig neben Rellock aufgebaut. Wo er danach hingegangen war, verrieten die Fußabdrücke nicht.

Ein Schauer durchlief den Daru. Es war eine Sache, wenn ein alter Mann im Schlaf starb, doch es war etwas ganz anderes, wenn der Vermummte – oder einer seiner Handlanger – persönlich hier auftauchte, um die Seele dieses Mannes mitzunehmen.

Apsalar trauerte leise; ihr Weinen war unter dem Rauschen der Wellen am Strand und dem schwachen Pfeifen des Windes durch die verbogenen Bretter der Hüttenwände kaum zu hören. Sie kniete mit gesenktem Kopf da, das Gesicht hinter ihren langen schwarzen Haaren verborgen, die wie ein Schal herunterhingen. Ihre Hände waren um die Rechte ihres Vaters geschlossen.

Crokus machte keine Anstalten, zu ihr zu gehen. In den Monaten, in denen sie gemeinsam unterwegs gewesen waren, war sie ihm seltsamerweise immer fremder geworden. Ihre Seele war für ihn unergründlich geworden, und was auch immer in ihrem tiefsten Innern verborgen lag, war jenseitig und ... nicht ganz menschlich.

Der Gott, der von ihr Besitz ergriffen hatte – Cotillion, das Seil, der Patron der Assassinen im Haus Schatten –, war einst ein Sterblicher gewesen. Ein Mann, der unter dem Namen Tanzer bekannt gewesen war und an der Seite des Imperators gestanden hatte und der durch Laseens Machenschaften angeblich das gleiche Schicksal wie Kellanved erlitten hatte. Natürlich war keiner der beiden wirklich gestorben. Stattdessen waren sie aufgestiegen. Crokus hatte nicht die geringste Ahnung, wie so etwas möglich war. Das Aufsteigen war nur eines der zahllosen Mysterien dieser Welt, einer Welt, deren Regeln unergründlich waren, deren Unsicherheit Götter und Sterbliche gleichermaßen unterworfen waren. Aber ihm kam es so vor, als bedeutete aufzusteigen auch, *sich zu ergeben*. Das zu umarmen, was man wohl im Grunde Unsterblichkeit nennen konnte, kündigte sich – wie er zu glauben anfing – mit einem Sich-Abwenden an. War es nicht das Schicksal eines Sterblichen – Schicksal war das falsche Wort, wie er wusste, aber ihm fiel kein anderes ein –, war es dann also nicht das Schicksal eines Sterblichen, das Leben selbst zu umarmen, so wie man eine Geliebte umarmte? Das Leben mit all seiner mühevollen, flüchtigen Zerbrechlichkeit.

Und konnte man das Leben nicht als die erste Geliebte eines Sterblichen – oder den ersten Geliebten einer Sterblichen – bezeichnen? Eine Geliebte, deren Umarmung dann – im glühenden Tiegel des Aufsteigens – zurückgewiesen wurde?

Crokus fragte sich, wie weit sie diesen Pfad schon geschritten war – denn sie befand sich zweifellos auf diesem Pfad, diese schöne Frau, die nicht älter war als er selbst und sich mit beängstigender Lautlosigkeit bewegen konnte, mit der schrecklichen Anmut eines Wesens, das das Töten zur Perfektion gebracht hatte, eine Verführerin des Todes.

Je verschlossener sie wurde, desto mehr fühlte Crokus sich zu ihr, zu jenen seltsamen Ecken und Kanten in ihr, hingezogen. Die Verlockung, sich in jene Dunkelheit zu stürzen, war manchmal überwältigend, konnte als plötzlicher Gedanke seinen Herzschlag zum Rasen bringen, das Blut heiß durch seine Adern strömen lassen. Was die stumme Einladung für ihn so Furcht erregend machte, war die scheinbare Gleichgültigkeit, mit der sie sie ihm darbot.

Als ob die Anziehungskraft an sich ... selbstverständlich wäre. Nicht einmal wert, sie zuzugeben. Wollte Apsalar, dass er an ihrer Seite auf diesem Pfad zum Aufsteigen dahinschritt – wenn es das war, was es war? Wollte sie Crokus, oder wollte sie einfach nur ... irgendjemanden?

Die Wahrheit war: er fürchtete sich allmählich, ihr in die Augen zu blicken.

Er stand auf und begab sich leise nach draußen. Bei den Untiefen waren Fischerboote – pralle weiße Segel, die wie Haifischflossen das Meer jenseits der Brandung durchpflügten. Die Hunde hatten sich einst in diesem Gebiet entlang der Küste ausgetobt, hatten nichts als Leichen zurückgelassen, doch die Menschen waren zurückgekehrt – dorthin, wenn auch nicht hierhin. Vielleicht waren sie aber auch gezwungen worden, zurückzukehren. Das Land selbst hatte keine Schwierigkeiten damit, vergossenes Blut aufzusaugen; es hatte einen blinden Durst, wie es die Natur eines jeden Landes war.

Crokus kauerte sich hin und hob eine Hand voll weißen Sand auf. Er betrachtete die winzigen Korallenstückchen, die zwischen seinen Fingern hindurchglitten. *Das Land arbeitet an seinem eigenen Tod. Und doch könnten wir dem entfliehen, wenn wir auf diesem Pfad weitergingen. Ich frage mich, ob die Wurzeln des Aufsteigens in der Furcht vor dem Tod liegen?*

Wenn dem so war, würde er es niemals schaffen, denn irgendwann, bei all dem, was Crokus erlebt hatte, was er *überlebt* hatte, bis er an diesen Ort gekommen war, hatte er diese Furcht verloren.

Er setzte sich hin, lehnte den Rücken gegen den Stamm einer gewaltigen Zeder, die mit Wurzeln und allem Drum und Dran an den Strand geschleudert worden war, und zog seine Messer. Er übte eine schnelle Abfolge von Griffen, wobei jede Hand die Grifffolge der anderen rückwärts wiederholte, und starrte nach unten, bis die Waffen – und seine Finger – nur noch verschwommen zu sehen waren. Dann hob er den Kopf und blickte aufs Meer hinaus, auf die rollenden Brecher in der Ferne, die dreieckigen Segel, die jenseits der weißen Linie aus Schaum dahinglitten. Er führte mit der rechten Hand eine zufällige Abfolge von Griffen aus. Dann tat er das Gleiche mit der Linken.

Dreißig Schritt den Strand hinunter wartete ihr einmastiges Boot; das purpurfarbene Segel war gerefft, die blaue, goldene und rote Farbe des Rumpfs nur noch schwache Flecken im Sonnenlicht. Ein Boot der Korelri, mit dem jemand seine Schulden bei einem örtlichen Buchmacher in Kan getilgt hatte – denn Schattenthron hatte sie in ein Gässchen in Kan geschickt, nicht auf die Straße oberhalb des Dorfes, wie er versprochen hatte.

Der Buchmacher hatte seinerseits Apsalar und Crokus mit dem Boot bezahlt – für die Arbeit einer einzigen Nacht, die für Crokus ungeheuer entsetzlich gewesen war. Es war eine Sache, Messerstöße zu üben, den tödlichen Tanz gegen Geister zu meistern, die man sich nur vorstellte, doch in jener Nacht hatte er zwei Männer getötet. Sicher, es waren Mörder gewesen, die in den Diensten eines Mannes gestanden hatten, der seine Laufbahn auf Erpressung und Gewalt aufgebaut hatte. Apsalar schien keine Gewissensbisse gehabt zu haben, als sie ihm die Kehle durchgeschnitten hatte, und sie hatte auch keinerlei Schwäche gezeigt, als ihr das Blut auf die behandschuhten Hände und die Unterarme gespritzt war.

Ein Einheimischer war bei ihnen gewesen, um zu bezeugen, dass sie ihren Auftrag auch tatsächlich ausgeführt hatten. Hinterher, nachdem er im Türrahmen gestanden und auf die drei Leichen hinuntergestarrt hatte, hatte er den Kopf gehoben und Crokus in die Augen geblickt. Was immer er in ihnen gesehen hatte, hatte ihn totenbleich werden lassen.

Am Morgen hatte Crokus einen neuen Namen gehabt. Schlitzer.

Anfangs hatte er ihn abgelehnt. Der Einheimische hatte das, was er in jener Nacht in den Augen des Daru gesehen hatte, falsch verstanden. Da war nichts Wildes gewesen. Nur eine durch den Schock entstandene Barriere, die schnell unter Selbstvorwürfen zusammengebrochen war. Mörder zu ermorden war immer noch Mord, und die Tat schien sie alle aneinander zu fesseln, als würden sie sich alle in eine endlose Schlange einreihen – ein Mörder hinter dem anderen, eine Prozession, aus der es kein Entrinnen gab. Er war vor dem Namen zurückgeschaudert, war vor all dem zurückgeschaudert, was er bedeutete.

Doch seine Rechtschaffenheit hatte sich als kurzlebig erwiesen. Die beiden Mörder waren in der Tat gestorben – durch die Hand eines Mannes namens Schlitzer. Nicht durch Crokus, den jungen Daru, den Taschendieb – der war verschwunden. Er war verschwunden und würde wahrscheinlich nie wieder zum Vorschein kommen.

Die Selbsttäuschung verschaffte ihm einen gewissen Trost, der in seinem Kern so abgründig war wie Apsalars nächtliche Umarmungen, jedoch genauso willkommen.

Schlitzer würde ihrem Pfad folgen.

Klar, der Imperator hatte Tanzer, stimmt's? Einen Kameraden, denn ein Kamerad war genau das, was man brauchte. Was man braucht. Nun, sie hat jetzt Schlitzer. Schlitzer mit den Messern, der in seinen Ketten tanzt, als wären sie gewichtslose Fäden. Schlitzer, der im Gegensatz zum armen Crokus weiß, wo sein Platz ist, der seine einzige Aufgabe kennt – ihr den Rücken zu decken, es ihr in der kalten Präzision bei der Ausübung der tödlichen Künste gleichzutun.

Und das war die letzte, die entscheidende Wahrheit. Jeder konnte zum Mörder werden. Wirklich jeder.

Sie trat aus der Hütte. Sie war blass, doch sie weinte nicht mehr.

Er schob seine Messer in einer einzigen, fließenden Bewegung zurück in die Scheiden, stand auf und wandte sich ihr zu.

»Ja«, sagte sie. »Und was jetzt?«

Zerbrochene Säulen aus aufgemauerten Steinen erhoben sich aus der wogenden Landschaft. Von dem halben Dutzend, das ungefähr in Sichtweite war, waren nur zwei etwa mannshoch, und keine von ihnen war gerade. Das fremdartige, farblose Gras dieser Ebene wuchs in Büscheln am Fuß der Säulen, wirkte verfilzt und ölig in der grauen, körnigen Luft.

Als Kalam zwischen die Säulen ritt, schien das gedämpfte Hufgetrappel seines Pferdes quer über den Pfad hin und her geworfen zu werden; die Echos vervielfachten sich, so dass er schließlich das Gefühl hatte, er reite an der Spitze einer berittenen Armee. Er verlangsamte den Galopp seines Schlachtrosses, zügelte es schließlich neben einer der mitgenommenen Säulen.

Diese stummen Wächter kamen ihm wie Eindringlinge in die Stille vor, die er gesucht hatte. Er beugte sich im Sattel zur Seite, um die Säule zu untersuchen, die ihm am nächsten war. Sie sah alt aus – auf die gleiche Weise, auf die viele Dinge im Gewirr des Schattens alt aussahen: umgeben von einer Aura der Verlassenheit, jeder Möglichkeit trotzend, ihre ehemalige Funktion zu erkennen. Es gab keine anderen Ruinen zwischen den Säulen, keine Grundmauern, keine Kellergruben, keine eckigen Löcher im Boden. Jede Säule stand für sich, ohne irgendeinen Bezug zu den anderen.

Sein forschender Blick fiel auf einen rostigen Ring, der nahe der Basis in den Stein eingelassen war und von dem eine Kette aus eingehakten Gliedern ausging, die in den Grasbüscheln verschwand. Nach einem Augenblick stieg Kalam ab. Er hockte sich hin, streckte die Hand aus und packte die Kette. Ein leichter Ruck, und die vertrocknete Hand und der Unterarm einer unglücklichen Kreatur erhoben sich aus dem Gras. Dolchähnliche Krallen, vier Finger, zwei Daumen. Der Rest des Gefangenen hatte sich den Wurzeln geschlagen geben müssen, war unter bräunlicher, sandiger Erde fast begraben. Blassblonde Haare hingen zwischen den Blättern der Gräser.

Plötzlich zuckte die Hand.

Angeekelt ließ Kalam die Kette los. Der Arm fiel wieder zu Boden. Ein schwacher, unterirdisch klagender Laut stieg vom Fuß der Säule auf.

Der Assassine richtete sich auf und kehrte zu seinem Pferd zurück.

Säulen, Pfeiler, Baumstümpfe, Plattformen, Treppen, die nirgendwo hinführten – und in jedem Dutzend gab es eine, die einen Gefangenen beherbergte. Von denen anscheinend keiner sterben konnte. Zumindest nicht so richtig. Oh, ihr Verstand war schon vor langer, langer Zeit gestorben – zumindest der größte Teil davon. Sie brabbelten und wetterten vor sich hin, murmelten sinnlose Beschwörungen, baten um Vergebung, boten Geschäfte an, doch kein Einziger von ihnen hatte seine Unschuld beteuert – zumindest hatte Kalam es nie gehört.

Als ob es ohne sie Erbarmen geben könnte. Er trieb sein Pferd erneut weiter. Diese Sphäre gefiel ihm ganz und gar nicht. Nicht, dass er in dieser Hinsicht wirklich eine Wahl gehabt hätte. Mit Göttern einen Handel abzuschließen war – für den daran beteiligten Sterblichen – eine Übung in Selbsttäuschung. Kalam hätte es lieber dem Schnellen Ben überlassen, mit den Herrschern dieses Gewirrs Spielchen zu spielen – der Magier hatte immerhin den Vorteil, dass ihm solche Herausforderungen Spaß machten ... nein, es war mehr als das. Der Schnelle Ben hatte so viele Messer in so vielen Rücken hinterlassen – auch wenn keines von ihnen tödlich war, so schmerzten sie nichtsdestotrotz, wenn man an ihnen zerrte, und genau dieses Zerren liebte der Magier über alles.

Der Assassine fragte sich, wo sein alter Freund in diesem Augenblick wohl sein mochte. Es hatte Ärger gegeben – *aber das war nichts Neues* –, und seither nichts als Stille. Und dann war da noch Fiedler. Der Idiot war wieder in die Armee eingetreten, beim Vermummten!

Nun, zumindest tun sie was. Kalam hingegen tut nichts, oh, nein, Kalam doch nicht. Dreizehnhundert Kinder, aus einer Laune heraus wieder zum Leben erweckt. Leuchtende Augen, die jeder seiner Bewegungen folgten, jeden seiner Schritte erfassten, sich jede seiner Gesten einprägten – was konnte er sie lehren? Die Kunst der Verwüstung? Als ob Kinder dabei Hilfe brauchten.

Vor ihm lag ein Hügelkamm. Er erreichte den Fuß und trieb sein Pferd in einem leichten Galopp den Hang hinauf.

Außerdem schien Minala alles unter Kontrolle zu haben. Sie war eine geborene Tyrannin, sowohl in der Öffentlichkeit als auch ganz privat unter den Decken in der halbverfallenen Bruchbude, in der sie gemeinsam lebten. Und er hatte herausgefunden, dass Tyrannei ihm merkwüdigerweise nicht zuwider war. Im Prinzip, hieß das. Interessanterweise klappte tatsächlich so manches, wenn jemand den Befehl übernahm, der – oder die – entsprechend fähig und unerbittlich war. Und er hatte genug Erfahrung darin, Befehle zu befolgen, um sich nicht darüber zu ärgern, dass sie die Befehlsgewalt übernommen hatte. Unter ihr und der aptorianischen Dämonin wurde ein gewisses

Maß an Kontrolle aufrecht erhalten, wurde ein Haufen überlebensnotwendiger Fähigkeiten eingeübt ... *wie man sich ungesehen bewegt, Spuren sucht, Hinterhalte legt, wie man Fallen stellt – sowohl für zwei- wie für vierbeinige Beute –, wie man reitet, Mauern erklettert, zur Bewegungslosigkeit erstarrt, wie man Messer wirft ... und noch zahllose andere Fertigkeiten im Umgang mit Waffen, wobei die Waffen von den verrückten Herrschern dieses Gewirrs zur Verfügung gestellt wurden – die Hälfte von ihnen war verflucht oder besessen oder für Hände angefertigt, die alles andere als menschlich waren.* Die Kinder widmeten sich diesen Übungen mit Furcht erregendem Eifer, und der stolze Glanz, der dabei in Minalas Augen trat, jagte dem Assassinen jedes Mal einen kalten Schauer über den Rücken.

Eine Armee für Schattenthron im Aufbau. Eine beunruhigende Aussicht, vorsichtig ausgedrückt.

Er erreichte den Hügelkamm. Und zügelte plötzlich sein Pferd.

Ein gewaltiges steinernes Tor krönte den gegenüberliegenden Hügel, zwei Säulen, über die sich ein Torbogen spannte. In seinem Innern befand sich eine wirbelnde graue Mauer. Auf dieser Seite des Hügels wogten zahllose Schatten über den grasbewachsenen Boden – Schatten ohne Ursprung –, als würden sie irgendwie aus dem Portal taumeln, nur um wie verlorene Gespenster um seine Schwelle herumzuschwärmen.

»Vorsichtig«, murmelte eine Stimme neben Kalam.

Er drehte sich um und sah eine große Gestalt mit Umhang und Kapuze ein paar Schritte entfernt stehen, flankiert von zwei Hunden. Cotillion und seine beiden Lieblinge, Ruud und Blind. Die Tiere saßen auf ihren narbigen Keulen, die unheimlichen Augen – sehende und nicht sehende – auf das Portal gerichtet.

»Warum sollte ich vorsichtig sein?«, fragte der Assassine.

»Oh, die Schatten am Tor. Sie haben ihre Herren verloren ... und jetzt würden sie jeden nehmen.«

»Dann ist dieses Tor also versiegelt?«

Cotillion wandte ihm den von der Kapuze verhüllten Kopf zu.

»Lieber Kalam, ist dies ein Fluchtversuch aus unserer Sphäre? Wie ... schändlich.«

»Ich habe nichts gesagt, das –«

»Warum reckt sich dann dein Schatten so sehnsüchtig nach vorn?«

Kalam starrte auf ihn hinunter, machte dann ein finsteres Gesicht. »Woher soll ich das wissen? Vielleicht glaubt er, dass seine Chancen in dem Mob da drüben besser stehen.«

»Seine Chancen?«

»Ein bisschen was Aufregendes zu erleben.«

»Oh. Du bist verärgert? Darauf wäre ich niemals gekommen.«

»Lügner«, sagte Kalam. »Minala hat mich verbannt. Aber das weißt du bereits, denn deshalb hast du mich doch gesucht.«

»Ich bin der Schutzpatron der Assassinen«, sagte Cotillion. »Ich vermittle nicht in ehelichen Streitigkeiten.«

»Das hängt davon ab, wie schlimm sie werden, oder?«

»Dann seid ihr also bereit, euch gegenseitig umzubringen?«

»Nein. Ich habe nur eine Feststellung gemacht.«

»Die wäre?«

»Was tust du hier, Cotillion?«

Der Gott schwieg längere Zeit. »Ich habe mich oft gefragt«, sagte er schließlich, »woher es kommt, dass du – ein Assassine – deinem Patron keine Ehrerbietung erweist.«

Kalam zog die Brauen hoch. »Seit wann erwartest du denn so was? Der Vermummte soll uns holen, Cotillion, wenn du nach fanatischen Anhängern hungerst, hättest du dir nicht die Assassinen aussuchen dürfen. Es liegt in unserer Natur, dass schon die bloße Erwähnung von Unterwürfigkeit unseren Widerspruch erregt – als wenn du das nicht schon längst wüsstest.« Seine Stimme verlor sich. Er drehte sich um und musterte die in Schatten gehüllte Gestalt neben sich. »Immerhin hast du an Kellanveds Seite gestanden – bis zum Ende. Es scheint, als hätte Tanzer sowohl Loyalität als auch Knechtschaft gekannt ...«

»Knechtschaft?« In dem Wort schwang die Andeutung eines Lächelns mit.

»Oder soll das alles purer Eigennutz gewesen sein? Das scheint mir nicht so ganz glaubwürdig, in Anbetracht all dessen, was ihr beide durchgemacht habt. Und jetzt heraus mit der Sprache, Cotillion – was willst du wirklich?«

»Habe ich denn gesagt, dass ich etwas will?«

»Du willst, dass ich dir ... diene, wie ein Speichellecker seinem Gott dienen würde. Wahrscheinlich geht es um irgendeine fragwürdige Mission. Du brauchst mich für irgendwas, doch du hast nie gelernt zu *fragen*.«

Ruud stand langsam auf, streckte sich lang und wohlig. Dann schwang der kräftige Kopf herum, funkelnde Augen richteten sich auf Kalam.

»Die Hunde sind beunruhigt«, murmelte Cotillion.

»Was du nicht sagst«, erwiderte der Assassine trocken.

»Ich habe einige Aufgaben zu erledigen«, fuhr der Gott fort, »die in naher Zukunft einen großen Teil meiner Zeit in Anspruch nehmen werden. Während gleichzeitig gewisse andere ... Aktivitäten unternommen werden müssen. Es ist eine Sache, einen loyalen Untertan zu finden, doch es ist eine ganz andere, einen zu finden, der gerade so günstig positioniert ist, dass er von praktischem Nutzen sein kann –«

Kalam stieß ein bellendes Lachen aus. »Du bist losgezogen, um treue Diener zu suchen, und hast festgestellt, dass deine Untertanen deinen Erwartungen nicht entsprechen.«

»Wir könnten den ganzen Tag über die Deutung von diesem und jenem streiten«, sagte Cotillion gedehnt.

In der Stimme des Gottes schwang hörbar Ironie mit, und das gefiel Kalam. Trotz seiner Vorsicht musste er zugeben, dass er Cotillion eigentlich mochte. *Onkel* Cotillion, wie der junge Panek ihn nannte. Wenn man den Patron der Assassinen und Schattenthron miteinander verglich, schien nur der Erstere bereit und fähig, seine Handlungen zumindest ansatzweise in Frage zu stellen – und wäre daher überhaupt in der Lage gewesen, sich beschämt zu fühlen. Selbst wenn die Wahrscheinlichkeit, dass er es tatsächlich war, nur gering war. »Einverstanden«, erwiderte Kalam. »Nun gut, Minala hat im Augenblick kein Interesse daran, mein hübsches Gesicht zu sehen. Was dazu führt, dass ich mehr oder weniger die Freiheit habe –«

»Und kein Dach über dem Kopf.«

»Und kein Dach über dem Kopf, stimmt. Glücklicherweise scheint es in deiner Sphäre niemals zu regnen.«

»Ach«, murmelte Cotillion, »*meine* Sphäre.«

Kalam musterte Ruud. Das Tier hatte ihn die ganze Zeit unverwandt angestarrt. Diese unentwegte Aufmerksamkeit machte den Assassinen allmählich nervös. »Wird euer Anspruch – deiner und der Schattenthrons – denn bedroht?«

»Diese Frage ist nicht leicht zu beantworten«, murmelte Cotillion. »Es hat ... Beben gegeben. Erschütterungen ...«

»Wie du gesagt hast – die Hunde sind beunruhigt.«

»Das sind sie in der Tat.«

»Ihr wollt mehr über euren potenziellen Feind wissen?«

»Ja, das wollen wir.«

Kalam musterte das Tor, die wirbelnden Schatten auf der Schwelle. »Wo soll ich anfangen?«

»Ich vermute, es passt zu deinen eigenen Wünschen.«

Der Assassine starrte den Gott an und nickte dann langsam.

Im Zwielicht der Abenddämmerung, als das Meer ruhig wurde, kamen Möwen von den Untiefen herübergeflogen, um sich am Strand niederzulassen. Schlitzer hatte Treibholz gesammelt und ein Feuer entfacht, mehr aus dem Bedürfnis heraus, überhaupt irgendetwas zu tun, als aus dem Wunsch nach Wärme, denn die kanesische Küste war subtropisch, die Brise, die von den Hügeln herunterwehte, schwach und schwül. Der Daru hatte Wasser aus der Quelle geholt, die am Rand des Pfads lag, und kochte sich nun einen Tee. Über ihm erschienen die ersten Sterne am Himmel.

Die Frage, die Apsalar früher an diesem Nachmittag gestellt hatte, war unbeantwortet geblieben. Schlitzer war noch nicht bereit, nach

Darujhistan zurückzukehren, und er spürte nichts von der Ruhe, von der er erwartet hatte, dass sie sich nach der Erfüllung ihrer Aufgabe einstellen würde. Rellock und Apsalar waren schließlich zu ihrem Zuhause zurückgekehrt und hatten einen Ort vorgefunden, an dem der Tod umging – er hatte seinen tödlichen Duft in die Seele des alten Mannes gesenkt und diesem verlorenen Strand einen weiteren Geist hinzugefügt. Jetzt gab es für sie hier nichts mehr.

Schlitzers eigene Erfahrungen hier im malazanischen Imperium waren – wie er sehr wohl wusste – verzerrt und unvollständig. Eine einzige Nacht voller Gewalt in der Stadt Malaz, gefolgt von drei angespannten Tagen in Kan, die mit noch mehr Morden geendet hatten. Sicher, das Imperium war ein Ort, der ihm fremd war, und man konnte nicht erwarten, dass die Verhältnisse hier mit denen, die er aus Darujhistan kannte, in Einklang standen, doch das, was er überhaupt an Alltagsleben in den Städten mitbekommen hatte, hatte von einem ausgeprägteren Sinn für Rechtmäßigkeit, für Ruhe und Ordnung gezeugt. Dennoch waren es die Kleinigkeiten, die sein Empfindungsvermögen irritierten, die ihm immer aufs Neue bewusst machten, dass er ein Fremder war.

Sich verletzlich zu fühlen war eine Schwäche, die Apsalar nicht mit ihm teilte. Sie schien von einer absoluten Ruhe durchdrungen, einer gewissen Ungezwungenheit, ganz egal wo sie war – das Selbstvertrauen des Gottes, der einst von ihr Besitz ergriffen hatte, hatte so etwas wie eine dauerhafte Prägung in ihrer Seele hinterlassen. *Es ist nicht einfach nur Selbstvertrauen.* Er dachte wieder einmal an die Nacht, als sie den Mann in Kan getötet hatte. *Es ist das Wissen um tödliche Fähigkeiten – und die eisige Präzision, die notwendig ist, sie zu gebrauchen.* Und schauernd erinnerte er sich daran, dass sie viele der Erinnerungen des Gottes behalten hatte, die zurück in die Zeit reichten, in der der Gott noch ein Sterblicher gewesen war, als er noch Tanzer gewesen war. Zu diesen Erinnerungen gehörten auch die an die Nacht der Attentate – als die Frau, die Imperatrix werden sollte, den Imperator niedergestreckt hatte … und auch Tanzer.

Soviel hatte sie zumindest offenbart, doch diese Offenbarung war von keinerlei Gefühlen begleitet gewesen; alles war so nebenbei erwähnt worden wie eine Bemerkung über das Wetter. Erinnerungen an zustechende Messer, an staubbedeckte Blutstropfen, die wie kleine Kügelchen über einen Fußboden rollten ...

Er nahm den Topf von der Glut und warf eine Hand voll Kräuter in das dampfende Wasser.

Sie war spazieren gegangen, westwärts den weißen Strand entlang. Als die Abenddämmerung hereingebrochen war, hatte er sie aus den Augen verloren, und mittlerweile fragte er sich, ob sie wohl jemals zurückkommen würde.

Ein Holzscheit verrutschte plötzlich, Funken stoben auf. Das Meer war nun völlig dunkel und unsichtbar. Das Feuer knisterte, und so konnte er nicht einmal das Plätschern der Wellen hören, die ans Ufer schwappten. Ein kühlerer Hauch schwang in der Brise mit.

Schlitzer stand langsam auf, wirbelte dann plötzlich herum und starrte landeinwärts, als sich in der Düsternis außerhalb des Feuerscheins etwas bewegte. »Apsalar?«

Es kam keine Antwort. Ein leichtes Vibrieren unter seinen Fußsohlen, als ob der Sand erzitterte, weil etwas Großes über ihn rannte ... etwas Großes, Vierbeiniges.

Der Daru zog seine Messer und trat aus dem Feuerschein.

Zehn Schritte entfernt sah er zwei glühende Augen auf gleicher Höhe mit den seinen. Sie lagen weit auseinander, waren golden und schienen unergründlich. Der Kopf und der Körper dahinter waren dunklere Flecken in der Nacht, die auf eine Masse hindeuteten, die Schlitzer frösteln machte.

»Sieh an«, sagte eine Stimme aus den Schatten zu seiner Linken, »der junge Daru. Blind hat dich gefunden, das ist gut. Und wo ist deine Gefährtin?«

Schlitzer schob langsam seine Messer zurück in die Scheiden. »Der verdammte Hund hat mich erschreckt«, murmelte er. »Und wenn er blind ist, warum starrt er mich dann so an?«

»Nun, der Name trifft in gewisser Hinsicht nicht zu. Die Hündin sieht, aber nicht so, wie wir sehen.« Eine in einen Umhang gekleidete Gestalt trat in den Feuerschein. »Kennst du mich?«

»Ihr seid Cotillion«, erwiderte Schlitzer. »Schattenthron ist viel kleiner.«

»So viel kleiner auch wieder nicht, obwohl er vielleicht, je nach Laune, manche Merkmale übertreibt.«

»Was wollt Ihr?«

»Ich wollte natürlich mit Apsalar sprechen. Hier riecht es nach Tod ... hier ist erst vor kurzem jemand gestorben.«

»Rellock. Ihr Vater. Im Schlaf.«

»Wie bedauerlich.« Der Gott drehte den von einer Kapuze verhüllten Kopf, als würde er die nähere Umgebung mustern, und wandte sich dann wieder an Schlitzer. »Bin ich jetzt dein Patron?«

Er wollte mit *Nein* antworten. Er wollte zurückweichen, wollte vor der Frage und seiner Antwort und all dem, was sie bedeutete, fliehen. Er wollte schon bei der bloßen Andeutung Gift und Galle spucken. »Ich glaube, das könnte stimmen, Cotillion.«

»Ich bin ... erfreut, Crokus.«

»Ich werde jetzt Schlitzer genannt.«

»Weit weniger subtil, aber vermutlich höchst passend. Dennoch, in deinem alten Namen lag ein Hauch von tödlichem Zauber. Bist du sicher, dass du es dir nicht noch einmal überlegen willst?«

Schlitzer zuckte die Schultern. »Crokus hatte keinen ... göttlichen Patron.«

»Natürlich. Und eines Tages wird ein Mann nach Darujhistan kommen. Mit einem malazanischen Namen. Niemand wird ihn kennen, allenfalls seinen Ruf. Und er wird möglicherweise Geschichten über den jungen Crokus hören, einen Burschen, der vor vielen, vielen Jahren in der Nacht des Fests so bedeutsam für die Rettung der Stadt war. Der unschuldige, unbefleckte Crokus. So sei es denn ... Schlitzer. Ich sehe, ihr habt ein Boot.«

Der Themenwechsel überraschte ihn etwas, doch er nickte. »Ja.«

»Habt ihr ausreichend Vorräte?«

»Mehr oder weniger. Allerdings nicht für eine lange Reise.«

»Nein, natürlich nicht. Warum auch? Darf ich deine Messer sehen?«

Schlitzer zog sie aus den Scheiden und reichte sie – mit dem Knauf voran – dem Gott.

»Anständige Klingen«, murmelte Cotillion. »Gut ausbalanciert. In ihnen hallt das Echo deiner Fähigkeiten nach, der Geschmack von Blut. Soll ich sie für dich segnen, Schlitzer?«

»Nur, wenn dieser Segen nichts Magisches enthält«, erwiderte der Daru.

»Du willst keine mit Magie aufgerüsteten Waffen?«

»Nein.«

»Ach. Du willst Rallick Noms Pfad folgen.«

Schlitzer kniff die Augen zusammen. *Aber klar doch, natürlich erinnert er sich an ihn. Als er durch Leidas Augen gesehen hat – vielleicht im Phoenix. Vielleicht hat sich Rallick auch zu seinem Patron bekannt ... obwohl ich mir das nur schwer vorstellen kann.* »Ich glaube, ich hätte einige Mühe, diesem Pfad zu folgen. Rallicks Fähigkeiten sind ... waren –«

»Außerordentlich, ja. Aber ich glaube nicht, dass du die Vergangenheitsform benutzen musst, wenn du von Rallick Nom sprichst, oder auch von Vorcan. Nein, ich weiß nichts Neues ... es ist einfach nur eine Vermutung.« Er gab die Messer zurück. »Du unterschätzt deine eigenen Fähigkeiten, Schlitzer, aber vielleicht ist das auch gut so.«

»Ich weiß nicht, wo Apsalar hingegangen ist«, sagte Schlitzer. »Ich weiß auch nicht, ob sie zurückkommt.«

»Wie sich herausgestellt hat, ist ihre Anwesenheit weit weniger wichtig, als ich angenommen hatte. Ich habe eine Aufgabe für dich, Schlitzer. Wärst du empfänglich für die Idee, deinem Patron einen Dienst zu erweisen?«

»Erwartet man das nicht von mir?«

Cotillion schwieg einen Augenblick, dann lachte er leise. »Nein, ich werde deine ... Unerfahrenheit nicht ausnutzen, obwohl ich zugeben muss, dass die Versuchung groß ist. Sollen wir die Dinge auf einer sauberen Grundlage beginnen? Gegenseitigkeit, Schlitzer. Eine Beziehung, die auf gegenseitigem Austausch basiert, ja?«

»Ich wünschte, Ihr hättet das auch Apsalar angeboten.« Dann biss er die Zähne zusammen.

Doch Cotillion seufzte nur. »Ich wünschte, ich hätte es getan. Betrachte dieses neue Feingefühl als Konsequenz mühsam erlernter Lektionen.«

»Ihr habt etwas von Gegenseitigkeit gesagt. Was werde ich im Gegenzug bekommen, wenn ich Euch diesen Dienst erweise?«

»Nun, da du weder meinen Segen noch sonst irgendeine Art von Ausstattung annehmen willst, muss ich zugeben, dass ich ein bisschen in Verlegenheit bin. Hast du irgendwelche Vorschläge?«

»Ich hätte gern Antworten auf ein paar Fragen.«

»Tatsächlich.«

»Ja. Fragen wie die, warum Ihr – das heißt Ihr und Schattenthron – geplant habt, Laseen und das Imperium zu zerstören? Hat da nur der Wunsch nach Rache dahinter gesteckt?«

Der Gott schien in seinen Gewändern zusammenzuzucken, und Schlitzer spürte, wie der Blick der unsichtbaren Augen härter wurde.

»Meine Güte«, sagte Cotillion gedehnt, »du zwingst mich dazu, mein Angebot noch einmal zu überdenken.«

»Ich würde es gerne wissen«, setzte der Daru nach, »damit ich verstehen kann, was Ihr getan habt ... was Ihr Apsalar angetan habt.«

»Du forderst, dass dein Patron seine Taten rechtfertigt?«

»Es war keine Forderung. Nur eine Frage.«

Cotillion sagte eine ganze Zeit lang nichts.

Das Feuer erstarb allmählich, die Glut pulsierte in der Brise. Schlitzer spürte, dass noch ein zweiter Schattenhund da war, der irgendwo in der Dunkelheit da draußen rastlos umherlief.

»Es gibt Notwendigkeiten«, sagte der Gott leise. »Spiele werden gespielt, und was überstürzt erscheinen mag, kann genauso gut auch eine Finte sein. Vielleicht war es aber auch die Stadt, Darujhistan, die unseren Zwecken besser dienen würde, wenn sie frei und unabhängig bliebe. Hinter jeder Geste, jedem Zug verbergen sich ganze Schichten von Bedeutungen. Mehr werde ich dir nicht erklären, Schlitzer.«

»Bedauert Ihr, was Ihr getan habt?«

»Du bist tatsächlich furchtlos, was? Ob ich es bedaure? Ja. Es hat viele, viele Augenblicke gegeben, in denen ich ein Gefühl des Bedauerns empfunden habe. Eines Tages wirst du vielleicht selbst erkennen, dass Bedauern an sich so gut wie nichts ist. Es kommt darauf an, wie man mit diesem Gefühl umgeht.«

Schlitzer drehte sich langsam um und starrte auf das dunkle Meer hinaus. »Ich habe Oponns Münze in den See geworfen«, sagte er.

»Und jetzt bedauerst du es?«

»Ich bin mir nicht ganz sicher. Ich mochte ihre ... Aufmerksamkeit nicht.«

»Das überrascht mich nicht«, murmelte Cotillion.

»Ich habe noch eine weitere Bitte«, sagte Schlitzer, als er sich dem Gott wieder zuwandte. »Diese Aufgabe, auf die Ihr mich ansetzt – wenn ich dabei angegriffen werde, kann ich dann Blind zu Hilfe rufen?«

»Die Hündin?« Der erstaunte Unterton in Cotillions Stimme war nicht zu überhören.

»Ja«, erwiderte Schlitzer, den Blick auf das riesige Tier gerichtet. »Ihre Aufmerksamkeit ... tröstet mich.«

»Das macht dich zu etwas noch viel Seltenerem, als du es dir vorstellen kannst, Sterblicher. Also gut. Wenn die Not groß ist, ruf nach ihr, und sie wird kommen.«

Schlitzer nickte. »Und nun – was soll ich für Euch tun?«

Die Sonne war schon wieder über den Horizont geklettert, als Apsalar zurückkehrte. Nachdem Schlitzer ein paar Stunden geschlafen hatte, war er aufgestanden, um Rellock oberhalb der Flutlinie zu begraben. Er war gerade dabei, den Rumpf des Bootes ein letztes Mal zu überprüfen, als ein fremder Schatten neben seinem eigenen auftauchte.

»Du hattest Besuch«, sagte sie.

Er blinzelte zu ihr hoch, schaute ihr in die dunklen, unergründlichen Augen. »Stimmt.«

»Und – hast du jetzt eine Antwort auf meine Frage?«

Schlitzer runzelte die Stirn, dann seufzte er und nickte. »Das habe ich. Wir werden eine Insel erforschen.«

»Eine Insel? Ist sie weit weg?«

»Geht so. Aber sie entfernt sich jeden Augenblick mehr von uns.«

»Oh. Natürlich.«

Natürlich.

Über ihren Köpfen kreischten Möwen, die im Licht des frühen Morgens unterwegs hinaus aufs Meer waren. Jenseits der Untiefen ließen sich die weißen Flecken vom Wind nach Südwesten treiben.

Schlitzer lehnte die Schulter gegen den Bug und schob das kleine Boot zurück ins Wasser. Dann kletterte er an Bord. Apsalar folgte ihm und stellte sich an die Ruderpinne.

Und was jetzt? Ein Gott hatte ihm die Antwort gegeben.

Fünf Monate lang hatte es in der Sphäre, die die Tiste Edur das Entstehende nannten, keinen Sonnenuntergang gegeben. Der Himmel war grau, das Licht merkwürdig gefärbt und diffus. Es hatte eine Flut gegeben, dann Regenfälle, und eine Welt war vernichtet worden.

Doch selbst in all den Trümmern gab es Leben.

Ein gutes Dutzend Welse mit grobschlächtigen Gliedmaßen war die schlammbedeckte Mauer hinaufgeklettert; keiner von ihnen maß weniger als zwei Mannslängen vom breiten Kopf bis zum schlaffen Schwanz. Es waren gut genährte Kreaturen, deren silberweiße Bäuche sich nach allen Seiten wölbten. Ihre Haut war getrocknet, und über ihre dunklen Rücken lief ein Netzwerk aus winzigen Rissen. Ihre kleinen schwarzen Augen wirkten unter den gekräuselten Hautschichten stumpf.

Und es schien, als würden diese Augen den einzelnen T'lan Imass nicht wahrnehmen, der über ihnen stand.

In Onracks zerrissener, vertrockneter Seele hallten immer noch Empfindungen wider, die an Neugier erinnerten. Seine Gelenke knirschten unter den verknoteten Strängen von Sehnen und Bändern, als er sich neben den nächsten Wels kauerte. Er glaubte nicht, dass die Kreaturen tot waren. Noch vor kurzer Zeit hatten diese Fische keine echten Gliedmaßen besessen. Er vermutete, dass er Zeuge einer Metamorphose wurde.

Wenig später richtete er sich langsam wieder auf. In diesem Bereich der Mauer hatte die Zauberei, die ihr half, das unermessliche Gewicht des neuen Meeres zu tragen, immer noch Bestand. An anderen Stellen war sie zusammengebrochen, und es hatten sich breite Breschen gebildet, durch die sich gewaltige Ströme schlammiger Fluten auf die andere Seite ergossen. Ein seichtes Meer breitete sich auf jener Seite aus. Es könnte eine Zeit kommen, vermutete Onrack, da ein paar Überreste dieser Mauer die einzigen Inseln in dieser Sphäre darstellen würden.

Die sintflutartige Ankunft des Meeres hatte sie überrascht, so dass sie in dem taumelnden Mahlstrom verstreut worden waren. Andere Verwandte hatten überlebt, wusste der T'lan Imass, und tatsächlich hatten ein paar von ihnen auf dieser Mauer – oder auf dem treibenden Unrat – Halt gefunden; es hatte ausgereicht, um wieder Gestalt anzunehmen und sich wieder miteinander zu verbinden, so dass die Jagd erneut aufgenommen werden konnte.

Doch Kurald Emurlahn, mochte es jetzt auch in Einzelteile zerfallen sein oder nicht, war den T'lan Imass nicht freundlich gesonnen. Ohne einen Knochenwerfer an seiner Seite konnte Onrack seine Tellann-Kräfte nicht ausdehnen, konnte er seine Verwandten nicht erreichen, ihnen nicht mitteilen, dass er überlebt hatte. Für die meisten seiner Art wäre das allein schon ein ausreichender Grund gewesen … sich aufzugeben. Die schäumenden Wogen, denen er erst vor kurzem entstiegen war, boten wahres Vergessen. Sich aufzulösen war die einzige Möglichkeit, dem in alle Ewigkeit geltenden Ritual zu entfliehen, und selbst unter den Logros – den Wächtern des Ersten Thrones – gab es, wie Onrack wusste, einige, die diesen Pfad erwählt hatten. Oder etwas noch Schlimmeres …

Der Krieger dachte nicht sonderlich lange über die Frage nach, ob er seiner Existenz möglicherweise ein Ende bereiten sollte. In Wirklichkeit quälte ihn seine Unsterblichkeit längst nicht so wie die meisten anderen T'lan Imass.

Schließlich gab es immer noch etwas Neues zu sehen.

Er bemerkte Bewegung unter der Haut des nächsten Welses, schwache Hinweise darauf, dass sich etwas zusammenzog, etwas zu Bewusstsein erwachte. Onrack zog sein zweihändiges, gekrümmtes Obsidian-Schwert. Die meisten Dinge, über die er normalerweise stolperte, mussten getötet werden. Gelegentlich aus Gründen der Selbstverteidigung, jedoch häufig auch aus plötzlichem und wahrscheinlich gegenseitigem Ekel. Er hatte schon lange aufgehört, sich zu fragen, warum das so sein musste.

Von seinen breiten Schultern hing krispelig und farblos die verrottete Haut eines Enkar'al. Es war eine ziemlich neue Errungenschaft, weniger als tausend Jahre alt. Noch ein Beispiel für eine Kreatur, die ihn auf den ersten Blick gehasst hatte. Obwohl vielleicht die schwarze, geriffelte Klinge, die auf ihren Kopf zugeschnellt war, ihre Reaktion ein wenig beeinflusst hatte.

Onrack kam zu dem Schluss, dass es noch einige Zeit dauern würde, bis das Biest aus seiner Haut krabbelte. Er senkte seine Waffe und ging an ihm vorbei. Die außergewöhnliche, Kontinente umspannende Mauer des Entstehenden war ein Kuriosum an sich. Nachdem der Krieger kurz nachgedacht hatte, beschloss er, sie in ihrer gesamten Länge abzuschreiten. Oder zumindest so weit, bis er auf eine Bresche stieße und nicht mehr weiterkäme.

Er setzte sich wieder in Bewegung, schlurfte auf seinen lederumwickelten Füßen vorwärts; sein Schwert hielt er locker in der Linken, so dass die Schwertspitze eine ziellose Furche in den getrockneten

Lehm ritzte. Schlammklumpen hingen an seinem zerfetzten Lederhemd und den Lederriemen seines Wehrgehenks. Schlammiges Wasser war in die verschiedenen Risse und Löcher seines Körpers gesickert und troff jetzt mit jedem schweren Schritt wieder heraus. Einst hatte er einen Helm besessen, eine beeindruckende Trophäe aus seiner Jugend, doch der war bei der letzten Schlacht gegen die Jaghut-Familie in der Jhag-Odhan zerschmettert worden. Ein einziger, diagonal geführter Hieb, der auch ein Fünftel seines Schädels mitgenommen hatte, so dass ihm nun auf der rechten Seite Scheitel- und Schläfenbein fehlten. Jaghut-Frauen verfügten über eine Stärke, die man ihnen nicht ansah, und bewundernswerte Wildheit – besonders, wenn sie in die Ecke gedrängt wurden.

Der Himmel über ihm hatte einen krankhaften Farbstich, aber er hatte sich mittlerweile daran gewöhnt. Dieses Teilstück des seit langer Zeit zerfallenen Gewirrs der Tiste Edur war bei weitem das größte, auf das er bisher gestoßen war, größer selbst als dasjenige, das Tremorlor umgab, das Azath-Haus in der Odhan. Und dieses Stück hatte eine Zeit der Stabilität erlebt, die ausgereicht hatte, dass sich Zivilisationen gebildet und Gelehrte der Zauberei damit begonnen hatten, die Macht von Kurald Emurlahn zu enträtseln, obwohl diese Bewohner keine Tiste Edur gewesen waren.

Müßig stellte sich Onrack die Frage, ob die abtrünnigen T'lan Imass, die er und seine Verwandten verfolgten, wohl irgendwie die Wunde erzeugt hatten, die dazu geführt hatte, dass diese Welt überflutet worden war. Angesichts der Gründlichkeit, mit der die Sintflut ihre Spuren verwischt hatte, schien es ihm durchaus wahrscheinlich. Entweder das, oder aber die Tiste Edur waren zurückgekehrt, um wieder Anspruch auf das zu erheben, was ihnen einst gehört hatte.

Und er konnte die grauhäutigen Tiste Edur tatsächlich riechen – sie waren erst vor kurzem diesen Weg entlanggegangen, nachdem sie aus einem anderen Gewirr hierher gekommen waren. Natürlich hatte der Begriff »Geruch« nach dem Ritual bei den T'lan Imass eine neue Bedeutung gewonnen. Ihre weltlichen Sinne waren größtenteils zusammen mit dem Fleisch vergangen. Durch die beschatteten Höhlen von Onracks Augen betrachtet, war die Welt zum Beispiel eine komplexe Collage aus dumpfen Farben, Hitze und Kälte und wurde oft durch eine untrügliche Wahrnehmungsfähigkeit für Bewegung beurteilt. Gesprochene Worte wirbelten in quecksilbrigen Wolken aus Atem – das heißt, wenn der Sprecher lebte. Wenn nicht, war das Geräusch an sich feststellbar, wie es durch die Luft zitterte. Onrack nahm Geräusche ebenso durch Sehen wahr wie durch Hören.

Und so kam es, dass er einer warmblütigen Gestalt gewahr wurde, die ein kurzes Stück voraus lag. Die Mauer gab hier allmählich nach. Wasser schoss in Strömen aus Rissen und Spalten zwischen den vorgewölbten Steinen. Binnen kurzer Zeit würde sie endgültig bersten.

Die Gestalt bewegte sich nicht. Sie war angekettet worden.

Noch einmal fünfzig Schritte, und Onrack hatte sie erreicht.

Der Geruch von Kurald Emurlahn war überwältigend – schwach sichtbar, wie ein Teich, der die auf dem Rücken liegende Gestalt einhüllte, wobei sich die Oberfläche wie unter gleichmäßigem, doch feinem Regen kräuselte. Eine tiefe, zackige Narbe verunstaltete die breite Stirn des kahl geschorenen Gefangenen, und der Schimmer von Zauberei ging von der Wunde aus. Die Zunge des Mannes war ursprünglich von einer metallischen Zunge festgehalten worden, doch letztere war nicht mehr vorhanden, genausowenig wie die Lederriemen, die um den Kopf der Gestalt gewunden gewesen waren.

Schiefergraue Augen starrten ohne zu blinzeln zu dem T'lan Imass hoch.

Onrack musterte den Tiste Edur noch einen Moment länger, dann trat er über den Mann hinweg und ging weiter.

Hinter ihm erklang eine raue, krächzende Stimme. »Warte.«

Der untote Krieger blieb stehen und blickte zurück.

»Ich ... ich möchte dir ein Geschäft vorschlagen. Für meine Freiheit.«

»Ich bin nicht an Geschäften interessiert«, erwiderte Onrack in der Sprache der Edur.

»Hast du denn keine Wünsche, Krieger?«
»Keine, die du mir erfüllen könntest.«
»Forderst du mich dann heraus?«
Onrack neigte den Kopf. Sehnen knirschten. »Dieser Teil der Mauer wird bald zusammenbrechen. Ich verspüre nicht den Wunsch, noch hier zu sein, wenn das geschieht.«
»Und du glaubst, dass ich diesen Wunsch verspüre?«
»Über deine Gefühle in dieser Angelegenheit nachzudenken wäre für mich eine sinnlose Anstrengung, Edur. Ich habe kein Interesse daran, mir vorzustellen, ich wäre an deiner Stelle. Warum sollte ich auch? Du wirst schon bald ertrinken.«
»Zerbrich meine Ketten, und wir können diese Diskussion an einem sichereren Ort fortsetzen.«
»Die Qualität der Diskussion lohnt eine derartige Tat nicht«, erwiderte Onrack.
»Ich würde sie verbessern, wenn ich Zeit hätte.«
»Das erscheint mir unwahrscheinlich.« Onrack wandte sich ab.
»Warte! Ich kann dir etwas über deine Feinde erzählen!«
Langsam drehte der T'lan Imass sich erneut um. »Meine Feinde? Ich kann mich nicht erinnern, dass ich gesagt habe, ich hätte welche, Edur.«
»Oh, aber du hast welche. Ich muss es wissen. Ich war einst einer von ihnen, und das ist auch der Grund, warum du mich hier findest, denn ich bin nicht mehr dein Feind.«
»Dann giltst du jetzt bei deinem Volk als Abtrünniger«, bemerkte Onrack. »Ich habe kein Vertrauen zu Verrätern.«
»Ich bin kein Verräter an meinem Volk, T'lan Imass. Dieses Attribut gebührt demjenigen, der mich hier angekettet hat. Wie auch immer, die Frage des Vertrauens lässt sich nicht durch Verhandeln klären.«
»War es klug, dieses Eingeständnis zu machen, Edur?«
Der Mann verzog das Gesicht zu einer Grimasse. »Warum nicht? Ich würde dich nicht täuschen.«

Jetzt war Onrack wirklich neugierig. »Warum würdest du mich nicht täuschen?«

»Aus demselben Grund, aus dem ich geschoren wurde«, erwiderte der Edur. »Ich werde von dem dringenden Bedürfnis geplagt, immer die Wahrheit zu sagen.«

»Das ist ein schrecklicher Fluch«, sagte der T'lan Imass.

»Ja.«

Onrack hob sein Schwert. »In diesem Fall muss ich zugeben, dass ich ebenfalls unter einem Fluch leide. Er heißt Neugier.«

»Ich weine um dich.«

»Ich sehe keine Tränen.«

»In meinem Herzen, T'lan Imass.«

Ein einziger Hieb zerschmetterte die Ketten. Mit seiner freien rechten Hand griff Onrack nach unten, packte den Edur an einem Knöchel und zog ihn auf der Mauerkrone entlang hinter sich her.

»Ich würde über diese unwürdige Lage fluchen«, sagte der Tiste Edur, während er Schritt um schlurfenden Schritt weitergezogen wurde, »wenn ich die Kraft dazu hätte.«

Onrack antwortete nicht. In der einen Hand den Mann hinter sich herziehend, in der anderen sein Schwert, stapfte er weiter und ließ schließlich den Teil der Mauer hinter sich, der zusammenzubrechen drohte.

»Du kannst mich jetzt loslassen«, keuchte der Tiste Edur.

»Kannst du gehen?«

»Nein, aber –«

»Dann werden wir so weitermachen.«

»Wo gehst du denn hin, dass du nicht einmal so lange warten kannst, bis ich meine Kraft wiedererlangt habe?«

»Diese Mauer entlang«, erwiderte der T'lan Imass.

Eine Weile herrschte Schweigen, nur unterbrochen vom Knirschen von Onracks Knochen, dem Rascheln seiner lederumwickelten Füße, und den Geräuschen, die der Rumpf und die Glieder des Tiste Edur machten, während er über die schlammverkrusteten Steine gezogen wurde. Zu ihrer Linken lag weiterhin das von Treibgut gefüllte Meer, zu ihrer Rechten das verfaulende Marschland. Sie kamen an einem weiteren Dutzend Welsen vorbei. Diese hier waren nicht ganz so groß, doch sie hatten ebensolche Gliedmaßen wie die andere Gruppe. Hinter den Tieren erstreckte sich die Mauer ohne Unterbrechung bis zum Horizont.

Als sich der Tiste Edur schließlich wieder zu Wort meldete, war seine Stimme schmerzerfüllt. »Noch ein bisschen weiter so ... T'lan Imass ... und du ziehst einen Leichnam hinter dir her.«

Onrack dachte einen Augenblick über diese Worte nach, dann blieb er stehen und ließ den Knöchel des Mannes los. Langsam drehte er sich um.

Stöhnend rollte der Tiste Edur sich auf die Seite. »Ich nehme an«, keuchte er, »du hast nichts zu essen ... und auch kein frisches Wasser.«

Onrack hob den Kopf, blickte zurück zu den Buckeln der Welse, die bereits ein Stück hinter ihnen lagen. »Ich vermute, ich könnte etwas besorgen. Vom Ersteren, heißt das.«

»Kannst du ein Portal öffnen, T'lan Imass? Kannst du uns aus dieser Sphäre bringen?«

»Nein.«

Der Tiste Edur ließ den Kopf auf den Lehm sinken und schloss die Augen. »Dann bin ich auf jeden Fall so gut wie tot. Nichtsdestotrotz danke ich dir dafür, dass du meine Ketten zerbrochen hast. Du brauchst nicht hier zu bleiben. Ich wüsste allerdings gerne den Namen des Kriegers, der mir so viel Erbarmen geschenkt hat.«

»Onrack. Clanlos, von den Logros.«

»Ich bin Trull Sengar. Ebenfalls clanlos.«

Onrack starrte einige Zeit auf den Tiste Edur hinunter. Dann stieg der T'lan Imass über den Mann hinweg und marschierte zurück in die Richtung, aus der sie gekommen waren. Er kam wieder zu den Welsen. Ein einziger Abwärtshieb köpfte denjenigen, der ihm am nächsten war.

Dies versetzte die anderen in Raserei. Haut riss auf, geschmeidige und viergliedrige Körper bahnten sich den Weg ins Freie. Breite, mit nadelspitzen Fängen versehene Köpfe wandten sich dem untoten Krieger in ihrer Mitte zu, winzige Augen glitzerten. Lautes Fauchen von allen Seiten. Die Tiere bewegten sich auf kurzen, muskulösen Beinen, die dreizehigen Füße hatten kräftige Ballen und Klauen. Ihre Schwänze waren kurz, liefen in einer senkrechten Finne auf dem Rückgrat aus.

Sie griffen an, wie Wölfe eine verwundete Beute angegriffen hätten.

Die Obsidianklinge blitzte auf. Dünnes Blut spritzte auf die Mauer. Köpfe und Gliedmaßen flogen durch die Luft.

Eine der Kreaturen sprang in die Höhe, das große Maul schloss sich über Onracks Schädel. Als das volle Gewicht sich auf ihn legte, spürte der T'lan Imass, wie seine Halswirbel knirschten. Er fiel auf den Rücken, ließ zu, dass das Tier ihn zu Boden zog.

Dann löste er sich in Staub auf.

Und erhob sich fünf Schritte entfernt, um weiter zu töten, kämpfte sich durch die fauchenden Überlebenden. Wenig später waren sie alle tot.

Onrack packte eine der toten Kreaturen an den Hinterbeinen und machte sich, den Kadaver hinter sich herschleifend, auf den Weg zurück zu Trull Sengar.

Der Tiste Edur lag auf der Seite, auf einen Ellbogen gestützt. Seine ausdruckslosen Augen waren fest auf den T'lan Imass gerichtet. »Einen Augenblick lang habe ich gedacht, ich hätte einen höchst seltsamen Traum«, sagte er. »Ich habe dich gesehen, da drüben, in einiger Entfernung, mit einem großen, sich windenden Hut. Der dich dann mit einem Bissen verschlungen hat.«

Onrack zerrte den Kadaver neben Trull Sengar. »Das war kein Traum. Hier. Iss.«

»Könnten wir es nicht kochen?«

Der T'lan Imass trat an die dem Meer zugewandte Kante der Mauer. Inmitten des Treibguts lagen auch die Überreste zahlloser Bäume mit kahlen Ästen. Er kletterte auf den ineinander verwobenen Abfall hinunter, spürte, wie er sich ungleichmäßig unter ihm bewegte. Es dauerte nicht lange, bis er ein Bündel leidlich trockenen Holzes abgerissen hatte, das er zurück auf die Mauer warf. Dann kletterte er hinterher.

Er spürte die Blicke des Tiste Edur auf sich gerichtet, während er eine Feuerstelle vorbereitete.

»Wir sind deiner Art nur selten und in großen Zeitabständen begegnet«, sagte Trull nach ein paar Herzschlägen. »Und auch nur nach eurem ... Ritual. Vorher ist dein Volk vor uns geflohen, sobald es unserer ansichtig wurde. Außer denen, die mit den Thelomen Toblakai die Ozeane befahren haben, heißt das. Die haben gegen uns gekämpft. Jahrhundertelang, bis wir sie von den Meeren vertrieben haben.«

»Die Tiste Edur waren in meiner Welt, kurz nachdem die Tiste Andii gekommen waren«, sagte Onrack, während er seinen Feuerstein hervorzog. »Einst waren sie zahlreich und haben Zeichen ihrer Anwesenheit im Schnee, an den Stränden und im tiefen Wald hinterlassen.«

»Jetzt gibt es längst nicht mehr so viele von uns«, sagte Trull Sengar. »Wir sind von Mutter Dunkel, deren Kinder uns verbannt hatten, hierher gekommen – an diesen Ort. Wir haben nicht geglaubt, dass sie uns verfolgen würden, aber sie haben es getan. Und als dieses Gewirr zerschmettert wurde, sind wir noch einmal geflohen – in deine Welt, Onrack. Wo wir aufgeblüht sind ...«

»Bis eure Feinde euch wieder gefunden haben.«

»Ja. Die Ersten von ihnen waren ... fanatisch, voller Hass. Es hat gewaltige Kriege gegeben – niemand hat etwas von ihnen mitbekommen, denn sie wurden in der Dunkelheit geführt, an verborgenen Orten des Schattens. Am Ende haben wir alle diese ersten Andii niedergemacht, doch wir sind selbst daran zerbrochen. Und so haben wir uns an abgelegene Orte zurückgezogen, in Fluchtburgen. Dann sind noch mehr Andii gekommen, nur schienen diese ... weniger an uns interessiert zu sein. Und wir unsererseits hatten uns verändert; wir haben mehr nach innen geblickt und nicht mehr danach gehungert, uns auszubreiten –«

»Wenn ihr versucht hättet, diesen Hunger zu stillen«, sagte Onrack, während die ersten dünnen Rauchfäden von den Rindenstückchen und Zweigen aufstiegen, »hätten wir in euch einen neuen Grund gefunden, Krieg zu führen, Edur.«

Trull schwieg, sein Blick war verschleiert. »Wir hatten das alles vergessen«, sagte er schließlich und ließ den Kopf wieder auf den hart gebackenen Lehm sinken. »All das, was ich dir gerade erzählt habe. Bis vor kurzem hat mein Volk – die letzte Bastion der Tiste Edur, wie es scheint – so gut wie nichts über unsere Vergangenheit gewusst. Unsere lange, qualvolle Vergangenheit. Und was wir gewusst haben, war in Wirklichkeit falsch. – Wenn wir doch nur weiterhin unwissend geblieben wären«, fügte er hinzu.

Onrack drehte sich langsam um und sah den Edur an. »Dein Volk blickt nicht mehr nach innen.«

»Ich habe gesagt, ich würde dir von deinen Feinden erzählen, Imass.«

»Das hast du getan.«

»Es gibt welche von deiner Art, Onrack, bei den Tiste Edur. Sie haben sich mit uns verbündet, verfolgen das gleiche Ziel.«

»Und was ist das für ein Ziel, Trull Sengar?«

Der Edur schaute weg, schloss die Augen. »Es ist schrecklich, Onrack. Ein schreckliches Ziel.«

Der T'lan Imass wandte sich dem Kadaver der Kreatur zu, die er getötet hatte, und zog ein Obsidianmesser. »Ich bin mit schrecklichen Zielen vertraut«, sagte er, während er begann, das Tier zu zerlegen.

»Ich werde dir jetzt meine Geschichte erzählen, wie ich gesagt habe. Damit du verstehst, womit du es nun zu tun hast.«

»Nein, Trull Sengar. Erzähle mir nichts mehr.«

»Aber warum?«

Weil deine Geschichte mich belasten würde. Mich dazu zwingen würde, meine Verwandten zu suchen. Deine Geschichte würde mich an diese Welt ketten – würde mich noch einmal an meine Welt ketten. Und dafür bin ich noch nicht bereit. »Ich bin es müde, deine Stimme zu hören, Edur«, erwiderte er.

Das brutzelnde Fleisch des Tiers roch wie Seehundfleisch.

Kurze Zeit später, während Trull Sengar aß, trat Onrack an die Kante der Mauer, die zum Marschland zeigte. Die Wasserfluten hatten alte Senken in der Landschaft gefunden, von denen nun Gase aufstiegen und in blassen Schwaden über der dicken, sickernden Oberfläche trieben. Noch dichterer Nebel verhüllte den Horizont, doch der T'lan Imass hatte den Eindruck, als könnte er Erhebungen spüren, eine Reihe niedriger, buckliger Hügel.

»Es wird heller«, sagte Trull Sengar, der noch immer neben der Feuerstelle lag. »Der Himmel glüht an einigen Stellen. Da ... und da.«

Onrack hob den Kopf. Der Himmel war ein einziges Meer aus Zinn gewesen, das sich nur gelegentlich einmal verdunkelt hatte, um einen sintflutartigen Regen herabprasseln zu lassen, wobei das in letzter Zeit immer seltener vorgekommen war. Aber jetzt waren Risse aufgetaucht – Risse mit ausgefransten Rändern. Eine aufgedunsene Kugel aus gelbem Licht beherrschte einen ganzen Horizont, und die Mauer vor ihnen schien direkt auf sie zuzulaufen. Direkt über ihnen hing ein kleinerer Kreis aus verwaschenem Feuer, der blau eingefasst war.

»Die Sonnen kehren zurück«, murmelte der Tiste Edur. »Hier, im Entstehenden, leben die uralten Zwillingsherzen von Kurald Emurlahn weiter. Das wissen wir erst, seit wir dieses Gewirr wiederentdeckt haben – nachdem der Durchbruch entstanden war. Die Fluten müssen das Klima ins Chaos gestürzt haben. Und die Zivilisation zerstört haben, die hier existiert hat.«

Onrack blickte nach unten. »Waren es Tiste Edur?«

Trull Sengar schüttelte den Kopf. »Nein, sie haben eher wie eure Nachfahren ausgesehen, Onrack. Obwohl die Leichen, die wir hier entlang der Mauer gefunden haben, alle schon ziemlich verwest waren.« Er verzog das Gesicht. »Sie sind wie Ungeziefer, diese menschlichen Wesen ... die von euch abstammen.«

»Nicht von mir«, erwiderte Onrack.

»Dann verspürst du keinen Stolz angesichts ihres faden Erfolgs?«

Der T'lan Imass legte den Kopf schief. »Sie neigen dazu, Fehler zu begehen, Trull Sengar. Die Logros haben Tausende von ihnen getötet, als es erforderlich war, um die Ordnung wiederherzustellen. Doch noch weit häufiger löschen sie sich selbst aus, denn der Erfolg verführt dazu, genau jene Qualitäten zu missachten, die ihn erst möglich gemacht haben.«

»Es hat den Anschein, als hättest du dir darüber einige Gedanken gemacht.«

Onrack zuckte die Schultern, seine Knochen klapperten. »Vielleicht mehr als meine Verwandten. Meine Verärgerung über die Menschheit bleibt jedenfalls bestehen.«

Der Tiste Edur versuchte aufzustehen. Seine Bewegungen waren langsam und bedächtig. »Das Entstehende bedurfte einer ... Säuberung«, sagte er in bitterem Tonfall. »Zu diesem Urteil war man jedenfalls gekommen.«

»Eure Methoden sind extremer als die, derer sich die Logros bedienen würden«, sagte Onrack.

Trull Sengar, der jetzt schwankend auf den Beinen stand, blickte den T'lan Imass mit einem gequälten Grinsen an. »Manchmal erweist sich das, was man begonnen hat, als zu mächtig, um es im Zaum zu halten, mein Freund.«

»Das ist der Fluch des Erfolges.«

Trull schien bei diesen Worten zusammenzuzucken, und er drehte sich um. »Ich muss unbedingt frisches, sauberes Wasser finden.«

»Wie lange warst du angekettet?«

Der Tiste Edur zuckte die Schultern. »Lange, nehme ich an. Die Zauberei, die mit dem Scheren verbunden war, sollte mein Leiden verlängern. Dein Schwert hat ihre Macht durchtrennt, und nun kehren die weltlichen Bedürfnisse des Fleisches zurück.«

Die Sonnen brannten durch die Wolken, und ihre Hitze ließ die Luft immer feuchter werden. Die Bewölkung löste sich auf, verschwand vor ihren Augen. Onrack musterte die glühenden Feuerbälle erneut. »Es hat keine Nacht gegeben«, sagte er.

»Im Sommer nicht, nein. Es heißt, dass es im Winter ganz anders ist. Andererseits … nach der Sintflut wird es nichts fruchten, die Zukunft vorherzusagen. Und ich persönlich hege auch gar nicht den Wunsch, herauszufinden, was geschehen wird.«

»Wir müssen diese Mauer verlassen«, sagte der T'lan Imass nach einer Weile.

»Stimmt. Bevor sie endgültig zusammenbricht. Ich glaube, ich kann in der Ferne Hügel erkennen.«

»Schling die Arme um mich, wenn du genug Kraft dazu hast«, schlug Onrack vor. »Ich werde hinunterklettern. Wir können die Senken umgehen. Wenn irgendwelche einheimischen Tiere überlebt haben, werden sie sich in den höher gelegenen Gebieten aufhalten. Willst du noch etwas von diesem Tier braten und mitnehmen?«

»Nein. Es ist alles andere als schmackhaft.«

»Das ist nicht überraschend, Trull Sengar. Schließlich ist es ein Raubtier, das sich lange von verfaulendem Fleisch ernährt hat.«

Der Boden unter ihren Füßen war mit Feuchtigkeit voll gesogen, wie sie feststellten, als sie schließlich am Fuß der Mauer ankamen. Insektenschwärme stiegen um sie herum auf und stürzten sich, rasend vor Hunger, auf den Tiste Edur. Onrack gestattete seinem Begleiter, das Tempo vorzugeben, als sie sich den Weg zwischen den wassergefüllten Senken hindurch suchten. Die Luft war so feucht, dass ihre Kleidung klamm wurde und die Feuchtigkeit sich auf ihrer Haut niederschlug. Obwohl hier unten keinerlei Wind zu spüren war, hatten sich die Wolken über ihnen in lange, streifige Gebilde verwandelt, die dahinrasten, sie überholten, und dann weiterjagten, um sich vor der Hügelkette zusammenzuballen, wo der Himmel immer dunkler wurde.

»Wir bewegen uns genau auf ein Unwetter zu«, murmelte Sengar und wedelte mit den Armen, um die Mücken zu vertreiben.

»Wenn es losbricht, wird dieses Land überflutet werden«, stellte Onrack fest. »Kannst du schneller gehen?«

»Nein.«

»Dann werde ich dich tragen müssen.«

»Tragen oder ziehen?«

»Was würdest du vorziehen?«

»Getragen zu werden scheint mir irgendwie nicht ganz so entwürdigend.«

Onrack steckte sein Schwert in die Schlaufe des Wehrgehenks, das er über der Schulter trug. Obwohl der Krieger bei seinen eigenen Leuten als groß galt, war der Tiste Edur größer, beinahe eine Unterarmlänge. Der T'lan Imass hieß seinen Begleiter, sich mit hochgezogenen Knien auf den Boden zu setzen, dann beugte sich Onrack vor und schob einen Arm unter Trulls Knien hindurch und legte den anderen unterhalb der Schulterblätter um seinen Oberkörper. Mit knirschenden Sehnen richtete sich der Krieger auf.

»Da sind frische Furchen überall auf deinem Schädel ... oder was noch davon übrig ist«, bemerkte der Tiste Edur.

Onrack sagte nichts. Er verfiel in einen gleichmäßigen Laufschritt.

Es dauerte nicht lange, und Wind kam auf. Er wehte von den Hügeln herunter und wurde bald so stark, dass der T'lan Imass sich vorbeugen musste, während er über die kiesigen Grate zwischen den Teichen stapfte.

Die Mücken wurden rasch davongeweht.

Die Hügel vor ihnen waren seltsam regelmäßig, stellte Onrack fest. Es waren insgesamt sieben, die anscheinend in einer geraden Linie angeordnet waren; alle waren von gleicher Höhe, doch unterschiedlich missgestaltet. Die Sturmwolken sammelten sich ein gutes Stück dahinter, wanden sich in aufgeblähten Säulen himmelwärts, über eine gewaltige Gebirgskette hinweg.

Der Wind heulte gegen Onracks ausgedörrtes Gesicht, riss an seinen goldblonden Strähnen, summte mit einem tiefen Brummton durch die Lederriemen seines Harnischs. Trull Sengar kauerte sich an ihn, den Kopf von dem kreischenden Sturm abgewandt.

Blitze zuckten zwischen den aufsteigenden Wolkensäulen hin und her, und es dauerte lang, ehe sie den Donner hören konnten.

Die Hügel waren gar keine Hügel. Es waren Bauwerke, gewaltig und bucklig, aus einem glatten schwarzen Stein, wobei jedes Bauwerk anscheinend aus einem einzigen Block bestand. Zwanzig oder mehr Mannslängen hoch. Hundeähnliche Tiere, mit breiten Schädeln und kleinen Ohren, kräftigen Muskeln und gesenkten Köpfen, die den beiden Reisenden zugewandt waren – und der in einiger Entfernung liegenden Mauer hinter ihnen; die riesigen Höhlen ihrer Augen schimmerten schwach in einem tiefen Bernsteinton.

Onracks Schritte wurden langsamer.

Doch er blieb nicht stehen.

Die Teiche lagen bereits ein Stück hinter ihnen, der Boden unter seinen Füßen war rutschig vom Regen, aber ansonsten fest. Der T'lan Imass änderte leicht die Richtung und marschierte auf das nächste Monument zu. Als sie näher kamen, gelangten sie in den Windschatten der Statue.

Das plötzliche Abflauen des Sturms wurde von einer tiefen Stille begleitet, der Wind zu beiden Seiten wirkte merkwürdig gedämpft und weit weg. Onrack setzte Trull Sengar auf den Boden.

Der erstaunte Blick des Tiste Edur fiel auf das Bauwerk, das sich vor ihnen erhob. Er schwieg und stand langsam auf, als Onrack an ihm vorbeischritt.

»Dahinter müsste eigentlich ein Tor liegen«, murmelte Trull leise.

Onrack blieb stehen und drehte sich langsam um, musterte seinen Begleiter. »Dies ist euer Gewirr«, sagte er nach einem Augenblick. »Was spürst du angesichts dieser ... Monumente?«

»Nichts, aber ich weiß, was sie verkörpern sollen ... genau wie du. Es scheint, als hätten die Bewohner dieser Sphäre sie zu ihren Göttern gemacht.«

Darauf gab Onrack keine Antwort. Er wandte sich wieder der gewaltigen Statue zu, legte den Kopf in den Nacken, während sein Blick nach oben wanderte, immer weiter nach oben. Zu den funkelnden, bernsteinfarbenen Augen.

»Da muss ein Tor sein«, beharrte Trull Sengar hinter ihm. »Eine

Möglichkeit, diese Welt zu verlassen. Warum zögerst du, T'lan Imass?«

»Ich zögere angesichts dessen, was du nicht sehen kannst«, erwiderte Onrack. »Es sind sieben, ja. Aber zwei von ihnen sind ... lebendig.« Er machte eine kurze Pause und fügte dann hinzu: »Und der hier ist einer davon.«

Kapitel Sieben

Eine Armee, die wartet, ist schon bald eine Armee,
die gegen sich selbst Krieg führt.

Kellanved

Die Welt war von Rot umgeben. Dem Rot von altem Blut, von Eisen, das auf einem Schlachtfeld rostet. Es bildete einen Wall wie ein auf der Seite liegender Fluss, krachte verwirrt und unsicher gegen die rauen Klippen, die sich wie Zahnstummel um den Rand der Raraku erhoben. Sie waren die ältesten Wächter der Heiligen Wüste, jene ausgebleichten Kalksteinklippen – und jetzt vergingen sie unter dem unaufhörlichen Ansturm des Wirbelwinds, der rasenden Göttin, die keinen Rivalen in ihrem Herrschaftsgebiet dulden konnte. Die in ihrer Wut die Klippen verschlingen würde.

Während tief in ihrem Herzen die Illusion von Ruhe herrschte.

Der alte Mann, der allgemein als Geisterhand bekannt war, kletterte langsam den Hang hinauf. Seine alternde Haut war tief bronzefarben, sein tätowiertes, grobes, breites Gesicht so zerknittert wie die sturmgepeitschten Felsen. Kleine gelbe Blumen umhüllten den Grat über ihm – es war die seltene Blütezeit jener niedrig wachsenden Wüstenpflanze, die die hiesigen Stämme *Hen'bara* nannten. Aus den getrockneten Blüten konnte man einen berauschenden Tee brauen, ein Trostspender gegen den Kummer, Balsam für die Schmerzen der Seele eines Sterblichen. Der alte Mann kletterte und mühte sich fast schon verzweifelt den Hang hinauf.

Kein Lebensweg verläuft unblutig. Vergieße das Blut derjenigen, die dir den Weg verstellen. Vergieße dein eigenes. Kämpfe weiter, wate durch die zunehmende Strömung mit all dem Wahnsinn, der nichts weiter ist als die brutale Enthüllung des Selbsterhaltungstriebs. Der makabre Tanz in den zerrenden Strömungen hatte nichts mit Kunstfertigkeit zu tun, und etwas anderes vorzugeben bedeutete, einer Selbsttäuschung zu erliegen.

Selbsttäuschungen. Heboric Leichte Hand, der ehemalige Fener-Priester, gab sich keinerlei Selbsttäuschungen mehr hin. Er hatte sie mit eigenen Händen vor langer Zeit eine nach der anderen ertränkt. Seine Hände – seine Geisterhände – hatten sich als besonders geeignet für diese Aufgabe erwiesen, denn sie flüsterten von unsichtbaren Kräften, wurden von einem geheimnisvollen, unerbittlichen Willen gelenkt. Er wusste, dass er sie nicht kontrollieren konnte und fiel daher keiner Selbsttäuschung mehr zum Opfer. Wie könnte er auch?

Hinter ihm, in der riesigen Ebene, in der Zehntausende von Kriegern mit ihren Gefolgsleuten ihr Lager inmitten der Ruinen einer alten Stadt aufgeschlagen hatten, gab es solch klare Einsichten nicht. Die Armee verkörperte starke Hände, die im Augenblick ruhten, jedoch schon bald die Waffen erheben würden, gelenkt von einem Willen, der alles andere als unerbittlich war, einem Willen, der in Selbsttäuschungen förmlich ertrank. Heboric war nicht nur anders als alle anderen dort unten – er war das genaue Gegenteil von ihnen, ein schäbiges Spiegelbild in einem zerbrochenen Spiegel.

Das Geschenk der Hen'bara-Pflanzen war traumloser Nachtschlaf. Der Trost des Vergessens.

Vor Anstrengung schwer atmend, kam er oben auf dem Kamm an und setzte sich in die Blumen, um sich einen Augenblick auszuruhen. Geisterhafte Hände waren so geschickt wie normale, obwohl er sie nicht sehen konnte – nicht einmal den schwachen, bunten Schimmer, den andere sahen. Tatsächlich ließ seine Sehkraft ihn mittlerweile in jeder Hinsicht im Stich. Es war der Fluch eines alten Mannes, glaubte er, mitzuerleben, wie der Horizont von allen Seiten immer näher rückte. Immerhin – auch wenn er den Teppich aus Gelb um sich herum nur mehr oder weniger verschwommen wahrnehmen konnte, so stieg ihm doch der würzige Duft in die Nase und ließ einen angenehmen Geschmack auf seiner Zunge zurück.

Die Hitze der Wüstensonne war niederschmetternd und grausam.

Sie verfügte über eine eigene Macht, eine alles durchdringende, unbarmherzige Macht, die die Heilige Wüste in ein Gefängnis verwandelte. Heboric hatte sich angewöhnt, diese Hitze zu verachten, das Reich der Sieben Städte zu verfluchen und einen beständigen Hass auf seine Bewohner zu kultivieren. Und jetzt war er mitten unter ihnen gefangen. Die Barriere, die der Wirbelwind schuf, machte keine Unterschiede; sie war sowohl für jene draußen als auch für die im Inneren undurchdringlich – je nach Belieben der Erwählten.

Seitlich von ihm bewegte sich etwas, eine verschwommen erkennbare, schlanke, dunkelhaarige Gestalt. Die sich neben ihn setzte.

Heboric lächelte. »Ich dachte, ich wäre allein.«

»Wir sind beide allein, Geisterhand.«

»Daran muss weder ich noch du erinnert werden, Felisin.« *Felisin die Jüngere, aber das ist ein Name, den ich nicht laut aussprechen darf. Die Mutter, die dich adoptiert hat, Schätzchen, hat ihre eigenen Geheimnisse.* »Was hast du da in der Hand?«

»Schriftrollen«, erwiderte das Mädchen. »Von Mutter. Sie hat anscheinend ihr Verlangen danach, Gedichte zu schreiben, wieder entdeckt.«

Der tätowierte ehemalige Priester gab ein Brummen von sich. »Ich dachte, es wäre Liebe und nicht Verlangen.«

»Du bist kein Dichter«, sagte sie. »Etwas klar und deutlich auszusprechen ist jedenfalls ein echtes Talent; heutzutage ist es Aufgabe der Dichter, alles unter Nebelschleiern zu begraben.«

»Du bist eine gnadenlose Kritikerin, Schätzchen«, bemerkte Heboric.

»*Die Anrufung des Schattens* nennt sie es. Oder, genauer gesagt, sie schreibt an einem Gedicht, das ihre eigene Mutter angefangen hat.«

»Nun ja, Schatten ist eine trübe Sphäre. Ganz offensichtlich hat sie einen Stil gewählt, der zum Thema passen soll, vielleicht sogar zum Stil ihrer eigenen Mutter.«

»Das passt ein bisschen zu gut, Geisterhand. Denk nur daran, wie man Korbolo Doms Armee mittlerweile nennt. *Hundeschlächter.*

Das, alter Mann, ist Poesie. Ein Name, hinter dem sich trotz allem Getöse mangelndes Selbstvertrauen verbirgt. Ein Name, der zu Korbolo Dom selbst passt, der voller Angst breitbeinig dasteht.«

Heboric streckte einen Arm aus und pflückte die erste Blüte. Er hielt sie sich kurz unter die Nase, bevor er sie in den Lederbeutel an seinem Gürtel steckte. »›Voller Angst breitbeinig‹. Ein interessantes Bild, Schätzchen. Aber ich kann keine Furcht in dem Napanesen erkennen. Die malazanische Armee, die sich in Aren sammelt, besteht aus gerade mal drei armseligen Legionen – Rekruten, wohlgemerkt. Und sie wird von einer Frau befehligt, die über keinerlei Erfahrung verfügt. Korbolo Dom hat keinen Grund, Angst zu haben.«

Das trillernde Lachen des jungen Mädchens schien einen eisigen Pfad durch die Luft zu schneiden. »Er hat keinen Grund, Geisterhand? Genau betrachtet hat er viele Gründe. Soll ich sie aufzählen? Leoman. Toblakai. Bidithal. L'oric. Mathok. Und der Grund, den er am erschreckendsten findet: Sha'ik. Meine Mutter. Das Lager ist eine Schlangengrube, es brodelt vor Streitereien. Du hast den letzten großen Wirbel verpasst. Mutter hat Mallick Rael und Pullyk Alar verbannt. Sie weggejagt. Korbolo Dom hat zwei weitere Verbündete im Machtkampf verloren –«

»Es gibt keinen Machtkampf«, knurrte Heboric und zupfte an einem Büschel Blumen herum. »Sie sind Narren, wenn sie glauben, dass so etwas möglich wäre. Sha'ik hat die beiden hinausgeworfen, weil sie Verräterblut in den Adern haben. Und es ist ihr gleichgültig, was Korbolo Dom dabei fühlt.«

»Er glaubt etwas anderes, und diese Überzeugung ist wichtiger als das, was vielleicht – vielleicht auch nicht – wahr ist. Und wie reagiert Mutter auf die Nachwehen ihrer Entscheidung?« Felisin schlug mit den Schriftrollen nach den Blumen vor ihr. »Mit Gedichten.«

»Das Geschenk des Wissens«, murmelte Heboric. »Die Göttin des Wirbelwinds flüstert der Erwählten ins Ohr. Im Gewirr des Schattens gibt es Geheimnisse – Geheimnisse, die Tatsachen verbergen, die wichtig für den Wirbelwind selbst sind.«

»Was meinst du?«

Heboric zuckte die Schultern. Sein Beutel war beinahe voll. »Leider kann ich ein wenig in die Zukunft sehen.« *Was mir nicht gerade gut tut.* »Ein uraltes Gewirr ist auseinander gebrochen, und seine Fragmente sind in alle Sphären zerstreut worden. Die Göttin des Wirbelwinds besitzt Macht, doch war diese, zumindest anfangs, nicht ihre eigene. Nur ein weiteres Fragment, das verloren und voller Schmerzen dahinwanderte. Was war die Göttin, frage ich mich manchmal, als sie das erste Mal über den Wirbelwind gestolpert ist? Die unbedeutende Gottheit eines Wüstenstammes, vermute ich. Ein Geist des Sommerwinds, möglicherweise auch der Schutzgeist einer sprudelnden Quelle. Fraglos eine unter vielen. Nachdem sie sich das Fragment angeeignet hatte, dauerte es natürlich nicht lange, bis sie ihre alten Rivalen und Rivalinnen vernichtet und ihre absolute, rücksichtslose Vorherrschaft über die Heilige Wüste geltend gemacht hat.«

»Eine wunderliche Theorie, Geisterhand«, sagte Felisin gedehnt. »Doch sie sagt nichts über die Sieben Heiligen Städte, die Sieben Heiligen Bücher, die Prophezeiung von Dryjhna, der Apokalyptischen.«

Heboric stieß ein Schnauben aus. »Kulte nähren einander gegenseitig, Schätzchen. Manchmal werden komplette Mythen einbezogen, um den Glauben zu befeuern. Das Reich der Sieben Städte wurde von Nomadenstämmen gegründet, doch das Erbe, auf dem sie aufgebaut haben, war das einer uralten Zivilisation, die ihrerseits unbehaglich auf den Fundamenten eines noch älteren Imperiums ruhte – des Ersten Imperiums der T'lan Imass. Was letztlich in Erinnerung bleibt und überlebt oder vergessen wird und verschwindet, hängt nur vom Zufall und den Umständen ab.«

»Poeten mögen Verlangen kennen«, kommentierte sie trocken, »aber Historiker verschlingen. Und durch Verschlingen ermordet man die Sprache, macht aus ihr ein totes Ding.«

»Das ist nicht das Verbrechen der Historiker, Schätzchen, sondern das der Kritiker.«

»Warum Haarspalterei betreiben? Gelehrte dann eben.«

»Beklagst du dich darüber, dass meine Erklärung die Mysterien des Pantheons zerstört? Felisin, es gibt in dieser Welt Dinge, über die zu staunen sich sehr viel mehr lohnt. Überlass die Götter und Göttinnen ihren krankhaften Obsessionen.«

Ihr Lachen erschütterte ihn erneut. »Oh, du bist wirklich unterhaltsam, alter Mann! Ein Priester, der von seinem Gott verstoßen wurde. Ein Historiker, der einst für seine Theorien in den Kerker geworfen wurde. Ein Dieb, der nichts mehr findet, das wert wäre, gestohlen zu werden. Nicht ich bin diejenige, die auf der Suche nach einem Wunder ist.«

Er hörte, wie sie aufstand. »Jedenfalls«, fuhr sie fort, »bin ich losgeschickt worden, um dich zu holen.«

»Ach? Sha'ik braucht also wieder einmal einen Rat, den sie danach zweifellos ignorieren wird?«

»Dieses Mal nicht. Leoman will mit dir sprechen.«

Heboric machte ein finsteres Gesicht. *Und wo Leoman ist, wird auch Toblakai nicht weit sein. Der nur über eine einzige positive Eigenschaft verfügt: dass er sich an seinen Schwur hält und nie wieder mit mir spricht. Dennoch werde ich spüren, wie er mich anblickt. Mit seinen Mörderaugen. Wenn es in diesem Lager jemanden gibt, der verbannt werden sollte, dann ...* Er stand mühsam auf. »Wo finde ich ihn?«

»Im Grubentempel«, erwiderte sie.

Natürlich. Und was, mein liebes Schätzchen, hast du da mit Leoman zusammen getan?

»Ich würde dich ja an die Hand nehmen«, fügte Felisin hinzu, »aber ich finde die Berührung deiner Hände ein bisschen zu poetisch.«

Sie ging neben ihm her, den Abhang hinunter und danach zwischen den beiden riesigen Pferchen hindurch, die im Augenblick leer waren, da die Ziegen und Schafe den Tag über auf die Weiden östlich der Ruinen getrieben worden waren. Sie schritten durch eine breite Bresche in der Mauer der Ruinenstadt, kreuzten eine der Hauptstraßen, die zu dem Wirrwarr aus weit verstreuten, riesigen Gebäuden führte, von denen nur noch Fundamente und halbverfallene Mauern übrig geblieben waren und die in ihrer Gesamtheit nur als Tempelring bezeichnet wurden.

Lehmziegelhütten, Yurten und Fellzelte bildeten eine moderne Stadt auf den Ruinen. Kleine Märkte unter breiten, ganze Straßenzüge bedeckenden Markisen wimmelten von Geschäftigkeit und erfüllten die heiße Luft mit tausenden von Stimmen und dem Duft nach frisch gekochtem Essen. Angehörige der hiesigen Stämme, die ihrem Kriegshäuptling Mathok gefolgt waren – der in Sha'iks Armee eine Position innehatte, die etwa der eines Generals entsprach –, mischten sich mit Hundeschlächtern, scheckigen Banden aus Abtrünnigen aus den Städten, Halsabschneidern und befreiten Verbrechern aus zahllosen malazanischen Garnisonsgefängnissen. Jene, die der Armee folgten, waren ähnlich verschieden, ein bizarrer, unabhängiger Stamm, der nomadenhaft durch die Behelfsstadt zu wandern schien und sich auf Geheiß undurchschaubarer, wunderlicher Einfälle bewegte, die zweifellos politischer Natur waren. Im Augenblick ließ eine unsichtbare Niederlage sie noch verstohlener als üblich erscheinen – alte Huren, die Dutzende von zumeist nackten, dürren Kindern führten, Waffenschmiede und Geschirrmacher und Köche und Latrinenbauer, Witwen und Ehefrauen und ein paar wenige Ehemänner und noch weniger Väter und Mütter ... Die meisten von ihnen standen irgendwie in Verbindung zu den Kriegern in Sha'iks Armee, doch die Verbindung war im besten Fall lose, ließ sich leicht durchtrennen und war häufig mit einem Durcheinander aus Ehebruch und unehelichen Kindern verwoben.

Die Stadt war, nach Heborics Meinung, eine verkleinerte Ausgabe des Reichs der Sieben Städte. Ein Beweis für all die Übel, die zu kurieren das malazanische Imperium ausgezogen war – erst als Eroberer, dann als Besatzer. Den Freiheiten, die der ehemalige Priester hier hatte beobachten können, standen nur wenige Tugenden gegenüber. Doch er hatte den Verdacht, dass er mit diesen ketzerischen Gedanken ziemlich allein stand. *Das Imperium hat mich als Verbrecher ver-*

urteilt, und doch bleibe ich ein Malazaner. Ein Kind des Imperiums, ein wiedererwachter Verfechter der Theorie vom »Frieden durch das Schwert« des alten Imperators. Deshalb, teure Tavore, führe deine Armee ins Herz dieser Rebellion und schneide es heraus. Ich werde den Verlust nicht beweinen.

Verglichen mit den von Leben wimmelnden Straßen, durch die die beiden gerade gegangen waren, wirkte der Tempelring ziemlich verlassen. Das Heim alter Götter und vergessener Gottheiten, die einst von einem vergessenen Volk verehrt worden waren, von dem außer zerfallenden Ruinen und Pfaden, die knöcheltief mit staubigen Tonscherben gepflastert waren, wenig übrig geblieben war. Doch für einige Menschen schien etwas von der alten Heiligkeit hier immer noch nachzuklingen, denn an diesem Ort fanden die Ältesten und Schwächsten der Verlorenen eine armselige Zuflucht.

Ein paar geringere Heiler bewegten sich zwischen diesen wenigen Not Leidenden – den alten Witwen, die keine Zuflucht als dritte oder gar vierte Frau bei einem Krieger oder Kaufmann gefunden hatten, Kämpfern, die Gliedmaßen verloren hatten, Leprakranken und Opfern anderer Krankheiten, die sich die heilenden Kräfte von Hoch-Denul nicht leisten konnten. Einst waren auch verlassene Kinder bei diesen Männern und Frauen gewesen, doch Sha'ik hatte dem ein Ende gemacht. Angefangen mit Felisin, hatte sie sie alle adoptiert – ihre persönliche Gefolgschaft, die Akolythen des Wirbelwind-Kults. Bei Heborics letzter oberflächlicher Schätzung vor einer Woche waren es mehr als dreitausend gewesen, deren Alter von ganz klein und gerade entwöhnt bis zu dem von Felisin reichte – das nah an Sha'iks eigenem, wahren Alter lag. Für sie alle war sie die Mutter.

Diese Geste war nicht gerade auf allgemeine Zustimmung gestoßen. Die Zuhälter hatten ihre Lämmchen verloren.

Im Zentrum des Tempelrings gab es eine breite, achteckige Grube, die tief in den geschichteten Kalkstein reichte und deren Boden niemals von der Sonne berührt wurde. Sie war von ihren ehemaligen Bewohnern – Schlangen, Skorpionen und Spinnen – befreit worden und hatte dann in Leoman von den Dreschflegeln einen neuen Bewohner bekommen. Leoman, einst der vertrauteste Leibwächter der Älteren Sha'ik. Aber die Wiedergeborene Sha'ik hatte die Seele des Mannes bis in ihre tiefsten Tiefen ergründet und sie leer gefunden, ohne Glaube, durch einen Fehler der Natur stets geneigt, jede Art von Gewissheit zu bestreiten. Die neue Erwählte hatte entschieden, dass sie diesem Mann nicht trauen konnte – wenigstens nicht an ihrer Seite. Er war Mathok unterstellt worden, obwohl es schien, als würde diese Position wenig Verantwortung mit sich bringen. Und obwohl Toblakai Sha'iks persönlicher Leibwächter geblieben war, hatte der Riese mit der zerschmetterten Tätowierung im Gesicht seine Freundschaft mit Leoman nicht aufgegeben und befand sich oft in der Gesellschaft des verbitterten Mannes.

Die beiden Krieger teilten eine Geschichte, von der Heboric nur einen Bruchteil erspüren konnte, dessen war er sich sicher. Sie waren einst als Gefangene der Malazaner an die gleiche Kette gekettet gewesen, ging das Gerücht. Heboric wünschte sich, dass die Malazaner hinsichtlich des Toblakai weniger Barmherzigkeit gezeigt hätten.

»Ich werde dich jetzt verlassen«, sagte Felisin, als sie den mit Backsteinen eingefassten Rand der Grube erreichten. »Wenn ich wieder einmal Lust habe, mit dir zu streiten, werde ich dich aufsuchen.«

Heboric verzog das Gesicht zu einer Grimasse und nickte, dann machte er sich daran, die Leiter hinunterzuklettern. Die Luft um ihn herum wurde schichtweise kühler, während er ins Dämmerlicht hinabstieg. Sie roch schwer und süß nach Durhang – eine von Leomans Vorlieben, was den ehemaligen Priester dazu brachte, sich zu fragen, ob die junge Felisin nicht sehr viel mehr auf den Spuren ihrer Mutter wandelte, als er gedacht hatte.

Der Kalksteinboden war nun mit Teppichen bedeckt. Reich verzierte Möbelstücke – die tragbare Art, die wohlhabende, reisende Kaufleute bevorzugten – ließen das geräumige Zimmer überfüllt erscheinen. Hier und da standen Paravents an den Wänden; das auf Holzrahmen gespannte Gewebe zeigte Szenen aus der Mythologie der Stämme. Wo die Wände sichtbar waren, hatten die schwarzen und ockerroten Malereien eines alten Künstlers den glatten, gerippten Stein in vielschichtige Landschaftsbilder verwandelt – Savannen, in denen durchsichtige Tiere umherstreiften. Aus irgendwelchen Gründen blieben diese Bilder für Heborics Augen klar und scharf, flüsternde Erinnerungen an Bewegung an den Rändern seines Blickfelds.

Alte Geister wandelten in dieser Grube, für immer zwischen den hohen, glatten Wänden gefangen. Heboric hasste diesen Ort mit all seinen gespenstischen Schichten von Versagen, von Welten, die schon lange untergegangen waren.

Toblakai saß auf einem Diwan ohne Rückenlehne und rieb Öl in die Klinge seines hölzernen Schwerts. Er machte sich nicht die Mühe aufzublicken, als Heboric den Fuß der Leiter erreichte. Leoman lag ausgestreckt auf ein paar Kissen in der Nähe der gegenüberliegenden Wand.

»Geisterhand«, rief der Wüstenkrieger grüßend. »Du hast Hen'bara? Komm her, da drüben steht eine Kohlenpfanne, und da ist Wasser –«

»Ich trinke diesen Tee immer nur, kurz bevor ich zu Bett gehe«, erwiderte Heboric und schritt durch den Raum. »Du wolltest mit mir sprechen, Leoman?«

»Aber jederzeit, mein Freund. Hat die Erwählte uns nicht ihr geheiligtes Dreieck genannt? Uns drei, die wir hier in dieser vergessenen Grube hocken? Oder habe ich vielleicht die Worte durcheinandergebracht und sollte ›geheiligt‹ und ›vergessen‹ in umgekehrtem Sinn verwenden? Komm, setz dich. Ich habe Kräutertee – die Sorte, die einen wachsam macht.«

Heboric setzte sich auf ein Kissen. »Und weshalb sollten wir wachsam sein?«

Leomans Lächeln wirkte befreit. Daraus schloss Heboric, dass der Durhang die übliche Zurückhaltung des Wüstenkriegers weggewischt hatte. »Mein lieber Geisterhand«, murmelte der Krieger, »es ist ein existenzielles Bedürfnis der *Gejagten*. Schließlich ist es die Gazelle mit der Nase am Boden, die der Löwe zum Abendessen verspeist.«

Der Ex-Priester zog die Brauen hoch. »Und wer pirscht sich gerade an uns an, Leoman?«

Der Angesprochene lehnte sich zurück. »Wie? Die Malazaner natürlich. Wer sonst?«

»Nun, dann müssen wir natürlich miteinander reden«, sagte Heboric mit gespielter Ernsthaftigkeit. »Ich hatte schließlich nicht die geringste Ahnung, dass die Malazaner vorhaben, uns Schaden zuzufügen. Sind deine Informationen denn auch zuverlässig?«

Toblakai wandte sich an Leoman. »Wie ich dir schon vorhin gesagt habe – der alte Mann sollte getötet werden.«

Leoman lachte. »Ach, mein Freund, nun, da du der Einzige von uns dreien bist, für den die Erwählte noch immer ein offenes Ohr hat … wie es aussieht … würde ich vorschlagen, dass du dieses Thema aufgibst. Sie hat es dir verboten, und Schluss damit. Im Übrigen bin ich sowieso nicht geneigt, dir zuzustimmen. Es ist ein alter Refrain, der längst begraben sein sollte.«

»Toblakai hasst mich, weil ich zu deutlich erkenne, was seine Seele quält«, sagte Heboric. »Und in Anbetracht der Tatsache, dass er geschworen hat, nicht mehr mit mir zu sprechen, sind seine Möglichkeiten, Gespräche zu führen, traurigerweise begrenzt.«

»Ich muss deinem Einfühlungsvermögen Beifall zollen, Geisterhand.«

Heboric schnaubte. »Wenn es einen Grund für dieses Treffen gibt, dann lass ihn hören, Leoman. Andernfalls werde ich mich auf den Weg zurück ins Licht machen.«

»Das wäre aber eine ziemlich lange Reise«, gluckste der Krieger. »Also gut. Bidithal geht seinen alten Neigungen wieder nach.«

»Bidithal, der Hohemagier? Was für ›alten Neigungen‹?«

»Seinen Neigungen zu Kindern, Heboric. Mädchen. Seinem unangenehmen … Verlangen. Sha'ik ist leider nicht allwissend. Oh, sie kennt Bidithals alte Vorlieben – schließlich hat sie sie am eigenen Leib erfahren, als sie die Ältere Sha'ik war. Aber mittlerweile halten sich beinahe hunderttausend Menschen in dieser Stadt auf. Wenn jede Woche ein paar Kinder verschwinden ... im Grunde genommen merkt das niemand. Mathoks Leute sind allerdings von Natur aus wachsam.«

Heboric machte ein finsteres Gesicht. »Und was soll ich für dich in dieser Angelegenheit tun?«

»Bist du unvoreingenommen?«

»Natürlich nicht. Aber ich bin nur ein einziger Mann – ein Mann ohne Stimme, wie du immer sagst. Während Bidithal einer von den dreien ist, die sich Sha'ik verschworen haben. Einer ihrer mächtigsten Hohemagier.«

Leoman begann Tee zu machen. »Wir sind auf gewisse Weise loyal, mein Freund«, murmelte er, »wir drei hier. In Bezug auf ein gewisses Kind.« Er blickte auf, beugte sich nah heran, als er den Topf mit dem Wasser auf das Gitter der Kohlenpfanne stellte. Seine verschleierten blauen Augen waren starr auf Heboric gerichtet. »Das Bidithal nun aufgefallen ist. Aber seine Aufmerksamkeit ist nicht einfach nur sexueller Natur. Felisin ist Sha'iks auserwählte Erbin – das können wir doch wohl alle erkennen, oder? Bidithal glaubt, sie müsste auf die gleiche Weise geformt werden wie ihre Mutter – als ihre Mutter noch die Ältere Sha'ik war, heißt das. Das Kind muss auf den Spuren der Mutter wandeln, meint Bidithal. Genau wie die Mutter innerlich gebrochen wurde, muss auch das Kind innerlich gebrochen werden.«

Leomans Worte weckten kaltes Entsetzen in Heboric. Er warf Toblakai einen Blick zu. »Das muss Sha'ik erfahren!«

»Hat sie schon«, erwiderte Leoman. »Aber sie braucht Bidithal, und sei es auch nur als Gegengewicht zu den Intrigen von Febryl und L'oric. Die drei verachten einander von Natur aus. Man hat es ihr erzählt, Geisterhand, und so beauftragt sie uns drei im Gegenzug dazu ... wachsam zu sein.«

»Wie, im Namen des Vermummten, soll ich denn wachsam sein?«, schnappte Heboric. »Ich bin fast blind, verdammt noch mal! Toblakai! Sag Sha'ik, sie soll den runzligen Bastard nehmen und ihm bei lebendigem Leib die Haut abziehen – und vergiss Febryl und L'oric!«

Der riesige Wilde blickte Leoman mit gebleckten Zähnen an. »Ich höre eine Eidechse unter ihrem Felsen zischeln, Leoman von den Dreschflegeln. Mit solchem Übermut macht die Sohle eines Stiefels kurzen Prozess.«

»Ach«, sagte Leoman seufzend zu Heboric, »leider ist Bidithal nicht das wahre Problem. Tatsächlich könnte er sich sogar als Sha'iks Retter erweisen. Febryl plant Verrat, mein Freund. Doch wer sind seine Mitverschwörer? Keine Ahnung. L'oric nicht, so viel ist sicher – L'oric ist bei weitem der Schlaueste von den Dreien, und daher ganz sicher kein Narr. Doch Febryl braucht Verbündete unter den Mächtigen. Steckt Korbolo Dom mit dem Bastard unter einer Decke? Wir wissen es nicht. Kamist Reloe? Oder Henaras und Fayelle, die beiden Magierinnen, die seine ›rechten Hände‹ sind? Und selbst wenn sie alle beteiligt wären, würde Febryl immer noch Bidithal brauchen – entweder, damit er stillhält und sich nicht einmischt oder damit er sich ebenfalls beteiligt.«

»Aber Bidithal ist loyal«, knurrte Toblakai.

»Auf seine Art«, stimmte Leoman zu. »Und er weiß, dass Febryl Verrat plant, und wartet jetzt auf die Einladung. Woraufhin er das Ganze Sha'ik erzählen wird.«

»Und dann werden alle Verschwörer sterben«, sagte Toblakai.

Heboric schüttelte den Kopf. »Und was ist, wenn ihr *gesamter* Stab zu den Verschwörern gehört?«

Leoman zuckte die Schultern und machte sich daran, den Tee einzuschenken. »Sha'ik hat den Wirbelwind, mein Freund. Und um die Armeen zu befehligen, hat sie Mathok. Oder mich. Und L'oric wird übrig bleiben, das ist sicher. Die Sieben sollen uns holen, Korbolo Dom ist auf jeden Fall zu einer Belastung geworden.«

Heboric schwieg lange. Er rührte sich nicht, als Leoman ihn mit einer Geste einlud, sich etwas von dem Tee zu nehmen. »Und so kommt die Lüge ans Licht«, murmelte er schließlich. »Toblakai hat Sha'ik nichts erzählt. Weder er, noch Mathok, noch du, Leoman. Das ist eure Methode, um wieder an die Macht zu kommen. Zerschlage eine Verschwörung, und eliminiere dabei all deine Rivalen. Und jetzt ladet ihr mich ein, bei dieser Lüge mitzumachen.«

»Es ist keine große Lüge«, erwiderte Leoman. »Sha'ik ist darüber informiert worden, dass Bidithal wieder einmal Kinder jagt ...«

»Aber nicht, dass er es besonders auf Felisin abgesehen hat.«

»Die Erwählte darf wegen persönlicher Loyalitäten nicht die ganze Rebellion gefährden. Sie würde viel zu überstürzt handeln –«

»Und du glaubst wirklich, dass *mir* diese verdammte Rebellion irgendetwas bedeutet, Leoman?«

Der Krieger ließ sich lächelnd in die Kissen zurücksinken. »Du sorgst dich um nichts, Heboric. Noch nicht einmal um dich selbst. Aber nein, das stimmt nicht ganz, oder? Da ist Felisin. Da ist dieses Kind.«

Heboric stand auf. »Ich bin hier fertig.«

»Mach's gut, alter Freund. Du solltest wissen, dass du hier immer willkommen bist.«

Der ehemalige Priester ging quer durch den Raum zur Leiter. Dort angekommen, hielt er noch einmal kurz inne. »Und ich dachte schon, die Schlangen hätten diese Grube endgültig verlassen.«

Leoman lachte. »Die kühle Luft hier unten macht sie nur ... schläfrig. Sei vorsichtig, wenn du die Leiter hinaufsteigst, Geisterhand.«

Nachdem der alte Mann fort war, schob Toblakai sein Schwert in die Scheide und stand auf. »Er wird auf dem kürzesten Weg zu Sha'ik gehen«, verkündete er.

»Wird er das?«, fragte Leoman. Er zuckte die Schultern. »Nein, das glaube ich nicht. Nicht zu Sha'ik ...«

Von allen Tempeln der ursprünglichen Kulte im Reich der Sieben Städte wiesen nur diejenigen, die im Namen eines speziellen Gottes errichtet worden waren, einen Baustil auf, den man als eine Art Echo der Ruinen des Tempelrings betrachten konnte. Daher hatte sich Bidithal seinen Wohnsitz – nach Heborics Überzeugung – nicht zufällig ausgewählt. Auf den Fundamenten des Tempels, den der Hohemagier in Besitz genommen hatte, fehlten nur Mauern und ein Dach, um ihn wie eine niedrige, merkwürdig in die Länge gezogene Kuppel aussehen zu lassen, von Halbbögen gestützt wie von den Rippen eines riesigen Meerestieres oder dem skelettartigen Gerüst eines Langschiffs. Die Zeltplane, die über die verwitterten und verfallenen Überreste gespannt war, war an den wenigen, noch aufrecht stehenden seitlichen Anbauten befestigt. Diese Flügel und der Grundriss ließen deutlich erkennen, wie der Tempel ursprünglich einmal ausgesehen hatte, und in den Sieben Heiligen Städten und ihren stärker bevölkerten minderwertigeren Verwandten fand sich ein gewisser Tempel, der noch intakt war und dessen Baustil dieser Ruine stark ähnelte.

Tatsachen, hinter denen sich ein Geheimnis verbarg, vermutete Heboric. Bidithal war nicht immer ein Hohemagier gewesen. Jedenfalls hatte er nicht immer diesen Titel getragen. In der Sprache der Dhobri war er als Rashan'ais bekannt gewesen, der Erzpriester des Rashan-Kults, den es im Reich der Sieben Städte schon gegeben hatte, lange bevor der Thron der Schatten wieder besetzt worden war. In den verdrehten Köpfen der Menschen hatte sich anscheinend keinerlei Widerstand dagegen geregt, einen leeren Thron zu verehren. *Es ist nicht seltsamer, als vor dem Eber des Sommers zu knien, vor einem Gott des Krieges.*

Der Rashan-Kult hatte den Aufstieg von Ammanas – Schattenthron – und dem Seil zu absoluter Macht innerhalb des Schattengewirrs nicht besonders gut verkraftet. Auch wenn Heborics Wissen um die Einzelheiten bestenfalls bruchstückhaft war, schien es doch, als hätte der Kult sich selbst zerfleischt. Innerhalb der Tempelmauern war Blut vergossen worden, und in den Nachwehen entweihender Morde blieben nur diejenigen Gläubigen, die die Herrschaft der neuen Götter anerkannten. Die Verbannten stahlen sich am Straßenrand davon und leckten voller Bitterkeit ihre Wunden.

Männer wie Bidithal.

Besiegt, jedoch – wie Heboric vermutete – noch nicht am Ende. *Denn es sind die Meanas-Tempel im Reich der Sieben Städte, deren Stil diesen Ruinen am ähnlichsten sieht ... als wären sie direkte Abkömmlinge der frühesten Kulte dieses Landes ...*

Der ausgestoßene Rashan'ais hatte in der Gefolgschaft des Wirbelwinds Zuflucht gefunden. Ein weiterer Beweis für Heborics Überzeugung, dass der Wirbelwind nichts anderes als ein Fragment eines zerschmetterten Gewirrs war – und das zerschmetterte Gewirr war Schatten. *Wenn das tatsächlich der Fall ist, welche verborgenen Absichten hegt Bidithal dann in Bezug auf Sha'ik? Ist er Dryjhna, der Apokalyptischen – dieser heiligen Feuersbrunst im Namen der Freiheit – gegenüber wirklich loyal?* Antworten auf diese Frage würde es – wenn überhaupt – so bald nicht geben. Der unbekannte Spieler, die unsichtbare Strömung unter dieser Rebellion – in der Tat sogar unter dem malazanischen Imperium an sich – war der neue Herrscher des Schattens, zusammen mit seinem todbringenden Gefährten. *Ammanas Schattenthron, der einst Kellanved war – Imperator von Malaz und Eroberer des Reichs der Sieben Städte. Cotillion, der einst Tanzer war – der Meister der Kralle und der tödlichste Assassine des Imperiums – tödlicher noch als Hadra. Bei den Göttern hienieden, das stinkt, irgendwie ... ich frage mich allmählich, wessen Krieg das hier eigentlich ist?*

Auf seinem Weg zu Bidithals Wohnsitz von solch beunruhigenden Gedanken abgelenkt, dauerte es einen Augenblick, bis Heboric bemerkte, dass sein Name gerufen wurde. Er strengte die Augen an und versuchte zu erkennen, wer ihn gerufen hatte – und erschrak, als sich plötzlich eine Hand auf seine Schulter legte.

»Ich bitte um Entschuldigung, Geisterhand, falls ich Euch erschreckt haben sollte.«

»Ach, L'oric«, erwiderte Heboric, der jetzt endlich die große, in weiße Gewänder gehüllte Gestalt erkannte, die neben ihm stand. »Dies ist aber keiner der Orte, die Ihr gewöhnlich heimsucht, oder?«

Ein etwas gequältes Lächeln. »Ich bedaure, dass meine Gegenwart als Heimsuchung betrachtet wird – es sei denn, Ihr hättet dieses Wort unbedacht gewählt.«

»Versehentlich, meint Ihr. Das habe ich. Ich war gerade bei Leoman und habe, ohne es zu merken, Durhang-Rauch eingeatmet. Was ich gemeint habe, war, dass ich Euch nur selten in diesem Teil der Stadt sehe, das ist alles.«

»Das erklärt Euren bestürzten Gesichtsausdruck«, murmelte L'oric.

Was – dass ich Euch hier treffe, der Durhang oder Leoman? Der große Magier – einer von Sha'iks Dreien – war von Natur aus nicht besonders zugänglich und neigte auch nicht zu dramatischen Gesten. Heboric hatte keine Ahnung, auf welches Gewirr der Mann bei seinen Zaubereien zurückgriff. Vielleicht wusste das nur Sha'ik allein.

Nach einem Augenblick fuhr der Hohemagier fort: »Euer Weg deutet darauf hin, dass Ihr einen ganz bestimmten Bewohner des Rings aufsuchen wollt. Außerdem spüre ich einen wahren Aufruhr von Gefühlen um Euch herumwirbeln, was den Schluss nahelegt, dass die bevorstehende Begegnung sich als heftig erweisen wird.«

»Ihr meint, wir könnten in Streit geraten, Bidithal und ich?«, knurrte Heboric. »Nun, ja, das ist verdammt gut möglich.«

»Ich selbst habe ihn erst vor kurzem verlassen«, sagte L'oric. »Sollte ich Euch vielleicht eine Warnung mit auf den Weg geben? Er ist wegen irgendetwas sehr erregt, und er hat ein hitziges Temperament.«

»Vielleicht wegen etwas, das Ihr gesagt habt«, wagte Heboric einen Vorstoß.

»Das ist sehr gut möglich«, räumte der Magier ein. »Und wenn dem so ist, muss ich mich entschuldigen.«

»Bei Feners Hauern, L'oric, was macht jemand wie Ihr in dieser verdammten Armee aus Schlangen?«

Wieder das gequälte Lächeln, gefolgt von einem Schulterzucken. »In Mathoks Stämmen gibt es Männer und Frauen, die mit Kobras tanzen – das sind Schlangen, die manchmal an Plätzen mit hohem Gras gefunden werden. Es ist ein komplizierter und offensichtlich ge-

fährlicher Tanz, doch er besitzt auch einen gewissen Reiz. Solche Übungen haben ihre eigene Anziehungskraft.«
»Es macht Euch Spaß, Risiken einzugehen, selbst wenn sie Euer Leben in Gefahr bringen.«
»Ich könnte im Gegenzug fragen, warum *Ihr* hier seid, Heboric. Wollt Ihr vielleicht in Euren alten Beruf als Historiker zurückkehren und so sicherstellen, dass die Geschichte von Sha'ik und dem Wirbelwind erzählt wird? Oder steht Ihr der edlen Sache der Freiheit tatsächlich loyal gegenüber? Ihr könnt doch gewiss nicht sagen, dass es beides ist, oder?«
»Ich war bestenfalls ein mittelmäßiger Historiker, L'oric«, murmelte Heboric. Er zögerte, die Gründe für sein Hierbleiben zu nennen – von denen ohnehin keiner wirklich von Bedeutung war, da Sha'ik ihn wahrscheinlich sowieso nicht gehen lassen würde.
»Ihr werdet ungeduldig mit mir. So werde ich Euch denn nicht länger aufhalten.« L'oric trat mit einer leichten Verbeugung zurück.

Heboric blieb noch einen Augenblick reglos stehen und sah dem davongehenden Mann nach, dann nahm er seinen Weg wieder auf. Bidithal war also erregt? Ein Streit mit L'oric oder etwas hinter dem Schleier? Die Behausung des Hohemagiers lag jetzt unmittelbar vor ihm, die Wände und das spitz zulaufende Dach aus Zeltstoff ausgebleicht und rußgeschwärzt, ein staubiger Fleck aus gesprenkeltem Purpur, der sich über den breiten Steinen des Fundaments erhob. Gleich neben der Zeltklappe kauerte eine sonnenverbrannte, schmutzige Gestalt, die in irgendeiner fremden Sprache vor sich hin brabbelte, das Gesicht hinter langen, fettigen braunen Haarsträhnen verborgen. Die Gestalt hatte weder Hände noch Füße; die Stümpfe waren von altem Narbengewebe bedeckt, aus dem ständig noch milchig gelber Ausfluss sickerte. Der Mann zeichnete mit Hilfe eines seiner Armstümpfe ein breites Muster in die dicke Staubschicht, umgab sich Runde um Runde mit ineinander verschlungenen Ketten, wobei jeder neue Arbeitsgang überdeckte, was er zuvor gemalt hatte.
Der hier gehört zu Toblakai. Sein Meisterwerk. Sulgar? Silgar! Der

Nathii. Der Mann war einer der vielen verkrüppelten, dahinsiechenden und Not leidenden Bewohner des Tempelrings. Heboric fragte sich, was ihn wohl zu Bidithals Zelt gezogen haben mochte.

Er kam am Eingang an. Nach Art der Wüstenstämme war die Zeltklappe zurückgeschlagen, die allgemein übliche, überschwänglich einladende Geste, die Offenheit symbolisieren sollte. Als Heboric sich duckte, um einzutreten, kam Leben in Silgar. Sein Kopf fuhr hoch.

»Bruder! Ich habe dich schon einmal gesehen, oh ja! Verkrüppelter – wir sind Verwandte!« Er sprach eine wirre Mischung aus Nathii, Malazanisch und Ehrlii. Sein Lächeln entblößte eine Reihe fauliger Zähne. »Körper und Geist, ja? Wir beide, du und ich, wir sind die einzigen anständigen Sterblichen hier!«

»Wenn du es sagst«, murmelte Heboric und trat in Bidithals Behausung. Silgars krächzendes Lachen folgte ihm hinein.

Niemand hatte sich bemüht, den großen Raum im Innern sauber zu machen. Überall auf dem Boden aus Sand, Mörtelbrocken und Tonscherben lagen Tonziegel und Abfall herum. Ein halbes Dutzend Möbelstücke waren hier und da im Raum verteilt. Es gab ein großes, niedriges Bett aus Holzleisten, auf dem mehrere dünne Matratzen lagen. Vier zusammenklappbare Kaufmannsstühle der hier verbreiteten dreibeinigen Art standen in einer unregelmäßigen Reihe dem Bett gegenüber, als ob Bidithal sich gewöhnlich von dort aus an eine Zuhörerschaft aus Akolythen oder Schülern wandte. Ein Dutzend kleine Öllampen drängte sich auf einem kleinen Tisch in der Nähe.

Der Hohemagier wandte Heboric und dem größten Teil des lang gestreckten Raums den Rücken zu. Ein aufrechter Speer, dessen Ende zwischen Steinen und Schutt verkeilt worden war, stand ein kleines Stück hinter Bidithals linker Schulter; daran war eine Fackel befestigt, die den Schatten des Mannes auf die Zeltwand warf.

Ein kalter Schauder durchrann Heboric, denn es sah aus, als spräche der Magier in einer Art Gebärdensprache mit seinem eigenen Schatten. *Vielleicht ist er nur formell ausgestoßen worden. Und immer noch begierig darauf, mit Meanas zu spielen. Fragt sich nur, ob im*

Namen des Wirbelwinds – oder in seinem eigenen? »Hohemagier«, rief der ehemalige Priester.

Der verhutzelte, alte Mann drehte sich langsam um. »Kommt zu mir«, sagte er mit rasselnder Stimme. »Ich würde gern etwas ausprobieren.«

»Das ist nicht gerade eine besonders ermutigende Einladung, Bidithal.« Heboric trat dennoch näher.

Bidithal wedelte ungeduldig mit der Hand. »Kommt näher! Ich will sehen, ob Eure geisterhaften Hände einen Schatten werfen.«

Heboric blieb stehen, trat kopfschüttelnd wieder einen Schritt zurück. »Das wollt Ihr zweifellos, aber ich will es nicht.«

»Kommt!«

»Nein.«

Das dunkle, runzlige Gesicht nahm einen mürrischen Ausdruck an, die schwarzen Augen glitzerten. »Ihr seid zu sehr bedacht, Eure Geheimnisse zu schützen.«

»Und Ihr seid das nicht?«

»Ich diene dem Wirbelwind. Alles andere ist unwichtig –«

»Abgesehen von Eurem Appetit.«

Der Hohemagier legte den Kopf schief, machte dann eine knappe, beinahe weibische Geste mit einer Hand. »Bedürfnisse von Sterblichen. Selbst als ich noch der Rashan'ais war, haben wir keine Veranlassung gesehen, uns von den Freuden des Fleisches fern zu halten. Tatsächlich liegt in der Verschmelzung der Schatten große Macht.«

»Und deshalb habt Ihr Sha'ik vergewaltigt, als sie noch ein Kind war. Und ihr auf diese Weise alle künftigen Chancen auf solche Freuden genommen, denen Ihr Euch hingebt. Ich kann darin keine Logik erkennen, Bidithal – nur einen kranken Geist.«

»Meine Absichten liegen außerhalb Eures Vorstellungsvermögens, Geisterhand«, sagte der Hohemagier mit einem schmierigen Grinsen. »Ihr könnt mich mit solch tölpelhaften Versuchen nicht verletzen.«

»Man hat mir zu verstehen gegeben, dass Ihr erregt seid ... verwirrt.«

»Oh, das muss L'oric gewesen sein. Noch so ein dummer Kerl. Er hat die Aufregung, die der Begeisterung entspringt, mit Ärger verwechselt. Aber ich werde nichts weiter dazu sagen. Nicht zu Euch.«

»Dann erlaubt mir, mich gleichermaßen kurz zu fassen, Bidithal.« Heboric trat näher an ihn heran. »Wenn Ihr auch nur in Felisins Richtung blickt, werden Euch meine geisterhaften Hände den Hals umdrehen.«

»Felisin? Sha'iks liebstes Kind? Glaubt Ihr wirklich, sie ist noch Jungfrau? Bevor Sha'ik zurückgekehrt ist, war das Kind eine Streunerin, eine Lager-Waise. Niemand hat sich einen Deut um sie gekümmert –«

»Das spielt keine Rolle«, sagte Heboric.

Der Hohemagier wandte sich ab. »Wie Ihr meint, Geisterhand. Der Vermummte weiß, es gibt genügend andere –«

»Die jetzt alle unter Sha'iks Schutz stehen. Bildet Ihr Euch etwa ein, sie wird zulassen, dass Ihr ihre Schützlinge missbraucht?«

»Das müsst Ihr sie schon selbst fragen«, erwiderte Bidithal. »Und nun geht. Ihr seid hier nicht mehr willkommen.«

Heboric zögerte. Er konnte dem Drang, den Mann jetzt sofort, auf der Stelle zu töten, kaum widerstehen. *Wäre es denn wirklich nur, um etwas zu verhindern, was erst noch geschehen wird? Hat er seine Verbrechen – seine früheren Verbrechen – nicht gerade eben gestanden?* Aber an diesem Ort galt die malazanische Gerichtsbarkeit nicht. Hier existierte nur ein einziges Gesetz: das Gesetz Sha'iks. *Und ich werde in dieser Angelegenheit auch nicht allein stehen. Sogar Toblakai hat geschworen, Felisin zu beschützen. Aber was ist mit den anderen Kindern? Warum lässt Sha'ik das alles zu – es sei denn, es ist wirklich so, wie Leoman gesagt hat. Sie braucht Bidithal. Braucht ihn, um Febryls Komplott aufzudecken.*

Aber was kümmert mich das alles? Diese ... Kreatur hat es nicht verdient zu leben.

»Denkt Ihr darüber nach, mich umzubringen?«, murmelte Bidithal, der sich bereits wieder abgewandt hatte; sein eigener Schatten tanzte über die Zeltwand. »Ihr wärt weder der Erste noch – vermute ich – der Letzte. Ich sollte Euch allerdings warnen. Dieser Tempel ist jüngst wieder geweiht worden. Noch einen Schritt auf mich zu, Geisterhand, und Ihr werdet die Macht spüren, die sich hier manifestiert.«

»Und Ihr glaubt tatsächlich, Sha'ik wird Euch erlauben, vor Schattenthron zu knien?«

Der Mann wirbelte herum, das Gesicht dunkel vor Wut. »Schattenthron? Dieser ... *Fremdling*? Die Wurzeln von Meanas liegen in einem älteren Gewirr. Einem, das einst von –« Er schloss den Mund, um ihn einen Augenblick später wieder zu einem Lächeln zu öffnen, das seine dunklen Zähne entblößte. »Das geht Euch nichts an. Oh, nein, das geht Euch gar nichts an, ehemaliger Priester. Es gibt Pläne im Wirbelwind – Eure Existenz wird geduldet, doch kaum mehr als das. Fordert mich heraus, Geisterhand, und Ihr werdet erfahren, was heiliger Zorn bedeutet.«

Heboric grinste brutal. »Das habe ich schon, Bidithal. Doch ich bin immer noch da. Pläne? Meiner könnte sein, mich Euch in den Weg zu stellen. Ich gebe Euch den Rat, einmal *darüber* nachzudenken.«

Er trat wieder ins Freie, blieb kurz stehen und blinzelte ins grelle Sonnenlicht. Silgar war nirgends zu sehen, doch er hatte im Staub um Heborics Mokassins ein kompliziertes Muster angelegt. Ketten, die eine Gestalt mit Armstümpfen statt Händen umgaben ... aber sie hatte Füße. Der ehemalige Priester machte ein finsteres Gesicht und trampelte über das Bild, als er ging.

Silgar war kein Künstler. Heborics Augen waren schlecht. Vielleicht war, was er gesehen hatte, ein Trugbild seiner Furcht – schließlich war Silgar früher selbst im Kreis der Ketten gewesen. Jedenfalls war es nicht bedeutsam genug, um zurückzugehen und einen zweiten Blick darauf zu werfen. Außerdem hatten seine Fußstapfen es zweifellos zerstört.

Doch das erklärte nicht das Frösteln, das ihn begleitete, während er unter der sengenden Sonne dahinschritt.

Die Schlangen wanden sich in ihrer Grube, und er war mittendrin.

Die alten Narben, Überbleibsel zu enger Fesseln, ließen seine Handgelenke und Fußknöchel wie zerhackte Baumstämme aussehen, und jeder dunkle Streifen, der seine Glieder umgab, erinnerte ihn an jene Zeit … an jede Schelle, die sich geschlossen hatte, jede Kette, die ihn festgehalten hatte. In seinen Träumen erhob sich der Schmerz erneut wie ein lebendiges Wesen, wob mit hypnotischer Macht ein Durcheinander aus wirren, beunruhigenden Szenen.

Der alte Malazaner ohne Hände mit der schimmernden, beinahe massiv wirkenden Tätowierung hatte trotz seiner Blindheit nur allzu klar gesehen, hatte die sich dahinschleppenden Geister gesehen, den im Wind ächzenden Zug aus Toten, die ihn nun Tag und Nacht heimsuchten. Sie stöhnten laut genug in Toblakais Geist, um Urugals Stimme auszulöschen, und waren nah genug, um das steinerne Gesicht seines Gottes mit den zahllosen Masken sterblicher Gesichter zu überdecken – und jedes einzelne war von jener Agonie und Furcht verzerrt, die der Augenblick des Todes hervorbrachte. Doch der alte Mann hatte es nicht begriffen, hatte es nicht ganz begriffen. Die Kinder unter den Opfern – Kinder im Sinne von gerade erst Geborenen, wie die Tiefländer das Wort gebrauchten – waren nicht dem Blutholz-Schwert Karsa Orlongs zum Opfer gefallen. Sie waren allesamt Nachkommen, die es niemals geben würde, stammten aus Blutlinien, die in der mit Trophäen voll gestopften Höhle der Geschichte des Teblor durchtrennt worden waren.

Toblakai. Ein Name, der von vergangenem Ruhm kündete, von einer Rasse von Kriegern, die neben sterblichen Imass gestanden hatten, neben Jaghut mit kalten Gesichtern und dämonischen Forkrul Assail. Ein Name, unter dem Karsa Orlong nun bekannt war, als ob er der alleinige Erbe älterer Herrscher in einer jungen, rauen Welt wäre. Vor vielen Jahren hätte ein solcher Gedanke seine Brust mit wildem, blutrünstigem Stolz erfüllt. Nun quälte er ihn wie ein Wüstenhusten und schwächte ihn bis auf die Knochen. Karsa sah, was sonst niemand sah – dass sein neuer Name nichts als blanke, blendende Ironie war.

Die Teblor waren tief gesunken seit der Zeit der Thelomen Toblakai. Sie waren nur noch körperlich Abbilder ihrer Ahnen, knieten wie Narren vor sieben grob in die Klippen gehauenen Gesichtern und lebten in Tälern, in denen jeder Horizont praktisch in Reichweite lag. Sie waren Opfer brutaler Unwissenheit – für die niemand anderes verantwortlich gemacht werden konnte – und von einem Netz aus Täuschungen umgeben; doch mit denen, die dieses Netz gewoben hatten, würde Karsa Orlong irgendwann einmal endgültig abrechnen.

Ihm und seinem Volk war Unrecht zugefügt worden, und der Krieger, der nun zwischen den staubigen weißen Stämmen eines vor langer Zeit abgestorbenen Obstgartens dahinschritt, würde eines Tages die passende Antwort darauf erteilen.

Aber der Feind hatte so viele Gesichter …

Selbst wenn er allein war – so wie jetzt –, sehnte er sich nach Einsamkeit. Doch sie wurde ihm verwehrt. Das Rasseln der Ketten hörte niemals auf, die widerhallenden Schreie der Getöteten erklangen unaufhörlich. Noch nicht einmal die geheimnisvolle, doch spürbare Macht der Raraku schenkte ihm eine Pause – die Macht der Raraku selbst, nicht der Wirbelwind. Toblakai wusste, dass der Wirbelwind im Vergleich zu der uralten Präsenz der Heiligen Wüste nichts weiter als ein Kind war. Er war ihm vollkommen gleichgültig. Die Raraku hatte viele solcher Stürme gekannt, doch sie wetterte sie ab wie alle Dinge, mit ihrer losen Haut aus Sand und der soliden Treue der Steine. Die Raraku war ihr eigenes Geheimnis, das verborgene Urgestein, das den Krieger an diesen Ort fesselte. Und diese Wüste, glaubte Karsa, würde ihm seine eigene Wahrheit zeigen.

Er hatte vor der Wiedergeborenen Sha'ik gekniet, vor all diesen Monaten. Vor der jungen Frau mit dem malazanischen Akzent, die zu ihnen getorkelt kam und ihr tätowiertes, handloses Schoßtier mitgeschleppt hatte. Hatte vor ihr gekniet, nicht als Sklave, nicht aus wiedererwachtem Glauben, sondern aus Erleichterung. Erleichterung darüber, dass das Warten vorbei war, dass er Leoman von jenem Ort des Versagens und des Todes würde wegzerren können. Die Ältere

Sha'ik war getötet worden, als sie unter ihrem Schutz gestanden hatte. Eine Niederlage, die an Karsa genagt hatte. Doch sich selbst konnte er nichts vormachen, indem er sich einredete, dass die neue Erwählte mehr war als ein unglückliches Opfer, das die verrückte Göttin des Wirbelwinds sich einfach irgendwo in der Wüste gepflückt hatte – ein sterbliches Werkzeug, das mit erbarmungsloser Brutalität eingesetzt werden würde. Dass sie selbst ganz offensichtlich bereitwillig an ihrer unmittelbar bevorstehenden Vernichtung mitarbeitete, war in Karsas Augen ebenso erbärmlich. Offensichtlich hatte die narbige junge Frau ihre eigenen Gründe, und sie schien begierig auf die Macht zu sein.

Führe uns, Kriegsführer.

Die Worte hallten wie bitteres Lachen in seinen Gedanken wider, während er durch den Hain wanderte – die Stadt lag beinahe eine Länge im Osten, und der Ort, an dem er sich jetzt befand, war der klägliche Überrest des Außenbezirks einer anderen Stadt. Kriegsführer brauchten solche Kräfte, die, um sie herum aufgereiht, bereit waren, ohne nachzudenken, aber umso zielstrebiger, eine Illusion verzweifelt zu verteidigen. Die Erwählte war Toblakai ähnlicher, als sie sich vorstellen konnte, oder besser gesagt, einem jüngeren Toblakai, einem Teblor, der Schlächter befehligt hatte – eine Zwei-Mann-Armee, mit der er ein Massaker hatte veranstalten wollen.

Die Ältere Sha'ik war ganz anders gewesen. Sie hatte eine Menge durchgemacht, war von den Visionen der Apokalypse heimgesucht worden, die immer weiter an ihren Knochen gezerrt und gezogen hatten wie an mit Schnüren befestigten Stöcken. Und sie hatte Wahrheiten in Karsas Seele gesehen, hatte ihn vor dem Entsetzlichen gewarnt, das noch kommen würde – nicht in exakten Vorhersagen, denn wie alle Seher war sie mit dem Fluch der Vieldeutigkeit belegt gewesen, aber doch ausreichend, um in Karsa eine gewisse ... Wachsamkeit zu wecken.

Und es schien, als würde er in diesen Tagen kaum etwas anderes tun als *wachsam sein*. Während der Wahnsinn, der die Seele der Göttin des Wirbelwinds war, wie Gift ins Blut der Anführer der Rebellion sickerte und sie infizierte. Die Rebellion ... oh, in diesem Begriff lag tatsächlich eine Menge Wahrheit. Doch der Feind war nicht das malazanische Imperium. *Es ist die geistige Gesundheit an sich, gegen die sie rebellieren. Ordnung. Ehrenhaftes Verhalten.* »*Die Grundregeln des Zusammenlebens*«, *wie Leoman sie genannt hatte, während sein Bewusstsein schon im dunklen Rauch des Durhang versank. Oh, ja, ich könnte seine Flucht gut verstehen, wenn ich denn glauben würde, was er uns allen vormacht – die treibenden Rauchschwaden in seiner Grube, den schläfrigen Blick seiner Augen, die verwaschene Sprache ... aber, ach Leoman, ich habe nie gesehen, dass du die Droge tatsächlich genommen hättest. Nur ihre offensichtlichen Nachwirkungen, die überall herumliegenden Beweise und dein Wegdämmern, das passenderweise immer dann eintritt, wenn du ein Gespräch beenden willst ...*

Leoman wartete, so vermutete Karsa, genau wie er auf den richtigen Augenblick.

Die Raraku wartete mit ihnen. Vielleicht auch *auf* sie. Die Heilige Wüste besaß eine besondere Gabe, doch es war eine Gabe, die nur wenige jemals erkannt, geschweige denn angenommen hatten. Eine Gabe, die sich ungesehen nähern würde, anfangs unbemerkt, eine Gabe, die zu alt war, um sie in Worte zu fassen, zu formlos, um sie mit den Händen zu packen, wie man ein Schwert packte.

Toblakai, einst ein Krieger im bewaldeten Gebirge, hatte begonnen, diese Wüste zu lieben. Die unzähligen Schattierungen aus Feuer, die auf Stein und Sand gemalt wurden, die Pflanzen mit ihren bitteren Nadeln und die zahllosen Kreaturen, die krochen, sich schlängelten, hüpften oder auf lautlosen Schwingen durch die Nachtluft glitten. Er liebte die hungrige Wildheit dieser Kreaturen, und ihr Tanz als Beute und Jäger war ein sich ewig wiederholender Kreislauf, der sich in den Sand und die Felsen eingegraben hatte. Und im Gegenzug hatte die Wüste Karsa neu geformt, hatte seine Haut dunkel, seine Muskeln schlank und straff und seine Augen zu Schlitzen werden lassen.

Leoman hatte ihm viel von diesem Ort erzählt, Geheimnisse, die nur ein echter Einwohner kennen konnte. Der Ring aus Ruinenstädten, die früher einmal Häfen gewesen waren, die alten Strandkämme mit ihren natürlichen Hügelgräbern, die sich Meile um Meile erstreckten. Muscheln, so hart wie Stein, die leise und klagend im Wind sangen – Leoman hatte ihm ein paar geschenkt, oder vielmehr eine Lederweste, auf der solche Muscheln befestigt waren, eine Rüstung, die im unaufhörlichen, ewig-trockenen Wind stöhnte. Es gab verborgene Quellen in der Ödnis, Steinhaufen und Höhlen, in denen ein alter Meeresgott verehrt worden war. Abgelegene Senken, die alle paar Jahre vom Sand freigelegt wurden und mit Schnitzereien bedeckte Schiffe aus versteinertem Holz zum Vorschein brachten – lang gestreckte Schiffe mit hohem Bug, eine seit langer Zeit tote Flotte, die im Sternenlicht enthüllt wurde, nur um am folgenden Tag erneut begraben zu werden. An anderen Orten – häufig hinter den Strandkämmen – hatten die vergessenen Seeleute Friedhöfe angelegt, wobei sie ausgehöhlte Zedernstämme benutzt hatten, um ihre toten Verwandten zu beherbergen – alle in Stein verwandelt, vereinnahmt von der unerbittlichen Macht der Raraku.

Schicht um Schicht wurden die Geheimnisse von den Winden enthüllt. Steile Klippen, die wie Rampen in die Höhe wuchsen, in denen die versteinerten Skelette gewaltiger Kreaturen zu sehen waren. Die übrig gebliebenen Baumstümpfe gerodeter Wälder, die auf Bäume hindeuteten, die so groß waren wie diejenigen, die Karsa aus seiner Heimat kannte. Die säulenartigen Verpfählungen von Docks und Piers, Ankersteine und offene Gruben, in denen Zinn abgebaut worden war, Feuerstein-Steinbrüche und schnurgerade, erhöht liegende Straßen. Bäume, die ausschließlich unterirdisch weiterwuchsen, ein Geflecht von Wurzeln, die sich viele Längen weit erstreckten und aus denen das Eisenholz für Karsas neues Schwert herausgehauen worden war. Denn sein Blutschwert war schon vor langer Zeit zerbrochen.

Die Raraku hatte die Apokalypse aus erster Hand kennen gelernt, schon vor Jahrtausenden, und Toblakai fragte sich, ob sie ihre Rückkehr wirklich willkommen hieß. Sha'iks Göttin suchte die Wüste heim, ihre sinnlose Wut äußerte sich im schrillen Kreischen des nie nachlassenden Windes an ihren Grenzen, aber Karsa wunderte sich über die Manifestation des Wirbelwinds – wofür stand sie wirklich? Für kalte, unabhängige Wut – oder für wilden, ungezügelten Streit?

Führte die Göttin Krieg gegen die Wüste?

Während sich weit im Süden dieses trügerischen Landes die malazanische Armee auf den Marsch vorbereitete.

Als er sich dem Herzen des Hains näherte – wo ein niedriger Altar aus flachen Steinen auf einer kleinen Lichtung stand –, sah er eine schlanke, langhaarige Gestalt auf dem Altar sitzen, als sei er nichts weiter als eine Bank in einem verwahrlosten Garten. In ihrem Schoß lag ein Buch, dessen rissige Lederhülle den Augen Toblakais vertraut war.

Sie sprach ihn an, ohne sich umzudrehen. »Ich habe deine Spuren an diesem Ort gesehen, Toblakai.«

»Und ich die Euren, Erwählte.«

»Ich bin hierher gekommen, um nachzudenken«, sagte sie, als er um den Altar herum und in ihr Blickfeld trat.

Genau wie ich.

»Kannst du erraten, worüber ich nachdenke?«

»Nein.«

Die fast verblassten Pockennarben, die die Blutfliegen hinterlassen hatten, zeigten sich nur noch, wenn sie lächelte. »Das Geschenk der Göttin ...«, ihr Lächeln wurde jetzt angestrengt, »bietet nur Vernichtung.«

Er blickte weg, betrachtete die Bäume ringsum. »Dieser Hain wird in der Art der Raraku Widerstand leisten«, knurrte er. »Er ist zu Stein geworden. Und Stein ist beständig.«

»Ein Weilchen«, murmelte sie. Ihr Lächeln erstarb. »Aber in mir ist etwas, das danach drängt, etwas zu ... erschaffen.«

»Bekommt ein Kind.«

Ihr Lachen war fast ein Aufschrei. »Oh, Toblakai, du ungeschlachter Narr. Ich sollte deine Gesellschaft viel öfter suchen.«

Warum tust du es dann nicht?

Sie deutete mit ihrer kleinen Hand auf das Buch in ihrem Schoß. »Dryjhna war eine Autorin, die – wohlwollend ausgedrückt – allenfalls mit einem unterentwickelten Talent gesegnet war. Ich fürchte, in diesem Buch sind nichts als Knochen. Sie ist besessen davon, Leben zu nehmen und die Ordnung umzustürzen. Doch kein einziges Mal bietet sie etwas anderes stattdessen an. Aus der Asche ihrer Vision wird nichts Neues geboren, und das macht mich traurig. Macht es dich auch traurig, Toblakai?«

Er starrte mehrere Herzschläge lang auf sie hinab, dann sagte er: »Kommt mit.«

Schulterzuckend legte sie das Buch auf den Altar und stand auf, zupfte die abgetragene, schlichte, farblose Telaba zurecht, die locker um ihren kurvenreichen Körper hing.

Er führte sie zwischen die Reihen der knochenweißen Bäume. Sie folgte ihm schweigend.

Nach dreißig Schritten erreichten sie eine weitere kleine Lichtung, dicht von dicken, versteinerten Baumstämmen umstanden. Der flache, rechteckige Kasten eines Steinmetz stand in dem skelettartigen Schatten, den die Zweige warfen. Toblakai trat zur Seite, musterte schweigend ihr Gesicht, während sie sein noch unvollendetes Werk anstarrte.

Zwei der Baumstämme, die die Lichtung umgaben, waren mit Keilhaue und Meißel neu geformt worden. Zwei Krieger starrten sie aus blicklosen Augen an, der eine ein bisschen kleiner als Toblakai, aber weit stämmiger, der andere größer und dünner.

Er sah, dass ihr Atem schneller ging, ihre Wangen leicht gerötet waren. »Du hast Talent ... ungeformt, aber voller Ausdruck«, murmelte sie, ohne den Blick von den beiden Statuen abzuwenden. »Hast du vor, die ganze Lichtung mit solch gewaltigen Kriegern zu umgeben?«

»Nein. Die anderen werden ... anders sein.«

Sie wandte den Kopf, als sie ein Geräusch hörte, und trat schnell dichter an Karsa heran. »Eine Schlange.«

Er nickte. »Es werden noch mehr werden, sie kommen von allen Seiten. Wenn wir noch länger hier bleiben, wird sich die ganze Lichtung mit Schlangen füllen.«

»Kobras.«

»Und andere. Aber sie beißen oder spucken nicht. Das machen sie nie. Sie kommen ... um zuzusehen.«

Sie warf ihm einen fragenden Blick zu, erschauerte leicht. »Was für eine Macht manifestiert sich hier? Es ist nicht die des Wirbelwinds –«

»Nein. Ich habe auch keinen Namen für sie. Vielleicht ist es die Heilige Wüste selbst.«

Bei diesen Worten schüttelte sie langsam den Kopf. »Ich glaube, du irrst dich. Ich glaube, diese Macht kommt aus dir selbst.«

Er zuckte die Schultern. »Wir werden es ja sehen, wenn ich sie alle fertig habe.«

»Wie viele?«

»Außer Bairoth und Delum Thord? Sieben.«

Sie runzelte die Stirn. »Eine Statue für jeden der Heiligen Beschützer?«

Nein. »Vielleicht. Das habe ich noch nicht entschieden. Diese beiden, die Ihr hier seht, das waren meine Freunde. Nun sind sie tot.« Er machte eine kurze Pause und fügte dann hinzu: »Ich hatte nur zwei Freunde.«

Sie schien leicht zusammenzuzucken. »Was ist mit Leoman? Was ist mit Mathok? Was ist mit ... mir?«

»Ich habe nicht vor, Euch hier als Statuen zu verewigen.«

»Das habe ich nicht gemeint.«

Ich weiß. Er deutete auf die beiden Teblor-Krieger. »Auch so kann man etwas erschaffen, Erwählte.«

»Als ich jung war, habe ich Gedichte geschrieben, bin ich dem Pfad gefolgt, den meine Mutter bereits gegangen ist. Hast du das gewusst?«

Er lächelte bei dem Wort »jung«, antwortete jedoch vollkommen ernst: »Nein, das habe ich nicht gewusst.«

»Ich ... ich habe wieder damit angefangen.«

»Möge es Euch wohl dienen.«

Sie musste etwas von der blutverschmierten Schärfe gespürt haben, die in seiner Bemerkung mitschwang, denn ihre Miene verhärtete sich. »Aber das ist niemals die Bestimmung solcher Dinge. Zu *dienen*. Oder Zufriedenheit zu bringen – Selbstzufriedenheit meine ich, da die andere ihr nur wie eine wiederkehrende Kräuselung in einer Quelle folgt –«

»Die das Muster verwirrt.«

»Du sagst es. Es ist viel zu einfach, in dir nur einen holzköpfigen Barbaren zu sehen, Toblakai. Nein, der Antrieb, etwas zu erschaffen, ist etwas anderes, stimmt's? Hast du eine Antwort?«

Er zuckte die Schultern. »Wenn es eine gibt, kann man sie nur finden, während man sucht – und Suchen ist das Wesentliche beim Erschaffen, Erwählte.«

Sie starrte noch einmal zu den Statuen hinüber. »Und wonach suchst du? Mit diesen ... alten Freunden?«

»Ich weiß es nicht. Noch nicht.«

»Vielleicht werden sie es dir eines Tages sagen.«

Die Schlangen umringten sie jetzt zu Hunderten, schlängelten sich unbemerkt von beiden über ihre Füße, um ihre Knöchel, hoben wieder und wieder die Köpfe, um in Richtung der in Statuen verwandelten Baumstämme zu züngeln.

»Ich danke dir, Toblakai«, murmelte Sha'ik. »Ich bin beschämt ... und erfrischt.«

»Es gibt Ärger in Eurer Stadt, Erwählte.«

Sie nickte. »Ich weiß.«

»Seid Ihr die Ruhe in ihrem Herzen?«

Ein bitteres Lächeln umspielte ihre Lippen, als sie sich abwandte. »Werden diese Schlangen uns gehen lassen?«

»Natürlich. Aber macht keine Schritte. Schlurft stattdessen. Langsam. Sie werden Euch einen Weg frei machen.«

»Ich sollte beunruhigt über all dies sein«, sagte sie, während sie den Weg zurückging.

Aber dies ist die geringste deiner Sorgen, Erwählte. »Ich werde Euch über die Entwicklung auf dem Laufenden halten, wenn Ihr wünscht.«

»Oh, danke, ja.«

Er schaute ihr nach, wie sie die Lichtung verließ. Eide hatten sich eng um Toblakais Seele gewunden. Und zogen sich langsam zusammen. Schon bald würde etwas zerbrechen. Er wusste nicht, was, doch wenn Leoman ihn eines gelehrt hatte, dann war das Geduld.

Nachdem sie fort war, drehte der Krieger sich um und näherte sich der Steinmetz-Kiste.

Staub lag auf seinen Händen, eine geisterhafte Patina, die von dem rasenden roten Sturm, der die Welt umkreiste, schwach rosa eingefärbt wurde.

Die Hitze des Tages war in der Raraku nichts weiter als eine Illusion. Mit Einbruch der Dunkelheit schüttelten die toten Knochen der Wüste rasch den schimmernden, fiebrigen Atem der Sonne ab. Der Wind wurde kühl, und der Sand wimmelte plötzlich von krabbelndem, summendem Leben, wie Ungeziefer, das von einem Kadaver aufsteigt. Rhizan flatterten in rasender, wilder Jagd durch die Schwärme von Kapmotten und Sandflöhen über der Zeltstadt, die sich in den Ruinen erstreckte. In der Ferne heulten Wüstenwölfe, als würden sie von Geistern heimgesucht.

Heboric lebte in einem bescheidenen Zelt, das um einen Ring aus Steinen errichtet worden war, der einst das Fundament eines Kornspeichers gewesen war. Seine Unterkunft lag ein gutes Stück vom Zentrum der Siedlung entfernt, umgeben von den Yurten eines von Mathoks Wüstenstämmen. Alte Teppiche bedeckten den Fußboden. Auf einer Seite stand auf einem kleinen Tisch aus aufgestapelten Ziegeln eine Kohlenpfanne, die zum Kochen, jedoch nicht zum Heizen ausreichte. Unweit davon stand ein Fässchen mit Quellwasser, dem bernsteingelber Wein mehr Geschmack verlieh. Ein halbes Dutzend flackernde Öllampen erfüllten das Innere des Zelts mit gelbem Licht.

Der ehemalige Priester war allein, der durchdringende Duft des Hen'bara-Tees hing süß in der allmählich kühler werdenden Luft. Die Geräusche des zur Ruhe kommenden Stammes, die von draußen hereindrangen, sorgten für einen beruhigenden Hintergrund, nah und chaotisch genug, um seine Gedanken ziellos und zufällig wandern zu lassen. Erst später, wenn sich alle um ihn herum schlafen gelegt hatten, würde der unbarmherzige Angriff beginnen, würden die Schwindel erregenden Visionen eines Gesichts aus Jade erscheinen – eines Gesichts von so gewaltigen Ausmaßen, dass es das Begriffsvermögen schier überstieg. Macht, gleichermaßen fremd wie irdisch, als sei sie aus einer natürlichen Kraft geboren, die nie dazu gedacht war, sich zu verändern. Doch sie war verändert worden, war geformt und zum Empfinden verflucht worden. Ein Riese, begraben in Otataral, zur Bewegungslosigkeit verdammt, gefangen in einem ewigen Gefängnis.

Ein Riese, der jetzt die Welt außerhalb seines Gefängnisses berühren konnte – mit den Geistern zweier menschlicher Hände, die von einem Gott erst beansprucht und dann fallen gelassen worden waren.

Aber hat mich Fener wirklich fallen gelassen – oder habe ich Fener im Stich gelassen? Ich frage mich, wer von uns beiden wohl … angreifbarer ist?

Dieses Lager, dieser Krieg – diese *Wüste* – sie alle hatten sich verschworen, um die Schande seines Sich-Verbergens zu lindern. Doch eines Tages, das wusste Heboric, würde er zu dem gefürchteten Ödland aus seiner Vergangenheit zurückkehren müssen, auf die Insel, wo der Steinriese wartete. Zurückkehren. *Doch wozu?*

Er hatte immer geglaubt, dass Fener seine abgetrennten Hände in Obhut genommen hatte, dass sie dem harten Urteil entgegensahen, das zu fällen das Recht des Hauerträgers war. Ein Schicksal, das Heboric akzeptiert hatte, so gut er konnte. Aber es schien, als nähme der Verrat, den ein einziger ehemaliger Priester an seinem Gott verüben konnte, niemals ein Ende. Fener war aus seiner Sphäre gezogen, war verlassen und gefangen in dieser Welt zurückgelassen worden. Heborics abgetrennte Hände hatten einen neuen Herrn gefunden, einen

Herrn, der über solch gewaltige Macht verfügte, dass er Krieg gegen das Otataral selbst führen konnte. Doch diese Macht gehörte nicht hierher. Der Riese aus Jade war ein Eindringling, so glaubte Heboric mittlerweile, der aus irgendeinem finsteren Grund aus einer anderen Sphäre hierher geschickt worden war.

Und anstatt die Aufgabe zu erfüllen, war er von jemandem eingesperrt worden.

Er trank einen Schluck von seinem Tee, betete, dass die betäubende Wirkung sich als ausreichend erweisen würde, ihm einen traumlosen Schlaf zu bescheren. Der Tee verlor allmählich seine Wirkung, oder genauer, Heboric begann, sich an seine Wirkung zu gewöhnen.

Das Gesicht aus Stein nickte ihm zu.

Das Gesicht, das zu sprechen versuchte.

Jemand kratzte an der Zeltklappe, dann wurde sie auch schon beiseite gezogen.

Felisin kam herein. »Oh, du bist noch wach. Gut, das macht es einfacher. Meine Mutter will dich sehen.«

»Jetzt gleich?«

»Ja. In der Welt da draußen ist allerhand geschehen. Es muss über Konsequenzen nachgedacht werden. Mutter braucht deine Weisheit.«

Heboric warf einen bedauernden Blick auf die Tontasse mit dampfendem Tee in seinen unsichtbaren Händen. Kalt war er kaum mehr als Wasser mit Geschmack. »Ich bin an dem, was draußen in der Welt geschieht, nicht sonderlich interessiert. Wenn sie weise Worte von mir hören will, wird sie enttäuscht werden.«

»Das habe ich ihr auch gesagt«, erklärte Felisin die Jüngere, ein heiteres Glitzern in den Augen. »Doch Sha'ik besteht darauf.«

Sie half ihm, sich einen Umhang umzulegen, und führte ihn nach draußen; eine ihrer Hände ruhte leicht wie eine Kapmotte auf seinem Rücken.

Die Nacht war bitterkalt, schmeckte nach sich setzendem Staub. Schweigend schritten sie die Gänge entlang, die sich zwischen den Yurten dahinwanden.

Sie kamen an dem Podest vorbei, auf dem die Wiedergeborene Sha'ik gestanden hatte, als sie sich zum ersten Mal an die Menge gewandt hatte, und schritten dann zwischen den halb verfallenen Torpfosten hindurch, die zu dem großen Zelt mit den vielen Innenräumen führten, das der Erwählten als Palast diente. Es gab keine Wachen, denn die Präsenz der Göttin war greifbar, ein Druck in der kalten Luft.

Im ersten Raum hinter der Zeltklappe war es kaum wärmer als draußen, doch mit jedem Vorhang, den sie teilten und den sie hinter sich ließen, stieg die Temperatur. Der Palast war ein Labyrinth aus isolierenden Zimmern; die meisten waren unmöbliert und unterschieden sich kaum voneinander. Ein Assassine, der irgendwie der Aufmerksamkeit der Göttin entgangen war und es bis hierher geschafft hatte, würde sich schnell verirren. Der Weg dorthin, wo Sha'ik residierte, folgte einer ganz eigenen, qualvoll sich windenden Route. Denn ihre Gemächer lagen nicht im Zentrum, nicht im Herzen des Palasts, wie man hätte vermuten können.

Aufgrund seines schlechten Sehvermögens und der endlosen Wendungen und Abzweigungen war Heboric schnell verwirrt; er hatte die genaue Lage ihres Ziels noch nie herausgefunden. Er fühlte sich an ihre Flucht aus den Minen erinnert, an die mühsame Reise zur Westküste der Insel – Baudin war immer vorneweg gegangen, Baudin, dessen Orientierungssinn sich als unfehlbar, ja, fast schon als unheimlich erwiesen hatte. Ohne ihn wären Heboric und Felisin gestorben.

Eine echte Kralle. Ach, Tavore, es war nicht falsch, dein Vertrauen in ihn zu setzen. Es war Felisin, die nicht mit ihm zusammenarbeiten wollte. Du hättest das vorhersehen müssen. Na ja, Schwester, du hättest eine ganze Menge vorhersehen müssen ...

Aber das hier nicht.

Sie betraten den großen, quadratischen Raum mit der niedrigen Decke, den die Erwählte – *Felisin die Ältere, Kind des Hauses Paran* – zu ihrem Thronraum gemacht hatte. Und tatsächlich gab es hier eine Estrade, die einst Sockel einer Feuerstelle gewesen war, auf der ein mit einer breiten Rückenlehne ausgestatteter, gepolsterter Stuhl aus gebleichtem Holz stand. Bei Beratungen wie der heutigen setzte sich Sha'ik stets auf diesen Behelfsthron; sie verließ ihn nie, so lange ihre Ratgeber anwesend waren, nicht einmal, um die vergilbten Karten zu prüfen, die die Kommandanten auf dem mit Fellen ausgelegten Fußboden ausbreiten mussten. Abgesehen von Felisin der Jüngeren, war die Erwählte die kleinste Person im Raum.

Heboric fragte sich, ob die Ältere Sha'ik unter einer ähnlichen Unsicherheit gelitten hatte. Er bezweifelte es.

Der Raum war voll; von den Anführern der Armee und Sha'iks ausgewählten Beratern fehlten nur Leoman und Toblakai. Es gab keine weiteren Stühle, doch dafür lehnten an drei von den vier Zeltwänden Kissen und Polster, auf denen die Kommandanten Platz genommen hatten. Mit Felisin an seiner Seite machte sich Heboric auf den Weg zur gegenüberliegenden Seite links von Sha'ik und nahm seinen Platz ein paar kurze Schritte von der Estrade entfernt ein. Das junge Mädchen setzte sich neben ihn.

Irgendeine Art von dauerhafter Zauberei erleuchtete den Raum, und irgendwie erwärmte das Licht auch die Luft. Die anderen saßen auf den ihnen zugeteilten Plätzen, wie Heboric feststellte. Obwohl sie in seinen Augen kaum mehr als verschwommene Flecken waren, kannte er sie alle nur zu gut. An der Wand gegenüber dem Thron saß der Halbnapanese Korbolo Dom, vollkommen kahl rasiert, seine staubig blaue Haut ein Netzwerk aus Narben. Zu seiner Rechten Hohemagier Kamist Reloe, so dürr, dass er fast wie ein Skelett aussah, das graue Haar zu kurzen Stoppeln geschoren: sein fein gelockter eisengrauer Bart reichte bis zu den vorstehenden Wangenknochen hinauf, über denen tief liegende Augen glitzerten. Zu Korbolos Linken saß Henaras, eine Hexe von irgendeinem Wüstenstamm, die aus unbekannten Gründen verbannt worden war. Zauberei verlieh ihr ein jugendliches Äußeres, ihre schläfrig wirkenden dunklen Augen waren das Ergebnis von verdünntem Tralb, dem Gift einer einheimischen Schlange, das sie trank, um sich gegen Giftanschläge zu schützen. Neben ihr saß Fayelle, eine fettleibige, ständig nervöse Frau, über die Heboric kaum etwas wusste.

An der Wand dem ehemaligen Priester gegenüber saßen L'oric, Bidithal und Febryl. Letzterer formlos unter einer übergroßen Seidentelaba, deren Kapuze aufgefaltet war wie der Hals einer Wüstenschlange, und in deren Schatten winzige schwarze Augen glitzerten. Unter diesen Augen schimmerte ein Paar goldener Fänge, die seine oberen Eckzähne bedeckten. Man sagte, in ihnen sei Emulor, ein Gift, das aus einem speziellen Kaktus gewonnen wurde und nicht zum Tod, sondern zu andauernder geistiger Verwirrung führte.

Der letzte anwesende Kommandant saß links von Felisin. Mathok. Von den Wüstenstämmen geliebt, besaß der große, dunkelhäutige Krieger eine ihm eigene Vornehmheit, doch sie war von einer Art, die alle um ihn herum zu verärgern schien – vielleicht mit Ausnahme von Leoman, dem die unangenehme Persönlichkeit des Kriegshäuptlings scheinbar gleichgültig war. Genau gesehen gab es wenig Grund für solche Abneigung, denn Mathok war immer liebenswürdig, ja, sogar freundlich, und lächelte viel – *vielleicht zu viel, als ob er nichts und niemanden ernst nehmen würde*. Mit Ausnahme der Erwählten natürlich.

Als Heboric sich hinsetzte, murmelte Sha'ik: »Bist du heute Abend bei uns, Geisterhand?«

»Ziemlich«, erwiderte er.

In ihrer Stimme lag ein angespannter Unterton. »Das solltest du auch, alter Mann. Es hat ... überraschende Entwicklungen gegeben. Katastrophen an weit entfernten Orten haben das malazanische Imperium erschüttert ...«

»Wann?«, fragte Heboric.

Sha'ik runzelte angesichts der merkwürdigen Frage die Stirn, doch Heboric erläuterte nicht weiter, warum er sie gestellt hatte. »Vor weniger als einer Woche. Die Gewirre sind allesamt erschüttert worden, wie durch ein Erdbeben. In Dujek Einarms Armee befinden sich auch Sympathisanten der Rebellion, und sie versorgen uns mit Einzelheiten.« Sie winkte L'oric zu. »Ich wünsche nicht, die ganze Nacht zu reden. Lege uns dar, was geschehen ist, zum Wohle von Korbolo, Heboric und allen anderen, die noch nichts von dem erfahren haben, was geschehen ist.«

Der Angesprochene neigte den Kopf. »Mit dem größten Vergnügen, Erwählte. Diejenigen von Euch, die Gewirre benutzen, haben zweifellos die Auswirkungen gespürt, die brutale Neugestaltung des Pantheons. Aber was genau ist geschehen? Die erste Antwort lautet: Usurpation. Fener, der Eber des Sommers, ist in jeder Hinsicht als überragender Gott des Krieges verdrängt worden.« Er war barmherzig genug, Heboric bei diesen Worten nicht anzublicken. »An seine Stelle ist Treach gerückt, der ehemalige Erste Held. Der Tiger des Sommers –«

Er ist verdrängt worden. Die Schuld liegt bei mir, ganz allein bei mir.

Sha'iks Augen leuchteten, waren unverwandt auf Heboric gerichtet. Die Geheimnisse zwischen ihnen bildeten ein straff gespanntes, knisterndes Band, das jedoch niemand von den Anwesenden wahrnehmen konnte.

L'oric wollte fortfahren, doch Korbolo Dom unterbrach den Hohemagier. »Und was bedeutet das für uns? Krieg braucht keine Götter, nur sterbliche Streiter – zwei Feinde und welche Gründe auch immer, um zu rechtfertigen, dass sie einander töten.« Er machte eine Pause, lächelte L'oric an. »Das alles macht mich mehr als zufrieden.«

Seine Worte brachten Sha'ik dazu, den Blick von Heboric abzuwenden. Sie zog eine Augenbraue hoch und wandte sich an den Napanesen. »Und wie sehen *Eure* Gründe aus, Korbolo Dom?«

»Ich mag es, Menschen zu töten. Es ist etwas, worin ich richtig gut bin.«

»Meint Ihr Menschen im Allgemeinen?«, fragte ihn Heboric. »Oder habt Ihr vielleicht nur die Feinde der Apokalypse gemeint?«

»Ihr sagt es, Geisterhand.«

Einen Augenblick lang herrschte unbehagliches Schweigen, dann räusperte sich L'oric und fuhr fort. »Diese Usurpation, Korbolo Dom, ist das eine, von dem einige der anwesenden Magier vielleicht bereits wissen. Ich möchte nun gerne zu den weniger bekannten Entwicklungen im fernen Genabackis überleiten. Um also fortzufahren ... Das Pantheon ist noch einmal erschüttert worden – von der plötzlichen, unerwarteten Inbesitznahme des Throns der Tiere durch Togg und Fanderay, das alte Wolfspaar, das – auseinander gerissen nach dem Sturz des Verkrüppelten Gottes – auf ewig verflucht schien, einander niemals mehr zu finden. Welche Auswirkungen dieses Wiedererwachen der uralten Feste der Tiere haben wird, muss sich erst noch herausstellen. Ich möchte allerdings allen Wechselgängern und Vielwandlern unter uns eines ans Herz legen: Hütet Euch vor denen, die jetzt den Thron der Tiere innehaben. Es könnte sehr gut sein, dass sie irgendwann einmal zu Euch kommen und von Euch verlangen, niederzuknien.« Er lächelte. »Ach, all die armen Narren, die dem Pfad der Hände gefolgt sind. Das Spiel wurde in weiter, weiter Ferne gewonnen –«

»Wir waren das Opfer einer Täuschung«, murmelte Fayelle. »Durch Günstlinge Schattenthrons, und dafür werden sie eines Tages bezahlen.«

Bidithal lächelte bei ihren Worten, sagte aber nichts.

L'orics Schulterzucken sollte Gleichgültigkeit vortäuschen. »Was das angeht, Fayelle, so ist meine Geschichte noch längst nicht zu Ende. Erlaubt mir daher also, nun zu den weltlichen, möglicherweise sogar noch bedeutenderen Ereignissen zu kommen. Auf Genabackis war ein sehr beunruhigendes Bündnis geschmiedet worden, um mit einer geheimnisvollen Bedrohung umzugehen, die die Pannionische Domäne genannt wurde. Einarms Heer hatte ein Abkommen mit Caladan Bruth und Anomander Rake getroffen. Unterstützt von der überaus reichen Stadt Darujhistan, sind die vereinten Armeen losmarschiert, um Krieg gegen die Domäne zu führen. Wir waren, um die Wahrheit zu sagen, kurzfristig betrachtet darüber erleichtert, doch uns wurde bald klar, dass sich auf lange Sicht ein solches Bündnis möglicherweise als katastrophal für die Sache der Rebellion hier im Reich der Sieben Städte erweisen könnte. Friede auf Genabackis würde schließlich Dujek und seine Armee freisetzen, was uns möglicherweise den Albtraum bescheren würde, dass Tavore sich von Süden her nähert, während Dujek und seine zehntausend Mann in Ehrlitan landen und dann von Norden her auf uns zumarschieren.«

»Ein unangenehmer Gedanke«, knurrte Korbolo Dom. »Tavore allein wird uns nicht allzu viele Schwierigkeiten machen. Aber Hohefaust Dujek und seine Zehntausend ... das ist eine ganz andere Sache. Zugegeben, die meisten seiner Soldaten sind aus dem Reich der Sieben Städte, aber ich würde nicht darauf setzen, dass sie die Seiten wechseln. Sie haben sich Dujek mit Leib und Seele verschrieben ...«

»Abgesehen von ein paar Spionen«, sagte Sha'ik. Ihre Stimme klang merkwürdig ausdruckslos.

»Von denen keiner Kontakt zu uns aufgenommen hätte«, bemerkte L'oric, »hätten sich die Dinge ... anders entwickelt.«

»Einen Augenblick bitte«, unterbrach ihn Felisin die Jüngere. »Ich dachte, Dujek und sein Heer wären von der Imperatrix zu Ausgestoßenen erklärt worden.«

»Um ihm zu ermöglichen, das Bündnis mit Bruth und Rake zu schmieden«, erklärte L'oric. »Ein kleiner, passender Trick, Mädchen.«

»Wir brauchen Dujek nicht an unseren Küsten«, sagte Korbolo Dom. »Die Brückenverbrenner. Elster, den Schnellen Ben, Kalam, Schwarze Moranth und ihre verdammte Munition –«

»Erlaubt mir, Euer pochendes Herz zu beruhigen, Kommandant«, murmelte L'oric. »Wir werden Dujek nicht zu Gesicht bekommen. Zumindest in absehbarer Zeit nicht. Der pannionische Krieg hat sich als ... verheerend erwiesen. Die Zehntausend haben fast siebentausend ihrer Kameraden verloren. Die Schwarzen Moranth hat es ähnlich schwer erwischt. Oh, sie haben am Ende gewonnen – doch um welchen Preis? Die Brückenverbrenner ... dahin. Elster ... tot.«

Heboric richtete sich langsam im Sitzen auf. Es war plötzlich eiskalt im Raum.

»Und Dujek selbst ist ein gebrochener Mann«, fuhr L'oric fort. »Sind diese Neuigkeiten angenehm genug? Da ist noch etwas: Die Geißel namens T'lan Imass ist nicht mehr. Sie sind allesamt fort. Die unschuldigen Bewohner des Reichs der Sieben Städte werden ihren Terror niemals mehr erleiden müssen. Also«, schloss er, »was bleibt der Imperatrix noch? Mandata Tavore. Ein außergewöhnliches Jahr für das Imperium. Coltaine und die Siebte, die Aren-Legion, Elster, die Brückenverbrenner, Einarms Heer – es wird nicht leicht für uns sein, das zu überbieten.«

»Aber das werden wir«, sagte Korbolo Dom lachend. Er hatte beide Hände zu Fäusten geballt – so fest, dass die Knöchel weiß wurden. »Elster! Tot! Oh, ich werde den Vermummten heute Nacht segnen! Ich werde ihm ein Opfer darbringen! Und Dujek – oh, sein Geist wird tatsächlich gebrochen sein. Zermalmt!«

»Genug der Schadenfreude«, knurrte Heboric. Er fühlte sich elend.

Kamist Reloe beugte sich nach vorn. »L'oric!«, zischte er. »Was ist mit dem Schnellen Ben?«

»Er lebt, leider. Kalam hatte die Armee nicht begleitet – niemand weiß, wo er ist. Es hat nur eine Hand voll von Überlebenden unter den Brückenverbrennern gegeben. Dujek hat sie entlassen und als Verluste aufgeführt –«

»*Wer hat überlebt?*«, wollte Kamist wissen.

L'oric runzelte die Stirn. »Eine Hand voll, wie ich schon gesagt habe. Ist das denn so wichtig?«

»Oh ja!«

»Nun gut.« L'oric warf Sha'ik einen Blick zu. »Erwählte, erlaubt Ihr mir, einmal mehr Kontakt zu meinem Diener in jener weit entfernten Armee aufzunehmen? Es wird nur wenige Augenblicke dauern.«

Sie zuckte die Schultern. »Nur zu.« Dann, als L'oric den Kopf senkte, lehnte sie sich langsam in ihren Stuhl zurück. »Also. Unser Feind hat eine nicht wieder gutzumachende Niederlage erlitten. Die Imperatrix und ihr teures Imperium wanken, nun, da dieser entscheidende Schwall Lebensblut vergossen worden ist. Damit fällt es uns zu, ihr den Todesstoß zu versetzen.«

Heboric hatte den Verdacht, dass er als Einziger der Anwesenden hörte, wie hohl ihre Worte klangen.

Schwester Tavore steht jetzt allein.

Und allein zu sein ist das, was ihr am liebsten ist. Alleinsein ist der Zustand, in dem sie gedeiht. Ach, Mädchen, du tust so, als würden diese Neuigkeiten dich in freudige Erregung versetzen, doch ist genau das Gegenteil eingetreten, nicht wahr? Denn deine Furcht vor Schwester Tavore ist nur noch größer geworden.

Sie lähmt dich förmlich.

L'oric begann zu sprechen, ohne den Kopf zu heben. »Blend. Zeh. Fäustel. Spindel. Sergeant Fahrig. Leutnant Tippa … Hauptmann Paran.«

Von dem hochlehnigen Stuhl kam ein dumpfes Geräusch, als Sha'iks Kopf nach hinten zuckte. Jegliche Farbe war aus ihrem Gesicht gewichen, das war das Einzige, was Heboric mit seinen schlechten Augen ausmachen konnte, doch er wusste, dass der Schock ihre Gesichtszüge zeichnen würde. Ein Schock, der ihn ebenfalls getroffen hatte, auch wenn es bei ihm nur der Schock der Erkenntnis war – auf keinen Fall dasselbe, was es für die Frau auf dem Thron bedeutete.

Ungeachtet all dessen fuhr L'oric fort. »Der Schnelle Ben ist Hohemagier geworden. Man nimmt an, dass die überlebenden Brückenverbrenner mittels eines Gewirrs nach Darujhistan gelangt sind, doch was das angeht, ist sich mein Spion nicht ganz sicher. Elster und die gefallenen Brückenverbrenner wurden beerdigt … in Mondbrut. Bei den Göttern hienieden, die Festung … sie ist … aufgegeben worden! Der Sohn der Dunkelheit hat Mondbrut aufgegeben!« Er schien zu erschauern und blickte langsam auf, blinzelte hektisch. Ein tiefer Atemzug. »Elster wurde von einem Kommandanten aus Caladan Bruths Armee getötet. Es scheint, als wäre das Bündnis von Verrat heimgesucht worden.«

»Natürlich«, schnaubte Korbolo Dom höhnisch.

»Wir müssen über den Schnellen Ben nachdenken«, sagte Kamist Reloe, der unablässig die Hände in seinem Schoß rang. »Wird Tayschrenn ihn zu Tavore schicken? Was ist mit den dreitausend Mann, die noch von Einarms Heer übrig sind? Selbst wenn Dujek sie nicht befehligt –«

»Ihr Geist ist gebrochen«, sagte L'oric. »Daher haben die wandernden Seelen unter ihnen mich auch aufgespürt.«

»Und wo ist Kalam Mekhar?«, zischte Kamist, wobei er unabsichtlich über seine Schulter blickte und angesichts seines eigenen Schattens an der Wand zusammenzuckte.

»Ohne den Schnellen Ben ist Kalam Mekhar nichts«, stieß Korbolo Dom wütend hervor. »Und jetzt, da sein geliebter Elster tot ist, sogar noch weniger.«

»Und was ist, wenn sich der Schnelle Ben wieder mit dem verdammten Assassinen zusammentut? Was dann?«, fuhr Kamist seinen Kameraden an.

Der Napanese zuckte die Schultern. »Ihre Gedanken werden nur um den Schlächter aus Bruths Gefolge kreisen, schließlich haben *wir* Elster nicht getötet ... Fürchte dich nicht vor etwas, das niemals geschehen wird, alter Freund.«

Überraschend hallte Sha'iks Stimme durch den Raum. »Alle bis auf Heboric raus! Sofort!«

Verständnislose Blicke, dann standen die anderen auf.

Felisin die Jüngere zögerte. »Mutter?«

»Du auch, Kind. Raus.«

L'oric versuchte es noch einmal. »Da ist noch diese Sache mit dem neuen Haus und all dem, was es bedeutet, Erw –«

»Morgen. Morgen Abend werden wir die Diskussion wieder aufnehmen. Und jetzt raus!«

Kurze Zeit später war Heboric mit Sha'ik allein. Sie starrte ihn einige Zeit lang schweigend an, dann stand sie plötzlich auf und trat von der Estrade herunter. Sie sank vor Heboric auf die Knie, nah genug, dass er ihr Gesicht erkennen konnte. Es war tränenüberströmt.

»Mein Bruder lebt!«, schluchzte sie.

Und plötzlich lag sie in seinen Armen, presste ihr Gesicht an seine Schulter, während immer neue Schauder ihre kleine, zerbrechliche Gestalt durchliefen.

Halb betäubt verharrte Heboric vollkommen reglos.

Sie weinte lange, sehr lange, und er drückte sie eng an sich, hielt sie, so fest er konnte. Und jedes Mal, wenn das Bild seines gefallenen Gottes vor seinem inneren Auge aufstieg, schob er es unbarmherzig beiseite. Das Kind in seinen Armen – denn nun war sie wieder ein Kind – weinte, gab sich ganz dem Schmerz der Erlösung hin. Sie war nicht mehr allein, nicht mehr allein mit ihrer verhassten Schwester, die das Blut der Familie besudelte.

Und aus diesem Grund – weil er hier und jetzt gebraucht wurde – würde sein eigener Kummer warten müssen.

Kapitel Acht

Die unerfahrenen Rekruten der Vierzehnten Armee stammten gut zur Hälfte vom Kontinent Quon Tali, direkt aus dem Herzen des Imperiums. Jung und voller Idealismus betraten sie im Gefolge der Opfer, die ihre Väter und Mütter, ihre Großväter und Großmütter gebracht hatten, einen Boden, der mit Blut getränkt war. Darin liegt der eigentliche Schrecken des Krieges: mit jeder weiteren Generation wird der Albtraum von Unschuldigen neu belebt.

Die Sha'ik-Rebellion, Illusionen des Sieges
Imrygyn Tallobant

Mandata Tavore stand allein vor viertausend hin und her wogenden, drängelnden Soldaten, während inmitten des Tumults Offiziere brüllten und riefen, deren Stimmen schon rau vor Verzweiflung waren. Piken, auf deren Klingen sich blendende Lichtblitze spiegelten, bewegten sich wie aufgeschreckte stählerne Vögel durch die staubgeschwängerte Luft des Exerzierplatzes. Die Sonne über ihnen war wie ein wütender Glutofen.

Faust Gamet stand zwanzig Schritt hinter Tavore und starrte die Mandata mit Tränen in den Augen an. Ein bösartiger Wind trieb die Staubwolke genau auf sie zu, hüllte sie binnen weniger Augenblicke ein. Doch sie rührte sich nicht, ihr Rücken war kerzengerade, die behandschuhten Hände ruhten reglos an ihren Seiten.

Kein Kommandant konnte je einsamer sein als sie in diesem Augenblick. Allein – und hilflos.

Und was noch schlimmer ist – das da ist meine Legion. Die Achte. Die als Erste antreten sollte, Beru schütze uns alle.

Doch sie hatte befohlen, dass er bleiben sollte, wo er war, wenn auch vielleicht nur, um ihm die Demütigung zu ersparen, die jeder Versuch, irgendeine Art von Ordnung in seine Truppen zu bringen, unweigerlich nach sich gezogen hätte. Stattdessen hatte sie selbst die Demütigung hingenommen. Und Gamet weinte für sie, unfähig, seine Scham und seinen Kummer zu verbergen.

Arens Exerzierplatz war eine große Fläche aus festgetrampelter, beinahe weißer Erde. Sechstausend voll gerüstete Soldaten konnten in Reih und Glied hier stehen, mit ausreichend breiten Korridoren zwischen den Kompanien, damit die Offiziere sie alle einzeln inspizieren konnten. Die Vierzehnte Armee sollte in drei Gruppen unter dem prüfenden Blick von Mandata Tavore antreten, immer eine Legion nach der anderen. Gamets Achte war als unzusammenhängender, in Auflösung begriffener Mob vor mehr als zwei Glockenschlägen hier eingetroffen; sämtliche Lektionen, die die Ausbildungssergeanten den Soldaten beigebracht hatten, waren wie weggeblasen, und die wenigen altgedienten Offiziere und Unteroffiziere waren in einen titanenhaften Kampf mit einem viertausendköpfigen Ungeheuer verstrickt, das vergessen hatte, was es eigentlich war.

Gamet sah Hauptmann Keneb, den Blistig ihm großzügigerweise als Kommandanten der Neunten Kompanie überlassen hatte, mit der flachen Seite seiner Klinge auf Soldaten einschlagen und sie in eine Reihe zwingen, die direkt hinter ihm wieder aufbrach, wenn andere Soldaten von hinten nachdrängten. In der vordersten Reihe befanden sich einige alte Soldaten, die versuchten, ihre Fersen in die Erde zu stemmen – rotgesichtige Sergeanten und Korporäle, denen der Schweiß übers Gesicht rann.

Fünfzehn Schritt hinter Gamet warteten die beiden anderen Fäuste ebenso wie die wickanischen Kundschafter unter dem Kommando von Temul. Auch Nil und Neder waren da, Admiral Nok hingegen glücklicherweise nicht – die Flotte hatte inzwischen die Anker gelichtet.

Gamet zitterte und wünschte sich weit weg von hier – egal wohin, nur weg – und hätte die Mandata am liebsten mitgezerrt. Da er das nicht konnte, wollte er vortreten, wollte ihren direkten Befehl missachten und neben ihr Position beziehen.

Jemand kam an seine Seite. Ein schwerer Ledersack fiel mit einem dumpfen Geräusch zu Boden, und als Gamet sich umwandte, sah er einen vierschrötigen Soldaten mit einem derben Gesicht unter einer Lederkappe. Der Mann hatte eine abgetragene, fleckige Uniform an, deren Purpurrot so stark verblasst war, dass es malvenfarben aussah. Darüber war ein Sammelsurium aus Ausrüstungsteilen, das allenfalls der halben Standard-Rüstung eines Seesoldaten entsprach. Der Neuankömmling trug keinerlei Rangabzeichen und betrachtete mit gleichgültiger Miene den brodelnden Mob.

Gamet drehte sich noch weiter um und sah eine Armlänge hinter dem vordersten ein weiteres Dutzend heruntergekommener Männer und Frauen mit nicht ausgebesserten Rüstungsteilen und den unterschiedlichsten Waffen, von denen die wenigsten aus Malaz stammten.

Die Faust wandte sich an den vordersten Mann. »Was seid ihr für Leute, im Namen des Vermummten?«

»Tut mir Leid, dass wir zu spät kommen«, brummte der Soldat. »Andererseits könnte ich auch lügen«, fügte er hinzu.

»Zu spät? Zu welchen Trupps gehört ihr? Zu welchen Kompanien?«

Der Mann zuckte die Schultern. »Zu dieser und jener. Wir waren im Gefängnis von Aren. Warum waren wir da? Aus diesen und jenen Gründen. Aber jetzt sind wir hier, Faust. Ihr wollt, dass diese Kinder zur Räson gebracht werden?«

»Wenn du das schaffst, Soldat, dann gebe ich dir ein eigenes Kommando.«

»Nein, das werdet Ihr nicht tun. Ich hab' hier in Aren einen Adligen aus Unta getötet. Einen Kerl namens Lenestro. Hab' ihm eigenhändig das Genick gebrochen.«

Inmitten der Staubwolken vor ihnen hatte sich ein Sergeant aus dem Mob gekämpft und näherte sich Mandata Tavore. Einen Augenblick lang hatte Gamet die schreckliche Vision, dass der Mann verrückt geworden war und sie an Ort und Stelle niederschlagen würde, doch er schob sein Kurzschwert in die Scheide zurück, als er vor ihr stehen blieb. Sie sprachen miteinander.

Die Faust war zu einem Entschluss gekommen. »Komm mit mir, Soldat.«

»Jawohl, Faust.« Der Mann griff nach seinem Ledersack.

Gamet führte ihn zu Tavore und dem Sergeanten. Dann geschah etwas Merkwürdiges. Der Veteran an der Seite der Faust grunzte – und zwar genau im selben Augenblick, da der Blick des drahtigen Sergeanten mit dem rot-grau gesprenkelten Bart an der Mandata vorbei auf ihn fiel. Ein plötzliches breites Grinsen, eine schnelle Folge von Gesten – eine Hand hob sich, als würde sie einen unsichtbaren Felsen oder Ball halten, drehte sich dann, der Zeigefinger beschrieb einen Kreis, gefolgt von einem Zucken des Daumens gen Osten. Abgeschlossen wurde das Ganze von einem Schulterzucken. Als Antwort auf all das schüttelte der Soldat aus dem Gefängnis seinen Packsack.

Die blauen Augen des Sergeanten weiteten sich.

Gamet und der Soldat traten neben die Mandata, die der Faust einen verblüfften Blick zuwarf.

»Ich bitte um Entschuldigung, Mandata«, sagte Gamet und hätte noch mehr hinzugefügt, doch Tavore hob eine Hand und öffnete den Mund, um zu sprechen.

Sie kam nicht dazu.

Der Soldat an Gamets Seite wandte sich an den Sergeanten. »Zieh uns eine Linie, ja?«

»Genau das mach ich.«

Der Sergeant machte auf dem Absatz kehrt und marschierte zurück zu den Reihen der vor und zurück wogenden Soldaten.

Tavore hatte dem Soldaten einen raschen Blick zugeworfen, sagte jedoch nichts, denn der Mann hatte seinen Sack abgestellt, die Klappe zurückgeschlagen und fuhrwerkte jetzt darin herum.

Fünf Schritt vor der ersten ungleichmäßigen Reihe zog der Sergeant wieder sein Schwert. Er stieß die stumpfe Spitze in den Boden und setzte sich in Bewegung, eine scharfe Furche über den Platz hinter sich herziehend.

Zieh uns eine Linie, ja?

Der Soldat, der immer noch über seinen Ledersack gebeugt dahockte, blickte plötzlich auf. »Steht Ihr beiden immer noch hier rum? Geht zurück zu den Wickanern, und dann zieht Euch alle zusammen noch mal dreißig, vierzig Schritt zurück. Ach ja, sorgt dafür, dass die Wickaner von ihren Pferden steigen und die Zügel gut festhalten, und sorgt alle für einen guten Stand. Und wenn ich das Signal gebe, haltet Euch die Ohren zu.«

Gamet zuckte zusammen, als der Mann anfing, eine Reihe von Tonkugeln aus seiner Tasche zu holen. *Dieser Sack ... ist vor nicht mal fünfzig Herzschlägen genau neben mir fallen gelassen worden. Beim Atem des Vermummten!*

»Wie heißt du, Soldat?«, fragte Mandata Tavore mit krächzender Stimme.

»Krake. Und jetzt solltet Ihr besser Euren Arsch in Bewegung setzen, Mädchen.«

Gamet streckte die Hand aus und tippte ihr auf die Schulter. »Mandata, das da sind –«

»Ich weiß, was das sind«, schnappte sie. »Und dieser Mann ist drauf und dran, fünfzig meiner Soldaten umzubringen –«

»Im Augenblick, Mandata«, brummte Krake, während er einen Klappspaten aus seiner Tasche zog, »habt Ihr gar keine. Soldaten, meine ich. Und glaubt mir, die Otataral-Klinge da an Eurer hübschen Hüfte wird Euch kein bisschen helfen, wenn Ihr Euch entschließen solltet, noch länger da stehen zu bleiben. Zieht Euch alle zurück, und überlasst den Rest mir und dem Sergeanten.«

»Mandata«, sagte Gamet, und es gelang ihm nicht, den flehenden Unterton in seiner Stimme zu unterdrücken.

Sie warf ihm einen finsteren Blick zu, drehte sich aber doch um. »Nun gut, dann wollen wir mal, Faust.«

Er ließ sie vorangehen, machte nach ein paar Schritten kurz Halt, um einen Blick zurückzuwerfen. Der Sergeant war wieder bei Krake, der es geschafft hatte, in absurd kurzer Zeit ein kleines Loch zu graben.

»Pflastersteine, da unten!« Der Sergeant nickte. »Perfekt!«

»Genau, wie ich's mir gedacht hab'«, erwiderte Krake. »Ich werde diese Kracher schräg hinlegen, und den Knaller eine Handbreit tiefer –«

»Perfekt. Ich hätte es genauso gemacht, wenn ich nur auf die Idee gekommen wäre, mir was mitzubringen –«

»Bist du versorgt?«

»Mehr als genug.«

»Die hier in meiner Tasche sind die Letzten.«

»Dem kann ich abhelfen, Krake.«

»Fied –«

»Saiten.«

»Saiten, dafür hast du dir einen Kuss verdient.«

»Ich kann's kaum erwarten.«

Gamet ging kopfschüttelnd weiter. *Sappeure.*

Die Explosion war ein zweifacher Donnerschlag, der die Erde erzittern ließ. Pflastersteine – befreit von der Last aus Staub, der himmelwärts geschleudert worden war – klapperten und klackerten in einem Hagelschauer aus Steinstückchen und Splittern über sie alle hinweg. Ein volles Drittel der Legion wurde von den Beinen gerissen und riss dabei noch andere Soldaten mit sich. Erstaunlicherweise schien niemand ernsthaft verletzt, als hätte Krake die Macht der Detonation irgendwie nach unten, unter die Steine gelenkt.

Nachdem die letzten Stückchen herabgeprasselt waren, gingen Mandata Tavore und Gamet wieder nach vorn.

Krake stand da, starrte den zum Schweigen gebrachten Mob an und hielt einen Fetzer in die Höhe. Mit lauter Stimme wandte er sich an die Rekruten. »Der nächste Soldat, der sich bewegt, kriegt den hier vor die Füße, und wenn ihr glaubt, so gut könnte ich nicht treffen, dann probiert's ruhig aus! Und jetzt – Sergeanten und Korporäle! Immer hübsch mit der Ruhe. Sucht eure Trupps. Ihr da vorne, Sergeant Saiten hier hat eine schön ordentliche Linie gezogen – zugegeben, im Augenblick sieht sie nicht mehr ganz so schön aus, also wird er sie noch mal ziehen müssen –, tretet an sie heran, die Zehen einen Fingerbreit davon entfernt, die Stiefel im rechten Winkel dazu! Wir machen das hier jetzt entweder richtig – oder es wird *Tote* geben.«

Sergeant Saiten ging nun an der vordersten Reihe entlang, sorgte dafür, dass die Linie eingehalten wurde, und verteilte die Soldaten. Offiziere brüllten erneut, allerdings nicht mehr so laut wie zuvor, da die Rekruten sich still verhielten. Langsam begann die Legion Gestalt anzunehmen.

Die Rekruten waren jetzt in der Tat still und ... aufmerksam, bemerkte Gamet, als er und die Mandata ungefähr dorthin zurückkehrten, wo sie zuvor gestanden hatten. Ein kleines Stück seitlich von ihnen befand sich der klaffende, rauchende Krater. Die Rekruten achteten weiter auf den Wahnsinnigen, der immer noch den Fetzen hoch über den Kopf hielt. Nach einem Augenblick trat die Faust zu Krake.

»Du hast einen Adligen getötet?«, fragte er leise, während er die sich ordnenden Reihen musterte.

»Stimmt, Faust, das hab' ich.«

»War er in der Kette der Hunde?«

»Das war er.«

»So wie du, Krake.«

»Bis ich einen Speer durch die Schulter bekommen hab'. Wurde dann an Bord der *Silanda* gebracht. Die letzte Auseinandersetzung hab' ich verpasst. Lenestro war ... nur zweite Wahl. Ich wollte mit Pullyk Alar anfangen, aber der ist mit Mallick Rael davongerannt. Ich will sie alle beide, Faust. Kann sein, dass sie denken, der Streit wär' zu Ende, ist er aber für mich nicht.«

»Ich würde mich freuen, wenn du mich auf das Angebot eines eigenen Kommandos festnageln würdest«, sagte Gamet.

»Nein, danke, Faust. Ich bin bereits einem Trupp zugeteilt. Sergeant Saitens Trupp. Passt mir sehr gut.«

»Woher kennst du ihn?«

Krake warf ihm einen Blick zu, seine Augen zu schmalen Schlitzen verengt. Mit ausdrucksloser Miene sagte er: »Hab' ihn heute zum ersten Mal gesehen, Faust. Und wenn Ihr mich jetzt entschuldigen wollt, ich schulde ihm einen Kuss.«

Weniger als einen viertel Glockenschlag später stand Faust Gamets Achte Legion reglos in dichten, gleichmäßigen Reihen da. Mandata Tavore musterte sie von ihrem Platz an Gamets Seite, hatte aber noch kein Wort verloren. Krake und Sergeant Saiten hatten sich wieder in den Vierten Trupp der Neunten Kompanie eingereiht.

Tavore schien zu einer Entscheidung gelangt zu sein. Sie winkte Faust Tene Baralta und Faust Blistig nach vorn, die kurz darauf schon neben Gamet standen und warteten. Die unscheinbaren Augen der Mandata richteten sich auf Blistig. »Eure Legion wartet in der Hauptstraße?«

Der rotgesichtige Mann nickte. »Und schmilzt in der Hitze, Mandata. Aber der Knaller hat sie beruhigt.«

Ihr Blick wanderte zu der Roten Klinge. »Faust Baralta?«

»Sie sind jetzt ruhig, Mandata.«

»Ich würde vorschlagen, dass die restlichen Soldaten kompanieweise antreten, nachdem ich die Achte habe wegtreten lassen und sie abmarschiert ist. Jede Kompanie wird sich aufstellen, und wenn sie fertig sind, wird die nächste folgen. Das mag zwar länger dauern, aber zumindest wird es keine Wiederholung dieses Chaos geben, das sich hier gerade abgespielt hat. Faust Gamet, seid Ihr zufrieden mit der Aufstellung Eurer Truppen?«

»Ziemlich zufrieden, Mandata.«

»Ich auch. Ihr könnt jetzt –«

Sie sprach nicht weiter, denn sie bemerkte, dass die drei Männer abgelenkt waren. Sie sahen über ihre Schulter hinweg an ihr vorbei. Von den viertausend Soldaten, die inzwischen Haltung angenommen hatten, ging jetzt eine absolute Stille aus – kein Rascheln von Rüstungen, kein Husten mehr. Die Achte hielt geschlossen den Atem an.

Gamet kämpfte darum, seinen ausdruckslosen Gesichtsausdruck

beizubehalten, sogar als Tavore eine Augenbraue hochzog und ihn anblickte. Dann drehte sie sich langsam um.

Das Kleinkind war aus dem Nichts gekommen, war niemandem aufgefallen, bis es genau an der Stelle stand, an der die Mandata zuerst gestanden hatte. Es zog eine ihm viel zu große rostrote Telaba hinter sich her, wie eine königliche Schleppe. Ein wirrer blonder Haarschopf umrahmte sein tief gebräuntes, pausbäckiges und dreckverschmiertes Gesicht, das sich den Rängen mit einer Miene gelassener Berechnung zuwandte.

Ein ersticktes Keuchen drang aus den Reihen der Soldaten, dann trat jemand vor.

Noch als der Mann die vorderste Reihe verließ, fiel der Blick des Kleinkinds auf ihn. Beide Ärmchen, bislang tief in den zu großen Ärmeln verborgen, streckten sich nach ihm aus. Ein Ärmel rutschte zurück und enthüllte eine winzige Hand – und diese Hand umklammerte einen Knochen. Einen menschlichen Oberschenkelknochen. Der Mann erstarrte mitten im Schritt.

Die Luft über dem Exerzierplatz schien zu zischen wie ein lebendes Wesen, als die viertausend Soldaten aufstöhnten.

Gamet unterdrückte einen Schauder und wandte sich an den Mann. »Hauptmann Keneb«, sagte er laut und bemühte sich, das in ihm aufsteigende Grauen hinunterzuschlucken, »ich schlage vor, Ihr sammelt Euren kleinen Burschen ein. Und zwar jetzt sofort, bevor er anfängt zu ... äh, zu schreien.«

Mit rotem Kopf brachte Keneb einen zittrigen Gruß zustande und marschierte dann vorwärts.

»Neb!«, schrie der kleine Junge, als der Hauptmann ihn hochhob.

»Folgt mir!«, bellte Mandata Tavore Gamet an, während sie auf das Paar zuging. »Ihr seid Hauptmann Keneb, stimmt's?«

»Ich b-bitte um Entschuldigung, Mandata. Der Junge hat eine Amme, scheint aber fest entschlossen, bei jeder sich bietenden Gelegenheit ihrer Obhut zu entschlüpfen – da hinten ist ein Friedhof –«

»Ist das Euer Kind, Hauptmann?«, wollte Tavore gereizt wissen.

»So gut wie, Mandata. Der Junge ist eine Waise aus der Kette der Hunde. Duiker, der Historiker, hat ihn meiner Obhut anvertraut.«

»Hat er auch einen Namen?«

»Wühler.«

»Wühler?«

Kenebs Schulterzucken hatte etwas Entschuldigendes. »Fürs Erste, Mandata. Der Name passt zu ihm –«

»Und der Achten. Ja, das kann ich sehen. Bringt ihn der Amme, die Ihr angeheuert habt, zurück, Hauptmann. Und morgen feuert Ihr sie, und sucht Euch eine bessere ... oder besser gleich drei. Wird der Junge die Armee begleiten?«

»Er hat sonst niemanden, Mandata. Bei den Zivilisten, die dem Tross folgen, wird es noch andere Familien geben –«

»Das ist mir klar. Kümmert Euch darum, Hauptmann Keneb.«

»Es ... es tut mir Leid, Mandata.«

Aber sie hatte sich schon abgewandt, und nur Gamet hörte sie seufzen und murmeln: »Dafür ist es jetzt zu spät.«

Und sie hatte Recht. Soldaten – selbst Rekruten – erkannten ein schlechtes Omen sofort. *Ein Kind in den Fußstapfen der Frau, die diese Armee anführen wird. Und es hält einen von der Sonne gebleichten Oberschenkelknochen in die Höhe.*

Bei den Göttern hienieden ...

»Da soll mir doch einer die Eier des Vermummten auf 'nem Bratspieß rösten.«

Der Fluch war ein tiefes Knurren, die Abscheu, die der Sprecher empfand, war unüberhörbar.

Saiten schaute zu, wie Krake seine Tasche absetzte und unter das niedrige Bett schob. Der Stall war behelfsmäßig zu einer Truppenunterkunft umgebaut worden und beherbergte jetzt acht Trupps; der enge Raum roch nach frischem Schweiß ... und nach entsetzlicher Angst. An der Pinkelgrube an der hinteren Wand ging es jemandem gar nicht gut.

»Lass uns rausgehen, Krake«, sagte Saiten nach einem Augenblick. »Ich trommle noch eben Gesler und Borduke zusammen.«

»Ich würde mich lieber betrinken«, murmelte der Sappeur.

»Später werden wir genau das tun. Aber zuerst müssen wir eine kleine Besprechung abhalten.«

Der andere Mann zögerte immer noch.

Saiten stand von seiner Koje auf und trat dicht an ihn heran. »He, das ist wirklich wichtig.«

»In Ordnung. Geh voraus ... Saiten.«

Wie sich herausstellte, stieß Stürmisch ebenfalls zu der Gruppe von Veteranen, die sich schweigend zwischen den bleichen Rekruten – viele von ihnen hielten die Augen geschlossen und murmelten stumm Gebete vor sich hin – hindurchschoben und hinaus auf den Hof gingen.

Er war verlassen. Leutnant Ranal – der sich beim Appell als erbärmlich unfähig erwiesen hatte – war unverzüglich ins Haupthaus geflohen, sobald die Truppen angekommen waren.

Alle Blicke waren auf Saiten gerichtet, der seinerseits die grimmigen Gesichter musterte, die sich um ihn versammelt hatten. Sie hatten keinen Zweifel daran, was die Bedeutung des Vorzeichens betraf, und Saiten war geneigt, ihnen zuzustimmen. *Ein Kind führt uns in den Tod. Ein Schenkelknochen, der unseren Marsch symbolisiert, verwittert unter dem Fluch der Wüstensonne. Wir alle hier sind schon zu alt und haben zu viel gesehen, um uns darüber hinwegzutäuschen, dass diese Armee aus Rekruten sich jetzt schon für tot hält.*

Stürmischs zerschlagenes, rotbärtiges Gesicht nahm schließlich einen Ausdruck an, der zu bitter war, um noch sarkastisch zu sein. »Wenn du uns jetzt sagen willst, dass wir hier am Tor des Vermummten eine Chance haben, die Flut einzudämmen, Saiten, dann hast du den Verstand verloren. Die Jungs und Mädels da drin sind nichts Besonderes – die ganzen verdammten drei Legionen –«

»Ich weiß«, unterbrach ihn Saiten. »Schließlich ist keiner von uns blöd. Nein, alles, worum ich bitte, ist einen Moment lang sprechen zu dürfen. Ich allein. Ohne Unterbrechungen. Ich werde euch sagen, wenn ich fertig bin. Einverstanden?«

Borduke drehte den Kopf zur Seite und spuckte aus. »Du bist ein verdammter Brückenverbrenner, beim Vermummten.«

»Ich war einer. Und – hast du ein Problem damit?«

Der Sergeant des Sechsten Trupps grinste. »Ich hab damit nur gemeint, dass ich dir deswegen zuhören werde, Saiten. Genau wie du willst.«

»Das Gleiche gilt für uns«, murmelte Gesler; Stürmisch, der neben ihm stand, nickte zustimmend.

Saiten wandte sich an Krake. »Und was ist mit dir?«

»Nur, weil du's bist und nicht Igel, Fiedler. Tschuldigung. *Saiten.*«

Bordukes Augen weiteten sich, als er den Namen hörte. Er spuckte ein zweites Mal aus.

»Danke.«

»Danke uns lieber noch nicht«, sagte Krake, aber er nahm dem Satz mit einem dünnen Lächeln die Schärfe.

»In Ordnung, ich werde mit einer Geschichte anfangen. Sie hat was mit Nok zu tun, dem Admiral, obwohl er damals noch kein Admiral war, nur Kommandant eines Geschwaders von sechs Dromonen. Würde mich wundern, wenn irgendeiner von euch die Geschichte schon gehört hätte, doch wenn ihr sie kennt, sagt nichts – denn ihre Bedeutung sollte euch bereits klar geworden sein. Sechs Dromonen. Unterwegs, um auf die Flotte von Kartool zu treffen: drei Piratengaleeren, die alle von den D'rek-Priestern der Insel gesegnet worden waren. D'rek – der Wurm des Herbstes. Ja, ihr alle kennt D'reks anderen Namen, aber ich habe ihn genannt, um etwas deutlich zu machen. Wie auch immer, Noks Flotte machte bei den napanesischen Inseln Halt, lief in die Mündung des Koolibor ein, um Wasser zu holen – sie brauchten Frischwasser. Was jedes Schiff machen musste, das nach Kartool oder noch weiter hinaus in die Weite unterwegs war. Sechs Schiffe, die alle Wasser holten und die Fässer unter Deck lagerten.

Eine halbe Tagesreise von den napanesischen Inseln entfernt wurde an Bord des Flaggschiffs das erste Fass von einem Helfer des Kochs aufgemacht. Und aus dem Loch kam eine Schlange herausgeschossen. Eine Paralt, die sofort den Arm des Burschen rauf ist und beide Fänge in sein linkes Auge geschlagen hat. Er rannte schreiend an Deck, die Schlange mit weit aufgerissenem Maul ließ nicht locker und wand sich. Tja, der Bursche hat grad mal zwei Schritte geschafft, bevor er gestorben ist, dann fiel er hin, schon so weiß wie ein von der Sonne verdörrter Hof. Die Schlange wurde getötet, aber ihr könnt euch vorstellen, dass längst alles zu spät war.

Nok, der damals noch jung war, hat das ganze Ereignis einfach abgeschüttelt, und als die Gerüchte anfingen und die ersten Matrosen und Seesoldaten vor Durst starben – auf Schiffen, mit Fässern voller Frischwasser, die niemand zu öffnen wagte –, ist er hingegangen und hat das Offensichtliche getan. Hat ein anderes Fass hochgebracht. Und es eigenhändig aufgemacht.« Saiten machte eine Pause. Er konnte sehen, dass niemand von den Anwesenden die Geschichte kannte. Und dass er ihre volle Aufmerksamkeit hatte.

»Das verdammte Fass war voller Schlangen. Sie quollen heraus und verteilten sich auf dem Deck. Es war ein verdammtes Wunder, dass Nok nicht gebissen wurde. Es war gerade zu Beginn der Trockenzeit, versteht ihr. Die Zeit der Paralts im Fluss war zu Ende. Das Wasser war voll von ihnen, weil sie zur Mündung geschwommen sind, um ins Meer zu gelangen. Jedes einzelne Fass auf den sechs Dromonen war voller Schlangen.

Das Geschwader hat nie gegen die Kartoolianer gekämpft. Zu dem Zeitpunkt, da die Schiffe wieder zu den napanesischen Inseln zurückkamen, war die Hälfte der Besatzung verdurstet. Alle sechs Schiffe wurden außerhalb des Hafens leckgeschlagen, mit Gaben an D'rek, den Wurm des Herbstes, gefüllt und in die Tiefe geschickt. Nok musste bis zum nächsten Jahr warten, bis er Kartools armselige Flotte zerschmettern konnte. Zwei Monate danach wurde die Insel erobert.« Er schwieg einen Augenblick, schüttelte dann den Kopf. »Nein, ich bin noch nicht fertig. Das war eine Geschichte, eine Geschichte darüber, wie man Dinge falsch macht. Man kann ein schlechtes Vorzeichen nicht bekämpfen. Nein, man muss das Gegenteil tun. Man muss es ganz und gar schlucken.«

Verwirrte Gesichter. Gesler war der Erste, der begriff, und als er zu grinsen begann – seine Zähne blitzten erstaunlich weiß in seinem bronzegetönten Gesicht –, nickte Saiten langsam. »Wenn wir nicht beide Hände um dieses Vorzeichen schließen, sind wir alle nichts weiter als Sargträger für die Rekruten da drinnen. Für die ganze verdammte Armee.

Nun, habe ich diesen Hauptmann nicht irgendwas über einen nahe gelegenen Friedhof sagen hören? Freigeblasen, die Knochen für alle zu sehen. Ich schlage vor, wir gehen los und suchen ihn. Jetzt gleich. In Ordnung, ich bin fertig.«

»Das war ein verdammter Oberschenkelknochen«, brummte Stürmisch.

Gesler starrte seinen Korporal an.

»Wir marschieren in zwei Tagen ab.«

Bevor sonst noch was passiert, fügte Gamet der Ankündigung der Mandata lautlos hinzu. Er warf einen Blick zu Nil und Neder hinüber, die Seite an Seite auf der Bank vor der Mauer saßen. Beide wurden immer wieder von Schaudern durchlaufen; die Nachwirkungen der Macht des Vorzeichens, unter dessen Eindruck sie sich bleich in die Ecke kauerten.

Geheimnisse suchten die Welt heim. Gamet hatte ihren Gänsehaut erzeugenden kalten Hauch schon früher verspürt, ein Widerhall der Macht, die nicht von einem Gott stammte, aber nichtsdestotrotz existierte. Genauso unerbittlich wie die Naturgesetze. Wahrheiten unter dem Knochen. Seiner Meinung nach wäre der Imperatrix mehr damit gedient, wenn sie die Vierzehnte unverzüglich auflösen würde. Man hätte die Einheiten wohl überlegt neu zusammenstellen und ihnen im ganzen Imperium neue Aufgaben erteilen können. Und eben ein Jahr auf eine neue Welle von Rekruten warten müssen.

Die Worte, die Mandata Tavore nun an diejenigen richtete, die im Raum versammelt waren, schienen Gamets Gedanken direkt aufzunehmen. »Wir können es uns nicht erlauben«, sagte sie, wobei sie auf und ab schritt, was gar nicht typisch für sie war. »Die Vierzehnte darf nicht schon besiegt sein, ehe sie auch nur einen Fuß vor die Mauern von Aren gesetzt hat. Wenn das geschieht, wird der ganze Subkontinent unwiederbringlich verloren sein. Da ist es besser, wir werden in der Raraku ausgelöscht. Zumindest wird das auch Sha'iks Streitkräfte schwächen.

Zwei Tage.

In der Zwischenzeit will ich, dass die Fäuste ihre Offiziere zusammenrufen – alle vom Rang eines Leutnants aufwärts. Teilt ihnen mit, dass ich jede Kompanie persönlich besuchen werde, und zwar werde ich heute Nacht damit beginnen. Lasst sie im Unklaren, welche ich zuerst besuchen werde – ich will, dass sie alle wachsam sind. Abgesehen von den Wachen, haben sich alle Soldaten in den Truppenunterkünften aufzuhalten. Behaltet besonders die Veteranen im Auge. Sie werden versuchen, sich zu betrinken und betrunken zu bleiben, solange sie können. Faust Baralta, nehmt Kontakt zu Orto Setral auf, und lasst ihn einen Trupp Rote Klingen zusammenziehen. Sie werden das Lager der Zivilisten, die dem Tross folgen, durchsuchen und jeglichen Alkohol konfiszieren, genau wie Durhang und alles andere, was die Einheimischen sonst noch besitzen, um die Sinne zu betäuben. Und dann zieht einen Zaun um das Lager. Irgendwelche Fragen? Gut. Ihr könnt alle wegtreten. Gamet, lasst T'amber zu mir schicken.«

»Jawohl, Mandata.« *Diese Nachlässigkeit ist aber gar nicht typisch. Außer mir hat hier noch niemand Eure parfümierte Geliebte zu Gesicht bekommen. Sie wissen natürlich alle Bescheid. Trotzdem ...*

Draußen im Korridor tauschte Blistig ein kurzes Nicken mit Baralta aus und packte dann Gamet am Oberarm. »Wenn Ihr bitte mit uns kommen wollt.«

Nil und Neder warfen ihnen einen Blick zu und eilten davon.

»Nehmt Eure verdammte Hand von meinem Arm«, sagte Gamet leise. »Ich kann Euch auch folgen, ohne dass Ihr mich führt, Blistig.«

Der Angesprochene ließ los.

Sie fanden einen leeren Raum, der früher einmal benutzt worden war, irgendwelche Dinge an Haken aufzuhängen, die in Dreiviertelhöhe in die Wände eingelassen waren. Die Luft roch nach Wollfett.

»Es ist so weit«, sagte Blistig ohne große Vorrede. »Wir können nicht in zwei Tagen aufbrechen, Gamet, und das wisst Ihr. Wir können überhaupt nicht aufbrechen. Schlimmstenfalls wird es eine Meuterei geben, bestenfalls unzählige Desertionen. Die Vierzehnte ist erledigt.«

Der zufriedene Blick des Mannes ließ kochende Wut in Gamet aufsteigen. Er kämpfte einen Moment mit sich und schaffte es dann, seine Gefühle so weit unter Kontrolle zu bekommen, dass er Blistig in die Augen blicken und ihn fragen konnte: »Habt Ihr und Keneb dafür gesorgt, dass dieses Kind da draußen aufgetaucht ist?«

Blistig wich zurück, als wäre er geschlagen worden. Sein Gesicht lief dunkel an. »Wofür haltet Ihr mich –«

»Im Augenblick kann ich das nicht so recht sagen«, schnappte Gamet.

Der ehemalige Kommandant der Garnison von Aren zupfte das Bändchen vom Schwertgriff, das verhinderte, dass die Waffe herausrutschte, doch Tene Baralta trat mit klirrender Rüstung zwischen die beiden Männer. Der dunkelhäutige Krieger war größer und breiter als die beiden Malazaner, und er streckte die Arme aus, legte jedem der beiden eine behandschuhte Hand auf die Brust und schob die beiden Männer dann langsam auseinander. »Wir sind hier, um zu einer Übereinkunft zu kommen, nicht, um einander zu töten«, sagte er mit polternder Stimme. »Außerdem«, fügte er hinzu und blickte Blistig an, »ist mir ein ähnlicher Verdacht gekommen wie Gamet.«

»Keneb würde so etwas niemals tun«, erwiderte Blistig krächzend, »auch wenn Ihr beiden es Euch anscheinend bei mir vorstellen könnt.«

Eine würdige Antwort.

Gamet trat ein paar Schritte zurück, ging zur hinteren Wand des Raums, wo er mit dem Rücken zu den anderen stehen blieb. Seine Gedanken rasten, und schließlich schüttelte er den Kopf. Ohne sich umzudrehen, sagte er: »Sie hat um zwei Tage gebeten –«

»Gebeten? Ich habe einen Befehl gehört –«

»Dann habt Ihr nicht genau hingehört, Blistig. Die Mandata mag jung und unerfahren sein, doch sie ist keine Närrin. Sie sieht, was Ihr seht – was wir alle sehen. Aber sie hat um zwei Tage gebeten. Wenn der Augenblick gekommen ist, an dem wir aufbrechen müssen … nun, in jenem Augenblick wird so oder so eine endgültige Entscheidung gefällt werden müssen – egal, wie sie ausfällt … Vertraut ihr.« Er drehte sich um. »Und wenn es nur dieses eine Mal ist. Zwei Tage.«

Nach einem langen Augenblick nickte Tene Baralta. »So sei es.«

»Also gut«, schloss Blistig sich an.

Beru segne uns. Als Gamet gehen wollte, berührte Tene Baralta ihn an der Schulter. »Faust«, begann er, »was hat es mit dieser … dieser T'amber auf sich? Wisst Ihr Genaueres? Warum ist die Mandata immer so … verschlossen? Frauen, die sich Frauen als Geliebte nehmen – das einzige Verbrechen dabei ist der Verlust für die Männer, und so ist es immer gewesen.«

»Verschlossen? Nein, Tene Baralta, sie ist nicht verschlossen. Zurückgezogen trifft es besser. Die Mandata ist einfach eine Frau, die sehr zurückgezogen lebt.«

Der ehemalige Kommandant der Roten Klingen war noch nicht zufrieden. »Diese T'amber – was ist das für eine? Übt sie irgendeinen unzulässigen Einfluss auf unsere Oberbefehlshaberin aus?«

»Ich habe nicht die geringste Ahnung, um Eure zweite Frage zu beantworten. Was sie für ein Mensch ist? Ich glaube, sie war eine Konkubine, in Unta, im Großen Tempel der Königin der Träume. Ansonsten habe ich nur einige wenige Worte mit ihr gewechselt – und immer auf Geheiß der Mandata. Außerdem ist T'amber nicht besonders gesprächig …« *Das ist eine gewaltige Untertreibung. Schön ist sie, oh ja, und unnahbar. Ob sie irgendeinen unzulässigen Einfluss auf Tavore ausübt? Das wüsste ich auch gerne.* »Und da wir gerade von T'amber sprechen – ich muss Euch jetzt verlassen.«

An der Tür blieb er noch einmal stehen und warf einen Blick zurück auf Blistig. »Ihr habt mir eine gute Antwort gegeben, Blistig. Ich verdächtige Euch nicht mehr.«

Der Mann nickte zur Antwort einfach nur.

Lostara Yil legte das letzte Stück der Ausrüstung, die sie als Rote Klinge getragen hatte, in die Kiste, klappte dann den Deckel herunter und verschloss sie. Sie richtete sich auf und trat einen Schritt zurück. Irgendwie fühlte sie sich nackt. Es war ihr immer ein großer Trost gewesen, zu dieser gefürchteten Kompanie zu gehören. Dass die Roten Klingen von den Wüstenstämmen – ihren Verwandten – gehasst und in ihrem eigenen Land geschmäht wurden, hatte sich als überraschend befriedigend erwiesen. Denn sie hasste ihrerseits die Stämme.

Als Tochter anstelle des heiß ersehnten Sohnes in eine Pardu-Familie hineingeboren, hatte sie ihre Kindheit auf den Straßen von Ehrlitan verbracht. Bevor die Malazaner mit ihren Familiengesetzen gekommen waren, war es bei vielen Stämmen üblich gewesen, unerwünschte Kinder auszustoßen, sobald sie das fünfte Lebensjahr erreicht hatten.

Akolythen zahlloser Tempel – Anhänger geheimnisvoller Kulte – suchten diese verlassenen Kinder regelmäßig zusammen. Niemand wusste, was mit ihnen passierte. Die hoffnungsvolleren im Rudel der anderen Bälger, die Lostara gekannt hatte, hatten geglaubt, dass sie bei den Kulten irgendeine Art von Erlösung finden würden. Eine Ausbildung, etwas zu essen, Sicherheit, alles Dinge, die sie schließlich selbst zu Akolythen werden ließen. Doch die Mehrzahl der Kinder hatte einen anderen Verdacht. Sie hatten Geschichten gehört oder sogar mit eigenen Augen beobachtet, wie gelegentlich verhüllte Gestalten von der Rückseite der Tempel gekommen waren und sich mit einem abgedeckten Karren kleine Gässchen entlanggeschlängelt hatten, unterwegs zu den von Krabben wimmelnden Fluttümpeln östlich der Stadt – Teiche, die nicht so tief waren, dass man den Schimmer kleiner, abgenagter Knochen auf ihrem Grund nicht hätte sehen können.

In einem waren sie sich alle einig. Der Hunger der Tempel war unstillbar.

Egal, ob optimistisch oder pessimistisch – die Kinder auf den Straßen von Ehrlitan taten alles, um den Jägern mit ihren Netzen und Schlingen zu entkommen. Man konnte sich durchschlagen, eine Art von Freiheit gewinnen, so bitter sie auch sein mochte.

Lostara war sieben Jahre alt gewesen, als sie vom Netz eines Akolythen auf die schmierigen Pflastersteine gerissen wurde. Die umstehenden Bürger achteten nicht auf ihre Schreie, traten stattdessen beiseite, als der schweigende Priester seine Beute zum Tempel zerrte. Teilnahmslose Blicke kreuzten sich hin und wieder auf dieser schrecklichen Reise mit den ihren, und diese Blicke würde Lostara niemals vergessen.

Rashan hatte sich als weniger blutrünstig als die anderen Kulte erwiesen, was die Jagd auf Kinder anging. Sie hatte sich inmitten einer Hand voll Neuankömmlinge wiedergefunden, die alle mit Aufgaben der Instandhaltung des Tempels betraut wurden, anscheinend dazu bestimmt, ein Leben lang niedere Dienste verrichten zu müssen. Die Plackerei dauerte an, bis sie neun war, als Lostara aus Gründen, von denen sie keine Ahnung hatte, auserwählt wurde, um im Schattentanz ausgebildet zu werden. Sie hatte gelegentlich einen kurzen Blick auf die Tanzenden erhascht – eine sich verbergende und geheimnistuerische Gruppe von Männern und Frauen, für die Anbetung in einem kunstvollen, komplizierten Tanz bestand. Ihr einziges Publikum waren Priester und Priesterinnen – die jedoch niemals die Tanzenden ansahen, sondern nur deren Schatten.

Du bist nichts, Kind. Keine Tänzerin. Dein Körper steht in Rashans Diensten, und Rashan ist die Manifestation des Schattens in dieser Sphäre, das Ziehen der Dunkelheit zum Licht. Wenn du tanzt, sieht man nicht dir zu. Man sieht dem Schatten zu, den dein Körper malt. Der Schatten ist der Tänzer, Lostara Yil. Nicht du.

Jahre der Disziplin mit gliederstreckenden Übungen, die jedes Gelenk lockerten, das Rückgrat in die Länge zogen, es den Schattenwerfenden erlaubten, mit gleitenden Bewegungen förmlich dahinzufließen – und alles für nichts.

Die Welt außerhalb der hohen Tempelmauern hatte sich verändert. Ereignisse, von denen Lostara nichts gewusst hatte, hatten systematisch ihre ganze Zivilisation zerschmettert. Das malazanische Imperium hatte seine Invasion begonnen. Städte fielen. Fremde Schiffe belegten den Hafen von Ehrlitan mit einer Blockade.

Dem Rashan-Kult blieben die Säuberungen durch die neuen, harten Herren des Reichs der Sieben Städte erspart, denn er wurde als Religion betrachtet. Anderen Tempeln erging es weniger gut. Sie erinnerte sich, wie sie Rauch am Himmel über Ehrlitan gesehen und sich gefragt hatte, wo er wohl herkam, und nachts wurde sie von schrecklichen Geräuschen geweckt, die vom Chaos in den Straßen kündeten.

Lostara war eine mittelmäßige Schattenwerferin. Ihr Schatten schien einen eigenen Willen zu haben und war ein widerspenstiger, zögerlicher Partner während der Ausbildung. Sie fragte sich nicht, ob sie glücklich war oder nicht. Rashans leerer Thron zog ihren Glauben nicht an, wie bei den anderen Studenten. Sie lebte, doch es war ein blindes Leben. Weder kreisförmig noch geradlinig, denn in ihren Gedanken war überhaupt keine Bewegung, und der einzige Fortschritt maß sich daran, wie sie mit den Übungen vorankam, die ihr aufgezwungen wurden.

Die Zerstörung des Kults kam plötzlich und unerwartet – und sie erfolgte von innen.

Sie erinnerte sich an die Nacht, in der alles begonnen hatte. Im Tempel hatte große Aufregung geherrscht. Ein Hohepriester aus einer anderen Stadt war zu Besuch gekommen. War gekommen, um mit Meister Bidithal über Angelegenheiten von höchster Bedeutung zu sprechen. Zu Ehren des Fremden würde ein Tanz stattfinden, zu dem

Lostara und die anderen Jungen und Mädchen, die mit ihr zusammen ausgebildet wurden, eine Hintergrund-Sequenz beisteuern würden, um die Schattentänzer zu ergänzen.

Lostara selbst war die ganze Sache ziemlich gleichgültig gewesen, denn sie war weit davon entfernt gewesen, eine der Besten in ihrer kleinen Rolle in der Aufführung zu sein. Aber sie erinnerte sich an den Fremden.

Er war so ganz anders gewesen als der angesäuerte alte Bidithal. Groß, schlank, mit einem lachenden Gesicht und fast schon femininen Händen mit außergewöhnlich langen Fingern – Hände, deren Anblick neue Gefühle in ihr zum Leben erweckte.

Gefühle, die sie bei ihren mechanischen Tanzbewegungen stolpern und ihren Schatten in einen Rhythmus verfallen ließen, der einen Kontrapunkt nicht nur zu denjenigen setzte, die von ihren Kameraden und Kameradinnen geworfen wurden, sondern auch zu denen der Schattentänzer selbst – als ob noch eine dritte Melodie in den Hauptraum geschlüpft wäre.

Zu auffällig, um unbemerkt zu bleiben.

Bidithal hatte sich mit dunkel angelaufenem Gesicht halb erhoben – doch der Fremde sprach als Erster.

»Ich bitte Euch, lasst den Tanz weitergehen«, sagte er, und seine Blicke kreuzten sich mit denen Lostaras. »Das Lied der Schilfgräser ist noch nie in dieser Art vorgetragen worden. Das hier ist keine freundliche Brise, was, Bidithal? Oh, nein, das ist ein ausgewachsener Sturm. Die Tänzer und Tänzerinnen sind Jungfrauen, ja?« Sein Lachen war leise, aber voll tönend. »Doch an diesem Tanz ist nichts Jungfräuliches mehr, was? Oh, welch Sturm der Begierde!«

Und jene Blicke hielten Lostara immer noch fest, und sie hatten die Begierde, die sie überwältigte, absolut durchschaut – die Begierde, die dem wilden Herumtollen ihres Schattens Form verlieh. Er hatte sie durchschaut, und da war eine gewisse, jedoch kühle ... Anerkennung. Als würde er sich geschmeichelt fühlen, ohne ihr im Gegenzug eine Einladung anzubieten.

Der Fremde hatte in jener Nacht andere Aufgaben – und auch in den folgenden Nächten –, das sollte Lostara sehr viel später erkennen. Im Augenblick allerdings brannte ihr Gesicht vor Schamesröte, und sie brach ihren Tanz ab und floh aus dem Zimmer.

Natürlich war Delat nicht gekommen, um einer Schattenwerferin das Herz zu stehlen. Er war gekommen, um Rashan zu zerstören.

Delat, der, wie sich herausstellte, sowohl ein Hohepriester wie auch ein Brückenverbrenner war. Welche Gründe auch immer der Imperator gehabt haben mochte, um den Kult auszulöschen – Delats Hand war es, die ihm den Todesstoß versetzte.

Allerdings nicht allein. In der Nacht der Morde, beim Glockenschlag der dritten Stunde nach dem Lied der Schilfgräser – zwei Stunden nach Mitternacht – war da noch ein anderer gewesen, gut getarnt in den schwarzen Kleidern eines Assassinen …

Lostara wusste über das, was in jener Nacht im Rashan-Tempel von Ehrlitan geschehen war, mehr als irgendjemand sonst – mit Ausnahme der Spieler höchstpersönlich –, denn Lostara war die einzige Bewohnerin des Tempels, die verschont worden war. Zumindest hatte sie das lange Zeit geglaubt, bis der Name Bidithal wieder aufgetaucht war, in Sha'iks Armee der Apokalypse.

Oh, aber ich wurde mehr als nur verschont in jener Nacht, oder?
Delats schöne, langfingrige Hände …

Als sie am folgenden Morgen nach sieben Jahren zum ersten Mal wieder den Fuß in die Straßen der Stadt gesetzt hatte, hatte sie sich der schrecklichen Erkenntnis stellen müssen, dass sie allein war, ganz allein. Was eine uralte Erinnerung wieder zum Leben erweckte – daran, wie sie am Tag nach ihrem fünften Geburtstag aufgewacht und einem alten Mann übergeben worden war, den man angeheuert hatte, um sie wegzubringen, sie in eine merkwürdige Gegend auf der anderen Seite der Stadt zu schaffen und dort zurückzulassen. Eine Erinnerung, in der noch immer die Schreie eines kleinen Mädchens nach seiner Mutter widerhallten.

Die kurze Zeitspanne von ihrem Aufbruch aus dem Tempel bis zu ihrem Eintritt bei den Roten Klingen – der neu geschaffenen Kompanie von Einheimischen aus dem Reich der Sieben Städte, die dem malazanischen Imperium Loyalität geschworen hatten – hatte ihr ganz eigene Erinnerungen geschenkt, Erinnerungen, die sie seither längst unterdrückt hatte. Hunger, Verunglimpfung, Demütigung – eine anscheinend tödliche, abwärts führende Spirale. Aber die Rekrutierungsoffiziere hatten sie gefunden, oder vielleicht hatte sie auch *sie* gefunden. Die Roten Klingen waren ein sichtbares Zeichen für die Sache des Imperators, der Beginn einer neuen Ära im Reich der Sieben Städte. Es würde Frieden herrschen. Das alles interessierte Lostara allerdings nicht. Dann schon eher das weit verbreitete Gerücht, dass die Roten Klingen versuchten, die Überbringer malazanischer Gerechtigkeit zu werden.

Sie hatte die teilnahmslosen Blicke nicht vergessen. Die Bürger, die ihrem Flehen gleichgültig gegenübergestanden hatten, die zugesehen hatten, wie der Akolyth sie einem unbekannten Schicksal entgegenzerrte. Und sie hatte auch ihre Eltern nicht vergessen.

Auf Verrat gab es nur eine Antwort – eine ganz allein –, und Lostara Yil, ehemals Hauptmann der Roten Klingen, hatte hervorragend gelernt, diese Antwort auf brutale Weise zu geben.

Und werde ich jetzt zu einer Verräterin gemacht?

Sie wandte sich von der Holzkiste ab. Sie war keine Rote Klinge mehr. Schon bald würde Perl auftauchen, und dann würden sie aufbrechen, um die völlig erkaltete Spur von Tavores unglücklicher Schwester Felisin zu suchen. Wobei sie möglicherweise Gelegenheit finden würden, den Krallen eine Klinge mitten ins Herz zu stoßen. Doch gehörten die Krallen nicht auch zum Imperium? Waren sie nicht Tanzers Leute, seine Spione und Attentäter, die tödliche Waffe seines Willens? Was hatte sie dann zu Verrätern gemacht?

Verrat war ein Rätsel. Eines, das Lostara immer unerklärlich bleiben würde. Sie wusste nur, dass Verrat die tiefsten aller Wunden schlug.

Und sie hatte vor langer Zeit geschworen, dass sie sich solche Wunden niemals wieder würde zufügen lassen.

Sie nahm ihr Schwertgehenk vom Haken über dem Bett, schlang sich den breiten Ledergürtel um die Hüfte und hakte ihn zusammen.

Und erstarrte.

Der kleine Raum vor ihr war voller tanzender Schatten.

Und in ihrer Mitte war eine Gestalt. Ein bleiches Gesicht mit entschlossenen Gesichtszügen, das die Lachfältchen in den Augenwinkeln etwas freundlicher aussehen ließen – und die Augen selbst, die – als die Gestalt sie anblickte – sich klärten wie unergründliche Teiche.

Augen, in denen sie versinken könnte, wie sie in einem plötzlichen Aufwallen spürte. Hier, jetzt, für immer.

Die Gestalt neigte andeutungsweise den Kopf und sagte: »Lostara Yil. Ihr werdet vielleicht an meinen Worten zweifeln – aber ich erinnere mich an Euch –«

Sie wich zurück, drückte den Rücken gegen die Wand und schüttelte den Kopf. »Ich kenne Euch nicht«, flüsterte sie.

»Das stimmt. Aber wir waren damals zu dritt, in jener Nacht vor so langer Zeit in Ehrlitan. Ich war Zeuge Eurer ... unerwarteten Darbietung. Habt Ihr gewusst, dass Delat – oder genauer, der Mann, von dem ich schließlich erfahren sollte, dass er Delat war – Euch für sich beansprucht hatte? Nicht nur in jener einen Nacht. Ihr wärt mit ihm zu den Brückenverbrennern gekommen, und das hätte ihm sehr gut gefallen. Glaube ich zumindest. Leider gibt es keine Möglichkeit mehr, das zu überprüfen, denn nach außen hin ist alles so fürchterlich schief gegangen.«

»Ich erinnere mich«, sagte sie.

Der Mann zuckte die Schultern. »Delat, der bei jener Mission damals einen anderen Namen trug und außerdem der Verantwortung meines Kameraden unterstanden hat – Delat hat Bidithal laufen lassen. Ich nehme an, es sah wie ... wie Verrat aus, nicht wahr? Zumindest hat mein Kamerad es so gesehen. Und bis zum heutigen Tag schürt Schattenthron – der damals noch nicht Schattenthron war, sondern einfach nur ein Mann, der sich auf besonders geschickte Weise und voller Ehrgeiz Rashans Schwestergewirr Meanas zu Nutze machte – also bis zum heutigen Tag, wollte ich sagen, schürt Schattenthron die ewigen Feuer der Rache. Aber Delat hat sich als sehr fähig erwiesen, sich ... direkt vor unserer Nase zu verstecken. Genau wie Kalam. Nur ein weiterer unauffälliger einfacher Soldat in den Reihen der Brückenverbrenner.«

»Ich weiß nicht, wer Ihr seid.«

Der Mann lächelte. »Ach, ja, ich übertreffe mich wieder einmal selbst ...« Sein Blick fiel auf die Schatten, die sich lang vor ihm erstreckten, obwohl er mit dem Rücken zu einer unbeleuchteten, geschlossenen Tür stand, und sein Lächeln wurde breiter, als würde er seine Worte nochmals überdenken. »Ich bin Cotillion, Lostara Yil. Damals war ich Tanzer, und ja, Ihr könnt die Bedeutung dieses Namens aufgrund eurer Ausbildung sehr wohl erraten. Natürlich waren im Reich der Sieben Städte einige Dinge, die mit dem Kult zusammenhingen, in Vergessenheit geraten, vor allem die wahre Natur des Schattentanzens. Es sollte nie aufgeführt werden, Lostara. In Wirklichkeit war es eine höchst kriegerische Kunst. Die Kunst des Tötens.«

»Ich bin keine Anhängerin des Schattens – weder von Rashans noch von Eurer Version –«

»Das ist nicht die Loyalität, um deretwillen ich mich an Euch wende«, erwiderte Cotillion.

Sie schwieg, kämpfte ebenso sehr darum, ihren Gedanken Sinn zu verleihen, wie seinen Worten. Cotillion ... war Tanzer. Schattenthron ... *muss Kellanved gewesen sein, der Imperator!* Sie machte ein finsteres Gesicht. »Meine Loaylität gilt dem malazanischen Imperium. Dem *Imperium* –«

»Sehr gut«, erwiderte er. »Ich bin erfreut.«

»Und jetzt werdet Ihr versuchen, mich davon zu überzeugen, dass Imperatrix Laseen nicht die rechtmäßige Herrscherin des Imperiums sein soll –«

»Ganz und gar nicht. Sie soll ruhig herrschen. Aber leider steckt sie im Augenblick ganz schön in Schwierigkeiten, stimmt's? Sie könnte ein bisschen ... Hilfe gebrauchen.«

»Sie hat Euch angeblich ermordet!«, zischte Lostara. »Euch und Kellanved – alle beide!« *Sie hat Euch betrogen.*

Cotillion zuckte einfach nur erneut die Schultern. »Alle hatten ihre … Pflichten. Lostara, in dem Spiel, das hier gespielt wird, geht es um weit mehr als um irgendein Imperium, das von Sterblichen geschaffen wurde. Aber das Imperium, über das wir gerade sprechen – Euer Imperium –, nun, sein Erfolg ist entscheidend für das, wonach wir trachten. Und wenn Ihr in vollem Ausmaß über jüngst geschehene Ereignisse Bescheid wüsstet, die sich weit weg von hier zugetragen haben, würdet Ihr nicht erst überzeugt werden müssen, dass die Imperatrix im Augenblick auf einem sehr wackligen Thron sitzt.«

»Doch selbst Ihr habt den Impera – habt Schattenthron verraten. Habt Ihr mir nicht gerade erzählt –«

»Manchmal sehe ich weiter als mein teurer Kamerad. Tatsächlich scheint er besessen von dem Wunsch, Laseen leiden zu sehen – ich habe andere Pläne, und so lange er sie als Teil seiner eigenen betrachtet, gibt es keine zwingende Notwendigkeit, ihn darüber eines Besseren zu belehren. Aber ich werde nicht versuchen, Euch zu täuschen und so zu tun, als wäre ich allwissend. Ich gebe zu, dass ich schwerwiegende Fehler gemacht habe, ja, dass ich das Gift des Misstrauens tatsächlich kenne. Der Schnelle Ben. Kalam. Elster. Wem gegenüber waren sie wirklich loyal? Nun, letzten Endes habe ich meine Antwort erhalten, aber ich bin mir noch nicht ganz schlüssig, ob sie mich eher froh stimmt oder beunruhigt. Es gibt eine Gefahr, die Aufgestiegene ganz besonders quält, und das ist die Tendenz, zu lang zu warten. Bevor sie handeln, bevor sie – wenn Ihr so wollt – aus den Schatten treten.« Er lächelte erneut. »Ich werde wieder gutmachen, dass ich in der Vergangenheit gezögert habe – was gelegentlich tödliche Folgen hatte. Und deshalb stehe ich hier vor Euch, Lostara Yil, und bitte Euch um Eure Hilfe.«

Ihr Gesichtsausdruck wurde noch finsterer. »Warum sollte ich Perl nichts von dieser … dieser Begegnung erzählen?«

»Es gibt keinen Grund, aber mir wäre lieber, Ihr würdet es nicht tun. Ich bin noch nicht bereit für Perl. Was Euch angeht – wenn Ihr schweigt, wird das kein Verrat sein, denn wenn Ihr tut, worum ich Euch bitte, werdet Ihr beide im Gleichschritt marschieren. Ihr werdet in keinen Konflikt geraten, ganz egal, was auch passiert oder was Ihr bei Euren Reisen entdeckt.«

»Wo ist dieser ... Delat?«

Er zog die Brauen hoch, als hätte die Frage ihn kurzfristig überrascht, dann seufzte er und nickte. »Ich habe in diesen Tagen leider keine Macht über ihn. Warum? Er ist zu mächtig. Zu geheimnisvoll. Zu hinterhältig. Zu verdammt schlau, beim Vermummten. Selbst Schattenthron hat seine Aufmerksamkeit auf andere Dinge gerichtet. Ich würde gerne ein Wiedersehen arrangieren, aber ich fürchte, dazu habe ich nicht die Macht.« Er zögerte kurz und fügte dann hinzu: »Manchmal muss man einfach nur auf das Schicksal vertrauen, Lostara. Die Zukunft verspricht immer nur eines – und wirklich nur das: Überraschungen. Aber eines solltet Ihr noch wissen: Wir wollen alle auf unsere Art das malazanische Imperium retten. Wollt Ihr mir helfen?«

»Wenn ich es täte, würde mich das zu einer Kralle machen?«

Cotillions Lächeln wurde breiter. »Aber die Krallen gibt es nicht mehr, meine Liebe.«

»Also wirklich, Cotillion, Ihr wollt mich doch nicht tatsächlich um Hilfe bitten und gleichzeitig zum Narren halten?«

Das Lächeln verblasste allmählich. »Aber ich sage Euch doch, die Krallen gibt es nicht mehr. Hadra hat sie ausgelöscht. Wisst Ihr etwas, das dagegen sprechen könnte?«

Sie schwieg einen Augenblick, wandte sich dann ab. »Nein. Ich habe es einfach nur ... angenommen.«

»Ah ja. Werdet Ihr mir also helfen?«

»Perl ist hierher unterwegs«, sagte Lostara und blickte den Gott wieder an.

»Ich bin sehr wohl in der Lage, mich kurz zu fassen, wenn es erforderlich ist.«

»Was soll ich tun?«

Einen halben Glockenschlag später klopfte es leicht an der Tür, und Perl kam hereinstolziert.

Er blieb unverzüglich stehen. »Ich rieche Zauberei.«

Lostara, die auf dem Bett saß, zuckte die Schultern und stand auf, um nach der Tasche mit ihren Sachen zu greifen. »Im Schattentanz gibt es Bewegungsabläufe«, sagte sie beiläufig, »die gelegentlich Rashan erwecken.«

»Rashan! Klar.« Er trat dichter an sie heran, blickte sie forschend an. »Der Schattentanz. Ihr beherrscht ihn?«

»Früher. Vor langer Zeit. Ich bin keinem Gott treu, Perl. Das war ich noch nie. Aber ich habe herausgefunden, dass der Tanz mir im Kampf hilft. Er hält mich beweglich, und das brauche ich am nötigsten, wenn ich nervös oder unglücklich bin.«

Sie hängte sich die Tasche über eine Schulter und wartete.

Perl zog die Brauen hoch. »Nervös oder unglücklich?«

Sie antwortete ihm mit einem säuerlichen Blick und ging zur Tür. »Ihr habt gesagt, Ihr wärt über einen Anhaltspunkt gestolpert ...«

Er gesellte sich zu ihr. »Das kann man so sagen. Aber zunächst eine Warnung: Diese Bewegungsabläufe, die Rashan erwecken – es wäre für uns beide am besten, wenn Ihr die in der Zukunft vermeiden könntet. Solche Arten von Aktivität bergen das Risiko, möglicherweise irgendwo ... Aufmerksamkeit zu erregen.«

»Nun gut. Also, dann führt mich.«

Ein einzelner Wächter lungerte vor dem Eingang zu dem Anwesen herum; neben ihm stand ein zusammengebundenes Bündel Stroh. Seine blassgrünen Augen ließen Lostara und Perl nicht los, als sie die Straße überquerten und auf das Anwesen zugingen. Die Uniform und die Rüstung des Mannes waren stumpf vom Staub. An einem Ohr hing ein kleiner menschlicher Fingerknochen an einem Bronzering. Der Mann machte ein wehleidiges Gesicht und holte tief Luft, ehe er sagte: »Ihr seid die Vorhut? Geht zurück und sagt ihr, dass wir noch nicht fertig sind.«

Lostara blinzelte und warf Perl einen Blick zu.

Ihr Begleiter lächelte. »Sehen wir wie Boten aus, Soldat?«

Die Augen des Wächters wurden schmal. »Habe ich Euch nicht unten in Pugroots Kneipe auf einem Tisch tanzen sehen?«

Perls Lächeln wurde breiter. »Und – hast du auch einen Namen, Soldat?«

»Vielleicht.«

»Und, wie lautet er?«

»Hab' ich doch gerade gesagt. Vielleicht. Soll ich ihn buchstabieren oder was?«

»Kannst du das denn?«

»Nein. Ich hab' mich nur gerade gefragt, ob Ihr blöd seid, das ist alles. Also, wenn Ihr nicht die Vorhut der Mandata seid und nicht gekommen seid, um uns vor dieser überraschenden Inspektion zu warnen, was wollt Ihr dann?«

»Einen Moment«, sagte Perl stirnrunzelnd. »Wie kann eine Inspektion überraschend erfolgen, wenn es vorab eine Warnung gibt?«

»Bei den ledrigen Füßen des Vermummten, Ihr seid ja doch blöde. So läuft das eben –«

»Dann bekommst du jetzt von mir eine Warnung.« Er zwinkerte Lostara zu, während er fortfuhr: »Scheint so, als ob ich das den ganzen Tag über tun würde. Hör zu, Vielleicht, die Mandata wird euch nicht vor ihren Inspektionen warnen – und rechnet auch nicht damit, dass eure Offiziere es tun. Sie hat ihre eigenen Regeln, und es ist besser, ihr gewöhnt euch gleich daran.«

»Ihr habt mir immer noch nicht gesagt, was Ihr wollt.«

»Ich muss mit einem ganz bestimmten Soldaten des Fünften Trupps der Neunten Kompanie sprechen, und soweit ich weiß, ist er hier in diesen Behelfsunterkünften untergebracht.«

»Tja, ich bin im Sechsten, nicht im Fünften.«

»Ja ... und?«

»Na, ist doch wohl sonnenklar, oder? Ihr wollt gar nicht mit mir reden. Geht rein, Ihr stehlt mir nur meine Zeit. Und beeilt Euch, ich fühle mich nicht besonders gut.«

Der Wächter öffnete das Tor und schaute zu, wie sie hineingingen; seine Blicke blieben mehrere Herzschläge lang an Lostaras schwingenden Hüften hängen, bis er das verstärkte Tor wieder zuwarf.

Das Strohbündel neben ihm begann plötzlich zu schimmern und verwandelte sich in einen übergewichtigen jungen Mann, der im Schneidersitz auf den Pflastersteinen hockte.

Vielleicht drehte den Kopf und seufzte. »Mach das nie wieder – nicht, wenn ich in der Nähe bin, Balgrid. Mir wird schlecht von Magie.«

»Ich hatte keine andere Wahl – ich musste die Illusion aufrechterhalten«, erwiderte Balgrid und wischte sich mit dem Ärmel über die schweißnasse Stirn. »Der Bastard war eine Klaue!«

»Tatsächlich? Ich hätt' schwören können, ich hab' ihn bei Pug gesehen – in Frauenkleidern und auf dem Tisch tan –«

»Willst du wohl endlich damit aufhören! Bedauere lieber den armen Kerl im Fünften, nach dem er sucht!«

Vielleicht grinste plötzlich. »He, du hast gerade eine echte Klaue mit dieser verdammten Illusion zum Narren gehalten! Gute Arbeit!«

»Du bist nicht der Einzige, dem schlecht ist«, murmelte Balgrid.

Dreißig Schritte über den Innenhof, und Lostara und Perl waren bei den Ställen.

»Das war lustig«, sagte der Mann neben ihr.

»Und wozu das Ganze?«

»Oh, ich wollte sie nur schwitzen sehen.«

»Sie?«

»Den Mann und das Strohbündel natürlich. So, da sind wir.« Als sie den Arm ausstreckte, um eine der breiten Türen zur Seite zu schieben, packte Perl sie mit einer Hand am Handgelenk. »Einen Augenblick noch. Also, da drinnen gibt es mehr als eine Person, die wir befragen müssen. Zwei sind Veteranen – überlasst sie mir. Außerdem gibt es da noch einen Burschen, der früher Wächter in der Minenstadt war. Setzt Euren Liebreiz bei ihm ein, während ich mit den anderen beiden spreche.«

Lostara starrte ihn an. »Meinen Liebreiz«, sagte sie mit ausdruckslosem Gesicht.

Perl grinste. »Na klar. Und wenn er sich in Euch verknallt, betrachtet es als Investition in die Zukunft, falls wir den Burschen später noch einmal brauchen sollten.«

»Verstehe.«

Sie öffnete die Tür und trat beiseite, um Perl vorangehen zu lassen. Im Stall roch es widerlich – nach Urin, Schweiß, Schleiföl und nassem Stroh. Überall waren Soldaten. Sie lagen oder saßen auf Betten oder auf irgendwelchen verzierten Möbelstücken, die aus dem Haupthaus herübergebracht worden waren. Es wurde kaum gesprochen, und auch die letzten Gespräche verstummten, als sich die Köpfe der Anwesenden den beiden Fremden zuwandten.

»Ich danke euch für eure Aufmerksamkeit«, sagte Perl gedehnt. »Ich würde gern mit Sergeant Gesler und Korporal Stürmisch sprechen ...«

»Ich bin Gesler«, sagte ein kräftig aussehender, bronzehäutiger Mann, der lässig auf einem Plüschsofa lag. »Und Stürmisch ist der Bursche, der da drüben unter den Seidendecken schnarcht. Falls Ihr von Oblat kommt, sagt ihm, dass wir bezahlen werden ... irgendwann.«

Lächelnd winkte Perl Lostara, ihm zu folgen, und ging zu dem Sergeanten hinüber. »Ich bin nicht hier, um deine Schulden einzutreiben. Stattdessen würde ich mich gern unter vier Augen mit dir unterhalten ... es geht um die Abenteuer, die du kürzlich bestanden hast.«

»Tatsächlich. Und wer seid Ihr, bei Feners Hufabdruck?«

»Dies ist eine Angelegenheit, die das Imperium betrifft«, sagte Perl, während er den Blick auf Stürmisch richtete. »Willst du ihn aufwecken, oder soll ich das tun? Außerdem würde meine Begleiterin gern mit dem Soldaten namens Pella sprechen.«

Geslers Grinsen war ziemlich kühl. »Ihr wollt meinen Korporal wecken? Nur zu. Was Pella angeht, der ist im Augenblick nicht hier.«

Perl seufzte und trat an das Bett. Er musterte einen Augenblick den Haufen aus teuren Seidendecken, unter denen der schnarchende Korporal vergraben lag, und schlug sie dann zurück.

Die Hand, die nach Perls Schienbein griff – genau zwischen Knie und Knöchel – war so groß, dass sie fast das ganze Bein umfasste. Was dann folgte, ließ Lostara vor Staunen den Mund offen stehen.

Perl schrie auf, während Stürmisch sich über ihm auf seinem Bett aufrichtete wie ein Bär, der im Winterschlaf gestört wurde, und ein drohendes Gebrüll ausstieß.

Hätte der Raum eine normale Decke besessen – statt ein paar einfacher Querbalken, die den Raum unterhalb des Stalldachs überspannten und von denen sich dankenswerterweise keiner direkt über ihren Köpfen befand –, wäre Perl dagegengeknallt, und zwar kräftig, als er von jener Hand, die sich um sein Schienbein geschlossen hatte, hochgerissen wurde. Erst hochgerissen und dann weggeworfen.

Die Klaue überschlug sich mit fuchtelnden Armen, die Knie über dem Kopf, und wirbelte mit strampelnden Beinen durch die Luft, als Stürmischs Hand losließ. Perl kam hart auf einer Schulter auf; der Aufprall trieb ihm die Luft aus den Lungen. Er blieb reglos liegen, die Beine angezogen, den Körper zusammengekrümmt.

Der Korporal stand auf, seine Haare waren struppig, sein roter Bart ein einziges Durcheinander, doch jegliche schläfrige Benommenheit verschwand aus seinen Augen wie Fichtennadeln in einem Feuer – einem Feuer, das sich rasch in loderndem Zorn verwandelte. »Ich habe gesagt, niemand soll mich wecken!«, brüllte er, während er die riesigen Hände seitwärts ausstreckte und öffnete und schloss, als wäre er begierig darauf, sie um den Hals desjenigen zu legen, der sich nicht an seine Anweisung gehalten hatte. Seine hellen blauen Augen richteten sich auf Perl, der gerade dabei war, sich auf Hände und Knie hochzurappeln, und den Kopf hängen ließ. »Ist das der Bastard?«, fragte Stürmisch und machte einen Schritt auf ihn zu.

Lostara verstellte ihm den Weg.

Grunzend blieb Stürmisch stehen.

»Lass die beiden in Ruhe, Korporal«, sagte Gesler, der immer noch auf seinem Sofa hockte. »Der Fatzke, den du gerade durch die Gegend geworfen hast, ist eine Klaue. Und wenn du dir die Frau vor dir ein bisschen genauer anschaust, wirst du feststellen, dass sie eine Rote Klinge ist – oder war – und sich wahrscheinlich hervorragend verteidigen kann. Kein Grund, wegen 'nem bisschen verpassten Schlaf eine Prügelei anzufangen.«

Perl mühte sich auf die Beine und massierte sich die Schulter, sein Atem ging tief und zittrig.

Mit der Hand auf dem Knauf ihres Schwertes starrte Lostara Stürmisch unverwandt an. »Wir haben uns gefragt«, sagte sie in beiläufigem Plauderton, »wer von euch beiden wohl der bessere Geschichtenerzähler ist. Mein Begleiter würde nämlich gerne eine Geschichte hören. Natürlich wird er dafür auch etwas bezahlen. Vielleicht können wir uns als Zeichen unserer Dankbarkeit ja um eure ... Schulden bei diesem Oblat kümmern.«

Stürmisch machte ein finsteres Gesicht und warf einen Blick auf Gesler.

Der Sergeant erhob sich langsam von dem Sofa. »Nun, Schätzchen, der Korporal hier ist besser, wenn's um schaurige Geschichten geht ... weil er sie so schlecht erzählt, dass sie gar nicht mehr so schaurig sind. Da Ihr freundlicherweise in Ordnung bringen wollt, dass ... äh, dass der Lord mich beim Spiel mit den Fingerknöcheln angeschubst hat, werden der Korporal und ich Euch ein nettes Garn spinnen, wenn Ihr deswegen gekommen seid. Wir sind schließlich nicht schüchtern. Wo sollen wir anfangen? Geboren wurde ich –«

»Ganz so früh muss es nicht sein«, unterbrach ihn Lostara. »Ich werde den Rest Perl überlassen – allerdings könnte ihm vielleicht jemand etwas zu trinken geben, damit er sich schneller erholt. Er kann euch sagen, wo ihr anfangen sollt. In der Zwischenzeit würde ich gerne Pella sehen – wo ist er?«

»Er ist da hinten – draußen«, sagte Gesler.

»Danke.«

Als sie zu der schmalen, niedrigen Tür am hinteren Ende des Stalls ging, tauchte plötzlich ein anderer Sergeant auf und ging neben ihr her. »Ich werde Euch begleiten«, sagte er.

Noch ein verdammter Falari – auch ein Veteran. Und was soll das mit den Fingerknöcheln? »Besteht denn die Gefahr, dass ich mich verlaufen könnte, Sergeant?«, fragte sie, als sie die Tür aufmachte. Sechs Schritte weiter war die rückwärtige Mauer des Anwesens. Haufen von sonnengetrocknetem Pferdemist waren davor aufgestapelt. Auf einem davon saß ein junger Soldat. Am Fuß eines anderen Haufens lagen zwei schlafende Hunde; der eine war groß und mit schrecklichen Narben übersät, der andere winzig – ein wirres Fellbüschel mit einer Mopsnase.

»Möglicherweise«, erwiderte der Sergeant. Er berührte sie kurz am Arm, als sie sich Pella nähern wollte, und sie blickte ihn fragend an. »Gehört Ihr zu einer der anderen Legionen?«, fragte er.

»Nein.«

»Aha.« Er warf einen Blick zurück zu den Ställen. »Dann seid Ihr also der Klaue frisch zugeteilt, um ihr zur Hand zu gehen.«

»Ihr zur Hand zu gehen?«

»Klar. Der Mann ... muss noch viel lernen. Doch zumindest sieht's aus, als hätte er in Euch eine gute Wahl getroffen.«

»Was willst du wirklich, Sergeant?«

»Ist nicht wichtig. Ich werde Euch jetzt allein lassen.«

Sie blickte hinter ihm her, wie er in die Ställe zurückkehrte. Mit einem Schulterzucken drehte sie sich wieder um und ging zu Pella.

Keiner der beiden Hunde wachte auf, als sie näher trat.

Zwei große Jutesäcke rahmten den Soldaten ein. Der zu seiner Rechten war bis zum Bersten gefüllt, der andere etwa zu einem Drittel. Der Bursche selbst saß vornübergebeugt da; er hatte eine kleine Kupferahle in der Hand, mit der er ein Loch in einen Fingerknochen bohrte.

Die Säcke enthielten Hunderte solcher Knochen, wie Lostara jetzt erkannte.

»Pella.«

Der junge Mann blickte auf. Er blinzelte. »Kenne ich Euch?«

»Nein. Aber wir haben vielleicht gemeinsame Bekannte.«

»Oh.« Er nahm seine Arbeit wieder auf.

»Du warst Wächter in den Minen –«

»Das stimmt nicht ganz«, erwiderte er, ohne aufzublicken. »Ich war in der Garnison von einer der Siedlungen. Schädelmulde. Aber dann ist die Rebellion ausgebrochen. Fünfzehn von uns haben die erste Nacht überlebt – aber kein einziger Offizier. Wir haben uns von der Straße fern gehalten und es schließlich nach Dosin Pali geschafft. Das hat vier Tage gedauert, und die ersten drei davon konnten wir die Stadt brennen sehen. War nicht mehr viel übrig, als wir angekommen sind. Ungefähr zur gleichen Zeit wie wir ist ein malazanisches Handelsschiff aufgetaucht und hat uns schließlich hierher, nach Aren, gebracht.«

»Schädelmulde«, sagte Lostara. »Da hat es eine Gefangene gegeben, ein junges Mädchen.«

»Ihr meint Felisin, Tavores Schwester.«

Die Worte verschlugen ihr den Atem.

»Ich habe mich schon gefragt, wann es wohl jemand rausfinden würde. Stehe ich jetzt unter Arrest?« Er blickte auf.

»Nein. Warum? Glaubst du, du hättest es verdient?«

Er machte sich wieder an seine Arbeit. »Vermutlich. Schließlich habe ich ihnen geholfen zu fliehen. In der Nacht des Aufstands. Hab' allerdings keine Ahnung, ob sie es geschafft haben. Ich hab' ihnen Vorräte beschafft, so viel ich finden konnte. Sie wollten erst nach Norden und sich dann nach Westen durchschlagen ... quer durch die Wüste. Ich bin mir ziemlich sicher, dass ich nicht der Einzige war, der ihnen geholfen hat, aber ich habe nie rausgefunden, wer die anderen waren.«

Lostara ging langsam in die Hocke, bis ihre Augen auf gleicher

Höhe mit denen des Soldaten waren. »Dann war Felisin also nicht allein. Wer war bei ihr?«

»Baudin – der Kerl konnte einem einen verdammten Schrecken einjagen, aber Felisin gegenüber war er merkwürdig loyal. Allerdings ...« Er hob den Kopf und blickte sie an. »Nun, sie war nicht der Typ, der Loyalität belohnt, wenn Ihr versteht, was ich meine. Wie auch immer. Baudin und Heboric.«

»Heboric? Wer ist das?«

»Ein ehemaliger Fener-Priester – von Kopf bis Fuß mit dem Fell des Ebers tätowiert. Er hatte keine Hände – die waren ihm abgeschlagen worden. Wie auch immer, die drei waren's.«

»Durch die Wüste«, murmelte Lostara. »Aber an der Westküste der Insel gibt es ... nichts.«

»Nun, dann haben sie wohl damit gerechnet, dass ein Boot kommt, oder? Schließlich war ja alles geplant, stimmt's? Wie auch immer, bis hier kann ich die Geschichte erzählen. Was den Rest angeht, fragt meinen Sergeanten. Oder Stürmisch. Oder Wahr.«

»Wahr? Wer ist das?«

»Das ist der Bursche, der gerade hinter Euch im Türrahmen aufgetaucht ist ... er kommt, um noch mehr Knochen zu bringen.« Pella hob die Stimme. »Es gibt keinen Grund, da hinten stehen zu bleiben, Wahr. Genauer gesagt, will dir diese schöne Frau hier gern ein paar Fragen stellen.«

Noch einer mit dieser merkwürdigen Haut. Sie musterte den großen, schlaksigen jungen Soldaten, der vorsichtig näher kam. Er trug einen weiteren Jutesack, aus dem Sand in einer staubigen Wolke herausrieselte. *Der Vermummte soll mich holen, was für ein hübscher Junge ... obwohl mir diese ... Verletzlichkeit wahrscheinlich irgendwann auf die Nerven gehen würde.* Sie stand auf. »Ich möchte etwas über Felisin wissen«, sagte sie und legte dabei eine gewisse Schärfe in ihre Stimme.

Die ausreichte, um Pellas Aufmerksamkeit zu erregen, denn er warf ihr einen wachsamen Blick zu.

Die beiden Hunde waren aufgewacht, als Wahr herangekommen war, aber keiner stand auf; sie starrten den Jungen einfach nur an.

Wahr stellte den Sack ab. Seine Wangen röteten sich.

Mein Liebreiz. Nicht Pella wird sich an diesen Tag erinnern. Nicht er wird jemanden finden, den er verehren kann. »Sag mir, was an der Westküste der Otataral-Insel geschehen ist. Hat das Treffen wie geplant stattgefunden?«

»Ich glaube schon«, sagte Wahr nach einem Augenblick. »Aber wir hatten mit dem ganzen Plan überhaupt nichts zu tun – wir haben uns einfach zufällig auf dem gleichen Boot wiedergefunden wie Kulp, und Kulp war derjenige, der sie auflesen wollte.«

»Kulp? Der Kader-Magier der Siebten?«

»Ja. Genau der. Er war von Duiker geschickt worden –«

»Von Duiker? Dem Imperialen Historiker?« *Bei den Göttern, was ist das für eine verwickelte Geschichte?* »Und warum sollte der irgendein Interesse daran haben, Felisin zu retten?«

»Kulp hat gesagt, wegen der Ungerechtigkeit«, antwortete Wahr. »Aber Ihr habt da was falsch verstanden – Duiker wollte nicht Felisin helfen, er wollte Heboric helfen.«

Pella mischte sich ein. Er sprach leise, und seine Stimme klang ganz anders als noch eben gerade. »Wenn Duiker hier zu einer Art Verräter gemacht werden soll ... nun, Schätzchen, darüber solltet Ihr lieber noch einmal nachdenken. Schließlich ist das hier Aren. Die Stadt, die zugesehen hat. In die Duiker die Flüchtlinge gebracht hat – in Sicherheit gebracht hat. Sie sagen, dass er der Letzte war, der durch das Tor gekommen ist.« Jetzt schwangen seine Gefühle offen in seiner Stimme mit. »Und Pormqual hat ihn *einsperren* lassen!«

Ein eisiger Schauder durchrann Lostara. »Ich weiß«, sagte sie. »Blistig hat uns Rote Klingen aus den Gefängnissen holen lassen. Wir waren ebenfalls auf den Mauern, nachdem Pormqual seine Armee hinaus auf die Ebene geführt hatte. Wenn Duiker versucht hat, Heboric – einen Gelehrten wie er selbst – zu befreien ... nun, dann habe ich damit kein Problem. Uns geht es um Felisin.«

Wahr nickte. »Tavore hat Euch geschickt, nicht wahr? Euch und diese Klaue da drinnen, die sich gerade anhört, was Gesler und Stürmisch zu erzählen haben.«

Lostara schloss einen Moment die Augen. »Ich fürchte, mir fehlt es an Perls Raffinesse. Diese Mission sollte eigentlich ... geheim bleiben.«

»Geht schon in Ordnung, was mich betrifft«, sagte Pella. »Und was ist mit dir, Wahr?«

Der große junge Soldat nickte. »Es spielt eigentlich sowieso keine Rolle. Felisin ist tot. Sie alle sind tot. Heboric. Kulp. Sie sind alle gestorben. Gesler hat das drinnen gerade erzählt.«

»Ich verstehe. Trotzdem – sagt bitte zu niemandem ein Wort davon. Wir werden unsere Aufgabe weiterverfolgen, und sei es nur, um ihre Knochen einzusammeln. Die Knochen von ihnen allen, heißt das.«

»Das wäre eine gute Sache«, sagte Wahr und seufzte.

Lostara wollte schon gehen, aber Pella gab ihr einen Wink, so dass sie sich ihm noch einmal zuwandte. »Hier.« Er streckte ihr den Fingerknochen entgegen, in den er gerade ein Loch gebohrt hatte. »Nehmt den. Und tragt ihn offen sichtbar.«

»Warum?«

Pella machte ein finsteres Gesicht. »Ihr habt uns gerade eben um einen Gefallen gebeten ...«

»Also gut.« Sie nahm das grässliche Ding entgegen.

Perl erschien im Türrahmen. »Lostara«, rief er. »Seid Ihr da draußen fertig?«

»Ja.«

»Gut, dann ist es Zeit zu gehen.«

Sie konnte an seinem Gesichtsausdruck erkennen, dass man ihm ebenfalls von Felisins Tod erzählt hatte. Wenn auch wahrscheinlich detaillierter als das bisschen, das Wahr gesagt hatte.

Schweigend gingen sie den Weg zurück, den sie gekommen waren, durch die Stallungen, hinaus auf den Innenhof, schritten dann auf das Tor zu. Die Tür schwang auf, als sie dort anlangten, und der Soldat namens Vielleicht winkte sie nach draußen. Lostaras Aufmerksamkeit wurde von dem Strohbündel angezogen, das zu schwanken, ja, auf merkwürdige Weise zu schmelzen schien, aber Perl gab ihr ein Zeichen weiterzugehen.

Als sie ein Stück von dem Anwesen entfernt waren, fluchte die Klaue leise und sagte: »Ich brauche einen Heiler.«

»Euer Hinken ist kaum zu sehen«, bemerkte Lostara.

»Das hat mit jahrelanger Disziplin zu tun, meine Liebe. Ich würde am liebsten vor Schmerzen schreien. Das letzte Mal, dass jemand eine solche Kraft gegen mich eingesetzt hat, war bei unserer Begegnung mit diesem komischen Dämon, diesem Gott der Semk. Diese drei – Gesler, Stürmisch und Wahr – an denen ist noch mehr seltsam als nur ihre Hautfarbe.«

»Habt Ihr irgendwelche Theorien?«

»Sie sind durch ein Feuer-Gewirr gegangen – und haben es irgendwie überlebt. Es sieht allerdings so aus, als hätten Felisin, Baudin und Heboric das nicht geschafft. Aber wenn diesen Burschen von der Küstentruppe in diesem Gewirr etwas Ungewöhnliches zugestoßen ist, warum sollte das dann nicht auch jenen passiert sein, die über Bord gespült wurden?«

»Es tut mir Leid, aber man hat mir keine Einzelheiten erzählt.«

»Wir müssen einem gewissen beschlagnahmten Schiff einen Besuch abstatten. Ich werde es Euch unterwegs erklären. Oh, und bietet beim nächsten Mal nicht einfach an, die Schulden von irgendjemandem zu übernehmen ... solange Ihr nicht wisst, wie hoch sie sind.«

Und du solltest beim nächsten Mal dein aufgeblasenes Getue an den Stalltüren abgeben. »Nun gut.«

»Und hört auf damit, die Dinge in die Hand zu nehmen.«

Sie warf ihm einen Blick zu. »Ihr habt mir geraten, meinen Liebreiz einzusetzen, Perl. Es ist wohl kaum *mein* Fehler, wenn ich mehr davon besitze als Ihr.«

»Tatsächlich? Ich will Euch nur sagen, dieser Korporal hat Glück gehabt, dass Ihr Euch zwischen uns gestellt habt.«

Sie musste lachen, unterdrückte diese Regung jedoch schnell. »Ihr habt offensichtlich die Waffe nicht gesehen, die unter dem Bett des Mannes gelegen hat.«

»Eine Waffe? Was kümmert mich –«

»Es war ein zweihändiges Feuerstein-Schwert. Die Waffe eines T'lan Imass, Perl. Sie wiegt wahrscheinlich genauso viel wie ich.«

Er sagte nichts mehr, bis sie bei der *Silanda* ankamen.

Der Liegeplatz des Schiffs war gut bewacht, doch es wurde schnell klar, dass bereits eine Erlaubnis für Perl und Lostara erteilt worden war, denn die beiden wurden auf das mitgenommene Deck der alten Dromone gewinkt und dann bewusst allein gelassen. Außer ihnen war niemand an Bord.

Lostara ließ den Blick über das Hauptdeck schweifen. Es war angesengt und schlammverschmiert. Ein merkwürdiger, mit einer Persenning abgedeckter pyramidenförmiger Haufen umgab den Hauptmast. Neue Segel und Schoten waren angebracht worden, die ganz eindeutig von einer Vielzahl anderer Schiffe stammten.

Perl, der neben ihr stand, betrachtete ebenfalls den zugedeckten Haufen, und er stieß ein leises Brummen aus. »Erkennt Ihr dieses Schiff?«, fragte er.

»Ich erkenne, dass es ein Schiff ist«, erwiderte Lostara.

»Ich verstehe. Nun, es ist eine Dromone aus Quon, aus der Zeit vor dem Imperium. Aber ein Großteil des Holzes und der Beschläge stammt von Drift Avalii. Wisst Ihr irgendetwas über Drift Avalii?«

»Eine sagenhafte Insel vor der Küste von Quon Tali. Eine *schwimmende* Insel, bevölkert von Dämonen und Geistern.«

»Die Insel ist nicht mythisch, und sie driftet tatsächlich, wobei sie eine Art wackligen Kreis zu beschreiben scheint. Und was die Dämonen und Geister angeht ... nun ...«, er ging zu der Persenning hinüber, »ganz so erschreckend ist es wohl nicht.« Und mit diesen Worten zog er die Abdeckung beiseite.

Abgetrennte Köpfe, säuberlich aufgestapelt, die alle nach außen blickten, mit blinzelnden Augen, die sich auf Lostara und Perl richteten. Blut schimmerte feucht.

»Wenn Ihr es sagt«, brachte Lostara krächzend hervor und trat einen Schritt zurück.

Selbst Perl schien verblüfft, als sei das, was er gerade enthüllt hatte, nicht das, was er zu sehen erwartet hatte. Nach einer langen Pause bückte er sich und tauchte eine Fingerspitze in die Blutlache. »Es ist immer noch warm ...«

»A-aber das ist unmöglich.«

»Unmöglicher als die Tatsache, dass die verdammten Dinger immer noch bei Bewusstsein sind – oder zumindest noch am Leben sind?« Er richtete sich auf und blickte sie an, gestikulierte dann weit ausholend mit den Armen. »Dieses Schiff ist ein Magnet. Hier gibt es Schichten um Schichten von Magie ... das Holz, der ganze Rumpf sind getränkt damit. Es legt sich mit dem Gewicht von tausend Umhängen auf einen.«

»Tut es das? Ich spüre nichts.«

Er schaute sie verblüfft an, wandte sich dann noch einmal dem Haufen aus abgeschlagenen Köpfen zu. »Das sind weder Dämonen noch Geister, wie Ihr sehen könnt. Die meisten sind Tiste Andii. Und ein paar Seeleute aus Quon Tali. Kommt, lasst uns die Kajüte des Kapitäns untersuchen – von dem Raum geht Magie in wahren Wogen aus.«

»Was für eine Art von Magie, Perl?«

Er hatte sich bereits in Richtung des Niedergangs in Bewegung gesetzt und winkte beiläufig ab. »Kurald Galain, Tellann, Kurald Emurlahn, Rashan –« Er unterbrach sich und fuhr herum. »Rashan. Aber Ihr spürt nichts?«

Sie zuckte die Schultern. »Sind da drin ... noch mehr ... Köpfe, Perl? Wenn dem so ist, sollte ich vielleicht lieber nicht –«

»Folgt mir«, schnappte er.

Im Innern des Schiffs war nichts als schwarzes Holz, die Luft zum Schneiden dick, als wäre sie satt mit Erinnerungen an Gewalttaten. Ein grauhäutiger, barbarisch aussehender Leichnam war mit einem gewaltigen Speer an den Stuhl des Kapitäns geheftet. Andere Leichen lagen hier und da verstreut, als wären sie gepackt, zerbrochen und beiseite geworfen worden.

Ein dumpfer Lichtschimmer, der nirgendwoher zu kommen schien, durchdrang den kleinen, engen Raum und malte merkwürdige Flecken auf den Fußboden, die, wie Lostara sah, mit Otataral-Staub verschmiert waren.

»Nein, keine Tiste Andii«, murmelte Perl. »Das müssen Tiste Edur sein. Oh, hier gibt es Unmengen von Geheimnissen. Gesler hat mir von der Mannschaft erzählt, die unten an den Rudern sitzt – kopflose Leichname. Das sind die armen Tiste Andii oben an Deck. Jetzt frage ich mich allerdings, wer diese Edur getötet hat ...«

»Wie soll uns das alles bei unserer Suche nach Felisin weiterhelfen, Perl?«

»Nun, sie war hier, oder? Hat all das hier gesehen. Der Kapitän hatte eine Pfeife an einem Band um seinen Hals getragen, die ihm dazu diente, die Ruderer anzutreiben. Leider ist sie verschwunden.«

»Und ohne diese Pfeife sitzt das Schiff einfach nur hier fest.«

Perl nickte. »Zu dumm, was? Stellt Euch nur mal vor – ein Schiff mit einer Mannschaft, die Ihr niemals verpflegen müsst, die niemals Ruhe braucht, die niemals meutert.«

»Ich schenke sie Euch«, sagte Lostara und drehte sich wieder zur Tür um. »Ich hasse Schiffe. Habe sie schon immer gehasst. Und jetzt werde ich dieses Schiff hier verlassen.«

»Ich sehe keine Veranlassung, Euch nicht zu begleiten«, sagte Perl. »Immerhin haben wir noch eine Reise vor uns.«

»Haben wir das? Und wohin?«

»Die *Silanda* ist zwischen dem Ort, an dem Gesler sie gefunden hat, und dem, an dem sie wieder in dieser Sphäre aufgetaucht ist, durch Gewirre gereist. Nach allem, was ich hier erkennen kann, ist diese Reise quer über das Festland gegangen, von der Otataral-See im Norden bis herunter zur Bucht von Aren. Wenn Felisin, Heboric und Baudin von Bord gesprungen sind, dann könnten sie sehr wohl irgendwo entlang dieser Route an Land gegangen sein.«

»Und dann haben sie bemerkt, dass sie sich mitten in einer Rebellion befanden.«

»Wenn man bedenkt, was erst zu dieser Situation geführt hat, ist es sehr gut möglich, dass sie es für eine weitaus weniger schreckliche Alternative gehalten haben.«

»Bis eine Gruppe von Plünderern über sie gestolpert ist.«

Hauptmann Kenebs Neunte Kompanie war aufgefordert worden, in drei aufeinander folgenden Abteilungen auf dem Exerzierplatz zum Appell anzutreten. Es hatte keine Warnung im Voraus gegeben, es war einfach nur ein Offizier gekommen, der die Soldaten im Laufschritt dorthin befohlen hatte.

Der Erste, Zweite und Dritte Trupp gingen zuerst. Das war die Schwere Infanterie, insgesamt dreißig Soldaten, schwer beladen mit Schuppenpanzern und metallenen Unterarmschützern und Panzerhandschuhen, Drachenschilden, schweren Langschwertern, Stoßspeeren, die sie auf den Rücken geschnallt hatten, Helmen mit Wangenschutz, Visier und Nackenschützern, mit Dolchen und Hirschfängern am Gürtel.

Als Nächste kamen die Seesoldaten. Ranals Vierter, Fünfter und Sechster Trupp. Ihnen folgte der Hauptteil der Soldaten der Kompanie, die mittelschwere Infanterie, die vom Siebten bis zum Vierundzwanzigsten Trupp reichte. Nicht viel leichter bewaffnet als die schwere Infanterie, gab es bei ihnen zusätzlich Soldaten, die mit Kurzbogen, Langbogen und Speer umzugehen verstanden. Jede Kompanie war darauf ausgelegt, als einzelne Einheit zu funktionieren, voller Selbstvertrauen und sich wechselseitig unterstützend.

Saiten, der vor seinem Trupp stand, musterte die Neunte. Dies war ihre erste Bereitstellung als einzelne Streitmacht. Sie warteten in – gelinde gesagt – größtenteils ordentlichen Reihen auf die Ankunft der Mandata, immerhin kein Mann ohne Uniform oder Waffen.

Die Abenddämmerung brach rasch herein, und es kühlte glücklicherweise ab.

Leutnant Ranal hatte die Reihe der drei Trupps Seesoldaten mehrfach abgeschritten, immer wieder vor und zurück, mit langsamen Schritten und einem dünnen Schweißfilm auf den glatt rasierten Wangen. Schließlich blieb er genau vor Saiten stehen.

»In Ordnung, Sergeant«, zischte er. »Das ist deine Idee, was?«
»Leutnant?«
»Diese verdammten Fingerknochen! Sie sind zuerst in deinem Trupp aufgetaucht – glaubst du, ich hätte das nicht bemerkt? Und jetzt habe ich vom Hauptmann gehört, dass sich das in sämtlichen Legionen ausbreitet. In der ganzen Stadt werden Gräber geplündert! Ich sag' dir eins –« Er trat ganz dicht an Saiten heran und fuhr in rauem Flüsterton fort: »Wenn die Mandata fragt, wer für diesen weiteren Schlag in ihr Gesicht verantwortlich ist – nach dem, was gestern vorgefallen ist –, dann werde ich sie ohne Zögern zu dir schicken.«

»Ein Schlag ins Gesicht? Leutnant, Ihr seid ein tobender Wahnsinniger. Aber gerade ist ein Haufen Offiziere am Haupttor aufgetaucht. Ich würde vorschlagen, dass Ihr Euren Platz einnehmt, Leutnant.«

Das Gesicht dunkel angelaufen vor Wut, wirbelte Ranal herum und bezog vor den drei Trupps Position.

Die Mandata schritt vorneweg, gefolgt von ihrer Entourage.

Hauptmann Keneb erwartete sie. Saiten erinnerte sich an den Mann von jenem ersten, verhängnisvollen Appell. Ein Malazaner. Es ging das Gerücht, dass er bei einer Garnison im Landesinnern stationiert und dort in die Kämpfe verwickelt worden wäre, als die Kompanie überrannt worden war. Dann die Flucht nach Süden, zurück nach Aren. In der ganzen Geschichte gab es einige Ungereimtheiten, die Saiten dazu bewogen hatten, sich zu fragen, ob der Mann nicht vielleicht den Weg der Feiglinge gegangen war. Statt mit seinen Soldaten zu sterben, war er der Erste gewesen, der davongerannt war. Aber das war schließlich auch der Grund, weshalb viele Offiziere ihre Soldaten überlebten. Soweit es den Sergeanten betraf, waren Offiziere nicht viel wert.

Die Mandata sprach jetzt mit Keneb, dann trat der Hauptmann zurück, salutierte und forderte Tavore auf, die Soldaten zu inspizieren.

Doch stattdessen trat sie einen Schritt näher an ihn heran, streckte eine Hand aus und berührte etwas, das um seinen Hals hing.

Saitens Augen weiteten sich ein wenig. *Das ist ein verdammter Fingerknochen.*

Noch mehr Worte wurden zwischen der Frau und dem Mann gewechselt, dann nickte die Mandata und schritt auf die Trupps zu.

Sie ging allein, mit langsamen Schritten. Ihr Gesicht war ausdruckslos.

Saiten sah Erkennen in ihrem Blick aufflackern, als sie die Trupps musterte. Erst ihn, dann Krake. Nach einer kleinen Weile, in der sie den stramm und kerzengerade dastehenden Leutnant Ranal ignorierte, wandte sie sich schließlich an ihn. »Leutnant.«

»Mandata.«

»Bei Euren Soldaten scheint eine bestimmte Art ungewöhnlicher Ausrüstungsgegenstände verbreitet zu sein. Noch mehr als in allen anderen Kompanien, die ich inspiziert habe.«

»Jawohl, Mandata. Das ist gegen meinen Befehl geschehen, aber ich kenne den Mann, der dafür verantwortlich ist –«

»Zweifellos«, erwiderte sie. »Aber daran bin ich nicht interessiert. Ich würde allerdings vorschlagen, dass es hinsichtlich dieser … Schmuckstücke zu einer gewissen Vereinheitlichung kommt. Vielleicht sollte man sie am Gürtel tragen, gegenüber der Schwertscheide. Außerdem hat es Beschwerden seitens der Bürger von Aren gegeben. Die geplünderten Gruben und Gräber sollten anschließend zumindest wieder in ihren ursprünglichen Zustand versetzt werden … soweit das möglich ist, natürlich.«

Ranals Verwirrung war offensichtlich. »Natürlich, Mandata.«

»Und Ihr werdet außerdem vielleicht bemerkt haben«, fuhr die Mandata in trockenem Ton fort, »dass Ihr zu diesem Zeitpunkt der Einzige seid, der nicht die … Standard-Uniform der Vierzehnten Armee trägt. Ich schlage daher vor, Ihr bringt das so schnell wie möglich in Ordnung, Leutnant. Gut, jetzt könnt Ihr Eure Trupps wegtreten lassen. Und wenn Ihr nach draußen geht, übermittelt Hauptmann

Keneb meinen Befehl, dass er damit fortfahren kann, die mittelschwere Infanterie nach vorne zu bringen.«

»J-jawohl, Mandata. Sofort.« Er salutierte.

Saiten sah ihr nach, als sie zu ihrer Entourage zurückkehrte. *Oh, das hast du gut gemacht, Mädchen.*

Gamet tat die Brust weh, so schmerzhaft und wild war das Gefühl in ihm aufgewallt, während er die Mandata zu der Stelle zurückkehren sah, an der er mit den anderen wartete. Wer auch immer diese Idee gehabt hatte, verdiente ... tja, einen Kuss, verdammt noch mal, wie Krake sagen würde. *Sie haben die Vorzeichen umgekehrt. Sie haben sie tatsächlich umgekehrt!*

Und als die Mandata bei ihnen ankam, sah er das Feuer, das in ihren Augen wieder erwacht war. »Faust Gamet.«

»Mandata?«

»Die Vierzehnte Armee braucht eine Standarte.«

»Ja, das braucht sie in der Tat.«

»Wir könnten uns von den Soldaten inspirieren lassen.«

»Ja, das könnten wir.«

»Kümmert Ihr euch darum? Rechtzeitig bis zu unserem Abmarsch morgen?«

»Das werde ich tun.«

Vom Tor kam ein Bote herangepreschst. Er war schnell geritten und zügelte sein Pferd hart, als er die Mandata erblickte.

Gamet schaute zu, wie der Mann abstieg und zu ihnen trat. *Ihr Götter, bitte jetzt keine schlechten Nachrichten ... nicht ausgerechnet jetzt ...*

»Was gibt es?«, wollte die Mandata wissen.

»Drei Schiffe, Mandata«, sagte der Bote keuchend. »Sie haben sich gerade in den Hafen geschleppt.«

»Weiter.«

»Es sind Freiwillige! Krieger mit Pferden und Hunden! An den Docks herrscht das Chaos!«

»Wie viele sind es?«, fragte Gamet.

»Dreihundert, Faust.«

»Und wo im Namen des Vermummten kommen sie her?«

Der Bote wandte den Blick von ihnen ab, schaute zu Nil und Neder hinüber. »Es sind Wickaner.« Er sah erneut Tavore an. »Mandata! Sie sind vom Krähen-Clan. *Es sind Krähen! Coltaines Leute!*«

Kapitel Neun

> Bei Nacht kommen die Geister
> auf Strömen aus Trauer,
> und kratzen den Sand
> unter den Füßen eines Mannes fort.
>
> Sprichwort der G'danii

Die beiden Langmesser steckten in einem verblichenen Ledergehenk, das mit wirbelnden Mustern im Stil der Pardu verziert war. Sie hingen an einem der Eckpfosten des Ladens an einem Nagel, unter dem reich verzierten Feder-Kopfschmuck eines Kherahn-Schamanen. Der lange Tisch vor dem überdachten Stand bog sich unter verzierten Gegenständen aus Obsidian, die aus irgendeinem Grab geraubt und nun im Namen eines Gottes, Geistes oder Dämons neu gesegnet worden waren. Auf der linken Seite, hinter dem Tisch und seitlich des zahnlosen Eigentümers, der mit gekreuzten Beinen auf einem hohen Hocker saß, befand sich eine große, verhüllte Vitrine.

Der stämmige, dunkelhäutige Kunde stand einige Zeit da und betrachtete die Obsidian-Waffen, bevor ein kurzes Schnipsen seiner rechten Hand dem Straßenhändler zeigte, dass ihn etwas interessierte.

»Der Atem von Dämonen!«, quäkte der alte Mann und deutete in wirrer Reihenfolge mit einem gichtigen Finger auf verschiedene steinerne Klingen. »Und die da sind von Mael geküsst – könnt Ihr sehen, wie das Wasser sie geglättet hat? Ich hab' noch mehr –«

»Was liegt da in der Vitrine?«, fragte der Kunde.

»Oh, Ihr habt ein scharfes Auge! Seid Ihr vielleicht zufällig einer, der sie lesen kann? Habt Ihr dann vielleicht das Chaos gerochen? Da drin sind Karten, mein weiser Freund! Drachenkarten! Und sie sind aufgewacht! Ja, sie sind erneuert. Alles ist im Fluss –«

»Die Drachenkarten sind *immer* im Fluss –«

»Oh, aber es gibt ein neues Haus! Ich sehe, dass Euch das überrascht, mein Freund! Ein neues Haus. Mit großer Macht, heißt es. Erschütterungen, die bis in die Grundfesten dieser Welt hinabreichen!«

Der Mann, der ihm gegenüberstand, machte ein finsteres Gesicht. »Ein anderes neues Haus, ja? Das ist bestimmt wieder so ein betrügerischer, regionaler Kult –«

Doch der alte Mann schüttelte den Kopf. Seine Blicke huschten von seinem einzigen Kunden hinaus auf den Marktplatz, und er musterte misstrauisch die Marktbesucher – was ihm leicht fiel, da es nicht allzu viele waren. Dann beugte er sich nach vorn. »Mit so etwas handle ich nicht, mein Freund. Oh nein, ich bin Dryjhna gegenüber genauso loyal wie alle anderen, verfolge keine anderen Interessen! Aber die Karten lassen keine Voreingenommenheit zu, oder? Oh nein, man braucht ausbalancierte weise Augen und einen weisen Verstand. Allerdings. Nun, warum klingt das mit dem neuen Haus, als sei es wahr? Lasst es mich Euch erzählen, mein Freund. Zuerst ist da eine neue Unabhängige Karte, eine Karte, die darauf hindeutet, dass es nun einen Herrn der Drachenkarten gibt. Eine Art Schiedsrichter, ja? Und dann das neue Haus, sich ausbreitend wie der außer Kontrolle geratene Brand eines Stoppelfelds. Wird es akzeptiert? Das ist noch nicht entschieden. Aber es ist nicht kurzerhand zurückgewiesen worden, oh nein, das ist es nicht. Und jene, die die Karten lesen – was für Muster! Das Haus wird gutgeheißen werden – das bezweifelt niemand von denen, die die Drachenkarten lesen!«

»Und wie heißt dieses neue Haus?«, fragte der Kunde. »Was für einen Thron besitzt es? Und wer beansprucht, es zu regieren?«

»Das Haus der Ketten heißt es, mein Freund. Was Eure anderen Fragen angeht, so herrscht allenthalben große Verwirrung. Aufgestiegene wetteifern miteinander. Aber eines will ich Euch sagen: der Thron, auf dem der König sitzen wird – dieser Thron ist *angeknackst*.«

»Wollt Ihr damit sagen, dass dieses Haus zum Angeketteten gehört?«

»Ja. Zum Verkrüppelten Gott.«

»Die anderen müssen es heftig angreifen«, murmelte der Mann mit nachdenklicher Miene.

»Das sollte man meinen, aber dem ist nicht so. Tatsächlich sind sie es, die angegriffen werden! Wollt Ihr die neuen Karten sehen?«

»Vielleicht komme ich später noch einmal zurück und tue genau das«, erwiderte der Mann. »Aber lasst mich zunächst einmal die armseligen Messer an dem Pfosten da hinten ansehen.«

»Armselige Messer! Oioioi! Die sind nicht armselig, ganz und gar nicht, oh nein!« Der alte Mann drehte sich auf seinem Hocker um, reckte sich und griff nach den beiden Waffen. Er grinste, und eine blau geäderte Zunge schoss zwischen rotem Zahnfleisch hervor. »Die haben zuletzt einem Geisterschlächter der Pardu gehört!« Er zog eines der Messer aus der Scheide. Die Klinge war geschwärzt und auf ihrer gesamten Länge mit Intarsien eines silbernen Schlangenmusters verziert.

»Das ist kein Pardu-Stil«, brummte der Kunde.

»Sie haben einem Pardu gehört, hab' ich gesagt. Ihr habt in der Tat ein scharfes Auge. Sie sind wickanisch. Aus der Beute der Kette der Hunde.«

»Ich möchte auch das andere sehen.«

Der alte Mann zog die zweite Klinge aus ihrer Scheide.

Kalam Mekhars Augen weiteten sich unwillkürlich. Er gewann schnell seine Fassung zurück und blickte zu dem Händler auf – doch der Mann hatte es bemerkt und nickte.

»Ja, mein Freund. Oh ja …«

Die Klinge war ebenfalls schwarz und mit einem Federmuster verziert, die Intarsien bestanden aus leicht bernsteinfarbenem Silber – *dieser bernsteinfarbene Stich … es ist mit Otataral legiert. Vom Krähen-Clan. Aber das ist nicht die Waffe eines einfachen Kriegers. Nein, die hat jemand Bedeutendem gehört.*

Der alte Mann schob das Krähen-Messer wieder in die Scheide und tippte mit einem Finger das andere an. »Das hier ist mit einem

Schutzzauber versehen. Wie kann er dem Otataral trotzen? Ganz einfach, es ist Magie der Älteren.«

»Magie der Älteren? Die Zauberei der Wickaner hat nichts mit Magie der Älteren –«

»Oh, aber dieser mittlerweile tote wickanische Krieger hatte einen Freund. Seht her, nehmt das Messer in die Hand. Schaut Euch dieses Zeichen an, da, auf der Klinge, knapp unterhalb des Stichblatts – seht Ihr, der Schwanz der Schlange ringelt sich darum –«

Das Langmesser fühlte sich in Kalams Hand erstaunlich schwer an. Die Fingerwülste am Griff waren übergroß, doch das hatte der Wickaner mit dickeren Lederriemen ausgeglichen. Der inmitten des verschlungenen Schwanzes in das Metall eingravierte Prägestempel war kompliziert – sogar unglaublich kompliziert angesichts der Größe der Hand, die ihn geschaffen haben musste. *Fenn. Thelomen Toblakai. Der Wickaner hatte tatsächlich einen Freund. Und was noch schlimmer ist – ich kenne das Zeichen. Ich weiß genau, wer diese Waffe mit einem magischen Bann versehen hat. Bei den Göttern hienieden, in welch seltsame Kreise stolpere ich da schon wieder hinein?*

Es hatte keinen Sinn, lange zu schachern. Zu viel war schon enthüllt worden. »Nennt Euren Preis«, sagte Kalam seufzend.

Das Grinsen des alten Mannes wurde breiter. »Das ist, wie Ihr Euch wohl vorstellen könnt, ein unvergleichliches Paar – meine wertvollsten Stücke.«

»Zumindest so lange, bis der Sohn des toten Krähen-Kriegers kommt, um sie sich zurückzuholen – obwohl ich bezweifle, dass er daran interessiert sein wird, Euch mit Gold zu bezahlen. Wenn ich die Klingen kaufe, werde ich damit auch den rachsüchtigen Jäger erben, also zügelt Eure Gier und nennt Euren Preis.«

»Zwölfhundert.«

Der Assassine legte eine kleine Geldbörse auf den Tisch und schaute zu, wie der Kaufmann die Schnüre öffnete und hineinblinzelte.

»In diesen Diamanten liegt eine gewisse Dunkelheit«, sagte der alte Mann nach einem Augenblick.

»Genau dieser Schatten macht sie so wertvoll, und das wisst Ihr auch.«

»Stimmt. Das tue ich in der Tat. Die Hälfte von dem, was in dem Beutel ist, wird reichen.«

»Ein ehrlicher Händler.«

»Eine Seltenheit heutzutage, ja. Doch in Zeiten wie diesen zahlt Loyalität sich aus.«

Kalam schaute zu, wie der alte Mann die Diamanten abzählte. »Es scheint, als hätte sich der Verlust des imperialen Handels als sehr schmerzhaft erwiesen.«

»Und wie. Aber hier in G'danisban ist es doppelt schlimm, mein Freund.«

»Und warum?«

»Warum? Nun, weil alle bei B'ridys sind, natürlich. Bei der Belagerung.«

»B'ridys? Die alte Bergfeste? Wer hat sich denn da verkrochen?«

»Malazaner. Sie haben sich aus ihren Festungen in Ehrlitan, hier und Pan'potsun zurückgezogen – wurden den ganzen Weg in die Hügel gejagt. Oh, das war nichts so Großes wie die Kette der Hunde, aber ein paar Hundert haben's geschafft.«

»Und die halten immer noch durch?«

»Ja. B'ridys macht es ihnen leider einfach. Aber nicht mehr lange, wette ich. So, ich bin fertig, mein Freund. Verbergt Eure Börse gut, und mögen die Götter immer in Eurem Schatten wandeln.«

Kalam musste sich anstrengen, um sich ein Lachen zu verkneifen, während er nach den Waffen griff. »Und mit Euch, mein Herr.« *Und das werden sie, mein Freund. Viel näher, als es dir vielleicht lieb ist.*

Er ging ein kurzes Stück die Marktstraße hinunter und blieb dann stehen, um die Schließen des Wehrgehenks richtig einzustellen. Der vorige Eigentümer hatte nicht Kalams Körperumfang gehabt, aber den hatten nur wenige. Als er fertig war, schlüpfte er in das Geschirr hinein und zog dann wieder seine Telaba darüber. Die schwerere Waffe ragte unter seinem linken Arm hervor.

Der Assassine setzte seinen Weg durch die größtenteils leeren Straßen von G'danisban fort. Zwei Langmesser, beide wickanischen Ursprungs. Hatten sie dem selben Mann gehört? Er wusste es nicht. Sie ergänzten sich in gewisser Hinsicht, klar, doch das unterschiedliche Gewicht wäre eine Herausforderung für jeden, der versuchte, mit beiden gleichzeitig zu kämpfen.

In der Hand eines Fenn wäre die schwerere Waffe kaum mehr als ein Dolch. Der Stil war eindeutig wickanisch, was bedeutete, dass die magische Umhüllung ein Gefallen oder eine Bezahlung gewesen war. *Kann ich mir einen Wickaner vorstellen, der so etwas verdient haben könnte? Klar, Coltaine – doch der hat nur ein einzelnes Langmesser getragen, ohne jedes Muster. Wenn ich nur mehr über den verdammten Thelomen Toblakai wüsste...*

Doch natürlich war der Hohemagier namens Bellurdan Schädelzerschmetterer tot.

Kreise, in der Tat. Und jetzt noch dieses Haus der Ketten. Der verdammte Verkrüppelte Gott –

Cotillion, du verdammter Narr. Du warst beim letzten Anketten dabei, oder? Du hättest den Bastard damals erdolchen sollen.

Nur frage ich mich jetzt, war Bellurdan auch dabei?

Oh verdammt, ich hab' vergessen zu fragen, was diesem Pardu – dem Geisterschlächter – zugestoßen ist ...

Die Straße, die sich in Richtung Südwesten aus G'danisban herauswand, war bis auf die darunter liegenden Pflastersteine abgenutzt. Die Belagerung dauerte offensichtlich schon so lange, dass die kleine Stadt, die die Belagerer ernährte, allmählich ausgeblutet war. Den Belagerten erging es wahrscheinlich noch schlechter. B'ridys war in eine Felsenklippe hineingehauen worden, eine Bauweise, die in den Odhans um die Heilige Wüste herum eine lange Tradition hatte. Es gab keinen herkömmlichen, erbauten Zugang – nicht einmal Stufen oder Griffe für die Hände waren in den Stein gehauen worden –, und die Tunnel hinter den Befestigungsanlagen reichten weit in die Tiefe. In jenen Tunneln sorgten Quellen für frisches Wasser. Kalam hatte B'ridys bisher nur von außen gesehen, längst verlassen von den ursprünglichen Bewohnern, was darauf hindeutete, dass die Quellen ausgetrocknet waren. Und wenn solche Festungen auch große Vorratskammern enthielten, war die Wahrscheinlichkeit doch sehr gering, dass die Malazaner, die hierher geflohen waren, diese Räume gut gefüllt vorgefunden hatten.

Die armen Schweine waren wahrscheinlich am Verhungern.

In der hereinbrechenden Abenddämmerung ging Kalam die Straße entlang. Er sah sonst niemanden, was ihn vermuten ließ, dass die Wagenkolonnen mit dem Nachschub erst nach Einbruch der Dunkelheit von G'danisban aufbrechen würden, um den ausgemergelten Tieren die Hitze zu ersparen. Die Straße hatte bereits anzusteigen begonnen und wand sich an den Flanken der Hügel entlang.

Der Assassine hatte sein Pferd bei Cotillion in der Schattensphäre zurückgelassen. Bei den Aufgaben, die vor ihm lagen, war schnell zu sein weitaus weniger wichtig, als unentdeckt zu bleiben. Außerdem war die Raraku nicht gerade nett zu Pferden. Der größte Teil der am Rande gelegenen Wasserstellen war in Erwartung der Armee der Mandata wahrscheinlich schon längst ungenießbar gemacht worden. Er kannte allerdings noch ein paar geheime Wasserstellen, die aus purer Notwendigkeit heraus in Ruhe gelassen worden waren.

Dieses Land, wurde Kalam klar, stand selbst unter Belagerung – und der Feind musste erst noch kommen. Sha'ik hatte den Wirbelwind nah an sich herangezogen, eine Strategie, die nach Ansicht des Assassinen auf ein gewisses Maß an Furcht hindeutete. Es sei denn, natürlich, Sha'ik tat ganz bewusst vollkommen unerwartete Dinge. Vielleicht versuchte sie auch nur einfach, Tavore in eine Falle zu locken, in die Raraku hinein, wo ihre Macht am größten war und ihre Streitkräfte sich im Gegensatz zu denen ihrer Feinde auskannten.

Aber es gibt in Tavores Armee zumindest einen Mann, der die Raraku kennt. Und es wäre verdammt noch mal angebracht, dass er den Mund aufmacht, wenn die Zeit kommt.

Mittlerweile war es Nacht geworden, am Himmel über ihm glitzerten Sterne. Kalam marschierte weiter. Schwer mit einem Packen voller Vorräte und Wasser beladen, schwitzte er auch in der sich abkühlenden Nachtluft weiter. Als er die Kuppe eines weiteren Hügels erreichte, konnte er knapp unterhalb des zackigen Horizonts den Feuerschein ausmachen, der vom Lager der Belagerer herrührte. An der Klippe selbst war kein Licht zu erkennen.

Er ging weiter.

Es war bereits heller Vormittag, als er im Lager ankam. Zelte, Wagen, mit Steinen eingefasste Feuergruben, alles war willkürlich in einem groben Halbkreis vor der hoch aufragenden Felsenklippe mit der rauchgeschwärzten Festung aufgebaut. Abfallhaufen umgaben das Areal nebst überquellenden Latrinen, die in der Hitze stanken. Kalam musterte, was da vor ihm lag. Er schätzte, dass ungefähr fünfhundert Belagerer hier waren, viele von ihnen hatten – wenn man sich ihre Uniformen ansah – ursprünglich zu den malazanischen Garnisonen gehört, auch wenn sie Einheimische waren. Es hatte seit einiger Zeit keinen Angriff mehr gegeben. Behelfsmäßige hölzerne Belagerungs-Türme warteten etwas abseits an der Seite.

Er war bemerkt worden, wurde aber nicht angerufen, wie überhaupt kaum jemand von ihm Notiz zu nehmen schien, als er den Rand des Lagers erreichte. Ein Kämpfer mehr, der gekommen war, um Malazaner zu töten. Er hatte seine eigenen Vorräte bei sich, stellte damit sicher, dass er niemandem zur Last fallen würde, und war somit willkommen.

Wie der Händler in G'danisban angedeutet hatte, waren die Belagerer mit ihrer Geduld am Ende. Es wurden Vorbereitungen für einen letzten Schlag getroffen. Wahrscheinlich würde er heute nicht mehr stattfinden, dafür aber morgen. Die hölzernen Gerüste waren allzu lang vernachlässigt worden – die Seile ausgetrocknet, das Holz morsch. Kleine Trupps hatten mit den Reparaturen begonnen, doch sie arbeiteten ohne Hast und bewegten sich langsam in der entkräftenden Hitze. Eine Aura der Auflösung umgab das Lager, die nicht einmal von der freudigen Erwartung ganz überdeckt werden konnte.

Hier sind die Feuer erkaltet. Sie planen den Angriff nur noch, damit es endlich vorbei ist und sie nach Hause gehen können.

Der Assassine wurde auf eine kleine Gruppe von Soldaten aufmerksam, von der die Befehle zu kommen schienen. Besonders ein Mann in der Rüstung eines malazanischen Leutnants stand mit in die Hüften gestemmten Fäusten da und war eifrig damit beschäftigt, einem halben Dutzend Sappeure eine Strafpredigt zu halten.

Kurz bevor Kalam sie erreichte, schlenderten die Arbeiter davon und bewegten sich planlos auf die Türme zu.

Der Leutnant bemerkte ihn. Dunkle Augen verengten sich unter dem Helm. Es war ein Wappen darauf zu erkennen: Ashok-Regiment.

Die waren vor ein paar Jahren in Genabaris stationiert. Dann sind sie zurückgeschickt worden ... ja, ich glaube nach Ehrlitan. Der Vermummte soll die Bastarde verfaulen lassen, ich hätte gedacht, sie wären loyal geblieben.

»Bist du gekommen, um zu sehen, wie den Letzten von ihnen die Kehlen durchgeschnitten werden?«, fragte der Leutnant mit einem harten Grinsen. »Gut. Du siehst wie ein Mann aus, der weiß, was er will, und der Erfahrung hat – und Beru weiß, davon gibt es viel zu wenige hier in diesem elenden Haufen. Wie heißt du?«

»Ulfas«, erwiderte Kalam.

»Klingt wie ein Barghast-Name.«

Der Assassine zuckte die Schultern, während er sein Bündel absetzte. »Ihr seid nicht der Erste, der das sagt.«

»Du wirst mich als Hauptmann anreden. Das heißt, wenn du bei diesem Kampf mitmachen willst.«

»Ihr seid nicht der Erste, der das sagt ... Hauptmann.«

»Ich bin Hauptmann Irriz.«

Hauptmann ... in einer Leutnantsuniform. Hast dich wohl in deinem Regiment nicht gebührend geschätzt gefühlt, was? »Wann wird der Angriff beginnen, Hauptmann?«

»Du bist heiß drauf, was? Gut. Morgen bei Anbruch der Dämmerung. Da oben ist nur noch eine Hand voll übrig. Es sollte nicht lange dauern, wenn wir erst beim Eingang am Balkon durchgebrochen sind.«

Kalam blickte zur Festung hoch. Der Balkon war kaum mehr als ein leicht vorspringender Sims, die Tür dahinter nicht einmal schulterbreit. »Die müssen auch nicht mehr als eine Hand voll sein«, murmelte er – und fügte dann hinzu: »Hauptmann.«

Irriz machte ein finsteres Gesicht. »Du bist gerade erst angekommen und weißt schon bestens Bescheid?«

»Tut mir Leid, Hauptmann. War nur 'ne Bemerkung.«

»Nun, gerade ist eine Magierin eingetroffen. Sie behauptet, sie kann ein Loch in die Felswand schlagen, da, wo die Tür ist. Ein großes Loch. Ah, da kommt sie ja.«

Die Frau, die sich ihnen näherte, war jung, schmächtig und blass. Und sie war eine Malazanerin. Als sie noch zehn Schritte entfernt war, fing sie an zu stolpern, blieb stehen und richtete ihre hellbraunen Augen auf Kalam. »Lass die Waffe in der Scheide, wenn du in meiner Nähe bist«, sagte sie gedehnt. »Irriz, sorgt dafür, dass der Bastard sich ein paar Schritte von uns entfernt.«

»Sünd? Was stimmt nicht mit ihm?«

»Was mit ihm nicht stimmt? Gar nichts, wahrscheinlich. Aber eins von seinen Messern ist eine Otataral-Waffe.«

Der habgierige Ausdruck, der in die Augen des Hauptmanns trat, als er Kalam jetzt ansah, ließ den Assassinen leicht erschaudern. »Tatsächlich. Und wie bist du an diese Waffe gekommen, Ulfas?«

»Hab sie einem Wickaner abgenommen, den ich getötet habe. In der Kette der Hunde.«

Plötzlich wurde es ganz still. Gesichter wandten sich Kalam zu, um ihn auf neue Weise zu betrachten.

Ein zweifelnder Ausdruck flackerte über Irriz' Gesicht. »Du warst dort?«

»Ja. Na und?«

Die Männer um ihn herum gestikulierten mit den Händen und flüsterten Gebete. Kalam schauderte erneut, stärker dieses Mal. *Bei den Göttern, sie murmeln Segensworte ... aber nicht über mich. Sie segnen die Kette der Hunde. Was ist dort wirklich geschehen, dass so etwas daraus entstanden ist?*

»Und warum bist du dann nicht bei Sha'ik?«, wollte Irriz wissen. »Warum hätte Korbolo dich gehen lassen sollen?«

»Weil Korbolo Dom ein Idiot ist«, schnappte Sünd. »Und Kamist Reloe ist sogar noch schlimmer. Mich persönlich wundert wirklich, dass er nach dem Untergang nicht seine halbe Armee verloren hat. Welcher echte Soldat kann schon verkraften, was da geschehen ist? Also Ulfas, ja? Du bist von Korbolos Hundeschlächtern desertiert, ja?«

Kalam zuckte nur die Schultern. »Ich bin losgezogen und habe nach einem saubereren Kampf gesucht.«

Sie lachte schrill auf und drehte sich in einer spöttischen Pirouette im Staub. »Und dann bist du *hierher* gekommen? Oh, du armer Narr! Das ist so lustig! Das ist so lustig, dass ich am liebsten schreien würde!«

Ihr Verstand ist verwirrt. »Ich sehe nichts Amüsantes im Töten«, erwiderte er. »Obwohl ich es merkwürdig finde, dass Ihr hier seid – anscheinend wild darauf, Angehörige Eures eigenen Volkes zu töten.«

Ihr Gesicht lief dunkel an. »Meine Gründe gehen nur mich etwas an, Ulfas. Irriz, ich würde gern unter vier Augen mit Euch sprechen. Kommt.«

Kalam verzog keine Miene, als der Hauptmann angesichts ihres herrischen Tons zusammenzuckte. Der abtrünnige Offizier nickte. »Ich werde gleich zu Euch kommen, Sünd.« Er wandte sich wieder an den Assassinen. »Ulfas, wir wollen die meisten von ihnen lebend gefangen nehmen, damit wir anschließend ein bisschen Zeitvertreib haben. Sie sollen dafür bestraft werden, dass sie so dickköpfig waren. Vor allem will ich ihren Kommandanten. Er heißt Gütig –«

»Kennt Ihr ihn, Hauptmann?«

Irriz grinste. »Ich war in der Dritten Kompanie des Ashok-Regiments. Gütig befehligt die Zweite.« Er machte eine Geste in Richtung der Festung. »Oder das, was noch davon übrig ist. Hier geht es um etwas Persönliches, und ich habe fest vor, zu gewinnen. Deshalb will ich die Bastarde auch lebendig. Verwundet und entwaffnet.«

Sünd wartete ungeduldig. Jetzt meldete sie sich zu Wort. »Mir kommt da eine Idee. Ulfas ... er könnte mit seinem Otataral-Messer ihren Magier in Schach halten.«

Irriz grinste. »Das bedeutet, du wärst der Erste, der durch die Bresche geht. Bist du damit einverstanden, Ulfas?«

Als Erste rein, als Letzte raus. »Es wäre nicht das erste Mal, Hauptmann.«

Irriz begab sich zu Sünd, und die beiden schritten davon.

Kalam starrte hinter ihnen her. *Hauptmann Gütig. Ich habe Euch nie getroffen, aber Ihr wart viele Jahre lang als der schlimmste Offizier im ganzen malazanischen Heer bekannt. Und wie es jetzt aussieht, seid Ihr auch der eigensinnigste.*

Hervorragend. So einen Mann könnte ich brauchen.

Er fand ein leeres Zelt, in dem er seine Sachen verstauen konnte – leer wohl nur deswegen, weil eine Latrine den zur Zeltseite hin aufgeschütteten Sandwall weggeschwemmt hatte und jetzt den Boden im hinteren Teil unter dem einzigen Teppich durchnässte. Kalam legte seinen Beutel neben der Zeltklappe ab, streckte sich dann unweit davon aus und versuchte, seine Gedanken und seine Sinne von dem Gestank abzulenken.

Binnen weniger Augenblicke war er eingeschlafen.

Als er erwachte, war es dunkel. Das Lager rundherum war still. Der Assassine ging in die Hocke, schlüpfte aus seiner Telaba und begann, Lederriemen um seine weiten Kleider zu winden. Als er damit fertig war, zog er ein Paar fingerlose Lederhandschuhe über und schlang sich ein schwarzes Stück Stoff um den Kopf, das nur noch seine Augen freiließ. Er glitt ins Freie.

Ein paar Feuerstellen schwelten noch, aus zwei Zelten in Sichtweite drang immer noch Lampenlicht. Drei Wächter saßen in einem der Festung zugewandten behelfsmäßigen Vorposten, etwa zwanzig Schritt entfernt.

Kalam umrundete lautlos die Latrine und näherte sich den skelettartigen Gerüsten der Belagerungstürme. Sie hatten keine Wachen dort aufgestellt. *Irriz war wahrscheinlich schon ein schlechter Leutnant und ist jetzt ein noch schlechterer Hauptmann.* Er ging näher heran.

Das Aufflackern magischer Energien am Fuß eines der Türme ließ ihn erstarren. Nach einer langen Pause, die er mit angehaltenem Atem abgewartet hatte, erschien ein zweiter gedämpfter Blitz, der um einen der Träger tanzte.

Kalam ließ sich langsam zu Boden sinken und beobachtete das Geschehen weiter.

Sünd bewegte sich von Träger zu Träger. Als sie mit dem ersten Turm fertig war, wandte sie sich dem nächsten zu. Drei waren es insgesamt.

Während sie am letzten Träger des zweiten Turms arbeitete, erhob sich Kalam und glitt vorwärts. Kurz bevor er sie erreichte, zog er die Otataral-Klinge.

Er lächelte, als er ihren leisen Fluch hörte. Dann, als ihr klar wurde, was geschah, wirbelte sie herum.

Kalam hob eine Hand, um sie aufzuhalten, hob sein Messer langsam in die Höhe und steckte es dann wieder in die Scheide. Er trat zu ihr. »Schätzchen«, flüsterte er auf Malazanisch, »dies ist ein übles Schlangennest, in dem du lieber nicht spielen solltest.«

Ihre Augen weiteten sich, glänzend wie Teiche im Sternenlicht. »Ich war mir nicht sicher, was dich betrifft«, antwortete sie leise. Sie zog die dünnen Arme eng um sich. »Ich bin es immer noch nicht. Wer bist du?«

»Nur ein Mann, der sich zu den Türmen schleicht ... um die Träger zu schwächen. Genau das, was du getan hast. Das heißt, bei allen bis auf einen. Der Dritte ist der Beste – den haben Malazaner gemacht. Ich will, dass der in Ordnung bleibt.«

»Dann sind wir Verbündete«, sagte sie. Noch immer hielt sie ihren Oberkörper fest umschlungen.

Sie ist sehr jung. »Du hast vorhin gut gespielt. Und du hast überraschende Fähigkeiten als Magierin für jemanden, der so jung –«

»Ich fürchte, es sind nur mindere Zaubereien. Ich wurde ausgebildet.«

»Wer war dein Lehrer?«

»Fayelle. Die jetzt bei Korbolo Dom ist. Fayelle, die meinem Vater und meiner Mutter die Kehle aufgeschlitzt hat. Die auch nach mir gesucht hat. Aber ich bin ihr entwischt, und trotz ihrer magischen Fähigkeiten ist es ihr nicht gelungen, mich aufzuspüren.«

»Und das hier soll deine Rache werden?«

Ihr Grinsen war ein stummes Zähnefletschen. »Ich habe gerade erst damit angefangen, mich zu rächen, Ulfas. Ich will sie. Aber ich brauche Soldaten.«

»Hauptmann Gütig und seine Kompanie. Du hast erwähnt, dass es in der Festung einen Magier gibt. Hast du mit ihm Verbindung aufgenommen?«

Sie schüttelte den Kopf. »Das kann ich nicht.«

»Und warum glaubst du dann, dass der Hauptmann sich deiner Sache anschließen wird?«

»Weil einer seiner Sergeanten mein Bruder ist – genauer gesagt mein Halbbruder. Ich weiß allerdings nicht, ob er noch am Leben ist …«

Er legte ihr eine Hand auf die Schulter, ohne darauf zu achten, dass sie zusammenzuckte. »Schon in Ordnung, Schätzchen. Wir machen das gemeinsam. Deinen ersten Verbündeten hast du.«

»Warum?«

Er lächelte, unsichtbar, da sein Mund hinter dem Tuch verborgen war. »Fayelle ist bei Korbolo Dom, ja? Nun, es steht noch ein Treffen mit Korbolo Dom aus. Und auch mit Kamist Reloe. Also werden wir uns zusammentun, um Hauptmann Gütig zu überzeugen. Einverstanden?«

»Einverstanden.«

Die Erleichterung in ihrer Stimme versetzte dem Assassinen einen Stich. Sie war auf ihrer tödlichen Suche viel zu lang allein gewesen. Sie hatte Hilfe gebraucht ... doch niemand war da gewesen, an den sie sich hätte wenden können. Nur eine Waise mehr in dieser verdammten Rebellion, beim Vermummten. Er erinnerte sich daran, wie er jene dreizehnhundert Kinder zum ersten Mal gesehen hatte, die er vor einigen Monaten – als er zum letzten Mal dieses Land durchquert hatte – unbeabsichtigt gerettet hatte. *Und dort, in jenen Gesichtern, hatte er den wahren Schrecken des Krieges gesehen. Diese Kinder waren noch am Leben gewesen, als die Aasvögel heruntergekommen waren, um sich ihre Augen zu holen ...* Ein Schaudern durchrann ihn.

»Ist etwas nicht in Ordnung? Es hat ausgesehen, als wärst du ziemlich weit weg gewesen.«

Er blickte ihr in die Augen. »Nein, Mädchen, ich war viel näher, als du glaubst.«

»Nun, ich habe bereits den größten Teil meiner Arbeit für heute Nacht erledigt. Mit Irriz und seinen Männern wird nicht mehr viel los sein, wenn der Morgen anbricht.«

»So? Und was hattest du für mich geplant?«

»Ich war mir nicht sicher. Ich hatte gehofft, dass du schnell getötet wirst, wenn du als Erster gehst. Hauptmann Gütigs Magier wäre dir nicht zu nahe gekommen – das hätte er den Soldaten mit ihren Armbrüsten überlassen.«

»Und was ist mit dem Loch, das du in die Klippe sprengen wolltest?«

»Das wäre nur eine Illusion gewesen. Ich bereite mich schon seit Tagen darauf vor. Ich glaube, ich kann es schaffen.«

Tapfer und verzweifelt. »Nun, Schätzchen, deine Bemühungen scheinen weit über das hinauszugehen, was ich vorhatte. Ich wollte eigentlich nur ein kleines Gemetzel anrichten, nichts weiter. Du hast vorhin gesagt, dass mit Irriz und seinen Leuten nicht mehr viel los sein wird. Was hast du damit gemeint?«

»Ich habe ihr Wasser vergiftet.«

Kalam erbleichte hinter seiner Maske. »Du hast das Wasser vergiftet? Womit?«

»Tralb.«

Der Assassine erwiderte lange nichts. Dann fragte er: »Wie viel?«

Sie zuckte die Schultern. »Alles, was der Heiler hatte. Vier Phiolen. Er hat einmal gesagt, dass er es dazu benutzt, das Zittern zu heilen, das manchmal alte Leute befällt.«

Klar. Einen Tropfen. »Wann hast du das getan?«

»Es ist noch nicht lange her.«

»Das heißt, es ist unwahrscheinlich, dass schon jemand von dem Wasser getrunken hat.«

»Außer vielleicht die Wächter.«

»Warte hier, Mädchen.« Kalam bewegte sich lautlos durch die Dunkelheit, bis er in Sichtweite der drei Krieger kam, die den Vorposten bemannten. Vorhin hatten sie gesessen. Das war nicht mehr der Fall. Aber da war Bewegung, knapp über dem Erdboden. Er glitt näher heran.

Die drei Gestalten wanden sich in Krämpfen, ihre Arme und Beine zuckten. Schaum stand auf ihren Lippen, und ihre hervorquellenden Augen hatten zu bluten begonnen. Sie hatten sich besudelt. Ganz in der Nähe lag ein Wasserschlauch auf einem Fleck nassen Sandes, der schnell unter einer Decke aus Kapmotten verschwand.

Der Assassine zog sein Schlachtmesser. Er würde vorsichtig sein müssen, denn wenn er mit Blut, Speichel oder einer anderen Körperflüssigkeit in Berührung kam, drohte ihm ein ähnliches Schicksal. Die Krieger waren dazu verdammt, eine Zeitspanne, die ihnen wie eine Ewigkeit erscheinen würde, weiter so zu leiden – sie würden sich auch bei Anbruch der Morgendämmerung noch in Krämpfen winden, und das würde so weitergehen, bis entweder ihr Herz aussetzte oder sie an Austrocknung starben. Schrecklicherweise war Letzteres bei Tralb häufiger als Ersteres.

Er kam zum vordersten Wächter und sah in den tränenden Augen des Mannes, dass der ihn erkannte. Kalam hob das Messer. Jetzt lag Erleichterung im Blick des Vergifteten. Der Assassine rammte ihm die Waffe mit der schmalen Klinge in das Auge, leicht schräg nach oben. Der Körper versteifte sich und sank dann mit einem schaumigen Seufzen zurück.

Schnell wiederholte er diese unangenehme Aufgabe bei den anderen beiden.

Dann reinigte er sein Messer sehr sorgfältig im Sand.

Kapmotten mit raschelnden Flügeln stürzten sich auf die Leichen herab. Unverzüglich gesellten sich jagende Rhizan zu ihnen. Die Luft war erfüllt vom Geräusch zermalmter Chitinpanzer.

Kalam sah zum Lager hinüber. Er würde die Fässer leeren müssen. Diese Krieger mochten Feinde des Imperiums sein, doch sie verdienten einen barmherzigeren Tod als diesen.

Ein schwaches, raschelndes Geräusch ließ ihn herumwirbeln.

Ein Seil war von dem steinernen Balkon die Klippe herabgeworfen worden, an dem sich nun Gestalten herunterließen, lautlos und schnell.

Sie hatten Beobachter.

Der Assassine wartete.

Es waren insgesamt drei, keiner von ihnen mit mehr als einem Dolch bewaffnet. Als sie näher kamen, blieb einer stehen, obwohl er noch über ein Dutzend Schritt entfernt war.

Der vorderste Mann baute sich vor dem Assassinen auf. »Und wer im Namen des Vermummten bist du?« In seinem Mund blitzte Gold auf, als er sprach.

»Ein malazanischer Soldat«, lautete Kalams geflüsterte Antwort. »Ist das euer Magier, der da hinten rumhängt? Ich brauche seine Hilfe.«

»Er sagt, er kann nicht –«

»Ich weiß. Das liegt an meinem Otataral-Langmesser. Aber er braucht nicht in meine Nähe zu kommen – alles, was er tun muss, ist, die Wasserfässer dieses Lagers zu leeren.«

»Und wozu soll das gut sein? Keine fünfzig Schritt den Pfad runter ist eine Quelle – sie werden sich einfach neues holen.«

»Ihr habt hier noch eine Verbündete«, sagte Kalam. »Sie hat das Wasser mit Tralb vergiftet – was glaubst du denn, was mit den armen Kerlen da los war?«

Der zweite Mann gab ein Brummen von sich. »Wir haben uns schon gewundert. War nicht schön, was denen passiert ist. Andererseits haben sie's verdient. Ich bin dafür, das Wasser so zu lassen, wie es ist.«

»Warum tragen wir die Angelegenheit nicht Hauptmann Gütig vor? Schließlich ist er doch derjenige, der für euch die Entscheidungen trifft, stimmt's?«

Der Mann machte ein finsteres Gesicht.

Sein Kamerad meldete sich wieder zu Wort. »Deswegen sind wir nicht hier unten. Wir sind hier, um dich herauszuholen. Und wenn es hier noch jemanden gibt, werden wir sie auch mitnehmen.«

»Um was zu tun?«, wollte Kalam wissen. Er wollte schon sagen, *um zu hungern? Zu verdursten?*, doch dann bemerkte er, dass keiner der Soldaten vor ihm besonders dürr oder ausgedörrt wirkte. »Wollt ihr für immer da oben eingeschlossen bleiben?«

»Es passt uns gut«, schnappte der zweite Soldat. »Wir hätten jederzeit abhauen können. Es gibt Hinterausgänge. Aber die Frage ist, was dann? Wo sollen wir hingehen? Das ganze Land ist wild auf malazanisches Blut.«

»Was sind die letzten Nachrichten, die ihr bekommen habt?«, fragte Kalam.

»Wir haben überhaupt keine bekommen. Nicht, seit wir aus Ehrlitan weg sind. Soweit wir sehen können, gehört das Reich der Sieben Städte nicht mehr zum malazanischen Imperium, und es wird auch niemand kommen, um uns rauszuholen. Sonst wären sie nämlich schon längst da.«

Der Assassine betrachtete die beiden Männer einen Moment, dann seufzte er. »In Ordnung, wir müssen uns unterhalten. Aber nicht hier. Lasst mich das Mädchen holen – wir werden mit euch gehen. Unter der Bedingung, dass euer Magier mir den Gefallen tut, um den ich gebeten habe.«

»Das ist kein besonders gerechter Handel«, sagte der zweite Soldat.

»Bring uns Irriz. Wir wollen uns mal ein bisschen mit dem fliegendreckverschmierten Korporal zusammensetzen.«

»Korporal? Ja wisst ihr etwa nicht, dass er jetzt Hauptmann ist? Ihr wollt ihn. Schön. Euer Magier macht das Wasser in den Fässern unschädlich. Ich werde das Mädchen zu euch schicken – aber seid nett zu ihr. Ihr begebt euch alle wieder nach oben. Könnte sein, dass ich ein Weilchen brauche.«

»Damit können wir leben.«

Kalam nickte und begab sich wieder dorthin zurück, wo er Sünd zurückgelassen hatte.

Sie hatte ihren Posten nicht verlassen, doch statt sich zu verstecken, tanzte sie unter einem der Türme; sie wirbelte im Sand herum, ihre Arme schwebten durch die Luft, ihre Hände flatterten wie die Flügel von Kapmotten.

Der Assassine zischte eine Warnung, als er bei ihr ankam. Sie hielt inne, sah ihn und kam zu ihm gehuscht. »Du hast zu lange gebraucht! Ich dachte schon, du wärst tot!«

Und deshalb hast du getanzt? »Ich nicht, aber die drei Wächter sind es. Ich habe Kontakt mit den Soldaten aus der Festung aufgenommen. Sie haben uns eingeladen – die Bedingungen da oben scheinen ganz in Ordnung zu sein. Ich habe eingewilligt.«

»Aber was ist mit dem Angriff morgen?«

»Er wird fehlschlagen. Hör zu, Sünd, sie können sich jederzeit ungesehen davonmachen – wir können in die Raraku aufbrechen, sobald wir Gütig überzeugt haben. Und jetzt folge mir – aber leise.«

Sie kehrten dorthin zurück, wo die drei Malazaner warteten.

Kalam warf dem Truppmagier einen finsteren Blick zu, doch der grinste ihn an. »Es ist erledigt. Kein Problem, solange du nicht in der Nähe bist.«

»Nun gut. Das hier ist Sünd – sie ist auch eine Magierin. Und nun macht, dass ihr wegkommt.«

»Ich wünsch' dir das Glück der Lady«, sagte einer der Soldaten zu Kalam.

Ohne zu antworten, drehte der Assassine sich um und begab sich wieder ins Lager. Er kehrte zu seinem eigenen Zelt zurück, schlüpfte hinein und kauerte sich neben den Beutel mit seinen Habseligkeiten. Nachdem er einen Augenblick darin herumgetastet hatte, zog er die Börse mit den Diamanten hervor und nahm einen heraus.

Er musterte ihn einen Moment lang sehr sorgfältig im Zwielicht. Düstere Schatten schwammen im Innern des geschliffenen Steins. *Hütet euch vor dem, was die Geschenke des Schattens enthalten.* Er griff nach draußen und zog einen der flachen Steine herein, die dazu benutzt wurden, die Zeltwände zu beschweren, und legte den Diamanten auf seine staubige Oberfläche.

Die Knochenflöte, die Cotillion ihm gegeben hatte, hing an einem Lederriemen um seinen Hals. Er zog sie hervor und setzte sie an die Lippen. »*Blase kräftig, und du wirst sie alle aufwecken. Blase sanft und direkt auf einen gerichtet, und du wirst nur diesen einen aufwecken.*« Kalam hoffte, dass der Gott gewusst hatte, wovon er sprach. *Es wäre besser, wenn dies nicht Schattenthrons Spielzeuge wären...* Er beugte sich nach vorn, bis die Flöte kaum eine Handbreit von dem Diamanten entfernt war – und blies sanft hinein.

Er hörte nichts. Stirnrunzelnd setzte Kalam die Flöte ab und untersuchte sie. Er wurde von einem leisen, klingelnden Geräusch unterbrochen.

Der Diamant war zu glitzerndem Staub zerfallen, von dem ein wirbelnder Schatten aufstieg.

Wie ich es befürchtet habe. Ein Azalan. Aus einem Gebiet in der Schattensphäre, das an das der Aptorian grenzte. Man sah sie nur selten – und wenn, dann immer nur einen einzigen. Stumm, anscheinend der Sprache nicht mächtig – es war ein Rätsel, wie Schattenthron sie beherrschte.

Der Schatten wirbelte herum, erfüllte das Zelt und ließ sich auf seine sechs Glieder sinken, der stachelige Kamm seines wuchtigen, gekrümmten Rückens kratzte beiderseits der Zeltstange gegen den Stoff. Blaue, nur allzu menschliche Augen blinzelten Kalam unter einer schwarzhäutigen, breiten fliehenden Stirn an. Er hatte einen breiten Mund, die Unterlippe war merkwürdig vorgeschoben, als würde das Wesen ewig schmollen, zwei Schlitze bildeten die Nase. Eine Mähne dünner blauschwarzer Haare hing in einzelnen Strähnen herunter, ihre Spitzen streiften den Fußboden. Es gab keinen Hinweis auf das Geschlecht des Wesens. Ein komplizierter Harnisch zog sich im Zickzack über seinen gewaltigen Rumpf, voll gestopft mit einer Vielzahl von Waffen, von denen keine einen praktischen Nutzen zu haben schien.

Der Azalan besaß keine Füße im eigentlichen Sinne – alle seine sechs Gliedmaßen endeten in breiten, flachen, kurzfingrigen Händen. Die Heimat dieser Dämonen war ein Wald, und diese Kreaturen lebten gewöhnlich in dem verfilzten Baldachin hoch oben und kamen nur dann auf den im Dämmerlicht liegenden Waldboden hinab, wenn sie gerufen wurden.

Wenn sie gerufen wurden ... nur, um daraufhin in Diamanten eingesperrt zu werden. Ich an seiner Stelle wäre jetzt ganz schön sauer.

Der Dämon grinste plötzlich.

Kalam sah beiseite und überlegte, wie er seinen Wunsch formulieren sollte. *Hol Hauptmann Irriz. Lebend, aber so, dass er nicht schreien kann. Triff mich am Seil.* Es würde einigen Erklärungsbedarf geben, und das mit einem Wesen, das nicht über eine Sprache verfügte –

Der Azalan drehte sich plötzlich um, seine Nüstern zuckten. Der breite, quadratische Schädel auf dem langen, muskelbepackten Hals senkte sich tief hinab, zum Fuß der Rückwand.

Wo Urin aus der Latrine durchgesickert war.

Ein leises Gluckern ließ den Dämon herumwirbeln und eine seiner hinteren Gliedmaßen heben. Aus einer Körperfalte schoben sich zwei Penisse.

Ein Doppelstrahl schoss hinunter auf den durchnässten Teppich.

Kalam taumelte angesichts des Gestanks zurück, torkelte durch die Zeltklappe hinaus in die kalte Nachtluft, wo er würgend auf Hände und Knie sank.

Einen Augenblick später kam der Dämon aus dem Zelt, hob den Kopf, um die Luft zu prüfen, schoss in die Schatten – und war verschwunden.

In die Richtung, in der das Zelt des Hauptmanns lag.

Kalam schaffte es, die Lungen mit reinigender Luft zu füllen und ganz allmählich sein Zittern unter Kontrolle zu bekommen. »In Ordnung, mein Hündchen«, keuchte er, »ich schätze, du hast meine Gedanken gelesen.« Ein paar Herzschläge später ging er in die Hocke, griff mit angehaltenem Atem ins Zelt, um seinen Packen herauszuziehen, und taumelte dann auf die Felsenklippe zu.

Ein Blick zurück zeigte ihm, dass Dampf oder Rauch aus dem Eingang seines Zelts quoll, während ein leises Knistern aus dem Innern drang, das allmählich lauter wurde.

Bei den Göttern, wer braucht schon eine Phiole mit Tralb?

Er trottete rasch dorthin, wo noch immer das Seil von dem steinernen Balkon herunterhing.

Fauchend schossen Flammen hoch, wo eben noch sein Zelt gestanden hatte.

Das würde wohl kaum unbemerkt bleiben. Kalam zischte einen Fluch und rannte auf das Seil zu.

Rufe waren im Lager zu hören. Dann Schreie, dann noch schrillere Schreie, die alle in einem seltsamen Quieken endeten.

Der Assassine kam vor der Felswand schlitternd zum Stehen, legte beide Hände um das Seil und begann, daran hochzuklettern. Er hatte ungefähr die Hälfte der Strecke bis zu dem Balkon zurückgelegt, als die Kalksteinwand plötzlich erzitterte. Staubwolken wehten davon. Kleine Steinchen regneten von oben herunter. Und schon war eine ungeschlachte Gestalt neben ihm, die sich an den rauen, von Furchen durchzogenen Fels klammerte. Unter einem Arm klemmte Irriz, bewusstlos und in seinem Nachtgewand. Der Azalan schien die Wand förmlich hinaufzuströmen, seine Hände griffen nach geriffelten Schattenstreifen, als wären es eiserne Sprossen. Kurz darauf hatte der Dämon den Balkon erreicht, schwang sich über die Kante und war außer Sicht.

Der steinerne Sims ächzte.

Risse schlängelten sich herunter.

Kalam starrte nach oben und sah, dass der ganze Balkon absackte und sich von der Wand losriss.

Seine Mokassins schabten wild über den Fels, als er versuchte, nach einer Seite wegzukrabbeln. Und dann sah er, wie sich lange, nichtmenschliche Hände um den Rand des Simses schlossen. Das Absacken hörte auf.

W-wie im Namen des Vermummten –

Der Assassine kletterte weiter. Augenblicke später erreichte auch er den Balkon und zog sich über die Kante.

Der Azalan hatte sich voll über den Sims ausgestreckt. Zwei Hände packten den Rand. Drei andere klammerten sich an Schatten, die an der Klippe über der Tür auszumachen waren. Schatten lösten sich von dem Dämon wie Hautschichten, undeutlich an Menschen erinnernde Gestalten, die sich streckten, um den Balkon an der Wand zu halten – und die von dem gewaltigen Gewicht zerrissen wurden. Als Kalam über die Felsplatte kroch, kam von der Stelle, an der der Balkon die Wand berührte, ein knirschendes, mahlendes Geräusch – und dann sackte alles eine Handbreit nach unten.

Der Assassine warf sich der ausgesparten Türöffnung entgegen, wo er in der Düsternis ein vor Entsetzen verzerrtes Gesicht erkennen konnte, das war – der Truppmagier.

»Zurück!«, zischte Kalam. »Das ist ein Freund!«

Der Magier streckte die Arme aus und packte Kalam am Unterarm.

Noch während der Assassine in den Korridor gezogen wurde, sackte der Balkon unter ihm weg.

Beide Männer stolperten rückwärts über Irriz lang ausgestreckten Körper.

Alles erzitterte, als ein gewaltiges, dumpf dröhnendes Poltern von unten heraufdrang, das noch einige Zeit nachhallte.

Der Azalan schwang sich unter dem Türsturz hindurch ins Innere. Er grinste.

Ein kurzes Stück weiter den Korridor hinunter kauerte ein Trupp Soldaten. Sünd hatte den Arm um einen von ihnen gelegt – ihr Halbbruder, vermutete Kalam, als er sich langsam wieder aufrappelte.

Einer der Soldaten, die der Assassine bereits getroffen hatte, trat vor, schob sich an ihm und – unter größeren Schwierigkeiten – an dem Azalan vorbei bis zur Kante. Nach einem Augenblick rief er: »Alles ruhig da unten, Sergeant. Das Lager ist ein einziges Durcheinander. Ich kann niemanden sehen …«

Der andere Soldat, den Kalam ebenfalls schon kennen gelernt hatte, runzelte die Stirn. »Keinen Einzigen, Glocke?«

»Nein. Als ob sie alle davongerannt wären.«

Kalam sagte nichts, obwohl er einen Verdacht hatte. *All diese Schatten, die im Besitz des Dämons waren …*

Der Truppmagier hatte seine und Irriz' Glieder wieder entwirrt und wandte sich jetzt an den Assassinen. »Das ist ein verdammt erschreckender Bursche, dieser Freund von dir. Und er stammt nicht aus dem Imperium. Aus der Schattensphäre?«

»Ein zeitweiliger Verbündeter«, erklärte Kalam schulterzuckend.

»Wie zeitweilig?«

Der Assassine blickte den Sergeanten an. »Irriz ist jetzt hier – was habt ihr mit ihm vor?«

»Das haben wir noch nicht entschieden. Das Mädchen hier sagt, dass du Ulfas heißt. Kann das sein? Das ist der Name eines Barghast. Eines Barghast aus Genabackis, genauer gesagt. Hat es da nicht mal einen Kriegshäuptling mit diesem Namen gegeben? Der wurde im Schwarzhundwald getötet.«

»Ich wollte Irriz meinen richtigen Namen nicht nennen, Sergeant. Ich bin ein Brückenverbrenner im Rang eines Korporals. Ich heiße Kalam Mekhar.«

Einen Augenblick herrschte Schweigen.

Dann seufzte der Magier. »Seid ihr nicht ausgestoßen worden?«

»Das war eine Finte, ein Plan der Imperatrix. Dujek brauchte für gewisse Zeit freie Hand.«

»In Ordnung«, sagte der Sergeant. »Es spielt keine Rolle, ob du die Wahrheit sagst oder nicht. Wir haben von dir gehört. Ich bin Sergeant Strang. Der Magier der Kompanie heißt Ebron. Das da ist Glocke, und das Korporal Scherbe.«

Der Korporal entpuppte sich als Sünds Halbbruder. Das Gesicht des jungen Mannes war ausdruckslos; zweifellos war er durch das plötzliche Erscheinen des Mädchens wie benommen.

»Wo ist Hauptmann Gütig?«

Strang zuckte zusammen. »Der Rest der Kompanie – alle, die noch übrig sind – ist unten. Wir haben den Hauptmann und den Leutnant vor ein paar Tagen verloren.«

»Verloren? Wie das?«

»Sie ... äh, sie sind in einen Brunnenschacht gefallen. Ertrunken. Das hat Ebron zumindest rausgefunden, als er runtergeklettert ist und sich die Sache etwas genauer angesehen hat. Da unten ist ein schnell fließender, unterirdischer Fluss. Sie wurden mitgerissen und weggeschwemmt, die armen Kerle.«

»Und wie kommt es, dass zwei Menschen in einen Brunnenschacht stürzen, Sergeant?«

Der Angesprochene bleckte seine Goldzähne. »Tja, ich nehme an, sie wollten ihn erforschen. Nun, es sieht so aus, als würde ich im Rang über dir stehen. Tatsächlich bin ich der einzige Sergeant, der noch übrig ist. Und wenn ihr nicht ausgestoßen seid, dann bist du noch immer Soldat des Imperiums. Und als Soldat des Imperiums ...«

»Du hast mich erwischt«, murmelte Kalam.

»Fürs Erste wirst du meinem alten Trupp zugeteilt. Du hast im Vergleich zu Korporal Scherbe mehr Dienstjahre, daher wirst du die Verantwortung übernehmen.«

»Nun gut. Und aus wem besteht der Trupp?«

»Scherbe, Glocke und Humpel. Glocke hast du schon gesehen. Humpel ist unten. Er hat sich bei einem Felsrutsch das Knie gebrochen, aber es heilt schnell. Insgesamt sind wir einundfünfzig Soldaten. Zweite Kompanie, Ashok-Regiment.«

»Es sieht so aus, als hätten eure Belagerer sich davongemacht«, bemerkte Kalam. »Die Welt hat nicht still gestanden, während ihr hier eingeschlossen wart, Sergeant. Ich glaube, ich sollte euch sagen, was ich weiß. Es gibt noch andere Möglichkeiten, als hier zu hocken – wie kuschelig es auch sein mag –, und darauf zu warten, dass wir an Altersschwäche sterben ... oder vielleicht auch ertrinken ...«

»In Ordnung, Korporal. Du wirst uns Bericht erstatten. Und wenn ich einen Ratschlag dazu will, was wir als Nächstes tun, wirst du der Erste sein, an den ich mich wende. Aber jetzt ist erst mal Schluss mit eigenen Meinungen. Es ist Zeit, nach unten zu gehen. Und ich schlage vor, du suchst erst einmal eine Leine für diesen verfluchten Dämon. Und sag ihm, er soll aufhören zu grinsen.«

»Das wirst du ihm schon selbst sagen müssen, Sergeant«, sagte Kalam gedehnt.

»Das malazanische Imperium braucht keine Verbündeten aus der Schattensphäre – sieh zu, dass du ihn los wirst!«, schnappte Ebron.

Der Assassine warf dem Magier einen Blick zu. »Wie ich schon zuvor gesagt habe, es hat einige Veränderungen gegeben, Magier. Sergeant Strang, du bist herzlich eingeladen zu versuchen, dem Azalan eine Leine umzulegen. Aber ich sollte dir vielleicht vorher noch sagen – auch wenn du meine Meinung nicht hören willst –, dass dieser Azalan, selbst wenn die verrückten Flaschenkürbisse, Pfannen und knotigen Stöcke an seinem Gürtel nicht unbedingt wie Waffen aussehen, gerade mehr als fünfhundert Rebellenkrieger ausgelöscht hat. Und wie lang hat er dafür gebraucht? Vielleicht fünfzig Herzschläge. Tut er, was ich will? Nun, das ist eine Frage, über die nachzudenken sich lohnen könnte, findest du nicht auch?«

Strang musterte Kalam mehrere Herzschläge lang. »Willst du mir drohen?«

»Ich bin ein bisschen dünnhäutig geworden, seit ich so lange allein gearbeitet habe, Sergeant«, erwiderte der Assassine mit leiser Stimme. »Ich werde mich deinem Trupp anschließen. Ich werde sogar deine Befehle befolgen, es sei denn, sie sind vollkommen idiotisch. Aber wenn du ein Problem damit hast, dann regle das mit *meinem* Sergeanten, wenn du ihn das nächste Mal siehst. Es ist Elster. Abgesehen von der Imperatrix ist er der Einzige, dem ich Rechenschaft schuldig bin. Du willst mich benutzen? Schön. Meine Dienste stehen dir zur Verfügung ... ein Weilchen.«

»Er hat eine geheime Mission zu erfüllen«, murmelte Ebron. »Ich vermute, für die Imperatrix. Er ist wahrscheinlich wieder bei den Klauen – da hat er schließlich auch angefangen, nicht wahr?«

Strang wirkte nachdenklich, zuckte dann die Schultern und wandte sich ab. »Das alles macht mir Kopfschmerzen. Gehen wir runter.«

Kalam schaute dem Sergeanten nach, der sich zwischen den Soldaten durchschob, die den Korridor bevölkerten. *Irgendetwas sagt mir, dass ich das alles nicht besonders genießen werde.*

Sünd tanzte einen Schritt.

Ein verschwommenes Schwert aus dunklem Eisen erhob sich über dem Horizont, eine gewaltige, gequetschte Klinge, die flackerte, während sie immer größer wurde. Der Wind hatte nachgelassen, und die Insel, die in Richtung der Schwertspitze lag, schien nicht mehr näher zu kommen. Schlitzer trat an den einzigen Mast des Bootes und begann, das luvseitige Segel festzuzurren. »Ich werde mich ein Weilchen an die Ruder setzen«, sagte er. »Willst du das Steuer übernehmen?«

Mit einem Schulterzucken begab sich Apsalar zum Heck.

Der Sturm tobte noch immer hinter der Insel Drift Avalii, über der eine anscheinend dauerhafte, unbewegliche schwere Wolkenbank hing. Abgesehen vom steil ansteigenden Ufer schien es keinerlei Erhöhungen zu geben; der Wald aus Zedern, Fichten und Rotholzbäumen wirkte undurchdringlich, die Stämme in ewiges Zwielicht gehüllt.

Schlitzer starrte noch einen Augenblick länger zu der Insel hinüber, um die Geschwindigkeit des herannahenden Sturms abzuschätzen. Er setzte sich auf die Bank hinter dem Mast und griff nach den Rudern. »Wir können es schaffen«, sagte er, als er die Ruderblätter in das trübe Wasser senkte und zu rudern begann.

»Die Insel wird den Sturm brechen«, erwiderte Apsalar.

Er warf ihr aus zusammengekniffenen Augen einen Blick zu. Es war das erste Mal seit Tagen, dass sie etwas gesagt hatte, ohne dass er sie nachdrücklich hatte dazu auffordern müssen. »Nun, ich habe zwar einen verdammten Ozean überquert, aber ich verstehe immer noch nichts vom Meer. Warum sollte eine Insel ohne einen einzigen Berg diesen Sturm brechen?«

»Eine normale Insel würde es nicht tun«, antwortete sie.

»Oh, ich verstehe.« Er verstummte. Ihr Wissen stammte aus Cotillions Erinnerungen, und es schien, als würde ihr Elend dadurch noch vergrößert werden. Der Gott war einmal mehr unter ihnen, eine beklemmende Präsenz, die stets zwischen ihnen stand. Schlitzer hatte ihr von dem geisterhaften Besuch und Cotillions Worten erzählt. Ihr Kummer – und ihre kaum gezügelte Wut – schien davon herzurühren, dass der Gott Schlitzer rekrutiert hatte.

Dass er sich einen neuen Namen gegeben hatte, war ihr von Anfang an nicht recht gewesen, und dass er jetzt tatsächlich ein Anhänger des Patrons der Assassinen geworden war, schien sie tief zu verletzen. Es war naiv von ihm gewesen – so kam es ihm rückblickend vor – zu glauben, diese Entwicklung würde sie einander näher bringen.

Apsalar war nicht glücklich über den Weg, den sie eingeschlagen hatte – eine Erkenntnis, die den Daru erschüttert hatte. Sie zog keine Freude oder Befriedigung aus ihrer kalten, brutalen Effizienz als Mörderin. Schlitzer hatte sich einst vorgestellt, dass die Befähigung zu etwas schon an sich eine Belohnung wäre, dass Kunstfertigkeit ihre eigene Rechtfertigung hervorbrachte, ihren eigenen Hunger schuf und aus diesem Hunger eine gewisse Genugtuung zog. Jemand fühlte sich zu dem hingezogen, worin er tüchtig war – schließlich war er damals in Darujhistan auch nicht gezwungenermaßen zum Dieb geworden. Er hatte nicht auf der Straße gelebt, hatte nicht gehungert, hatte auch nicht unter anderen grausameren Umständen gelitten. Er hatte nur aus Spaß an der Sache gestohlen – und weil er gut darin war. Eine Zukunft als Meisterdieb war ihm als ein erstrebenswertes Ziel erschienen, einen Unterschied zwischen berüchtigt sein und geachtet werden hatte es für ihn nicht gegeben.

Doch jetzt versuchte Apsalar ihm zu sagen, dass die Fähigkeit, etwas tun zu können, keine Rechtfertigung darstellte. Dass sie ihren eigenen Weg ging, weil sie musste, und dass darin keine Tugend lag.

Er stellte fest, dass er auf subtile Art einen Kampf mit ihr ausfocht, in dem die Waffen Schweigen und verschleierte Worte waren.

Er grunzte an den Rudern. Das Meer wurde allmählich kabbelig.

»Nun, ich hoffe, dass du Recht hast«, sagte er. »Wir könnten ein bisschen Schutz gebrauchen ... obwohl ... nach allem, was das Seil gesagt hat, dürfte unter den Bewohnern von Drift Avalii Ärger herrschen.«

»Tiste Andii«, sagte Apsalar. »Anomander Rakes Leute. Er hat sie hier angesiedelt, um den Thron zu bewachen.«

»Kannst du dich daran erinnern, dass Tanzer – oder Cotillion – mit ihnen gesprochen hat?«

Ein schneller Blick flackerte aus ihren dunklen Augen zu ihm hinüber, dann schaute sie weg. »Es war ein kurzes Gespräch. Diese Tiste Andii haben viel zu lange abgeschieden gelebt. Ihr Herr hat sie zurückgelassen und ist niemals zurückgekehrt.«

»Niemals?«

»Es gibt ... Schwierigkeiten. Das Ufer dort heißt uns nicht gerade willkommen – sieh selbst.«

Er zog die Ruder ein und drehte sich um.

Die Küstenlinie bestand aus stumpfem grauem Sandstein, den die Wogen aufgefaltet und zu Riffen geformt hatten. »Nun, wir können ohne große Schwierigkeiten dicht heran, aber ich sehe, was du meinst. Es gibt keine Möglichkeit, das Boot irgendwo hochzuziehen, und wenn wir es anbinden, besteht die Gefahr, dass es von der Brandung zerschmettert wird. Irgendwelche Ideen?«

Der Sturm – oder die Insel – holte Luft und zupfte am Segel. Sie näherten sich rasch der felsigen Küste.

Das Grollen am Himmel klang jetzt näher, und Schlitzer konnte die schwankenden Baumwipfel sehen, die darauf hindeuteten, dass ein hoher, scharfer Wind aufgekommen war, der die Wolken über der Insel zu langen, sich windenden Fühlern auseinander zog.

»Ich habe keine Idee«, sagte Apsalar schließlich. »Außerdem müssen wir uns noch über etwas anderes Gedanken machen – Strömungen.«

Jetzt konnte auch er es sehen: Die Insel trieb in der Tat dahin, sie war nicht am Meeresboden verankert. Strudel schäumten um den Sandstein. Das Wasser wurde darunter gesogen und wieder zurückgeworfen, überall entlang der Küstenlinie brodelte es. »Beru schütze uns«, murmelte Schlitzer. »Das wird nicht einfach.« Er kroch zum Bug.

Apsalar lenkte das Boot auf einen Kurs parallel zum Ufer. »Such nach einer Felsplatte, die nicht allzu hoch über der Wasseroberfläche liegt«, rief sie. »Dann schaffen wir es vielleicht, das Boot hinaufzuziehen.«

Schlitzer sagte nichts zu ihrem Vorschlag. Man brauchte vier oder mehr starke Männer, um das zu schaffen ... *aber zumindest würden wir so heil ans Ufer kommen.* Die Strömungen zerrten am Rumpf des Bootes, warfen es von einer Seite zur anderen. Ein Blick nach hinten zeigte ihm, dass Apsalar darum kämpfte, die Ruderpinne gerade zu halten.

Der stumpfe graue Sandstein enthüllte in seinen zahllosen Kanten und Variationen die Geschichte sich unaufhörlich verändernder Wasserstände. Schlitzer hatte keine Ahnung, wie es möglich war, dass eine Insel schwimmen konnte. Wenn Zauberei dafür verantwortlich war, musste ihre Macht gewaltig sein – aber dennoch war sie anscheinend alles andere als perfekt.

»Da!«, rief er plötzlich und deutete auf eine Stelle vor ihm, wo das wellige Ufer zu einem flachen Streifen abfiel, der kaum eine Handbreit über dem brodelnden Wasser lag.

»Mach dich bereit«, wies Apsalar ihn an, die sich halb von ihrem Platz erhoben hatte.

Schlitzer stellte sich mühselig längsseits des Bugs auf, eine Seilrolle in der Hand, und bereitete sich darauf vor, auf die Platte zu springen. Als sie näher herankamen, konnte er sehen, dass der Steinsims dünn und tief unterhöhlt war.

Sie langten rasch dort an, und Schlitzer sprang.

Er landete breitbeinig, ging in die Hocke.

Er hörte ein scharfes Knacken, als der Stein unter seinen Füßen wegsackte. Kaltes Wasser schwappte um seine Knöchel. Noch nicht wieder im Gleichgewicht, fiel der Daru mit einem Aufschrei nach hinten. Hinter ihm schoss das Boot vorwärts, ritt auf der Woge, die über die versinkende Felsplatte hinweggischtete. Schlitzer stürzte ins tiefe Wasser, während der überkrustete Rumpf über ihn hinwegrollte.

Die Strömung zerrte ihn nach unten in eisige Dunkelheit. Seine linke Ferse stieß gegen den Felsen der Insel, doch der Aufprall wurde von einer dicken Tangschicht gedämpft.

Hinab, ein erschreckend schnelles Versinken in der Tiefe.

Dann waren die Felsen nicht mehr da, und er wurde von den Strömungen unter der Insel mitgerissen.

Ein Brüllen füllte seinen Kopf, das Geräusch von rasch dahinströmendem Wasser. Der letzte Atemzug, mit dem er seine Lungen gefüllt hatte, verging in seiner Brust zu Nichts. Etwas Hartes hämmerte in seine Seite – ein Stück vom Rumpf des Bootes, Wrackteile, die von der Strömung mitgerissen wurden – ihr Boot war gekentert. Entweder war Apsalar irgendwo bei ihm im wirbelnden Wasser, oder sie hatte es geschafft, auf festen Sandstein zu springen. Er hoffte auf Letzteres, hoffte, dass sie nicht beide ertrinken würden – denn Ertrinken war alles, was ihm noch blieb.

Tut mir Leid, Cotillion. Ich hoffe, Ihr habt nicht zu viel von mir erwartet –

Er stieß einmal mehr gegen Stein, wurde darüber hinweggerollt, dann riss die Strömung ihn aufwärts und spuckte ihn plötzlich aus.

Er schlug mit den Armen um sich, griff nach dem reglosen Wasser. Sein Puls hämmerte in seinem Kopf. Ohne jede Orientierung, während Panik sich in seinem Inneren wie ein Feuer ausbreitete, streckte er ein letztes Mal die Arme aus.

Seine rechte Hand stieß in kalte Luft.

Einen Augenblick später brach sein Kopf durch die Wasseroberfläche.

Eisige, bittere Luft strömte in seine Lungen, süß wie Honig. Es war dunkel, und sein Keuchen erzeugte keinen Widerhall, sondern schien in einer unbekannten Unendlichkeit zu verschwinden.

Schlitzer rief nach Apsalar, aber er erhielt keine Antwort.

Seine Glieder begannen rasch taub zu werden. Er entschied sich willkürlich für eine Richtung und schwamm los.

Und stieß bald gegen eine steinerne Mauer, die dick mit nassen, schleimigen Pflanzen bewachsen war. Er griff nach oben, fand nur glatten Stein. Er schwamm an der Mauer entlang, seine Arme und Beine wurden allmählich schwächer, eine tödliche Mattigkeit kroch in ihn hinein. Er mühte sich weiter, spürte jedoch, wie sein Wille versickerte.

Dann klatschte seine ausgestreckte Hand auf die flache Oberfläche eines Simses. Schlitzer warf beide Arme auf den Stein. Seine von der Kälte betäubten Beine zerrten an ihm. Ächzend versuchte er, sich aus dem Wasser zu ziehen, doch er hatte nicht mehr genug Kraft. Während seine Finger Furchen durch den schleimigen Bewuchs zogen, sank er langsam zurück.

Jemand packte ihn an den Schultern; Hände schlossen sich in eisernem Griff um seine nassen Kleider. Er spürte, wie er aus dem Wasser gezogen und auf das Sims gelegt wurde.

Triefend blieb Schlitzer reglos liegen. Ihn schauderte.

Schließlich drang ein schwaches, knisterndes Geräusch an sein Ohr, das von allen Seiten zu kommen schien. Die Luft wurde wärmer, und allmählich erschien ein matter Lichtschimmer.

Der Daru rollte sich auf die Seite. Er hatte erwartet, Apsalar zu sehen. Stattdessen stand ein alter Mann über ihm. Er war außergewöhnlich groß, hatte lange, zerzauste weiße Haare und einen weißen Bart, obwohl seine Haut so schwarz wie Ebenholz war; seine Augen leuchteten tief bernsteinfarben, und sie waren – wie Schlitzer voller Entsetzen feststellte – die einzige Lichtquelle ringsum.

Um sie herum trocknete und verwelkte der Seetang, während Hitzewellen von dem Fremden ausgingen.

Der Sims war nur ein paar Schritt breit, eine einzige Lippe aus glattem Stein, flankiert von senkrechten Wänden, die sich nach beiden Seiten hin erstreckten.

In Schlitzers Beine kehrte allmählich wieder Gefühl zurück, und seine Kleider dampften in der Hitze. Er mühte sich in eine sitzende Position. »Ich danke Euch, mein Herr«, sagte er auf Malazanisch.

»Dein Boot hat den Teich verunreinigt«, erwiderte der Mann. »Ich nehme an, du willst ein paar Wrackstücke wiederhaben.«

Schlitzer drehte sich um und starrte auf die Wasserfläche hinaus, konnte aber nichts sehen. »Ich hatte eine Begleiterin –«

»Du bist allein gekommen. Wahrscheinlich ist deine Begleiterin ertrunken. Nur eine einzige Strömung bringt ihre Opfer hierher. Die anderen führen nur in den Tod. Auf der Insel gibt es nur einen einzigen Anlegeplatz, doch den habt ihr nicht gefunden. Natürlich hat es in letzter Zeit nur wenige Leichen gegeben, wegen der Entfernung zu besiedelten Gebieten. Und dem Ende des Handels.«

Seine Worte kamen stockend, als würde er nur selten welche benutzen, und er stand ein wenig unbeholfen da.

Sie ist ertrunken? Nein, es ist wahrscheinlicher, dass sie es ans Ufer geschafft hat. Das schändliche Ende, das ich beinahe genommen hätte, ist doch nichts für Apsalar, oh nein. Andererseits ... Sie war noch nicht unsterblich, war der grausamen Gleichgültigkeit der Welt ebenso ausgesetzt wie alle anderen. Er schob den Gedanken zunächst einmal beiseite.

»Geht es dir wieder besser?«

Schlitzer blickte auf. »Wie habt Ihr mich gefunden?«

Ein Schulterzucken. »Das ist meine Aufgabe. Nun, wenn du aufstehen kannst, es ist an der Zeit zu gehen.«
Der Daru stand auf. Seine Kleider waren fast trocken. »Ihr verfügt über ungewöhnliche Fähigkeiten«, bemerkte er. »Ich heiße ... Schlitzer.«
»Du kannst mich Darist nennen. Wir dürfen uns nicht verspäten. Schon die Anwesenheit von Leben an diesem Ort birgt das Risiko, dass er erwacht.«
Der alte Tiste Andii wandte sich der steinernen Mauer zu. Auf eine Geste hin erschien eine Türöffnung, hinter der steinerne Stufen nach oben führten. »Das, was die Zerstörung deines Bootes überlebt hat, wartet oben auf dich, Schlitzer. Also komm.«
Der Daru folgte dem Mann. »Dass er erwacht? Wer könnte erwachen?«
Darist antwortete nicht.
Die Stufen waren ausgetreten und glitschig, der Aufstieg steil – und er schien kein Ende zu nehmen. Das kalte Wasser hatte Schlitzer seine Kraft geraubt, und er wurde immer langsamer. Wieder und wieder blieb Darist stehen, um auf ihn zu warten. Er sagte nichts, sein Gesichtsausdruck war verschlossen.
Schließlich stießen sie auf einen ebenen Korridor, dessen Wände von Säulen aus grobborkigen Zedern gesäumt waren. Die Luft war modrig und feucht und roch scharf nach Holz. Niemand sonst war zu sehen. »Darist«, fragte Schlitzer, während sie den Korridor entlang gingen, »sind wir immer noch unter der Erde?«
»Das sind wir, aber wir werden vorerst auch nicht höher gehen. Die Insel wird angegriffen.«
»Was? Von wem? Was ist mit dem Thron?«
Darist blieb stehen und drehte sich um, das Leuchten seiner Augen verdunkelte sich aus irgendeinem Grund. »Eine unbesonnene, ungebetene Frage. Was hat dich nach Drift Avalii gebracht, Mensch?«
Schlitzer zögerte. Zwischen den gegenwärtigen Herrschern des Schattens und den Tiste Andii herrschte nicht gerade Zuneigung.

Und Cotillion hatte nicht einmal beiläufig vorgeschlagen, dass sie wirklich Kontakt zu den Kindern der Dunkelheit aufnehmen sollten. Denn die waren schließlich hierher gebracht worden, um sicherzustellen, dass der wahre Thron des Schattens frei blieb. »Ich wurde von einem Magier geschickt – einem Gelehrten, dessen Studien ihn zu der Überzeugung gebracht hatten, die Insel – und alles, was sich auf ihr befindet – wäre in Gefahr. Er versucht die Natur jener Bedrohung herauszufinden.«

Darist schwieg einen Moment, sein zerfurchtes Gesicht war ausdruckslos. Dann sagte er: »Wie heißt dieser Gelehrte?«

»Äh, Baruk. Kennt Ihr ihn? Er lebt in Darujhistan –«

»Was in der Welt jenseits dieser Insel liegt, ist für mich nicht von Bedeutung«, erwiderte der Tiste Andii.

Und genau das ist der Grund, alter Mann, weswegen du jetzt in der Scheiße sitzt. Cotillion hatte Recht. »Die Tiste Edur sind zurückgekehrt, stimmt's? Um wieder Anspruch auf den Thron des Schattens zu erheben. Aber Euch hat Anomander Rake hier gelassen, hat Euch damit betraut –«

»Er ist noch immer am Leben, oder? Wenn es dem auserwählten Sohn von Mutter Dunkel missfällt, wie wir unsere Aufgabe erledigt haben, muss er schon selber kommen und es uns sagen. Dich hat keineswegs irgendein menschlicher Magier geschickt, oder? Kniest du vor dem, der Dragnipur schwingt? Hat er seinen Anspruch auf das Blut der Tiste Andii erneuert? Hat er sich von seinem Drachenblut losgesagt?«

»Ich weiß nicht –«

»Sieht er mittlerweile aus wie ein alter Mann – wesentlich älter als ich? Ah, ich kann die Wahrheit in deinem Gesicht erkennen. Er hat es nicht getan. Nun, du kannst zu ihm zurückgehen und ihm sagen –«

»Wartet! Ich diene Rake nicht! Stimmt, ich habe ihn gesehen, und vor nicht einmal allzu langer Zeit, und damals hat er jung ausgesehen. Aber ich bin nicht vor ihm niedergekniet – beim Vermummten, er war sowieso viel zu beschäftigt! Er war viel zu sehr damit beschäftigt, gegen einen Dämonen zu kämpfen, um sich mit mir zu unterhalten! Wir sind uns nur zufällig über den Weg gelaufen. Ich habe keine Ahnung, wovon Ihr redet, Darist. Tut mir Leid. Und ich bin ganz gewiss nicht imstande, ihn zu finden und ihm zu sagen, was auch immer ich ihm in Eurem Auftrag sagen soll.«

Der Tiste Andii musterte Schlitzer mehrere Herzschläge lang, wandte sich dann wieder um und ging weiter.

Der Daru folgte ihm, seine Gedanken in wildem Aufruhr. Es war eine Sache, den Auftrag eines Gottes anzunehmen, doch je weiter er auf diesem grauenvollen Pfad voranschritt, desto unbedeutender fühlte er sich. Streitereien zwischen Anomander Rake und diesen Tiste Andii von Drift Avalii ... nun, das ging ihn wirklich nichts an. Der Plan war gewesen, sich auf diese Insel zu schleichen und ungesehen zu bleiben. Herauszufinden, ob die Edur tatsächlich diesen Ort gefunden hatten. Was Cotillion dann mit diesem Wissen anstellen würde, das wusste niemand.

Aber das ist etwas, worüber ich nachdenken sollte, nehme ich an. Verdammt, Schlitzer – Crokus hätte Fragen gehabt! Mowri weiß, er hätte viel länger gezögert, ehe er Cotillions Vorschlag akzeptiert hätte. Wenn er ihn überhaupt akzeptiert hätte! Diese neue Rolle engte ihn ein – und er hatte gedacht, sie würde ihm mehr Freiheit verschaffen. Aber jetzt sah es allmählich so aus, als wäre eher Crokus derjenige gewesen, der wahrhaft frei war.

Nicht, dass Freiheit Glück garantierte. Tatsächlich bedeutete frei zu sein, mit dem Nichtvorhandensein von etwas zu leben. Dem Nichtvorhandensein von Verantwortlichkeit, von Loyalität, von dem Druck, den Erwartungen auslösten. *Ach, die Trübsal hat meinen Blick verschleiert. Trübsal und die Drohung echter Trauer, die immer näher kommt – aber nein, sie muss am Leben sein. Irgendwo da oben. Auf einer Insel, die angegriffen wird ...*

»Darist, wartet bitte einen Moment.«

Die große Gestalt blieb stehen. »Ich kann keinen Grund erkennen, warum ich auf deine Fragen antworten sollte.«

»Ich mache mir Sorgen ... um meine Begleiterin. Wenn sie noch am Leben ist, ist sie irgendwo über uns, an der Oberfläche. Ihr habt gesagt, Ihr würdet angegriffen. Ich habe Angst um sie –«

»Wir spüren die Gegenwart von Fremden, Schlitzer. Über uns sind Tiste Edur. Sonst niemand. Sie ist ertrunken, deine Begleiterin. Es hat keinen Sinn, sich weiter Hoffnung zu machen.«

Der Daru setzte sich plötzlich hin. Er fühlte sich elend. Sein Herz holperte vor Angst. Und Verzweiflung.

»Der Tod ist kein unfreundliches Schicksal«, sagte Darist über ihm. »Wenn sie eine Freundin war, wirst du sie vermissen, und das ist die wahre Quelle deiner Trauer – dein Bedauern gilt dir selbst. Meine Worte werden dir vielleicht nicht gefallen, aber ich spreche aus Erfahrung. Ich habe den Tod vieler meiner Verwandten erlitten, und ich betrauere die Stellen in meinem Leben, die sie einst eingenommen haben. Doch solche Verluste dienen nur dazu, mir mein eigenes bevorstehendes Ableben zu erleichtern.«

Schlitzer starrte zu dem Tiste Andii hoch. »Darist, vergebt mir. Ihr mögt alt sein, aber Ihr seid auch ein verdammter Narr. Allmählich fange ich an zu verstehen, warum Rake Euch hier gelassen und dann vergessen hat. Und jetzt seid so gütig und haltet den Mund.« Er stand auf, fühlte sich innerlich leer, doch er war fest entschlossen, sich nicht der Verzweiflung hinzugeben, die ihn zu überwältigen drohte. *Denn genau das hat dieser Tiste Andii getan: Er hat sich der Verzweiflung hingegeben.*

»Dein Ärger berührt mich nicht«, sagte Darist. Er drehte sich um und deutete auf die Doppeltür direkt vor ihnen. »Wenn du da hindurchgehst, wirst du einen Ort finden, an dem du dich ausruhen kannst. Und außerdem erwarten dich dort auch die Reste deines Boots.«

»Wollt Ihr mir nicht etwas über die Schlacht da oben erzählen?«

»Was sollte ich dir erzählen, Schlitzer? Wir haben verloren.«

»Verloren! Wer ist noch von Euch übrig?«

»Hier in der Feste, in der der Thron steht, bin nur noch ich. Und jetzt solltest du am besten schlafen. Wir werden noch früh genug Gesellschaft bekommen.«

Das zornige Geheul hallte in Onracks Knochen wider, obwohl er wusste, dass sein Begleiter nichts davon hören konnte. Dies waren Schreie der Geister – zweier Geister, die in zwei der turmhohen Tierstatuen gefangen waren, die sich vor ihnen in der Ebene erhoben.

Die Wolkendecke über ihren Köpfen war aufgebrochen und löste sich rasch in immer dünner werdende Streifen auf. Drei Monde standen am Himmel, und es gab zwei Sonnen. Das Licht floss in ständig wechselnden Farbtönen, während die Monde an ihren unsichtbaren Halteseilen schwangen. Eine merkwürdige, verwirrende Welt, dachte Onrack.

Der Sturm war vorüber. Sie hatten im Windschatten eines kleinen Hügels gewartet, während er um die gargantuesken Statuen getobt hatte und der Wind auf seinem wilden Rennen durch die von Schutt übersäten Straßen der dahinter liegenden Ruinenstadt vorbeigeheult war. Und jetzt dampfte die Luft.

»Was siehst du, T'lan Imass?«, fragte Trull, der zusammengekauert mit dem Rücken zu den Bauwerken auf dem Boden hockte.

Schulterzuckend wandte Onrack sich von den Statuen ab, die er längere Zeit betrachtet hatte. »Hier gibt es Geheimnisse ... und ich habe den Verdacht, dass du mehr darüber weißt als ich.«

Der Tiste Edur blickte mit einem gequälten Gesichtsausdruck zu ihm auf. »Das glaube ich kaum. Was weißt du über die Schattenhunde?«

»Sehr wenig. Die Logros sind ihnen nur ein einziges Mal begegnet, vor langer Zeit, in der Epoche des Ersten Imperiums. Es gibt sieben. Sie dienen einem unbekannten Herrn, doch einem, der eher der Vernichtung zuneigt.«

Trull lächelte eigenartig, als er fragte: »Des Ersten Imperiums der Menschen – oder eures?«

»Ich weiß nur wenig über das menschliche Imperium dieses Namens. Wir wurden nur einmal hineingezogen, Trull Sengar, als Antwort auf das Chaos der Wechselgänger und Vielwandler. Während jenes Gemetzels sind die Hunde nicht aufgetaucht.« Onrack warf erneut einen Blick auf den gewaltigen steinernen Hund vor ihnen. »Unsere Knochenwerfer glauben«, sagte er langsam, »dass man durch das Erschaffen eines Sinnbilds für einen Geist oder einen Gott seine Essenz in diesem Sinnbild einfängt. Und das Legen von Steinen beschreibt eine Beschränkung. So wie eine Hütte die Ausmaße der Macht eines Sterblichen bestimmen kann, so werden auch Geister und Götter an ausgewählten Plätzen in Erde, Stein oder Holz versiegelt ... oder in einem Gegenstand. Auf diese Weise wird Macht gefesselt und lenkbar. Sag mir, sind die Tiste Edur in dieser Hinsicht mit uns gleicher Meinung?«

Trull Sengar mühte sich auf die Beine. »Glaubst du, wir haben diese riesigen Statuen aufgestellt, Onrack? Glauben eure Knochenwerfer auch, dass Macht als etwas beginnt, das keine Form hat und sich somit auch jeglicher Kontrolle entzieht? Und dass ein Sinnbild zu gestalten – oder einen Steinkreis zu errichten – tatsächlich dieser Macht eine Form von Ordnung auferlegt?«

Onrack legte den Kopf schief und schwieg einige Zeit. »Dann muss es wohl so sein, dass wir uns unsere eigenen Götter und Geister erschaffen. Dass Glaube nach einer Form verlangt, und dass die Form Leben erweckt. Aber wurden die Tiste Edur nicht von Mutter Dunkel gemacht? Hat eure Göttin euch nicht *erschaffen*?«

Trulls Lächeln wurde breiter. »Ich habe mich auf diese Statuen bezogen, Onrack. Aber um dir zu antworten – ich weiß nicht, ob die Hände, die das da geschaffen haben, den Tiste Edur gehört haben. Und was Mutter Dunkel angeht – gut möglich, dass sie dadurch, dass sie uns erschaffen hat, einfach getrennt hat, was zuvor nicht getrennt war.«

»Seid ihr dann die Schatten der Tiste Andii? Losgerissen durch die Barmherzigkeit eurer Muttergöttin?«

»Aber Onrack, wir sind alle losgerissen.«

»Zwei der Hunde sind hier, Trull Sengar. Ihre Seelen sind im Stein gefangen. Und noch etwas ist bemerkenswert – diese Statuen werfen keinen Schatten.«

»Genauso wenig wie die Hunde selbst.«

»Wenn sie nichts weiter als Spiegelungen sind, dann muss es die Hunde der Dunkelheit geben, denen sie entrissen wurden«, fuhr Onrack unbeirrt fort. »Doch man weiß nichts über solche …« Der T'lan Imass verstummte plötzlich.

Trull lachte. »Es scheint, du weißt mehr über das menschliche Erste Imperium, als du anfangs zugegeben hast. Wie war doch gleich der Name jenes tyrannischen Imperators? Spielt keine Rolle, wir sollten weitergehen, zu dem Tor –«

»Dessimbelackis«, flüsterte Onrack. »Der Gründer des Ersten Imperiums der Menschen. Er war schon lange verschwunden, als das Ritual der Tiere entfesselt wurde. Man war davon ausgegangen, dass er sich … verwandelt hatte.«

»Ein Vielwandler?«

»Ja.«

»Und in wie viele Tiere hat er –«

»Sieben.«

Trull starrte zu den Statuen hinauf und machte eine Handbewegung in ihre Richtung. »Wir haben die nicht gebaut. Nein, sicher bin ich mir nicht, aber in meinem Herzen spüre ich … keine Verbindung. In meinen Augen wirken sie bedrohlich und brutal, T'lan Imass. Die Hunde des Schattens sind es nicht wert, dass man sie anbetet. Sie sind in der Tat ungebunden, wild und tödlich. Um sie wirklich zu beherrschen, muss man auf dem Schattenthron sitzen – als Herr der Sphäre. Sogar noch mehr als das. Man muss zuerst die einzelnen Fragmente zusammenziehen. Muss Kurald Emurlahn wieder heil machen.«

»Und genau das wollen deine Verwandten versuchen«, knurrte Onrack. »Die Möglichkeit beunruhigt mich.«

Der Tiste Edur musterte den T'lan Imass und zuckte dann die Schultern. »Ich habe deine Sorge angesichts dieser Aussicht nicht geteilt – zumindest am Anfang nicht. Und in der Tat, wäre unser Unterfangen ... rein geblieben, würde ich vielleicht immer noch neben meinen Brüdern stehen. Aber eine andere Macht mischt sich bei all dem aus dem Verborgenen ein – ich weiß nicht, wer oder was es ist, aber ich würde den Schleier nur zu gern beiseite reißen.«

»Warum?«

Trull schien von der Frage überrascht. Er schauderte. »Weil das, was er oder es aus meinem Volk gemacht hat, eine Abscheulichkeit ist, Onrack.«

Der T'lan Imass machte sich in Richtung der Lücke zwischen den beiden nächsten Statuen auf.

Nach kurzem Zögern folgte ihm Trull Sengar. »Ich nehme an, du weißt nicht viel darüber, wie es ist, wenn man zusehen muss, wie die eigenen Verwandten in Auflösung begriffen sind, zu sehen, wie der Geist eines ganzen Volkes zersetzt wird, wie es ist, unaufhörlich zu kämpfen, um ihnen die Augen zu öffnen – so, wie irgendeine zufällige Klarheit dir die Augen geöffnet hat.«

»Das stimmt«, erwiderte Onrack, während er weiter über den durchnässten Boden stapfte.

»Und es ist auch keine reine Naivität«, fuhr der Tiste Edur fort, der hinter Onrack herhinkte. »Unsere Leugnung ist vorsätzlich, unsere gekünstelte Gleichgültigkeit dient praktischerweise unseren niedersten Begierden. Wir sind ein langlebiges Volk, das sich jetzt kurzfristigen Interessen beugt.«

»Wenn du das ungewöhnlich findest«, murmelte der T'lan Imass, »könnte man daraus schließen, dass derjenige, der hinter dem Schleier steht, nur kurze Zeit Verwendung für euch haben wird – sofern diese verborgene Macht tatsächlich die Tiste Edur manipuliert.«

»Ein interessanter Gedanke. Du könntest Recht haben. Die Frage ist dann – was wird mit meinem Volk geschehen, wenn das kurzfristige Ziel erst einmal erreicht ist?«

»Dinge, die ihre Nützlichkeit überdauern, werden weggeworfen«, erwiderte Onrack.

»Aufgegeben. Ja –«

»Es sei denn«, fuhr der T'lan Imass fort, »sie stellten eine Bedrohung für denjenigen dar, der sie in dieser Weise ausgenutzt hat. Wenn dem so wäre, würde die Antwort natürlich lauten, dass sie ausgelöscht werden, wenn sie ihm nichts mehr nützen.«

»Deine Worte klingen auf unerfreuliche Weise wahr – und das gefällt mir gar nicht, Onrack.«

»Ich neige grundsätzlich zu unerfreulichen Dingen, Trull Sengar.«

»Das merke ich gerade. Du sagst, die Seelen von zwei Schattenhunden sind in den Dingern gefangen – in welchen noch mal?«

»Wir gehen genau zwischen ihnen hindurch.«

»Ich frage mich, was sie wohl hier tun?«

»Der Stein ist geformt worden, sie zu umschließen, Trull Sengar. Zu dem Zeitpunkt, da das Sinnbild hergestellt wird, fragt niemand den Geist oder den Gott danach, ob es ihm gefällt, auf diese Weise ... gefangen zu werden. Tun sie es? Das Bedürfnis, solche Hüllen zu schaffen, ist ein Bedürfnis der Sterblichen. Dass man die Augen auf das Ding richten kann, das man verehrt, ist im schlimmsten Fall der Versuch, Kontrolle zu erlangen, im besten Fall die Illusion, man könnte über sein eigenes Schicksal verhandeln.«

»Und du findest solche Vorstellungen ziemlich erbärmlich, Onrack?«

»Ich finde die meisten Vorstellungen ziemlich erbärmlich, Trull Sengar.«

»Glaubst du, diese Tiere sind für alle Ewigkeit gefangen? Ist dies der Ort, wo sie hingehen, wenn sie vernichtet werden?«

Onrack zuckte die Schultern. »Ich habe keine Lust auf solche Spielchen. Du verfügst über dein eigenes Wissen, hast deine eigenen Vermutungen, doch du willst sie nicht aussprechen. Stattdessen versuchst du herauszufinden, was ich weiß und was ich von diesen gefangenen Geistern spüre. Das Schicksal dieser Schattenhunde kümmert mich nicht im Geringsten – egal, wie es aussehen mag. Ich finde es allerdings bedauerlich, dass – wenn diese beiden tatsächlich in einer anderen Sphäre getötet wurden und hier geendet haben – nur noch fünf übrig sind, denn das mindert meine Chancen, selbst einen von ihnen zu töten. Und ich glaube, es würde mir gefallen, einen Schattenhund zu töten.«

Der Tiste Edur lachte rau. »Nun, Selbstvertrauen ist eine Menge wert, das will ich gar nicht bestreiten. Dennoch, Onrack von den Logros – ich glaube nicht, dass du eine gewaltsame Begegnung mit einem Schattenhund so leicht siegreich beenden würdest.«

Der T'lan Imass blieb stehen und drehte sich zu Trull Sengar um. »Es gibt Stein, und es gibt Stein.«

»Ich fürchte, das verstehe ich nicht so ganz.«

Zur Antwort zog Onrack sein Obsidian-Schwert. Er trat an die näher gelegene der beiden Statuen heran. Die Vorderpfote der Kreatur war größer als der ganze T'lan Imass. Er hob seine Waffe beidhändig, hieb dann gegen den dunklen, nicht verwitterten Stein.

Ein ohrenbetäubendes Krachen zerriss die Luft.

Onrack schwankte und legte den Kopf in den Nacken, als Risse nach oben durch das gewaltige Bauwerk schossen.

Es schien zu erzittern und explodierte dann in einer turmhohen Wolke aus Staub.

Mit einem gellenden Schrei machte Trull Sengar einen Satz nach hinten und krabbelte davon, als der wogende Staub sich ausbreitete und ihn zu verschlingen drohte.

Die Wolke zischte um Onrack herum. Er richtete sich auf und ging in Kampfstellung, als eine dunklere Gestalt aus dem wirbelnden grauen Schleier auftauchte.

Es gab ein zweites ohrenbetäubendes Krachen – dieses Mal hinter dem T'lan Imass –, als die andere Statue barst. Dunkelheit senkte sich herab, als die beiden Staubwolken den Himmel verhüllten, so dass der Horizont auf allen Seiten kaum mehr als ein Dutzend Schritt entfernt zu sein schien.

Das Tier, das vor Onrack auftauchte, hatte eine Schulterhöhe, die Trull Sengars Körpergröße entsprach. Das Fell war farblos, und die Augen brannten schwarz. Ein breiter, flacher Kopf, kleine Ohren ...

Ein schwacher Lichtschimmer von den beiden Sonnen und dem reflektierten Licht der Monde stahl sich durch das graue Zwielicht bis auf den Boden – um unter dem Hund mehr als ein Dutzend Schatten zu werfen.

Das Tier entblößte Fangzähne, die die Größe von Stoßzähnen hatten, zog die Lefzen in einem lautlosen Knurren zurück und ließ das blutrote Zahnfleisch sehen.

Der Hund griff an.

Onracks Klinge war ein mitternachtsschwarzer Blitz, der auf den dicken, muskelbepackten Hals der Kreatur herabfuhr – doch der Hieb durchschnitt nichts als staubige Luft. Der T'lan Imass spürte, wie sich gewaltige Kiefer um seine Brust schlossen. Er wurde von den Beinen gerissen. Knochen splitterten. Ein wildes Schütteln, das ihm das Schwert aus den Händen schleuderte, und dann segelte er durch das sandgeschwängerte Zwielicht –

Und landete in einem zweiten Paar Kiefer, das knirschend zuschnappte.

Die Knochen seines linken Arms wurden unter der gespannten, verwitterten Haut zu zwei Dutzend kleiner Stückchen zermalmt, dann wurde ihm der Arm komplett ausgerissen.

Ein weiteres knirschendes Schütteln, und er flog erneut durch die Luft – und prallte mit knochenzerschmetternder Wucht auf den Boden. Er rollte einmal herum und blieb dann reglos liegen.

In Onracks Schädel dröhnte es. Er versuchte, zu Staub zu zerfallen, doch zum ersten Mal verfügte er weder über den Willen noch – wie es schien – die Fähigkeit, es zu tun.

Die Macht war ihm geraubt worden – der Eid war gebrochen, seinem Körper entrissen worden. Jetzt, das wurde ihm bewusst, war er wie manche seiner gefallenen Verwandten – diejenigen, die so viel körperliche Zerstörung erlitten hatten, dass sie aufgehört hatten, eins mit den T'lan Imass zu sein.

Er lag reglos da und fühlte die schweren Schritte, als einer der Hunde herangetrottet kam, um sich über ihm aufzubauen. Eine staub-

und scherbenfleckige Schnauze stupste ihn an, drückte gegen die zerbrochenen Rippen seiner Brust. Und verschwand wieder. Onrack lauschte auf das Atmen des Hundes – ein Geräusch wie Wogen, die auf einer Flutwelle durch eine Höhle ritten –, und konnte spüren, wie seine Gegenwart schwer in der feuchten Luft lastete.

Nach langer Zeit wurde dem T'lan Imass klar, dass das Tier nicht mehr über ihm war. Und er konnte auch die schweren Schritte nicht mehr durch die feuchte Luft hallen hören. Es war, als ob die beiden Hunde einfach verschwunden wären.

Dann ganz in der Nähe das Knirschen von Stiefeln, zwei Hände drehten ihn herum, legten ihn auf den Rücken.

Trull Sengar starrte auf ihn herunter. »Ich weiß nicht, ob du mich noch hören kannst«, murmelte er. »Aber falls es dir irgendeinen Trost bietet, Onrack von den Logros – das waren keine Schattenhunde. Oh nein, ganz und gar nicht. Das waren die echten. Die Hunde der Dunkelheit, mein Freund. Ich wage gar nicht, darüber nachzudenken, was du hier befreit hast ...«

Onrack schaffte es zu antworten, seine Worte ein leises Krächzen. »So viel zum Thema Dankbarkeit.«

Trull Sengar zog den zerschmetterten T'lan Imass zu einer niedrigen Mauer am Rand der Ruinenstadt, an die er den Krieger in einer sitzenden Position anlehnte. »Ich wünschte, ich wüsste, was ich sonst noch für dich tun könnte«, sagte er und trat einen Schritt zurück.

»Wenn meine Verwandten da wären«, sagte Onrack, »würden sie die notwendigen Riten vollziehen. Sie würden meinen Kopf von meinem Körper trennen und einen geeigneten Platz für ihn suchen, so dass ich die Ewigkeit überblicken kann. Sie würden den kopflosen Rumpf zerstückeln und die Glieder verstreuen. Sie würden meine Waffe nehmen und an den Ort meiner Geburt zurückbringen.«

»Oh.«

»Natürlich kannst du das alles nicht tun. Daher bin ich gezwungen weiterzumachen, trotz meiner gegenwärtigen Verfassung.« Mit diesen Worten richtete Onrack sich langsam auf, gebrochene Knochen knirschten und krachten, Splitter fielen zu Boden.

Trull grunzte. »Das hättest du auch tun können, bevor ich dich hierher geschleppt habe.«

»Am meisten bedauere ich den Verlust meines Arms«, sagte der T'lan Imass, während er die zerrissenen Muskelstränge an seiner linken Schulter betrachtete. »Mein Schwert hat doch am meisten Wirkung, wenn es beidhändig geführt wird.« Er stolperte hinüber zu der Stelle, wo die Waffe im Schlamm lag. Ein Teil seiner Brust fiel in sich zusammen, als er sich bückte, um das Schwert aufzuheben. Als Onrack sich wieder aufrichtete, blickte er Trull Sengar an. »Ich kann die Tore nicht mehr spüren.«

»Sie sollten eigentlich deutlich genug zu erkennen sein«, erwiderte der Tiste Edur. »Ich gehe davon aus, dass sie irgendwo im Zentrum der Stadt sind. Wir beide sind schon ein seltsames Paar, was?«

»Ich frage mich, warum die Hunde dich nicht getötet haben.«

»Sie schienen es ziemlich eilig gehabt zu haben, zu verschwinden.« Trull machte sich auf und begann die genau gegenüberliegende Straße entlangzugehen. Onrack folgte ihm. »Ich bin mir noch nicht einmal sicher, ob sie mich überhaupt bemerkt haben – die Staubwolke war sehr dicht. Sag mir eines, Onrack. Wenn andere T'lan Imass hier wären, dann hätten sie tatsächlich all diese Dinge mit dir gemacht? Trotz der Tatsache, dass du noch … funktionstüchtig bist?«

»Genau wie du, Trull Sengar, bin ich nun ein Ausgestoßener. Vom Ritual. Von meiner eigenen Art. Meine Existenz ist jetzt bedeutungslos. Die letzte Aufgabe, die mir noch bleibt, ist, die anderen Jäger aufzuspüren und zu tun, was getan werden muss.«

Die Straße war von einer dicken Schlammschicht bedeckt. Die niedrigen, knapp über der Oberfläche abgerissenen Gebäude waren ähnlich überzogen, und jede Kante war abgerundet – als ob die Stadt schmolz. Es gab keine große Architektur, und es stellte sich heraus, dass der Schutt auf den Straßen hauptsächlich aus gebrannten Tonziegeln bestand. Es gab keinerlei Anzeichen von Leben.

Sie gingen weiter, quälend langsam. Die Straße wurde allmählich breiter, bildete jetzt einen ausladenden Fahrweg, der von Säulen flankiert wurde, auf denen einst Statuen gestanden hatten. Gestrüpp und entwurzelte Bäume nahmen ihnen die Aussicht, alles in einem gleichförmigen Grau, das unter der nun dominierenden blauen Sonne allmählich einen unirdischen bläulichen Schimmer annahm, während sie selbst einen großen Mond magentafarben anmalte.

Am fernen Ende befand sich eine Brücke, die früher einmal einen Fluss überspannt hatte, doch jetzt war alles voller Schlick. Eine verfilzte Masse aus Schutt hatte sich an der einen Seite der Brücke aufgestaut, und Strandgut war auf den Laufweg geschwemmt worden. Inmitten all des Unrats lag eine kleine Kiste.

Trull ging darauf zu, als sie die Brücke erreichten. Er kauerte sich hin. »Sie scheint gut versiegelt zu sein«, sagte er, streckte den Arm aus, machte das Schloss auf und schlug den Deckel zurück. »Das ist merkwürdig. Sieht aus wie Tongefäße. Kleine Tongefäße ...«

Onrack stellte sich neben den Tiste Edur. »Das ist Moranth-Munition, Trull Sengar.«

Der Tiste Edur blickte auf. »Ich weiß nichts über solche Dinge.«

»Das sind Waffen. Sie explodieren, wenn der Ton aufplatzt. Sie werden normalerweise geworfen. So weit wie möglich. Hast du schon einmal vom malazanischen Imperium gehört?«

»Nein.«

»Ein Imperium der Menschen. In der Sphäre, in der ich geboren wurde. Diese Munition stammt aus dem Imperium.«

»Nun, das ist in der Tat beunruhigend – warum ist sie hier?«

»Ich weiß es nicht.«

Trull Sengar klappte den Deckel zu. »Ich würde zwar ein Schwert vorziehen, aber jetzt müssen die hier eben ausreichen. Ich war nicht sehr glücklich darüber, so lange unbewaffnet zu sein.«

»Da hinten ist ein Bauwerk – ein Torbogen.«

Der Tiste Edur richtete sich auf und nickte. »Stimmt. Das ist es, was wir suchen.«

Sie gingen weiter.

Der Torbogen stand auf einem Sockel in der Mitte eines gepflasterten Platzes. Die Wasserfluten hatten Schlamm in seine Öffnung getragen, wo er in merkwürdig gezackten Kämmen getrocknet war. Als die beiden Wanderer näher kamen, entdeckten sie, dass der Lehm steinhart war. Obwohl sich das Tor nicht auf irgendeine sichtbare Weise manifestierte, wallten Hitzewellen unter dem Bogen.

Die seitlichen Säulen waren schlicht und schmucklos. Onrack musterte das Bauwerk. »Was spürst du?«, fragte der T'lan Imass nach einem Moment.

Trull Sengar schüttelte den Kopf, trat dann näher heran. Er blieb eine Armlänge vor der Schwelle des Tores stehen. »Ich kann nicht glauben, dass man hindurchkann – die Luft, die herausströmt, ist kochend heiß.«

»Möglicherweise ein Schutzzauber«, schlug Onrack vor.

»Ja. Und wir haben nicht die Mittel, ihn zu zerschmettern.«

»Das stimmt nicht.«

Der Tiste Edur warf einen Blick zurück auf Onrack und schaute dann auf die Kiste, die er unter dem Arm trug. »Ich verstehe nicht, wie eine weltliche Bombe einen Schutzzauber zerstören soll.«

»Zauberei ist abhängig von Mustern, Trull Sengar. Zerschmettere das Muster, und die Magie versagt.«

»Also gut, lass uns das ausprobieren.«

Sie zogen sich zwanzig Schritt vom Tor zurück. Trull öffnete die Kiste und zog behutsam eine der Tonkugeln heraus. Er richtete den Blick auf das Tor und warf die Kugel.

Die Explosion erzeugte eine glitzernde Feuersbrunst in dem Portal. Weißes und goldenes Feuer wüteten unterhalb des Torbogens, dann hörte das ungestüme Flackern auf, und es blieb eine wirbelnde goldene Mauer.

»Das ist das Gewirr selbst«, sagte Onrack. »Der Schutzzauber ist zerbrochen. Ich erkenne das Gewirr aber immer noch nicht.«

»Ich auch nicht«, murmelte Trull Sengar und klappte den Deckel der Munitionskiste wieder zu. Dann riss er den Kopf hoch. »Da kommt jemand.«

»Ja.« Onrack schwieg mehrere Herzschläge lang. Plötzlich hob er sein Schwert. »Flieh, Trull Sengar – zurück über die Brücke. *Flieh!*«

Der Tiste Edur wirbelte herum und begann zu rennen.

Onrack zog sich Schritt für Schritt zurück. Er konnte die Macht auf der anderen Seite des Tores spüren, eine brutale, fremde Macht. Das Zerbrechen des Schutzzaubers war nicht unbemerkt geblieben, und das Gefühl, das durch die Barriere drang, war Empörung über diesen Frevel.

Ein schneller Blick über die Schulter zeigte ihm, dass Trull Sengar die Brücke überquert hatte und jetzt nirgends mehr zu sehen war. Drei weitere Schritte, und Onrack würde selbst die Brücke erreichen. Dort würde er sich zum Kampf stellen. Er rechnete damit, zerstört zu werden, doch er hatte vor, seinem Gefährten etwas mehr Zeit zu verschaffen.

Das Tor schimmerte blendend hell, dann kamen vier Reiter hindurchgeprescht. Sie ritten weiße, langbeinige Pferde mit rostfarbenen Mähnen. In reich verzierte emaillierte Rüstungen gehüllt, passten die Krieger hervorragend zu ihren Reittieren – blasshäutig und groß, die Gesichter zum größten Teil hinter geschlitzten Visieren, Kinn- und Wangenschützern verborgen. Ihre gepanzerten Fäuste umklammerten Krummsäbel, die aussahen, als seien sie aus Elfenbein geschnitzt. Lange, silberne Haare wallten unter den Helmen hervor.

Sie ritten direkt auf Onrack zu. Leichter Galopp wurde zu schnellem Galopp, Galopp zum Angriff.

Der zerschlagene T'lan Imass stellte sich etwas breitbeiniger hin, hob sein Obsidian-Schwert und machte sich bereit.

Auf der schmalen Brücke konnten ihn immer nur zwei Reiter gleichzeitig erreichen, und außerdem war klar, dass sie vorhatten, Onrack einfach niederzureiten. Doch der T'lan Imass hatte in den Diensten des malazanischen Imperiums gekämpft, in Falar und im Reich der Sieben Städte – und er hatte in vielen Schlachten Reiterkriegern gegenübergestanden. Einen Augenblick, bevor die beiden vorderen Reiter ihn erreichten, warf Onrack sich vorwärts. Zwischen die Pferde. Ohne auf den Säbel zu achten, der zu seiner Linken heranwirbelte, hieb der T'lan Imass mit seiner Klinge gegen den Rumpf des anderen Kriegers.

Zwei Elfenbeinklingen trafen ihn gleichzeitig. Die zu seiner Linken zerschmetterte sein Schlüsselbein und glitt weiter, tief in sein Schulterblatt, durchschlug es in einer Wolke aus Knochensplittern. Der Säbel zu seiner Rechten hackte seitlich durch sein Gesicht nach unten, schlug von der Schläfe bis zum Kieferknochen ein Stück ab.

Onrack spürte, wie sich seine eigene Obsidian-Klinge tief in die Rüstung des Kriegers grub. Das Emaille barst.

Dann waren die beiden Angreifer an ihm vorbei, und die beiden anderen griffen an.

Der T'lan Imass ließ sich in die Hocke sinken und hielt sein Schwert waagerecht über den Kopf. Die beiden Elfenbeinklingen hämmerten fast gleichzeitig darauf ein, die Wucht der Hiebe erschütterte Onracks zerschlagenen Körper.

Sie waren jetzt alle an ihm vorbei, ritten auf den Vorplatz hinaus, um ihre Pferde zu wenden. Behelmte Köpfe wandten sich ihm zu, die Reiter wollten den einsamen Krieger sehen, der ihren Angriff irgendwie überlebt hatte.

Hufe donnerten über die lehmverschmierten Pflastersteine, als die Krieger ihre Pferde zügelten und die Waffen senkten. Derjenige, dessen Rüstung von Onracks Obsidian-Schwert zerschmettert worden war, hing vornübergebeugt im Sattel und presste einen Arm gegen seinen Bauch. An der Flanke seines Pferdes waren Blutspritzer zu sehen.

Onrack schüttelte sich, und kleine Stückchen seiner zerschmetterten Knochen flogen davon und prasselten zu Boden. Dann senkte er seine eigene Waffe, stellte die Spitze auf den Boden und wartete, während einer der Reiter sein Pferd vorwärts trieb.

Eine gepanzerte Hand schob das Visier nach oben, und es wurden Gesichtszüge sichtbar, die – abgesehen von der weißen, fast leuchtenden Haut – denen Trull Sengars verblüffend ähnlich sahen. Kalte, silberne Augen sahen voller Abscheu auf den T'lan Imass hinab. »Kannst du sprechen, Lebloser? Verstehst du die Sprache der Reinheit?«

»Sie erscheint mir nicht reiner als irgendeine andere«, erwiderte Onrack.

Der Krieger blickte ihn finster an. »Wir verzeihen keine Unwissenheit. Du bist ein Diener des Todes. Wenn man mit einer Kreatur wie dir zu tun hat, gibt es nur ein Bedürfnis – und das ist, sie auszulöschen. Mach dich bereit.«

»Ich diene niemandem«, sagte Onrack und hob erneut sein Schwert. »Na los, kommt her.«

Doch der Verwundete hob eine Hand. »Haltet ein, Enias. Diese Welt ist nicht die unsrige – und dieser untote Wilde ist keiner der Sünder, die wir suchen. Tatsächlich ist keiner von ihnen hier, wie Ihr selbst spüren werdet. Dieses Portal ist seit Jahrtausenden nicht mehr benutzt worden. Wir müssen unsere Suche an einem anderen Ort fortsetzen. Doch als Erstes bedarf ich der Heilung.« Weiterhin einen Arm vor den Bauch haltend, stieg der Krieger vorsichtig ab. »Orenas, kommt her zu mir.«

»Erlaubt mir, zuerst dieses Ding zu zerstören, Seneschall –«

»Nein. Wir werden es hinnehmen, dass es existiert. Vielleicht kann es uns Antworten geben, die uns bei unserer Suche weiterhelfen. Und wenn nicht, können wir es später immer noch zerstören.«

Der Mann namens Orenas glitt von seinem Pferd und trat zu dem Seneschall.

Enias lenkte sein Pferd ein bisschen näher an den T'lan Imass heran, als hätte er den Gedanken an einen Kampf immer noch nicht ganz aufgegeben. Er bleckte die Zähne. »Es ist nicht mehr viel von dir übrig, Lebloser. Sind das da die Kerben von Fängen? Ich glaube, deine Brust ist zwischen die Kiefer eines Tiers geraten. War es dasselbe, das deinen Arm gestohlen hat? Mit welcher Art von Zauberei klammerst du dich an dein Dasein?«

»Ihr habt Tiste-Blut in den Adern«, bemerkte Onrack.

Das Gesicht des Mannes verzog sich zu einem höhnischen Grinsen. »Tiste-Blut? Nur bei den Liosan ist das Blut der Tiste rein. Du bist wohl unseren farbigen Vettern in die Quere gekommen. Die sind kaum mehr als Ungeziefer. Aber du hast meine Fragen nicht beantwortet.«

»Ich weiß von den Tiste Andii, aber ich bin ihnen noch nicht begegnet. Aus der Dunkelheit geboren, waren sie die Ersten –«

»Die Ersten! Oh, ja, in der Tat. Und auf so tragische Weise unvollkommen. Denn ihnen fehlt das reinigende Blut von Vater Licht. Sie sind äußerst schäbige Geschöpfe. Wir dulden die Edur, denn in ihnen ist etwas vom Vater, aber die Andii – durch unsere Hand zu sterben ist die einzige Gnade, die ihnen vergönnt ist. Aber ich werde deiner Primitivität müde, Lebloser. Ich habe dir Fragen gestellt und du hast noch keine einzige davon beantwortet.«

»Ja.«

»Ja? Was soll das heißen?«

»Ich stimme zu, dass ich noch keine Frage beantwortet habe. Und ich fühle mich auch nicht genötigt, es zu tun. Mein Volk hat viel Erfahrung mit arroganten Kreaturen. Obwohl es nur eine einzige Erfahrung war: als Antwort auf ihre Arroganz haben wir ihnen auf ewig den Krieg erklärt, bis sie aufgehört haben, zu existieren. Ich war immer der Ansicht, die T'lan Imass sollten sich einen neuen Feind suchen. Schließlich gibt es keinen Mangel an arroganten Wesen. Vielleicht seid ihr Tiste Liosan in eurer eigenen Sphäre zahlreich genug, um uns einige Zeit lang Vergnügen zu bereiten.«

Der Krieger starrte ihn an, als hätte es ihm die Sprache verschlagen.

Hinter ihm lachte einer seiner Gefährten laut auf. »Es liegt wenig Wert in Gesprächen mit minderen Kreaturen, Enias. Sie versuchen immer, Euch mit Unwahrheiten zu verwirren, um Euch vom Pfad der Rechtschaffenheit abzubringen.«

»Ich kann jetzt das Gift erkennen, vor dem Ihr mich schon vor langer Zeit gewarnt habt, Malachar«, erwiderte Enias.

»Auf unserem Weg wird es noch viel mehr davon geben, junger Bruder.« Der Krieger schritt auf Onrack zu. »Du nennst dich selbst einen T'lan Imass, ja?«

»Ich bin Onrack, von den Logros T'lan Imass.«

»Gibt es noch andere von deiner Art in dieser zerstörten Sphäre, Onrack?«

»Wie kommst du auf die Idee, ich würde deine Fragen beantworten, wenn ich schon die deines Bruders nicht beantwortet habe?«

Malachars Gesicht lief dunkel an. »Du kannst ja versuchen, solche Spiele mit Jung-Enias zu spielen, aber nicht mit mir –«

»Ich bin fertig mit euch, Liosan.« Onrack schob sein Schwert in die Scheide und drehte sich um.

»Du bist fertig mit uns! Seneschall Jorrude! Wenn Orenas seine Dienste beendet hat, bitte ich demütig um Eure Aufmerksamkeit. Der Leblose versucht zu fliehen.«

»Ich höre Euch, Malachar«, polterte der Seneschall und schritt vorwärts. »Halt, Lebloser! Wir haben dich noch nicht entlassen. Du wirst uns sagen, was wir zu wissen wünschen, oder du wirst hier und jetzt zerstört werden.«

Onrack drehte sich wieder zu den Liosan um. »Wenn das eine Drohung war, dann erheitert mich das Pathos deiner Beschränktheit auf amüsante Weise. Aber ich bin der Sache müde, ich bin eurer müde.«

Vier Säbel hoben sich drohend.

Onrack zog erneut sein Schwert.

Und zögerte, als sein Blick auf etwas im Rücken der Liosan fiel. Die Krieger spürten, dass sich etwas hinter ihnen befand, und drehten sich um.

Trull Sengar stand fünfzehn Schritt entfernt, die Kiste mit der Munition zu seinen Füßen. Sein Lächeln war irgendwie merkwürdig. »Dies scheint mir ein ungleicher Kampf. Freund Onrack, brauchst du Unterstützung? Nun, du brauchst nicht zu antworten, denn sie ist schon da. Und – es tut mir Leid.«

Um den Tiste Edur herum stiegen wirbelnde Staubschwaden auf.

Einen Augenblick später standen vier T'lan Imass auf den schlammigen Pflastersteinen. Drei hatten ihre Waffen gezogen. Der vierte stand einen Schritt hinter ihnen zu Trulls Rechter. Dieser T'lan Imass hatte einen schweren Knochenbau, und seine Arme waren unverhältnismäßig lang. Um die Schultern trug er einen schwarzen Pelz, der dort, wo er den Kopf des Knochenwerfers wie eine Kapuze bedeckte, zu Silbergrau verblasst war.

Onrack gestattete sich erneut, die Schwertspitze auf den schlammigen Steinen abzusetzen. Da die Verbindung, die durch das Ritual geknüpft worden war, nun getrennt war, konnte er sich mit diesen T'lan Imass nur unterhalten, indem er laut sprach. »Ich, Onrack, grüße dich, Knochenwerfer, und ich erkenne, dass du ein Logros bist, wie auch ich einst einer war. Du bist Monok Ochem. Einer der vielen, die erwählt wurden, die Abtrünnigen zu jagen, einer der vielen, die wie die Mitglieder meines eigenen Jagdtrupps ihrer Spur in diese Sphäre gefolgt sind. Leider bin ich der Einzige meines Jagdtrupps, der die Flut überlebt hat.« Er richtete den Blick auf die drei Krieger. Der Clanführer, dessen Rumpf und Glieder mit der eng anliegenden, äußeren Haut eines Dhenrabi umwickelt waren und der ein gezacktes graues Feuerstein-Schwert in den Händen hielt, war Ibra Gholan. Die anderen beiden, bewaffnet mit Äxten aus Knochenstielen und Doppelklingen aus Sardonyx, gehörten zu Ibras Clan, doch Onrack kannte sie nicht. »Ich grüße auch dich, Ibra Gholan, und unterstelle mich deinem Befehl.«

Knochenwerfer Monok Ochem watschelte mit schweren Schritten ein Stück vor. »Du hast das Ritual befleckt, Onrack«, sagte er auf die typisch schroffe Weise, »und musst daher vernichtet werden.«

»Dieses Privileg wird euch allerdings streitig gemacht«, erwiderte Onrack. »Diese berittenen Krieger hier sind Tiste Liosan, und sie betrachten mich als ihren Gefangenen, mit dem sie tun und lassen können, was sie wollen.«

Ibra Gholan gab seinen beiden Kriegern ein Zeichen, und die drei schritten auf die Liosan zu.

Der Seneschall ergriff das Wort. »Wir entlassen unseren Gefangenen, T'lan Imass. Er gehört Euch. Unser Streit mit Euch ist beendet, und daher werden wir gehen.«

Die T'lan Imass blieben stehen, und Onrack konnte ihre Enttäuschung spüren.

Der Kommandant der Liosan betrachtete Trull einen Moment lang und sagte dann: »Edur – willst du mit uns reisen? Wir könnten einen Diener gebrauchen. Eine einfache Verbeugung genügt als Antwort auf unsere ehrenvolle Einladung.«

Trull Sengar schüttelte den Kopf. »Nun, das wäre das erste Mal für mich. Leider werde ich jedoch die T'lan Imass begleiten. Aber ich erkenne die Unannehmlichkeiten, die Euch das bereiten wird, und schlage daher vor, dass Ihr Euch in der Rolle des Dieners abwechselt. Ich bin ein Befürworter von Lektionen in Demut, Tiste Liosan, und ich spüre, dass Ihr die wirklich dringend nötig habt.«

Der Seneschall lächelte kalt. »Ich werde dich nicht vergessen, Edur.« Er wirbelte herum. »Auf die Pferde, Brüder. Wir werden diese Sphäre jetzt verlassen.«

»Es könnte sein, dass Ihr das weit schwieriger finden werdet, als Ihr Euch vorstellt«, sagte Monok Ochem.

»Wir sind noch niemals zuvor in unserem Vorhaben behindert worden«, erwiderte der Seneschall. »Gibt es hier verborgene Barrieren?«

»Dieses Gewirr ist ein zertrümmertes Fragment von Kurald Emurlahn«, erklärte der Knochenwerfer. »Ich glaube, Euer Volk hat viel zu lange in Abgeschiedenheit gelebt. Ihr wisst nichts über die anderen Sphären, nichts über die Verwundeten Tore. Nichts von den Aufgestiegenen und ihren Kriegen –«

»Wir dienen nur einem einzigen Aufgestiegenen«, schnappte der Seneschall. »Dem Sohn von Vater Licht. Unser Lord ist Osric.«

Monok Ochem legte den Kopf leicht schief. »Und wann ist Osric das letzte Mal in Eurer Mitte dahingeschritten?«

Alle vier Liosan zuckten sichtlich zusammen.

Der Knochenwerfer fuhr in seinem trockenen Tonfall fort. »Euer Lord, Osric, der Sohn von Vater Licht, gehört zu denjenigen, die in anderen Sphären miteinander streiten. Er ist deshalb noch nicht zu Euch zurückgekehrt, Liosan, weil er dazu nicht in der Lage ist. Ja, in der Tat ist er kaum in der Lage, *überhaupt* etwas zu tun.«

Der Seneschall trat einen Schritt vor. »Was plagt unseren Lord?«

Monok Ochem zuckte die Schultern. »Ein ziemlich gewöhnliches Schicksal. Er hat sich verirrt.«

»Verirrt?«

»Ich würde vorschlagen, wir arbeiten zusammen, um ein Ritual zu wirken und so ein Tor zu erschaffen«, sagte der Knochenwerfer. »Dafür werden wir Tellann brauchen, außerdem noch Euer Gewirr, Liosan, sowie das Blut dieses Tiste Edur hier. Onrack, um deine Vernichtung kümmern wir uns, wenn wir wieder in unsere eigene Sphäre zurückgekehrt sind.«

»Das erscheint mir angebracht«, erwiderte Onrack.

Trulls Augen hatten sich geweitet. Er starrte den Knochenwerfer an. »Habt Ihr gerade von *meinem* Blut gesprochen?«

»Wir werden nicht alles brauchen, Edur – wenn alles läuft wie geplant.«

Kapitel Zehn

Alles was bricht
muss fallen gelassen werden
selbst wenn der Donner
des Glaubens
immer schwächer werdende
Echos zurückwirft.

Präludium zu Anomandaris
Fisher

Der Tag, an dem die Gesichter im Felsen erwachten, wurde von den Teblor mit einem Lied gefeiert. Die Erinnerungen seines Volkes waren verdreht, wie Karsa Orlong mittlerweile wusste. Mehr oder weniger vergessen, wenn sie unangenehm waren, in einem wütenden Feuer des Ruhmes entbrannt, wenn sie heldenhaft waren. In einer jeden Geschichte waren Niederlagen zu Siegen verkehrt worden.

Er wünschte sich, dass Bairoth noch am Leben wäre, dass sein scharfsinniger Kamerad mehr tun würde, als seine Träume heimzusuchen oder als ein Ding aus grob behauenem Stein vor ihm zu stehen, das durch ein zufälliges Abrutschen des Meißels einen spöttischen, fast schon höhnischen Gesichtsausdruck erhalten hatte.

Bairoth hätte ihm viel erzählen können, was er in diesem Augenblick gern gewusst hätte. Wenngleich Karsa mit der geheiligten Lichtung ihres Heimatlands viel vertrauter war, als Bairoth oder auch Delum Thord es waren, und daher sichergehen konnte, dass die Abbilder eine gewisse Ähnlichkeit besaßen, spürte der Krieger doch, dass den sieben Gesichtern, die er in die versteinerten Bäume gemeißelt hatte, etwas grundlegend Wichtiges fehlte. Vielleicht drückte sich hierin nun doch ein Mangel an Talent aus, obwohl das bei den Statuen von Bairoth und Delum nicht der Fall zu sein schien. Diese Statuen schienen die Energie ihres Lebens zu verströmen, als ob sie sich mit der Erinnerung des versteinerten Holzes vermischt hätte. Und so wie der ganze Wald den Eindruck machte, als würden die Bäume nur das Kommen des Frühlings erwarten, einer Wiedergeburt unter dem Rad der Sterne entgegensehen, schienen auch die beiden Teblor-Krieger nur den Wechsel der Jahreszeiten zu erwarten.

Doch die Raraku trotzte jeder Jahreszeit. Die Raraku war ewig in ihrer Bedeutsamkeit, erwartete unaufhörlich die Wiedergeburt. Geduldig im Stein, geduldig im ruhelosen, immerfort murmelnden Sand.

Die Heilige Wüste schien Karsa ein perfekter Ort für die Sieben Götter der Teblor. Es war durchaus möglich, so dachte er, während er langsam vor den Gesichtern auf und ab ging, die er in die Stämme gemeißelt hatte, dass etwas von dem bösartigen Gefühl seine Hände vergiftet hatte. Wenn dem so war, war der Fehler für ihn nicht sichtbar. Es gab wenig in den Gesichtern der Götter und Göttinnen, das einen Ausdruck oder eine Haltung zugelassen hätte – in seiner Erinnerung sah er straff gespannte Haut über breiten, schweren Knochen, Brauenwülste, die wie Grate vorsprangen, so dass die Augen in tiefem Schatten lagen. Breite, flache Wangenknochen, ein schwerer, fliehender Kiefer ... etwas Tierisches, das so ganz anders als die Gesichtszüge der Teblor war ...

Er starrte finster drein, blieb vor Urugal stehen, den er – genau wie die sechs anderen – so geschaffen hatte, dass sich ihre Augen auf einer Höhe befanden. Schlangen glitten über seine staubigen, bloßen Füße; sie waren seine einzige Gesellschaft auf der Lichtung. Die Sonne hatte ihren höchsten Punkt überschritten und begann zu sinken, doch die Hitze war immer noch schrecklich.

Nach einer längeren Zeit stummen Nachdenkens sagte Karsa laut: »Bairoth Gild, schau mit mir zusammen unseren Gott an. Sag mir, was mit ihm nicht stimmt. Wo habe ich geirrt? Das war doch dein größtes Talent, oder? Jeden falschen Schritt, den ich gemacht habe, hast du klar und deutlich erkannt. Du könntest fragen, was ich mit diesen Statuen erreichen wollte? Du würdest das auch fragen, denn es ist die einzige Frage, die eine Antwort wert ist. Aber ich habe keine Antwort für dich – oh, ja, ich kann dein Lachen über meine armselige Antwort fast hören.« *Ich habe keine Antwort.* »Vielleicht habe ich mir vorgestellt, du würdest dir ihre Gesellschaft wünschen, Bairoth. Die Gesellschaft der großen Teblor-Götter, die eines Tages erwacht sind.«

In den Gedanken der Schamanen. In ihren Träumen sind sie erwacht. Dort, und nur dort. Doch jetzt kenne ich den Geschmack dieser Träume, und er ist nicht wie das Lied. Ganz und gar nicht.

Er hatte diese Lichtung gefunden, als er die Einsamkeit gesucht hatte, und die Einsamkeit hatte ihn zu seinen künstlerischen Schöpfungen inspiriert. Doch nun, da er fertig war, fühlte er sich hier nicht mehr länger allein. Er hatte sein eigenes Leben an diesen Ort gebracht, das Vermächtnis seiner Taten. Doch dieser Ort hatte aufgehört, eine Zuflucht zu sein, und der Wunsch, ihn aufzusuchen, entsprang nun der Verlockung seiner Bemühungen, die ihn wieder und wieder hierher zogen. Zwischen den Schlangen einherzuschreiten, die kamen, um ihn zu begrüßen, dem Rascheln der Sandkörner zu lauschen, die auf den heulenden Wüstenwinden dahinjagten – die Sandkörner, die die Lichtung erreichten und die Bäume und die steinernen Gesichter mit ihrer blutleeren Berührung liebkosten.

Die Raraku vermittelte die Illusion, dass die Zeit stillstand, dass das Universum den Atem anhielt. Eine tückische Einbildung. Jenseits der wütenden Mauer des Wirbelwinds wurden die Stundengläser noch immer umgedreht. Armeen sammelten sich und setzten sich in Marsch, das Geräusch ihrer Stiefel, Schilde und Ausrüstung ein tödliches Rasseln und Rascheln. Und auf einem fernen Kontinent wurde das Volk der Teblor belagert.

Karsa starrte noch immer Urugals steinernes Gesicht an. *Du bist kein Teblor. Doch du behauptest, unser Gott zu sein. Du bist aufgewacht, dort in der Klippe, vor so langer Zeit. Doch was war vor jener*

Zeit? Wo warst du da, Urugal? Du und deine sechs schrecklichen Kameraden?

Ein leises Lachen von der anderen Seite der Lichtung ließ Karsa herumwirbeln.

»Und welches deiner zahllosen Geheimnisse ist das hier, mein Freund?«

»Leoman«, knurrte Karsa, »es ist lange her, dass du das letzte Mal deine Grube verlassen hast.«

Der Wüstenkrieger starrte auf die Schlangen hinunter und bewegte sich langsam vorwärts. »Ich hatte das Verlangen nach Gesellschaft. Im Gegensatz zu dir, wie ich sehe.« Er deutete auf die bearbeiteten Stämme. »Hast du die alle selbst gemacht? Ich sehe zwei Toblakai – sie stehen in den Bäumen, als wären sie lebendig und würden jeden Augenblick einen Schritt nach vorn machen. Es beunruhigt mich, daran erinnert zu werden, dass es noch mehr von deiner Sorte gibt. Aber was ist mit den anderen?«

»Meine Götter.« Er bemerkte Leomans überraschten Gesichtsausdruck und erklärte weiter: »Die Gesichter im Fels. In meinem Heimatland schmücken sie eine Klippe, mit Blick auf eine Lichtung, die sich kaum von dieser hier unterscheidet.«

»Toblakai –«

»Sie rufen mich immer noch«, fuhr Karsa fort und wandte den Kopf, um Urugals tierisches Gesicht einmal mehr zu mustern. »Wenn ich schlafe. Es ist so, wie Geisterhand sagt – ich werde heimgesucht.«

»Wovon, mein Freund? Was ... verlangen deine ... Götter ... von dir?«

Karsa warf Leoman einen Blick zu und zuckte dann die Schultern. »Warum hast du nach mir gesucht?«

Leoman wollte etwas sagen, entschied sich dann aber für etwas anderes. »Weil ich mit meiner Geduld am Ende bin. Es hat Nachrichten von Ereignissen gegeben, die mit den Malazanern zu tun haben. Niederlagen in der Ferne. Sha'ik und ihre Günstlinge sind sehr aufgeregt ... und tun nichts. Wir warten hier auf die Legionen der Mandata. In einem hat Korbolo Dom Recht – die Legionen sollten auf dem Marsch angegriffen werden. Aber nicht so, wie er es gerne hätte. Keine offenen Feldschlachten. Nichts derart Dramatisches oder Überstürztes. Wie auch immer, Toblakai, Mathok hat mir die Erlaubnis gegeben, mit einer Kompanie von Kriegern hinauszureiten – und Sha'ik hat geruht uns zu erlauben, uns jenseits des Wirbelwinds zu begeben.«

Karsa lächelte. »Tatsächlich. Und jetzt darfst du die Mandata uneingeschränkt piesacken? Oh, ich habe mir schon so etwas gedacht. Du sollst kundschaften, aber nicht weiter als bis zu den Hügeln jenseits des Wirbelwinds. Sie wird dir nicht erlauben, gen Süden zu ziehen. Aber zumindest wirst du irgendetwas tun, und das freut mich für dich, Leoman.«

Der blauäugige Krieger trat noch etwas näher. »Wenn ich erst einmal jenseits des Wirbelwinds bin, Toblakai –«

»Sie wird es trotzdem wissen«, erwiderte Karsa.

»Und daher werde ich ihr Missfallen erregen.« Leoman schnaubte. »Aber das ist nichts Neues. Und was ist mit dir, mein Freund? Sie nennt dich ihren Leibwächter, doch wann hat sie dir das letzte Mal gestattet, dich an ihre Seite zu begeben? In ihr verdammtes Zelt? Sie ist tatsächlich wiedergeboren, denn sie ist nicht mehr so, wie sie einst war –«

»Sie ist eine Malazanerin«, sagte Toblakai.

»Was?«

»Bevor sie zu Sha'ik wurde. Du weißt das ebenso gut wie ich –«

»Sie wurde wiedergeboren! Sie ist zum Willen der Göttin geworden, Toblakai. Alles, was sie vor dieser Zeit war, ist ohne jede Bedeutung.«

»So sagt man«, brummte Karsa. »Aber ihre Erinnerungen bleiben. Und es sind ihre Erinnerungen, die sie so in Ketten legen. Ihre Furcht hält sie gefangen, und diese Furcht beruht auf einem Geheimnis, das sie nicht teilen will. Die einzige andere Person, die dieses Geheimnis kennt, ist Geisterhand.«

Leoman starrte Karsa mehrere Herzschläge lang an und ging dann langsam in die Hocke. Die beiden Männer waren von Schlangen umgeben, das raschelnde Geräusch, mit dem sie über den Sand glitten, bildete eine ständige, gedämpfte Untermalung. Leoman senkte eine Hand und schaute zu, wie eine Kobra sich um seinen Arm zu winden begann. »Deine Worte, Toblakai, flüstern von einer Niederlage.«

Schulterzuckend schritt Karsa zu seiner Werkzeugkiste, die am Fuße eines Baums stand. »Diese Jahre haben mir viel gegeben. Deine Gesellschaft, Leoman. Die Ältere Sha'ik. Ich habe einst geschworen, dass die Malazaner meine Feinde wären. Doch nach allem, was ich seit damals von der Welt gesehen habe, ist mir nun klar, dass sie nicht grausamer sind als irgendwelche anderen Tiefländer. Tatsächlich scheinen sie die Einzigen zu sein, die überhaupt noch einen Sinn für Gerechtigkeit haben. Die Menschen aus dem Reich der Sieben Städte, die die Malazaner so sehr verachten und sich wünschen, dass sie verschwinden – die wollen nichts weiter, als sich die Macht zurückholen, die die Malazaner ihnen genommen haben. Macht, die sie dazu benutzt haben, ihre eigenen Leute schlecht zu behandeln. Leoman, du und deine Leute, ihr führt Krieg gegen die Gerechtigkeit, und das ist nicht mein Krieg.«

»Gerechtigkeit?« Leoman bleckte die Zähne. »Du erwartest, dass ich deine Worte in Frage stelle, Toblakai? Das werde ich nicht tun. Die Wiedergeborene Sha'ik sagt, dass keine Loyalität in mir steckt. Vielleicht hat sie Recht. Ich habe zu viel gesehen. Und doch bleibe ich hier – hast du dich jemals gefragt, warum?«

Karsa nahm einen Meißel und einen Hammer aus der Kiste. »Das Licht wird schwächer – und das macht die Schatten tiefer. Es ist das Licht, das begreife ich jetzt. Das ist es, was an ihnen anders ist.«

»Das Apokalyptische, Toblakai. Auflösung. Vernichtung. Alles. Alle Menschen ... alle Tiefländer. Mit unseren verdrehten Schrecken – all das, was wir anderen antun. Die Verwüstungen, die Grausamkeiten. Für jede Geste voller Freundlichkeit und Mitleid gibt es zehntausend brutale Taten. Loyalität? Stimmt, ich habe keine. Nicht meiner

Art gegenüber, und je eher wir uns selbst auslöschen, desto besser wird's für diese Welt sein.«

»Das Licht«, sagte Karsa, »lässt sie beinahe menschlich aussehen.«

Abgelenkt wie er war, bemerkte Toblakai nicht, wie Leoman die Augen zusammenkniff, und auch nicht, wie er sich bemühte, sich ganz still zu verhalten.

Man tritt nicht zwischen einen Mann und seine Götter.

Die Schlange hob den Kopf direkt vor Leomans Gesicht; dort verharrte sie und betrachtete ihn züngelnd.

»Das Haus der Ketten«, murmelte Heboric, und sein Gesichtsausdruck wurde bitter bei diesen Worten.

Bidithal erschauerte, doch es war schwer zu sagen, ob aus Furcht oder Vergnügen. »Plünderer. Gemahlin. Die Ungebundenen – die sind interessant, was? Die ganze Welt wie zerschmetterte –«

»Woher stammen diese Bilder?«, wollte Heboric wissen. Die hölzernen Karten mit den lackierten Bildern auch nur anzusehen – verschwommen, wie sie waren – ließ in dem ehemaligen Priester die Galle hochsteigen. *Ich spüre ... Fehler. In jeder einzelnen Karte. Das ist kein Zufall, kein Versagen der Hand, die diese Bilder gemalt hat.*

»Es gibt keinen Zweifel an ihrer Echtheit«, antwortete L'oric auf seine Frage. »Die Macht, die sie verströmen, stinkt nach Zauberei. Ich bin noch niemals zuvor Zeuge einer so kraftvollen Geburt innerhalb der Drachenkarten geworden. Nicht einmal Schatten hat –«

»Schatten!«, schnappte Bidithal. »Diese Betrüger konnten die wahre Macht jener Sphäre niemals entfesseln! Nein, hier, in diesem neuen Haus, ist das Thema rein. Die Unvollkommenheit wird gefeiert, die Verdrehung des chaotischen Zufalls beeinträchtigt sie allesamt –«

»Ruhe!«, zischte Sha'ik. Sie hatte die Arme eng um den Oberkörper geschlungen. »Darüber müssen wir nachdenken. Niemand sagt etwas. Lasst mich nachdenken!«

Heboric beobachtete sie einen Moment lang; er blinzelte, um sie deutlicher erkennen zu können, obwohl sie direkt neben ihm saß. Die Karten des neuen Hauses waren auf dem gleichen Weg gekommen wie die Nachricht über die malazanischen Fehlschläge in Genabackis. Seither gärte es unter Sha'iks Kommandanten; die andauernden Streitereien hatten nicht nur ihre Freude darüber gedämpft, dass ihr Bruder Ganoes Paran überlebt hatte, sondern auch dafür gesorgt, dass sie nun auf für sie untypische Weise abgelenkt wirkte.

Das Haus der Ketten war mit ihren Schicksalen verwoben. Und sie hatten nicht die geringste Chance, sich auf die heimtückische Einmischung, diese ... Infektion vorzubereiten. Aber war es ein Feind oder eine mögliche Quelle erneuerter Stärke? Es schien, als wäre Bidithal eifrig damit beschäftigt, sich einzureden, dass es Letzteres wäre, wobei ihn seine wachsende Unzufriedenheit mit der Wiedergeborenen Sha'ik zweifellos darin bestärkte. L'oric hingegen schien eher geneigt, Heborics Befürchtungen zu teilen, während Febryl sich als Einziger überhaupt nicht zu der ganzen Sache äußerte.

Die Luft im Zelt war schwül, und es roch nach Schweiß. Heboric wäre am liebsten gegangen, all dem hier entflohen, doch er spürte, dass Sha'ik sich an ihn klammerte, ein geistiges Sichfesthalten, das genauso verzweifelt war wie alles andere, was er zuvor in ihr gespürt hatte.

»Zeigt uns noch einmal die neue Neutrale Karte.«

Ja. Zum tausendsten Mal.

Mit finsterem Gesicht ging Bidithal die Karten durch und legte dann die gesuchte in die Mitte der Ziegenfellmatte. »Wenn eine der neuen Karten zweifelhaft ist«, spöttelte der alte Mann, »dann diese hier. Herr der Drachenkarten? Das ist absurd. Wie soll jemand das Unkontrollierbare kontrollieren können?«

Stille folgte auf seine Worte.

Das Unkontrollierbare? Wie der Wirbelwind?

Sha'ik hatte die Anspielung offensichtlich nicht bemerkt. »Geisterhand, ich möchte, dass du diese Karte nimmst, dass du versuchst, so viel wie möglich über sie zu erspüren.«

»Darum bittet Ihr mich immer wieder, Erwählte«, seufzte Heboric. »Aber ich sage Euch, es besteht keine Verbindung zwischen der Macht meiner Hände und den Drachenkarten. Ich kann da nicht helfen –«

»Dann hör gut zu, denn ich werde sie dir beschreiben. Denk nicht an deine Hände – ich frage dich jetzt als ehemaligen Priester, als Gelehrten. Hör zu. Das Gesicht ist verdeckt, doch es deutet –«

»Es ist verdeckt«, unterbrach Bidithal sie höhnisch, »weil die Karte nichts weiter als die Projektion des Wunschdenkens von jemandem ist.«

»Unterbrecht mich noch einmal, und Ihr werdet es bedauern, Bidithal«, sagte Sha'ik. »Ich habe von Euch genug zu dieser Angelegenheit gehört. Wenn Ihr den Mund noch einmal aufmacht, werde ich Euch die Zunge herausreißen. Geisterhand, ich fahre fort. Die Gestalt ist ein wenig größer als der Durchschnitt. Da ist ein roter Streifen von einer Narbe – oder vielleicht ist es auch Blut – auf einer Seite des Gesichts – eine Verwundung, ja? Er – ja, ich bin mir sicher, dass es ein Mann ist und keine Frau – er steht auf einer Brücke. Einer steinernen Brücke, durch die Risse und Sprünge laufen. Der Horizont ist voller Flammen. Es scheint, als wären er und die Brücke umgeben – von Anhängern ... oder Dienern –«

»Oder Wächtern«, fügte L'oric hinzu. »Entschuldigt, Erwählte.«

»Wächter. Ja, das ist gut möglich. Sie sehen wie Soldaten aus, oder?«

»Worauf stehen diese Soldaten?«, fragte Heboric. »Könnt Ihr den Boden sehen, auf dem sie stehen?«

»Knochen – es gibt hier jede Menge feiner Einzelheiten, Geisterhand. Woher hast du das gewusst?«

»Beschreibt bitte die Knochen.«

»Sie stammen nicht von Menschen – und sie sind sehr groß. Ein Schädel ist zum Teil zu sehen, mit einer langen Schnauze, schrecklichen Fängen. Er trägt Überreste von einer Art Helm –«

»Ein Helm? Auf dem Schädel?«

»Ja.«

Heboric verstummte. Er fing an, sich vor und zurück zu wiegen, war sich der Bewegung jedoch kaum bewusst. In seinem Kopf begann eine Totenklage anzuschwellen, die keinen Ursprung hatte, ein Schrei voller Kummer, voller Schmerz.

»Der Herr der Drachenkarten ...«, sagte Sha'ik, und ihre Stimme zitterte, »er steht irgendwie merkwürdig. Mit ausgestreckten Armen, die Ellbogen angewinkelt, so dass die Hände vom Körper abgewandt sind – es ist eine sehr merkwürdige Haltung –«

»Sind seine Füße nah beieinander?«

»Fast unmöglich nah.«

Als ob sie einen Punkt bilden würden. Heborics Stimme klang in seinen eigenen Ohren dumpf und wie aus weiter Ferne, als er fragte: »Und was trägt er?«

»Enge Seidengewänder, nach ihrem Schimmer zu urteilen. Schwarz.«

»Noch irgendwas?«

»Da ist eine Kette. Sie verläuft quer über seinen Oberkörper, von der linken Schulter zur rechten Hüfte. Es ist eine stabile Kette, aus schwarzem Schmiedeeisen. Auf seinen Schultern sind hölzerne Scheiben – wie Epauletten, aber groß, jeweils eine Handspanne –«

»Wie viele insgesamt?«

»Vier. Du hast jetzt irgendeine Idee, Geisterhand. Sag es mir!«

»Ja«, murmelte L'oric, »Ihr denkt an etwas –«

»Er lügt«, knurrte Bidithal. »Alle haben ihn vergessen – sogar sein Gott –, und jetzt versucht er, sich wichtig zu machen.«

Febryl ergriff zum ersten Mal das Wort, seine Stimme klang krächzend und spöttisch. »Bidithal, was seid Ihr nur für ein Narr. Er ist ein Mann, der berührt, was wir nicht spüren können, und sieht, wo wir mit Blindheit geschlagen sind. Sprecht weiter, Geisterhand. Warum steht der Herr der Drachenkarten so seltsam da?«

»Weil er ein Schwert ist«, sagte Heboric.

Aber nicht irgendein Schwert. Er ist ein Schwert, vor allen Dingen, und es schneidet kalt. Das Schwert entspricht der Natur dieses Mannes. Er wird sich seinen eigenen Weg bahnen. Niemand wird ihn führen. Er steht jetzt vor meinem geistigen Auge. Ich sehe ihn. Ich sehe sein Gesicht. Oh, Sha'ik ...

»Ein Herr der Drachenkarten«, sagte L'oric und seufzte. »Ein Magnet der Ordnung ... im Gegensatz zum Haus der Ketten – doch er steht allein, Wächter oder nicht, während das Haus über viele Diener verfügt.«

Heboric lächelte. »Allein? Das ist er immer gewesen.«

»Und warum ist Euer Lächeln dann das eines gebrochenen Mannes, Geisterhand?«

Ich trauere um die menschliche Natur. Um diese Familie, die sich so bekriegt. »Auf diese Frage werde ich nicht antworten, L'oric.«

»Ich werde jetzt allein mit Geisterhand sprechen«, verkündete Sha'ik.

Doch Heboric schüttelte den Kopf. »Ich werde heute nichts mehr sagen, auch zu Euch nicht, Erwählte. Nur dies noch: Habt Vertrauen in den Herrn der Drachenkarten. Er wird auf das Haus der Ketten reagieren. Er wird darauf reagieren.«

Heboric stand auf, er fühlte sich um Jahre gealtert. Neben ihm war Bewegung, dann legte die junge Felisin ihm eine Hand auf den Unterarm. Er ließ sich von ihr aus dem Zimmer führen.

Draußen war die Abenddämmerung hereingebrochen, erkennbar am Geschrei der Ziegen, die in die Umzäunung getrieben wurden. Im Süden, knapp jenseits der Außenbezirke der Stadt, dröhnte der Donner von Pferdehufen. Kamist Reloe und Korbolo Dom waren der Besprechung fern geblieben, weil sie die Übungen der Truppen beaufsichtigen wollten. Die Übungen wurden im malazanischen Stil durchgeführt, was – wie Heboric zugeben musste – bisher der einzige Ausdruck von Brillanz der abtrünnigen Faust war. Zum ersten Mal würde eine malazanische Armee sich einem ihr – bis auf die Moranth-Munition – ebenbürtigen Gegner gegenübersehen. Taktik und Aufstellung der Streitkräfte würden identisch sein, was garantierte, dass die bloße Überzahl entscheiden würde. Der Drohung durch die Moranth-Munition würde mit Zauberei begegnet werden, denn die Armee des Wirbelwinds verfügte über einen vollen Kader aus Hohemagiern, während Tavore – so weit sie wussten – keine Magier in Diensten hatte. Spione in Aren hatten beobachtet, dass Nil und Neder, die beiden wickanischen Kinder, noch da waren, doch beide, hieß es, wären durch Coltaines Tod völlig gebrochen.

Warum sollte sie auch Magier brauchen? Schließlich trägt sie ein Otataral-Schwert. Andererseits lässt sich die negierende Wirkung dieses Schwerts nicht über ihre ganze Armee ausdehnen. Liebste Sha'ik, es ist gut möglich, dass du deine Schwester schließlich doch besiegst.

»Was hast du jetzt vor, Geisterhand?«, fragte Felisin.

»Ich gehe zu meinem Zelt, Schätzchen.«

»Das habe ich nicht gemeint.«

Er neigte den Kopf. »Ich weiß es nicht –«

»Wenn du es tatsächlich nicht weißt, dann habe ich deinen Weg noch vor dir gesehen, und das kann ich kaum glauben. Du musst hier weg, Geisterhand. Du musst deinen Weg zurückgehen, denn sonst wird das, was dich quält, dich töten –«

»Und – spielt das eine Rolle? Schätzchen –«

»Versuche einfach mal einen Augenblick über deine Nasenspitze hinauszusehen, alter Mann! In deinem Innern ist etwas. Gefangen in deinem sterblichen Körper. Was wird geschehen, wenn dein Körper versagt?«

Er schwieg einen Moment lang und fragte dann: »Wie kannst du dir dessen so sicher sein? Mein Tod könnte einfach das Risiko der Flucht verringern – er könnte das Portal schließen, es so fest versiegeln, wie es vorher war –«

»Weil es keinen Weg zurück gibt. Sie ist hier – die Macht hinter deinen geisterhaften Händen – nicht das Otataral, das schwächer wird, immer schwächer –«

»*Schwächer?*«

»Ja, schwächer! Sind deine Träume und Visionen nicht schlimmer geworden? Hast du nicht begriffen, warum? Ja, meine Mutter hat mir davon erzählt – die Statue ... auf der Otataral-Insel, in der Wüste. Heboric, eine ganze Insel aus Otataral war geschaffen worden, um jene Statue zu bändigen, um sie gefangen zu halten. Doch du hast ihr ein Mittel zur Flucht verschafft – da, durch deine Hände. Du musst dorthin zurückkehren!«

»Genug!«, schnaubte er, schüttelte ihre Hand ab. »Sag mir, hat sie dir auch von sich erzählt, von ihrer Reise?«

»Was sie zuvor war, spielt keine Rolle mehr –«

»Oh, aber das tut es sehr wohl, mein Schätzchen! Es spielt eine Rolle!«

»Wie meinst du das?«

Beinahe hätte ihn die Versuchung überwältigt. *Weil sie eine Malazanerin ist! Weil sie Tavores Schwester ist! Weil dieser Krieg nicht mehr länger der Krieg des Wirbelwinds ist – er ist gestohlen worden, von etwas weitaus Mächtigerem verzerrt worden, von den Blutsbanden, die uns alle in die stärksten Ketten schlagen! Welche Chance hat dagegen eine rasende Göttin?*

Doch er sagte nichts.

»Du musst diese Reise unternehmen«, sagte Felisin mit leiser Stimme. »Aber ich weiß, dass du es nicht allein tun kannst. Nein. Ich werde mit dir gehen –«

Er stolperte bei diesen Worten ein paar Schritte von ihr weg und schüttelte den Kopf. Es war eine schreckliche Idee, eine Furcht erregende Idee. Doch sie passte erschreckend gut, ein Albtraum der Übereinstimmung.

»Hör zu! Wir beide müssen das nicht alleine tun – ich werde noch jemand anderen finden. Einen Krieger, einen loyalen Beschützer –«

»Genug! Kein Wort mehr davon!« *Aber es würde sie fortbringen – fort von Bidithal und seinen grässlichen Begierden. Es würde sie fortbringen ... fort von dem Sturm, der heraufzieht.* »Mit wem hast du noch darüber gesprochen?«, wollte er wissen.

»Mit niemandem, aber ich hatte ... an Leoman gedacht. Er könnte für uns jemanden von Mathoks Leuten auswählen –«

»Sag nichts mehr, Schätzchen. Nicht jetzt. Noch nicht.«

Sie packte ihn erneut am Unterarm. »Wir dürfen nicht zu lange warten, Geisterhand.«

»Noch nicht, Felisin. Und jetzt bring mich bitte nach Hause.«

»Willst du mit mir kommen, Toblakai?«

Karsa wandte den Blick von Urugals Steingesicht ab. Die Sonne war mit der ihr eigenen Plötzlichkeit untergegangen, und über ihnen leuchteten die Sterne hell und klar. Die Schlangen waren dabei, sich zu zerstreuen; auf der Suche nach Nahrung zog es sie in den unheimlich stillen Wald hinein. »Willst du, dass ich neben dir und deinen winzigen Pferden herlaufe, Leoman? In diesem Land gibt es kein Reittier für einen Teblor. Nichts, was meiner Größe angemessen wäre, wie die Pferde meiner Heimat –«

»Kein Reittier für einen Teblor, sagst du? Da täuschst du dich aber gewaltig, mein Freund. Na ja, hier vielleicht nicht, das stimmt schon. Aber im Westen, in der Jhag-Odhan, gibt es wilde Pferde, die zu deiner Statur passen. Jetzt sind sie jedenfalls wild. Es sind Jhag-Pferde – sie wurden vor langer Zeit von den Jaghut gezüchtet. Es könnte gut sein, dass die Pferde, die ihr Teblor in eurer Heimat reitet, der gleichen Zucht entstammen – schließlich hat es auch in Genabackis Jaghut gegeben.«

»Warum hast du mir das nicht schon früher gesagt?«

Leoman senkte die rechte Hand zum Boden hinab und schaute zu, wie sich die Kobra von seinem Arm herunterschlängelte. »Du hast nie zuvor erwähnt, dass ihr Teblor Pferde besitzt. Toblakai, ich weiß so gut wie nichts über deine Vergangenheit. Niemand hier weiß etwas darüber. Du bist kein sonderlich redseliger Mann. Du und ich, wir sind immer zu Fuß unterwegs gewesen, oder?«

»Die Jhag-Odhan. Das ist jenseits der Raraku.«

»Ja. Wenn du nach Westen durch den Wirbelwind gehst, wirst du an

Klippen kommen, zur gebrochenen Küstenlinie des alten Meeres, das einst diese Wüste ausgefüllt hat. Geh immer weiter, bis du zu einer kleinen Stadt kommst – Lato Revae. Direkt im Westen liegt der äußerste Zipfel des Thalas-Gebirges. Umrunde seine südliche Ecke, immer weiter Richtung Westen, bis du zu einem Fluss namens Ugarat gelangst. Es gibt eine Furt südlich von Y'Ghatan. Bist du auf der anderen Seite, geh zwei Wochen oder noch länger nach Südwesten und du wirst dich in der Jhag-Odhan befinden. Oh, in alledem liegt eine gewisse Ironie – es hat dort einst nomadisierende Jaghut-Banden gegeben. Daher der Name. Aber diese Jaghut waren tief gesunken. Sie hatten sich so weit zurückentwickelt, dass sie eigentlich Wilde waren.«

»Und sind sie immer noch da?«

»Nein. Die Logros T'lan Imass haben sie niedergemacht. Das ist noch gar nicht so lange her.«

Karsa bleckte die Zähne. »T'lan Imass. Ein Name aus der Vergangenheit der Teblor.«

»Nicht nur das«, murmelte Leoman. Er richtete sich auf. »Hol dir von Sha'ik die Erlaubnis, in die Jhag-Odhan zu reisen. Du würdest ein beeindruckendes Bild auf dem Schlachtfeld abgeben, auf dem Rücken eines Jhag-Pferdes. Habt ihr auch vom Pferderücken aus gekämpft oder die Tiere einfach nur als Fortbewegungsmittel benutzt?«

Karsa lächelte in der Dunkelheit. »Ich werde tun, was du sagst, Leoman. Aber die Reise wird lange dauern – warte nicht auf mich. Solltet ihr – du und deine Kundschafter – immer noch jenseits des Wirbelwinds sein, wenn ich zurückkehre, werde ich losreiten und dich suchen.«

»Einverstanden.«

»Was ist mit Felisin?«

Leoman schwieg einen Augenblick, ehe er antwortete. »Geisterhand ist auf die ... Bedrohung aufmerksam gemacht worden.«

Karsa schnaubte. »Und was soll das für einen Wert haben? Ich sollte Bidithal töten und damit der Sache ein Ende machen.«

»Toblakai, was Geisterhand beunruhigt, bist längst nicht nur du allein. Ich glaube nicht, dass er noch lange im Lager bleiben wird. Und wenn er geht, wird er das Kind mitnehmen.«

»Und das soll besser sein? Sie wird nichts weiter als seine Krankenschwester sein.«

»Einige Zeit, vielleicht. Ich werde ihnen natürlich jemanden mitgeben. Wenn Sha'ik dich nicht brauchen würde – oder zumindest nicht glauben würde, dass sie dich braucht –, würde ich dich fragen.«

»Das ist Wahnsinn, Leoman. Ich bin schon einmal mit Geisterhand gereist. Ich werde es nicht wieder tun.«

»Er hat Offenbarungen für dich, Toblakai. Eines Tages wirst du ihn suchen müssen. Du wirst ihn vielleicht sogar um Hilfe bitten müssen.«

»Hilfe? Ich brauche von niemandem Hilfe. Du sprichst unangenehme Worte. Ich werde nicht mehr zuhören.«

Leomans Grinsen war im Dämmerlicht deutlich zu erkennen. »Du bist so, wie du immer bist, mein Freund. Wann wirst du in die Jhag-Odhan reisen?«

»Ich werde morgen aufbrechen.«

»Dann sollte ich Sha'ik wohl am besten eine Nachricht übermitteln. Wer weiß, vielleicht geruht sie ja sogar, mich zu empfangen. Und dann könnte ich es durchaus schaffen, sie von der Ablenkung durch dieses Haus der Ketten abzubringen –«

»Dieses was?«

Leoman wedelte geringschätzig mit der Hand. »Das Haus der Ketten. Eine neue Macht in den Drachenkarten. Sie sprechen alle die ganze Zeit von nichts anderem mehr.«

»Ketten«, murmelte Karsa, drehte sich um und starrte Urugal an. »Ich kann Ketten nicht leiden.«

»Sehe ich dich morgen früh, Toblakai? Bevor du aufbrichst?«

»Ja.«

Karsa hörte, wie der Mann davonging. Seine Gedanken wirbelten. Ketten. Sie quälten ihn, hatten ihn seit dem Augenblick gequält, da er und Bairoth und Delum aus dem Dorf geritten waren. Vielleicht sogar schon zuvor. Stämme schufen schließlich ihre eigenen Ketten. Genau wie Verwandtschaft und Gefährten und Geschichten mit ihren Lektionen von Ehre und Aufopferung. *Und Ketten sind auch zwischen den Teblor und ihren sieben Göttern. Zwischen mir und meinen Göttern. Und noch einmal Ketten, in meinen Visionen – die Toten, die ich niedergemacht habe, die Seelen, von denen Geisterhand sagt, dass ich sie hinter mir herziehe. Ich bin durch solche Ketten geformt worden – alles, was ich bin.*

Dieses neue Haus – ist es meins?

Die Luft auf der Lichtung war plötzlich kalt, bitterkalt. Ein letztes Rascheln, als die letzten Schlangen von der Lichtung flohen. Karsa blinzelte – und sah Urugals verhärtetes Gesicht ... *erwachen.*

Eine Präsenz war plötzlich in den dunklen Augenhöhlen des steinernen Gesichts.

Karsa vernahm einen heulenden Wind, der seine Gedanken ausfüllte. Tausend klagende Seelen, das knallende Donnern von Ketten. Knurrend wappnete er sich gegen den Ansturm und heftete den Blick auf das verwitterte Gesicht seines Gottes.

»Karsa Orlong. Wir haben lange auf diesen Augenblick gewartet. Drei Jahre, die ganze Zeit, so lange dieser geheiligte Ort erschaffen wurde. Du hast so viel Zeit mit den beiden Fremden verschwendet – deinen gefallenen Freunden, die versagt haben, im Gegensatz zu dir. Dieser Tempel soll nicht durch Sentimentalität geweiht werden. Ihre Gegenwart beleidigt uns. Zerstöre sie noch heute Nacht.«

Die sieben Gesichter waren jetzt alle erwacht, und Karsa spürte das Gewicht ihrer Blicke auf sich lasten, ein tödlicher Druck, hinter dem etwas verborgen lag ... gierig, dunkel und voller Schadenfreude.

»Mit meinen eigenen Händen habe ich euch zu diesem Ort gebracht«, sagte Karsa zu Urugal. »Durch meine Hände seid ihr aus eurem Gefängnis im Fels in den Landen der Teblor befreit worden – nein, ich bin nicht der Narr, den ihr in mir sehen wollt. Ihr habt mich angeleitet, das hier zu tun, und nun seid ihr gekommen. Und sprecht als Erstes von Strafe? Vorsicht, Urugal. Ich kann hier jede Statue mit meinen Händen zerstören, wenn ich will.«

Er spürte, wie ihre Wut auf ihn einschlug, Schläge, die ihn dazu bringen sollten, sich unter dem Ansturm zu winden, doch er stand vor ihnen, unbeweglich und unbewegt. Den Teblor-Krieger, der im Angesicht seiner Götter verzagen würde, gab es nicht mehr.

»Du hast uns näher herangebracht«, krächzte Urugal schließlich. »Nah genug, dass wir den genauen Aufenthaltsort dessen spüren können, was wir begehren. Dort musst du nun hingehen, Karsa Orlong. Du hast die Reise so lange aufgeschoben – deine Reise zu uns – und dann weiter zu dem Weg, den wir für dich ausersehen haben. Du hast dich zu lange in der Gesellschaft dieses armseligen Geists versteckt, der wenig mehr tut als Sand zu spucken.«

»Dieser Weg, diese Reise – wohin führt das? Was sucht ihr?«

»Genau wie du, Krieger, suchen wir die Freiheit.«

Karsa schwieg. *Begierig, in der Tat.* Dann sprach er. »Ich werde nach Westen reisen. In die Jhag Odhan.«

Er spürte ihren Schreck und ihre Aufregung, dann den Chor aus Verdächtigungen, der den sieben Göttern entströmte.

»Nach Westen! In der Tat, Karsa Orlong. Aber woher weißt du das?«

Weil ich letztendlich doch der Sohn meines Vaters bin. »Ich werde bei Anbruch der Morgendämmerung aufbrechen, Urugal. Und ich werde für euch suchen, was ihr begehrt.« Er konnte spüren, wie ihre Präsenz verblasste, und wusste instinktiv, dass diese Götter der Freiheit längst nicht so nah waren, wie sie ihn glauben machen wollten. Und auch nicht so mächtig.

Urugal hatte die Lichtung einen Tempel genannt, aber es war ein umkämpfter Tempel, und nun, da die Sieben sich zurückzogen und plötzlich fort waren, wandte Karsa sich von den Gesichtern der Götter ab und blickte jene an, denen dieser Ort in Wirklichkeit geweiht war. Durch seine eigenen Hände. Im Namen jener Ketten, die ein Sterblicher mit Stolz tragen konnte.

»Meine Loyalität«, sagte der Teblor-Krieger leise, »war fehlgeleitet. Ich habe nur dem Ruhm gedient. Bloße Worte, meine Freunde. Worte können eine falsche Würde vermitteln. Sie können brutale Wahrheiten verhüllen. Die Worte der Vergangenheit, die die Teblor in Heldengewänder gehüllt haben – diesen Dingen habe ich gedient. Während der wahre Ruhm offen vor mir lag. Neben mir. Du, Delum Thord. Und du, Bairoth Gild.«

Aus der steinernen Statue von Bairoth Gild drang eine entfernte, müde Stimme an sein Ohr. »Führe uns, Kriegsführer.«

Karsa zuckte zusammen. *Träume ich das alles?* Dann reckte er sich. »Ich habe eure Geister an diesen Ort gezogen. Seid ihr im Gefolge der Sieben gereist?«

»Wir sind durch die leeren Lande geschritten«, erwiderte Bairoth Gild. »Die leeren Lande, doch wir waren nicht allein. Fremde warten auf uns, Karsa Orlong. Dies ist die Wahrheit, die sie vor dir zu verbergen suchen. Wir wurden gerufen. Wir sind hier.«

»Niemand«, erklang Delum Thords Stimme von der anderen Statue her, »kann dich auf dieser Reise besiegen. Du führst den Feind im Kreis, du setzt dich über jede Vorhersage hinweg und offenbarst so die Stärke deines Willens. Wir haben versucht, dir zu folgen, aber wir konnten es nicht.«

»Wer ist jetzt unser Feind, Kriegsführer?«, fragte Bairoth, und seine Stimme klang jetzt kühner.

Karsa richtete sich vor den beiden Uryd-Kriegern auf. »Seid Zeugen meiner Antwort, meine Freunde. Seid meine Zeugen.«

»Wir haben dich im Stich gelassen, Karsa Orlong«, sagte Delum. »Und doch lädst du uns ein, dich noch einmal zu begleiten.«

Karsa unterdrückte das Bedürfnis zu schreien, einen Kriegsschrei auszustoßen – als ob eine solche Herausforderung die heraufziehende Dunkelheit zurückdrängen könnte. Er konnte in seinen eigenen Impulsen keinen Sinn erkennen, den ungestümen Gefühlen, die ihn zu verschlingen drohten. Er starrte das gemeißelte Ebenbild seines groß gewachsenen Freundes an, sah das Bewusstsein in den unbeschädigten Gesichtszügen – Delum Thord, wie er gewesen war, bevor die Forkassal – die Forkrul Assail namens Ruh – ihn auf einem Gebirgspfad auf einem entfernten Kontinent so beiläufig vernichtet hatte.

»Wir haben dich im Stich gelassen«, sagte Bairoth Gild. »Bittest du uns nun, dass wir dich begleiten?«

»Delum Thord. Bairoth Gild.« Karsas Stimme war rau. »Ich bin es, der euch im Stich gelassen hat. Ich möchte gern noch einmal euer Kriegsführer sein, wenn ihr es mir erlaubt.«

Mehrere Augenblicke lang war es still, dann erwiderte Bairoth: »Das ist zumindest etwas, worauf man sich freuen kann.«

In diesem Moment wäre Karsa beinahe auf die Knie gefallen. Überwältigt von tiefer Trauer, die sich endlich löste. Seine Zeit der Einsamkeit war zu Ende. Seine Buße getan. Die Reise würde neu beginnen. *Teurer Urugal, du sollst mein Zeuge sein. Oh, und wie du mein Zeuge sein wirst.*

Die Feuerstelle war kaum mehr als eine Hand voll sterbender Kohlen. Nachdem Felisin die Jüngere gegangen war, saß Heboric reglos im Zwielicht. Es verging einige Zeit, doch schließlich nahm er einen Arm voll Dung und entfachte das Feuer von neuem. Die Nacht hatte ihn ausgekühlt – sogar die Hände, die er nicht sehen konnte, fühlten sich kalt an, wie schwere Eisstücke an den Enden seiner Arme.

Die einzige noch verbliebene Reise, die vor ihm lag, war kurz, und er musste sie allein antreten. Er war blind, doch in dieser Hinsicht nicht blinder als alle anderen. Der Abgrund des Todes war immer eine Überraschung, egal, ob man schon von weitem einen ersten Blick darauf erhaschte oder ihn erst beim nächsten Schritt entdeckte. Das Versprechen, dass alle Fragen plötzlich ein Ende hatten – doch im Jenseits warteten keine Antworten. Das Ende würde genügen müssen. *Und so muss es für einen jeden Sterblichen sein. Auch wenn wir nach Beseitigung des Zweifels hungern. Oder, noch verrückter, nach Erlösung.*

Jetzt, nach all dieser Zeit, war er in der Lage zu erkennen, dass jeder Weg schließlich unausweichlich zu einer einzigen Linie von Fußstapfen wurde. Da waren sie, führten direkt zum Rand. Und dann ... fort. Und so sah er sich nur dem gegenüber, dem sich jeder Sterbliche gegenübersah. Der Einsamkeit des Todes und dem letzten Geschenk des Vergessens – der Gleichgültigkeit.

Er stellte es den Göttern frei, sich um seine Seele zu zanken, sich an dem armseligen Festmahl zu laben. Und wenn Sterbliche um ihn trauern würden, dann nur, weil er ihnen durch seinen Tod die Illusion der Einigkeit genommen hatte, die ihnen auf der Lebensreise Trost gespendet hatte. Einer weniger auf dem Pfad.

Ein Kratzen an der Zeltklappe, dann wurde das Fell beiseite gezogen, und jemand trat herein.

»Wollt Ihr Euer Heim in einen Scheiterhaufen verwandeln, Geisterhand?« Es war L'orics Stimme.

Die Worte des Hohemagiers ließen Heboric überrascht wahrnehmen, dass ihm der Schweiß übers Gesicht rann und das nun hell lodernde Feuer Hitzewellen aussandte. Gedankenlos hatte er die Flammen mit einem Dungklumpen nach dem anderen genährt.

»Ich habe den Lichtschein gesehen – er ist eigentlich kaum zu übersehen, alter Mann. Am besten lasst Ihr es jetzt einfach in Ruhe, bis es heruntergebrannt ist.«

»Was wollt Ihr, L'oric?«

»Ich akzeptiere Euer Widerstreben, über das zu sprechen, was Ihr wisst. Schließlich hat es überhaupt keinen Wert, Bidithal oder Febryl solche Einzelheiten zu liefern. Daher werde ich von Euch auch nicht verlangen, dass Ihr erklärt, was Ihr bei diesem Herrn der Drachenkarten gespürt habt. Stattdessen will ich Euch einen Tausch anbieten, und alles, was wir sagen, bleibt nur zwischen uns beiden. Niemand sonst wird davon erfahren.«

»Warum sollte ich Euch trauen? Ihr seid undurchschaubar, selbst für Sha'ik. Ihr nennt noch nicht einmal einen Grund, warum Ihr hier seid. In ihrem Magier-Kader. In diesem Krieg.«

»Das allein sollte Euch sagen, dass ich nicht wie die anderen bin«, erwiderte L'oric.

Heboric schnaubte. »Das bringt Euch weniger, als Ihr glaubt. Es kann keinen Tausch geben, denn Ihr könnt mir nichts erzählen, was ich hören will. Die Intrigen von Febryl? Der Mann ist ein Narr. Bidithals Perversionen? Eines Tages wird ihm ein Kind ein Messer zwischen die Rippen stoßen. Korbolo Dom und Kamist Reloe? Sie führen Krieg gegen ein Imperium, das alles andere als tot ist. Und sie werden auch nicht ehrenvoll behandelt werden, wenn man sie am Ende vor die Imperatrix bringt. Nein, sie sind Verbrecher, und dafür werden ihre Seelen in alle Ewigkeit brennen. Der Wirbelwind? Dieser Göttin gilt meine Verachtung, und diese Verachtung wird immer größer. Also, was könntet Ihr mir denn erzählen, L'oric, das ich schätzen könnte?«

»Nur das eine, das Euch vielleicht noch interessieren könnte, Heboric Leichte Hand. Genau wie dieser Herr der Drachenkarten mich interessiert. Ich würde Euch bei dem Tausch nicht betrügen. Nein, ich würde Euch alles sagen, was ich weiß ... über die Hand aus Jade, die sich aus dem Otataral-Sand erhebt – die Hand, die Ihr berührt habt, die Euch nun in Euren Träumen quält.«

»Wie könnt Ihr davon wissen –« Er verstummte. Der Schweiß auf seiner Stirn war plötzlich eiskalt.

»Und wie könnt Ihr«, entgegnete L'oric, »so viel spüren, wenn mich Euch die Karte des Herrn einfach nur beschreibt? Lasst uns diese Dinge nicht bezweifeln, denn sonst werden wir uns in einem Gespräch verfangen, das die Raraku überdauern wird. Also, Heboric, soll ich beginnen?«

»Nein. Jetzt nicht. Ich bin zu müde dafür. Morgen, L'oric.«

»Jede Verzögerung könnte sich als ... verhängnisvoll erweisen.« Nach einem Augenblick seufzte der Hohemagier. »Also gut. Ich kann sehen, wie erschöpft Ihr seid. Dann erlaubt mir zumindest, Euch Euren Tee zu brauen.«

Diese freundliche Geste kam unerwartet, und Heboric senkte den

Kopf.« L'oric, versprecht mir eins – dass, wenn der letzte Tag kommt, Ihr weit, weit weg von hier sein werdet.«

»Ein schwieriges Versprechen. Erlaubt mir, darüber nachzudenken. So, wo sind die Hen'bara-Pflanzen?«

»In einem Beutel, über dem Topf.«

»Oh, natürlich.«

Heboric lauschte auf die Geräusche, die die Zubereitung des Tees begleiteten – das Rascheln, mit dem die Blüten aus dem Beutel glitten, das Rauschen des Wassers, als L'oric den Topf füllte. »Habt Ihr gewusst«, murmelte der Hohemagier, während er vor sich hin werkelte, »dass einige der ältesten gelehrten Abhandlungen über Gewirre von einem Dreigestirn sprechen? Rashan, Thyr und Meanas. Als wären die drei eng miteinander verwandt. Und würden dann ihrerseits versuchen, sich mit entsprechenden Älteren Gewirren zu verbinden.«

Heboric grunzte und nickte dann. »Alles Schattierungen des Gleichen? Ich würde zustimmen. Tiste-Gewirre. Kurald dies und Kurald das. Die menschlichen Versionen müssen sich einfach mit ihnen überschneiden und durcheinander kommen. Ich bin kein Fachmann, L'oric, und es scheint, als würdet Ihr mehr darüber wissen als ich.«

»Nun, es scheint tatsächlich eine wechselseitige Anspielung auf Themen zwischen Dunkelheit und Schatten und vermutlich auch Licht zu geben. Ein Durcheinander unter den dreien, ja. Anomander Rake selbst hat schließlich höchstpersönlich Ansprüche auf den Thron des Schattens geltend gemacht ...«

Der Geruch des ziehenden Tees lenkte Heborics Gedanken in eine andere Richtung. »Hat er?«, murmelte er, nur schwach interessiert.

»Nun, in gewisser Weise. Er hat Verwandte aufgeboten, um ihn zu bewachen, vermutlich vor den Tiste Edur. Für uns Sterbliche ist es sehr schwierig, die Geschichte der Tiste zu verstehen, denn es sind so langlebige Völker. Wie Ihr sehr wohl wisst, wird menschliche Geschichte immer durch bestimmte Persönlichkeiten gekennzeichnet, die sich aufgrund irgendeiner guten oder schlechten Eigenschaft über alle anderen erheben und den Status quo verändern. Zum Glück für uns gibt es nur wenige solcher Männer und Frauen, noch dazu nur in großen zeitlichen Abständen, und sie alle sterben schließlich oder verschwinden. Aber bei den Tiste … nun, diese Persönlichkeiten verschwinden nie, oder zumindest sieht es so aus. Sie handeln, und handeln erneut. Sie bestehen weiter. Stellt Euch den schlimmsten Tyrannen vor, den Ihr Euch aufgrund Eures Wissens um die menschliche Geschichte ausdenken könnt, Heboric, und stellt Euch dann vor, er oder sie wäre praktisch unsterblich. Bringt in Euren Gedanken diesen Tyrannen immer und immer aufs Neue zurück. Und wenn Ihr das getan habt, wie würdet Ihr Euch unsere Geschichte dann vorstellen?«

»Viel gewalttätiger als die der Tiste, L'oric. Menschen sind keine Tiste. Tatsächlich habe ich noch nie von einem Tyrannen unter den Tiste gehört …«

»Vielleicht habe ich das falsche Wort gebraucht. Ich habe einfach nur eine – im menschlichen Sinne – Person gemeint, die über verheerende Macht oder Potenziale verfügt. Schaut Euch doch dieses malazanische Imperium an, das auf den Ideen dieses Kellanved fußt, eines einzelnen Mannes. Was, wenn er ewig gewesen wäre?«

Irgendetwas in L'orics Grübeleien hatte Heboric wieder wach gemacht. »Ewig?« Er stieß ein bellendes Lachen aus. »Vielleicht arbeitet er gerade daran. Es gibt da eine Kleinigkeit, über die Ihr nachdenken solltet, denn sie ist vielleicht wichtiger als alles, was bisher gesagt wurde. Und das ist, dass die Tiste bei ihren Intrigen nicht mehr unter sich sind. Es gibt jetzt Menschen in ihren Spielen – Menschen, die weder über die Geduld der Tiste verfügen noch über ihre legendäre Unnahbarkeit. Die Gewirre von Kurald Galain und Kurald Emurlahn sind nicht länger rein, unbefleckt von der Anwesenheit von Menschen. Meanas und Rashan? Vielleicht erweisen sie sich als Türen, sowohl in die Dunkelheit wie in den Schatten. Doch vielleicht ist die Sache auch noch viel komplizierter – wie kann man wirklich hoffen, die Themen Dunkelheit und Licht vom Schatten zu trennen? Sie sind, wie die meisten Gelehrten sagen, ein voneinander abhängiges Dreigestirn. Mutter, Vater und Kind – eine Familie, die sich pausenlos streitet ... nur dass sich jetzt auch noch die Schwiegertöchter und -söhne und die Enkel und Enkelinnen einmischen.«

Er wartete auf eine Antwort von L'oric, war neugierig darauf, wie seine Kommentare aufgenommen würden, doch er hörte nichts. Der ehemalige Priester blickte auf, versuchte, den Hohemagier zu erkennen –
– der reglos dasaß, eine Tasse in der einen Hand, in der anderen den Griff des Topfes. Völlig reglos – und Heboric anstarrte.

»L'oric? Vergebt mir, aber ich kann Euren Gesichtsausdruck nicht erkennen –«

»Es ist gut, dass Ihr das nicht könnt«, krächzte der Hohemagier. »Ich bin gekommen, um Euch eine Warnung zu übermitteln, dass die Tiste sich in menschliche Angelegenheiten einmischen – und dann bekomme ich von Euch eine Warnung in der entgegengesetzten Richtung zu hören. Als ob nicht wir es wären, die sich Sorgen machen müssten, sondern die Tiste.«

Heboric sagte nichts. Ein merkwürdiger leiser Verdacht huschte für einen Augenblick durch ihn hindurch, als wäre er durch etwas in L'orics Stimme zum Leben erweckt worden. Nach einem Moment verwarf er ihn. Er war zu ungeheuerlich, zu lächerlich, um weiter darüber nachzudenken.

L'oric füllte den Tee ein.

Heboric seufzte. »Es scheint so, als würde mir der Beistand dieses Gebräus ständig verweigert. Dann erzählt mir also von dem Riesen aus Jade.«

»Oh, und im Gegenzug werdet Ihr vom Herrn der Drachenkarten sprechen?«

»Auf einige Dinge kann ich nicht weiter eingehen –«

»Weil sie etwas mit Sha'iks eigener, verborgener Vergangenheit zu tun haben?«

»Bei Feners Hauern, L'oric! Wer in diesem Rattennest mag unsere Unterhaltung wohl gerade belauschen? Es ist Wahnsinn, von –«

»Niemand belauscht uns, Heboric. Dafür habe ich gesorgt. Ich gehe nicht sorglos mit Geheimnissen um. Ich habe von Anfang an viel von Eurer jüngsten Geschichte gekannt –«

»Woher?«

»Wir haben uns darauf geeinigt, nicht über Quellen zu sprechen. Worauf ich hinauswill, ist Folgendes: Niemand sonst weiß, dass Ihr ein Malazaner seid oder dass Ihr aus den Otataral-Minen geflohen seid. Außer Sha'ik, natürlich. Denn sie ist mit Euch zusammen geflohen. Wie Ihr seht, achte ich Vertraulichkeit – was mein Wissen und meine Gedanken angeht – und bin immer wachsam. Oh, es hat eine Menge Versuche gegeben, Nachforschungen mittels Zauberei – eine ganze Menagerie von Sprüchen, weil verschiedene Bewohner versuchen, ihre Rivalen im Auge zu behalten. So ist es jede Nacht.«

»Dann wird Eure Abwesenheit bemerkt werden –«

»Ich schlafe friedlich in meinem Zelt, Heboric, was diese Nachforschungen betrifft. Genau so, wie Ihr in Eurem Zelt schlaft. Jeder für sich. Harmlos.«

»Dann seid Ihr ihren Zaubereien mehr als gewachsen. Was Euch mächtiger macht als alle anderen.« Er hörte L'orics Schulterzucken mehr, als er es sah, und nach einem Augenblick seufzte der ehemalige Priester. »Wenn Ihr Einzelheiten wissen wollt, die Sha'ik und diesen neuen Herrn der Drachenkarten betreffen, dann müssen wir uns zu dritt zusammensetzen. Und damit das geschieht, müsstet Ihr gegenüber der Erwählten mehr von Euch enthüllen, als Ihr es vielleicht wünscht.«

»Dann sagt mir zumindest dies. Dieser neue Herr der Drachenkarten – er wurde nach dem malazanischen Desaster in Genabackis eingesetzt. Oder leugnet Ihr das? Die Brücke, auf der er steht – er hat zu den Brückenverbrennern gehört, oder zumindest in irgendeiner Beziehung zu ihnen gestanden. Und die geisterhaften Wächter sind alles, was noch von den Brückenverbrennern übrig ist, denn sie wurden in der Pannionischen Domäne vernichtet.«

»Ich bin mir all dieser Dinge nicht wirklich sicher«, erwiderte Heboric, »aber was Ihr sagt, klingt wahrscheinlich.«

»Also wird der malazanische Einfluss immer größer – nicht nur auf unserer Welt hier, sondern auch in den Gewirren – und nun auch in den Drachenkarten.«

»Ihr macht den gleichen Fehler, den so viele andere Feinde des Imperiums gemacht haben oder machen, L'oric. Ihr geht davon aus, dass alles, was malazanisch ist, notgedrungen einheitlich sein muss, was die Absichten und die Ziele angeht. Doch die Dinge sind viel komplizierter, als Ihr es Euch vorstellt. Ich glaube nicht, dass dieser Herr der Drachenkarten ein Diener der Imperatrix ist. Tatsächlich kniet er vor niemandem nieder.«

»Und wieso dann die Brückenverbrenner als Wächter?«

Heboric spürte, dass diese Frage wichtig war, doch er entschloss sich mitzuspielen. »Manche Loyalitäten trotzen selbst dem Vermummten –«

»Oh, was bedeutet, dass er ein Soldat in jener berühmten Kompanie war. Nun, die Dinge fangen allmählich an, einen Sinn zu ergeben.«

»Tun sie das?«

»Sagt mir, habt Ihr schon einmal von einem Geistergänger namens Kimloc gehört?«

»Der Name kommt mir irgendwie vertraut vor. Aber nicht von hier. Karakarang? Rutu Jelba?«

»Er wohnt jetzt in Ehrlitan. Seine Geschichte ist hier nicht von Bedeutung, aber irgendwie muss er vor kurzem mit einem Brückenverbrenner in Kontakt getreten sein. Es gibt keine andere Erklärung für das, was er getan hat. Er hat ihnen ein Lied gegeben, Heboric. Ein Lied der *Tanno*, und merkwürdigerweise beginnt es hier. In der Raraku. Die Raraku, mein Freund, ist die Geburtsstätte der Brückenverbrenner. Kennt Ihr die Bedeutung, die mit einem solchen Lied verbunden ist?«

Heboric wandte sich ab, richtete den Blick auf die Feuerstelle und ihre trockene Hitze. Er sagte nichts.

»Natürlich«, fuhr L'oric nach einem Augenblick fort, »hat diese Bedeutung in gewisser Weise abgenommen, da die Brückenverbrenner nicht mehr sind. Es kann keine Weihung geben ...«

»Nein, vermutlich nicht«, murmelte Heboric.

»Damit das Lied geweiht wird, müsste ein Brückenverbrenner in die Raraku zurückkehren, zur Geburtsstätte seiner Kompanie. Und das scheint im Augenblick alles andere als wahrscheinlich, oder?«

»Warum muss ein Brückenverbrenner in die Raraku zurückkehren?«

»Tanno-Zauberei ist ... elliptisch. Das Lied muss wie eine Schlange sein, die sich in ihren eigenen Schwanz beißt. Kimlocs Lied über die Brückenverbrenner hat im Moment kein Ende. Aber es ist gesungen worden, und daher lebt es.« L'oric zuckte die Schultern. »Es ist wie ein Spruch, der aktiv bleibt, während er auf eine Lösung wartet.«

»Erzählt mir etwas über den Riesen aus Jade.«

Der Hohemagier nickte. Er schenkte Tee nach und stellte die Tasse vor Heboric ab. »Der erste wurde tief in den Otataral-Minen gefunden –«

»Der *erste*!«

»Ja. Und der Kontakt hat sich für die Bergleute, die zu dicht herangegangen sind, als tödlich erwiesen. Oder, genauer gesagt, sie sind verschwunden. Spurlos. Es sind noch Teile von zwei anderen entdeckt worden – alle drei Adern sind nun versiegelt. Die Riesen sind ... Eindringlinge in unsere Welt. Sie kommen aus einer anderen Sphäre.«

»Sie kommen hier an«, murmelte Heboric, »nur um dann von Ketten aus Otataral umschlossen zu werden.«

»Oh, Ihr seid also nicht ganz ohne eigene Kenntnisse. In der Tat, es scheint, als wäre ihre Ankunft jedes Mal erwartet worden. Irgendjemand – oder irgendetwas – sorgt dafür, dass die Bedrohung, die diese Riesen darstellen, abgewehrt wird –«

Doch Heboric schüttelte bei diesen Worten den Kopf. »Nein, ich glaube, Ihr irrt Euch, L'oric. Es ist die Passage an sich – das Portal, durch das die Riesen kommen –, die das Otataral erschafft.«

»Seid Ihr Euch sicher?«

»Natürlich nicht. Um die Natur des Otataral ranken sich so viele Geheimnisse, dass man sich über kaum irgendetwas sicher sein kann.

Es hat einmal eine Gelehrte gegeben – ich habe ihren Namen vergessen –, die behauptet hat, dass Otataral durch die Auslöschung all dessen geschaffen wird, was notwendig ist, damit Zauberei wirken kann. Wie Schlacke, aus der alles Erz ausgebrannt wurde. Sie hat es das absolute Aufzehren von Energie genannt – der Energie, die rechtmäßig in allen Dingen existiert, egal ob belebt oder unbelebt.«

»Und hatte sie auch eine Theorie, wie so etwas geschehen könnte?«

»Vielleicht durch die Menge der entfesselten magischen Energien – oder durch einen Spruch, der all die Energie verzehrt, von der er sich nährt.«

»Aber noch nicht einmal die Götter könnten solche magischen Energien handhaben.«

»Das stimmt, aber ich glaube, dass es nichtsdestotrotz möglich ist ... durch ein Ritual, wie es ein Kader – oder eine Armee – sterblicher Magier ausführen könnte.«

»In der Art des Rituals von Tellann«, sagte L'oric nickend. »Klar.«

»Oder«, sagte Heboric leise, während er nach seinem Becher griff, »wie das Herabrufen des Verkrüppelten Gottes ...«

L'oric saß reglos da, starrte den tätowierten ehemaligen Priester an. Er sagte lange nichts, während Heboric seinen Hen'bara-Tee schlürfte. Schließlich räusperte sich der Hohemagier. »Also gut. Ich werde Euch nun noch eine letzte Information geben – ich erkenne jetzt die Notwendigkeit, die überwältigende Notwendigkeit, es zu tun, auch wenn ich dadurch ... viel von mir selbst preisgebe.«

Heboric saß da und hörte zu, und während L'oric weitersprach, verblassten die Begrenzungen seiner heruntergekommenen Hütte zur Bedeutungslosigkeit, und die Hitze der Feuerstelle drang nicht mehr zu ihm durch. Das einzige Gefühl, das er noch hatte, kam von seinen geisterhaften Händen. Denn die wurden an den Enden seiner Arme so schwer, als trügen sie das Gewicht der ganzen Welt.

Die aufgehende Sonne löschte alle Farben am östlichen Himmel. Karsa überprüfte ein letztes Mal seine Vorräte, die Packen mit Essen und die Schläuche mit Wasser sowie die zusätzlichen Dinge, die man für das Überleben in einem heißen, trockenen Land brauchte. Es war eine Ausrüstung, die völlig anders war als die, die er den größten Teil seines Lebens getragen hatte. Selbst das Schwert war anders – Eisenholz war schwerer als Blutholz, die Schneide rauer, obwohl sie fast – aber eben nicht ganz – genauso hart war. Es glitt nicht mit der gleichen Leichtigkeit durch die Luft wie sein eingeöltes Blutholz-Schwert. Doch es hatte ihm stets gute Dienste geleistet. Er sah zum Himmel hinauf. Die Farben der Morgendämmerung waren fast vollkommen verschwunden, das Blau direkt über ihm verschwand hinter schwebenden Staubschleiern.

Hier, im Herzen der Raraku, hatte die Göttin des Wirbelwinds der Sonne die Farbe des Feuers gestohlen, so dass die Landschaft farblos und tödlich wirkte. *Farblos, Karsa Orlong?* Bairoth Gilds geisterhafte Stimme klang sarkastisch. *Aber nicht doch. Silbern, mein Freund. Und Silbern ist die Farbe des Vergessens. Des Chaos. Silbern wie die Klinge, wenn das letzte Blut abgewischt ist –*

»Keine Worte mehr«, knurrte Karsa.

Leomans Stimme erklang von ganz in der Nähe. »Ich bin doch gerade erst angekommen, Toblakai, und habe noch gar nichts gesagt. Willst du nicht, dass ich dir Lebewohl sage?«

Karsa richtete sich langsam auf, warf sich seinen Packsack über eine Schulter. »Worte müssen nicht laut ausgesprochen werden, mein Freund, um sich als unerwünscht zu erweisen. Ich habe nur meinen eigenen Gedanken geantwortet. Dass du hier bist, gefällt mir. Als ich vor langer Zeit meine erste Reise begonnen habe, ist niemand gekommen, um Zeuge meines Aufbruchs zu werden.«

»Ich habe Sha'ik gefragt«, erwiderte Leoman, der noch ungefähr zehn Schritte entfernt stand. Er war gerade durch die Bresche in der niedrigen, verfallenen Mauer getreten – die Schlammziegel waren, wie Karsa sah, auf ihrer Schattenseite voller Rhizan, die mit angelegten Flügeln an ihnen hingen; ihre gesprenkelten Körper waren von den ockerfarbenen Ziegeln kaum zu unterscheiden. »Aber sie hat gesagt, sie würde heute Morgen nicht mit mir kommen. Was noch merkwürdiger ist – es hatte den Anschein, als hätte sie bereits über deine Absichten Bescheid gewusst und nur auf meinen Besuch gewartet.«

Schulterzuckend blickte Karsa Leoman an. »Ein Zeuge reicht. Wir können jetzt unsere Abschiedsworte sprechen. Verstecke dich nicht zu lange in deiner Grube, mein Freund. Und wenn du mit deinen Kriegern hinausreitest, halte dich an die Befehle der Erwählten – zu viele Stiche mit dem kleinen Messer können den Bären wecken, ganz egal, wie tief er schläft.«

»Dieses Mal ist es ein junger und schwacher Bär, Toblakai.«

Karsa schüttelte den Kopf. »Ich habe mittlerweile Respekt vor den Malazanern, und ich fürchte, dass du sie aufwecken könntest, so dass sie sich ihrer selbst bewusst werden.«

»Ich werde an deine Worte denken«, erwiderte Leoman. »Und ich bitte dich nun, dass du an meine denkst. Hüte dich vor deinen Göttern, mein Freund. Wenn du vor einer Macht niederknien musst, schau sie dir erst mit wachen Augen genau an. Sag mir, was würden deine Verwandten zum Abschied zu dir sagen?«

»›Mögest du tausend Kinder erschlagen.‹«

Leoman erbleichte. »Gute Reise, Toblakai.«

»Die werde ich haben.«

Karsa wusste, dass Leoman weder sehen noch spüren konnte, dass er begleitet wurde, wie er da so in der Mauerbresche stand. Von Delum Thord zu seiner Linken und Bairoth Gild zu seiner Rechten. Teblor-Krieger, mit Blut-Öl in roten Farbtönen verschmiert, die noch nicht einmal der Wirbelwind auslöschen konnte. Sie traten jetzt vor, als der Teblor sich umdrehte und auf den gen Westen führenden Pfad blickte.

»Führe uns. Führe deine Toten, Kriegsführer.«

Bairoths spöttisches Lachen klirrte und krachte wie die Tonscherben, die unter Karsa Orlongs Mokassins zerbrachen. Der Teblor verzog das Gesicht zu einer Grimasse. Es schien, als würde der Preis für die Ehre hoch sein.

»*Wenn du es denn so sehen willst, Karsa Orlong.*«

In der Ferne erhob sich die wirbelnde Mauer des Wirbelwinds. Es wird gut sein, dachte der Teblor, nach all diesen Monaten wieder einmal die Welt dahinter zu sehen. Er marschierte los, gen Westen, während der neue Tag anbrach.

»Er ist weg«, sagte Kamist Reloe und ließ sich auf die Kissen sinken.

Korbolo Dom beäugte den Magier, sein ausdrucksloses Gesicht verriet nichts von der Verachtung, die er für den Mann empfand. Zauberer hatten im Krieg nichts zu suchen. Er hatte bewiesen, wie richtig diese Behauptung war, als er die Kette der Hunde vernichtet hatte. Andererseits galt es, eine ganze Reihe von Aufgaben zu erwägen, und Reloe war die geringste von ihnen allen. »Damit bleibt nur noch Leoman«, knurrte er von seinem Platz zwischen all den Kissen und Polstern.

»Der in ein paar Tagen mit seinen Ratten aufbricht.«

»Wird Febryl nun seine Pläne vorantreiben?«

Der Magier zuckte die Schultern. »Das ist schwer zu sagen, aber heute Morgen hat er einen ziemlich gierigen Blick.«

Gierig. In der Tat. Noch ein Hohemagier. Noch ein Verrückter, der mit Mächten hantierte, die besser unberührt bleiben sollten. »Damit ist nur noch einer übrig, der vielleicht die größte Bedrohung von allen ist, und das ist Geisterhand.«

Kamist Reloe grinste höhnisch. »Ein blinder, vor Schwäche zitternder Narr. Weiß er überhaupt, dass Hen'bara-Tee die Schuld am dünner werdenden Gewebe zwischen seiner Welt und alledem, wovor er zu fliehen versucht, trägt? Es wird nicht mehr lange dauern, und sein Verstand wird vollständig in den Albträumen versinken, und wir brauchen uns nicht mehr mit ihm zu befassen.«

»Sie hat Geheimnisse«, murmelte Korbolo Dom und beugte sich nach vorn, um nach einer Schale mit Feigen zu greifen. »Die weit über die hinausgehen, die ihr der Wirbelwind geschenkt hat. Febryl marschiert blindlings voran, ungeachtet seiner Unwissenheit. Wenn die

Schlacht mit der Armee der Mandata schließlich beginnt, werden die Hundeschlächter über Erfolg oder Misserfolg entscheiden – meine Armee. Tavores Otataral wird den Wirbelwind besiegen – dessen bin ich mir sicher. Alles, was ich von dir und Febryl und Bidithal will, ist, dass ich ungehindert die Streitkräfte befehligen, dass ich die Schlacht gestalten kann.«

»Wir sind uns beide der Tatsache bewusst«, knurrte Kamist, »dass dieser Kampf weit über den Wirbelwind hinausgeht.«

»Oh, ja, das tut er. Und auch über das Reich der Sieben Städte, Magier. Verliere unser endgültiges Ziel nicht aus den Augen – den Thron, der eines Tages uns gehören wird.«

Kamist Reloe zuckte die Schultern. »Das ist unser Geheimnis, alter Freund. Wir müssen nur vorsichtig vorgehen, und alles, was sich uns entgegenstellt, wird voraussichtlich vor unseren Augen verschwinden. Febryl tötet Sha'ik, Tavore tötet Febryl, und wir vernichten Tavore und ihre Armee.«

»Und werden dann Laseens Retter – wenn wir diese Rebellion völlig zerschlagen. Bei den Göttern, ich schwöre, dass ich dafür sorgen werde, dass es in diesem ganzen Land kein Leben mehr geben wird, wenn es denn sein muss. Eine triumphale Rückkehr nach Unta, ein Empfang bei der Imperatrix, und dann das Messer. Und wer will uns aufhalten? Die Krallen sind bereit, die Klauen niederzumachen. Elster und die Brückenverbrenner sind nicht mehr, und Dujek ist einen Kontinent weit entfernt. Wie ergeht es dem Jhistal-Priester?«

»Mallick reist, ohne auf Widerstand zu treffen, immer weiter gen Süden. Er ist ein kluger Mann, ein weiser Mann, und er wird seine Rolle perfekt spielen.«

Hierauf antwortete Korbolo Dom nicht. Er verachtete Mallick Rael, doch er konnte nicht leugnen, dass der Mann nützlich war. Trotzdem, Rael war niemand, dem man trauen konnte ... was Hohefaust Pormqual bestätigen würde, wenn der Narr noch am Leben gewesen wäre. »Schicke nach Fayelle. Ich brauche jetzt die Gesellschaft einer Frau. Und nun lass mich allein, Kamist Reloe.«

Der Hohemagier zögerte, was ihm einen finsteren Blick von Korbolo einbrachte.

»Da ist immer noch die Sache mit L'oric«, flüsterte Kamist.

»Dann kümmere dich um ihn!«, schnappte Korbolo. »Weg mit dir!«

Mit einer Verbeugung verließ der Hohemagier das Zelt.

Zauberer. Hätte der Napanese eine Möglichkeit gekannt, Magie zu vernichten, er hätte keinen Moment gezögert. Die Abschaffung von Mächten, die tausend Soldaten binnen eines Augenblicks dahinraffen konnten, würde das Schicksal der Sterblichen in die Hände der Sterblichen zurücklegen, und das konnte nur gut sein. Der Tod der Gewirre, die Auflösung der Götter, wenn die Erinnerung an sie und ihre Einmischung allmählich verschwand, das Vergehen aller Magie ... die Welt würde dann Männern gehören, wie Korbolo einer war. Und das Imperium, das er erschaffen würde, würde keine Unklarheit, keine Zwiespältigkeit zulassen.

Wenn er seinen Willen erst einmal durchsetzen könnte, ohne auf Widerstand zu stoßen, würde der Napanese ein für allemal das misstönende Getöse beenden, das die Menschheit so sehr quälte – jetzt und immerfort in ihrer Geschichte.

Ich werde Ordnung schaffen. Und aus dieser Einigkeit heraus werden wir die Welt von allen anderen Rassen befreien ... von allen anderen Völkern; wir werden jede unpassende Vision überwinden und zerschmettern, denn am Ende gibt es nur einen einzigen Weg, gibt es nur eine Art zu leben, diese Sphäre zu beherrschen. Und dieser Weg ist der meine.

Als guter Soldat wusste er sehr wohl, dass Erfolg das Ergebnis sorgfältiger Planung und aufeinander folgender kleiner Schritte war.

Widerstand pflegte von ganz allein nachzugeben. *Du liegst jetzt dem Vermummten zu Füßen, Elster. Da, wo ich dich schon immer haben wollte. Du und deine verdammte Kompanie, ihr seid jetzt Futter für die Würmer in einem fernen Land. Und niemand ist mehr übrig, der mich noch aufhalten könnte ...*

Kapitel Elf

Dies war ein Pfad, den sie nicht willkommen hieß.
Die Sha'ik-Rebellion
Tursabaal

Der Atem der Pferde dampfte in der kühlen Morgenluft. Die Dämmerung war gerade erst angebrochen, und noch war nichts von der Hitze zu spüren, die der kommende Tag bringen würde. In ein Bhederin-Fell gehüllt, saß Faust Gamet reglos auf seinem wickanischen Pferd; der Rand seines Helms war so klamm von altem Schweiß, dass es ihm vorkam wie die Berührung eines Leichnams.

Der Hügel südlich von Erougimon, auf dem Coltaine gestorben war, wurde mittlerweile »Der Untergang« genannt. Unzählige Buckel auf der Kuppe und an den Hängen zeigten an, wo Leichen begraben lagen; doch die mit Metall gespickte Erde war bereits wieder von Gräsern und Blumen bedeckt.

Ameisen hatten den ganzen Hügel kolonisiert, zumindest sah es so aus. Der Boden wimmelte von ihnen, ihre roten und schwarzen Körper waren staubbedeckt und dennoch glänzend, während sie sich ihren täglichen Aufgaben widmeten.

Gamet, die Mandata und Tene Baralta waren noch vor Anbruch der Dämmerung aus der Stadt geritten. Vor den nach Westen gerichteten Toren hatte die Armee begonnen, sich zu regen. Noch heute würde der Marsch beginnen. Die Reise nach Norden, zur Raraku, zu Sha'ik und dem Wirbelwind. Zur Rache.

Vielleicht waren es die Gerüchte, die die Mandata hierher gezogen hatten, doch Gamet bedauerte bereits, dass sie sich entschlossen hatte, ihn mitzunehmen. Dieser Ort zeigte ihm nichts von dem, was er sehen wollte. Und er hatte den Verdacht, dass auch die Mandata nicht allzu begeistert von dem war, was sie gefunden hatten.

Rotfleckige Zöpfe, zu Ketten verwoben, waren überall auf der Kuppe drapiert und ringelten sich um die beiden Stümpfe des Kreuzes, das einst hier gestanden hatte. Hundeschädel, die mit nicht zu entziffernden Schriftzeichen übersät waren, blickten aus leeren Augenhöhlen hinaus auf die Ebene. Krähenfedern baumelten von aufgepflanzten, zerbrochenen Pfeilschäften. Zerfetzte Banner waren auf dem Boden festgesteckt, mit zahllosen verschiedenen Bildern eines zerbrochenen wickanischen Langmessers bemalt. Ikonen, Fetische, eine Menge Schutt, um an den Tod eines einzigen Mannes zu erinnern.

Und überall wimmelte es von Ameisen. Als wären sie die hirnlosen Hüter dieses nun geheiligten Bodens.

Die drei Reiter saßen stumm im Sattel.

Schließlich, nach einiger Zeit, sagte Tavore: »Tene Baralta.« Ihre Stimme klang monoton.

»Ja, Mandata?«

»Wer ... wer ist für ... für all das hier verantwortlich? Malazaner aus Aren? Oder Eure Roten Klingen?«

Tene Baralta antwortete nicht sofort. Stattdessen stieg er ab und schritt, den Blick auf den Boden geheftet, den Platz ab. Vor einem der Hundeschädel blieb er stehen und kauerte sich hin. »Mandata, diese Schädel – die Runen darauf stammen von den Khundryl.« Er deutete auf die beiden hölzernen Stümpfe. »Die verwobenen Ketten sind von den Kherahn Dhobri.« Eine Geste zum Hang. »Die Banner ... weiß ich auch nicht, möglicherweise von den Bhilard. Die Krähenfedern? Die Holzperlen an ihren Kielen sind im Stil der Semk.«

»Die *Semk*!« Gamet konnte den ungläubigen Tonfall nicht aus seiner Stimme verbannen. »Von der anderen Seite des Vathar! Tene, Ihr müsst Euch irren ...«

Der große Krieger zuckte die Schultern. Er richtete sich wieder auf und deutete auf die zerwühlten Hügel direkt im Norden von ihnen. »Die Pilger kommen nur nachts – ungesehen, wie sie es wollen. Sie verstecken sich irgendwo da draußen, sogar jetzt, in diesem Augenblick. Warten auf die Nacht.«

Tavore räusperte sich. »Semk, Bhilard – diese Stämme haben gegen ihn gekämpft. Und jetzt kommen sie, um ihm zu huldigen. Wie kann das sein? Erklärt mir das bitte, Tene Baralta.«

»Das kann ich nicht, Mandata.« Er sah sie von der Seite her an und fügte dann hinzu: »Aber nach allem, was ich gehört habe, ist dies hier ... bescheiden im Vergleich zu dem, was den Aren-Weg säumt.«

Wieder herrschte Stille. Doch Gamet brauchte Tavore nicht sprechen zu hören, um ihre Gedanken zu kennen.

Dies – dies ist der Pfad, den wir nun nehmen müssen. Wir müssen Schritt für Schritt das Vermächtnis abschreiten. Wir? Nein. Tavore. Allein. »Dies ist nicht mehr Coltaines Krieg!«, *hat sie zu Temul gesagt. Aber es scheint, als wäre er es doch. Und nun wird ihr klar, in den Tiefen ihrer Seele, dass sie im Schatten jenes Mannes einherschreiten wird ... den ganzen Weg, bis zur Raraku.*

»Ihr beide werdet mich nun verlassen«, sagte die Mandata. »Ich werde mich auf dem Aren-Weg wieder zu Euch gesellen.«

Gamet zögerte, sagte dann: »Mandata, der Krähen-Clan beansprucht noch immer das Recht, an der Spitze zu reiten. Sie werden Temul nicht als ihren Kommandanten akzeptieren.«

»Ich werde mich um ihre Aufstellung kümmern«, erwiderte sie. »Und nun geht.«

Er schaute zu, wie Tene Baralta sich wieder auf sein Pferd schwang. Sie wechselten einen Blick, dann wendeten beide ihre Pferde und machten sich in leichtem Galopp auf den Weg zurück zum Westtor.

Gamet betrachtete den von Felsbrocken übersäten Boden, der unter den Hufen seines Pferdes dahinglitt. Hier hatte Duiker, der Historiker, die Flüchtlinge auf die Stadt zu getrieben – über diesen Streifen ebenen Boden. Hier hatte der alte Mann ganz zum Schluss seine müde, treue Stute gezügelt – die Stute, die nun Temul ritt – und zugesehen, wie man den Letzten seiner Schützlinge durch das Tor half.

Wonach er, wie es hieß, schließlich selbst in die Stadt geritten war.

Gamet fragte sich, was dem Mann wohl in jenem Augenblick durch den Kopf gegangen sein mochte. In dem Bewusstsein, dass Coltaine und die letzten Überreste der Siebten noch immer da draußen waren, ihr verzweifeltes Rückzugsgefecht fochten. In dem Bewusstsein, dass sie das Unmögliche geschafft hatten.

Duiker hatte die Flüchtlinge heil nach Aren gebracht.

Nur, um an einen Baum genagelt zu werden und dort sein Ende zu finden. Gamet wurde klar, dass die Schwere jenes Verrats sein Vorstellungsvermögen überstieg.

Ein Leichnam, der nie gefunden worden war. Keine Knochen, die zur Ruhe gebettet werden konnten.

»Da ist so viel«, brummte Tene Baralta, der an Gamets Seite ritt.

»So viel?«

»Das einer Antwort bedarf, Gamet. Tatsächlich entreißt es der Kehle Worte, doch die Stille, die es zurücklässt – diese Stille *schreit*.«

Gamet, dem Tenes Eingeständnis Unbehagen bereitete, sagte nichts.

»Ich bitte Euch, erinnert mich daran«, fuhr die Rote Klinge fort, »dass Tavore dieser Aufgabe gewachsen ist.«

Ist das überhaupt möglich? »Sie ist es.« *Sie muss es sein. Sonst sind wir verloren.*

»Eines Tages werdet Ihr mir erzählen müssen, was sie getan hat, um sich eine solche Loyalität zu verdienen, wie Ihr sie an den Tag legt, Gamet.«

Bei den Göttern, was soll ich darauf antworten? Verdammt, Tene, könnt Ihr die Wahrheit denn nicht erkennen, die vor Eurer Nase liegt? Sie hat ... nichts getan. Ich bitte Euch. Lasst einem alten Mann sein Vertrauen.

»Du kannst dir wünschen, was du willst«, knurrte Gesler, »aber Vertrauen ist etwas für Narren.«

Saiten räusperte sich, um den Staub aus der Kehle zu bekommen, und spuckte neben dem Pfad aus. Sie kamen nur quälend langsam voran, wobei die drei Trupps sich hinter dem Wagen herschleppten, der mit ihren Vorräten beladen war. »Um was geht es dir?«, fragte er den Sergeanten neben sich. »Ein Soldat kennt nur eine einzige Wahrheit, und diese Wahrheit heißt: ohne Vertrauen bist du schon so gut wie tot. Vertrauen in den Soldaten an deiner Seite. Was aber noch wichtiger ist – und es spielt keine Rolle, dass es in Wirklichkeit eine Selbsttäuschung ist –, ist das Vertrauen darauf, dass du nicht getötet werden kannst. Diese beiden – und nur diese beiden – sind die Füße, auf denen jede Armee steht.«

Der Mann mit der bernsteinfarbenen Haut grunzte, deutete dann auf den nächsten der Bäume, die den Aren-Weg säumten. »Schau dir das da drüben an, und sag mir, was du siehst – nein, nicht die verdammten Fetische, die der Vermummte holen soll – sondern das, was unter all dem Zeug immer noch sichtbar ist. Die Löcher von den Nägeln, die dunklen Flecken von Galle und Blut. Frag den Geist des Soldaten, der an diesen Baum genagelt wurde – frag diesen Soldaten nach Vertrauen.«

»Auch wenn das Vertrauen missbraucht worden ist, kann das doch nicht die Vorstellung von Vertrauen an sich zerstören«, entgegnete Saiten. »Tatsächlich tut es genau das Gegenteil –«

»Das gilt vielleicht für dich, aber es gibt ein paar Dinge, über die man nicht einfach mit Worten und erhabenen Idealen hinweggehen kann, Fied. Und das bezieht sich auf die, die irgendwo da vorne bei der Vorhut ist. Die Mandata. Die gerade eine Auseinandersetzung mit einem Haufen ergrauter Wickaner verloren hat. Du hast Glück gehabt – du hattest Elster und Dujek. Willst du wissen, wer mein letzter Kommandant war – das heißt, bevor ich zur Küstentruppe strafversetzt wurde? Korbolo Dom. Ich könnte schwören, dass der Mann einen Schrein in seinem Zelt hatte, der Elster geweiht war – aber nicht dem Elster, den du kennst. Korbolo Dom hat ihn anders gesehen. Unerfülltes Potenzial – das hat er gesehen.«

Saiten warf Gesler einen Blick zu. Stürmisch und Starr marschierten im Gleichschritt hinter den beiden Sergeanten, nah genug, um alles zu hören, doch keiner der beiden hatte gewagt, einen Kommentar abzugeben oder seine Meinung zu äußern. »Unerfülltes Potenzial? Wovon redest du da, in Berus Namen?«

»Nicht ich. Korbolo Dom. ›Wenn der elende Kerl doch nur hart genug gewesen wäre‹, pflegte er zu sagen, ›hätte er sich den verdammten Thron nehmen können. Er hätte es tun müssen.‹ Was Korbolo Dom betrifft, hat Elster ihn betrogen, hat er uns alle betrogen – und das ist etwas, das dieser abtrünnige Napanese ihm niemals verzeihen wird.«

»Pech für ihn«, brummte Saiten, »denn die Chancen stehen gut, dass die Imperatrix die ganze Genabackis-Armee rechtzeitig zur entscheidenden Schlacht hier rüberschickt. Dann kann Dom seine Beschwerden ja Elster persönlich vortragen.«

»Eine erfreuliche Vorstellung.« Gesler lachte. »Aber worauf ich hinauswollte: du hattest Kommandanten, die sich des Vertrauens würdig erwiesen haben, das du in sie gesetzt hast. Die meisten von uns hatten einen solchen Luxus nicht. Und deshalb haben wir ein unterschiedliches Gefühl bei der ganzen Sache. Das ist alles, was ich sagen wollte.«

Der Aren-Weg zog auf beiden Seiten an ihnen vorbei. Er war in einen riesigen Freilicht-Tempel verwandelt worden, jeder Baum mit Fetischen überhäuft; Kleider waren zu Ketten geflochten und Gestalten auf die raue Borke gemalt worden, zur Erinnerung an die Soldaten, die sich dort an den Nägeln gewunden hatten, die Korbolo Doms Krieger durch ihr Fleisch getrieben hatten. Die meisten Soldaten vor und hinter Saiten marschierten schweigend dahin. Trotz des unermesslichen blauen Himmels über ihnen war die Atmosphäre auf der Straße bedrückend.

Man hatte darüber nachgedacht, die Bäume zu fällen, aber einer der ersten Befehle, die die Mandata nach ihrer Ankunft in Aren erteilt hatte, hatte genau das verboten. Saiten fragte sich, ob sie ihre Entscheidung inzwischen bedauern mochte.

Sein Blick wanderte zu einer der neuen Standarten der Vierzehnten hinüber, die durch die wogenden Staubwolken kaum zu erkennen war. Sie hatte die Sache mit den Fingerknochen, das Umwerten des Omens nur zu gut verstanden. Die neue Standarte bewies das mehr als deutlich. Eine schmutzige, dünngliedrige Gestalt, die einen Knochen in die Höhe hielt; die Einzelheiten in verschiedenen Brauntönen, kaum erkennbar auf dem ockergelben Feld, der Saum ein geflochtener Zopf in den imperialen Farben Purpur und Dunkelgrau. Eine trotzige Gestalt, die vor einem Sandsturm stand. Dass die Standarte genauso gut zu Sha'iks Armee der Apokalypse passen würde, war ein wunderlicher Zufall. *Als wären Tavore und Sha'ik – die beiden Armeen, die Mächte im Widerstreit – in gewisser Weise Spiegelbilder.*

Es gab eine Menge eigenartiger ... Übereinstimmungen bei alledem, und sie nagten und wanden sich unter Saitens Haut wie die Larven von Dasselfliegen, und es schien tatsächlich so, als fühlte er sich tagsüber merkwürdig fiebrig. Aus den Tiefen seines Verstandes stieg gelegentlich die Melodie eines kaum hörbaren Lieds auf, eines quälenden Liedes, bei dessen Erklingen er eine Gänsehaut bekam. Und, was noch merkwürdiger war, das Lied war ihm vollkommen unbekannt.

Spiegelbilder. Vielleicht nicht nur Tavore und Sha'ik. Was ist mit Tavore und Coltaine? Hier sind wir also, gehen die blutgetränkte Straße zurück. Und es war diese Straße, auf der Coltaine sich den meisten gegenüber bewiesen hat, die er angeführt hat. Werden wir auf unserer eigenen Reise das Gleiche erleben? Wie werden wir Tavore an jenem Tag sehen, da wir vor dem Wirbelwind stehen? Und was ist mit meiner eigenen Rückkehr? In die Raraku, die Wüste, die mich vernichtet hat – nur, damit ich mich anschließend wieder erheben konnte, auf geheimnisvolle Weise erneuert – eine Erneuerung, die noch immer andauert, denn für einen alten Mann sehe ich weder alt aus noch fühle ich mich so. Für uns alle – für uns Brückenverbrenner ... ist es also immer noch, als hätte die Raraku uns etwas von unserer Sterblichkeit gestohlen und es durch ... durch etwas anderes ersetzt.

Er warf einen Blick zurück, um seinen Trupp zu überprüfen. Niemand blieb zurück, ein gutes Zeichen. Er zweifelte daran, dass auch nur einer – oder eine – von ihnen in der für diese Reise notwendigen Verfassung war. Die ersten Tage würden sich als die schwierigsten erweisen, bis das Marschieren in voller Rüstung und mit allen Waffen ihnen zur zweiten Natur geworden war – nicht, dass es jemals eine sonderlich angenehme zweite Natur sein würde. Dieses Land war mörderisch heiß und trocken, und die Hand voll geringerer Heiler in jeder Kompanie würde diesen Marsch als einen scheinbar endlosen Albtraum in Erinnerung behalten – als einen ewigen Kampf gegen die von der Hitze verursachte Schwäche und Austrocknung.

Es gab keine Möglichkeit, den Wert seines Trupps jetzt schon abzuschätzen. Koryk hatte ganz sicher das Aussehen und die Natur der gepanzerten Faust, die jeder Trupp brauchte. Und die Dickköpfigkeit, die sich auf Starrs grob geschnittenen Gesichtszügen abzeichnete, deutete auf einen Willen hin, der sich nicht so leicht beiseite schieben ließ. An dem Mädchen – Lächeln – war etwas, das Saiten allzu sehr an Leida erinnerte – die unbarmherzige Kälte in ihrem Blick passte zu den Augen einer Mörderin, und er fragte sich, wie ihre Vergangenheit wohl ausgesehen haben mochte. Buddl legte all das zaghafte Prahlen eines jungen Magiers an den Tag, doch wahrscheinlich kannte er nur eine Hand voll Sprüche irgendeines geringeren Gewirrs. Über den letzten Soldaten in seinem Trupp machte der Sergeant sich natürlich keine Sorgen. Männer wie Krake hatte er sein ganzes Leben lang gekannt. Eine stämmigere, traurigere Version von Igel. Krake hier zu haben war wie ... nach Hause zu kommen.

Die Prüfung würde kommen, und sie würde wahrscheinlich schrecklich sein, doch diejenigen, die sie überlebten, würden gestärkt daraus hervorgehen.

Sie verließen nun den Aren-Weg, und Gesler deutete auf den letzten Baum zu ihrer Linken. »Da haben wir ihn gefunden«, sagte er leise.

»Wen?«

»Duiker. Wir haben's nicht rausgelassen, weil der Junge – Wahr – so voller Hoffnung war. Als wir dann das nächste Mal hier rausgekommen sind, war der Leichnam des Historikers weg. Gestohlen. Du hast die Märkte in Aren gesehen – die verdorrten Fleischfetzen, von denen die Händler behaupten, dass sie von Coltaine stammen, oder von

Bult, oder von Duiker. Die abgebrochenen Langmesser, die Fetzen von einem Federumhang ...«

Saiten dachte ein paar Herzschläge lang darüber nach, dann seufzte er. »Ich habe Duiker nur ein einziges Mal gesehen, und das nur aus der Entfernung. Einfach nur ein Soldat, den der Imperator für geeignet hielt, weiter ausgebildet zu werden.«

»Ein Soldat, in der Tat. Er hat mit allen anderen in der vordersten Linie gestanden. Ein barscher alter Bastard mit Kurzschwert und Schild.«

»Ganz offensichtlich muss er aber etwas an sich gehabt haben, das Coltaines Aufmerksamkeit erregt hat – schließlich hat Coltaine Duiker dazu bestimmt, die Flüchtlinge zu führen.«

»Ich nehme an, dass es nicht Duikers Fähigkeiten als Soldat waren, die Coltaine zu diesem Entschluss bewogen haben, Saiten. Sondern vielmehr die Tatsache, dass er der Imperiale Historiker war. Coltaine wollte, dass die Geschichte erzählt wird – und dass sie richtig erzählt wird.«

»Nun, es hat sich herausgestellt, dass Coltaine seine eigene Geschichte erzählt hat – er hat dazu gar keinen Historiker gebraucht, oder?«

Gesler zuckte die Schultern. »Du sagst es. Wir waren nicht lange bei ihnen, gerade mal lange genug, um eine Schiffsladung Verwundete an Bord zu nehmen. Ich habe mich ein bisschen mit Duiker und Hauptmann Lull unterhalten. Und dann hat Coltaine sich die Hand gebrochen, als er mich ins Gesicht geschlagen hat –«

»Er hat was?« Saiten lachte. »Du hattest es zweifellos verdient –«

Von hinter ihnen erklang Stürmischs Stimme. »Er hat sich die Hand gebrochen, stimmt, Gesler. Und deine Nase dazu.«

»Meine Nase ist so viele Male gebrochen worden, dass sie das schon instinktiv tut«, erwiderte der Sergeant. »Es war kein besonders kräftiger Schlag.«

Stürmisch schnaubte. »Du bist umgefallen wie ein Sack Rüben! Der Schlag war fast wie der von Urko, damals, als –«

»Noch nicht einmal annähernd«, sagte Gesler gedehnt. »Ich hab' mal gesehen, wie Urko die Wand eines Tonziegelhauses eingeschlagen hat. Drei Schläge, auf jeden Fall nicht mehr als vier, und das ganze Ding ist in einer Staubwolke in sich zusammengefallen. Dieser napanesische Bastard konnte wirklich zuschlagen.«

»Und das ist wichtig für dich?«, fragte Saiten.

Geslers Nicken war ernsthaft. »Die einzige Art, wie sich ein Kommandant jemals meinen Respekt verdienen wird, Fied.«

»Und – hast du vor, es schon bald bei der Mandata auszuprobieren?«

»Vielleicht. Ich werd natürlich nachsichtig mit ihr sein, schließlich ist sie eine Adlige und so.«

Da sie mittlerweile das zerschlagene Tor des Aren-Wegs und die verlassenen Ruinen eines kleinen Dorfs hinter sich gelassen hatten, konnten sie nun auch die Vorreiter – Wickaner und Seti – an ihren Flanken sehen; für Saiten war das ein tröstlicher Anblick. Die Überfälle und Angriffe konnten jetzt, da die Armee die Wälle von Aren hinter sich gelassen hatte, jederzeit beginnen. Wenn die Gerüchte stimmten, hatten die meisten Stämme passenderweise den Waffenstillstand vergessen, den sie mit dem malazanischen Imperium geschlossen hatten. Bei solchen Leuten schliefen die alten Verhaltensweisen nur – und ihr Schlaf war unruhig.

Die Landschaft voraus und zu beiden Seiten war von der Sonne verbrannt und zerklüftet, ein Ort, an dem selbst die wilden Ziegen dürr und apathisch wurden. An jedem Horizont waren die aus Geröll aufgeschütteten Haufen mit der flachen Kuppe zu sehen, unter denen sich die Überreste schon seit langem toter Städte verbargen. Alte erhöhte Straßen, die jetzt größtenteils niedergerissen waren, unterteilten wie Nähte einer Steppdecke die zerfurchten Hänge und Grate.

Saiten wischte sich den Schweiß von der Stirn. »Grün wie wir sind, wäre es eigentlich Zeit, Halt zu machen –«

Hörner erklangen entlang des gewaltigen Heerzugs. Die Bewegung stockte, und die Rufe von Männern und Frauen stiegen in die staubige Luft, als sie sich an den Wasserfässern zu schaffen machten. Saiten drehte sich um und musterte seinen Trupp – sie hatten sich bereits alle hingesetzt oder flach auf den Boden gelegt, die langärmeligen Unterkleider schweißnass.

Geslers und Bordukes Trupps hatten genauso auf die Ruhepause reagiert; Bordukes Magier – ein etwas übergewichtiger Mann namens Balgrid, der die Rüstung, die er trug, eindeutig nicht gewohnt war – sah blass aus und zitterte. Der Heiler des Trupps, ein ruhiger, kleiner Mann namens Lauten war schon auf dem Weg zu ihm.

»Ein Seti-Sommer«, sagte Koryk und schenkte Saiten ein raubtierhaftes Grinsen. »Wenn das Weideland von den Herden zu Staub zermahlen wird und die Erde unter den Füßen wie brechendes Metall knirscht.«

»Der Vermummte soll dich holen«, schnappte Lächeln. »Dieses Land ist aus gutem Grund voller toter Dinge.«

»Klar«, erwiderte das Seti-Halbblut, »nur die Harten überleben. Da draußen gibt es jede Menge Stämme – sie haben genug Zeichen zurückgelassen.«

»Das hast du gesehen, ja?«, fragte Saiten. »Gut. Du bist ab jetzt der Kundschafter des Trupps.«

Koryks Grinsen wurde noch breiter. »Wenn du darauf bestehst, Sergeant.«

»Es sei denn, es ist Nacht«, fügte Saiten hinzu. »Dann wird Lächeln das übernehmen. Und Buddl, vorausgesetzt, sein Gewirr ist dazu geeignet.«

Buddl machte ein finsteres Gesicht und nickte dann. »Ziemlich gut, Sergeant.«

»Und was hat Krake für eine Aufgabe?«, wollte Lächeln wissen. »Rumzuliegen wie ein gestrandeter Wal?«

Ein gestrandeter Wal? Bist wohl am Meer aufgewachsen, was? Saiten warf einen Blick zu dem Veteranen hinüber. Der Mann schlief. *Ich hab' das auch gemacht, damals, als noch niemand etwas von mir er-*

wartete, als ich für nichts verantwortlich war, verdammt. Ich vermisse diese Tage. »Krakes Aufgabe ist es«, erwiderte Saiten, »dafür zu sorgen, dass ihr am Leben bleibt, wenn ich nicht in der Nähe bin.«

»Und warum ist er dann nicht Korporal?«, wollte Lächeln streitlustig wissen.

»Weil er ein Sappeur ist, und man will keinen Sappeur als Korporal, Schätzchen.« *Natürlich bin ich ebenfalls ein Sappeur. Aber das sollte ich wohl am besten für mich behalten ...*

Drei Soldaten von einem der Infanterietrupps der Kompanie tauchten mit Wasserschläuchen auf.

»Trinkt langsam«, wies Saiten seine Leute an. Er fing einen Wink von Gesler auf, der ein paar Schritte entfernt beim Wagen stand, und ging zu ihm. Borduke kam ebenfalls dazu.

»Nun, das ist eigenartig«, murmelte Gesler. »Bordukes kränklicher Magier – sein Gewirr ist Meanas. Und bei meinem Magier, Tavos Pond, ist's das Gleiche. Tja, Saiten, und dein Bursche, dieser Buddl ...«

»Ich bin mir noch nicht sicher.«

»Er benutzt ebenfalls Meanas«, brummte Borduke und zog dabei an seinem Bart, eine Angewohnheit, von der Saiten wusste, dass sie ihn irgendwann nervös machen würde. »Balgrid hat's bestätigt. Sie benutzen alle Meanas.«

»Wie ich gesagt habe.« Gesler seufzte. »Eigenartig.«

»Damit könnte man vielleicht was anfangen«, sagte Saiten. »Bringt alle drei dazu, gemeinsam an Ritualen zu arbeiten – gut gemachte Illusionen können verdammt nützlich sein. Der Schnelle Ben hatte da ein paar Sachen – der Schlüssel liegt in den Einzelheiten. Wir sollten sie heute Nacht alle zusammenbringen.«

»Oh«, erklang eine Stimme von hinter dem Wagen, und dann kam Leutnant Ranal in Sicht. »Da sind ja alle meine Sergeanten an einem Ort versammelt. Wie praktisch.«

»Seid Ihr gekommen, um mit uns ein bisschen Staub zu fressen?«, fragte Gesler. »Verdammt großzügig von Euch.«

»Glaub bloß nicht, dass ich nicht schon von dir gehört hätte«, sagte Ranal höhnisch. »Wenn ich etwas zu sagen hätte, wärst du jetzt einer von den Burschen, die die Waserschläuche herumschleppen, Gesler –«

»Ihr würdet durstig bleiben, wenn ich es wäre« erwiderte der Sergeant.

Ranals Gesicht lief dunkel an. »Hauptmann Keneb will wissen, ob es in unseren Trupps irgendwelche Magier gibt. Die Mandata braucht einen Überblick darüber, was wir zur Verfügung haben.«

»Kei –«

»Drei«, unterbrach Saiten den Leutnant, ohne weiter auf Geslers finsteren Blick zu achten. »Alles unbedeutende, was zu erwarten war. Sagt dem Hauptmann, dass wir uns gut für verdeckte Aktionen eignen werden.«

»Behalt deine Meinung für dich, Saiten. Drei, hast du gesagt. Sehr gut.« Er machte auf dem Absatz kehrt und schritt davon.

»Wir könnten die Magier verlieren«, fuhr Gesler Saiten an.

»Das werden wir nicht. Reg dich nicht über den Leutnant auf, zumindest vorerst nicht. Der Bursche hat keine Ahnung, wie man sich als Offizier im Feld verhält. Seinen Sergeanten zu sagen, sie sollen ihre Meinung für sich behalten! Mit Oponns Glück wird Keneb dem Leutnant vielleicht ein paar Dinge erklären.«

»Vorausgesetzt, Keneb ist wirklich besser«, murmelte Borduke. Er fuhr mit den Fingern durch seinen Bart. »Es geht das Gerücht, er wäre der einzige Überlebende seiner Kompanie. Und ihr wisst, was das wahrscheinlich bedeutet.«

»Lasst uns abwarten und sehen, was passiert«, schlug Saiten vor. »Es ist noch ein bisschen früh, die Messer zu wetzen –«

»Die Messer wetzen«, sagte Gesler. »Jetzt sprichst du eine Sprache, die ich verstehe. Ich bin bereit, abzuwarten und zu sehen, was passiert, wie du vorgeschlagen hast. Zunächst einmal. In Ordnung, dann wollen wir heute Nacht mal die Magier zusammentrommeln, und wenn sie tatsächlich miteinander klarkommen, ohne sich gegenseitig umzubringen, dann sind wir vielleicht schon einen oder zwei Schritte weiter.«

Hörner erklangen, um zu verkünden, dass der Marsch wieder aufgenommen wurde. Die Soldaten ächzten und fluchten, als sie sich wieder auf die Beine mühten.

Der erste Tag des Marschs war vorbei, und Gamet schien es, als hätten sie nur eine armselige, erbärmliche Strecke zurückgelegt. Das war natürlich zu erwarten gewesen. Die Armee war noch meilenweit davon entfernt, ihren Rhythmus gefunden zu haben.

Genau wie ich. Wund geritten und leicht schwindlig von der Hitze beobachtete die Faust von einem kleinen Hügel neben der Marschroute, wie das Lager langsam Gestalt annahm. Inseln der Ordnung inmitten eines chaotischen Meers aus Bewegung. Die Reiterkrieger der Seti und Wickaner streiften weiterhin weit über die vorgeschobenen Vorposten hinaus, doch es waren viel zu wenig, um ihm ein beruhigendes Gefühl zu geben. *Und dann diese Wickaner – alles Großväter und Großmütter. Beim Vermummten, es ist gut möglich, dass ich mit einigen von diesen alten Kriegern schon die Klinge gekreuzt habe. Diese Alten, sie haben sich nie mit der Vorstellung abgefunden, zum Imperium zu gehören.* Sie waren aus einem ganz anderen Grund hier. Der Erinnerung an Coltaine wegen. Und die Kinder – nun, sie wurden mit dem einzigen Gift verbitterter alter Kämpfer gefüttert, mit Erzählungen über vergangene ruhmreiche Tage. *Und so haben wir hier welche, die das Entsetzen des Krieges noch nicht kennen, und solche, die es schon vergessen haben. Eine grässliche Mischung …*

Er streckte sich, um sein verspanntes Rückgrat zu lockern, und setzte sich in Bewegung. Hinunter vom Kamm, am Rand des mit Geröll gefüllten Grabens entlang, dorthin, wo das Kommandozelt der Mandata stand, die Leinwand noch neu und unversehrt; Temuls Wickaner standen darum herum Wache.

Temul war nirgends zu sehen. Gamet tat der Junge Leid. Er focht bereits ein halbes Dutzend Scharmützel, ohne dass auch nur eine Klinge gezogen worden wäre, und er verlor. *Und niemand von uns kann irgendetwas dagegen tun.*

Er näherte sich dem Zelteingang, kratzte an der Klappe und wartete.

»Kommt rein, Gamet«, erklang die Stimme der Mandata von drinnen.

Sie kniete im Vorzimmer vor einer langen, steinernen Kiste und schloss gerade den Deckel, als er durch den Eingang trat. Er erhaschte noch einen kurzen Blick auf ihr Otataral-Schwert, dann war der Deckel zu. »Da ist ein bisschen flüssiges Wachs – da, in dem Topf über der Kohlenpfanne. Bringt es bitte her, Gamet.«

Er tat, wie ihm geheißen, und schaute ihr dann zu, wie sie das Wachs über die zwischen Kiste und Deckel eingelassene Fuge strich, bis der Behälter vollständig versiegelt war. Dann stand sie auf und wischte sich den Sand von den Knien. »Ich bin diesen bösartigen Sand jetzt schon leid«, murmelte sie.

Sie musterte ihn einen Augenblick und sagte dann: »Hinter Euch steht verdünnter Wein, Gamet. Schenkt Euch etwas ein.«

»Sehe ich so aus, als ob ich das brauchen würde, Mandata?«

»Das tut Ihr. Oh, ich weiß sehr gut, dass Ihr ein ruhiges Leben gesucht hattet, als Ihr Euch unserem Haushalt angeschlossen habt. Und nun habe ich Euch in einen Krieg geschleppt.«

Er spürte, wie er ärgerlich wurde, und stellte sich noch etwas aufrechter hin. »Ich bin dieser Aufgabe durchaus gewachsen, Mandata.«

»Das glaube ich Euch. Nichtsdestotrotz, nehmt Euch etwas Wein. Wir erwarten Neuigkeiten.«

Er drehte sich auf der Suche nach dem Tonkrug um, entdeckte ihn und ging hinüber. »Neuigkeiten, Mandata?«

Sie nickte, und er sah die Sorge auf ihren unscheinbaren Gesichtszügen, eine vorübergehende Enthüllung, von der er sich abwandte, als er sich einen Becher Wein einschenkte. *Zeig mir keine Risse, Mädchen. Ich brauche meine Zuversicht.*

»Kommt, stellt Euch neben mich«, wies sie ihn an. In ihrem Tonfall lag plötzlich eine gewisse Dringlichkeit.

Er trat zu ihr. Sie wandten sich der freien Fläche in der Mitte des Zimmers zu.

Wo ein Portal erblühte, das sich ausbreitete, wie eine Flüssigkeit in ein Stück Gaze einsickert, matt grau, einen Hauch toter, abgestandener Luft mit sich führend. Eine große, grün gekleidete Gestalt tauchte auf. Fremdartige, hagere Gesichtszüge, Haut in der Farbe von Kohlenstaub-Marmor. Der breite Mund des Mannes sah aus, als lächelte er beinahe fortwährend, doch jetzt lächelte er nicht.

Er blieb stehen, um sich den grauen Staub von seinem Umhang und seiner Hose zu klopfen, hob dann den Kopf und blickte Tavore an. »Mandata, ich überbringe Euch Grüße von der Imperatrix. Und natürlich auch von mir.«

»Topper. Ich spüre, dass Euer Besuch hier nicht gerade angenehm verlaufen wird. Faust Gamet, seid Ihr so freundlich und schenkt unserem Gast etwas Wein ein?«

»Natürlich.« *Bei den Göttern hienieden, der verdammte Meister der Klaue.* Er blickte auf seinen eigenen Becher hinunter und bot ihn dann Topper an. »Ich habe noch nichts davon getrunken. Bitte.«

Der große Mann neigte dankend den Kopf und nahm den Becher.

Gamet ging wieder dorthin, wo der Krug wartete.

»Ihr kommt direkt von der Imperatrix?«, fragte Tavore den Meister der Klaue.

»Ja, und davor war ich jenseits des Ozeans ... in Genabackis, wo ich einen zutiefst bedrückenden Abend in der Gesellschaft von Hohemagier Tayschrenn verbracht habe. Würde es Euch sehr schockieren, zu erfahren, dass er und ich uns in jener Nacht betrunken haben?«

Bei diesen Worten wandte Gamet den Kopf. Die Vorstellung schien ihm so unwahrscheinlich, dass er in der Tat schockiert war.

Die Mandata sah ebenso überrascht aus, doch dann riss sie sich sichtlich zusammen. »Welche Neuigkeiten habt Ihr für mich?«

Topper trank einen großen Schluck Wein und machte ein finsteres

Gesicht. »Der ist verdünnt. Nun ja. Verluste, Mandata. In Genabackis. Schreckliche Verluste ...«

Buddl, der reglos in einer grasbewachsenen Senke dreißig Schritt hinter der Feuerstelle seines Trupps lag, schloss die Augen. Er konnte hören, wie sein Name gerufen wurde. Saiten – der von Gesler Fied genannt wurde – wollte etwas von ihm, aber der Magier war nicht bereit. Noch nicht. Er musste ein anderes Gespräch mit anhören, und das war, ohne dabei entdeckt zu werden, nicht so einfach zu bewerkstelligen.

Seine Großmutter in Malaz wäre stolz auf ihn gewesen. »*Kümmere dich nicht um die verdammten Gewirre, mein Junge, die tiefe Magie ist viel älter. Denk dran, such nach den Wurzeln und Ranken, den Wurzeln und Ranken. Den Pfaden durch die Erde, dem unsichtbaren Netz, das von einer Kreatur zur anderen gewoben ist. Alle Kreaturen – auf dem Land, in der Erde, in der Luft, im Wasser – sind miteinander verbunden. Und es ist auch in dir, wenn du aufgeweckt wurdest, und bei den Geistern hienieden, du bist aufgeweckt worden, mein Junge! Es ist in dir, und du kannst auf jenen Ranken dahingleiten ...*«

Und er glitt auf ihnen dahin, auch wenn er die Faszination, die er persönlich den Gewirren – vor allem Meanas – entgegenbrachte, nicht aufgeben würde. Illusionen ... er spielte mit jenen Ranken, jenen Wurzeln des Seins, er verdrehte und verband sie zu Knoten, die das Auge täuschten, Berührungen, die jeden Sinn täuschten – oh, ja, das war ein Spiel, das es wert war, gespielt zu werden ...

Doch im Augenblick hatte er sich in die alten Wege versenkt, die nicht aufspürbaren Wege – wenn man vorsichtig war, hieß das. Er ritt auf den Lebensfunken von Kapmotten, von Rhizan, von Grillen und Sandflöhen, von umherschweifenden Blutfliegen. Hirnlose Kreaturen, die um Zeltwände herumtanzten, die die Bruchstücke der Laute von Worten hörten, die von der anderen Seite der Leinwand herausdrangen, die sie jedoch nicht verstanden.

Sie zu verstehen war Buddls Aufgabe. Und so hörte er zu. Als der Neuankömmling, weder von der Mandata noch von Faust Gamet unterbrochen, sprach. Er hörte zu – und verstand.

Saiten starrte auf die beiden sitzenden Magier hinunter. »Ihr könnt ihn nicht spüren?«

Balgrid zuckte verlegen die Schultern. »Er muss irgendwo draußen sein, versteckt sich im Dunkeln.«

»Und er hat irgendwas vor«, fügte Tavos Pond hinzu. »Aber wir können dir nicht sagen, was.«

»Es ist merkwürdig«, murmelte Balgrid.

Saiten schnaubte und ging zu Gesler und Borduke zurück. Die anderen Mitglieder des Trupps kochten Tee über dem kleinen Feuer, das sie neben dem Pfad entfacht hatten. Krakes Schnarchen drang laut aus dem Zelt dahinter. »Der Bastard ist verschwunden«, sagte Saiten.

Gesler grunzte. »Vielleicht ist er desertiert, und wenn das der Fall ist, werden die Wickaner ihn erwischen und seinen Kopf auf einer Speerspitze mit zurückbringen. Es wird keinen –«

»Da ist er!«

Sie drehten sich um und sahen, wie Buddl sich ans Feuer setzte. Saiten stapfte zu ihm hinüber. »Wo im Namen des Vermummten bist du gewesen?«

Buddl blickte auf und zog langsam die Brauen hoch. »Hat denn sonst niemand etwas davon gespürt?« Er warf einen Blick auf Balgrid und Tavos Pond, die ebenfalls ans Feuer traten. »Das Portal? Das sich im Zelt der Mandata geöffnet hat?« Er runzelte angesichts des verlegenen Ausdrucks in den Gesichtern der beiden anderen Magier die Stirn und fragte dann mit ausdrucksloser Stimme: »Könnt ihr zwei denn schon Kieselsteine verstecken? Oder Münzen verschwinden lassen?«

Saiten setzte sich Buddl gegenüber. »Was war das mit dem Portal?«

»Schlechte Nachrichten, Sergeant«, erwiderte der junge Mann. »In Genabackis ist alles schief gegangen. Dujeks Armee ist zum größten

Teil ausgelöscht. Die Brückenverbrenner sind vernichtet. Elster ist tot –«

»Tot!«

»Der Vermummte soll uns holen.«

»Elster? Bei den Göttern hienieden.«

Die Flüche wurden immer ausführlicher, ebenso wie die ungläubigen Ausrufe, doch Saiten hörte sie nicht mehr. Sein Verstand war betäubt, als wäre ein verheerendes Feuer über seine innere Landkarte hinweggetobt, das die Erde unfruchtbar gemacht hätte. Er spürte, wie sich eine schwere Hand auf seine Schulter legte, und hörte undeutlich Gesler etwas murmeln, doch nach einem Augenblick schüttelte er die Hand ab, stand auf und marschierte in die Dunkelheit jenseits des Lagers hinaus.

Er wusste nicht, wie lange oder wie weit er gegangen war. Jeder Schritt war sinnlos, die Welt außerhalb seines Körpers drang nicht zu ihm durch, blieb hinter dem verdorrten Vergessen seines Verstandes liegen. Erst als eine plötzliche Schwäche seine Beine ergriff, ließ er sich ins drahtige, farblose Gras sinken.

Ein Geräusch ... ein Weinen, irgendwo ein Stück weiter vorn. Ein Geräusch tiefster Verzweiflung, das den Nebel durchstieß und in seiner Brust dröhnte. Er lauschte auf die abgerissenen Schluchzer, ächzte, weil sie sich anhörten, als würden sie aus einer erstickten Kehle ausgestoßen, als würde ein Damm schließlich von einer Flut der Trauer überschwemmt werden.

Er schüttelte sich und nahm allmählich seine Umgebung wieder wahr. Der Boden zwischen den dünnen Grasbüscheln fühlte sich unter seinen Knien warm und hart an. Insekten summten und schwirrten durch die Dunkelheit. Nur das Sternenlicht erleuchtete die Ödnis, die sich in alle Richtungen erstreckte. Die lagernde Armee lag gut tausend oder mehr Schritte hinter ihm.

Saiten holte tief Luft und stand auf. Er ging langsam in die Richtung, aus der das Weinen kam.

Ein dünner junger Bursche – nein, er war schon verdammt nah

dran, als dürr zu gelten – kauerte auf dem Boden, die Arme um die Knie geschlungen, den Kopf gesenkt. Eine einzelne Krähenfeder hing an einem schlichten ledernen Stirnband. Ein paar Schritte weiter stand eine Stute mit einem wickanischen Sattel, am Sattelhorn hing eine zerschlissene Pergamentrolle. Das Pferd zupfte gemütlich ein paar Gräser, die Zügel hingen locker herab.

Saiten erkannte den Jungen, doch konnte er sich im Moment nicht an seinen Namen erinnern. Aber Tavore hatte ihm den Befehl über die Wickaner gegeben.

Nach einer Weile ging der Sergeant so leise wie möglich zu ihm hinüber und hockte sich ein halbes Dutzend Schritte von dem jungen Burschen entfernt auf einen Felsblock.

Der Kopf des Wickaners ruckte hoch. Tränenverschmierte Kriegsbemalung hatte sein schmales Gesicht in ein verzerrtes Netz verwandelt. Ein gehässiger Ausdruck trat in seine dunklen Augen, er zischte und zog mit einer Hand sein Langmesser, während er schwankend aufstand.

»Ganz ruhig«, murmelte Saiten. »Ich bin heute Nacht selbst von den Armen des Kummers umfangen, wenn auch wahrscheinlich aus ganz anderen Gründen. Keiner von uns beiden hat Gesellschaft erwartet, aber hier sind wir nun einmal.«

Der Wickaner zögerte, steckte dann die Waffe zurück in die Scheide und wollte davongehen.

»Warte einen Augenblick, Reiterkrieger. Es gibt keinen Grund davonzulaufen.«

Der Junge wirbelte herum, fletschte die Zähne.

»Sieh mich an. Ich werde heute Nacht dein Zeuge sein, und nur wir beide werden es wissen. Erzähl mir deinen Kummer, Wickaner, und ich werde zuhören. Beim Vermummten, das ist genau das, was mir jetzt gut täte.«

»Ich laufe vor niemandem weg«, krächzte der Krieger.

»Ich weiß. Ich wollte nur deine Aufmerksamkeit wecken.«

»Wer bist du?«

»Niemand. Und das werde ich auch bleiben, wenn du willst. Und ich werde dich auch nicht nach deinem Namen fragen –«

»Ich bin Temul.«

»Ah, ja. So verweist deine Tapferkeit mich in die Schranken. Ich heiße Fiedler.«

»Sag mir«, begann Temul, und seine Stimme war plötzlich rau, während er sich wütend über das Gesicht wischte, »hast du gedacht, mein Kummer wäre etwas Edles? Dass ich um Coltaine geweint habe? Um meine gefallenen Verwandten? Das habe ich nicht getan. Ich habe nur mit mir selbst Mitleid gehabt! Und jetzt kannst du gehen. Erzähl's ruhig weiter – ich bin fertig mit dem Befehlen, denn ich kann noch nicht einmal mir selbst Befehle erteilen –«

»Langsam, langsam, ich habe nicht vor, irgendetwas weiterzuerzählen, Temul. Aber ich kann deine Gründe erraten. Die runzligen Wickaner vom Krähen-Clan, nehme ich an. Sie und die Verwundeten, die mit Geslers Schiff gekommen sind. Sie wollen dich nicht als ihren Anführer anerkennen, stimmt's? Und deshalb spielen sie dir die ganze Zeit über übel mit, wie Kinder. Sie widersetzen sich dir, zeigen dir ein spöttisches Grinsen und flüstern hinter deinem Rücken. Und was kannst du dagegen tun? Du kannst sie schließlich nicht alle herausfordern –«

»Vielleicht kann ich es doch! Und ich werde es auch tun!«

»Nun, das wird ihnen ganz besonders gefallen. Allein durch ihre Zahl werden sie dich trotz deiner kämpferischen Fähigkeiten besiegen. Und daher wirst du sterben, früher oder später, und sie werden gewinnen.«

»Du erzählst mir nichts, was ich nicht schon wüsste, Fiedler.«

»Ich weiß. Ich wollte dich nur daran erinnern, dass du gute Gründe hast, über die Ungerechtigkeit und die Dummheit derjenigen zu schimpfen, die du anführst. Ich hatte einmal einen Kommandanten, der genau den gleichen Dingen gegenüberstand wie du jetzt, Temul. Er hatte den Befehl über einen Haufen Kinder. Schlimme Kinder, obendrein.«

»Und was hat er getan?«

»Nicht viel, und am Ende hatte er ein Messer im Rücken.«

Es blieb einen Augenblick still, dann stieß Temul ein bellendes Gelächter aus.

Fiedler nickte. »Tja, ich bin keiner, der Unterricht darin erteilen kann, wie man zu leben hat, Temul. Mein Verstand ist mehr den praktischen Dingen zugeneigt.«

»Was für welchen?«

»Nun, ich könnte mir vorstellen, dass die Mandata deine Wut teilt. Sie will, dass du der Anführer der Wickaner bist, und sie würde dir auch helfen, es zu sein – aber nicht so, dass du dein Gesicht dabei verlierst. Dazu ist sie zu klug. Nein, der Schlüssel heißt in diesem Fall Ablenkung. Sag mir, wo sind ihre Pferde jetzt?«

Temul runzelte die Stirn. »Ihre Pferde?«

»Ja. Ich würde annehmen, die Seti-Vorreiter kommen auch mal einen Tag ohne den Krähen-Clan klar, glaubst du nicht auch? Ich bin mir sicher, die Mandata würde mir zustimmen – diese Seti sind im Großen und Ganzen jung und unerfahren. Sie brauchen Platz, um sich selbst zu finden. Und militärisch gibt es einen guten Grund, die Wickaner morgen von ihren Pferden fern zu halten. Lass sie mit dem Rest von uns marschieren. Abgesehen von deinem loyalen Gefolge, natürlich. Und wer weiß, ein Tag wird vielleicht nicht ausreichen. Am Ende könnten es drei werden oder gar vier.«

Temul sprach leise und nachdenklich. »Um zu ihren Pferden zu kommen, müssten wir sehr leise …«

»Noch eine Herausforderung für die Seti, würde die Mandata bestimmt sagen. Wenn deine Verwandten sich wie Kinder benehmen, dann nimm ihnen ihr liebstes Spielzeug – ihre Pferde. Es ist schwer, groß und gebieterisch auszusehen, wenn man hinter einem Wagen herläuft und Staub frisst. Wie auch immer, du solltest dich besser beeilen, wenn du die Mandata nicht aufwecken willst –«

»Sie schläft vielleicht schon –«

»Nein, das tut sie nicht, Temul. Ich bin mir sicher. Und nun, bevor du gehst, beantworte mir bitte eine Frage. Am Sattel deiner Stute hängt eine Schriftrolle. Warum? Was steht darauf?«

»Das Pferd hat Duiker gehört«, antwortete Temul und drehte sich nach dem Tier um. »Er war ein Mann, der gewusst hat, wie man liest und schreibt. Ich bin mit ihm geritten, Fiedler.« Er drehte sich mit einem wütenden Blick wieder herum. »Ich bin mit ihm geritten!«

»Und die Schriftrolle?«

Der junge Wickaner wedelte mit einer Hand. »Männer wie Duiker haben solche Dinge mit sich herumgetragen! Tatsächlich glaube ich, dass sie einmal ihm gehört hat, einmal in seinen Händen war.«

»Und die Feder, die du trägst ... tust du das, um Coltaine zu ehren?«

»Um Coltaine zu ehren, ja. Aber das ist etwas, das ich tun muss. Coltaine hat getan, was man von ihm erwartet hat. Er hat nichts getan, was über seine Fähigkeiten hinausgegangen ist. Ich ehre ihn, ja, aber Duiker ... Duiker war anders.« Er blickte finster drein und schüttelte den Kopf. »Er war alt, älter als du. Aber er hat gekämpft. Obwohl das noch nicht einmal von ihm erwartet wurde – ich weiß, dass das stimmt, denn ich habe Coltaine und Bult gekannt, und ich habe gehört, wie sie darüber gesprochen haben, wie sie über den Historiker gesprochen haben. Ich war dabei, als Coltaine die anderen zusammengerufen hat – alle außer Duiker. Lull, Bult, Chenned, Schwätzer. Und alle haben aufrichtig und voller Gewissheit gesprochen. Duiker sollte die Flüchtlinge führen. Coltaine hat ihm sogar den Stein gegeben, den die Händler gebracht –«

»Den Stein? Was für einen Stein?«

»Einen, den man um den Hals trägt, einen Rettungsstein, so hat Nil ihn genannt. Ein Seelenfänger, der von weit her gebracht wurde. Duiker hat ihn getragen, obwohl er ihn nicht gemocht hat, denn er war für Coltaine gedacht, damit er nicht verloren geht. Wir Wickaner haben natürlich gewusst, dass er nicht verloren gehen würde. Wir haben gewusst, dass die Krähen kommen würden, um seine Seele zu holen. Die Alten, die gekommen sind, die mir das Leben so schwer machen, sie sprechen von einem Kind, das in einem Stamm geboren wurde, einem Kind, das einst leer war und dann gefüllt wurde, denn die Krähen sind gekommen. Sie sind gekommen.«

»Coltaine ist wiedergeboren worden?«

»Er ist wiedergeboren worden.«

»Und Duikers Leichnam ist verschwunden«, murmelte Saiten. »Von dem Baum.«

»Ja! Und darum behalte ich sein Pferd für ihn, damit er eines hat, wenn er zurückkehrt. Ich bin mit ihm geritten, Fiedler!«

»Und er hat auf dich und deine Hand voll Krieger gezählt, als es darum ging, die Flüchtlinge zu beschützen. Auf dich, Temul – nicht nur auf Nil und Neder.«

Temuls dunkle Augen wurden härter, während er Saiten musterte, dann nickte er. »Ich gehe jetzt zur Mandata.«

»Das Glück der Lady sei mit dir, Kommandant.«

Temul zögerte, sagte dann: »Heute Nacht, da ... hast du ...«

»Ich habe nichts gesehen«, erwiderte Saiten.

Ein knappes Nicken, dann schwang sich der Junge auf die Stute und nahm die Zügel in seine langfingrige, von Messernarben übersäte Hand.

Saiten schaute ihm hinterher, wie er in die Dunkelheit davonritt. Einige Zeit lang saß er reglos auf seinem Felsblock, dann ließ er langsam den Kopf in die Hände sinken.

Die drei saßen nun im Laternenlicht im Innern des Zelts. Toppers Geschichte war zu Ende, und es schien, als bliebe nur noch Stille übrig. Gamet starrte auf seinen Becher hinunter, sah, dass er leer war, und griff nach dem Krug. Nur um festzustellen, dass der ebenfalls leer war.

Obwohl die Erschöpfung an ihm zerrte, wusste Gamet, dass er das Zelt nicht verlassen würde, noch nicht. Tavore hatte zunächst vom Heldentum ihres Bruders erfahren und dann von seinem Tod. *Kein einziger Brückenverbrenner hat überlebt. Tayschrenn persönlich hat ihre Leichen gesehen, war Zeuge, wie sie in Mondbrut begraben wurden. Aber, Mädchen, Ganoes hat sich reingewaschen – hat den Namen der Familie reingewaschen. Das zumindest hat er getan.* Aber das war genau der Punkt, an dem das Messer wahrscheinlich am tiefsten traf. Schließlich hatte sie schreckliche Opfer gebracht, um die Ehre der Familie zu retten. Doch die ganze Zeit war Ganoes gar kein Abtrünniger gewesen; und er war auch nicht für Lorns Tod verantwortlich. Wie Dujek, wie Elster war er nur zur Täuschung ausgestoßen worden. Es hatte keine Unehre gegeben. Und so könnte die Opferung der jungen Felisin am Ende ... *unnötig* gewesen sein.

Und da war noch mehr. Unangenehme Enthüllungen. Die Imperatrix hatte gehofft, wie Topper erklärt hatte, Dujeks Heer an der Nordküste landen zu können, rechtzeitig, um der Armee der Apokalypse einen Doppelschlag zu versetzen. Tatsächlich war man die ganze Zeit davon ausgegangen, dass Dujek den Oberbefehl erhalten würde. Gamet konnte verstehen, wie Laseen dachte – das Schicksal der imperialen Präsenz im Reich der Sieben Städte in die Hände einer neuen, jungen und unerfahrenen Mandata zu legen war ein zu großer Vertrauensbeweis.

Doch Tavore hat geglaubt, die Imperatrix hätte genau das getan. Jetzt herauszufinden, dass das Maß an Vertrauen deutlich geringer ist ... bei den Göttern, das war tatsächlich eine vom Vermummten verdammte Nacht.

Dujek Einarm würde immer noch kommen, mit den dürftigen dreitausend Mann, die ihm geblieben waren, doch er würde spät kommen, und sowohl Topper als auch Tayschrenn waren bei ihrer unbarmherzigen Einschätzung zu dem Schluss gekommen, dass der Geist des Mannes gebrochen war. Durch den Tod seines ältesten Freundes. Gamet fragte sich, was wohl sonst noch alles in jenem fernen Land geschehen sein mochte, in jenem albtraumhaften Reich namens Pannionische Domäne.

War es das wert, Imperatrix? War es die verheerenden Verluste wert?

Gamet kam zu dem Schluss, dass Topper zu viel gesagt hatte. Die Einzelheiten von Laseens Plänen hätten durch einen umsichtigeren, in seinen Gefühlen weniger geschädigten Agenten gefiltert werden müssen. Wenn die Wahrheit tatsächlich so wichtig war, dann hätte man sie der Mandata schon viel früher mitteilen müssen – zu einem Zeitpunkt, als es noch eine Rolle gespielt hätte. Tavore zu sagen, dass die Imperatrix kein Vertrauen in sie gesetzt hatte, und dann die brutale Erklärung hinterherzuschieben, dass sie jetzt dennoch die letzte Hoffnung des Imperiums im Reich der Sieben Städte war ... nun, es gab nicht viele Männer oder Frauen, die durch so etwas nicht zutiefst erschüttert würden.

Die Miene der Mandata verriet nichts. Sie räusperte sich. »Also gut, Topper. Gibt es noch etwas?«

Die seltsam geformten Augen des Meisters der Klaue weiteten sich für einen kurzen Moment, dann schüttelte er den Kopf und stand auf. »Nein. Wollt Ihr, dass ich der Imperatrix eine Botschaft übermittle?«

Tavore runzelte die Stirn. »Eine Botschaft? Nein, es gibt keine Botschaft. Wir haben unseren Marsch zur Heiligen Wüste begonnen. Mehr gibt es nicht zu sagen.«

Gamet sah, dass Topper zögerte. Schließlich sagte der Meister der Klaue: »Da ist noch etwas, Mandata. Es gibt wahrscheinlich Anhänger Feners in Eurer Armee. Ich glaube nicht, dass die Wahrheit über den ... Sturz ... des Gottes verheimlicht werden kann. Es scheint so, als wäre der Tiger des Sommers nun der Lord des Krieges. Es tut einer Armee nicht gut zu trauern; tatsächlich ist, wie wir alle nur zu gut wissen, Trauer das reinste Gift für eine Armee. Es könnte sich eine Phase schwieriger Anpassung ergeben – es wäre gut, mit Desertionen zu rechnen und sich darauf vorzubereiten –«

»Es wird keine Desertionen geben«, sagte Tavore. Die entschiedene Erklärung brachte Topper zum Schweigen. »Das Portal wird schwächer, Meister der Klaue – selbst ein Kasten aus Basalt kann die Auswirkungen meines Schwerts nicht gänzlich abblocken. Wenn Ihr heute Nacht noch wieder gehen wollt, schlage ich vor, dass Ihr es jetzt tut.«

Topper starrte auf sie hinunter. »Wir sind schwer getroffen, Mandata. Und wir leiden. Es ist die Hoffnung der Imperatrix, dass Ihr geziemende Vorsicht walten lasst und nicht überstürzt handelt. Lasst Euch auf Eurem Marsch zur Raraku nicht ablenken – es wird Versuche geben, Euch vom Weg abzubringen, Euch mit Scharmützeln und Verfolgungsjagden zu ermüden –«

»Ihr seid der Meister der Klaue«, sagte Tavore. Ihre Stimme hatte plötzlich einen stählernen Unterton. »Auf Dujeks Ratschläge werde ich hören, denn er ist ein Soldat, ein erfahrener Kommandant. Bis er hier ankommt, werde ich meinen eigenen Instinkten folgen. Wenn die Imperatrix nicht mit mir zufrieden ist, ist sie herzlich eingeladen, mich zu ersetzen. Nun, das ist alles. Lebt wohl, Topper.«

Mit finsterem Gesicht drehte der Meister der Klaue sich um und trat ohne jede weitere Zeremonie ins Imperiale Gewirr. Hinter ihm brach das Tor in sich zusammen, nur der leicht säuerliche Geruch nach Staub blieb zurück.

Gamet stieß einen langen Seufzer aus und erhob sich behutsam von seinem klapprigen Feldstuhl. »Ihr habt mein Mitgefühl, Mandata, für den Verlust Eures Bruders.«

»Ich danke Euch, Gamet. Geht jetzt schlafen. Und macht bei –«

»T'ambers Zelt Halt, natürlich, Mandata.«

Sie zog eine Augenbraue hoch. »Ist das etwa Missbilligung, was ich da höre?«

»Das ist es. Ich bin nicht der Einzige, der dringend Schlaf braucht. Der Vermummte soll uns holen, wir haben heute Abend noch nicht einmal was gegessen.«

»Bis morgen, Faust.«

Er nickte. »Ja. Gute Nacht, Mandata.«

Als Saiten zurückkehrte, saß nur noch eine einzige Gestalt am verlöschenden Feuer.

»Wieso bist du noch auf, Krake?«

»Ich habe meinen Schlaf schon gehabt. Aber du wirst morgen die Füße nicht aus dem Sand bekommen, Sergeant.«

»Ich glaube nicht, dass ich heute Nacht Ruhe finden werde«, murmelte Saiten, der sich mit untergeschlagenen Beinen dem stämmigen Sappeur gegenübergesetzt hatte.

»Es ist alles so weit weg«, brummte Krake und warf noch ein bisschen Dung in die Flammen.

»Aber es fühlt sich so nah an.«

»Zumindest marschierst du nicht in den Fußstapfen deiner gefallenen Kameraden, Fiedler. Aber trotzdem, es ist alles weit weg.«

»Nun, ich bin mir nicht sicher, was du eigentlich meinst, aber ich glaube dir.«

»Übrigens – danke für die Munition.«

Saiten grunzte. »Das ist die verrückteste Sache überhaupt, Krake. Wir finden immer mehr, und sie sollte eigentlich benutzt werden. Stattdessen horten wir sie und sagen niemandem, dass wir sie haben – für den Fall, dass sie uns befehlen, sie zu benutzen –«

»Die elenden Bastarde.«

»Ja, die elenden Bastarde.«

»Ich werde die Dinger benutzen, die du mir gegeben hast«, erklärte Krake. »Wenn ich Korbolo Dom unter die Füße gekrochen bin. Und es ist mir egal, ob ich mit ihm zum Vermummten gehe.«

»Irgendetwas sagt mir, dass das genau das ist, was Igel getan hat, in seinem letzten Augenblick. Er hat die Dinger immer zu knapp geworfen – der Kerl hatte so viele Tonstückchen in seinem Körper, dass man aus seinen Innereien eine ganze Reihe Töpfe hätte machen können.« Er schüttelte langsam den Kopf, den Blick auf das ersterbende Feuer gerichtet. »Ich wünschte, ich wäre dabei gewesen. Das ist alles. Elster, Trotter, Fäustel, Tippa, der Schnelle Ben –«

»Der Schnelle Ben ist nicht tot«, sagte Krake. »Nachdem du gegangen warst, ist noch mehr gekommen – ich hab's in meinem Zelt gehört. Tayschrenn hat euren Magier zum Hohemagier gemacht.«

»Nun, das überrascht mich ehrlich gesagt nicht. Dass er überlebt hat, irgendwie. Ich frage mich, ob Paran noch der Hauptmann der Kompanie war –«

»Das war er. Er ist mit ihnen gestorben.«

»Der Bruder der Mandata. Ich frage mich, ob sie heute Nacht wohl trauert.«

»Darüber nachzugrübeln ist reine Zeitverschwendung, Fiedler. Wir haben hier jede Menge Jungs und Mädels, um die wir uns kümmern müssen. Korbolo Doms Krieger verstehen zu kämpfen. Ich nehme an, dass wir geschlagen und mit dem Schwanz zwischen den Beinen zurückgeschickt werden – das wird dann eine ganz andere Kette sein, wenn wir nach Aren zurückstolpern, nur dass wir diesmal nicht mal in die Nähe der Stadt kommen werden.«

»Nun, das ist eine aufmunternde Vorhersage, Krake.«

»Es spielt keine Rolle. Hauptsache, ich schaffe es, diesen napanesischen Verräter zu töten – und nach Möglichkeit auch seinen Magier.«

»Und was ist, wenn du nicht nahe genug an ihn herankommst?«

»Dann nehme ich so viele von ihnen mit, wie ich kann. Ich werde nicht zurückgehen, Fied, nicht noch einmal.«

»Ich werde daran denken, wenn's so weit ist. Aber wie sieht's dann damit aus, sich um unsere Rekruten zu kümmern, Krake?«

»Nun, das machen wir unterwegs, oder? Auf diesem Marsch. Wir bringen sie in jene Schlacht, das tun wir, wenn wir können. Und dann sehen wir ja, welche Art von Eisen sich in ihnen verbirgt.«

»Eisen.« Saiten lächelte. »Es ist lange her, dass ich dieses Sprichwort gehört habe. Da wir auf Rache aus sind, willst du es heiß, nehme ich an.«

»Da nimmst du etwas Falsches an. Schau dir Tavore an – von der wird nie Hitze kommen. Darin ist sie genau wie Coltaine. Es ist offensichtlich, Fiedler. Das Eisen muss kalt sein. Kalt. Wenn wir es kalt genug kriegen – wer weiß, vielleicht verdienen wir uns dann einen Namen.«

Saiten griff über das Feuer und tippte auf den Fingerknochen, der von Krakes Gürtel hing.»Ich glaube, wir haben einen Anfang gemacht.«

»Da könntest du Recht haben, Sergeant. Die Knochen und die Standarten. Ein Anfang. Sie weiß, was in ihr steckt, das kannst du mir glauben. Sie weiß, was in ihr steckt.«

»Und es ist an uns, es zum Vorschein zu bringen.«

»Ja, Fied, das ist es. Und jetzt geh. Dies sind die Stunden, die ich allein verbringe.«

Nickend stand der Sergeant auf. »Scheint so, als könnte ich vielleicht doch noch schlafen.«

»Das liegt nur an dieser funkensprühenden Unterhaltung mit mir.«

»Genau, das wird's sein.«

Als Saiten zu seinem kleinen Zelt unterwegs war, stieg noch einmal die Erinnerung an Krakes Worte in ihm auf. *Eisen. Kaltes Eisen. Ja, es ist in ihr. Und jetzt sollte ich besser suchen, gründlich suchen ... damit ich es auch in mir finde.*

Dramatis Personae

Der Uryd-Stamm der Teblor
Karsa Orlong – ein junger Krieger
Bairoth Gild – ein junger Krieger
Delum Thord – ein junger Krieger
Dayliss – eine junge Frau
Pahlk – Karsas Großvater
Synyg – Karsas Vater

Die Armee der Mandata
Mandata Tavore
Faust Gamet
T'amber
Faust Tene Baralta
Faust Blistig
Hauptmann Keneb
Wühler – sein Adoptivsohn
Admiral Nok
Kommandant Alardis
Nil – ein wickanischer Waerloga (Hexer)
Neder – eine wickanische Waerloga (Hexe)
Temul – Wickaner aus dem Krähen-Clan (Überlebender der Kette der Hunde)
Blinzler – ein Soldat der Aren-Garde
Perl – eine Klaue
Lostara Yil – eine Offizierin der Roten Schwerter
Topper – der Meister der Klaue

Seesoldaten der Neunten Kompanie der Achten Legion
Leutnant Ranal
Sergeant Saiten
Sergeant Gesler
Sergeant Borduke
Korporal Starr
Korporal Stürmisch
Buddl – ein Truppmagier
Lächeln
Koryk – Soldat, ein Seti-Halbblut
Krake – ein Sappeur
Wahr
Pella
Tavos Pond
Sand
Balgrid
Vielleicht
Lauten

Andere Soldaten des malazanischen Imperiums
Sergeant Strang – Zweite Kompanie, Ashok-Regiment
Ebron – Fünfter Trupp, Magier
Humpel – Fünfter Trupp
Glocke – Fünfter Trupp
Korporal Scherbe – Fünfter Trupp
Hauptmann Gütig – Zweite Kompanie
Leutnant Poren – Zweite Kompanie
Jibb – Mitglied der Ehrlitan-Garde
Möwenfleck – Mitglied der Ehrlitan-Garde
Kritzel – Mitglied der Ehrlitan-Garde
Hauptsergeant Tapferer Zahn – Stadtgarnison von Malaz
Hauptmann Irriz – ein Abtrünniger
Sünd – ein Flüchtling

Nathii
Sklavenmeister Silgar
Damisk
Balantis
Astab
Borrug

Andere in Genabackis
Torvald Nom
Ruh
Ganal

Sha'iks Armee der Apokalypse
Sha'ik – die Erwählte der Göttin des Wirbelwinds (einst Felisin aus dem Haus Paran)
Felisin die Jüngere – ihre Adoptivtochter
Toblakai
Leoman von den Dreschflegeln
Hohemagier L'oric
Hohemagier Bidithal
Hohemagier Febryl
Heboric Geisterhand
Kamist Reloe – Korbolo Doms Magier
Henaras – eine Zauberin
Fayelle – eine Zauberin
Mathok – Kriegshäuptling der Wüstenstämme
Korbolo Dom – ein abtrünniger Napanese

Andere
Kalam Mekhar – ein Assassine
Trull Sengar – ein Tiste Edur
Onrack – ein T'lan Imass
Schlitzer – ein Assassine (auch als Crokus bekannt)

Apsalar – eine Assassine
Rellock – Apsalars Vater
Cotillion – Schutzpatron der Assassinen
Ruud – ein Schattenhund
Blind – ein Schattenhund
Darist – ein Tiste Andii
Ba'ienrok (Hüter) – ein Eremit
Ibra Gholan – ein Clanführer der T'lan Imass
Monok Ochem – ein Knochenwerfer der Logros T'lan Imass
Azalan – ein Dämon des Schattens
Mebra – ein Spion in Ehrlitan
Jorrude – ein Seneschall der Tiste Liosan
Malachar – ein Tiste Liosan
Enias – ein Tiste Liosan
Orenas – ein Tiste Liosan

Glossar

Aufgestiegene
AnomanderRake – Sohn der Dunkelheit
Apsalar – Herrin der Diebe
Beru – Herr der Stürme
Brand – die Schlafende Göttin
Cotillion – das Seil, Patron der Assassinen, Hohes Haus Schatten
Der Verkrüppelte Gott – der Angekettete, Herr des Hohen Hauses der Ketten
Der Vermummte – König des Hohen Hauses Tod
Dessembrae – Herr der Tränen
Die Azath-Häuser
Die Göttin des Wirbelwinds
Die Königin der Träume – Königin des Hohen Hauses Leben
Die Sieben Hunde der Dunkelheit
Draconus – ein älterer Gott, Schmied des Schwerts Dragnipur
D'rek – Der Wurm des Herbstes
Fener – Der Beraubte
Gedderone – Herrin des Frühlings und der Wiedergeburt
Jhess – Königin des Webens
K'rul – ein Älterer Gott der Gewirre
Mael – ein Älterer Gott der Meere
Mowri – Herrin der Bettler, Sklaven und Leibeigenen
Nerruse – Herrin der Ruhigen See und des Günstigen Windes
Oponn – Die Zwillingsnarren des Zufalls
Osserc/Osseric/Osric – Herr des Himmels
Poliel – Meisterin der Pestilenz und der Leiden

Schattenthron – Ammanas, König des Hohen Hauses Schatten
Schwester der Kalten Nächte – eine ältere Göttin
Soliel – Herrin der Gesundheit
Togg und Fanderay – Die Wölfe des Winters
Treach/Trake – Der Tiger des Sommers und Herr des Krieges

Die Götter der Teblor (Die Sieben Gesichter im Felsen)
Urugal der Gewobene
'Siballe die Ungefundene
Beroke Sanfte Stimme
Kahlb der Schweigende Jäger
Thenik der Zerschmetterte
Halad der Riese
Imroth die Grausame

Ältere Völker
Tiste Andii – Kinder der Dunkelheit
Tiste Edur – Kinder des Schattens
Tiste Liosan – Kinder des Lichts
T'lan Imass
Trell
Jaghut
Forkrul Assail
K'Chain Che'Malle
Die Eleint
Die Barghast
Die Thelomen Toblakai
Die Teblor

Die Gewirre
Kurald Galain – Das ältere Gewirr der Dunkelheit
Kurald Emurlahn – Das ältere Gewirr des Schattens, das Zerschmetterte Gewirr

Kurald Thyrllan – Das ältere Gewirr des Lichts
Omtose Phellack – Das ältere Jaghut-Gewirr des Eises
Tellann – Das ältere Imass-Gewirr des Feuers
Starvald Demelain – Das Gewirr der Eleint
Thyr – Der Pfad des Lichts
Denul – Der Pfad des Heilens
Pfad des Vermummten – Der Pfad des Todes
Serc – Der Pfad des Himmels
Meanas – Der Pfad der Schatten und Illusionen
D'riss – Der Pfad der Erde
Ruse – Der Pfad des Meeres
Rashan – Der Pfad der Dunkelheit
Mockra – Der Pfad des Verstandes
Telas – Der Pfad des Feuers

Die Drachenkarten
Hohes Haus Leben
König	**Soldat**
Königin (Königin der Träume)	**Weber**
Champion	**Steinmetz**
Priester	**Jungfrau**
Herold	

Hohes Haus Tod
König (Der Vermummte)	**Herold**
Königin	**Soldat**
Ritter (einst Dassem Ultor, jetzt Baudin)	**Spinner**
	Steinmetz
Magier	**Jungfrau**

Hohes Haus Licht
König
Königin
Champion (Osseric)
Priester
Hauptmann

Soldat
Näherin
Baumeister
Mädchen

Hohes Haus Dunkel
König
Königin
Ritter (Sohn der Dunkelheit)
Magier
Hauptmann

Soldat
Weber
Steinmetz
Gemahlin

Hohes Haus Schatten
König (Schattenthron/ Ammanas)
Königin

Assassine (Das Seil/Cotillion)
Magier
Hund

Hohes Haus der Ketten
Der König in Ketten
Die Gemahlin (Poliel?)
Pünderer (Kallor?)
Ritter (Toblakai?)
Die Sieben von den Toten Feuern (Die Ungebundenen)

Krüppel
Lepröser
Narr

Neutrale Karten
Oponn
Obelisk (Brand)
Krone
Zepter
Der Herr der Drachenkarten (Ganoes Paran)

Auge
Thron
Kette

Orte, die in »Der Krieg der Schwestern« vorkommen

Im Reich der Sieben Städte
Aren – eine Heilige Stadt
Balahn – ein kleines Dorf nördlich von Aren
Ehrlitan – eine Heilige Stadt nördlich der Raraku
Erougimon – ein Tal nördlich von Aren
G'danisban – eine Stadt östlich der Raraku
Jhag Odhan – das Ödland im Westen des Reichs der Sieben Städte
Lato Revae – eine Stadt westlich der Raraku
Die Oase – im Zentrum der Heiligen Wüste Raraku
Das Gewirr des Wirbelwinds

In Genabackis
Culvern – eine Stadt
Genabaris – eine Stadt
Das Laederon-Plateau
Malybruck – eine Stadt
Die Malyn-See
Malyntaeas – eine Stadt
Ninsanograeft – eine Stadt
Der Silbersee
Tanys – eine Stadt

Drift Avalii – eine Insel südwestlich des Kontinents Quon Tali
Das Entstehende – eine überflutete Welt

blanvalet

Die Rückkehr des Dunkelelf

Eine epische Saga voller Intrigen, schwarzer Magie und packender Kämpfe vom Superstar unter den amerikanischen Fantasy-Autoren!

Einer der populärsten Helden der Fantasy, der Dunkelelf Drizzt Do'Urden, ist wieder da.

24284

24299

24369

www.blanvalet-verlag.de

Das Gesetz der Magie

Eine spektakuläre Parallelwelten-Saga!
Ein Epos mit kunstvoll ineinander verschlungenen
Realitäten unterschiedlicher Dimensionen.

24126

24127

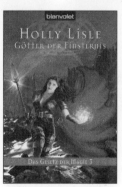
24128

www.blanvalet-verlag.de

blanvalet

Das Valashu-Epos

David Zindell verbindet seine faszinierende
Weltenschöpfung mit psychologischer Tiefe und
dem Gespür für zwiespältige Heroik

 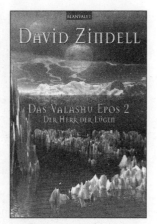

24980 24982

www.blanvalet-verlag.de

blanvalet

Die verlorenen Reiche

Ein großes High-Fantasy-Epos voller tödlicher
Kämpfe, dunkler Magie und mythischer Kreaturen
"Spannung und Emotionen von der ersten
bis zur letzten Seite - ein wunderbares Epos!"
Terry Brooks

24260

24261

www.blanvalet-verlag.de

blanvalet

Die Geheimnisse von Turai

Das Highlight der humorvollen Fantasy:
ausgezeichnet mit dem World Fantasy Award!

„Die Überraschung des Jahres!"
Magic Attack

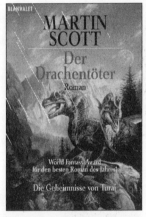

24182

24277

www.blanvalet-verlag.de

blanvalet

Der Herr der Augenringe

Dieses Werk enthält alles in einem Band, was der Großmeister von "Der Herr der Ringe" bisher über Gutgolf, Frito und die Ringe verschwiegen hatte!
Die ultimative Parodie auf J. R. R. Tolkiens "Der Herr der Ringe".

24177

www.blanvalet-verlag.de

blanvalet

Das Lied von Eis und Feuer

"Vergessen Sie die gewöhnliche Fantasy und tauchen Sie ein in Martins wunderbar geschriebene Saga. Er beweist, dass epische Fantasy gleichzeitig hohen Ansprüchen genügen und höchst unterhaltsam sein kann."

Terri Windling

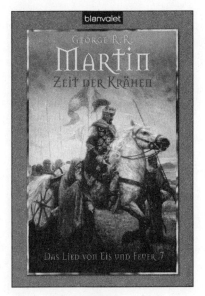

24350

www.blanvalet-verlag.de